遇你余生皆情深

上册

月初姣姣 著

青岛出版集团 | 青岛出版社

图书在版编目（CIP）数据

遇你余生皆情深/月初姣姣著.—青岛：青岛出版社，2022.3
ISBN 978-7-5552-8799-5

I.①遇… II.①月… III.①长篇小说－中国－当代 IV.①I247.5

中国版本图书馆CIP数据核字（2020）第220381号

YU NI YUSHENG JIE QINGSHEN

书　　名	遇你余生皆情深
作　　者	月初姣姣
出版发行	青岛出版社
社　　址	青岛市崂山区海尔路182号
本社网址	http://www.qdpub.com
邮购电话	18613853563　0532-68068091
责任编辑	龚雅琴
校　　对	宋　芸
装帧设计	梁　霞
照　　排	梁　霞
印　　刷	三河市良远印务有限公司
出版日期	2022年3月第1版　2022年3月第1次印刷
开　　本	32开（880mm×1230mm）
印　　张	17.5
字　　数	481千
书　　号	ISBN 978-7-5552-8799-5
定　　价	65.00元（全2册）

编校印装质量、盗版监督服务电话 4006532017　0532-68068050

目录 [上册]

第一章	年纪小，眼光好	1
第二章	同居，长辈撮合	38
第三章	联手，默契初现	70
第四章	为你，可以低头	107
第五章	钓鱼，一网打尽	144
第六章	滑雪，亲密接触	180
第七章	喊声三哥，好吗	213
第八章	告白，我喜欢你	252

目 录 [下册]

第 九 章	晚晚，你是我的	285
第 十 章	抄袭，黑料漫天	334
第十一章	对质，峰回路转	372
第十二章	曝光，磨刀霍霍	402
第十三章	旅行，说走就走	431
第十四章	坑同伙，没商量	450
第十五章	鸿门宴？满月宴	478
第十六章	遇你，修为全废	512

第一章

年纪小，眼光极好

云城宋家的大宅内，少女正在照镜子。少女十八九岁的模样，漂亮的丹凤眼细长妩媚，楚楚含情。

"小姐，老爷请您赶紧下去。"用人叩门催促。

"嗯。"少女淡淡地应了一声，推门出去。用人看着少女倔强的背影，忍不住直摇头，进屋帮她收拾房间。

柔粉色的房间内，无一处不精致。用人推门进入洗手间，一股酸腐味扑面而来。洗手间里一片狼藉，地上还有沾了秽物的脏衣服。

"天哪，这味道……"另一名拿着清洁用品的用人紧跟着进入房间，"小姐昨晚去哪里了？醉成那样。"

"家里出了这样的事，借酒浇愁吧。"

"谁说不是呢？她原本是大小姐，现在却冒出来一个姐姐。最可气的是，她的未婚夫都被抢走了。"

"太太刚被气走，老爷就把那孩子带回来了。老爷这是想趁太太不在，把那个女孩儿先认回来吧。"用人根据颜色将脏衣服分门别类地放到衣筐中。

"谁让那女的把老爷哄得那么高兴呢？我刚刚听老爷说，傅少爷好像要过来。"

"难道傅少爷要来逼小姐退婚？"

"要是小姐退婚后，那两人在一起了，那我们小姐岂不成了整个云城的笑话？"

两个人在洗手间里一边打扫卫生，一边小声地讨论着。方才离开的少女此刻正站在两人身后。她本打算回来取东西，却将刚才用人的对话全听了进去。她眼眶微红，硬生生地将泪水憋了回去，再下楼的时候，嘴角含笑。

客厅内，一个模样秀美的女孩儿坐在沙发上。她穿着款式简单的白衬衫、牛仔裤，脚上的黑色帆布鞋已经被洗得泛白。她抿着嘴，显得小心谨慎。

这是她第一次来宋家。

外院是各种她不认识的树和绿植，廊下放着很多种兰花。她不认识这些花，却知道有的极品兰花价值千万。而宋家的兰花显然都是她从未见过的珍品，更有专门的师傅养护。

她以前的生活水平甚至比不上宋家一株花草的。

"江小姐，您……"用人刚奉上茶盏，坐在一侧的中年男人便咳嗽了两声。

"大小姐，您请用茶。"用人改了称呼，虽然在笑，语气里却透着讥诮与不屑之意。这种半路找回来的私生女，豪门里太多了，可是敢登门入户的还真不多。

"谢谢。"江风雅接过茶水，低头看着精致小巧的青釉茶盏，这茶盏一看就价值不菲。

"风雅，吃点心。"男人已过知命之年，穿着黑色西服，目光冷峻。久经商场的他看起来有种不怒自威的气势，对她说话时语气刻意软了几分。

这个人就是她的生父——宋敬仁。

"嗯。"江风雅长得秀美乖巧，自带一种羸弱之感。别人和她说话时，音量都不敢太高，怕惊着她。

她刚准备喝茶，突然瞥见从楼上下来的人，手指瞬间僵硬。

宋风晚从高处往下走，看上去高贵优雅。

"爸！"宋风晚的声音很甜美。

"风晚来了，快过来坐。"宋敬仁招呼宋风晚过来。

宋风晚直接坐在江风雅对面，直勾勾地打量着江风雅，像是能瞬间将人看穿。

"风晚，我给你介绍一下，这是……"宋敬仁犹豫片刻，感觉有些说不出口。

其实所有人都对他接下来要说的话心知肚明，只是暂时无人捅破这层窗户纸罢了。

"小姐，您最喜欢的白茶。"用人笑着给宋风晚递上茶水。

"谢谢。"宋风晚接过茶杯。她伸手掀开杯盖，热气萦绕而上，模糊了她的脸部轮廓。她眯着眼，慵懒地抿了一口茶水。

这是江风雅第一次见到宋风晚。

云城人对宋风晚的评价极高，说她艳若桃李，一笑倾城。江风雅本以为那是奉承话，直到现在才觉得这话根本形容不了宋风晚。宋风晚的身上有种既清纯又妩媚的美感，眼神单纯不世故，动作优雅不造作，就连手指都白皙修长、没有一点儿瑕疵。

江风雅放下杯子，下意识地将手往袖子里缩了几分。

"风雅啊，军训怎么样，是不是特别辛苦？"宋敬仁打破沉闷的气氛。

"还好。"江风雅干笑道。

江风雅军训了两天，即便涂了防晒霜，还是被晒黑了。而对面的人像个白玉娃娃，皮肤白皙无瑕。两人不对比还好，如今相对而坐，高下立见。就连用人都忍不住腹诽：那个傅少爷是瞎了眼吗？珍珠不要，捧着鱼目当宝贝。

宋敬仁本想活跃一下气氛，但客厅里的氛围仍旧略显尴尬。直到用人小跑着进来说傅聿修来了，江风雅才放松下来，露出一副娇羞的姿态。

宋风晚用手指摩挲着杯子，感叹他来得真快。她莫名觉得自己像是电视剧里破坏王子和灰姑娘感情的恶毒女配角。

傅聿修二十岁左右，穿着白衬衫、黑长裤，双腿笔直修长，眉眼精致，看上去清隽秀雅、十分干净，在学校里非常受欢迎。

"学长。"江风雅起身拉住傅聿修的手，露出灿烂的笑容。

"嗯。"傅聿修对她微微一笑，随后转头看向宋敬仁道："宋叔叔好。"

"傅哥哥换女朋友的速度真快，刚和我分手，立刻就新欢在怀了啊！"宋风晚冷笑道。

"风晚！"宋敬仁皱眉，面带愠色。

"怎么，我说错了？"宋风晚冷冷地看向对面那两个人。

宋风晚虽然年纪不大，但已经与傅聿修订婚一年多了。傅聿修比她大三岁，什么事都让着她，两人名义上是未婚夫妻，但相处方式更像兄妹。然而就在她高考后的这个暑假，傅聿修叫她出去，说要跟她解除婚约。宋风晚心高气傲，当即同意了。她以为他就是说说而已，等他想清楚后就会回头，结果当晚就听人说他和另一个女生好上了。再一打听她才知道，他和那个女生是在一个校友群里认识的，那个女生暑期还在傅聿修家的餐厅里打工。

"风晚，其实这件事……"傅聿修试图向宋风晚解释。

"我知道你想说什么，你想说你们是真心相爱的，你希望得到我的祝福，是吗？"宋风晚的语气轻蔑至极。

"妹妹，其实我和学长不是你想的那样，我们……"江风雅咬着唇，看上去楚楚可怜。

"谁是你妹妹？"这个称呼直接戳痛了宋风晚的神经，"我只知道，在我和他还有婚约的情况下，你们已经暧昧不清了。当了第三者，你还委屈了？"

"风晚！"宋敬仁大喝一声。

宋风晚直接起身，瞥了江风雅一眼，嘲讽道："反正是我用剩下的男人，你喜欢就拿去好了！"

"宋风晚,你……"宋敬仁气得脸都白了。

宋风晚摔了杯子往外走。

"你去哪里?外面下着雨呢!"宋敬仁知道宋风晚委屈,可是感情的事又不能勉强。

宋风晚从门廊处拿了一把伞,径直出了门。

外面下着雨,潮湿闷热,让人浑身不舒服。一辆黑色的轿车碾过雨水,溅起一地的泥泞,稳稳地停在宋风晚家门前。

宋风晚打量起门前的车,牌照好像不是本地的。

车门打开,一个身着黑衣的男人从副驾驶座上下来,撑着一把黑伞站在车门边。

坐在后排的人并没有下来,只是降下车窗,伸手示意车边的人靠过去,说了两句话。

雨幕中,宋风晚虽然没看清他的五官,却远远地感觉他身上有股十分淡然的气质,像个世外高人。

也许注意到了宋风晚,他微微转头看了过来。宋风晚慌忙收回视线,错过了那人嘴角勾起的浅浅弧度。那人暗忖:这不是昨晚在酒吧扬言要嫁给自己的小丫头吗?

漫天雨水有淹城之势,被风吹落的树叶落入积水中,不断地打着旋儿。

而此刻宋家门口,保安踩着水一路小跑过来,高声喊道:"老爷,傅家三爷来了!"

宋风晚愣住了。那个人就是傅家三爷,是傅聿修最怕的三叔?

伴随着一声"傅家三爷来了",宋风晚听到屋子里面传来杯子碰撞的声音。她站在门口,一转身就看清了客厅内的情形——打落茶杯的不是旁人,正是她的前任未婚夫傅聿修。

傅聿修脸色发白,就连热茶溅到手背上都浑然未觉。

"你确定是三爷来了?"宋敬仁站起来道。

"嗯，是三爷。"跑进来的保安擦了把脸上的雨水。

宋敬仁下意识地看了一眼傅聿修："聿修，你怎么不早说三爷要来？"

傅聿修不久前和宋风晚解除了婚约，现在和江风雅在一起，今日过来，就是特意来向宋敬仁解释这件事的。不过傅家并无长辈过来，这也很正常。宋风晚和傅聿修联姻，算是高攀了傅家，傅聿修的母亲连宋风晚都瞧不上，更何况是江风雅这种私生女。

"我不知道他会来。"傅聿修神情恍惚，一抹显而易见的惧意在眼底蔓延开来。

"你不知道？"宋敬仁的声音陡然提高。

"学长，你也太不小心了。"江风雅从包里拿出纸巾，低头帮傅聿修擦手背上的茶水，"到底是谁来了啊？"谁能让傅聿修如此失态？

其实江风雅也有自己的小算盘。她心里清楚，以自己的身份，要进宋家困难重重，但如果可以傍上傅家，一切就有了转机。毕竟，宋敬仁得罪不起傅家。她原想借这个机会在宋家住下来，有傅聿修在，做任何事都能事半功倍。可是这个忽然冒出来的人是谁？

在云城，傅聿修就是金字塔顶端的"太子爷"了。而此刻，光是听说那人来了，傅聿修就被吓成了这样……

宋风晚不知道傅家三爷过来有何用意，但此刻看到傅聿修的反应，莫名觉得畅快。她用一根手指钩着伞柄，笑道："傅家三爷你没听过？"

江风雅抬头看着她，眼里都是不解之色。和傅聿修在一起之前，江风雅就是普通人，和他们的圈子毫无关系，不知道的事情太多了。

"他没和你提过？"宋风晚问。

江风雅脸色难看，没说话。

"还真不知道啊！"宋风晚勾唇笑了笑，漂亮的凤眼中含着讥讽之意，"看样子你俩的关系也没有我想的那么亲密。"

江风雅的脸色更难看了。

"你们认识这么久了，你怎么连三爷是谁都不知道？你们真的在交往吗？还是说……他觉得你压根不用知道这些事？"

江风雅知道宋风晚是故意这么说的，提醒自己不能上了宋风晚的套，可心里依旧酸涩不已。宋风晚见江风雅如此不悦，笑容越发狡黠，压根不知道原本在车内的男人此时已经下车走了过来。男人的脚步声被雨声冲淡，宋风晚刚才说的话却断断续续地传到了他的耳中。

宋敬仁打圆场道："别说了，三爷还在外面呢，赶紧准备热茶、毛巾，我去接人。"

"我和您一起。"傅聿修立刻道。

江风雅见状也急忙起身，不过刚站起来就听到外面传来一个男人的声音："我已经到了。"

那声音低沉沙哑，略带磁性，伴随着雨声飘入众人的耳中。

宋风晚下意识地转身，正好撞上他的视线，不禁身子一僵。那人距离她仅有一尺远，背着天光，宛若神祇。他穿着对襟黑衣，嘴唇薄而翘，很性感，手上挂着一串打磨光滑的佛珠，手串上面有细细的褐色流苏垂落下来。他看着只有二十四五岁，可是身上并无年轻人的朝气，反而透着千帆过尽后的沉稳内敛。

宋风晚根本没听到脚步声，不知他是何时到屋里的，一想到自己刚才像只借用他的威名的狐狸，就莫名有些心虚。

"三爷，您来了，里面请。"宋敬仁冲到前面，邀请傅三爷进屋。

傅三爷点了点头，抬脚往里走，在沙发上坐下。傅聿修看到他后脸色更加苍白了，恭恭敬敬地站在傅三爷旁边。

江风雅原本以为能让傅聿修害怕的三爷，就算不是年过半百的老头子，也该是个中年大叔，谁承想会是一个如此年轻的人，而且……这个人好得有些过分。

"三爷，要不您坐到这儿来？"宋敬仁想让出主位。

傅三爷淡淡地拒绝道："我来得突然，宋先生不必客气，您坐吧！"

宋敬仁本想客套一下，见傅三爷好像并不愿意多说，便坐下了。

"三爷，您的茶。"用人立刻奉上茶水。

傅三爷接过茶盏，抬头看了一眼站在自己身边的傅聿修："几年不见，你看到我叫都不叫三叔了？"

傅聿修心头一跳，恭敬地道："三……三叔。"

江风雅瞳孔放大,心想:三叔?这么年轻?

傅家老爷子有三子一女,他们在各行各业都是极为出色的人,傅三爷是最小的,名为傅沉。傅沉出生时傅家老大的孩子都几岁了,怎么都不肯叫傅沉"叔叔",反而叫傅沉"弟弟",差点儿因此被傅家老爷子揍。傅聿修的父亲是傅沉的二哥。傅家是在京城发迹的,早年云城开发,傅家老二过来寻找商机,就在这里定居了。

"三叔,我给您介绍一下,这个是江风雅,我的女朋友……"傅聿修心里清楚,三叔肯定是为了自己的事情来的,便迫不及待地想将江风雅介绍给他。

江风雅下意识地直起身子,深吸一口气,露出最令自己满意的微笑,和傅三爷打招呼:"三叔好。"

傅三爷缓缓地道:"聿修,以后无关紧要的人,别往我面前带。"他瞥了一眼江风雅,又道,"还有,就连宋先生都叫我一声三爷,江小姐喊我三叔?你也配?"

江风雅的脸上陡然血色全无,她咬着嘴唇,连身子都在发颤。对面沙发上的人却用纤长的手指摩挲着佛珠,一脸平静,好像对此浑然不觉。

宋风晚站在门口,细细打量着传说中的傅三爷。她对他一直很好奇,本以为两家宣布联姻时能看到他,没想到直到与傅聿修解除婚约才得见真人。宋风晚早就听说傅三爷脾气古怪,今天见了他,发现果然如此。不过,他这个样子,宋风晚倒是挺喜欢的。宋风晚将伞放下,进了屋,准备看戏。

"三叔,擅自和风晚解除婚约是我自己的错,您别把气撒在风雅的身上,风雅是个好姑娘。"傅聿修见自己的女朋友受委屈了,自然想帮她说话,"您不必担心,我向宋家赔礼道歉后,会带风雅回京跟爷爷奶奶赔罪的。"

傅家和宋家的婚事是傅家老爷子亲自定的。小辈处不来,解除婚约本没什么,但姑且不论江风雅和宋家的关系,单凭傅聿修转头就和旁人好上这事,就不仅打了宋家的脸,还驳了傅老爷子的面子。

傅沉用手指拨弄着褐色流苏,轻声道:"聿修,你何时见过我为了不相干的人生气？"

简单的一句话，瞬间让傅聿修语塞。

"三叔，这件事是我做得不对，但您应该知道，感情的事是不能勉强的。"傅聿修道。

宋风晚偏头看向傅沉。傅聿修的理由十分老套，她很期待傅沉的回答。

傅三爷轻挑眉毛，说道："你三叔没谈过恋爱，还真不知道感情的事是怎么回事！怎么，你是想讽刺我一把年纪没谈过恋爱吗？"

听了傅沉的话，宋风晚差点儿笑出声来，感叹他还真是不按常理出牌。

傅聿修却脸色一白，解释道："三叔，我不是这个意思，我……"

"那你是什么意思？"傅沉直接打断傅聿修的话。

"三爷，学长不是那个意思，您别怪他。所有的事都是我的错……"江风雅柔声道，想将过错往自己的身上揽，一副我见犹怜的模样，眼泪在眼眶里打转。

傅沉挑了挑眉："这是我们傅家的家事，什么时候轮到你一个外人插嘴了？"

他说话的声音不大，语气却极重，神色颇为不悦。

江风雅面色难看，低下头，不再言语。

"三叔……"傅聿修的手不自觉地攥紧了。

"还觉得不够丢人？"傅沉蹙眉道，"你到宋家帮这位江小姐撑腰、正名，挺厉害的啊！但你把宋小姐置于何地？我们傅家就是这么教你的吗？从始至终，你向宋小姐赔礼道歉了吗？"

傅聿修别说赔礼道歉了，就是解除婚约也很草率。

"三爷，您喝口茶……"宋敬仁也是第一次接触傅沉。

"多谢，不过我还有事情要处理，就不喝茶了。关于解除婚约这件事，我们傅家一定会给宋小姐一个满意的交代。"

"嗯。"宋敬仁点头。

傅沉起身，看向傅聿修："你还愣着做什么？跟我回去。"

"三叔，可是……"

"你和他回去吧！"江风雅憋屈得要命，但还得表现得大度得体。

傅聿修没办法，只能先跟着傅沉离开。

傅沉走到宋风晚身边时看了她一眼，随后转身往屋外走去。

"三爷，我送您。"宋风晚拿起边上的伞，追了出去。今天傅沉帮她出了口气，她心里高兴，想送送他。

傅沉上了车，宋风晚撑伞站在车边，道："三爷，谢谢您。"

傅沉看了宋风晚一眼，问："你今年多大？"

"十九。"

"嗯。"傅沉收回视线，示意手下关车门。

"三叔？"傅聿修在屋内和江风雅道别，耽误了点儿时间，等出来时傅沉已经上了车，便急忙追了上来。

司机偏头看向傅沉，道："三爷，聿修少爷还没上车。"

傅沉没说话，司机会意，立刻驱车离开。他们将傅聿修原本开来的车拖走了，只留给傅聿修一路的尾气。

车上，傅沉转头看向窗外，笑了笑，道："年轻人锻炼一下身体挺好的，让他多走走，正好淋淋雨，清醒清醒。"傅沉又想到什么，自言自语，"那个小丫头的年纪太小了。"

"三爷，您说什么？"司机没听清，问道。

"没事。"他一挥手，道。

而此刻，宋家门口，宋风晚看着被傅沉扔下的傅聿修，快笑疯了，觉得这傅三爷好幼稚啊。

傅沉突然出现，将所有人的计划都打乱了。江风雅气得浑身发抖。她本来想靠傅聿修住到宋家，顺便在宋风晚的面前耀武扬威一番。她要向所有人证明，宋风晚长得再漂亮、出身再好，照样得被她踩在脚下。她没想到自己会被一个突然冒出来的男人狠狠地打了脸，哪里还有脸面继续留在宋家？

"宋叔，我先回去了，学校那边还有点儿事。"江风雅现在都没叫宋敬仁一声父亲。

"等雨小点儿再说。"宋敬仁知道她憋屈难受,也不强留她。

"真的不用,我有急事。"

"那我送你。"宋家在别墅区,离市区较远,宋敬仁不放心她一个人回去。

等两人离开了,宋风晚才扑哧一声笑了出来,然后给母亲打了个电话,说了事情的经过。

云城,傅家。

傅沉坐在沙发上,手中捧着本书,神情冷淡。站在他身侧的人将手机递过去,轻声道:"三爷,电话,是那位的。"

傅沉点头,接过电话:"喂——"

"这次的事情多亏你了,真的谢谢。"

"您客气了,这件事是我们傅家的错,由我出面是理所当然的事。"傅沉说话十分客气。

给他打电话的不是别人,正是宋风晚的母亲乔艾芸。两人客套了两句,傅沉才挂了电话。

"三爷,宋夫人到底在想什么?家里出了这么大的事,她不想办法解决私生女的事,还有心思让我们家给她一个说法?"傅沉身侧的人不解。

傅沉笑了笑:"那个私生女会被宋敬仁重视,无非是因为她攀上了丰修。现在我出面了,宋敬仁就要掂量掂量她到底能不能进傅家了。

"要不是宋夫人直接告到了父亲那里,我怎么会管这档子事?父亲很保守,江风雅以后就是进了我们家的门,也没好日子过。宋夫人说是要处理婚约问题,实则是借我们傅家的手打那个私生女的脸。

"动刀,却不脏了自己的手,宋夫人可不是个简单的角色。"

身侧的人听得一愣一愣的。他之前还觉得宋夫人可怜,现在却觉得那私生女处境艰难。

"那宋夫人不就是在利用您?您不生气?"

傅沉笑了笑,没作声。

一个小时后，傅聿修总算到家了。

"少爷，您可算回来了！您这是干吗去了，怎么淋了一身雨？"管家急忙叫用人拿毛巾，接着说，"三爷来了，您赶紧进去吧。"

傅聿修不傻，知道傅沉就是想让他淋雨回来，所以不敢打车，愣是走了一个半小时。这足见他对傅沉惧怕到何种程度。他们几个小辈不是没想过反抗，可每次还没开始，就被傅沉收拾得服服帖帖，看到傅沉都得恭敬地喊声三叔。

"三叔。"雨太大，傅聿修全身都湿透了。

"嗯。"傅沉都没正眼瞧他，"清醒点儿了？不经长辈同意就解除婚约，谁给你的胆子？！"

"三叔，我和风雅是认真的……"

"看样子还不是很清醒，去外面站一个小时。"傅沉翻了一页书。

"您得听我解释啊，我……"

"少爷，您快别说了！"管家立刻制止傅聿修。

管家本来想给傅聿修递毛巾，一看这架势，就站在原地不敢动了。少爷怎么惹上三爷了？老爷和夫人都出国了，整个屋子里没人敢替少爷求情。少爷若是继续跟三爷争辩下去，以三爷的手段，少爷绝对不会有好果子吃。谁都知道，三爷最讨厌别人和他对着干，尤其讨厌别人和他顶嘴。

傅聿修咬了咬牙，觉得这件事关系到自己的终身幸福，还是想争取一下，道："三叔，我对宋风晚真的没感觉，完全把她当妹妹，都不敢和她牵手、接吻。"

"再加一个小时。"

"感情真的不能勉强，我……"

"再加两个小时。"傅沉认真地看着他说，"继续说。"

"我不敢。"傅聿修嘴唇发白，头发湿漉漉地贴在脸上。

"出去。"傅沉冷冷地道。

傅聿修垂着头往外走。他能怎么办？敌人太强大了。

傅聿修淋了雨，晚上成功病倒了。傅家上下忙活了整整一夜，傅聿修才退烧。第二天一早，傅聿修还觉得双腿酸软，一下楼就看到傅沉正坐在餐桌边吃饭，顿时浑身紧绷。

"三叔早。"他的声音有些嘶哑。

傅沉不咸不淡地嗯了一声。

"少爷，医生说您这两天最好吃点儿清淡的东西，厨房熬了白粥，我给您盛一碗。"管家笑道。

傅聿修坐在傅沉下首，怯怯地看了一眼傅沉。

傅沉是傅老爷子和老夫人手把手教出来的，十六岁出国留学，二十岁取得了名校商学院的双博士学位，然后搞投资、建公司，在商界混得风生水起。傅沉做任何事都太轻松，也导致他对所有事都不会投入太多的热情和精力。

有这样一个长辈，傅聿修他们这些做晚辈的压力特别大。

"三叔，宋家的事情是我考虑不周，我认错。"傅聿修垂着头，不敢正视傅沉。

傅沉拿着象牙筷，夹了一筷子小菜，问："你真的喜欢那个姓江的女孩儿？"

"嗯。"傅聿修语气笃定。

"即便因此被赶出傅家，还是坚决要和她在一起？"傅沉轻描淡写地问道。

傅聿修咬了咬牙，想着自己是独子，就算爷爷奶奶生气，父母也不可能让自己流落在外，便认真地点头："我要和她在一起。"

傅沉没说话。

"三叔，我知道这门亲事是爷爷定的，他一定有自己的考量，等国庆的时候，我会亲自去京城求爷爷原谅。"

"这件事你最对不起的人是宋小姐，先向人家道歉。"傅沉低头搅着碗中黏稠的白粥，"等她原谅你们后，你再考虑其他事情。"

"好。"傅聿修应了一声。

傅沉已经给他指明了出路，他得先去找宋风晚。可是有江风雅在，他想求得宋风晚原谅太难了。

云城大学，伴随着悠扬的下课铃声，整个学校都沸腾起来了。宋风晚收拾好书本，背着帆布包径直走出教室。

"看到那个小公主没？她家出了那么大的事，她还有心思来上课。"几个女生围在一起窃窃私语。

"她这两天心情还特别好，估计是在强颜欢笑吧。"

"装呗。"

宋风晚在学校是不招人待见的那类女生。

她家里有钱，用的笔、背的包都是大家没见过的牌子。大家本以为这种大小姐定然玩世不恭、不学无术，偏偏她不仅长得漂亮，学习还特别好。

宋风晚在学校话不多，总是独来独往，上学有人接送，基本没有交到朋友。

宋家在云城是名门，经常上新闻，连带着宋风晚也成为同学课后谈论的话题。背地里大家都叫她云城小公主，说她假清高、虚伪。这次她被私生女抢了未婚夫，很多人等着看她的笑话，可是她照常来上学，好像完全不受影响，这让不少人大失所望。

放学后，宋风晚并没有从学校正门离开，而是绕了一圈从后门出去，准备去画室。

她是艺术生，原本一心想去京城美院，最终却来了教学水平一般的云城大学美术系。按她的高考成绩，她完全可以进更好的美术院校。她当年报考云城大学，所有人都大跌眼镜，班主任还特意找她谈了几次话，她都没动摇。究其原因，就是她察觉到父母的问题，担心家里出事，想离家近一些，没承想该来的还是来了。她觉得为这种残缺的家庭放弃理想中的京城美院不值得，便萌生了重考京城美院的念头。

最近她正在备考，只是相比其他学生，难度更大一些。云城大学有新老校区，美术系在城内的老校区，而江风雅虽和她同校，却是在郊外的新校区，要不然两人天天碰到，她准得被气得天天呕血。

她从后门出去不是因为和家里闹矛盾，而是在躲傅聿修。他不知道怎么回事，最近总在学校门口堵她，说要给她赔礼道歉。

宋风晚前几天就直接对他表明了态度："想让我原谅你们？不可能。"

傅聿修当时就表态了："我知道你现在还在气头上，没关系，我会每天来等你，直到你愿意原谅我为止。"

他要是愿意等，就让他等好了。

宋风晚还想重考京城美院，忙得要命，哪里有空理他啊，干脆躲起来。

她从学校后门出来，需要穿过几条小巷子才能进入街道。最近天气不好，她刚走出学校的时候，天空就飘起了小雨。宋风晚以前有司机接送，压根没有带伞的习惯，只能加快脚步小跑起来。等她跑出巷子，雨势越来越大了。迫不得已，她只能站在街边的廊檐下先躲会儿雨。

她抬头看着瓢泼大雨，心里恨透了傅聿修。要不是为了躲着他，自己也不会遭这份罪。

她上辈子是不是欠了他的？因为他，她差点儿成了全城的笑柄。他们都解除婚约了，他还阴魂不散。

"三爷，这边的事情都处理完了，明天就能回京。"副驾驶座上的男人说了半天，愣是没听到傅沉回答，扭头看了一眼。

他原以为傅沉在闭目养神，没想到傅沉正看着外面出神。他顺着傅沉的视线看过去，即便窗户被雨水打花，也能清晰地看到不远处的廊檐下站着一个漂亮的女孩儿。外面下着雨，行人行色匆匆，只有她站着未动。她穿着蓝白相间的裙子、简单的白色运动鞋，还透着股学生气。凉风吹过，她的裙摆微微荡起，像是漾起的层层柔波。

"那不是宋小姐吗？"副驾驶座上的人笑了笑，"这么大的雨，她怎么躲在这里？"

"她长得漂亮，据说学习成绩也不错，就是小了点儿。"开车的人搭腔。

"你们也觉得她年纪太小?"傅沉忽然开口。

前面的两人对视一眼,摸不透自家三爷的脾气,只能干笑两声:"其实也不算小。"

"是啊,其实再过两年就能结婚领证了。"另一个人附和道,"聿修少爷就是太急。"

傅沉默默地看了一会儿,直接推门下车。

宋风晚刚从包里拿出手机,正打算给司机打电话,让他过来接自己,没注意到一辆轿车急速驶过,飞溅起来的雨水落了她一身。

"下雨天还开这么快。"宋风晚恼怒地咬了咬牙,低头擦去手机屏幕上的水渍,视线中却出现了一双穿着黑色男式皮鞋的脚……

"宋小姐。"他的声音回荡在雨中,听起来清朗、淡然。

"三爷?"宋风晚一抬头,眼底闪过一丝错愕。她从没想过会在这里遇到他。

傅沉生了一副极好的皮相,瞳仁比寻常人的更明亮,好像夜空中璀璨的星星,流转生辉。

他今天没穿黑上衣,而是黑色西装裤搭配白衬衫,身高、气质都显得格外出众,精致、优雅到了骨子里。

"你怎么会在这里?"傅沉不动声色地将伞往她那边挪了几分。

云城大学在前面那条路上,现在是放学时间,为了错开人流,傅沉的司机才选择从后面这条路走,他们遇到宋风晚实属意外。

"有点儿事。"宋风晚没提傅聿修的事。

"要去哪里?我送你。"傅沉和善地道。

宋风晚本想等雨停了再走,可是雨势渐大,凉风乍起,她的衣服已经半湿,再等下去,她肯定得感冒,便道:"谢谢三爷。"宋风晚素来不会委屈自己。

两人共撑一把伞,站在斑马线一侧等绿灯。

宋风晚与傅沉并不熟,却听过他的不少传言,对他既崇拜又敬畏,知道他不爱与人接触,便小心翼翼地控制着两人之间的距离,生怕碰到傅沉的一片衣袖，惹他不快。

他身上有股淡淡的檀木味，这冷调的香味混在雨水里，仿佛将宋风晚整个人都裹住了。

"你今年大一？"傅沉偏头看着她。他呼出的气息带着热意，落在她的脸上，让她觉得有些酥痒。

宋风晚莫名有些紧张，小声道："嗯。"她的身高只到他的胸口，两人又在一把伞下，她有种全身都被他包裹住的错觉。

"学习压力大吗？"

"还好，上了大学，本来课业压力就不大。"

"你很怕我？"傅沉直接问道。

"没有啊。"宋风晚不是怕他，是敬重他。

傅沉忽然往宋风晚那边挪了半步，两人本就靠得很近，他这么一动，两人的胳膊碰到一处，一冷一热，一个柔软，一个结实。宋风晚下意识地屏住了呼吸。

"伞不大……"他的声音温柔，"靠得近些才不会被淋着。"

"嗯。"宋风晚的心猛地跳了一下，她不敢乱动，直直地看着不远处的指示灯。

红灯转绿灯，两人才徐徐地往马路对面走去。他们并没有说话，到了车边，已经有人帮忙打开了车门。

"宋小姐，您请。"

跟着傅沉的人都长得魁梧壮实，守在车边，给人一种莫名的压迫感。

"谢谢。"宋风晚嘴上道谢，其实心里忽然有些后悔。

她和傅沉也不熟，话都没说过几句。对她来说，傅沉和陌生人差不多，她贸然上他的车会不会有危险？而且他的手下都长了一张冷脸，她一个弱女子……

"宋小姐？"其中一人小声提醒道。他们家三爷还站在雨里呢，她怎么僵在车门口愣是上不去啊？

宋风晚正想着如何才能不上车，那人声音洪亮，嗓门又大，吓了她一跳。她脚下一滑,整个人身子一歪,就朝后侧倒去。

这么大的雨,她如果摔了一跤,待会儿还能见人吗?她下意识地伸手去抓车门稳住身体,肩膀却撞到一堵温热的"墙",扑面而来的清冽檀木味瞬间将她包裹起来。她的腰上忽然多出一只修长的手,稳稳地扶着她。她下意识地伸手抓住那条胳膊,稳住身子。

那人宽厚的手扶着她的腰,动作克制又不失力道。温热的手心贴在她的腹部,像是燎原之火,使她整个身子都有些发烫。她急忙缩回手。

"小心点儿。"傅沉的声音在她的头顶响起。他的手从她的腰上抽离,坦荡又不失分寸。

他给人的感觉是温润贵公子,手臂却十分结实,明显是经常锻炼。

"谢谢三爷。"

"雨天路滑,一定要当心。"他叮嘱道。

"嗯。"宋风晚急忙钻进车里。

她上车之后就在反思:人家明明是这么和善、体贴的长辈,下雨好心送自己,自己之前却以小人之心揣度他,真是不该。

此刻车外的傅沉却不动声色地收紧手指,嘴角勾起一抹极浅的弧度。

这小丫头的腰……挺细……还很软。

宋风晚上车后不敢乱动,低头拨弄着手机,时不时还会观察一下身边人的动静。她和傅沉并排而坐,中间的距离几乎能塞下两个人。他斜靠着身子,立领的白色衬衣下隐约可见精致的锁骨。他低头抬手拂去衣服上的水珠,动作轻柔优雅。

"宋小姐?"副驾驶座上的男人从车的暗格中拿出一盒纸巾,递给宋风晚,却瞧见宋风晚正盯着自家三爷发呆。

宋风晚看得有些出神,猝不及防地和傅沉的视线相撞,立马心虚地挪开视线。

傅沉的嘴角勾起一抹弧度。

"宋小姐,纸巾。"那人又提醒一声。

"谢谢。"宋风晚急忙接过纸巾,低头不停地擦脸,自觉失了态,没敢再看傅沉。

"到哪里?"傅沉刻意把声音压得很低,在狭小的车厢内,他的声音仿佛带着混响。

"城西的东方画室。"她垂着脑袋,用纸巾擦胳膊和双腿。之前有车从她面前疾驰而过,溅起的污水泥渍还沾在她的腿上。

校服裙被雨水打湿,贴在腿上,将双腿的曲线勾勒得越发清晰。

傅沉看了一眼,眸色深了几分,又泰然地转过头。

到达画室前,两人没再说过一句话。

"在这里停下吧!"车抵达一个路口,宋风晚开了口,"那边是单行道,你们要是进去的话,还得绕一圈才能出来,在这里让我下去就好了。"

司机靠边停好车。

宋风晚是先上车的,位置靠左。那边时不时有车辆驶过,她不敢轻易开门,便抬头看向傅沉,可他一直没反应。就在她准备开口的时候,傅沉推门下了车。

副驾驶座上的男人急忙下车帮他撑伞。

宋风晚下车的时候,外面还飘着细雨。她站在伞下,与傅沉之间也就两拳的距离。

"三爷,今天谢谢您,改天我请您吃饭。"宋风晚生了一双凤眼,笑起来时眼睛微微弯着,像个小狐狸。

"嗯。"傅沉应了一声。

"那我……"宋风晚指了指不远处的画室,打算先走。

傅沉却忽然转身从车内拿出一件黑色的风衣外套,宋风晚都没回过神,衣服已经落在她的身上。

衣服很长,把她的裙子都遮住了,只露出一截白嫩的小腿。

"三爷……"宋风晚浑身又被那股檀木味包裹着,衣服温暖舒适。

他的指尖从领口滑过，似无意地擦过她的脖颈，引得她一阵紧张。

"天冷。"

"谢谢，可是这衣服……"

"下次请我吃饭时再还给我。"傅沉说得理所当然。

宋风晚心里却咯噔一声。她刚刚说的是客套话，傅沉久居京城，在云城肯定也待不了多久，怎么可能有空和自己吃饭？

"怎么了？"傅沉说话间呼出的那股湿热的气息喷在她的脸上，让她感觉又酥又痒。

"没事。"宋风晚说得轻松，实则心乱如麻。

"手机拿出来。"

"嗯？"宋风晚狐疑地看着他，却乖乖地掏出了手机，解了锁递给他。

因为身高差距太大，宋风晚踮着脚才看到他在自己的手机里输入了一串号码。他拨通那个号码之后挂断电话，并且备注好后才将手机递给她。

"我的手机号码。"

宋风晚僵硬地接过手机："嗯。"

落在她手里的手机好像烫手山芋。她哪里敢约傅沉出去吃饭啊？！她真是给自己挖了个大坑！

就在她收起手机的时候，她感觉一团黑影在慢慢靠近，下意识地抬起头，发现他的脸就在眼前，她甚至能感受到他的呼吸。

宋风晚本能地想躲开，他却突然道："别动。"

宋风晚本就对他敬畏，一下子僵直身子，不敢动弹分毫。傅沉抬起手，指尖在她的鬓角处轻轻滑过，触感干燥、温热，惊得她每个毛孔都在叫嚣。

"有纸屑。"说完他就直起身子，两人之间恢复了之前的距离。

宋风晚松了口气，脸红得有些发烫，道："谢谢。"

"客气。"

后面帮忙撑伞的人惊呆了。纸屑？他怎么没看到？他们家三爷明显是在调戏人家小姑娘啊，还如此一本正经。

"三爷，那我先走了，您赶紧上车吧。"宋风晚觉得再这么和傅沉待下去，自己绝对会疯。

傅沉低头看了她一眼："我等你的电话。"说完他转身上了车。

宋风晚心头一跳，干巴巴地笑道："好。"

宋风晚撑着伞，裹着某人宽大的风衣，缓慢地朝画室走去，边走边叹气。

宋风晚心想：听说傅三爷在国外生活过，估计不习惯国内这类客套的说辞，看样子自己以后和他说话，一定要斟酌后再说，免得挖了坑自己跳。

她刚走到画室门口，就透过玻璃门看到里面有两个熟悉的身影。

那两个人显然也看到她了，立刻站了起来。宋风晚深吸一口气，心里抱怨道：他们怎么堵到这里来了？还真是阴魂不散。

东方画室是云城最出名的美术画室，宋风晚每周都会按时过来，以前傅聿修偶尔会来这里接她。

宋风晚推门而入，宽大的黑色风衣将她的身形衬得越发清瘦。

之前傅聿修是单独来找她，今天居然把江风雅带来了，这不是成心硌硬她吗？

傅聿修眯着眼，打量着宋风晚穿的风衣。衣服的袖子很宽大，肩膀处耷拉着，明显是男款。她怎么会穿男人的外套？而且这个款式……他怎么看着这么熟悉啊？

"如果还是为了那件事，你们请回吧。"宋风晚说话很不客气。

她的话直接打断了傅聿修的思绪。

"风晚。"傅聿修也是天之骄子，从小到大都过得很顺遂，从没这么死缠烂打地求过人，总有些磨不开面子。

一个小时前，他得知傅沉明天要走，想赶在傅沉回京之前把宋风晚这边的事解决了，也好让自家三叔回去之后，先帮自己在爷爷面前美言几句，这才跑到画室堵人。

"这件事总要解决的。"江风雅咬着唇站出来,道,"我知道你不喜欢我……因为我的关系让你受伤,我向你道歉。你本来就不喜欢学长,就这么僵着,对两家都不好。今天我们过来,是诚心要跟你和解的。"

江风雅的出现本就引起了画室不少人的注意,他们虽然没出声,却都竖起了耳朵,生怕错过任何细节。

宋风晚低头将雨伞收起来,见江风雅说得差不多了才抬头看了她一眼,问:"说完了吗?"

"你抽个时间,我们好好谈谈。"傅聿修见宋风晚一副漫不经心的样子,有点儿生气,"你能不能认真点儿?"

"我知道你们是来道歉的,歉意我收到了。"宋风晚挑眉。

"那我们……"傅聿修问。

宋风晚打断他的话,话锋一转:"可我不原谅。"

"宋风晚,你到底想怎么样?"傅聿修没了耐心。

"这句话应该是我问你吧。提出订婚的是你们傅家,悔婚的也是你们。你找谁不好,偏偏是她,你是觉得我在云城还不够丢人?"宋风晚拿着伞,眸子里透着一丝寒光,"我不想在公共场合谈这件事,一直躲着你,也是想给你留点儿脸面,你却从学校追到了画室。你是想逼着我在这里和你撕破脸吗?!"

傅聿修看着面前的女孩儿,感觉她十分陌生。

宋风晚在所有人面前都大方得体、优雅妥帖,没有对谁很亲近,也从不会如此激动。

江风雅心里暗自得意,心想:宋风晚果然是个不禁刺激的小姑娘。

傅聿修这段时间几乎都在云城大学门口堵宋风晚,这让江风雅很担心。这段感情本来就是她偷来的,傅家那么反对他们在一起,而宋风晚又长得那么漂亮,万一这两人谈着谈着旧情复燃了怎么办?

江风雅巴不得两人撕破脸,断了两人以后的牵绊。

"我们不是来逼你的,是真心向你道歉。你要是觉得这里不合适,我们可以换个地方……"宋风晚越强势,江风雅就表现得越柔弱、体贴。

宋风晚用手指摩挲着伞柄，道："江小姐，你明知我很不喜欢你，还偏要在我面前晃，这不是成心硌硬我，让我恶心吗？还是说现在当'小三'的人都这么招摇？别说只是等我一周了，你俩就是跪在我面前痛哭流涕，我也不会原谅你们！"

傅聿修听宋风晚这么说，直接吼道："宋风晚，你差不多得了！"

这段时间傅沉住在他家，他每天都过得忐忑不安，受了气还不敢说，本就憋了一肚子火，现在直接被宋风晚刺激得爆发了。

宋风晚毫不在意地笑道："我们没结婚，你另有喜欢的人我不留你，但你起码得先和我解除婚约再去追求她吧？你和她在一起的时候，考虑过我的感受吗？你尊重过我吗？现在你跑来让我原谅你，我还不能拒绝？到底是我过分，还是你欺人太甚？"

傅聿修第一次发现，在他面前一直温婉可人的小丫头居然还有如此牙尖嘴利的一面。

整件事原本就是他和江风雅做得不对，宋风晚的指责他没法反驳。可是傅沉就要回京了，傅聿修实在等不及了，便道："宋风晚，你不会真当我们傅家好欺负吧？凡事都要适可而止！到时候两家闹得难看，这摊子你收拾不了！"软的不行，那他只能来硬的。

宋风晚只是一笑，眯起狭长的凤眼，活像只小狐狸："那天在你三叔面前，你连个屁都不敢放，现在有什么资格代表傅家在这里冲我大吼大叫？"

傅聿修一听她提到傅沉，脸色都被气白了。他们哪里知道，原本应该离开的傅沉回来了。

就在傅沉准备回去时，他无意中看到傅聿修的车停在不远处，猜想傅聿修是来找宋风晚的。

傅沉原本就是过来看看傅聿修是如何向宋风晚赔礼道歉的，不承想还没进门，就看到了一出大戏。

跟着傅沉的几个人互相看了一眼，仿佛在说：完了，聿修少爷恐怕又要倒霉了。傅沉那点儿心思，他们都看得很清楚。他们原本以为他们家三爷有英雄救美的机会,没想到刚才在他们面前谨小慎微的小姑娘这么不好惹。即使他们没看到另外两人的模样,也知道那两人被气得不轻。

傅沉此刻眸色黯淡,心想:难怪那丫头不走大路,偏要绕路来画室,原来是躲着傅聿修。

好小子,我让你去赔礼道歉,可不是让你去骚扰她。

画室内,傅聿修气得浑身颤抖,一时竟半个字都说不出来。爷爷最讨厌他们仗着家里的威势在外面作威作福,今天这件事要是传出去,他爷爷能活剥了他的皮。

江风雅此刻站了出来,说:"风晚,学长也是被你逼急了才会口不择言,大家坐下来把这件事说清楚不好吗?你有什么要求可以提,不用这么刻薄吧?"

宋风晚将雨伞放到一侧的架子上,雨伞和架子碰撞出清脆的响声。

"我在和他说我们两家的事情,你有什么资格插嘴?"宋风晚轻声道。

江风雅小脸一白,眼眶瞬间就红了。

傅聿修看到女朋友被欺负,心里着急,偏偏又拿宋风晚没办法。

"傅聿修,你压根不是诚心来向我道歉的,应该是迫于傅三爷给你的压力才来的吧?"宋风晚也不傻,"傅三爷那么温柔体贴,你可真不能和他比……"

傅聿修觉得自己一定是听错了,这几个词是形容他家三叔的?整个京城谁不知道傅三爷面慈心狠?

"傅三爷此刻还没离开云城,你要是希望我把事情捅出去,可以继续在这里胡搅蛮缠。"

"宋风晚!"傅聿修气得呼吸急促。

"还不滚?"宋风晚神情冷淡。

"行,你给我等着。"

傅聿修拉着江风雅的手往外走,心想:等傅沉走了,自己再收拾宋风晚这个丫头。

傅聿修推开画室的门，一转头便看到站在外面的一行人，顿时吓得魂飞魄散。

"三叔。"傅聿修大气都不敢喘。

凉风伴随着秋雨，吹得人心都凉了。

"我以前都不知道，你在外面这么横？"傅沉在笑，可眼底都是寒意，"我让你来道歉，你却来威胁她？傅聿修，谁给你的胆子？"

"不是，三叔，您听我解释……"傅聿修的脸上没有半点儿血色。

"还站在这里做什么，还不够丢人？"傅沉的声音极冷。

傅聿修知道三叔动怒了："三叔，那我先回去了。"傅聿修说完，拉着江风雅离开，生怕傅沉再做些什么。

"三爷？"傅沉身侧的人有些不解。

傅沉素来果断，有什么仇怨，能当天解决的，绝不会拖到第二天。这次聿修少爷明显惹到他了，他居然这么轻易地放聿修少爷离开？这不符合他的性格啊！

宋风晚听到外面的声音，走出来看到傅沉时倒不是很诧异，只是乖巧地喊了一声："三爷。"

她想起自己刚刚和那两人针锋相对的模样，垂着头，压根不敢看傅沉，觉得太丢人了。

"吃晚饭了吗？"傅沉的声音十分温柔。他心想：这丫头刚刚还伶牙俐齿，怎么看到自己后突然变乖了？

"还没。"宋风晚放学后就赶到了画室，平常就是随便在街边的小摊上买点儿吃的对付一下。

"上车，带你去吃饭。"

"要不就在附近吃？我请您！"

傅沉这人气场太强，和他在一起，宋风晚压力很大。她待在自己熟悉的地方会更有安全感。

"这附近有家面馆，味道不错，就是面积有点儿小。"宋风晚斟酌着字眼，怕傅沉压根不去这种小馆子。

"走吧。"

面馆与画室就隔了三间门面，走两步就到了。下雨天，店里人少，只有一桌客人。那桌人看到两人进来，还忍不住多看了两眼。

"有段时间没看到你啦，还是吃牛肉面，不放香菜？"女老板三十多岁，看到宋风晚分外热情，看到她身后的傅沉时眼睛瞬间一亮。

她从没见过长得这么好看的男人。

宋风晚笑着应了一声，找了个靠窗的位置坐下，问："三爷，您吃什么？"

"你推荐吧。"傅沉没那么挑剔，直接坐在了她的对面。

"葱、香菜都要？"宋风晚抬头看着贴在墙上的菜单。

"嗯。"

"老板，一碗素面，多加点儿菜。"宋风晚的声音提高了一些。

"稍等，马上来。"老板高兴地进了后厨。

宋风晚拿着纸巾帮他擦了一下面前的桌子，显得格外体贴。

"你给我点了素面？"傅沉抬头看着她，"你要是没钱，这顿饭我请。"

自己吃肉给他吃最便宜的素面，他就没见过这么抠门的丫头。

"您不是信佛吗？我外公没过世前也信佛，一直吃素。"宋风晚觉得自己能想到这一层，已经非常厉害了。

据她母亲说，外公是在她外婆过世后开始每日吃斋念佛的，清心寡欲。她自然而然地觉得傅沉也是如此。

傅沉信佛这件事尽人皆知，她要是给他点荤的面，还担心会惹恼了他。

"谁告诉你信佛的人就只能吃素？"傅沉挑眉，这丫头是对信佛的人有多深的误解？

"我……"宋风晚擦桌子的动作一顿。难不成自己想错了？

"我是信佛，但是没出家。我不忌荤腥，能吃肉，而且……佛是放在心里的，不是吃素吃荤的问题。"

宋风晚被他的话噎住，顿时觉得自己太俗了。

"两位的面。"老板已经将面端上来了。

宋风晚看着自己面前丰盛的牛肉面,再看看傅沉那碗只有几片菜叶的清汤面,顿时羞得不行。她请客,居然让他吃这个。

难怪傅沉说要不然他请客,他肯定以为自己很抠门。

"三爷……"她试探着开口,"我让老板给您加点儿肉?"

"不用。"傅沉已经拿起筷子。

白色面条上有一些青菜,没什么油水,因而分外清爽,只是相较宋风晚碗中的大块牛肉,难免显得寒碜。

宋风晚一直垂着脑袋,懊恼不已:"要不下次我请你吃别的?"

傅沉淡淡地应了一声,又道:"对了……"

宋风晚以为他有什么吩咐,下意识地抬头。两人四目相对,他语气平淡地说了一句:"我不是寺里的和尚,可以谈恋爱、结婚,是正常男人。"

宋风晚不知为何,脸忽然有些发烫。这顿饭她吃得满心愧疚。哪有人请客自己吃肉,让客人吃青菜的?她时不时抬头看着傅沉,小心翼翼地观察着他的神色。

他穿着白色衬衫,领口的一颗纽扣解开了,显得很随意。他教养极好,吃东西的时候没有半点儿声响,专注而认真。

宋风晚是学美术的,从她的专业角度来看,傅沉的长相几乎无可挑剔。她居然下意识地开始在心底想象着,要是画傅沉的话,该如何构图……

"怎么不吃?"傅沉突然抬头。

"嗯?"宋风晚看得发愣,思绪忽然被打断,慌忙低头吃东西。她一直盯着别人看,真的很不礼貌。

傅沉食量不大,吃完东西就安静地等着她,这让宋风晚压力很大。

"你慢慢吃,我等你。"

傅沉说完眯着眼看她,看到她漂亮的耳朵以肉眼可见的速度泛红,嘴角露出一抹笑意。这丫头刚刚还张牙舞爪的,这会儿居然这么乖巧,还会脸红,有点儿可爱。

他好想……捏一下她的脸!

两人吃完面，傅沉将宋风晚送到画室门口。

"三爷，今天谢谢您了，那我先进去了。"

"学习重要，也要注意身体。"傅沉沉声道。

"嗯。"宋风晚点头，和他摆了摆手就推门进了画室。

傅沉目送她进去后才转身准备坐车离开。

刚才他的脸上还带着笑意，转身后神情已然变得冰冷："帮我办件事……"

另一边，傅聿修和江风雅先是被宋风晚狠狠地说了一通，出来后又遇到傅沉，瞬间被吓得魂飞魄散。

两人一上车，江风雅就忍不住抽泣起来，一个劲地说所有的事情都怪她。傅聿修见不得自己女朋友哭得这么凄惨，抱着她安慰了一番，又说了很多体己话。

"没事，这件事我肯定会解决的，别哭了，我先带你去吃饭，然后送你回学校。"

江风雅很懂如何抓住男人的心。她就算哭也懂得把握分寸，知道要是一直哭哭啼啼，也会惹人厌烦，凡事都得适可而止。

江风雅点头，道："嗯。"

傅聿修开车直接去了一家餐厅，这家餐厅在云城很有名，饭菜好吃、环境好，最主要的是贵。傅家有钱，傅聿修请女朋友吃饭，自然不会在乎这点儿钱。

两人进了餐厅，傅聿修点了不少菜。

"学长，够了，我们两个人吃不了这么多。"

"就这样吧。"傅聿修将点餐用的平板电脑递给服务生。

这顿饭吃下来，两人虽然有说有笑，却都有些心不在焉。

傅聿修在想待会儿回去该如何应对傅沉。江风雅则是没想到宋风晚年纪不大，却这么不好惹。江风雅本以为自己刺激她两下，她肯定会像个骄纵无度的大小姐一样冲过来打自己几巴掌，或者口不择言地辱骂自己，结果宋风晚却如此冷静。江风雅十分苦恼，自己以后到底该如何进入宋家啊?

两人吃完饭,服务生将账单递过来:"傅少爷,一共2672元。"

"嗯。"傅聿修漫不经心地从包里取出一张卡,递给服务生,"没密码。"

可是不到两分钟,服务生返回傅聿修身边,道:"傅少爷,不好意思,您的卡好像被停了。"

"嗯?"傅聿修皱着眉,又拿出一张卡给了服务生。可这张卡也无法使用。

傅聿修将所有的卡都给了服务生。最后,服务生一脸歉意地道:"傅少爷,实在抱歉,您所有的卡我们都试了,都不能用。"

傅聿修和江风雅来到收银台边上,傅聿修十分疑惑:"不可能,这张卡我早上才刷过,现在怎么可能刷不出来?你们餐厅的机器没问题吧?"

"绝对没问题。"

傅聿修不是傻子,猜到肯定是有人把他的卡都停了,脑海里瞬间闪过一个人影,心想:三叔要不要做得这么绝?

"这样吧,你先把这笔钱挂在我的账上,回头我再……"江风雅还在自己身边,傅聿修也不想丢了脸面。

"不好意思啊,傅少爷,我们餐厅不赊账。"

"你们又不是不认识我,难不成以为我会欠你们几千块钱?"傅聿修一听这话,脸涨得通红。

"这是我们餐厅的规矩,您别为难我们。"

"用这个吧。"江风雅从包里拿出一张银行卡,里面有她暑期打工攒的钱。她原本打算将这笔钱当这学期的生活费。

"风雅,你……"

"本来暑期打工时你就很照顾我,我一直说要请你吃饭,正好有这个机会,这顿饭就当我请你的,下次你再请我好了。"江风雅很体贴地帮他找了个台阶。看着收银员刷卡,她心疼不已,却还得笑着安慰傅聿修。

餐厅的服务生虽然一直笑着招待两人,可是看傅聿修的眼神明显带着些不一样的味道。

傅聿修觉得丢脸,憋了一肚子的火,心想:经济制裁?傅沉也太狠了!

东方画室,教室内放着一个人物头像模型。

宋风晚这段时间在学人物素描,正拿着炭笔照着模型画画,压根不知道傅沉帮自己出了口气。

宋风晚画着画着却发现这画中的人物越来越不对劲。墨发黑眸,剑眉薄唇,一张脸还没画全,却也依稀可见那英俊的五官。

"风晚,你今天画得怎么样?"老师挨个指导。

宋风晚忽然将画纸抽下来:"不好意思老师,我今天不在状态。"

"没事,慢慢来。"老师哪里敢教训她,只是笑着让她继续努力。

宋风晚捏着那张素描纸,手心有些发烫。自己怎么忽然画起傅沉了?

按理说她和傅聿修解除婚约后,就不该和傅家人有牵扯。而且她不擅长画人物,之前帮父母、其他亲戚甚至傅聿修画过,都画得有形无神,唯独画傅沉的这幅还不错。她犹豫片刻,终究没舍得将这幅画扔掉,而是小心地将画纸边角的褶皱抚平,将画压在了画册最里面。

"风晚。"坐在她边上的一个女生忽然拿笔戳了戳她的胳膊。

"怎么啦?"因为画室太安静,两个人都压着声音。

"你还要去京城吗?"

宋风晚愣了数秒才道:"还不确定。"

"如果你真的能转去京城美院就太好了,去那边学习一下更好。"那个女生遗憾地道,"我爸说去那边学习太费钱了,我肯定是去不了了。"

宋风晚摩挲着手中的炭笔。京城美院对学生的要求很高,她虽然不担心文化课的成绩,但对人物素描这部分没有十足的把握。

京城有关于人物素描的辅导班,由全国最有名的美术老师执教,想考京城美院的人无不削尖了脑袋往里钻。这个辅导班远在京城，不在网上授课，宋风晚的父母一开始是不想让宋风晚过去的。后来，宋风晚坚持重考京城美院，傅聿修还称傅家就在京城，能照顾宋风晚，宋风晚的父母才松口，答应送宋风晚过去。

但是，以前宋风晚和傅聿修有婚约，傅家照顾她很正常，现在……宋风晚倒不是怕一个人待在京城，只是担心没有傅家照应，父母不会轻易让自己过去。

傅聿修回到家，看到院子里那辆"京"字牌照的车，心里的火直往上蹿。想起餐厅里别人异样的目光，他停好车，气急败坏地冲进了客厅。

傅沉坐在沙发上，穿着一袭黑色长衫，低头看着杂志，连正眼都没给傅聿修，这让傅聿修更加恼怒。

"三叔，你这是什么意思？"傅聿修从钱包里翻出几张卡，直接扔到桌上，"这些卡你凭什么说冻结就给我冻结了？这段时间，你说一，我不敢说二，你还想让我怎么样？虽然我做事欠考虑，伤害了宋风晚，但我才是你的亲侄子啊。"

傅聿修像是要把心底的火气都宣泄出来，面红耳赤，激动得浑身发抖。

边上的管家、用人都吓傻了。少爷莫不是疯了？

"聿修少爷……"傅沉身边的人面露不悦之色。傅聿修以为自己在和谁说话？大呼小叫，不成体统。

"没事，让他说。"傅沉挑眉，放下手中的杂志，看向傅聿修。

傅聿修方才敢冲傅沉大吼大叫，完全凭着一时的血气上头，此刻一瞧傅沉认真了，瞬间有些怵了。可是开弓没有回头箭，他只能挺直腰板，紧张地吞着口水。

"三叔……我……"他有些后悔了。他刚才是不是脑子被驴踢了，忍到傅沉离开不就好了吗？

"找我要说法？"傅沉对他动怒一事并不诧异。

"我……我……"傅聿修支吾了半天也没说出完整的话。

"我让你们查的东西呢?"傅沉偏头看向身边的人。

一个黑衣男人立刻恭敬地递上几张纸,傅沉的视线从纸上扫过:"自从你认识那个江小姐后,买东西、送礼物,一共花了十几万!你不会赚钱,花钱倒是大手大脚,拿着家里的钱出去讨好女人。傅聿修,你爸妈就是这么教育你的?"

傅沉语气不重,却字字有力,听得傅聿修臊得慌。

"三叔,我暑假也去打工了。"

"你所谓的打工,就是给家里的餐厅塞了个关系户,并且让餐厅在暑假这种人流量最大的时候,营业额比去年同时期降低了两成?你是去帮忙的,还是去撩妹的?"

傅沉身后的几人互看了两眼。

撩妹?

他们三爷素来用词老派,什么时候会说这么新潮的词语了?

"今天你对宋风晚说的话,我都听到了。我是让你去向她赔礼道歉的,你是去干吗的?"傅沉质问道,"你还带着那个女孩儿一起,是去道歉的还是去耀武扬威的?"

"三叔,你没看到她的样子,我觉得她压根儿不会原谅我。"

"别人原谅不原谅是一回事,我要的是你的态度!"傅沉道,"你也二十多岁了,好意思威胁一个女孩子?要是让我知道你再去骚扰她,丢我们傅家的脸……"傅沉的语气中带着警告的意味。

傅聿修低头道:"我下次不会了。"

傅沉训斥完傅聿修,这才转身离开。原本站在傅沉身后的几人快速跟了上去,边走边问:"三爷,明天还是按原计划回京?"

"嗯。"傅沉应了一声。

宋风晚从画室回到家已经是晚上十点半了。

没多久,宋敬仁应酬完回了家。他身子晃晃悠悠的,脚下趔趄,双目充血,显然喝了不少酒。宋氏在云城也算首屈一指的大企业,在酒桌上没人敢灌宋敬仁,他怎么会喝成这个样子?

宋风晚跟他打了个招呼就上楼了。

宋敬仁虽然醉了,但没有完全失去意识。他心中有些失落,这要是换成以前,宋风晚肯定会直接数落他喝了太多酒,不会如此冷淡。他自嘲地笑了笑。

宋风晚回到卧室,将书包放下,转身去衣橱里找睡衣。她看见一件黑色的连衣裙,愣怔片刻,忽然想起好多天前自己第一次去酒吧时的情形……

那天,她喝了很多酒,许多事情记不清了,早上醒来的时候已经在家了。她醒后就得知了江风雅正式登门的消息,没有仔细回想那晚的事情。现在,她忽然想起了那晚,一句话从脑海里蹦了出来:嫁给傅家三爷。

宋风晚的瞳孔倏然放大,她说过这种话?她死定了!

她将裙子从衣架上取下来,随意地揉成一团,塞到了衣橱最里面,拿了睡衣就往浴室跑。

她脱了衣服,打开花洒。整个浴室都被水汽填满,她回忆起醉酒那天的情形……

那天是傅聿修向她提出解除婚约后的第五天,也是她得知傅聿修另有新欢的那天,而且就在同一天,她知道那个叫江风雅的人居然是她同父异母的姐姐。

这一切就像是老套电视剧里的情节,宋风晚整个人都是蒙的。

那一刻她忽然有种世界都要崩塌的感觉。她一向乖巧克制,从不会出入酒吧、夜店等场所,那天却很想放纵一次,就在朋友的怂恿下买了一条风格成熟的黑色裙子,第一次去了酒吧。

傅聿修的事情倒是其次,两人虽然订婚了,感情却一般。江风雅的出现,却可能让她的家庭解体。在她心里,宋敬仁一直是个慈父,现在他的形象崩塌,而她的家岌岌可危,她怎么可能不急?

酒吧里灯光闪烁,那是与外面截然不同的世界,音乐震耳欲聋,每个鼓点敲打下来，浑身的细胞都跟着跃动。

和她一起过来的几个人，有的是这里的常客。

"我和你说，今晚在这里好好玩，我保证你能忘了所有不开心的事。"

"就是，今晚就别多想了。"

宋风晚悻悻地笑了笑。其实，她一进酒吧就后悔了，但现在就是想回去都迟了。

而另一侧的角落里，一张桌子外侧站着几个黑衣男人，桌子旁仅坐了两个人。

"傅三，你说要给我饯行，安排我来酒吧却不让我喝酒？"男人端着一杯冰柠水，一边喝一边抱怨。

傅沉端坐着，神情冷漠，那股自持的感觉与这里的氛围格格不入。他沉声道："不能喝酒。"

"傅三，你说你都一把年纪了，要不待会儿我去找几个……"那人凑过去低声问，"给你开开荤？"

傅沉挑眉："你多喝点儿，明天我送你上路。"

"神经病，你会不会说话？我是去旅游，什么上路，别乌鸦嘴。"那人正抱怨着，忽然指了指不远处，道，"那个怎么样？穿黑裙子的，看着挺好。"

傅沉朝他指的方向看了一眼。

怎么是她？他的前……侄媳妇儿。

酒吧内光线暗淡，炫目的灯光将周围的一切都烘托得神秘而暧昧。

傅沉看着走在人群中的小姑娘。斑斓的灯光从她的脸上扫过，让她看起来多了几分神秘感。

"怎么样，是不是挺不错的？她看着好像是第一次来。"

宋风晚穿着收腰短裙，剪裁得当的裙子裹着纤细的腰肢，双腿在黑裙的衬托下更显白皙修长。她穿得成熟，却藏不住骨子里透出的青涩感。而且她是第一次来，饶是装得淡定，眼里也露了怯。

在这种地方最缺的就是宋风晚这种干净到骨子里的人，这也是傅沉身侧的男人一眼就看上了宋风晚的原因。

"那丫头看着真不错，干净！"那人低声道。

傅沉没作声，那人瞧他不感兴趣，再说下去也是自讨没趣，就换了个话题。

"你这次到云城不是处理你侄子的事情吗？那宋家什么来头，能让你亲自出马？"

傅沉忽然抬了下手，示意他别说话。那人顺着傅沉的视线看过去，发现宋风晚一行人在侍者的带领下坐到了他们旁边。两拨人中间只隔着一道屏风，傅沉他们若高声说话，隔壁的人能听得一清二楚。

宋风晚那边一开始没什么动静，半个小时后才断断续续传来一些声音……

傅聿修退婚的事确实让宋风晚有些难受，她和傅聿修虽然没那么亲近，但他为了其他女人甩了她，她心里也不舒服。即便如此，这件事也没江风雅的事对宋风晚的影响大。在宋风晚心里，没什么比亲人更重要。

宋风晚心里堵得慌，又不知道怎么办，加上学业任务繁重，这才想出来放松一下。

"我看过那女的，没什么姿色，看着没什么威胁性。"

"你们说傅聿修是瞎了眼吗，看上那种人？"

"我看他是被猪油蒙了心吧。"

另一边，傅沉的朋友听八卦听得正开心，无意间听到傅聿修的名字，差点儿一口水喷出来，难以置信地看着傅沉，一个劲地给傅沉使眼色。

"宋家那个？"那人压低声音问道。

傅沉这次来云城就是专程处理傅家与宋家的婚约的，肯定会事先调查，那丫头如果是宋家的人，傅沉认识也就不奇怪了。

傅沉没出声，算是默认了。

而隔壁的人已经开始声讨傅聿修了。

"我听说傅聿修最怕的人是傅家三爷，要是能联系到傅三爷，告个状，保证能把傅聿修吓死。"

"傅三爷是什么人啊！傅聿修联系他都难，我们怎么能联系到？"

"哼——吓死他算什么？我要一辈子踩着他。"宋风晚一直在喝酒，有些醉了，此刻说话都不清楚了。

"踩着他？怎么可能？"

"算了吧，没办法的。就怕那个女的真的嫁到傅家，以后有傅家给她撑腰。"

宋风晚笑了，道："怎么没办法了？我要是嫁给傅聿修最怕的傅三爷，不就可以一辈子踩着傅聿修了？反正傅三爷又没结婚。"

众人大惊失色："风晚，你喝多了，别胡说！"有人捂住了宋风晚的嘴巴，生怕隔墙有耳。这话要是传到傅家，还得了？

炫目的灯光从傅沉的脸上扫过，傅沉抿着嘴，心想：小丫头，胆子挺大。

傅沉身边的男人快笑疯了，道："傅三，你听到没？那个小丫头说要嫁给你，有志向！我欣赏她！"他笑眯眯地对傅沉说，"不过，做人还是要有梦想的，说不准哪天就实现了，是吧？"

傅沉神色平和，一副事不关己的样子。

那人凑过去道："傅三，她好歹差点儿成了你的侄媳妇儿，你说句话啊！"

傅沉淡淡地道："她眼光不错。"

那人嘴角一抽，心里暗骂一句：臭不要脸。

傅沉瞥见一道黑色的身影从他的包间前一晃而过，微微皱起眉头，对身旁的人道："你坐会儿，我去趟洗手间。"

另一边，宋风晚正趔趔地朝洗手间走去。

她不知不觉中喝了好几杯酒，晕得不行了，只觉得眼前一片花白,脑仁儿嗡嗡作响。

卫生间这片灯光偏暗,宋风晚扶着墙壁缓慢地走着,刚走到门口,就瞧见一对男女正搂在一起……动作十分亲密。

宋风晚毕竟是个小姑娘,哪里见过这种香艳的场面?她喝了酒,大脑充血,身体僵直,一时竟呆呆地站在当场。然而,下一秒,她眼前忽然一黑,一双温热的手覆在了她的眼睛上……

"怎么不走?"那人并没有靠过来,似乎和她隔了一段距离,可是声音仿佛是紧贴着她的耳朵发出的。她能感觉到有股灼热的气息落在颈侧,整个身子都软了。

"还想看?"那人又开口了。

"没……没有。"宋风晚支吾道。

人在看不见的时候,除视觉外的其他感觉就会被放大。那人分明没有靠过来,可宋风晚光是听他的声音,都觉得悸动不已,浑身战栗。

那人道:"这里不适合你。"

宋风晚没有回答,只觉得心跳猛地加速,莫名有种窒息感。

他又道:"跟我出去。"

酒吧内光线很暗,她整个人又喝得晕乎乎的,居然鬼使神差地跟着他走了。她压根记不得那个人长什么样子,只知道在自己耳侧的那个声音……好听得要命。

傅沉看着跟着自己的小姑娘,眼底浮现一丝笑意,又有些不安。若今晚是别人把她带走的,说不准会发生些什么……

傅沉带宋风晚出来后,立刻安排人送她回去,随后道:"通知她的朋友,就说傅家的人送她回家了。"

傅沉说完看着倚靠在墙边的女人,神色黯淡了几分。

第 二 章

同居，长辈撮合

宋风晚准备再考美院，自然得努力，因此起得非常早。

她下楼时意外地见到了宋敬仁。

"爸，早。"

"嗯。"宋敬仁将报纸放到一边，淡淡地应了一声。自从出了江风雅的事，他们父女之间虽然没发生大的冲突，但一直保持着这种尴尬的状态，让人更加煎熬。

"今天公司有事吗？起这么早。"宋风晚拉开凳子坐在他对面吃早餐。

"过几个月就要考试了，你准备得怎么样？"宋敬仁不答，反而问她。

"还好。"宋风晚低头喝着粥。

"你之前不是说要去京城上素描课吗？昨晚傅家打电话来了，问你什么时候过去。"

宋风晚拿筷子的动作顿了一下。

京城那个素描课，每年招收的学生数量有限，宋风晚得到这个名额还是多亏傅家帮忙，一系列报名事宜都是傅家的人处理的。

"我和你妈昨晚通过电话了,这个课程对你的帮助很大,你不去就太可惜了。傅家那边说会帮你安排房子和借读的学校,我和你妈本来不同意,不过傅家老爷子亲自打电话过来,我们也不好推辞。"

傅家对宋风晚心怀愧疚,主动联络了宋家。

"不过这件事还得看你,你要是想去,我就早点儿回复人家。我和你妈工作都比较忙,可能没法去那边照顾你。"宋敬仁道。

"我想过去。"宋风晚没有犹豫,一向知道自己要的是什么,"几个月而已,应该没问题的。"

宋敬仁微怔,没想到宋风晚如此果决,道:"那我待会儿给傅家回个电话。"

傅聿修被傅沉"经济制裁"后,半夜接到父亲的越洋电话,又被训斥了一通,一夜都没睡着。等他起床的时候,傅沉已经离开了。

"三叔走得这么早?"

"早晨六点的飞机,三爷这会儿估计都要到京城了。"

傅聿修瞬间乐了。傅沉一走,家里的空气似乎都变得清新了。

"不过少爷……"管家似乎有难言之隐。

"有什么事直说。"傅聿修一边拿着手机给江风雅发短信,一边道。

"三爷把您的车都扣了,说……"管家咳嗽了两声,"说您想照顾女朋友,想娶她,得凭自己的本事,花家里的钱出去潇洒谁都会。三爷说江小姐肯定不是因为钱看上您的,一定能和您同甘共苦。三爷还说他在您这个年纪,已经自己开公司了。他作为长辈不求您和他一样优秀,只希望您能成长起来,别总向家里要钱。"

傅聿修听完觉得心底的火噌噌往上蹿,一时面红耳赤。这种话确实只有他家三叔才说得出口。

傅聿修咬了咬牙,不信自己没了家里的钱,真的什么都干不成。可是当他出门准备上学的时候就蒙了。他身上只有几百块钱,中午还得和江风雅吃饭……

"经济制裁"太可怕了,三叔这不是存心不让他好过吗?

此刻的傅沉刚下飞机。

京城的秋天来得早,风都是干爽的。傅沉还没出机场,手机铃声就响了。

打电话的人是他的母亲。

他接通电话,应了一声。

傅老太太道:"下飞机了吧?中午来老宅吃饭,我给你熬了汤,补肾益气。你从小身子就不好……"

傅沉捏着眉心,有些无奈。他母亲生他的时候年纪大了,他是老来子,两三岁之前确实容易生病。但这都是多久前的事情了,她现在还拿这个说事。补肾?大可不必!

"妈,这个真不用。"

"反正我等你回来。对了,你爸让我问你,宋家的事情处理得怎么样了?"

"聿修那孩子不太让人省心。"傅沉用长辈的口吻说道。

"唉,委屈宋家那丫头了。那小子居然还威胁人家,真是气死我了……"老太太感叹完,话锋一转,"老三,有件事我想和你说一下……"

"嗯?"

老太太支吾了半天,却道:"算了,以后再说吧,你抓紧时间过来喝汤。"

傅沉猜测老太太估计又想给他介绍对象了,这几年老太太打着各种幌子安排他相亲,他已经见怪不怪了。

另一边,老太太挂了电话,看向自家老头子。

"老傅,你说直接把那丫头送过去行吗?老三不会半夜把她赶出去吧?这种事他真的做得出来。"

"学校在城东,就老三家离得近。他家那么宽敞,都能养猴了,不怕多个人。聿修又怕他,不敢去找碴儿,不会影响那丫头学习。"

"老三那脾气……"老太太还是不放心。

"那小子性子冷,让他多和小孩儿接触,培养一下责任心。他觉得孩子可爱了,保不齐哪天就想结婚要孩子了。"

老太太一听能抱孙子,立刻眉开眼笑:"我去看看汤炖得怎么样了。"

宋风晚决定去京城之后,第二天就到学校办理了请假手续。

这是宋风晚第一次离开父母出远门。宋敬仁不放心,大包小包地给她装了不少东西。

二人收拾完行李,一起去客厅喝茶稍作歇息。

宋敬仁坐下后突然道:"风晚,明天公司有重要的事,我让你张叔送你去机场,到那边后有傅家人接你。"他说完捏了捏眉心,只觉得诸事不顺,随手点了根烟。

"不用了,表哥会送我到京城的。"宋风晚喝了一口茶,道。

宋敬仁顿了两秒,道:"你妈妈……"

他这几天一直在家,就是想等乔艾芸回来。乔艾芸已经离家一个多月了,其间,两人除了聊宋风晚的事情,几乎没有说过别的话题。有些事不是在电话里能讲清楚的,他一直想找机会当面和乔艾芸聊聊。可宋风晚马上要出远门求学了,乔艾芸都没回来。

他眯着眼,狠狠地吸了口烟,问:"你妈妈……在你舅舅家?"

"应该吧!"宋风晚也不是很清楚,乔艾芸并没有透露行踪。

宋敬仁张了张嘴,似乎想说什么,最终灭了烟,转身上楼了。

宋敬仁不敢去乔家,他那个大舅子可不是好惹的人。他这段时间心神不宁,也是怕乔家大舅子忽然过来。

宋风晚低头看了下腕表,见时间差不多了,回房收拾了一下东西就出门了,离开之前还特意叮嘱良姆:"我今晚和表哥在外面吃饭,不用给我留饭了。"

良姆看着空荡荡的客厅,无奈地叹了口气,低头收拾烟灰缸。

"真是造孽,本来好好的一家人,变成这样。"

另一边，傅聿修觉得自己倒霉透了，做什么都不顺。

他是独子，家里人对他难免娇惯些。他以前伸手要钱太容易，所以从没将钱财放在心上。傅沉断了他的经济来源，他原本以为没什么大不了的，现在才觉得没有钱简直步步难行。

他和江风雅交往的事情在学校传遍了，今天是他请江风雅的室友吃饭的日子。

江风雅知道傅聿修最近手头紧，提前对他说："学长，要不我们就去学校附近的小餐馆吃吧，离得近，味道也好。"当然，最主要的是便宜，江风雅没有将这句话说出来。

傅聿修知道她是为自己考虑，可是男人的自尊心促使他说："这是我第一次和你的室友见面，怎么能去那种地方？你就别担心了。"

整个学校谁不认识傅聿修？请女朋友的室友去路边小餐馆吃饭，他拉不下这个脸。最终，他还是选择去自家开的餐厅，反正不要钱，还上档次。

为了面子，他想找人借辆车，可是平时跟他关系还不错的人居然都拒绝了他。

"聿修，你别怪我，你三叔对外说了，不许我们帮你，要不然……"

"是啊，你到底怎么惹着三爷了？这也太狠了。"

"现在圈子里的人都知道你们家对你进行'经济制裁'，三爷直接下的命令。我们和他作对不是找死吗？"

傅聿修没办法，只能租了辆车充门面。

几个女生坐在车里，叽叽喳喳地聊着天。

"风雅，真是羡慕你，一进大学就找了这样的男朋友。"

"就是啊，学长还对你这么好！只是今天要让学长破费了，真是不好意思。"

"我们宿舍里，你应该会是第一个结婚的。"

江风雅的脸有些发烫，她心里甜得像喝了蜜一样，害羞地道：

"别胡说。"

车停在餐厅门口,傅聿修道:"风雅,你和她们先进去。我已经订好位置了,现在去地下车库停车,待会儿过去。"

"好。"江风雅笑着领几个室友往餐厅走去。

傅家经营的餐厅在云城是数一数二的。傅聿修之前说不靠家里,所以一直不想来自家餐厅吃饭,这次也是实在没办法了,毕竟不能在江风雅的室友面前丢面子。

这辆车是傅聿修租来的。他停车的时候,总有些束手束脚。

一辆黑色捷豹几乎是紧跟着他进了停车场,似乎想停在他所占车位旁边的空位上。

有车在等,傅聿修心里着急,打方向盘的姿势更显笨拙,花了五六分钟才把车停好。

傅聿修还没下车,只听见一声刹车声,那辆捷豹就干脆利落地停在了他的车旁。

傅聿修咬了咬牙,拔了车钥匙下车。就在他准备锁车的时候,瞧见了从捷豹车上下来的人,脸立刻僵了。

从那辆车上下来的人居然有宋风晚。她今天穿了一条粉色的碎花长裙,嘴角含笑,自信张扬,细长的凤眸顾盼生辉,看起来七分清纯、三分妩媚,娇俏可人。

宋风晚看到傅聿修的时候,也有些诧异。她刚刚还在吐槽,前面是哪个新手在开车,连倒车入库都笨手笨脚的。

宋风晚看了一眼傅聿修,又看了看他的车,忽然笑了,道:"真巧啊,你什么时候换车了?我还真没认出来。"

傅聿修的脸色霎时一阵青白。他一口气憋在胸口,差点儿被气得吐血。宋风晚分明就是故意嘲讽他。他道:"宋风晚,我三叔已经走了,你适可而止,不然我对你不客气。"

"上次你不就威胁我,让我等着吗?怎么着,你还想打我不成?"

"以前我怎么没发现你这么牙尖嘴利?"

就在这时,车门关闭的声音传来,傅聿修看到一个男人走了过来。

那人低头点了根烟，忽明忽灭的火星将他的眼神衬得更加深邃。他抬头迎上傅聿修的目光，说："以前我也没发现傅少爷派头这么足。"

那人二十七岁，脸有些瘦削，凤眸薄唇，穿着黑色西装，上衣敞开露出里面的白衬衫、黑马甲，配着浅灰色领带。他将右手插在西装裤的口袋里，左手夹着烟，借着身高优势略微俯视着傅聿修。他不紧不慢地弹落烟灰，眸子里透着一丝阴冷的光。

傅聿修以前见过他一次。他是宋风晚的表哥，乔氏的少东家乔西延。

傅聿修对乔家并不熟悉，只知道乔家经营着几家祖传的玉石店，祖上定居吴苏，世代都是手艺人，擅长玉雕石刻。

这年头科技发达，在石头上雕龙描凤都不稀奇，乔家在旁人眼里就像即将沉入西山的斜阳，没前途。而且乔家现在就剩下宋风晚的舅舅和乔西延两人是潜心研究这行的。

钻研某样东西的人往往有些痴狂，乔家人就是如此，性格有点儿偏执、古怪。傅聿修因此有点怕乔西延，没接话。

"傅少爷怎么不继续说了？"乔西延挑了挑眉。

"表……乔先生。"傅聿修下意识地想喊表哥，又改了口。

"傅聿修，你命不错，生在傅家。看在你家老爷子的面子上，我不想让你太难堪。我一出生就摸刀，手里劈过凿过的石头比你见过的都多。要是再让我听到你对晚晚出言不逊，我就是拿刀伤了你……"乔西延吸了口烟，眼神变得更加阴冷，"那也是你欠我家晚晚的。"

乔西延无意间给人的那种强大的压迫感让傅聿修难以喘息，傅聿修道："我还有点事，先走了。"傅聿修说完就落荒而逃了。

宋风晚扑哧一声笑了出来："表哥，你把他吓着了。"

"我说话已经很客气了。"乔西延淡淡地道。

宋风晚干咳两声，心想：表哥可能对"客气"这个词有些误解。

"我以前见他一次，本以为他是傅家培养出来的，肯定不错。"

现在看来,再好的枣树上也能结出烂果子。"

宋风晚笑着挽住乔西延的胳膊,道:"我们去吃饭吧。你开了这么久的车,肯定又累又饿,吃完赶紧回酒店休息。"

宋风晚出发去京城当天,宋敬仁亲自帮她将两大箱行李还有美术用具全部搬到了车里,随后叮嘱道:"风晚,你到京城那边一定要好好照顾自己,要是吃不习惯,我就让良婶过去给你做。"

"我就过去两三个月,没事的。"宋风晚打量着行李箱,琢磨有没有忘记带什么。

"你到了后先去拜访一下傅老爷子,态度要恭敬。还有,你一定要记得给我打个电话,不管多晚我都等你的消息。"宋敬仁又道。

"我知道。"宋风晚心里有些不舍,也有些忐忑,毕竟是第一次离开父母去外面居住。

"西延,那这次就麻烦你了!"宋敬仁看向乔西延道。

但乔西延只是偏头看了宋敬仁一眼,没接话,直接问宋风晚:"晚晚,收拾好了吗?"乔西延过来后连宋家的院子都没踏入,这已经表明了乔家对宋敬仁的态度。

宋风晚点点头,道:"收拾好了。"

"那我们出发吧!"乔西延说完直接上了车,身姿傲然,比秋风给人的感觉还凌厉。

宋风晚又和宋敬仁说了几分钟话,才坐车离开。

车灯闪了几下,乔西延驾车绝尘而去。

宋风晚坐在副驾驶座上,正低头和母亲发信息,猛地想起了什么,转过身在后面的座位上找东西。

"忘带东西了?"乔西延看她慌里慌张的样子,微微一笑道,"我们还没上高速,你赶紧找。"他放慢车速,声音不再那么冷淡,反而透着随性、懒散以及幸灾乐祸的意味。

宋风晚终于找出了一个纸袋,抱在怀里低头检查起来,随后惊喜地道:"找到了,吓我一跳,我还以为落在家里了。"

乔西延淡淡地瞥了一眼,发现她手里拿着的似乎是件衣服,问:"这件衣服很重要?"

"是傅三爷之前借给我的……"宋风晚也没藏着掖着,把下雨那天的事情简单地说了一遍,"我查了一下,是这个牌子当季的限量款,挺贵的。"

"没想到傅三爷还有这样的一面。"乔西延感叹道。

"嗯,他帮过我几次。"宋风晚如实说道。

"那也算是个好人。"乔西延赞许道,看来傅家也有明白人。

乔西延一开始对傅沉的印象不错,但傅沉"拐"走宋风晚后,乔西延就整天在家里感慨傅沉心机太重。

"你又不认识他,怎么知道他怎么样?"宋风晚狐疑道。

"听之前去店里买玉器的客户说起过他的事。听说他虽然人不错,但很不好相处,不喜欢别人和他顶嘴。他说什么你都听着。"乔西延有些担心表妹,毕竟她即将在外地待几个月,受了委屈都没人撑腰。

"虽然不知道傅家那边是怎么安排的,不过我看傅沉对你还可以,你还衣服的时候态度好点儿。你不是带了特产吗?也给他送点儿!要是他能照顾你,在那里就没人敢欺负你了。"

"我记住了。"宋风晚咬了咬嘴唇。

此刻的傅沉压根不知道宋风晚在来京城的路上。

傅老爷子怕傅沉抵触,给家里所有人都下了封口令,下定决心将宋风晚安排到傅沉那儿住。

傅沉对宋风晚是有点儿意思,不过她年纪小,又准备重考大学,他倒也不急。最近他手头有个收购案在处理,忙了几天,今天刚歇下就被老太太拉出来听戏。

剧院里有很多不懂戏的世家小姐,老太太有什么目的不言而喻。

中秋节刚过不久,梨园里还在唱《嫦娥奔月》,戏台子上的人画彩着墨,披着云肩,甩着水袖,声音婉转。

老太太手执茶杯,眯眼听着。

傅沉仍旧穿一身黑色长衫，偏头看了一眼手机，院子里暗淡的光线落在他的身上，使他透着一股民国时期公子哥的风流意味。

"老三，你在等电话？"老太太斜睨着眼，压着声音开口。

"没有。"

他和宋风晚交换过手机号码，两人却连一条短信都没发过。

傅沉收起手机，心想：难道那小丫头不打算请自己吃饭，还自己衣服了？

从云城到京城开车需要七个多小时，宋风晚和乔西延七点多出发，中途在两个收费站休息了片刻，到达京城的时候已是傍晚时分。

"现在就去傅家？"宋风晚将手边的错题集放在一侧，直了直腰板，"要不明早过去？"

天快黑了，又恰逢饭点，他们现在拜访不太合适。

"之前说好了，傅老会等我们一起吃晚饭。"乔西延现在确实有些饿了。

他们进入京城后，明显感觉车增多了。

宋风晚偏头看着窗外的景色。她不是第一次来京城，但以前只是过来旅游。

这是一座千年古城，有丰厚的历史积淀，融合了现代化的气息，孕育出独特的人文风貌。这是一个繁华精彩，却也最冷酷无情的地方。

车穿过大半个城市才到了大院。铁门高耸，威严肃穆，让人觉得遥不可及。

"等一下。"乔西延下车准备去登记，这种大院没有许可他们是进不去的。

"乔先生？"一个头发花白的老者走过来，低声询问道。

"是。"

"我是傅老派来接你们的。"老者笑着和一侧的警卫打了声招呼，铁门应声打开。

"麻烦了。"乔西延对长者素来客气有礼。

车驶入大院,路两侧是耸立的水杉,院内遍布绿植,每一棵都修剪得精巧好看。傅家的宅子在最里面,车到院门口就停下了,两人在傅家人的带领下缓缓往里走。

"这是以前上面分的房子。老爷子退下来之后,上面体恤,老爷子就一直住在这里。平时这边就老爷子和老夫人两个人在。"那个老者解释道。

院子不大,里面种着银杏、丹桂。

宋风晚没敢多打量,目视前方,踏上了台阶。

她虽然和傅聿修订过婚,却没正式来过傅家。原本他俩应该有个隆重的订婚宴,但那时候傅老太太的身体不好,订婚宴的事就搁置了。

宋风晚深吸一口气,心底难免有些紧张,耳边忽然传来一声:"老爷子,人到了。"

紧接着,宋风晚就看到一位鹤发老者从门口走出来。他穿着极为朴素,领口手绣的花纹却繁复精致,给人以低调内敛之感。他看上去精神矍铄,戴着老花镜,眼神异常犀利,只是目光落在宋风晚身上时,又变得十分慈爱。

"晚晚?"他的声音听着十分有气势。

"傅爷爷好。"宋风晚乖巧地唤了一声。

"傅老。"乔西延仍旧神色平静。

"我以前见你的时候,你才……"傅老爷子伸手朝宋风晚比画道,"才这么点儿。"

宋风晚诧异,他们何时见过?

"我估计你不记得了。那时候你还小,被你外公抱在怀里,我想抱你一下,你外公都不肯。"傅老爷子又道,"坐车很辛苦吧?快进来!"

"嗯。"宋风晚十分好奇,难道傅爷爷认识外公?而且听傅爷爷的语气,他们还很熟。

傅老爷子打量了乔西延一眼,问:"你父亲近来可好?"

"还是老样子,劳您记挂。"乔西延和他说话不卑不亢。

傅老爷子点了点头。

而此刻的梨园内,戏台上的人正在唱京剧名段《锁麟囊》,抑扬顿挫的唱腔赢得满堂喝彩。

这出戏唱的是落难千金得人仗义相助后报恩的故事。

傅沉眯着眼,心想:母亲比较挑剔,就爱听《玉堂春》《群英会》几个曲目,今天怎么听这出戏也这么入神?

"老三啊。"

"嗯?"傅沉转头看过去。

"你说这薛湘灵是不是很可怜?"老太太一脸悲伤地道。

"嗯。"傅沉应了一声。薛湘灵就是这出戏中的落难千金。

"你说你要是遇到这种需要帮助的姑娘,是不是也会伸出援手?"

傅沉一顿,觉得有什么地方不对劲,道:"妈,您……"

"你看人家小姑娘已经这么可怜了,你这小子怎么这么铁石心肠?"老太太立刻板起脸。

傅沉无奈。看出戏而已,老太太怎么这么认真,还一副要教训自己的模样?他不可能为了一出戏让她不自在,便道:"嗯,帮,肯定帮。"

"这可是你说的。"老太太忽然笑了。

老太太为了逼傅沉相亲、结婚,无所不用其极。傅沉有些好奇,难不成老太太这次准备介绍个落难千金给他?

"不早了,回去吧,你爸还等着我们吃饭呢。"老太太说完,眉开眼笑地起身往外走,走路都比寻常快。

傅沉和老太太到大院的时候,已经是日暮时分。两人刚到家门口就听到里面传来傅老爷子爽朗的笑声。

傅沉脸色一沉,看了一眼母亲。

老太太笑得格外灿烂，道："老三，家里有客人。"

傅沉想起看戏时候母亲的模样，心想：难不成她今天真的要给他介绍个相亲对象？

"你和我们家老三差不多大，处对象了吗？"老爷子声音洪亮。

"还没。"乔西延道。

"你们都是怎么回事啊？我们家老三今年过完生日就二十七岁了，到现在都没谈过恋爱，连小姑娘的手都没拉过。"

傅沉听到这儿，皱起眉，大步往屋内走去。父亲可真是什么都敢往外说。

一进屋，傅沉就瞧见某个小姑娘正端着茶，笑得温和。

屋内几人也看到门口的人了。宋风晚立刻起身，道："傅奶奶好，三爷好。"

阳光打在他黑色的长衫上，他周身仿佛被镀上一层淡金色。他甩了一下手中的珠子，流苏摇摆，道不尽其中的风流韵味。

傅沉打量着屋内的小姑娘，带着些审视的意味，跟两人从未见过一样。

宋风晚的眼底有几分促狭之色，她咋舌，心想：三爷都这么大了，居然连姑娘的小手都没拉过？

"老三，进去吧。"老太太笑着先进了屋。

宋风晚不卑不亢地站在那儿，小心地打量着这位老夫人。

傅老太太今年已经八十岁了，比傅老爷子还大两岁。她一头银丝，穿着深紫色旗袍，因年事已高，皮肤已然松弛，但骨子里的优雅气质还在。

"晚晚？"老太太没什么架子，直接朝宋风晚走过去。

宋风晚笑着点头，脑海中只有一句话：时光从不败美人。

"奶奶好。"乔西延语气恭顺。

"以前让你来看我，你推三阻四，现在让你送晚晚过来，你倒是勤快得很。"

老太太说话没有那么字正腔圆，宋风晚细细听着，暗忖：难道她是南方人?

"比较忙。"

老太太轻哼一声,拉着宋风晚坐下,随后回头提醒自己的儿子:"老三,你站在门口干吗?过来坐。"

傅沉本就心思通透,只花了几秒就把事情理顺了。难怪这段时间母亲在他面前总是欲言又止。他本以为母亲是要安排他相亲,现在看来,母亲今天那出《锁麟囊》,完全是为宋风晚安排的。

傅沉不动声色地坐到一边,目光从乔西延的身上扫过。

视线相接,两人都在打量对方,空气中似有暗流涌动。

"老三,晚晚你是认识的,这位是乔西延,你乔爷爷的孙子。"傅老爷子一边喝茶,一边道。

傅老爷子不着痕迹地打量着自己的儿子,完全看不透他在想什么。

傅沉嗯了一声,没说什么。乔西延心想:这个傅沉还真是个不好亲近的人。

"都别愣着了,过来吃饭吧。"老太太笑道。

"我出去一下。"傅沉起身往外走,似乎有些不悦。

"老三!"傅老爷子皱眉呵斥道。这浑小子,难不成准备扔下客人自己走?

"打个电话而已。"傅沉说完走了出去。

"就他事多,我们别管他,来吃饭。"傅老爷子道。

反正老爷子今天是打定主意让傅沉收留、照顾宋风晚了,傅沉是从也得从,不从……也得从。

这边平时就傅老爷子和老太太两人吃饭,只有一张可坐六人的小餐桌。傅老爷子坐在上首,老太太自然坐在他的下方。

"西延,你来我这边坐。我有段时间没见到你了,你最近在忙什么啊?"老太太说的是吴苏话。

"还是那点儿事。"乔西延对长者恭敬,直接坐到老太太身侧,道。

宋风晚没办法，只能独自坐在一侧。

"反正你干这行得干一辈子，不在乎这点儿时间，但找媳妇儿的事可不能耽搁，一定要趁早，不然好姑娘就被人抢走了。"老太太拉着他的手，眉头紧皱，"你看你的手……"

乔西延整天拿刀，手上都是茧子。

"你这手简直比我们家老头子的手还糙。"老太太心疼地道。

"很正常。"乔西延不动声色地抽回手。

"自己的事还是得抓紧。你喜欢什么样的？回头我给你介绍几个。"老太太一提到给人介绍对象眼里就冒光。

"真的不用。"乔西延干咳两声，低头吃饭。

"结婚生子很正常，你别害臊。"

宋风晚坐在对面，低头强忍笑意。突然，她感觉身侧有黑影靠近，抬头一看，傅沉拉开凳子坐到了自己的身旁。傅沉神色平和，宋风晚却瞬间紧张起来。

"晚晚，你要不要来点儿酒？"傅老爷子拿着一个白瓷小酒壶，突然道，"这酒是别人送的，味道甘甜，度数也不高，喝一点儿应该没事。"

"我不用了，三爷喝吧！"宋风晚说完突然想起自己之前在酒吧的妄言，心虚不已。

"老三平时吃素，还戒烟戒酒，特别没劲。西延，你陪我喝一杯。"傅老爷子提到傅沉，语气中透着一丝嫌弃。

宋风晚则诧异地抬头看向身旁的人，心想：他不是能吃肉吗？

傅沉注意到她的视线，淡淡地看了她一眼，宋风晚急忙低下头。

"晚晚，你难得过来，就喝一小杯，尝个鲜！这种酒你肯定没喝过。"傅老爷子作势要给宋风晚倒酒。

宋风晚没办法，只能起身道："傅爷爷，我自己来吧。"

这酒颜色青黄，透着一股果香。宋风晚喝了一口，觉得还挺好喝的。她舔了舔嘴角，小心翼翼地捧着酒杯准备再喝一口。但酒杯刚碰到唇,她便听到身旁传来低沉的声音:"好喝吗?"那声音几乎是贴着宋风晚的耳朵发出的,颇有磁性。

宋风晚身子僵直:"还行。"

"少喝点儿,免得酒后失言。"

"我不会乱说的。"宋风晚咬着唇,心想:不就吃肉那点儿事?

"老三,我有件事要和你说一下。"傅老爷子突然道。

"嗯?"傅沉直起身子。

"晚晚进修的辅导班在城东,离你家近,暂时让她住到你那里吧。"

"咯咯——"宋风晚被吓得呛到了,咳得小脸通红。

傅沉放下筷子,神色越发不悦,道:"爸,这恐怕不合适吧。"

不远处,一直跟着傅沉的几个人面面相觑,心想:您刚才还出去打电话让人给宋小姐置办东西,这会儿怎么还生气了?您装,继续装!

宋风晚乖巧地道:"就是,我就过来两个多月,哪敢劳烦三爷啊?我在学校附近租个房子就好。"

傅老爷子解释道:"这件事我有几层考虑。首先,老三那里地方大,安保条件也好,还安静,适合你画画;其次,这小子平时很会照顾自己,吃得好,你平时学习那么辛苦,一定要好好补补;最后,我听说聿修那浑小子找过你的麻烦,你如果住在老三那里,聿修就绝对不敢去打扰你。"

"傅老,晚晚毕竟是女孩子,三爷那边……"乔西延皱眉,"就怕不方便。"

"确实不方便。"傅沉附和道。

"那个房子你一年能住几天?这次要不是为了去云城处理事情,你肯定去滑雪了!房子平时也空着,住个人怎么了?"傅老瞪着傅沉,一副"你再推辞,我立马给你好看"的样子。

"原本我们是打算在学校附近给你找个小公寓的,可是你年纪小,我们实在不放心啊,万一出了什么事……"傅老太太皱眉,一脸忧色。

听傅家二老这么说，乔西延心里有了判断。傅家人说得没错，宋风晚年纪小，独自住在外面不安全。傅沉是傅老教出来的孩子，也是出了名的正派人，晚晚跟傅沉住在一起应该很安全。

想到这里，乔西延道："三爷，这两个多月恐怕要麻烦你了。"

宋风晚不想去，一个劲地给自家表哥使眼色，但乔西延完全没看她。

傅沉没接话，傅老太太轻哼一声，道："老三，听戏的时候你可是答应过我的，现在要反悔？"

"妈，您应该知道我那里从不让女人进。"傅沉压低声音道，语气不悦。

"什么女人？晚晚是个小女孩儿。况且她就住两三个月，你这个做长辈的忍心让一个女孩子单独去外面住？"傅老爷子严肃地道。

"傅爷爷，我……"宋风晚刚开口，话就被打断了。

"晚晚，反正你表哥也同意了，这件事就这么定了。待会儿你就跟老三回去。"傅老爷子当机立断，直接把事情敲定。

傅老太太接着道："老三，你可别欺负人家。要是让我知道你背着我给晚晚脸色看，我可饶不了你。"

傅老太太表面严肃，心里其实乐开了花。傅沉平时太闷了，有宋风晚这样一个充满朝气的小姑娘住进他家，那边也能多些生机。

或许哪天傅沉就开窍了，想给家里添个女主人了，那她离抱孙子那天还远吗？

宋风晚住宿的事情定下来后，餐桌上的气氛有些古怪。宋风晚低着头，不知不觉喝了半杯酒，脸上热得不行，脑子也有点儿晕。

吃完饭，几人又在客厅坐了一会儿。傅家极少来客人，两个老人心里高兴，直到十点多才让几人离开。

"西延，要不你今晚就住我这里？老三会照顾晚晚的。"傅老太太提议道。

乔西延看了一眼傅沉，有些不放心，便道："三爷，我今晚方便去你那里借住一晚吗？"乔西延想去看看宋风晚以后生活的环境，顺便和傅沉好好聊聊。

"可以。"傅沉果断地道。

几人简单收拾了一下东西，随后离开了。宋风晚喝了些酒，脸上有些红，走路还有些趔趄。

"这是喝多了？要不待会儿让她坐老三的车回去！西延还得开车，不方便照顾她。"傅老太太十分贴心地安排道。

乔西延点头答应了。

"我没喝多，真的。"宋风晚简直想哭，不想坐傅沉的车。

这时，傅沉已经上了车，车门开着，暗淡的光线让人看不清他的脸。

"开车过去得半个多小时，而且这边路上堵车，车子走走停停，你要是真的吐了，让西延怎么办？"傅老太太蹙眉道。

"上车。"傅沉缓缓道。

宋风晚咬着唇，可怜兮兮地看了一眼乔西延，才心不甘情不愿地上了车。

傅沉的车在前面，乔西延跟在后面。

车内，傅沉偏头看了一眼身旁的人，心想：她离我这么远？

傅沉现在是不会胡来的，她人都到他家了……傅沉抿着薄唇，嘴角扬起一抹微不可察的弧度。他不急，来日方长。宋风晚却自始至终胆战心惊，莫名有种羊入虎口的感觉。

车在平稳的路面上疾驰，傅沉闭着眼睛靠在座位上。宋风晚偷偷看了他一眼，仔细想了想，就是寄住而已，自己注意点儿，别招惹他，两个多月还是很快的。

按傅老爷子的说法，傅沉应该不常住在家里，那他们碰面的机会应该很少。

就在她出神的时候，手机振动起来，乔艾芸打电话来了。

"妈。"宋风晚压低声音,怕吵到傅沉。

"晚上在傅家吃得好吗?"乔艾芸的声音中满是慈爱和关切之意。

"挺好的,傅爷爷和傅奶奶都很好。"宋风晚听到母亲的声音,整个人松弛下来,声音都变得甜美了。

"那就好!你住到傅沉那边后记得听话,别给人惹麻烦……"乔艾芸已经从乔西延那儿得知女儿的事了,叮嘱了一番,"你一个人出门在外,一定要照顾好自己,需要什么随时给我打电话。我把手头的事情忙完了就去看你。"

"嗯。"宋风晚想起自己有段时间没见到母亲了,此刻又身处他乡,还得住在一个阴晴不定的人家里,忽然有点儿伤感,问,"妈,你什么时候忙完?"

"很快,你乖点儿。"乔艾芸的声音越发温柔。

京城堵车严重,车走了又停,宋风晚喝了点儿酒,本就头晕,又一直低头玩手机、打电话,只觉得胸口闷闷的,直犯恶心。

挂了电话,她降下车窗,似乎舒服了些。就在这时,前方有人超车,司机吓了一跳,猛踩急刹车,宋风晚整个人像是失重般往前冲去……

她本以为这次要撞到前面的座位了,胳膊忽然被人拉住,整个人撞入一个温热而结实的怀抱。

脑袋被磕到了……

她倒吸一口凉气,疼得差点儿掉下泪来。

"三爷,有人超车。"司机冷汗涔涔。

傅沉看着怀里的人,问:"撞到哪里了?"

"头。"宋风晚说完才发现自己居然趴在傅沉的怀里,双手正好死不死地按在他的胸口处。

他穿着对襟长衫,胸前有盘扣,她的额头正好磕在盘扣上,难怪这么疼。

"抬头。"傅沉温和地道。

她抬起头,感觉到他鼻端呼出的热气落在她的脸上,忽轻忽重。

她心头直跳，呼吸都陡然停滞了数秒。她还没回过神，一双温热的手在她的额上轻轻揉了两下。

他问："是这儿？"

宋风晚傻了。

而傅沉移动指尖，换了个地方，问："这儿？"

宋风晚浑身紧绷，手心发烫。她喝了酒，身上本就有点儿燥热，被他一摸，一抹红晕在脸上蔓延，整个小脸都像染上了一层云霞，样子十分可爱。

"到底撞到哪里了？"傅沉又问。

宋风晚这才回神，道："没事，也不是很疼。"

"那就坐好了。"傅沉道。

宋风晚点点头，心想：要是一会儿我真的吐在了他的车里，他肯定会把我扔下去的。就在她担心之际，她的手忽然被人握住了。宋风晚下意识地想抽回手，傅沉不但没松开，反而握得更紧了。她的神经紧绷起来，他这是要干吗？

二人四目相对，他用低沉且不容人抗拒的声音道："别乱动。"

傅沉握住她的手，低头看了看，小姑娘的手很好看，手指细长。

他用拇指按住她左手虎口正中位置的合谷穴，道："这样会舒服点儿。"

"我自己来吧。"宋风晚不习惯跟傅沉这么亲近。

"母亲让我照顾好你。"傅沉语气平和，好像照顾她只是应了父母的要求而已。

他倏地发力，疼得她差点儿叫出声来，但那种反胃的感觉似乎真的消失了。

宋风晚本就坐了一天的车，现在酒劲上来了，昏昏沉沉地靠在座位上，只想睡觉。

傅沉替她揉了一会儿，看她睡着了，小心地捏了她的手背两下。她的手又嫩又软，握在手里……他就不想放手了。

宋风晚睡着后，傅沉示意司机放慢车速。可她这一觉睡得并不安稳，感觉有人在叫她。

"宋小姐！宋小姐！"

宋风晚倏地从梦中惊醒，入目就是傅沉的脸，当即吓得脸都白了。

"三……三爷。"她舌头打结。

"到了。"傅沉语气平和。

"嗯。"

傅沉视线向下，问："你的手……可以松开了吗？"

宋风晚一低头就看到傅沉的衣袖被自己死死地攥在手里。

"对不起。"她立刻松手，脸瞬间红了。

"没事。"傅沉伸手整理衣服，抚平被她弄皱的衣袖。

宋风晚悻悻地点头，压根不敢看他，调整好呼吸后才下车。

映入宋风晚眼帘的是一处典型的中式住宅。虽然是晚上，大宅里却灯火通明，透着一股古朴肃穆的气息。

"三爷。"一个四十岁左右、穿着笔挺制服的中年男人早就在门口候着了，看到宋风晚时笑得十分和蔼："宋小姐。"

"您好。"宋风晚初来乍到，有些拘谨。

"这是年叔，你有什么事都可以直接和他说。"傅沉道。

此刻，乔西延的车也到了。

行李自然有人搬运，他们跟着傅沉进门就好。

从门口到宅子正门也就三四分钟路程。进门后，宋风晚立刻闻到一股淡淡的檀香。屋内的陈设十分考究，极其淡雅，又处处精巧，低调中带着奢华。

傅沉走在前面，像极了民国时的公子哥，身上有种道不尽的风流韵味。

"宋小姐，您的房间在二楼，我带您过去。"年叔垂眸说道。

"谢谢。"宋风晚跟着他往二楼走去。

年叔介绍道："房间里有独立卫浴，您住进去很方便。"

她走进房间，发现里面已经摆放了一些女士用品。年叔没有进去，站在门口解释道："知道您要过来，三爷提前让我们准备了一些。要是您还需要什么，随时告诉我。"

"挺好了。"宋风晚没想到傅沉这么细心。

行李已经送来了，她得收拾一下东西，见年叔还没走，问："年叔，您还有事？"

年叔笑得灿烂，道："这宅子是三爷亲自设计、监督建造完成的，除了亲人，您是他带回来的第一个女人。"

宋风晚愣了片刻，这话听着怎么这么不对劲啊？什么叫她是他带回来的第一个女人？她就是暂住而已。

"您先收拾，我不打扰了。"年叔贴心地关门离开，看着十分欣慰。

他是看着傅沉长大的，虽说这位宋小姐表面上是老爷子和老夫人硬塞进来的，但三爷要是真的不愿意，她连大门都进不来。

年叔猜测，三爷恐怕是看上对方了。

这孩子眼看着都二十七岁了，可算开窍了。

年叔走后，宋风晚松了口气，坐在床上仔细地打量起自己的房间。她到现在都没反应过来，觉得自己像在做梦。

傅沉回了自己的卧室换衣服。

他刚解开两颗盘扣手机铃声便响了，与此同时听到了敲门声。

门外的人是乔西延。他问："三爷，有空聊几句吗？"

乔西延刚抽了根烟，说话时带着股烟草味。

傅沉平静地看了一眼乔西延，道："稍等。"

"我在院子里等你。"

乔西延说完，状似无意地打量了一眼这位传说中的傅三爷。这个男人未免长得太精致了，连手指都像打磨过的上好暖玉，匀称修长。

"好。"傅沉说着关上门。

他早就猜到乔西延会来找他了。

傅沉到院子里的时候，乔西延正站在路灯下抽烟，听到动静便转头看了一眼。

见傅沉走近了，乔西延将烟头扔到地上蹑灭。

"想和我聊什么？"傅沉说道。

"主要是谈一下晚晚的事，这段时间恐怕要麻烦三爷了。"为了自己的表妹，乔西延难得放缓了语气。

"嗯。"

"晚晚很乖，应该不会给您惹麻烦，要是真的犯了错，也麻烦您多包涵，不要和一个小孩子计较。"

傅沉性格古怪，乔西延担心自己离开后他会欺负表妹。

傅沉淡淡地道："视情况而定。"

乔西延蹙眉，心道这人果然和传闻中一样难缠，连客套话都懒得说。

"三爷在京城也是数一数二的人物，相信您是不会为难一个小姑娘的。"乔西延道，"要是她真的做了不好的事，也是因为最近受了太多刺激……罪魁祸首是谁，三爷您清楚。"

傅沉突然转头，眼中满是冷意，但很快又恢复常态。他冷冷地问："乔先生是在警告我？"不然乔西延为什么要刻意提傅聿修？

乔西延一笑，道："我只希望三爷对晚晚包容一些。我们乔家人虽然不多，但都出了名地护短，我就一个姑姑和晚晚一个表妹。谁欺负了我，我能忍；谁要是欺负了晚晚……我绝对不会放过。"

他直视傅沉，没有丝毫畏惧之色，眼中莫名带着点儿……狠劲。

傅沉："我没欺负孩子的癖好。"

乔西延得到了满意的答案，这才道："今晚多谢三爷招待，我开了一天车，先回屋了，您也早点儿休息。"

傅沉点头，看着乔西延离开。

直到乔西延的背影彻底消失，才有人从暗处走出来，道："三爷，乔西延的胆子未免太大了，他居然敢当面威胁您！"他们躲在暗处都听傻了，还没见过谁敢这么和三爷说话呢！

傅沉非但没生气，反而勾唇笑了笑，道："挺有趣的。"

有趣？众人又傻了。这要是换成以前，三爷肯定早就动怒了，现在居然在笑？难道他是看在宋小姐的面子上才这样的？果然美色误人啊。

傅沉哪有他们想的那么肤浅？他刚才其实是故意试探乔西延的，想看乔西延会为宋风晚做到什么地步。如果乔西延刚才被他的眼神吓到了，那他压根儿不会将乔西延放在眼里。

总有人说乔家日落西山，恐怕是低估了这位乔氏少东家。

宋风晚入住傅沉家的第一个晚上，无风无浪，喝了年叔特意送来的醒酒安神汤后就安稳地入睡了。

也许是白天坐车太累，她一夜无梦，第二天醒来时，天已大亮。

初来乍到，她没敢睡懒觉，简单洗漱后就下楼了。

这年头，要是没事，没几个孩子愿意早起。宋风晚起得这么早，年叔很意外，对她的喜爱又多了几分，心想：三爷的眼光果然不错。

"年叔早。"这儿毕竟不是自己家，她还是有些拘谨的。

"宋小姐怎么不多睡会儿？"年叔笑道。

"睡不着了。表哥还没醒？"她下意识地找最亲近的人。

"还没。不过，三爷起了，您要不要去打个招呼？"年叔的表情异常和蔼。

"会不会不方便？"

"不会，三爷每天早上都在小书房看书、练字，我带您过去。"

宋风晚没法推托，只能跟着他往小书房走去。

年叔一早就看出来了，宋风晚年纪小，情窦未开，现在就是三爷一头热，自己肯定得尽力帮忙。

宋风晚跟着年叔到了小书房门口。年叔叩门，道："三爷？"

"进来。"傅沉的声音有点儿闷。

年叔推开门，错开身："宋小姐起了，想过来和您打个招呼，我就领她来了。"

宋风晚无辜地眨了眨眼，怎么变成她想过来了？这分明是年叔提议的啊！

傅沉握着一支小叶桢楠毛笔垂头抄书，神情专注，身姿如青松般挺拔。

楠木桌上，一本书，一沓纸，一副笔架，一个镇尺，一方青铜香炉，一缕线香从滤嘴中漏出，晨风掠过，一室檀香。另一张桌上有台留声机，正放着戏曲。

年叔去楼下给他们准备茶水，宋风晚硬着头皮走进去，道："三爷早。"

抄经听戏，他明明才二十多岁，怎么过得像个老头子？

"嗯。"傅沉提笔，裹墨挥毫，写意风流。

宋风晚踮了踮脚，看了一眼他写好的字，这字……真好看。而此刻她也听清了傅沉放的是昆曲《牡丹亭》。

宋风晚对戏曲没研究，只是乔家祖居吴苏，正是昆曲盛行地。她小时候听外公哼唱过，对词句还有印象。此时留声机里放的是最有名的《游园惊梦》。

"和你把领扣儿松，衣带宽……则待你忍耐温存一晌眠……见了你紧相偎，慢厮连，恨不得肉儿般团成片也。"

这段本来讲的就是做春梦，宋风晚年纪小，脸皮薄，忽然脑补了一幅画面，小脸霎时一片绯红。

"你的脸怎么红了？你不舒服？"声音从她的头顶传来，宋风晚一抬头就发现傅沉不知何时站在了她面前，正垂眸看着她。

他们靠得太近了……这简直要命。

"是不是哪里不舒服？"傅沉追问，靠得越发近了。

他的指尖忽然落在她的脸上，她身子僵直，整个人愣在原地。

"你的脸很烫。"傅沉眯着眼，温热的呼吸落在她的脸上，有些灼人。

她忽然觉得傅沉在勾引她，急忙往后退，道："我没事啊，可能刚才走得太急了。"

"嗯。"傅沉没戳破她,毕竟小姑娘脸皮薄。

她都住到他家了,他大可以徐徐图之,不急于一时。

"我就是过来和您打个招呼,您先忙,我出去了。"宋风晚哪里还敢待下去,转身就往外跑。她这一转身,差点儿吓得魂飞魄散……一条中等体形的狗忽然跳得老高,朝她扑过来。

"啊——"宋风晚下意识地叫了一声,本能地往后退,原本还泛着桃色的小脸唰一下就白了,腿瞬间软了,下意识地拿手去挡。她往后挪了几步,整个人撞进了一个温暖的怀抱。

傅沉皱眉,先把人护在怀里,然后狠狠地瞪了那条狗一眼。

狗显然怕傅沉,吓得立刻退了回去,怯生生地在门口徘徊,同时盯着宋风晚。

"吓到了?"傅沉低沉的声音从她的头顶传来。

"我……"宋风晚呼吸急促,惊魂未定。她被吓得腿软,只能靠着傅沉,两人的身子紧贴在一起。

"别怕,它不咬人。"傅沉的手放在她的腰上,手指微微收紧。怀中的那股馨香让他恨不得此刻就将她据为己有。

"你养狗?"她轻声问。

她盯着蹲在门口的狗,有些畏惧。那条狗则用力地摇着尾巴。

"嗯,不到一岁。"傅沉伸手揉了揉她的头发,道,"它很乖。"

"嗯。"宋风晚紧张地咽口水。

"三爷,我……"年叔端着茶杯进门,居然看到两人抱在了一起。

傅沉看向年叔,神色略显不悦。

"打扰了。"年叔老脸一红,故作淡定地将茶杯放下,拿着托盘退了出去。

宋风晚回过神,这才意识到自己居然被傅沉抱在怀里,慌乱地退后几步。傅沉心里不满,脸上却极为淡定。

宋风晚瞄了一眼那条狗,道:"这狗……挺漂亮的。"

它有小巧的三角耳,眼睛也呈三角形,又黑又亮,四肢粗壮,背后浅黄,前胸却一片雪白,是柴犬。

"去年过生日，朋友送的。"

"挺好的。"宋风晚极力控制好情绪，道。

"喝点儿茶。"傅沉指着刚才年叔送来的茶水道。

"嗯。"宋风晚端起茶杯，放在唇边吹了口气，小心地喝了一口，"对了，它叫什么啊？"

"傅心汉。"

"喀喀……"宋风晚猛地咳了起来，急忙放下茶杯。

负心汉？这是什么鬼名字？

"它是公狗，小时候养在我爸妈那边，经常在大院里跑，每次总能带着不同的母狗回来。我妈说它天天换玩伴，感情不专一，又随我姓，就给它起了这个名字。"

傅沉本人也非常嫌弃这个名字，可是叫它傅心汉，它居然还点头。大家因此就这么一直叫下去了。

宋风晚听完，再瞧这条狗，觉得有几分滑稽。

"它不认识你，慢慢就好了。"傅沉道。

"嗯。"宋风晚点头，"那我先出去了。"

宋风晚说完，紧贴着门框出去了。傅沉看着她谨小慎微的模样，眼里有一抹柔色。

等宋风晚离开，傅沉才看向门口的傅心汉，道："过来。"

傅心汉不敢。傅沉压低嗓音又说了一遍："过来！"

傅心汉摇着尾巴走过去，在他的腿上蹭了蹭，似乎已经做好被打的准备了。傅沉却弯腰摸了摸傅心汉的头，道："今天表现不错，给你加餐。"

傅心汉傻了。但作为一条狗，它压根想不了那么多，只知道"欺负"宋风晚后有肉吃，所以……宋风晚压根不知道自己居然被一条狗盯上了。

回到客厅，宋风晚想起刚才后背的温热触感还有落在耳侧的灼人气息，小脸一片滚烫。

怎么遇到他时，她总是这么失态？

"晚晚。"

"表哥。"宋风晚吸了口气，调整呼吸节奏。

乔西延从楼上下来，穿着白衬衫、黑西裤，领口松开两颗纽扣，凤眸薄唇，墨发凌乱，透着股狂野不羁的味道。

"乔先生。"年叔笑着和他打招呼，"早餐还要等一段时间，您可以和宋小姐在院子里走走。"

"不用，我带她出去吃，代我向三爷问好。"乔西延说话素来直接。

年叔想着乔西延今日就得离开，肯定想和宋风晚多待一会儿，也没挽留，就应了一声。

宋风晚正想逃离这里，好好喘口气，上楼拿了个小包就跟着乔西延出了门。

两人出了傅家，开车去了一个早餐铺，要了两屉小笼包、两碗小馄饨、一碟小菜。

宋风晚一边吃东西一边偷瞄对面的人，一副欲言又止的样子。

"有话说？"

"也没有。"宋风晚干笑了两声。

"从出门开始你就心事重重。进了这家店后，你已经瞄了我十几次。说吧，有什么事？"乔西延放下筷子。

"表哥，我能不能不住在三爷家？"光是一个傅三爷她就难以应对了，现在还有条随时会扑人的狗。

"理由。"

"我觉得不是很方便，而且也太麻烦他了。"

"那你待会儿出去给他买个礼物，连同你带来的特产一起给他送过去。"乔西延觉得傅沉作风正派，还答应过自己不会为难宋风晚，挺放心的。

"表哥，你也知道傅三爷是什么样的人，他脾气古怪，阴晴不定，我俩压根处不来啊。"宋风晚又道。

乔西延轻笑道："又不是让你和他处对象，你们要处得来干吗？"

宋风晚被噎得半天没说出话来。他这话说得……没毛病。

"你每天会很忙,和他见面的机会不多,平常碰到了就打个招呼,别失礼,他肯定不会为难你。"

"你怎么知道他不会?"宋风晚追问。

"我昨晚和他聊过,他答应过我。"乔西延也不藏着掖着。

"聊过?"

自家表哥是什么脾气,她很清楚,事情恐怕不会那么简单。

她心里有种不好的预感,问:"表哥,你不会威胁他了吧?"

乔家的人都有些恃才傲物、狂放不羁,乔西延就是典型。

"过程不重要,结果是好的就行。"乔西延没否认她的话。

宋风晚简直想哭。过程怎么会不重要?你是爽了,可是你马上就走了,我可是要在这里住下来的啊!要是傅沉借机报复我,我该怎么办?

"晚晚,别光顾着说话,吃饭。"乔西延语气温和,"入学手续傅家都办好了,我待会儿带你去商场,你看看缺什么,我给你买了。"

宋风晚勉强笑了笑。

两人吃了饭,在附近逛了逛,等商场开门后才进去购物。除了一些生活必需品,乔西延还帮她添了一些衣服。知道傅沉信佛,两人还特意去古玩店给他买了串佛珠。

他们回到傅沉家时已经接近正午了。

傅沉当时并不在家,乔西延吃了午饭就打算开车回去,临行前还特意叮嘱宋风晚要听话,别惹事。

宋风晚将哥哥送走,回来后神情难免有些落寞。她在房间里待了一会儿,听见外面有车声,知道傅沉回来了,便拿着特产和礼物下了楼。

她到一楼时,傅沉正拿着一块牛肉干逗狗。宋风晚将东西放在桌上,道:"三爷,这是给您的衣服,还有我从家里给您带的特产……"

"特产?"傅沉挑眉。

"嗯,一些糕点,味道很好,您可以尝尝。"宋风晚从桌上拿起一盒糕点,递过去。

傅心汉刚才就闻到味道了,鼻子不断地嗅着,刚要伸出舌头舔一下盒子……

"喀!"傅沉咳了一声。

傅心汉猛地看向傅沉,没想到傅沉又丢过来一记冷眼。它被吓到了,撒腿往门口跑。

宋风晚此刻算是见识到这狗到底多怕傅沉了。

"三爷,我还欠您一顿饭,改天……"

"今晚。"

宋风晚愣住了。

"你今晚有事?"傅沉看着她道。

"没有啊。"

宋风晚垂着脑袋,握紧手中的盒子,紧张不已。他干吗非得今晚吃饭?难不成他过几天都很忙?

傅沉喝着茶,似乎已经将她的心思看透了。他倒不是很忙,只是……想到能和她独处,有些迫不及待而已。

宋风晚和傅沉出门的时候,傅心汉正坐在门口可怜巴巴地看着两人,眼神既无辜又无助。

"傅心汉,过来。"宋风晚朝它招了招手。

傅心汉看了一眼傅沉,得到允许后才跑过去,没敢碰她,就坐在她的脚边,任由宋风晚给它顺毛。它眯着眼睛,神情享受。

"差不多可以走了。"傅沉说道。

傅心汉睁开眼,发现傅沉看自己的眼神不对劲。狗对外界的感知很敏锐,它立刻明白,傅沉生气了。

它明明是听他的话过来的,他为什么生气?

宋风晚对京城不熟,吃饭地点是傅沉挑的,在郊区的一个农家院。

她以为傅沉肯定会去五星级酒店、米其林餐厅,再不济也是日料、法餐,没想到他这么接地气。

"三爷。"老板笑着迎出来,"老位置?"

老板说着将目光落在傅沉身后的宋风晚身上，笑意更深。

"嗯。"

"里面请。"老板领着两人进去。

两人进包间后，宋风晚才发现房间很大，足以容纳十人。她根据店家的推荐点了几个菜，随后把菜单推给傅沉："三爷，您再看看还想吃什么。"

傅沉看了一眼她点的东西，全是肉，抬头看了她一眼。

宋风晚以为自己做错了什么："您不是喜欢吃肉吗？"

"嗯。"傅沉将她点的菜全记下，添了两道素菜后把菜单递给老板。

"三爷，茶水还是龙井？"

"我照旧，给她一杯牛奶。"

宋风晚愣了愣。她其实想喝饮料啊。

等菜的时候，房间里就剩他们两个人，他们又没什么话题可聊，气氛着实尴尬。

"三爷，我去趟洗手间。"宋风晚抓起旁边的包就往外走。

傅沉挑眉，心想：为什么女生上厕所还要带包？

宋风晚倒不是真的要上洗手间，而是打算提前到收银台把账结了。

"您好，请问傅三爷那桌多少钱？"

收银员愣了一下，回道："小姐在开什么玩笑？三爷过来，我们从不收钱。"

"嗯？"

"我们老板和三爷是至交，我要是收他的钱，明天肯定会被开除。"

宋风晚叹了口气，拿着包往回走，心想：她欠傅沉的这顿饭到底什么时候能还上啊？

她身材高挑，穿着雪纺连衣裙，外面套着一件毛衣，微卷的长发扎成马尾，灵气逼人。她一走，立刻有一男一女来到收银台前。

女人伸手敲了一下柜台，收银员神情恭顺，道："程小姐。"这个程岚十分泼辣，很难伺候。

"刚才那个就是和三爷一块儿来的人？"程岚眯着眼，盯着宋风晚的背影。

"嗯。"收银员忐忑地道。

这个程小姐爱慕三爷，尽人皆知。就是因为傅沉时常来这边吃饭，她才经常光顾这里。虽然三爷对她不屑一顾，但她依旧不死心。

直到宋风晚的背影消失，程岚才转身回了自己的包间。

"姐，跟着三爷来的丫头是谁啊？没见过。"跟程岚一起的男孩儿二十出头，稚气未脱，偏又穿得成熟，一副飞扬跋扈的样子。他就是程家的独子程天一，京城出名的纨绔子弟，就喜欢招惹小姑娘。

"是以前和傅聿修订婚的那个，从小地方来的。"女人冷哼道。

盯着傅家的人不少，宋风晚与傅家的事，有心人稍微打听一下就一清二楚。

"三爷这是第一次带女人来吧？你不生气？"少年轻笑道。

"三爷不喜欢她，是傅老硬把人塞给他照顾的。"

"长得挺漂亮的。"

"你喜欢？"女人眯着眼，眼底闪过一丝狡黠之色。

"你看我干吗？傅三爷的人我可不敢碰。"

"三爷挺讨厌那个丫头的。要是能把她弄走，说不准三爷还会感激我。"女人打起了如意算盘。

"他真的不会追究？"少年狐疑地问。

"肯定不会。"女人说得笃定。

"那这个女孩儿家里……"

"小地方来的野丫头，他们家的人有什么本事来京城叫嚣？我们家还会怕他们不成？傅家是出于礼貌照顾一下她，不至于为了她和我们家闹翻。"女人笑着，眼底却一片冰凉，"你喜欢的话，就玩玩好了。"

程天一低头喝了口酒，想着宋风晚，蠢蠢欲动。

第 三 章

联手，默契初现

宋风晚回到包间后，菜已经上齐了。

她刚要在傅沉对面坐下，傅沉抬起头，微微蹙眉，略显不悦。这是张大圆桌，二人如果相对而坐，则离得很远。

"过来。"他道。

"不用，我坐在这里挺好的。"

"你是希望我过去？"傅沉挑眉。

宋风晚顿了一下，道："那还是我过去吧。"

她硬着头皮坐到傅沉身边，两人之间还隔着一张凳子。傅沉用手指敲了敲桌面，面带愠色。她咬牙，坐到了他旁边的凳子上，他的脸色这才好了一些。

宋风晚吸了一口气，心想：这人可真难伺候！他脾气这么古怪，性格这么恶劣，难怪快三十岁了还没谈过恋爱。

宋风晚一想到傅沉连女生的手都没拉过，就莫名觉得好笑，觉得他是典型的高智商、低情商的人。可是，在以后的日子里，傅沉用实际行动告诉她，她错得有多离谱。

两人回去后，宋风晚直接回了自己的房间，洗了个澡，准备找地方看书。

傅沉换好衣服，下楼遛狗，遛完后照旧去书房。他推开书房的门一看，发现宋风晚居然在里面。宋风晚正拿着笔在书上做标记，看到傅沉进来，手一抖，差点儿把纸张戳破。

"三爷。"她住的是客房，里面没有书桌，"是年叔让我来这里的。"

"嗯。"傅沉直接去书架上挑了本书，然后在书桌前坐下。

书房里就一张长方形的书桌，两人之间隔了一段距离，互不干扰。

宋风晚无法完全静下心来，一直用余光打量傅沉。他和白天时完全不同，换了身白色的休闲服，虔诚地看着佛经，透着股千帆过尽后从容冷静的气息。

傅沉早就注意到了宋风晚的视线，并未阻止她，只是被她盯着时无心看书，就拿了放在一侧的空白书卷，在砚台里倒了些墨，提了支小楠木毛笔开始抄经。

宋风晚这才低下头，开始专心看书。

傅沉中途接了个电话，出去后就没回来，宋风晚觉得有些无聊，瞥了一眼傅沉抄的经文。

他的字写得真好，颜筋柳骨，如锥画沙。

她以前没学过书法，好奇地盯着毛笔、砚台，觉得傅沉暂时不会回来，便偷偷拿毛笔蘸了些墨汁，准备模仿傅沉的字，在自己的草稿纸上写写试试。写毛笔字，初学者大多控制不了手上的力道，宋风晚也是如此，写出来的字不仅无神，连形似都做不到。

就在她专心写字的时候，一道冷淡的男声从身侧传来。

"想学？"

宋风晚被吓了一跳，手足无措地道："三爷，我……"

"我教你。"

"不用，我就是……"宋风晚还没说完，一双温热的手已经包裹住她的右手，帮她握着笔。

"想写什么字？"傅沉的声音几乎是贴着她的耳朵传来的，敲打着她的耳膜，让她觉得全身发烫。

"写什么字？"傅沉哑着嗓子，自问自答，"写名字好了。"

"嗯。"宋风晚心跳若擂鼓。

他握着她的手在纸上缓缓写下一个"晚"字。

"你很怕我？"傅沉的声音再次砸在她的心上。

"没啊。"她努力让自己镇定一些。

"手别抓得那么紧。"傅沉忽然勾唇一笑，"放松点儿，晚晚。"

宋风晚脑子一蒙，脸颊绯红，心跳加快，最后连是如何回房的都不记得了。

傅沉这晚心情不错，觉得确实得让她尽早适应自己的存在。

翌日，宋风晚晚上七点到辅导班报到，压根没注意有人一直跟着她。

程天一是盯着宋风晚进画室的，嘴角露出一抹邪笑。

殊不知螳螂捕蝉，黄雀在后，程天一身后也跟了一批人。

几人对视一眼，心想：程少爷是想找死？三爷对自己的亲侄子都没心慈手软，何况是他？他要是真的盯上宋风晚了，后果他们都不敢想……

宋风晚到了画室后发现已经来了不少人，大家来自天南海北，正聚在一起聊天。

"大家安静一下。"负责教他们班的是个大约三十岁、模样清秀、气质非常好的女老师，"我叫高雪，你们的素描课由我负责。我对学生的要求非常严格，所以这段时间大家肯定会很辛苦。为了更好地了解大家的水准，我们先进行一次小考，大家可以任意选择素描对象，限时三个小时，现在可以开始了。"

所有人都蒙了，刚才还欢呼雀跃，这会儿都蔫了，毕竟做学生的最怕考试，尤其是这种突击考试。

画完后，宋风晚在画室多待了一会儿，离开的时候已经是晚上十点半了。

这里距离傅沉所在的云锦首府很近，她没让人接送，傅沉也没主动开口。

她刚走出画室就有个男生走过来，拦住了她的去路："妹妹，跟哥哥出去玩玩？"

对方大冬天的把衣服的拉链拉开了，寸头黑眸，脸上带着放荡不羁的坏笑，眼睛一直盯着她，让她极度不自在。不远处还有几个男生，明显在看热闹。

"我叫程天一，交个朋友怎么样？加个微信？"

"不好意思，不方便。"宋风晚压根不想理他，转身就走，惹得那几个男生大笑出声。

"天哥，失手啦？"

"看样子不好追啊，我还以为只要你出手，分分钟就能搞定。"

"小地方来的，有点儿清高。"

宋风晚听得真切，咬着唇。这群人知道她的底细，摆明就是知道她被退婚了，故意来羞辱她。

几人嬉笑着讨论起来，程天一的脸色越发难看了。他心想：她和傅聿修都订婚那么久了，能有多干净，还给我摆谱，玩欲擒故纵？

宋风晚走了一会儿就发现不对劲，似乎有人在跟踪自己。她悄悄回头看了几眼，身后的人正是程天一。昏暗的灯光下，他接近一米八的个子还有标志性的寸头都分外显眼。

宋风晚十分紧张。她不傻，这人想干吗她心里清楚。

此刻，路上几乎没有行人，宋风晚也知道，自己要是和他对上，绝对占不到便宜。于是，她加快脚步，取出手机给母亲打了个电话。

"我也正想找你呢，放学啦？今天感觉怎么样？"乔艾芸压根不知道电话那头发生了什么。

"挺好的，我正在往回走……"她故意提高音量，想威慑对方。

其实程天一今晚压根没打算动手，只是来踩个点。

此刻的云锦首府，傅沉正坐在客厅里看新闻，傅心汉蜷缩在他的脚边，昏昏欲睡。

"三爷，宋小姐马上到家了。"用人走过去低声说道。

"嗯。"

"程天一……"那人犹豫两秒,道,"一直跟着她,不过没做什么。"

傅沉忽然动了动脚,傅心汉急忙跳起来,无辜地看着他。

"出去接人。"

傅心汉一听,立刻撒开腿往外跑,直奔到大门口。

它一出来就看到了宋风晚,先是叫了一声,随后朝她跑过去。

宋风晚心里踏实了不少,道:"妈,我到了,先挂了。"

只是傅心汉并没有跑到她面前,而是越过她继续狂奔。

程天一傻了,拔腿就跑。他竟然忘了傅沉家有条恶犬!

宋风晚扑哧一声笑了,所有的紧张感烟消云散。不过她转念一想,程天一恐怕不会善罢甘休,她还是得想个办法彻底解决这个问题。

她进屋看到傅沉后眯眼一笑,露出小狐狸般的狡黠之色。

傅沉神色未变,心想:这丫头冲自己笑什么?她莫不是在打自己的主意?

次日早上,宋风晚下楼的时候,年叔已经让人准备好早餐了。众人忙碌着,却不见傅沉的身影。

"早餐想吃什么?有瘦肉粥、烧卖、包子……"北方人,早餐以面食为主。

"三爷在小书房吗?"

"在。"

"那我先过去跟他打个招呼。"宋风晚说着就往小书房走去。

年叔笑了,心想:年轻人间发展就是快,这丫头之前还一副不情愿的样子,今天就打听三爷的去向了。

小书房的门虚掩着,她轻叩了两下,道:"三爷,能进去吗?"

"进。"

傅沉仍旧和之前一样伏案抄经。老旧的留声机今日放着她并未听过的京剧。铜炉青烟中,一袭白衫的他如凛冬白梅,风骨傲然,清瘦俊秀。

她之前觉得傅沉适合黑色，符合他神秘内敛的气质；此刻却觉得白色更称他，能展现他的独绝仙姿。

"三爷，其实我有件事想和您说一下……"宋风晚迟疑片刻，道。

"嗯？"傅沉挑眉，瞥了她一眼。

"就是，昨天有个人……"

"你说什么？"京剧的声音太大，傅沉似乎没有听清她在说什么。

宋风晚没敢要求他关了留声机，只得靠近他一些，道："其实昨天晚上，我回家的时候……"

"听不清。"

"我是想说，我昨天……"

"离近点儿。"傅沉蹙眉，似乎有些不满。

这会儿，宋风晚的胳膊都差点儿挨着他了。

"三爷，我有件事想和您商量……"

"你说，我听着。"他突然将耳朵凑到她身边，道。

她瞳孔微缩，吓了一跳，一下忘了要说什么，脑海中全是他突然凑过来的精致的脸。

"不是有话和我说，怎么不说了？"他忽然转头问，温热的气息打在她的脸上……

宋风晚用手指绞紧衣服，整张脸已经热得快要燃烧起来了。他们间的距离好近，就好像他下一秒就会亲上来……

不过傅沉也清楚什么叫适可而止，便往后退了一点儿，拉开了二人之间的距离，又道："说吧，一大早找我有什么事？"

宋风晚深吸一口气，道："其实我昨晚放学时被人跟踪了。"

她本不想麻烦傅沉，可是那人只怕不会善罢甘休，如果一直如此，也不是办法，问题总要解决的。

"嗯。"他应了一声，神色如常。

"有件事情我想和您商量一下……"宋风晚往他那边挪了半分，压低声音。

小姑娘身上那股淡淡的香味在两人之间飘荡。

傅沉眯着眼,听她小声说着计划,余光落在她一张一合的小嘴上,咽了咽口水。

"三爷,这样会不会太麻烦您?"宋风晚不确定傅沉是否会答应,说话时怯生生的,有些可爱。

傅沉听了她的话,有些诧异,没想到宋风晚会有这样的心思。但他面上不显,淡定地道:"你既然住在我这里,你的安全问题自然归我管。"

若是事成,那程天一恐怕要栽大跟头,程家一点儿办法都没有,必须向她赔礼道歉。她有点儿聪明。不过,事成的前提是,程天一真的做了蠢事。

"那您是不是……?"

"我是商人,无利不起早。"傅沉拾起放在一侧的佛珠,细细摩挲。

宋风晚一愣,他是让自己和他做交易?她吸了口气,道:"三爷,我什么都没有,您在我这儿可能得不到什么利益。"

宋风晚垂着眸,觉得自己的计划恐怕得落空了。

"许我一个承诺吧。"傅沉挑眉道。

"承诺?"

"不会让你为难的那种,和你的父母亲友也没关系,更不会让你作奸犯科。"

宋风晚收紧手指,心想:傅沉提的要求并不过分,怎么看都是自己赚了。接着,她道:"好,我答应你。"

"出去吃饭吧,时间不早了。"

宋风晚乖巧地向他道谢,转身走出书房,手心全是汗。

她一离开,就有人进了书房,恭敬地对傅沉道:"三爷。"

傅沉眯着眼,说:"刚才她说的话,你都听到了?照她说的做。"

"那到时候真的出事……"

"只要程天一不傻,就不会出事。他要是硬往枪口上撞,你们也别客气,出了事……"傅沉笑道,"我负责。"

不过接下来几天程天一都没来找麻烦,这让宋风晚放松了不少。只要程天一不招惹她,两人就相安无事。他要是真的想对她做什么,她也不会客气。

程天一和一群朋友闹完,一路飙车到了宋风晚所在的画室附近。此刻正好是放学时间,学生陆续从画室走出来。

宋风晚依旧比别人迟了半个小时。她今天穿着白色棉裙、黑色长毛衣,束着马尾,露出白皙修长的脖颈。

程天一死死地盯着她。他那天被傅心汉吓得够呛,最近没敢自己跟踪她,而是让别人跟着她,对她的行踪了如指掌。他推开车门,跟上了宋风晚……

云锦首府,傅沉在看韩剧。傅心汉趴在他的腿上,任由他给自己顺毛。

"三爷……"用人走过去,道,"有动静了。"

傅沉忽然一笑,拍了拍傅心汉,道:"起来,带你出门遛弯。"

傅心汉抖了抖身子。大半夜的,他们出去遛弯?

众人一看傅沉要带狗出门,为程天一捏了把冷汗。三爷这是遛弯?分明就是带着狗去打猎,这要是谁被咬了一口……

画室外,秋风习习,树影婆娑。

宋风晚觉得有些冷,裹紧衣服,加快脚步往前走,没注意到后面有个鬼鬼祟祟的身影。

程天一紧张地吞咽着口水。再有两三分钟,她就进入云锦首府了,他现在不动手就迟了。他咬了咬牙,朝她跑过去。

宋风晚听到脚步声,下意识地回头。光线太暗,她看不清对方的脸,只有那寸头分外明显。他这些天没纠缠自己,她还以为之前的事情是她多心了,没想到……他还是来了。

程天一冲过去拉她的胳膊,宋风晚猛地将肩上的画夹砸向他,力道不重,被他一只手挡住,画纸落了一地。

"你要干吗?!"宋风晚脸色惨白,害怕极了。

"你说我想干吗?我暗示得还不够明显?你给我装什么清纯?"他似乎喝了酒,醉醺醺的。

"你疯了!"宋风晚的声音有些颤抖。

"你和傅聿修搞了这么久,能有多干净?还在我面前摆谱!"他知道周围没人,步步紧逼。

"我告诉你,你要是碰了我,三爷是不会放过你的。"

"傅三爷?"程天一冷笑道,"你知道他是什么人吗?全京城谁不知他心狠手辣?你别一看他信佛,就把他当好人。"

"三爷怎么样,不用你告诉我。"

"你就是死在他面前,他都不会眨一下眼。你指望他帮你出头,和我们程家作对?"程天一轻蔑地道,"这里的水很深,你也太天真了。"

宋风晚看了一眼周围,忽然转身往回跑,边跑边喊:"救命啊!"

程天一立刻追了上去。她还没跑多远,肩膀忽然被人按住,一股大力将她整个人拉了回去。只是下一秒,一道强灯光照了过来。程天一下意识地眯起眼,然后听到了几声狗叫。

他的身体本能地抖了两下,紧接着他就感觉到大腿处传来剧痛。

"啊——"他的惨叫声在寂静的夜晚显得分外凄厉。

宋风晚借机挣脱他的束缚,大口喘气,等光源消失后才看到傅心汉正站在她面前,张大嘴,一副保卫者的姿态。

"你……"程天一伸手捂住大腿,看清那条狗后顿时吓得魂飞魄散。这不是三爷的恶犬吗?它经常跟着三爷出来,该不会……?

目前的情况不允许他多想,因为紧接着一群黑衣男人快速朝他围拢过来,不由分说地对他拳打脚踢。

"我是程天一,你们给我住手,住手!"程天一吼道。

"你们听到没?他说他是程少爷。"

"简直扯淡,程少爷怎么会大半夜不回家,尾随一个小女生,对人家图谋不轨?"

"你还敢冒充别人？给我狠狠地打！"

"我真的是程天一啊！"他的求救声很快被痛呼声取代。

宋风晚深吸一口气……

"吓着了？"男人温柔的声音从后面传来。

"三爷。"宋风晚紧张地回过头，似乎惊魂未定。

"怕什么？我和你说了，会护着你。"傅沉眯着眼，余光落在她那已经被扯到胳膊处的外套上，脸色沉了几分，问，"他刚才碰到你了？"

"也不算。"宋风晚说道，"您来得刚好。"

傅沉的神色越发凝重。

"三爷，我不敢了，看在我们两家有交情的分儿上……"程天一求饶，傅沉却并不理会。

"三爷？"宋风晚就是想给程天一一点儿教训，但傅沉的人再这么打下去，会出人命的。

"衣服脏了，脱了吧，穿我的。"傅沉脱了外套递给她。

"其实也没多脏，就是被扯得有些变形……"

"脱了。"他继续道。

傅三爷最不喜欢别人顶嘴。她只能脱了外套，再披上他的衣服，随后乖巧地道："三爷，好了。"

傅沉打量她片刻，忽然朝她伸出手。她下意识地要躲，他立刻道："别动！"

她的身体本能地定住，他温热的指尖慢慢靠近，从她的脸颊上滑过，将她的一缕碎发别到耳后。他的指尖状似无意地擦过她的耳垂。这地方太敏感，她身子一颤，耳朵瞬间红了。

傅沉轻哂，凑过去，压低声音道："我本以为你胆子很大，才敢和我提这种计划，没想到你竟然吓成这样。"

宋风晚刚要解释，他的手已经落到她的头顶，轻柔地摩挲了两下。

"你该学点儿防身的本事，以后遇到这样的人，往死里打。"

"把人打坏了怎么办？"她脱口而出。

"我负责。"他的声音很轻，却震撼人心。

这句话像是承诺，宋风晚听了忽然觉得脸也有些发烫。

"三爷，警察要来了。"一人走过去，在傅沉的耳边轻声说。

"警察来后你就实话实说。"傅沉看着宋风晚道。

"你报警了？"宋风晚略显诧异，这不是计划中的一部分啊。

她当时让傅沉派人保护自己，想等程天一跳坑后，借傅沉的手教训程天一。这样的话，程天一以后肯定不敢再找她的麻烦，还因为怕再次被傅沉打，只能吃哑巴亏。这也能让所有人知道傅沉对她的态度，她以后在学校的日子会非常好过。可是，傅沉没和她说要报警啊，这样事情岂不是要闹大？

"打他一顿就解气了？"傅沉轻笑一声，道。

他得让所有人知道，宋风晚进了他的门，就是他的人！如果有人敢欺负她，他是绝不会善罢甘休的。

难道是他这些年太低调，有些人以为他提不动刀了？

警察得知沿河路段有人试图猥亵女学生，立刻开车过去。他们到现场时，程天一已经被人打得鼻青脸肿了。

程天一即刻被送到医院，而剩下的人全部被带回派出所。

民警看见傅沉，眼底闪过一丝诧异之色。被送进医院的是程家少爷，报警人却是傅沉，这件事一看就有些棘手。

民警确认基本信息后，向宋风晚询问事情的经过。

当问到程天一对她做了什么时，民警明显感觉到整个屋子的温度陡然降低。但民警需要掌握更多的信息，不得不让宋风晚仔细回忆细节："就是说你和程天一根本不熟，平时也没有任何过节？"

"嗯。"她认真地点头。

"那行，你在这里签个名。"民警需要她确认口供，"宋小姐，这件事我们需要联系您的家人……"

宋风晚年纪不大，发生了这么大的事，警方是肯定要通知她的家长的。

她心里咯噔一声。她本就不想把事情闹大，这要是被父母知道了……她立刻看向傅沉，向他求救。

"我是她的监护人,她的事我可以全权负责。"傅沉道。

"那你们的关系是……?"民警需要登记信息。

傅沉眯着眼,尚未开口,就听身旁的小丫头说:"他是我叔叔!"

叔叔?傅沉手中的佛珠被绞在一起,发出细碎的摩擦声。傅心汉明显感觉到傅沉情绪不对,急忙从他身边逃走。可宋风晚浑然不觉,还冲傅沉一笑。她是顺着他的话说的,没什么毛病啊。其他人低下头,努力憋笑。他家三爷存了什么心思,他们比谁都清楚。三爷把宋风晚当媳妇儿,人家却拿三爷当叔叔,还有什么比这更无奈的?

"三爷,那您是怎么出现在那里的?"民警给傅沉做笔录。

"遛狗。"

几个民警嘴角一抽,这都夜里十一点了,三爷出门遛狗?他的爱好真特别。

注意到民警的神色,傅沉补充道:"我家狗喜欢夜游。"

傅心汉不满地刨了几下地面,心想:明明是他硬拖着自己出来的!

傅沉瞥了它一眼,傅心汉立刻垂下脑袋:好吧,是我喜欢夜游。

"所以您碰到这件事,纯属意外?"

傅沉挑眉,问:"你以为我是故意等他的?"

"只是问一下。"民警说话要严谨,没有证据,不敢妄下定论。只是,谁半夜遛狗会带七八个手下啊?

"您和程天一之前认识吗?"民警追问道。

"见过,不认识。"

"那您知道今晚对宋小姐意图不轨的人是他吗?"

"不知道,外面很黑。"

"他伤得很重……"民警将一张医院出具的诊断书递给他。

"是吗?"傅沉眯眼看了一眼诊断书。

"这件事我们会好好处理的,天色不早了……"其实是程天一的家人要来了。警察考虑到宋风晚的情况,觉得肯定不能让他们正面对上。

宋风晚离开前去了趟洗手间,之前太紧张,出了一手汗,想稍微清洗一下。

傅沉坐在车里等她。傅心汉温驯地趴在他的脚边,小心翼翼地看着他,生怕不小心惹恼了他。

"对了三爷,这是宋小姐落在现场的画册,警察说对他们没什么用,就让我们带出来了。"副驾驶座上的人将一本画册递给傅沉。

傅沉嗯了一声,接过画册翻看起来。

画册之前被打散了,收拾的人只是随意地整理了一下。画册里全部是人物素描,不乏一些熟面孔,比如乔西延……

傅沉皱眉,继续往后翻。他也就翻了四五页,指尖一顿,忽然笑了。

傅心汉急忙往后挪,一脸警惕。他怎么忽然笑了?这太可怕,吓死本狗了。

别说是傅心汉,车里的其他人都一脸疑惑。三爷刚才还一脸不悦,这会儿怎么忽然笑了?这人当真不可捉摸。

傅沉摩挲着画纸,嘴角的笑意逐渐加深。画上之人的鼻子、眉眼,不是他又是谁?他心想:她居然会画我,那对我也不是毫无感觉吧?

"三爷,程天一的事情怕是没那么简单。"

傅沉嗯了一声。

"这件事恐怕是程小姐的手笔。"

京城想和傅家联姻的人太多了,但凡家境不如程家还觊觎傅沉的,都被程岚打压过。程岚行事阴毒,尽人皆知,而程天一纨绔无能、没脑子……程岚利用自己的弟弟,也不是没可能的。

"程少爷伤得不轻。"那人接着说道,"程国富就这么一个儿子,心疼得不行,肯定不会善罢甘休。"

傅沉挑眉道:"酒后驾车,还意图猥亵女学生,我报警抓他理所应当……"

宋风晚一上车就看到傅沉手中的画夹,旋即想起之前偷画傅沉的事情,当即整个人都不好了。

"三爷，东西给我吧。"她几乎是将画夹抢走的，然后紧紧地抱在怀里。

"紧张什么？"傅沉笑道。

"我没紧张啊，可能是外面太冷了。"宋风晚抱紧画夹，心想：他应该没看到里面的东西吧？这要是被他看到了，他指不定会瞎想，以为自己对他有意思。他要是把自己当成那些试图对他死缠烂打的女生，把自己丢出去，那还得了？

"是吗？"傅沉眯着眼，问。

"嗯嗯！"宋风晚急忙点头，手心紧张得冒出一层汗，接着便低头玩手机，试图转移注意力。

"你和人聊天用微信？"傅沉突然开口问道。

"对啊，现在大家不都这样吗？"宋风晚说完才意识到傅沉还在用老年机，咳嗽两声，有些不自然地转开头。

"你的手机是什么牌子的？"

"我用的是××，系统比较好，用起来不会卡。"

傅沉点头。

其他人都是一直跟着傅沉的，他家三爷想什么，他们一清二楚。

三爷肯定是想和宋小姐用情侣机。

"程天一今天被打得那么惨，我们又报警了，他们家不会善罢甘休的，这件事……"宋风晚有些担心。

"我会处理。"傅沉今晚心情不错，说话的语气都轻快了几分。

程家在京城有些人脉，当晚就查到了宋风晚，也清楚揍程天一的人是傅沉。

这件事本就是程天一的错，只是傅沉决意要追究责任，程天一的父亲程国富很担心儿子会留下案底，影响前途。他不敢去找傅沉，又不想就此作罢，便直接在戏院堵住了傅家老太太的去路，向她告了一状。

傅沉很快得知了消息。

"三爷,现在人还在戏院里。他说您太欺负人了,让老太太给他做主。"

傅沉笑了笑:"他倒是聪明,知道找别人没用。"

"那现在……"

"去看看,我也想知道他是怎么颠倒黑白的。"

傅老太太没别的爱好,就喜欢听戏,这是众所周知的事,每逢梨园这边开锣,她总是第一个订包间。

戏台上今日正唱着《四郎探母》,老太太都要听哭了,没想到被人扰了兴致。

"程先生今天怎么有兴致来听戏?"老太太喝了口热茶,神色平淡。

戏台上的几个角色,脂粉油头,云肩长袖,还咿呀地唱着。

"我也是实在没办法才来打扰您的。"程国富擦了把额头上的细汗,"老太太,这件事您可一定要帮帮我,跟三爷说个情。"

老太太多年不问世事,压根懒得理他,只是听到是关于傅沉的事,才问:"我们家老三?怎么回事?"

"这还得说到我那个不争气的儿子!他喜欢上了一个女生,孩子之间闹了一下,三爷误会了,把他给打了,现在我儿子还在医院里躺着。三爷行事您也清楚,我们也不敢说什么,可三爷现在要追究我儿子的法律责任。我儿子年纪小,我不想他留下案底。"

老太太神色未变,低头呷了口茶:"还有这种事?"

"老太太,三爷那边我没办法,只能来求您。我就这么一个儿子,他是有错,被打我也认了!"程国富说着眼眶红了,"可他毕竟还是个孩子,如果进去了,这个污点会伴随他一辈子。三爷这是想毁了他啊!"

跟着老太太的几个人面面相觑。

程天一是出了名的浑蛋,他家三爷又是出了名地不爱管闲事,这次程天一怕是真的惹怒三爷了!三爷想做什么……别说老太太,就是天王老子都拦不住。

"老太太,您可一定要帮我,我们程家就这么一根独苗……"他说得动情,奈何老太太从始至终十分淡定。

"天一那么小，三爷何必做得这么绝呢？况且我们两家也是有交情的，三爷要是真这样的话，怕是寒了故人的心……"

老太太挑了下眉，还没开口，就听到一道熟悉的声音。

"程先生这是在威胁我母亲？"

程国富循声转头，就看到傅沉带着两个人走了过来，心里咯噔一声，没想到傅沉来得这么快。

老太太揉了揉额角："老三，你来得正好。程先生说你要对一个小孩子赶尽杀绝，这件事我怎么不知道？"

"我也是看两家祖辈有些交情，想给他们留点儿脸面，不想把事情闹大。既然程先生找过来了，那我们就好好说说。"傅沉的声音很轻，目光柔和，却带着极大的威慑力。

"程先生说和你有些误会，你怎么说？"傅老太太心思玲珑，在程国富提到女生的时候就想到了宋风晚。程天一做过的混账事老太太听过一些，很快就想到了什么，心里隐有怒意。

"误会？"傅沉摸着佛珠道，"程先生怕是对事情有什么误解吧？"

"不过是小孩子之间玩闹，三爷又何必小题大做？而且天一已经得到教训了。"程国富看不透他，心里没底。

"程先生，今天借这个机会，我们就把话好好说清楚。"傅沉垂眸，面无波澜。

"程天一的所作所为街头的监控都拍下来了，他尾随一个小姑娘，试图对她行不轨之事，这件事可是真的！"

老太太本以为程天一就是骚扰了宋风晚，现在听到"不轨"这个词，脸色当即变了。

"就是玩闹而已，三爷说得太严重了。"程国富倒吸一口气。

"他尾随小姑娘也不是第一次了，自己跟了一次，又派人跟踪，可见并不是临时起意，而是蓄谋已久，行为恶劣。当晚要不是我正好遛狗路过，程先生打算怎么把这件事抹了？！况且他动的还是住在我家的人，莫不是在挑衅我？"傅沉问程国富。

"你是说晚晚？"老太太问。

"嗯。"傅沉道,"我本想私下把事情给了了,程先生却过来颠倒是非。一个女生的清誉在你眼里就是小误会?今天我就把话撂在这儿,你儿子是我要动的,谁求情都不管用。"

"你……"程国富气结。

"程先生,与其来这里浪费时间,不如好好想想你儿子为什么紧盯着我的人不放。他虽然脑子不够用,但不至于太蠢,恐怕是被人当枪使了。"

程国富猛地一惊,心想:傅三爷出了名地难搞,谁敢触他霉头?程天一就算顽劣,也不敢和他对着干啊。

程国富最后还是灰头土脸地走了。傅沉陪老太太听了戏,晚饭自然要陪她一起吃。

傅沉吃完饭已经很晚了,拿保温桶盛了一份鸡汤回去。这是老太太特意让人给宋风晚炖的。

傅沉上车后对司机道:"直接去画室,接她一起回去。"

司机立刻驱车前往宋风晚所在的画室,此时学生已经基本走完了。

画室内,宋风晚卷着袖子,长发松垮地绾着,正对着不远处的石膏模型作画,灯光将她的皮肤衬得皎若月色。也许是听到了脚步声,宋风晚回头,看到傅沉后有些诧异。

"您怎么来了?"

"接你回家。"傅沉直言,"结束了吗?"

"我去洗个手,您等一下。"宋风晚不敢让傅沉等,收拾好东西后立刻随他离开。

"三爷,您今天怎么会来这里?"

"从老宅回来,路过。"傅沉的心情很不错。

他身后的一群人彻底无语了。您口中还能不能有一句实话?您明明是专门来接人家的。

到家后,傅沉状似无意地问:"你每天都一个人在画室里待那么久,会不会不安全?"

"想多画一会儿。"宋风晚笑着弯下腰,给傅心汉顺毛。

画画需要空间,她住过来已经很麻烦傅沉了,怎么好意思让傅沉专门给她腾一间屋子做画室?

傅沉立马明白她想要什么,道:"我会让人把二楼最右侧的房间收拾出来的,你可以在那里画。"

"那个……"

"储物间,一直空着。"

"那麻烦您了。"宋风晚扭头冲他笑道。

美人一笑,妩媚倾城。傅沉眯着眼,喉咙紧了几分,缓缓地移开视线。

"我刚才看了你们黑板上布置的作业,你需要模特?"

周围的人惊呆了,三爷这是打算毛遂自荐?

模特?宋风晚顿住了。老师要求模特得是身边的人,她正为这件事发愁。她不敢找傅沉,立刻将目光移向年叔,问:"是啊,不知道年叔……?"

年叔淡定地道:"您可别逗我了,我这老胳膊老腿,多站一会儿都觉得累,怎么能给您当模特啊!您不如找三爷?"

"可……"宋风晚环顾四周,刚才屋里还有不少人,此刻居然全都消失了。

大家不是傻子,现在不走,要是被宋风晚盯上了,那不是死定了?

宋风晚看了一眼傅沉,道:"三爷应该挺忙的,我还是找别人吧。"

"最近不忙。"傅沉语气很淡,"你什么时候开始画?"

"明晚开始。"

"那我在家等你。"傅沉直接把事情敲定了。

宋风晚有点儿蒙,事情定得太快了吧?她什么时候答应让傅沉做模特了?宋风晚心里这么想,嘴上还是道:"我尽量快点儿,不会耽误您太多时间的。"

"我时间很多,不急。"

第二天一早，宋风晚照常起床准备去画室。

通常这个点傅沉都在小书房里，除非她去找他，否则两人是碰不到面的。今天他却坐在客厅，对面站着两个她并未见过的男人。

"早啊。"年叔笑着跟她打招呼，"今天的早饭是鸡汤面。"

宋风晚点点头，看向傅沉道："三爷早。"

傅沉正在看文件，闻言，抬头冲她点了下头。站在傅沉身前的两个人一直不动声色地打量着宋风晚，这二人穿着一黑一白，一个模样粗犷，神色冷淡；一个精致斯文，嘴角含笑。

"这次的事处理得还可以。"傅沉翻着文件道，"你们俩辛苦了。"

"应该的。"白衣男人笑了起来，一双狐狸眼显得十分狡黠。

"还有事要交代你们，去书房吧。"傅沉说着起身上楼，两人跟着。他们分明不是一类人，站在一起却分外和谐。

年叔看宋风晚一脸好奇，解释道："他们两个跟了三爷十几年，帮三爷打理公司。三爷平时不爱露面，许多事由他们出面处理。"

"嗯。"宋风晚明白为什么她和傅聿修订婚时都没见到傅沉了。

傅沉太低调了！

"穿黑衣服的叫千江，你别看他冷着脸、长得糙，其实人不错；穿白衣服的叫十方，那家伙才是一肚子坏水。"年叔打趣道。

宋风晚笑着点头，看得出来穿白衣服的人是个典型的笑面狐狸。

而此刻，楼上的两人正等着傅沉交代事情。

这边，宋风晚照旧去画室，快到时突然被一个穿着铁灰色西服、戴着墨镜的人拦住了去路，那人说："宋小姐，打扰两分钟，我们小姐想和您聊两句。"

宋风晚紧张地问："你们小姐……"

"这是她的名片。"那人将一张名片递给她。名片的主人是《京城日报》主编程岚。

对方姓程……

宋风晚立刻想到在派出所时听人说过,程天一还有个姐姐。

"我们小姐就在那边的咖啡厅,耽误您几分钟而已。这大白天的,我们也不会把您怎么样。"那人的态度倒是很谦恭。

"不好意思,我很忙。"宋风晚连名片都没接,转身就要走。

"宋小姐……"那人急忙拦住她,"我们小姐就是想向您道个歉,几分钟就好。"

宋风晚倒不是不给他们面子,而是知道程家没什么好人。她本就不愿接触这家的人,此刻又形单影只,肯定不会跟他们走。"抱歉,我真的赶时间。"宋风晚说着就要离开。

那人却一而再再而三地挡住她的去路。

不远处的车里坐着两个人,黑衣男人皱眉,准备下车,却被身侧的白衣男人拉住了胳膊:"急什么?还不到时候。"

黑衣男人瞪着他。

"出事我负责总行了吧?"白衣男人眯着狐狸眼,一直盯着宋风晚。

傅沉催他俩回来,特意把他俩叫到书房,他们还以为有什么大事要办,到最后才知道傅沉是让他们来当保镖的,专门守着宋风晚。

另一边,宋风晚已经没了耐心:"这位先生,我已经说得很清楚了,我有事,不会过去,麻烦您不要再纠缠我。"

"就几分钟。"

"首先,在这件事中我是受害者,你们没有经过警方同意就私下接触我已经不合规了;其次,你们小姐口口声声说要向我道歉,自己却坐在咖啡厅里等着我去找她,我没看出她有什么诚意。你要是再拦着我,我就立刻报警!"宋风晚态度强硬,目光坚毅笃定。

那个男人咬了咬牙,放她离开。

不远处的咖啡厅里,女人原本正悠闲地喝着咖啡,听到男人的汇报后,气得脸色发白。

一个乳臭未干的臭丫头,也敢给她脸色看?

宋风晚约了傅沉,让他做模特,特意早些回去。她刚到家年叔就出来了,道:"回来啦?过来吃点儿东西。"

宋风晚笑着点点头,随后对坐在客厅沙发上的傅沉道:"三爷,我吃完东西后我们开始吧。"

"那我先上去。"傅沉起身回房,得准备一下。

宋风晚快速吃了两口东西,抱着画夹赶紧上楼,生怕让傅沉等急了。

她进入二楼最右侧的房间时,傅沉并没有到,房间被收拾得异常整洁,墙上还挂着几幅画,黄色的壁纸在灯光下泛着暖意。

画架和绘图工具一应俱全。

趁傅沉没来,宋风晚将前期准备工作都做好了,安静地等着。

两三分钟后,门被推开了。

宋风晚直接傻了。傅沉穿着一件过膝的白色浴袍,精瘦的腰上扎着一条白色腰带,领口微微敞开。

他拿着一条毛巾随意地擦着头发,然后直接坐在离宋风晚不远的小沙发上。

"需要我做什么?"他将毛巾挂在脖子上,发梢还在滴水,剔透的水珠顺着他的额角、脸颊滚落,沿着他的脖子、锁骨不断往下流去,一寸寸滑过他的皮肤。那水珠好像有魔力,宋风晚看了后小脸通红。

他……干吗穿成这样过来?

"怎么不说话?需要我怎么做?离多远合适?"傅沉见她发呆,起身走了过来,在宋风晚的身边坐下,"近一点儿比较方便?"

他呼出的气息有些凉,落在她的脸上,却化成一股股热浪。

宋风晚的心扑通扑通直跳,快要冲出来了,她的耳根子也红透了。

傅沉眯着眼,忽然伸手捏了一下她的耳垂,她的耳垂又软又烫。

"你……"宋风晚是坐着的,被他吓得差点儿跌坐在地上。

"你怎么脸这么红,耳朵还这么烫?"

"没有啊!"宋风晚吓得半死,他干吗总是忽然凑过来?!

傅沉忽然一笑,他们离得好近,好像他一低头就能……亲到她。

"我看你们画室的石膏模型,很多是裸着的……"傅沉的声音听得人心尖直颤。

宋风晚连忙道："不用脱衣服，您坐着就好，我现在学习画人脸。"

"那什么样的距离合适，近点儿是不是更清晰？"

"不用，您坐在那里就好，随意点儿。"宋风晚咬着唇道。

他浑身散发着热气，勾得人心烦意乱。

宋风晚打量着身边的男人，用炭笔按照比例在画纸上绘制起轮廓。傅沉没干别的事，一直直勾勾地看着她，看得她心烦意乱。

她飞快地在画纸上勾勒出他的样子。她清楚地知道，按自己的水平，一个晚上根本画不完，只能尽可能记住他脸上的所有细节，包括肌肉的走向……画了一个多小时后她才意犹未尽地收起了笔，道："三爷，今天差不多了，真是太麻烦你了。"

"要睡了？"傅沉的声音有些嘶哑。

"还要再忙一会儿。"宋风晚收拾着手边的画具。

傅沉点头，起身打算离开。他坐得太久，站起来后活动了两下，缠在腰上的腰带不断变松，最终完全松开了，浴袍往两侧散开……大片肌肤从浴袍下露出来，强劲结实的胸膛、精瘦的腹部，还有那轮廓分明的腹肌展露无遗。

宋风晚直接傻眼了。

"还看？"傅沉皱眉，略显尴尬。

宋风晚还没反应过来，一双温热的手覆在她的脸上，将她的脸往旁边一拨。

他说："转过去，不许动。"

宋风晚的呼吸都要停了，小脸红得发烫。傅沉并不像表面看起来那么瘦，身上的肌肉十分结实。

她不敢乱动，直到他整理好衣服起身，叫她的名字，才下意识地抬起头，正好与傅沉的目光相撞。

他双手撑在她身后的沙发上，将她整个人禁锢在自己的身体与沙发之间。他们靠得太近了。

宋风晚屏住呼吸，小心翼翼地看着他，心脏就要跳出嗓子眼了。

"刚才看到了什么？"他轻声道，气息落在她的脸上。

"没……什么都没看到。"宋风晚咬着唇，大气都不敢喘。

"宋风晚，撒谎可不好。"傅沉皱眉，神色不悦。

"我不是故意的，刚才那种情况……"明明是他自己没系好腰带，怪她？

"那还是看到了？"

宋风晚点头。她又不是瞎子。

傅沉忽然笑了："早点儿休息。"他说完居然直接走了，留宋风晚一个人愣在原地。

就在她发愣的时候，手机铃声忽然响了，吓了她一跳。她拿出手机看了一眼，是母亲打来的电话。

"妈。"

"还不休息？"乔艾芸的声音十分温柔。

"马上就睡。"

"过些日子我去吴苏给你外公送寒衣，然后就去京城看你。"

宋风晚笑着点头："好，你也别太辛苦……"

乔艾芸这么说，应该是要回家处理那个私生女的事了。想到母亲要回来，宋风晚瞬间觉得有了依靠，一颗心也落了地。

隔天，傅沉有事去公司了，宋风晚便在千江的陪同下去警局又录了一次口供。

程天一清醒后接受了审问，他的说法和宋风晚的有出入，警方需要找宋风晚核对一下。

等她从派出所出来的时候，天色已经完全暗了。她看了一眼时间，打算赶紧回家把傅沉的素描画画完。

千江打电话给傅沉汇报情况，挂了电话后对宋风晚道："宋小姐，三爷晚上要去老宅吃饭，您是回画室，还是跟三爷一起过去？"

"去老宅？"宋风晚从开学后就没去过那边，这都半个多月了。

"三爷隔三岔五就会过去吃饭。"千江解释道。

宋风晚没想到三爷还挺孝顺的，想了想，道："那我也去老宅！

不过,咱们得先去一趟商场。"

她总不能空着手过去。

另一边,一架从云城飞来的客机刚刚落地,一男一女从飞机上下来。

女生是第一次坐飞机,显得很拘谨,紧紧地拉着男生的手。在外人看来,他们就是正处于热恋期的小情侣。

"别怕,我爷爷、奶奶很疼我,只要他们肯帮我,什么事都好办。"江风雅勉强笑了笑,有些忐忑。

出租车上,见江风雅不安,傅聿修立刻握紧她的手,安抚道:"别紧张,有我在。"

"我们这样突然过去会不会不太好?"江风雅身材娇小,惹人怜爱。

"没事,我爷爷奶奶看到我,高兴还来不及。"他常年在云城,每次去京城,老爷子和老太太都乐得不行。

"我还是有点儿害怕。"江风雅咬了咬唇,道,"要是碰到了你三叔……"

"他们不住在一起。三叔从国外回来后就买了地,自己建了房子。老宅里除了爷爷、奶奶,没别的人。"傅聿修道。

"要不你先打个电话过去说一下?"江风雅坚持道。

"直接过去才有惊喜!有我在呢,别怕!"傅聿修搂着她道。

三叔和父母都想让他跟江风雅分手,他这次过来就是想向爷爷、奶奶求助,让他们支持自己。他知道自己和宋风晚解除婚约,惹得爷爷很生气。但这件事都过去这么久了,爷爷也该消气了吧!

他原本不打算带江风雅过来,她却说:"这件事都是因我而起的,我必须陪你过去道歉。发生任何事,我们都要一起面对。"

傅聿修当时感动得不行,能和他同甘共苦的好女孩儿打着灯笼都难找。

但江风雅打的是别的主意。她想讨得傅家两位老人的欢心,借此改变宋敬仁对自己的态度,让他将自己请回宋家。

可是,她的美梦在大院门口就破碎了……

两人刚下出租车就被门口的警卫拦住了。

"你们不认识我吗?"傅聿修疑惑道。

"我们自然认得您。只是三爷前几天说了,最近总有莫名其妙的人骚扰傅老和老太太,但凡不认识的都需要接受检查。"

"检查?"傅聿修皱眉,"你这是什么意思?难不成我会带人进去害我的爷爷奶奶?"

江风雅莫名有些心虚,扯了扯他的衣服,道:"算了吧,人家检查也是正常的。"

"凭什么检查?!"

就在此刻,一辆黑色轿车缓缓驶来……

宋风晚原本正低头玩手机,见快到了,便抬头看了一眼,意外地看见了那两个人。

千江降下车窗,向警卫点了点头。宋风晚也降下车窗,方便警卫看清车内的人。

随后,铁门缓缓打开了。

"千江……"傅聿修想让千江帮忙,千江给了他一个白眼。

傅聿修身子一僵,又指着宋风晚对警卫道:"我们都认识,不需要检查,不信你问问她。"

警卫摩挲着腰间的警棍,问宋风晚:"你们认识?"

宋风晚认真地看了站在门口的两人一眼,朝警卫笑了笑,道:"不好意思,不认识。"

千江脚踩油门,车一溜烟开进了大院。

傅聿修气结:"宋风晚,你……"

"聿修少爷,您消消气,检查完我就放你们进去。"

"凭什么宋风晚能直接进去?"傅聿修怒道。

"她上次过来是傅老亲自让人来接的,我们自然认识她,您身边这位……"

能在这里任职的，哪个不是人精？三爷亲自打电话来，摆明就是想让这个姑娘难堪。他们可不敢惹傅三爷。

"不就检查一下吗？没什么大不了的。"江风雅把包递给警卫，道。

警卫打开包，将里面的东西一股脑儿地倒了出来，基本都是大牌护肤品，和她一身朴素的穿着很不匹配。

警卫挑眉，嘴角露出一丝冷笑。她穿一两百一件的衣服，却用一两千一份的护肤品，这是要做戏给谁看？聿修少爷年轻，容易被忽悠，要是她在傅老和老太太面前玩把戏，怕是会很难堪。

有人造访的消息第一时间传到了傅家。

老太太听说傅沉和宋风晚要过来，心情不错，亲自在厨房里守着鸡汤。

"老太太，聿修少爷忽然过来了。"有人过来道。

"嗯？"老太太挑了下眉，"他还知道过来？还真会挑日子。"

"还带了个小姑娘，应该是……"那人小心翼翼地说道。

"把我这里当什么地方了？什么人都敢往这儿领。"老太太眯着眼，"那丫头也是个有野心的，这么迫不及待，真是和老三说的一样，心比天高！"

老太太不是不喜欢有野心的人，而是不喜欢那些动歪心思，为达目的不择手段的人。

"没这个命……还想一步登天？"老太太那略显混浊的眸子里闪过一丝精光。

大院位置僻静，远离闹市，人声渐稀，藏在水杉下的路灯若隐若现。

宋风晚靠在后座上，心想：那两人怎么来了？早知道我就不过来了。

"宋小姐，到了。"千江出声提醒道。

车已经停了两分钟，她却一直没动静。

"谢谢。"宋风晚推门下车,老太太已经在门口等着了。

宋风晚受宠若惊,问:"傅奶奶,您怎么在外面啊?"

"晚上这么凉,你怎么才穿这么点儿?我就说老三这家伙不会照顾人。"老太太拉着她的手往里走,"瞧你这小手,多凉啊!"

"三爷还没来吗?"宋风晚环顾四周,没看到傅沉的车。

"车堵在路上,还要一会儿,不过傅心汉下午就被送来了,让人带出去遛弯了。"老太太握着她的手,心想:聿修这个没福气的!

"奶奶——"

傅聿修因为女朋友被盘查,已经气炸了,又担心宋风晚先过去嚼舌根,便拉着江风雅跑了过来。

"哟——这不是聿修吗?你怎么来了?"老太太眯着眼,脸上无惊无喜。

宋风晚这才知道,原来他俩是临时过来的。

"奶奶,我这不是想你了吗?"傅聿修乖巧地道。

"是吗?"老太太哼了一声,目光落在江风雅的身上。

"老夫人好。"江风雅之前因为称呼问题被傅沉说过,不敢跟着傅聿修喊奶奶。

她刚小跑过,小脸微红,微微喘着气,看上去娇弱可人,即便被老太太看得浑身不自在,也笑着任对方打量。

"聿修,你这孩子怎么这么不懂事?天都黑了,你还带人家小姑娘出来,传出去多不好听。"

江风雅的笑容僵在脸上。好个老太太,这是在下逐客令?

"奶奶,她是我的女朋友。"傅聿修解释道。

傅聿修不懂,江风雅长得人畜无害,一直很讨人喜欢,怎么傅家人这么不待见她?

江风雅瞥了一眼宋风晚。

宋风晚蹙眉,心想:这个女人莫不是以为我私下说了她的坏话?

傅聿修显然也想到了这层,看宋风晚的眼神有些古怪。

傅老太太拍了拍宋风晚的手背:"千江,带晚晚进去。"

"奶奶……"宋风晚可不想自己一走,江风雅就哭啼啼地说自己欺负她。

"你今天累了,先进去休息。"

宋风晚点头,道:"千江大哥,麻烦您把礼物带进去。"

老太太偏头看向傅聿修:"聿修,你也进去,我有几句话想单独和这位小姐说。"

"奶奶,有什么事进去再说吧,外面怪冷的。"傅聿修有些紧张。

"我的话现在不好使了?要我把你爷爷从楼上请下来?"老太太不悦,"还是你怕奶奶欺负她?"

"当然不会。"傅聿修给江风雅使了个眼色后就进了屋。

老太太是南方人,性格温婉和善,傅聿修的母亲却很厉害。即便如此,傅聿修的母亲在老太太面前也不敢放肆,更何况傅聿修。

宋风晚进屋后,小口抿着茶,傅聿修却坐立难安,来回走动。

与此同时,傅老太太指着院子一侧,示意江风雅跟着自己往那边走。

江风雅的心揪了起来,这老太太明显来者不善。她瞥了一眼傅家老宅,多重台阶笔直而上,将老宅衬托得高不可攀。

"贵姓?"老太太缓缓问。

"我姓江。"江风雅低声道。

"江小姐想要什么?"

江风雅小脸发白:"您这是什么意思?"

"我们傅家选媳妇儿,不看家世,就看人品,可惜这东西……"老太太笑得异常和蔼,"你没有。"

"我们才见了一次,您怎么知道我为人如何?"

老太太不急不躁地道:"我活了这么大岁数,如果是人是鬼都分不清,也是白活了。小丫头,有野心是好事,但别用错地方。"

"我出身确实不如宋风晚,但您也不能这么看不起我。我和聿修是自由恋爱,您不能偏听偏信。"江风雅知道,如果自己一味怯懦只会更加被人看不起。

她委屈得不行,眼底隐隐泛着泪光。

老太太笑了笑,道:"人贵自重,你若自爱,没人能轻贱你。别哭哭啼啼的,像是我这个老婆子欺负了你。而且晚晚从没在我面前提起过你和聿修,你这小丫头张口就说我偏听偏信,颠倒是非的本事倒是不小!"

"我没说宋风晚……"江风雅打了个擦边球,没想到被老太太一眼识破。

"我认识的接触过你的人,除了晚晚就是老三,难不成是我们家老三说了你的坏话?"

"不是!"江风雅急忙解释。

"我年纪大,眼神是不好使,但也知道,我们家的门……"她轻哼,"不是谁都能进的!"

不远处传来两声狗叫,一个黑影跑了过来。

原来是用人遛狗回来了。

傅心汉瞥了一眼江风雅,用鼻子哼了两声,扭头进了屋。这狗目中无人,傲慢得很,一副大爷的样子。

江风雅的小脸在昏暗的路灯下已是一片惨白。

连狗都能大摇大摆地进去,她却连台阶都没踏上,更别提喝上一杯热茶了。难道在老太太的眼里,自己连条狗都不如?

傅家老宅灯影重叠,江风雅娇弱的身子被衬得越发惹人怜惜,尤其是眼底还隐约有泪,真是我见犹怜。

"之前听聿修说,您和善慈祥,没想到……"江风雅深知自己此刻不能怯懦,硬着头皮道,"我知道自己出身低微,配不上他,您出身名门,自然更瞧不起我,但这一切也不是我能选择的。同样是人,凭什么宋风晚就能得到父爱,而我就要畏首畏尾?我没奢求别的,就想认个父亲、谈个恋爱,却那么难。我做错了什么?!您和我相处过吗,就认定我不是好人?同样是宋家的女儿,您区别对待我认了,但您也不能这么侮辱我!"江风雅说着眼泪簌簌地往下掉。

她本就生得娇小，此刻梨花带雨，谁见了都得怜惜三分。

老太太轻笑一声，道："我出生时，父亲有三房姨太太，争宠斗狠，什么样的把戏没见过？你说就想认个父亲，不奢求别的，那这样吧，回头我通知宋敬仁，让你们签个协议：认了父亲后不拿财产，不要名分，不会踏足宋家，更不会从中作梗。毕竟你要的就是父亲，其他都无所谓。你要是答应，我回头就让傅家的律师亲自给你写协议，我当见证人，让宋敬仁认回你！"

江风雅没想到老太太说话柔声细语，做事却这么狠，把她所有的后路都堵死了，不禁沉默了。

见她许久不言语，老太太笑了笑："别和我耍小聪明，你那点儿心思聿修看不出来，我可是一清二楚。我瞧不上你和你的出身没关系，你不用在这里哭哭啼啼。你俩谈恋爱的事，他的父母会管，我不掺和。但这里是我家，我想让谁进去，还轮不到别人指手画脚。若非要给聿修留脸面，你连我家的院子都进不来！"

老太太的话让江风雅心头直跳，好像她所有小把戏在老太太面前都无所遁形。

她攥紧拳手，身子微微颤抖。

"小姑娘，有野心是好事，但没那个命，就别奢想不属于你的东西。就我这么多年的经验，太急功近利的人……"老太太抿嘴一笑，接着道，"下场都很凄惨。"

最后几个字像是重锤，砸得江风雅浑身一抖。

傅聿修在屋里来回走动，看宋风晚神色悠闲，想起在门口的遭遇，十分窝火。

此时傅心汉从外面小跑进来，看到傅聿修后叫了两声，吓得傅聿修急忙往边上闪。

它恶狠狠地看了他一眼，然后摇着尾巴趴在宋风晚脚边，瞬间变得乖巧听话了。

傅聿修咬了咬牙。这死狗，除了他家三叔，谁的面子都不给。他以前逗过它，被它咬了。它仗着有三叔撑腰，平时神气得跟什么似的，到了宋风晚面前就这么乖？

他担心江风雅，偷偷看了看门外的情形，一眼就看见了江风雅挂着泪珠的小脸，连忙跑了过去。

"风雅，你怎么哭了？"

"我没事。"江风雅擦着眼泪。

"没事还哭成这样？"傅聿修心疼得不行，急忙帮她擦眼泪，"是不是我奶奶和你说什么了？"

"不是，京城太干了，我被风一吹，就一直流泪。"江风雅眼圈泛红，可怜得紧。

宋风晚端着热茶，靠在门边看着他们。

难怪她能把傅聿修吃得死死的，这可怜模样，哪个男人看到不心疼？

"奶奶？"傅聿修扭头看着老太太。

"看我做什么，你没听到吗？她是眼睛不好，迎风流泪。"老太太看着傅聿修，一脸责备。

"这好好的姑娘怎么到了我们傅家就这样了？"老太太眯着眼，接下来的话差点儿没把江风雅气晕，"看样子你和我们傅家是八字不合啊。"

宋风晚憋着笑，心想：傅奶奶可真腹黑，傅三爷绝对是老太太亲生的！

老太太眯着眼，打了个哈欠："既然江小姐眼睛不舒服，那我也不留你了。"

宋风晚看到江风雅气得煞白的脸，差点儿笑出声。

"奶奶，您这……"傅聿修正想争辩几句，老太太又发话了："聿修，你还愣着干吗，还不赶紧送江小姐出去？你爷爷要下来了，你三叔一到就吃饭，别让大家久等。"她一句话提了两个重量级人物，带有满满的警告意味。

她说完就进了屋，走到宋风晚身边时笑得慈眉善目。

江风雅气得身子发颤，偏又不能发作，眼泪一个劲地往下掉。

"风雅，奶奶可能心情不太好，她说的话你别放在心上，别哭了。"傅聿修把人搂进怀里，满脸心疼。

江风雅趴在傅聿修的怀里，余光看到不远处的宋风晚。宋风晚还是那副居高临下地看戏的模样。

"我不想留在这里。"江风雅抽泣着说。

"我们去外面说。"傅聿修搂着她就往外走。

宋风晚喝了口茶，无声地笑了。

突然，傅老严肃的声音传来。

"聿修那小子还有脸过来？自己来就算了，还敢把人带到我这里……"

他说到一半，忽然看到宋风晚在客厅，立刻将剩下的话咽了回去，笑道："晚晚来啦。"

"傅爷爷好。"宋风晚起身和他打招呼。

"老头子，过来帮我尝一下这汤的味道怎么样。"老太太皱眉，不悦地瞪了他一眼，让他跟自己进厨房，两人分明是有话要说。

很快，外面传来了车声。

"肯定是老三来了。"老太太笑道。

宋风晚听到动静，看向门口。

傅沉今天穿着墨蓝色的定制西服，戴着精致的领夹、珍珠母贝袖扣，看着十分性感。

"聿修呢？还不回来？"傅老端坐在沙发上，脸上隐有怒色。

"应该快了。"老太太看了一眼落地摆钟。

"老忠，去我的书房把戒尺拿来！"傅老这话一出，屋里的气氛陡然变了，就连傅沉都往傅老那边看了一眼，却忽然对上宋风晚打量的目光。

她似乎看到傅沉嘴角缓缓地勾起了一抹弧度，急忙收回视线，耳根发烫。

傅老和老太太一心要惩戒傅聿修，压根没注意到傅沉和宋风晚的小动作。

　　此刻，老忠已经从楼上取了戒尺下来。此人就是那日在大院门口接宋风晚的长者，大家都喊他忠伯。

　　戒尺约莫一尺长，桃木色，打磨得很光滑，看得出来有些年头了。宋风晚挑眉，心想：这东西打人忒疼。

　　五六分钟后，傅聿修进了门，大概刚刚和江风雅惜别，脸上还带着未散的喜色。

　　"爷爷、奶奶、三叔！"他挨个问好，直接忽略宋风晚。

　　"你还有脸回来！"傅老从忠伯的手中拿来戒尺。

　　傅聿修心头直跳。这戒尺傅家人都熟悉，老爷子就是用它执行家法的，就连傅聿修他爸都被这尺子打过，打人很疼。

　　就在傅聿修忐忑时，老太太缓缓道："先吃饭吧，晚晚肯定饿了。"

　　傅老是恨不得现在就打死这浑小子，偏偏老太太开口，他就先忍了。

　　傅聿修欣喜地道："谢谢奶奶。"

　　"先吃饭，然后再说你的事。"傅老冷哼一声，心想：这小子该不会以为自己放过他了吧？

　　傅聿修听懂了爷爷的意思，没接话，跟着奶奶往厨房的方向走去，道："奶奶……您帮帮我。"

　　"我为什么要帮你？"老太太不急不缓地道。

　　"您刚才不是帮我说话了吗？"

　　"我是怕你爷爷现在抽你，搞得晚晚没心情吃饭，那丫头可没你这么狼心狗肺。你可真行，出去送个人，弄得嘴上都是口红。"老太太轻声道。

　　"我……"傅聿修急忙擦了擦嘴。

　　傅聿修可能没注意到这点，但江风雅不可能没发现他的嘴上沾了口红。老太太暗忖：那丫头还真不是个省油的灯，自己刚给她个下马威，她就变相地让自己不舒服。

　　"别傻站着了，帮我把汤端出去。"老太太叹了口气。

　　傅家老二一家很早就搬到了云城，每年除了过年极少回来。老太太一直觉得傅聿修聪明听话，不知道他怎么谈个恋爱后，脑子突然不够用了。

长辈先坐下，宋风晚本想和老太太坐在一起，偏偏傅聿修快她一步，挨着老太太坐下了。没办法，宋风晚只能坐到傅沉身边，一脸颓丧。

"怎么，不想和我坐一起？"傅沉的语气听不出喜怒。

"没有啊，想陪傅奶奶说话而已。"宋风晚悻悻地笑道。

大院外，江风雅在门口站了许久，盯着高门铁栅，想起刚才老太太的话，气得浑身发抖。

而另一边的黑色轿车里，有人盯着她看了许久。

"刚才送她出来的人是傅聿修？"

"应该是的。"司机点头。

"那她不就是……？"女人的嘴角露出一抹笑意，"给我查一下她住在哪儿。"

"好。"

"回去吧。"

"不是要等三爷？"司机诧异地看了一眼程岚。她好不容易等到傅沉出门，得知他今晚会来老宅才在这儿守着，现在居然打算回去？她不替少爷求情了？

"问这么多干吗？"程岚面带愠色。

司机面露尴尬，开车离开。

她本就不想因为那个草包弟弟得罪傅沉，找傅沉不过是碍于父亲，不得不装样子，但是宋风晚这个隐患……她得尽早除掉。

傅聿修这顿饭吃得胆战心惊，傅老爷子投向他的目光，对他来说无异于凌迟。

"老傅，再吃点儿？"老太太见傅老爷子才喝了点儿稀粥，忍不住蹙眉。

傅老爷子恨不得宰了面前这个小浑蛋，哪还有心情吃饭？

"老三。"老太太把问题抛给傅沉。老爷子年纪大了，受了气不说，再饿着肚子，身体会受不了的。

宋风晚瞥了眼傅沉，想知道他会如何劝傅老。

结果他就说了一句："待会儿您不是要执行家法吗？不吃饭哪里来的力气？"

傅聿修的手颤了两下，筷子落地："三叔……"

老爷子轻哼一声，居然拿了半个馒头，大口咀嚼起来。

"把老爷子的降压药、救心丸什么的都拿来，以备不时之需。"傅沉语气平淡地说。

傅聿修简直要哭了。自己平时对三叔恭恭敬敬的，没得罪过他，他为何要这么对自己？

"还是老三想得周到。"老爷子对傅沉的话予以肯定。

宋风晚明白了，这傅家除了傅聿修，没一个是善茬，腹黑得要命。

众人吃完饭，老爷子直接起身，示意傅聿修跟自己去客厅。傅聿修不肯，道："爷爷，去书房吧！"宋风晚还在这儿呢！

"这里也没外人，你还怕丢人？"

老爷子这口气憋了一个多月。他握住戒尺，毫无预兆地朝傅聿修的后背抽了一下。

啪的一声脆响在客厅里回荡。

宋风晚吓了一跳，没想到老爷子来真的，下手这么狠。

傅聿修闷哼一声，脸色惨白，额上以肉眼可见的速度渗出冷汗。

所有人都下意识地屏住呼吸，大气都不敢出。

"知道错了吗？"老爷子握着戒尺的手微微发抖，刚才显然下了狠手。

"知道，我错了。"傅聿修也不傻，急忙认错。

"哪儿错了？"老爷子追问。

"不该没通知您就擅自悔婚。"

"既然知道是自己的错，你还敢去威胁晚晚？"傅老说着又抽了他一下,道,"你竟敢打着傅家的名号外面作威作福!你去云城这些年,学业没什么长进,坏毛病倒是学了不少!"

"我真的错了。"傅聿修咬着牙,忍痛道。

老爷子恶狠狠地道:"别跟我道歉!"老爷子说完把戒尺扔到一边,老太太立刻上前扶他坐下。

忠伯适时端了杯参茶过去,道:"喝茶。"

傅聿修全身颤抖,对宋风晚说:"宋风晚,对不起。"

一时间,周围人的视线都落在她的身上,她连忙点头应了声,没多说什么。

"当初订婚,我没强求你。"傅老爷子接过杯子喝了一口,"你和你爸妈都是自己点头答应的。现在,你长大了,翅膀硬了,解除婚约这么大的事,就敢一个人闷声不响地办了?傅聿修,你真有能耐!我是真没想到,活到这把岁数会被亲孙子打脸!"

"爷爷,我当时没想那么多,考虑不周全,您要打要罚我都认。"傅聿修态度诚恳。

"别说我心狠,要不是老三及时赶过去,事情还不知道会发展到什么地步!你去宋家给那丫头撑腰,把晚晚置于何地?你的脑子呢?!"老爷子握紧杯子,"到时候别人会以为我们傅家都向着那个人,你让我这张老脸往哪儿放?!"说到气愤处,老爷子连杯子带茶水一齐朝傅聿修扔了过去。

杯子没砸中傅聿修,茶水却溅了他一身,所幸天冷,他穿得多,也没被烫到。

"这些年,你爸妈把你保护得太好,让你不知人心险恶,送上门给人当枪使!"傅老爷子将江风雅的那点儿心思看得一清二楚,气愤地道,"要不是你大哥年纪太大,你以为这门亲事轮得到你?你还不知足?"

傅聿修的大哥就是傅家的长房嫡孙。傅聿修一直不明白爷爷、奶奶为什么对宋风晚如此执着,宋家家境一般,有什么值得他们惦念的?

傅沉一直漠不关心地坐在一侧,听到年纪一事才挑了下眉头。

宋风晚却听得心惊肉跳。表哥送她过来时她就明白了，傅家看中的是乔家。要不是舅舅没女儿，这种事压根轮不到自己。

她正在发呆，坐在她身边的傅沉压低嗓音问："你觉得年龄重要吗？"

"嗯？"宋风晚愣了片刻才反应过来，"感情最重要吧。"

傅沉点头，没再说话。

宋风晚瞥了他一眼，心想：他问这个干吗？他该不会想让自己和傅家长房的那位……宋风晚完全没想到，傅沉这话是帮他自己问的。

傅老爷子越想越生气，恨不得再抽傅聿修两下。

"爷爷，我真的知错了。"傅聿修直接跪在老爷子面前，求饶道。

"我抽你两下是轻的！我们傅家的声誉是其次，最重要的是，你毁了晚晚的名声啊！"傅老爷子连声叹气，"你护着自己喜欢的人，也不能害了别人！那个女孩儿巴不得晚晚名声尽毁，你还助纣为虐。"

"爷爷，风雅……"傅聿修压根没听清老爷子说了什么，只是在听到江风雅的名字时忍不住开口辩驳，结果一抬头就迎上老爷子冰冷的目光，吓得赶紧低下头。

"晚晚这么小，你俩合伙欺负她，去人家的画室挑事，你还顶嘴？"

宋风晚的心狠狠一抽，鼻子莫名有些酸。事情发生这么久了，就算是和母亲打电话，她也是挑着好话说，不敢向母亲倾诉烦恼，没想到傅老爷子只和她见了两次，就无条件地维护她。

傅沉眯眼看着她，若有所思。

第 四 章

为你，可以低头

江风雅到了之前在网上团购的酒店。她知道傅聿修最近手头拮据，便自己预订了酒店，全国连锁，不好也不差。

她刚走到前台办理入住，就听到身后有人叫她。

"江小姐。"

江风雅下意识地回头，看到一个女人走过来。那个女人穿着西装和包臀裙，踩着高跟鞋，齐肩长发，外面裹着一件黑色呢子衣，整个人看起来干练又不失妩媚。

周围并无旁人，江风雅蹙眉，谨慎地问："您找我？"

"方便借一步说话吗？"

"不好意思，我……"江风雅下意识地拒绝了。她不认识面前这个人，可是单看对方的穿着，也知道这是个自己惹不起的人。

"你别害怕，我没有恶意。"程岚打量着她，心想：傅聿修长得不错，看着也不傻，眼光却不怎么样。这女人长得小家子气，穿着更是寒酸，他竟然好意思带出来？

"这件事关系到宋风晚和傅家，你就一点儿兴趣都没有？"程岚继续道。

江风雅犹豫片刻，还是摇了摇头："我真的有事。"

江风雅不傻，这女人忽然找上她，必有所图。在摸不清对方的动机时，她不敢贸然接触对方。

程岚也不在意，从口袋中摸出一张名片递给她："我不是你的敌人，你如果遇到了麻烦，可以随时找我。"

江风雅最终接了名片。

傅沉和宋风晚吃完饭，一起坐车回去。

宋风晚刚才不知道被老爷子的哪句话打动了，眼眶微红，像是要哭了。傅沉见状，提议回去。一路上他都试图安慰她，却不知道说什么。

傅心汉没敢靠近傅沉，蹲在宋风晚的脚边。

宋风晚帮它顺毛，傅心汉被摸得舒服了，胆子大了点儿，伸出双腿搭在她的膝盖上，下意识地想舔她。但它刚伸出舌头就瞥见傅沉冰冷的目光，吓得赶紧缩了回去，闭紧嘴巴。

十方坐在副驾驶座上，一直观察着后面的情形。宋小姐的脸，三爷都没亲过，傅心汉就想上嘴，也不怕三爷打断它的狗腿！

"傅心汉在大院里有很多相好的？"宋风晚偏头看着傅沉。

"处处留情。"

"没看出来它还是只风流狗。它还不足一岁，就知道那个了？"宋风晚没养过宠物，自然对那方面的事情知之甚少。

"它五个多月的时候就对着我朋友的腿耍流氓，那家伙都吓蒙了。"

傅沉说得隐晦，宋风晚却在脑海中想象出画面，忍不住红了脸："那你朋友也是够倒霉的。"

"狗是他送的，和他比较亲。"

遥远的雪山上，某个男人接连打了几个喷嚏，心想：谁在背后骂我呢？

他们到了云锦首府后，宋风晚才吞吞吐吐地道："三爷，待会儿……"

今天时间多，她想早点儿把画画好。

傅沉挑眉问："画画？"

"今晚可能要耽误你不少时间。"

"直接过去吧。"傅沉说着就往二楼走，宋风晚忙不迭地跟上。

到了画室，依旧是他们两个人。宋风晚开始准备画具，忽然发现傅沉解开了衬衫领口的两颗扣子，隐约露出了锁骨。她急忙低下头。

傅沉微微一笑，走到她身后，说："画得还可以。"

她吓了一跳，本能地往一侧缩了缩。

傅沉嘴角一弯，道："我去拿本书，你再准备一下。"

他说完就往外走，咽了咽口水。再不走，他可能真的会忍不住。

傅沉刚走进书房，十方就走了过来，道："三爷，程岚找上江风雅了。"

傅沉神色如常，淡淡地点点头。

十方识趣地退了下去。他知道傅沉是个腹黑、护短的人，这次应该不会放过程岚。

外界疯传傅沉为人乖张古怪，宋风晚本来觉得和傅沉相处一定会紧张、局促，真正接触后却觉得他很好相处。

接下来几天，宋风晚一回家就去画室，傅沉基本都在那儿等着她。两人就像是形成了默契，一个专心画画，一个认真配合。房间里除了炭笔在纸张上发出的摩擦声，就只有傅沉翻动书页的声音，场面宁静和谐。

宋风晚总算将素描图画好了，匆匆赶往画室。

京城已然步入深秋，凉风瑟瑟，遍地落叶。

隔了很远，她就看到了一个熟悉的身影，眉头微蹙。

那人站在树下，穿着白色的连衣裙，搭配毛衣外套，脸色略白。看样子，她已经等了很久。

宋风晚转身，准备从另一个方向离开，那人已经追了过来："你等一下！"

江风雅一直在等她，见她想走，直接小跑过去拦住了她。

"你有事？"宋风晚对江风雅没什么好脸色。

"我想和你聊两句。"

"我们之间没什么好说的，我有事，赶时间。"宋风晚说着就大步往前走去。

江风雅却伸手抓住了她的胳膊："我知道你恨我，不喜欢我，更不想看到我，但我是真的没办法。"

江风雅说话时带着哭腔，模样甚是可怜。

宋风晚咬牙，猛地抽回手，江风雅却不依不饶，又一次抓住宋风晚的胳膊说："我知道不该找你，但真的不知道还能找谁。"

周围很快围了一些看戏的路人。

江风雅已然哭得梨花带雨，肩膀因为抽泣微微耸动，而站在她面前的宋风晚自始至终冷着脸，乍一看，就好像宋风晚欺负了她。

"你到底想干吗？"宋风晚咬牙，"你若是再这么纠缠不休，我就报警了！"

"我找不到傅聿修，也联系不上他，你知道他现在在哪儿吗？他怎么样了？"

自从那晚分别后，她就跟傅聿修失去了联系。江风雅去大院外等了几天，他依旧音信全无。她现在将所有的筹码都押在傅聿修的身上了，怎么可能不急？

她知道宋风晚在这边上学，便抱着试试看的态度来找宋风晚。毕竟偌大的京城，除了傅聿修，她也只认识宋风晚了。

"你是不是找错人了？我怎么会知道他在哪里？"宋风晚语气冰冷。

"你不是住在傅家吗？你怎么可能不知道发生了什么？"

"就算我知道。"宋风晚轻笑，"我又凭什么要告诉你？"

其实，关于傅聿修的事，宋风晚还真的听说过一些。据说那晚她和傅沉离开后，傅老又抽了傅聿修几下，傅聿修被打得住进了医院。

江风雅一顿，小脸惨白。

宋风晚哼了一声，径直离开。江风雅咬了咬牙，认定宋风晚知道内情，上前两步，一把拽住了她。

"江风雅，你别太过分！"

不远处，十方坐在车里打了个哈欠，碰了碰千江，道："老江，你做事不是一向很积极吗，这次怎么不动？赶紧过去啊！"

千江没说话。

"愣着干吗？"十方刚要下车，千江拉住了他，伸手指向前方。

十方眯着眼看过去，发现他们对面停着一辆黑色轿车，车边站着一个女人。那个女人身着蓝色的长款大衣，头发被盘起来了，戴着黑色墨镜，正望着宋风晚所在的方向。

"这人看着有点儿眼熟啊。"十方皱眉。

"嗯。"千江点头。

"我想不起来……"

"是宋夫人，之前来找过老爷子，当时三爷也在。"千江语气平淡地道。

十方眼皮一跳，宋风晚的母亲？他急忙给傅沉发信息：您未来的岳母大人来了。

虽然过往行人不多，但是宋风晚和江风雅拉扯了半天，已经引起了别人的围观。

"我知道在聿修这件事上是我对不起你，我心里也很煎熬。只是你们没结婚，大家都是自由的，况且我们也诚心地向你道歉了。我就想知道他现在好不好。"

江风雅见围观的人越来越多，泪水就像决了堤，拽着宋风晚，怎么都不肯松手。

"只要你肯开口，让我做什么都可以。"

周围的人并不知道内情，但是根据江风雅的话，再对比两人的穿着，立马脑补了一个富家女欺负灰姑娘的故事，看向宋风晚的眼神越发古怪。

"你赶紧松开，不然我不客气了。"宋风晚的耐心被她耗尽。

"真的，算我求你，你肯定知道他在哪儿……"江风雅不依不饶。

宋风晚气结，身上还背着画夹，被江风雅扯着，行动不便。宋风晚咬了咬牙，手臂猛地用力。江风雅看准时机，手指陡然松开，不但没像刚才那样拽着她，反而按住她的胳膊，将她往后一推。

宋风晚没想到江风雅这么阴险，竟然敢在光天化日之下搞这种龌龊的小手段，身子一趔趄，直直地往后倒去。校门口都是水泥路面，要是她后脑着地，不流血也得破皮。

就在她以为今天肯定得受伤的时候，她的肩膀被人扶住，身子瞬间稳住了。

江风雅看着宋风晚身后站着的人，握紧拳头——就差那么一点儿。她眼底的阴险狠辣之色稍纵即逝，不一会儿她又摆出一副楚楚可怜的模样。

她向宋风晚伸出手："你怎么样，没事吧？我不是故意的，你说让我松手，我……"

她的手指刚碰到宋风晚的袖子，站在宋风晚身后那人忽然抬手给了江风雅一巴掌。那人出手快、力道重、下手狠，江风雅惨白的脸上立刻染上一片猩红。江风雅蒙了，围观的人也被吓得够呛。

江风雅难以置信地看着面前的人。蓝色大衣将对方衬得非常干练，腰带正好掐着一段细腰，整个人精明中透着小女人的妩媚。她戴着墨镜，遮着大半张脸，低调却气场十足。

"你……"江风雅总觉得这人有点儿眼熟，只是刚吐出一个字，那人居然又想打她。江风雅急忙伸手阻拦，可拦不住，又挨了一巴掌，险些摔倒。

"小小年纪，如此恶毒，抢了别人的未婚夫就安静点儿不好吗？"那女人的声音中透着一股寒意，"三番五次来骚扰我的女儿，你是真以为现在有了靠山，就没人敢碰你了？今天就算是傅聿修站在这里，我也照打不误！"

江风雅心头直跳，她是……

"妈，您怎么在这里？"宋风晚看到乔艾芸，又惊又喜。

"我若不来，你就任由她欺负？"乔艾芸摘下眼镜，那双丹凤眼漂亮又霸道，转头对江风雅说："年纪不大，居然如此恶毒，你下次再敢碰我女儿一下，就不是两巴掌这么简单了。"

江风雅捂着脸，气得浑身发抖："我不过和她说两句话，你就当众打我？你分明就是借机报复！这里是京城，你打人还有理了？简直欺人太甚！"

乔艾芸轻哂："刚才你骚扰我女儿的时候，我已经报警了，警察马上就会过来。孰是孰非，咱们去警局慢慢说。我相信周围的监控是不会骗人的。你是只和她说两句话，还是故意推她伤害她，自有人会给你一个答案！"

江风雅瞳孔微缩，出了一身冷汗。

在边上看戏的十方和千江瞠目结舌。

江风雅推人的动作不太明显，但是有监控，只要调慢镜头，不难看出蛛丝马迹。

他们本来以为能有他家三爷表现一把的机会，没想到乔艾芸这么厉害。

江风雅听说她报警了，瞬间慌了，强装淡定地道："你别吓唬我！你打了我，要是警察过来，你也没法脱身。"

"你欺负我女儿，我看不过去才打了你，最多被说两句。但你故意伤人是犯法的，重则坐牢。"乔艾芸声音清脆，掷地有声。

"你分明是故意的。"

宋风晚嗤笑一声："你要是没做亏心事，谁能故意陷害你？是我让你来这里等我的吗？是我求你推我的吗？"

不远处传来警笛声，江风雅的心都跳到了嗓子眼，她没想到乔艾芸居然来真的。她只觉得眼前发黑，脑子昏昏沉沉的。

派出所内，民警简单地了解了情况，又调取了监控录像，画面中确实可以看出在宋风晚往后仰的时候，江风雅伸手推了一把。江风雅进派出所后，眼泪就没停过，看着是被吓到了。

民警原本试图让双方和解，但在得知双方的关系后，有些蒙了。

乔艾芸的态度决定着整件事的走向，民警只能硬着头皮先去做她的工作。

"乔女士，江小姐说自己不是故意的，也愿意赔礼道歉，给你们补偿，这件事……"

"你们放心，我不会仗着年纪大或者有点儿钱就欺负她，待会儿我的律师会过来，直接凭证据走程序。她若是清白，我不会诬蔑她；她若是真的欺负了我的女儿，我也饶不了她。"

民警将她的意思转达给江风雅："江小姐，我看你还是通知一下家里人，商议一下。"

江风雅设想过无数次和乔艾芸碰面的情形，怎么都没想到会是这样。她要是能联系上傅聿修，自然好办，可是现在……

现在能和乔艾芸谈判的……只有他了。

她咬了咬牙："那我打个电话吧。"

民警同意了。

她打完电话不久，乔艾芸的手机铃声就响了起来。宋风晚就坐在乔艾芸身边，下意识地看了一眼来电显示，是宋敬仁。

"我出去接个电话。"乔艾芸拿着手机走出去。

宋风晚的手指绞着衣服。事已至此，她还有什么不明白的？她的母亲……在拿江风雅试探父亲。

乔艾芸走到派出所的院子里，接通电话。

"艾芸……"宋敬仁嗓音沙哑。

"有事？"

宋敬仁犹豫了半天，道："风雅年纪不大，这件事肯定是误会，你何必咄咄逼人？"

乔艾芸听他这么说，心如死灰，道："宋敬仁，她推了晚晚，你不问晚晚有没有摔伤，反而直接替她求情？我当时就在边上，那是不是误会，我比你清楚。"

"我只是不想事情闹大，弄得大家都难堪。"宋敬仁还在找理由。

"我看你是怕她有案底，进不了傅家吧？"乔艾芸哂笑。

宋敬仁见心思被戳破，语气生硬地说："是我对不起你，你何必向一个孩子撒气？"

"她是孩子，晚晚就不是？到底是她欺人太甚，还是我咄咄逼人？"乔艾芸冷哼，"当初退婚一事，要不是顾着你的面子，你以为我真的没手段整她？"

宋敬仁咬牙，问："你到底想怎么样？非要弄得那么难堪吗？"

"今天这件事，你有本事就直接和晚晚说。她要是同意放过这个伤害过她的人，我无话可说。"

"乔艾芸，你……"宋敬仁显然没想到她的态度会如此强硬。

"宋敬仁，我倒想看看，为了她，你能不要脸到何种程度！"她说完挂了电话，眼底泛红。

她和宋敬仁做了近二十年的夫妻，还有孩子，一直试图说服自己，这段婚姻还有挽留的必要。她不是真的想把江风雅送进去，只是想试探宋敬仁的态度，也想找一个理由说服自己。现在看来……她这么犹豫不决，简直傻得可笑。

她深吸一口气，平复了一下心情，准备进去时发现宋风晚不知何时站在了门口。

"晚晚，你出来做什么？"乔艾芸笑着朝她走过去，"待会儿我和他们说一声，让你先走，别耽误学习，这些事交给我处理。"

宋风晚却拉住她的手，道："妈。"

"怎么啦？"

"想你了。"宋风晚说着紧紧地抱住了她。

乔艾芸瞬间鼻头发酸，手指略微颤抖地拍了拍她的后背："有人看着，怎么和小孩子一样？"

"你都瘦了。"宋风晚强忍泪水,知道接下来自己的家庭会面临什么。

"晚晚……"乔艾芸道,"我本来想等你重考结束再解决家里的事,现在……你爸爸可能……"她身子发抖,没敢说出"不要我们了"这几个字。

宋风晚却忽然松开手,笑嘻嘻地说:"你不是没吃饭吗?我去外面给你买些吃的。"

不等乔艾芸开口,她就跑出了派出所。

有些事情她心里清楚,可是真的要面对这一切时,心却痛得要命。

她刚走出去没两步,一辆熟悉的黑色轿车就停在了她面前。她落下的眼泪根本来不及擦掉,就被推门下车的傅沉看了个一清二楚。

两人的视线在空中相撞,她转身要走。傅沉皱眉,快速握住她的手腕,将她拉住。

傅沉的掌心温热干燥,而她的手臂冰凉柔软。

就在这一刻,小姑娘眼中的泪水落了下来。

"听说你出事,我过来看看。你怎么哭了?谁欺负你了?"傅沉没安慰人的经验,只能尽量放缓语气,没想到对面的小姑娘哭得更凶了,瞬间慌了。

十方在一边干着急。三爷平时撩拨得这么起劲,关键时刻怎么回事?抱上去啊!

宋风晚本没打算在傅沉面前哭,只是有些事在心底压得太久了,实在忍不住了。

父亲出轨、私生女上门,这种事她羞于启齿,不敢和别人说。她知道很多人等着看自己的笑话,不想让人看出自己有一点儿悲伤的情绪。她心里怨恨江风雅,怨恨父亲,可是一想到父母随时可能离婚,那种从心底生出的慌乱与无助就让她几近崩溃。

她一直希望,等她回到云城,这一切都像一场梦,什么都没发生过。

而今天的事情将她的幻想击得粉碎。

宋风晚不敢直视傅沉的眼睛，吸了吸鼻子，裹紧衣服，试图转移注意力："三爷，谢谢你过来，我没事。"

她声音沉闷，带着浓重的鼻音，听得傅沉心烦意乱。

"你靠过来点儿。"

"嗯？"

傅沉皱眉，自己上前一步，两人的距离瞬间拉近。

"什么事啊？"宋风晚下意识地想躲。

"别动！"傅沉声音低沉，带着不容置喙的威严。

接着，他松开手，脱下西装外套。

"三爷……"宋风晚话音未落，外套已经落在她的身上了，上面还有他身上特有的檀木味，像是一层绵密温热的网，温暖了她的身心。

傅沉的手指在外套领口滑动，似乎在整理，神情格外专注。

"宋风晚。"

"嗯？"她生怕被傅沉听出一丝异样，声音越发低沉。

傅沉有些无奈地叹了口气："真是……不成样子。"

他几乎是在说完最后一个字时，手猛地攥紧外套，将宋风晚拉入怀中。

她身子僵直，脑子里一片空白，下意识地挣扎起来。可是傅沉的力道太大，她挣脱不了，反而被他牢牢地搂在怀里。

"小小年纪，心里别藏那么多事。"傅沉哑着嗓子道。

宋风晚到他家后一直规行矩步，活得小心翼翼的。傅沉温柔地摸了摸她的头，道："心里难受的话，就哭出来吧！"

宋风晚终于放肆地哭了起来，泪水濡湿了他的衣服，烫得他心里疼。

宋风晚哭了一会儿，心里舒服些了才离开傅沉的怀抱，看着他胸口的泪渍，咬紧嘴唇。

"三爷……"

"你出来做什么?"傅沉直接岔开话题。

"我给我妈买点儿吃的。"她吸了吸鼻子,这才想起正事。

傅沉看了一眼周围,对面有不少小馆子。现在已经过了午饭时间,馆子里没什么人。

"那我先过去。"

宋风晚低着头,准备过马路。傅沉突然伸手拉住她的手腕,一辆电瓶车几乎擦着她的衣服疾驰而过。

"我陪你过去。"傅沉道。

傅沉拉着她过了马路。宋风晚想收回手,他却更用力地握住了她的手。

两人手指纠缠,亲密无间。

宋风晚心乱如麻,动了动手指,终究是贪恋那份温暖,没舍得将手抽回来。

两人买好饭,刚走到乔艾芸所在的休息室外,就听到里面传来了争执声。

"乔女士,这件事本身并不复杂,宋小姐也无大碍,您不能为了泄私愤而得理不饶人。"

"这是没出事,如果出事了……"乔艾芸语气强势,"我怕她担不起。"

"事情闹大了,她的身份彻底曝光,对您和宋小姐来说也不是好事。这样吧,您有什么条件尽管提。"

乔艾芸轻哂:"我的身份又不是见不得人,我怕什么?"

"这里是京城,不是云城,我受傅先生委托处理这件事,代表傅家。有傅家在,没人敢接这个案子!乔女士,您是明白人……"那人见软的不行,开始来硬的。

"你是在威胁我?"

"我怎么敢?只是……"那人还没说完,休息室的门忽然被人推开,里面只有乔艾芸和一个律师。

看到傅沉,律师吓了一跳。

"妈。"宋风晚急忙走进去,"怎么回事?"

"三……三爷……"律师结结巴巴地道。

傅沉本想借此机会在乔艾芸面前表现一番,留下个好印象,谁知刚走到门口,就听到有人打着傅家的名号耀武扬威。

他面色如常,目光却锋利如刀,道:"作为律师,你威胁受害人,胆子挺大啊!"

律师双腿发软,被吓得大脑一片空白。

"代表傅家?谁的面子这么大?"傅沉语气平和,但话里带刺。

"三爷……"律师舌头打结。

"成哑巴了?谁让你来的?"十方看他支支吾吾,有些生气。这家伙碍着他家三爷讨好未来丈母娘,如果三爷因此心情不好,可能会祸及无辜!

"是聿修少爷。"律师牙齿打战。

傅沉蹙眉,明显怒了:"你给我滚回去告诉他,我们傅家还轮不到他当家做主!"

"是。"

"你替我转告他,宋风晚住在我这里,她的人身安全由我负责,江风雅是自作孽。这次是我想动江风雅,他要是有本事就来找我!"

律师连连点头。

"你还愣着干吗,还不走?"十方吼道。

律师脸色惨白,跑了出去。

傅沉这才转身看着乔艾芸,诚恳地道:"芸姨,不好意思,没管教好晚辈,是傅家的错。"

"三爷,您客气了,我们是同辈,您叫我芸姨是折杀我了!再说了,这件事和您没关系。"乔艾芸知道宋风晚在京城多亏傅沉照拂,很感激他。

"我们虽然是同辈,可您比我年长,我这么叫是应该的。"

"之前那件事就挺麻烦您的,没想到这次……"乔艾芸客气地道。

"应该的，晚晚住在我这里，她的事，我自然要管，您不必客气。她给您买了饭，您先吃，后面的事情我来处理。"傅沉说完就走了，给她们母女留下独处的空间。

宋风晚拿出打包盒，道："妈，赶紧趁热吃。"

"你爸为了那个丫头，可真是煞费苦心。"乔艾芸苦笑道。

宋风晚犹豫道："您是说，这个律师……"

"江风雅要是能联系到傅聿修，怎么会去学校门口堵你？这是有人向傅聿修通风报信，傅聿修才找了律师插手。这时候有本事通知傅聿修的人，还能有谁？你爸一方面想试探傅聿修对江风雅的心意，另一方面想借傅家打压我，还真是……机关算尽！"

宋风晚从容地打开餐盒，将筷子递给她："妈，吃饭吧。"

"三爷倒是好得出乎我的意料，都说他面慈心狠，我看他人挺不错的，对我还那么客气。你住在他那里还习惯吗？"乔艾芸说完接了筷子，拨弄着盖浇饭。她嘴里酸涩，毫无食欲。

"他对我很好，还特意帮我腾了个房间当画室。"宋风晚不想让母亲担心，自然挑好的说。

"之前听西延说傅老把你安排在三爷那里，我还挺担心的。他毕竟是个男人，也没结婚，我始终觉得不太稳妥……"

"三爷很好。"宋风晚笑道。

她仔细回想，傅沉作息规律，从不在外过夜鬼混，她更没见他喝酒、抽烟或者带女人回家，私生活十分干净。不过，一个惯用老年机、自带保温杯的男人，还真不像现代人。

"看样子我是白担心了。"见宋风晚过得不错，乔艾芸也宽慰不少，"待会儿我请他吃饭，好好谢谢他。这次的事也是麻烦他了。"

傅沉让十方去处理事情，自己靠在门边，并未走远。他听到宋风晚夸自己，嘴角不自觉地扬起来，心想：没白疼这丫头。

而此刻的傅聿修还躺在医院的病床上养伤。

傅老勒令他禁足，派专人看着他，他也不敢私自联系江风雅，想等家里人的气消了再做打算,没想到江风雅出了事。

他立刻找了律师过去,左等右等,却等来傅沉的警告。

傅沉向来不管闲事,就连他这个亲侄子被打得住院,傅沉都没来过一次,现在居然为了宋风晚亲自去派出所?

派出所内,江风雅正和宋敬仁通电话。

"我已经联系了聿修,他说找了律师。还有,你跟他一起去京城,居然不和我说一声!"宋敬仁抽着烟,语气不悦。

"临时决定过来的,而且您最近很忙,我见您一面都难,就没打扰您。"江风雅哽咽道。

宋敬仁吸了一口烟,问:"联系不上傅聿修,你还一个人在京城?"

江风雅咬着唇:"我不敢打扰您,就想自己想办法,迫不得已才去找她。我不是故意推她的,只是太激动了……我清楚我的出现已经让您很为难了,不敢再麻烦您,要不是真的没办法,也不会找您。"她说着又小声抽泣起来。

宋敬仁叹了口气:"晚晚没受伤,他们起诉不了你。聿修帮你找了律师,你应该很快就能出去。"他顿了顿,道,"有些事急不来,傅家不是那么容易进的。"

江风雅哽咽道:"我就是喜欢他而已,他们为什么都不喜欢我?可能我生来就注定被人看不起吧……"

宋敬仁本就心烦意乱,听见哭声,更是头疼,和她聊了几句后就把电话挂了。

江风雅挂了电话,放松了一些。只是她没高兴两分钟,就有女民警推开了房门。

"江风雅。"民警的手中拿着一份资料。

"我是。"江风雅立刻起身。

"根据监控来看,你确实有故意伤害他人的行为,但是鉴于宋小姐并未受伤,构不成故意伤害罪……"

江风雅一听这话,心里的石头终于落下了,可是民警接下来的话又让她双腿打战。

"可是你有伤人的意图,并且在公共场合纠缠宋小姐,造成了极其恶劣的社会影响,所以你要在拘留所里待两天……"

"你说什么?"江风雅身子发抖。

"成年人了,犯了错都得受罚,待会儿有人带你去拘留所。"女民警瞥了她一眼,道。

这件事说大不大,毕竟现实中争执、推搡很常见,还是要看对方同不同意和解。江风雅这次显然是踢到了铁板。

"我的律师没来吗?"江风雅冲过去拽住女民警的胳膊。

"不好意思,我不清楚。"女民警掰开她的手。

"律师没来,我是不会走的!"江风雅急了。

"请你冷静一点儿!"女民警皱眉。

"我想见我的律师,你们不能这样草草结案。"

"江小姐,您说话得注意点儿,什么叫草草结案?我们有证据,事实清楚,你自己也承认了!"

"我不是这个意思……"江风雅慌了,"警察同志,你让我见见宋风晚或者她母亲,我和她们聊两句。"

"你还想见受害人?不可能的。"女民警说着就要走。

江风雅心慌意乱,下意识地拽住她的胳膊,力道大得让警察倒吸一口凉气。

"江小姐,您再这么不依不饶,故意阻挠我的工作,怕是还要在里面多待几天!"民警语气生硬,话中已经有警告的意味了。

女民警知道江风雅是私生女,不仅抢了别人的未婚夫,还故意推人,对她没有半点儿好感。

江风雅被吓得腿软,悻悻地松开手。

傅沉得知处理结果后才敲门进了休息室,和乔艾芸简单地说了一下情况。

"三爷,这件事真的太麻烦您了。"

"应该的,一切都是按照法律来的。"

"您帮了我这么多,还照顾晚晚这么久,晚上要是方便,我请您吃顿饭。"

"我随时有空!芸姨,您住哪儿?现在时间还早,要不我先送您回去休息一下?"傅沉体贴地道。

"还没找酒店,本来想找晚晚吃午饭的,没想到……"乔艾芸语气酸涩。

"您要是不介意,可以住在我那里。家里空房间多,你们母女许久没见,应该有很多话要说。当然,我帮您订酒店也可以。"

"晚晚住那边已经够麻烦您了,我哪儿好意思去叨扰?我去找个酒店就行。"

"那我陪你。"宋风晚立刻道。

"你还得学习,我自己去住酒店!你先把画夹什么的送回去,待会儿我再打电话和你碰头。"乔艾芸明显是想支开宋风晚。出了这种事,她一方面想独自冷静一下,另一方面不想被女儿看到自己脆弱的一面。

"那也行,我先带她回去。"傅沉懂乔艾芸的想法,便答应了。

三人在警局门口分开,约好下午五点半碰面吃饭。

宋风晚坐在车里,神色落寞。

回去后,她一直在逗狗,直到饭点才跟傅心汉分开。

"收拾东西,准备出门,去上回我们一起去过的农家乐。"傅沉道。

宋风晚点点头,出门的时候才注意到傅沉拿着车钥匙,问:"今天你开车?"

"有问题?"傅沉挑眉。

宋风晚摇头,跟着他上了一辆黑色轿车。

这车是许多年前的老款,不过保养得很好,后视镜上挂着的一串玉石铜钱成色极佳，恐怕这辆车还不如这串玉石值钱。中控台上还有一排摇头娃娃，格外可爱。

宋风晚一边系安全带一边打量着前面的娃娃……

"还在想今天的事？"

宋风晚："不是，我是觉得娃娃可爱。"

"我妈买的，说我的车里太单调了。"

二人很快就到了地方。此时，空旷的院子里没有一辆车。

"上次过来时人还很多，今天怎么一个人都没有？"宋风晚推门下车。

"可能是……生意不好。"傅沉也下了车。

乔艾芸从屋里走出来，宋风晚惊喜地道："妈，您怎么来这么早？"

"没什么事就提前过来了。"这顿饭是乔艾芸请客，她怎么能让傅沉等她？

她一开始打算在酒店附近找间好些的餐厅，没想到傅沉会把地点定在农家乐，好在这边环境好，食材新鲜。

她原本觉得请傅沉来这里吃饭有些怠慢他，不过现在看到傅沉开的车，似乎有些理解他的做法了，认真地打量起他来。

"我和朋友常来这边，芸姨要是吃不惯，我们可以换地方。"

"不用，这里挺好的。"乔艾芸笑道，没想到傅沉为人如此低调、朴素。

她下意识地拿他和傅聿修比。傅聿修第一次到她家，开的是豪车，平日出入的地方就更不必说了。现在看来，傅聿修压根不是过日子的人，傅沉这样的人才靠谱。

乔艾芸看着傅沉的神色越发柔和。

三人到了包间，一个服务生斟茶倒水，另一人则为乔艾芸介绍起菜品。

"三爷，我点好了，您要不要看看？"乔艾芸把菜单递给傅沉。

"您太客气了，叫我傅沉就行。"傅沉瞥了一眼点好的菜，"再加一份人参乌鸡汤，秋天适合多喝汤。"

乔艾芸微笑着打量傅沉，这汤分明是他给她们母女点的。他对饮食不挑剔，还格外体贴，倒是难得。

还没上菜，服务生已经送上了酒水，乔艾芸只点了一份果汁和龙井，服务生却多上了一瓶酒，道："这是用我们自己家种的葡萄酿的酒，送一瓶给你们尝尝鲜。"

"送的？"傅沉打量着服务生，问。

"是的，酒精浓度低，喝过的都说好。"服务生被他看得头皮发麻，急忙退了出去。

"闻起来还可以。"乔艾芸跃跃欲试。她现在满脑子都是家里的糟心事，恨不得一醉方休。

"您可以试一下。"傅沉看她的神色就知道，她在酒店里必然哭过。

乔艾芸看着强势，但也有脆弱的一面。

"你不喝点儿？"乔艾芸问。

"我不喝酒。"傅沉道。

乔艾芸也不强求，给自己倒了一杯。

满屋子都是浓郁的葡萄酒味，宋风晚心动了，道："妈，我也想喝一点儿。"

"小孩子喝什么酒。"

"就一点儿！我尝尝味道。"

乔艾芸拗不过她，给她倒了一小杯。她伸出舌头舔了一下，像只慵懒嘴馋的猫。

"三……"乔艾芸顿了一下，改口道，"傅沉，这些日子麻烦你照顾晚晚。家里事多，我得回去处理，接下来还得麻烦你一段时间。"

"她很乖，并不麻烦。而且，原本就是傅家对不起你们……"

乔艾芸笑了笑，没再多说什么。把女儿交给他，她很放心。

乔家的男人都是匠人，生意上的事由乔艾芸打理。乔艾芸跟傅沉交谈时，发现他对玉石方面的知识都有所涉猎，十分惊讶。

傅沉却谦虚地道："我只是偶尔听父亲说过，知道的不多。"

乔艾芸听后越发喜欢傅沉了，他这么低调，真是难得！

傅沉瞥了一眼还在小口喝酒的宋风晚，嘴角微微上扬，心想：这酒……有这么好喝？

饭吃得差不多时，乔艾芸接了个电话，随后脸色一变，对傅沉道："我去趟洗手间。"

傅沉点头，猜想电话是宋敬仁打来的。江风雅的事已经板上钉钉，宋敬仁可能有些急了。

乔艾芸去了很久，宋风晚皱眉问："我妈怎么还不回来？我去找找。"

她说完便起身向外走去，脚步虚浮，有些醉了。傅沉连忙追了出去。

他到洗手间的时候，宋风晚正靠在墙边，一脸迷惑。听见脚步声她才抬头看着傅沉说："我妈不在。"

她的声音有些娇憨，带着撒娇的味道。傅沉盯着她微红的小脸，呼吸重了几分。

"嗯，回去吧。"他沉声道。

"好。"宋风晚十分听话地往回走，刚走了两步便险些摔倒。不待傅沉伸出手，她已经抓住了他的衣服，整个人趴在他的怀里……小姑娘的身子又热又软，烫得他浑身发麻。

他瞬间身子僵直。

宋风晚抬头对他道："对不起，我感觉有点儿晕。"

她舔了舔有些干涩的嘴唇，声音婉转，娇嗔得让人心悸。

"嗯。"傅沉应了声，终究没忍住，低头碰了碰她的额头，随后伸手搂住她的腰。他的心底生出一股莫名的燥热、欢愉之感……

宋风晚压根不知道发生了什么，还一脸疑惑地舔着嘴角。

傅沉恨不得对着她的小嘴……咬上一口。

"三爷……"

"嗯？"

"你个子好高，我都够不到。"她伸手比画，笑得有些傻。

傅沉笑了笑，弯腰弓身，灼热的呼吸扫过她的脸。二人四目相对，他缓缓道："这样够得到了吗？"

为了她……他可以低头。

宋风晚见状，伸手比画道："这样高度正好。"

她的手指无意识地扫过他的侧脸。傅沉目光幽深，伸手攥住了她不安分的手，接着低下头在她的手背上轻轻地吻了一下……他的唇很烫，带着灼人的温度，让她觉得腿软。

他靠得越来越近，声音越发低沉，问："什么高度正好？"

"嗯，就……"宋风晚意识不清，压根不知道自己要表达什么。

傅沉盯着她一张一合的小嘴，心想：这个高度……很适合接吻，只是现在不合适。

傅沉叹了口气，伸手揉了揉她的头顶，拉着她的手往包间走去，道："我们回去。"

宋风晚乖巧地跟着他。

两人回去五六分钟后，乔艾芸才走进来，面色凝重。宋风晚已经靠在包间的沙发上睡着了，身上盖着傅沉的外套。

"晚晚喝多了？"乔艾芸蹙眉，"这丫头真是……"

"我叫了面条，您吃点儿主食。"傅沉直接岔开话题。

"我不是很饿，你要是吃好了，我们就走吧。"乔艾芸有心事，哪儿有心情吃东西？

"那走吧！"傅沉知道她有事情要处理。

乔艾芸扶着宋风晚往外走，中途，手机铃声响了无数次。直到她将宋风晚送上傅沉的车，才腾出手把手机直接关机。

"傅沉，我还有些事要处理，晚晚就交给你了。"乔艾芸有些不好意思。

"没关系，您忙。我让人送您回酒店。"傅沉说话客气，"如果有需要，您可以随时联系我。"

"谢谢。"乔艾芸点头。

回去的路上，宋风晚一直晕乎乎的，身子左摇右晃。

傅沉轻笑，将她往怀里一带，对十方道："开慢点儿。"

"嗯。"十方揉了揉鼻子，心想：刚和未来丈母娘辞别，您就把人家闺女搂到怀里，这操作也太厉害了。十方观察着傅沉的神色，道："三爷，明早公司有个会，您要参加吗？"

"再说。"

"去医院吗？聿修少爷那边……"十方咳嗽两声，"真没想到他的胆子这么大，我倒没看出来江风雅哪儿好，聿修少爷居然为了她放弃这么好的一段姻缘。"

坐在副驾驶座上的千江瞥了十方一眼，心想：这话痨又开始了。

"江风雅可不是省油的灯，难怪老爷子和老太太那么生气。"

傅沉垂眸看着怀里的人："做不成孙媳妇儿，还可以是儿媳妇儿，总归是傅家的媳妇儿……"

十方："……"

云锦首府。

车停稳后，傅心汉立刻跑了过来，摇着尾巴在车外等着。

傅沉将宋风晚抱了下来，往屋内走去。傅心汉眨了眨眼，摇着尾巴跟了上去。

傅沉将宋风晚抱回房间，放到她的床上，她却扯着傅沉的衣服不肯松手。

"乖，松开！"傅沉拍了拍她的手背。

宋风晚面色潮红，嘟囔一声，直往他的怀里钻。他不禁摸了摸她的额头，发现她的体温似乎有些高。

"先松开，我马上回来。"傅沉语气温柔，宋风晚听后才松开手。

傅沉没有打扰其他人，自己去找药箱，拿到了体温计。

他回到二楼，看到原本应该躺在床上的人正蹲在他的房间门口，傅心汉坐在她旁边。一人一狗听到动静，齐齐地向他看过来。

"怎么出来了？"傅沉蹙眉，把她从地上抱起来。

"我很听话，好好学习，真的很乖。"宋风晚扯着傅沉的衣服道。

"嗯，我知道。"

"你别不要我好不好？"小姑娘的声音带着点儿哭腔。

"不会不要你的。"傅沉的声音越发温柔。

都说酒后吐真言，这小丫头莫不是对自己……？

接下来，宋风晚张着小嘴，缓缓吐出了一个字。

"爸！"

傅沉身子一僵，推开门，将她抱了进去。傅心汉被关在门外，用爪子扒了几下门，之后耷拉着脑袋在一旁等着。

傅沉将她放在自己的床上，身子顺势压了下去。她的身体散发着热气。

"宋风晚……"傅沉压低声音唤道。

宋风晚被压得有些难受，不安地扭着身子，嘴里念念有词。

傅沉整个人几乎贴在了她的身上，手指从她的唇边抚过。她的唇十分柔软，他的喉咙干得像着了火。

"晚晚。"他低声叫她。

"嗯？"

"有点儿忍不住了怎么办？"他伸手摩挲着她的耳垂，"让我亲一下……"

宋风晚意识模糊，一直哼哼唧唧。下一秒，傅沉已经低下头，吻上她的唇。

傅沉从小到大，想要什么就有什么，因此对任何人、任何事都不会投入过多的热情和精力，现在却觉得光是亲她就脸红心跳、沉醉不已。

傅沉原本就想亲一口，却发现这无异于饮鸩止渴。

他想要更多。

"晚晚……"他的手滑到她的脖颈处，紧贴着那片柔软的肌肤，细细摩挲。

也许是身上的重量让她喘不过气,她哼了一声,刚要偏过头,某人又吻了下来。

她的唇很软,带着葡萄酒的芬芳,有着致命的吸引力。

今夜,他引以为傲的理智……荡然无存。

傅沉帮她量了体温,她没发烧,估计是酒精作祟。他去楼下帮她弄了一杯蜂蜜水上来,刚回到房间就听到手机的振动声。

他在宋风晚的外衣口袋里找到她的手机,发现有个京城的陌生号码给她打了电话。

傅沉以为是骚扰电话,直接挂了。可对方再次打了过来……

傅沉想了想,接了电话,发现打电话的不是旁人,正是傅聿修。

傅聿修得知傅沉插手江风雅的事后,一直惴惴不安地等着傅沉来找自己算账,偏偏傅沉就是不来。这种焦急地等待的感觉,傅聿修已经无力承受了。

这件事的症结还是在宋风晚这里。

傅聿修想了想,特意在她放学后给她打电话,希望能从她这里打听到一点儿消息。

"我知道你不想接我的电话,你先别挂,我就是有点儿事想和你说一下……"傅聿修用的是新号码,生怕宋风晚一听到他的声音就挂断电话。

傅沉没说话,坐到椅子上,神色悠闲。

傅聿修紧张地道:"今天的事确实是风雅做得不对,我替她向你道歉,但这件事毕竟关系到你家里,闹得太大,对谁都没好处。我们见面聊聊吧,你抽两分钟时间给我就行。"

他正焦急地等着宋风晚的答复,电话那头却冷不丁地出现了一个男生的声音。

"你想跟她聊什么?"傅沉的语气深沉得让人捉摸不透。

"三叔?"傅聿修此刻想哭,"没……没事啊。"

"你想和她单独见面?"傅沉的声音压得更低了。

傅聿修心虚得要命，道："我想……向她道歉。"

"然后呢？"

"没有然后了……三叔，您怎么这么晚还不睡啊？"

"别骚扰她。"

傅沉说完就挂了电话，顺手把号码放进黑名单，删除通话记录。

傅沉洗漱完，坐在床头盯着她看了很久，最终掀开被子，小心翼翼地躺到她的身侧，将她搂进了怀里。

翌日清晨，窗外雾色浓稠。宋风晚嘤咛着翻了个身，眼睛都没睁开，手在枕头下摸索着。她睡觉时习惯把手机压在枕头下，这次摸了半天却一无所获。她缓缓睁眼，入目的景象吓了她一跳。

她猛地坐起来，打量着周围，床单、被罩是暗青色的，周围陈设低调而奢华，床头放着一杯蜂蜜水、一串佛珠和一个小烟壶，壶嘴还冒着青烟。

这明显是傅沉的房间，她怎么会在这儿？！

她立刻看了眼自己的衣服，发现自己穿着整齐，也顾不得许多，慌忙跳下床直奔自己的房间。

傅沉听到动静，从更衣室里走出来，看到略显凌乱的床，嘴角缓缓扬起。

宋风晚换好衣服下楼，准备直接去学校，没想到傅沉已经坐在客厅里喝茶了。

他今天穿着西装三件套，一丝不苟，精致的领夹将他衬得越发清爽干练。他低头呷了口茶，抬头看了宋风晚一眼。

"三爷早。"宋风晚讪讪地道。

"起床后也不和我打声招呼，睡完就走？"傅沉淡淡地道。

宋风晚本就心虚，一听这话，脚下一崴，险些摔倒。

这话她听着怎么那么不对劲？

宋风晚不安地揪着衣服的下摆，道："三爷，我昨晚喝多了，不太记得做了些什么……"

"你确实喝多了,你母亲托我照顾你,我便送你回来了。"傅沉语气平淡。

"谢谢您。"宋风晚心虚得不敢看他,"不过……您不是应该送我回自己的房间吗?"宋风晚说完,天真地看着他。

傅沉瞥了她一眼,这小狐狸是准备把责任甩给自己?

一旁的几人听见这话后差点儿笑出声,默默为宋风晚加油:宋小姐,干得漂亮,继续质问他!

"我送你回房间之后你自己出来了,赖在我的房门口不肯走,最后还霸占了我的床。"

"我……"宋风晚咬牙,"我能干出这种事?"

"你以为我故意带你去我的房间?"傅沉挑眉,"我有证人,需要对质吗?"

宋风晚欲哭无泪,问:"那我昨晚还做了什么?"她是真的记不清了。

"睡了我的床还不够?你还想做什么?"某人平静地问道。

宋风晚急忙摇头:"不是,我只是觉得不好意思,给您添麻烦了。"

"过来吃饭。"傅沉走向餐桌,道。

十方站在一侧,无奈地摇头,心想:宋小姐这样不行啊,简直被三爷吃得死死的,二楼平常压根没人去,昨晚除了你俩,就是傅心汉,一条狗能当什么证人啊,十方愿意赌一包辣条,绝对是三爷抱她去自己房间的。

两人在餐桌旁相对而坐。早餐是热气腾腾的小笼包,宋风晚却如坐针毡,毫无食欲。

"我今天要去外地,可能过几天才回来。"傅沉缓缓道。

"要去多久?"宋风晚在这里住了一个多月,已经习惯傅沉每晚在家了。他一走,屋里就冷清了。

"不想我走?"他问她。

"不是啊。"

"那是想我走？"傅沉又问。

宋风晚急忙摇头。这两个问题，她哪个都接不住啊。最后她只能埋头吃饭，不再说话。

傅沉早上要去机场，顺便送她去学校。发生了昨晚的事，宋风晚也很尴尬，两人一路都没说什么话。

直至车停在距校门口不远的拐角处时，傅沉才道："待会儿我给芸姨打电话，让她去陪你。"

经过昨晚的事，他看得出来，宋风晚没有什么安全感。同时，他不放心让她一个人在家。

等宋风晚进了学校，傅沉才让十方开车去机场。千江则被留在京城，负责保护宋风晚。

"三爷，现在宋家一团乱，程岚又虎视眈眈，您一走，不是正好让某些人乘虚而入？"十方不解，"老爷子和老太太对外界的事知之甚少，要是出了事，也不能第一时间帮到宋小姐。这群牛鬼蛇神，保不齐又要整出什么幺蛾子。"

傅沉哂笑："我也想看看，我不在，他们能掀起多大的风浪。"

"您在，那些人忌惮您，不敢妄动；您要是走了……"十方欲言又止。

傅沉低头一笑："他们就像毒蛇，躲在暗处，保不齐什么时候会扑上来咬你一口。与其这样，我不如让他们兴风作浪，这样才好将其一网打尽。"

十方顿时觉得后背一凉，论腹黑，谁比得过三爷啊？

傅沉刚到机场，手机铃声就响了。他接了电话。

"傅三，你这家伙终于良心发现了，知道我得了重感冒，卧床不起，特意来接我，确实是我兄弟！"这人就是之前在云城酒吧与傅沉一起喝酒的男人段林白。傅沉交心的朋友不多，段林白算一个。

傅沉离开的几天，宋风晚如常上下学。乔艾芸陪女儿住在傅沉家。

乔艾芸白天除了处理生意上的事,基本都在和宋敬仁打电话争执。她此刻倒是庆幸宋风晚白天在学校,看不到他俩撕破脸的模样。

"宋敬仁,我们已经说得很清楚了,你这么纠缠不休有意思吗?"乔艾芸站在院子里,怒意横生。

"我知道自己对不起你,但我们做了二十多年的夫妻,就没有一点儿缓和的余地?"

"你当年背着我搞外遇,连孩子都生了,我给你时间处理了,你是怎么做的?你居然借傅聿修来对付我!你给我留余地了?"乔艾芸一想起这件事就气得浑身发抖。

"当时情况紧急,风雅毕竟是个孩子!现在她已经在里面悔过了,我也没有再干预了啊!"

乔艾芸:"这件事是傅沉亲自处理的,你有本事干预吗?"

宋敬仁顿时被气得脸红脖子粗,声音也变得越发高亢:"她不会影响任何事,我会和以前一样疼爱晚晚,我们一家三口还会和以前一样!我现在到京城了,傍晚接她出拘留所,之后我们见面好好谈谈……"

乔艾芸冷笑道:"你真让我恶心。"

挂断电话后,乔艾芸还气得喘不上气。

宋风晚从美术班回到云锦首府的时候,傅心汉正眯着眼等她,那模样既笨又可爱。

宋风晚上前捏它的脸,突然瞥见不远处的黑色轿车,笑容僵在脸上。

那台车她很熟悉,是宋敬仁的,挂着云城的牌照。

宋敬仁已经在这里等了两个多小时。乔艾芸不愿意见他,不接电话,他又不敢擅闯傅沉的住处,只能在外面等着,没想到宋风晚会这个点回来。

"晚晚。"他急忙下车朝她走过去。

狗狗最敏感。傅心汉明显感觉到宋风晚不对劲,看向宋敬仁的目光都带着一丝敌意。

"刚放学？我带你去吃饭吧。"宋敬仁笑道。

宋风晚的目光越过他，停留在刚下车的江风雅身上。江风雅消瘦得厉害，眼睛红肿，面黄肌瘦，活像遭了大罪。

宋风晚对江风雅没半点儿同情心，只是这车是自己十五岁生日时宋敬仁买的，车牌号中还有宋风晚的生日。此刻看江风雅从车里下来，宋风晚忽然觉得反胃。

"我一直给你打电话，你不接，我还挺担心的。"宋敬仁笑道，"我从云城给你带了你喜欢的甜品，待会儿到酒店吃。"

"您来京城是特意来接她的吧？"宋风晚看着江风雅，眼神冷漠。

"晚晚，你还小，很多事你不懂。"宋敬仁笑得和蔼，"走吧，我带你去吃饭。"

他说着就要拉宋风晚的手，手指刚碰到她的衣袖，就被宋风晚直接甩开。

宋风晚："我不去。"

"别任性，我们都一个多月没见了，你就不想爸爸啊？"他温柔地道，"我千里迢迢地过来，已经一整天没吃饭了，就想和你一起吃。"

宋风晚眼圈泛红，抬头看着宋敬仁，道："爸，你爱我吗？"

"这是肯定的啊，你是我的女儿，我不爱你爱谁啊？"

"那她呢？"宋风晚指向江风雅。

宋敬仁僵住了："晚晚，你以前不是很羡慕别人有哥哥姐姐吗？现在多一个人疼你，不好吗？"

"宋敬仁，这种话你都敢对孩子说，你还要脸吗？"听到动静的乔艾芸已经从屋里跑了出来，将宋风晚护在身后。

"我在电话里已经说得很清楚了，看在孩子的面子上，我们安静地解决这件事。你要是敢骚扰我女儿，别怪我不客气，赶紧给我滚。"乔艾芸强势地道。

"为什么我们不能心平气和地聊一聊？我这次是特意带她过来向你们道歉的……"宋敬仁招呼江风雅到自己身边。

"阿姨，对不起，那天是我……"

"我让你们滚！"乔艾芸愤怒地道。

她的声音突然拔高，吓得江风雅身子一抖，刚到嘴边的话又被吞了回去。

"乔艾芸，就算我们之间有问题，我现在想和晚晚一起吃顿饭总可以吧？我是她的父亲，你没权利阻止我！"宋敬仁也有些生气了，态度陡然强硬起来。

"你有什么脸和她一起吃饭？"乔艾芸拉着宋风晚的手往屋里走。

云锦首府外面有保安，宋敬仁知道她们一旦进去，自己必然无功而返，伸手就去拉宋风晚。宋风晚立刻挣扎起来，可宋敬仁怎么都不松手。

傅心汉以为宋风晚被欺负了，从一边跳出来，直接朝宋敬仁扑过去。宋敬仁吓了一跳，松开手，连连后退。江风雅站在宋敬仁旁边，失声尖叫，但还是在狗扑过来时挡在了宋敬仁身前，被狗咬破了胳膊。

"你这蠢狗！"宋敬仁气得浑身发抖，抬脚想踹傅心汉。

千江一直站在边上，神色冷漠，见状活动了两下筋骨，以迅雷不及掩耳之势冲过去，一拳砸在宋敬仁的脸上。

周围顿时安静了。

千江是练家子，身高一米八八，身材魁梧，鼓起的肌肉将西服完全撑了起来。

这拳下去，宋敬仁被打得险些栽倒在地，半边脸失去知觉，脑子嗡嗡作响，嘴角更是溢出血迹。

"你是谁啊？！"宋敬仁毕竟是男人，突然被人打了，觉得很没面子。

千江面无表情地道："你吓着我家三爷的狗了。"

宋敬仁更气了，难道自己还不如一条狗？

"你家的狗咬人，你还有理了？"宋敬仁急忙查看江风雅被咬伤的手臂，"你自己看，把人咬成这样，你还有理了？"

"你要是不拉着晚晚，这狗能咬江风雅？"乔艾芸道。

千江也说："我家的狗平常不咬人，为何单单咬你们，你们不反思一下吗？"

宋敬仁气得脸都白了："这狗会扑过来，是因为你们没看好！你们不牵狗绳、不戴嘴套，让狗伤人，还能这么振振有词？现在是你们的狗咬人，你还打我？我就没见过像你们这么蛮不讲理的人！"

傅心汉缩在宋风晚脚边，垂着脑袋，委屈得不行。

宋敬仁恶狠狠地瞪过去，狗耷拉着耳朵，像是受了惊吓。宋风晚急忙蹲下来安抚它。

"恶犬伤人，你们还面无愧色？真是什么人养什么狗。"宋敬仁伸手捂着江风雅的伤口，气得发抖。

千江冷冷地道："这是三爷的狗，您是说三爷蛮不讲理？我会把您的想法如实转告他。"

宋敬仁被这么一说，气得脸色铁青。

"宋先生可能有所不知，您刚才停车的地方是属于傅家的，狗在自己家，要不要套绳和您无关。狗都知道待在自己的地盘上，不去别人家撒野，你们却在别人家门口大呼小叫，是否有失身份？"千江继续道，"您现在算私闯民宅，我没让人赶你们走，已经很给您面子了。在别人家门口高声尖叫，就算被咬，那也是活该。"

"你……"宋敬仁气得浑身颤抖，却找不到反驳的理由。

"这狗是别人送给三爷的，金贵得很，不是什么人都能碰的。"千江看了眼江风雅，补充道，"还是纯种的。"

江风雅本就疼得要命，现在听见"纯种"这个词，更是气得小脸煞白。

"你们还不走，是要我报警送你们出去吗？"千江十分冷漠。

宋敬仁没想到刚来京城就踢到了铁板，这人只是傅沉的手下，居然敢羞辱自己？

"我们三爷离开前特意交代，一定要照顾好狗，相信您也不会和一条狗计较。"

千江最后这句话让宋敬仁无话可说。

宋敬仁看了眼乔艾芸和宋风晚,憋着口气,拉着江风雅气愤地朝车的方向走去。

千江面色如常。

"千江大哥,谢谢。"宋风晚笑着向他道谢。

"太客气了。"千江向乔艾芸点点头,道:"我会吩咐人守着门,以后不相干的人不会打扰你们。"

"谢谢。"乔艾芸揉着额角,头疼得厉害。

她已经委托律师和宋敬仁谈离婚了,可宋敬仁不配合,硬要和自己见面商谈。

宋家在云城也算名门,她只想将这件事对宋风晚的伤害降到最低,他偏偏不放过自己。

他既想借江风雅攀上傅家,又不想被人认为袒护私生女、抛妻弃女。

他什么都想要,可哪儿有这种好事呢?

母女俩都没什么食欲,随便吃了些东西就回房间了。傅心汉今晚加餐,吃了不少肉,顿时觉得十分圆满。

宋风晚难得这个点回家,洗完澡,换了睡衣,趴在床上玩手机。她猜到千江肯定和傅沉说了白天的事,但还是决定发信息和傅沉说一下。

傅沉正坐在酒店房间的落地窗前,手中拿着一本外文书,外面一片雪色,青松被积雪压弯,画面静谧祥和,只是……

傅沉的对面坐着一个不停拿纸巾擦鼻子的人,他裹着毯子,时不时揉揉红肿的鼻尖。

这个人正是段林白。

段林白猛地打了一个喷嚏,傅沉嫌弃地别过头。他道:"感冒而已,你有必要这样吗?搞得我好像得了传染病。"

此刻傅沉放在桌上的手机振动起来。手机显示来了几条信息,来信人是"晚晚"。

"哎哟,晚晚啊!"段林白笑道,"我还记得第一次见她时,她穿着条黑裙子,腰特别细,长得很水灵。我当时就说,这丫头好,条儿正、盘儿顺……"

他话音未落,傅沉直接将书拍在他的脸上。

"痛死我了,谋杀啊!"

"手滑。"傅沉拿着手机,起身往外走去。

段林白一脸不满,心想:你把书直接往我的脸上扔,还说是手滑?

傅沉刚要出门,段林白就冲过去,直接挡在门口,道:"出去打电话啊?我说傅三,人家小姑娘还小,你悠着点儿,别过分。"

十方站在门外,瞥了眼门口的两人。

段林白自小娇生惯养,气质干净清爽,只是此刻伸手拦着傅沉时,又一脸玩世不恭、桀骜不驯。

傅沉冷冷地道:"让开。"

"别啊,再陪我聊一会儿。你要是不会追姑娘,我教你啊。"

"我们牵过手……"傅沉抬起眼皮,"抱过,也亲过,满意了?"

十方干咳两声,心想:炫耀呢!

傅沉说完推开段林白的手,直接回了自己的房间。

"傅沉,你连小姑娘都不放过,太过分了!"段林白怒道。

回到自己的房间,傅沉没急着给宋风晚回信息,而是先洗了个澡。

宋风晚却有些坐不住,时不时看手机。可她也不敢给他发太多信息,怕他觉得烦。

傅沉洗完澡,正慢条斯理地擦头发,十方敲门进来,道:"三爷,有份文件需要您尽快处理一下。"

"放着吧。"

傅沉的手机又振动了两下,仍旧是宋风晚的短信:"您要是休息了,我就不打扰了,晚安。"

十方咋舌,心想:三爷怎么还没回信息?

不过十方一离开,傅沉就拨了视频电话过去。

宋风晚没注意对方打的是视频电话,下意识地接了。一张帅气的脸陡然出现在她面前,吓了她一跳。

他刚洗了澡,穿着亚麻色睡衣,深灰色的毛巾挂在脖子上,发梢的水滴沿着侧脸缓缓淌下来,没入领口……灯光落在他的脸上,让他多了些烟火气。

"找我有急事?"傅沉用毛巾擦头发,"我刚才在洗澡,才看到消息。"

宋风晚看到一滴水珠从他的额前滑落,没入脖颈……这滴消失的水珠好像一滴热油溅在她的心上,又热又烫。

她耳朵微红,微微别开眼,心想:非礼勿视。

"宋风晚。"傅沉忽然叫她的名字。

"嗯?"

"在忙什么?"

"没有啊。"

"不忙的话,为什么不看我?"

"我就是……就是想和您说一下我爸的事。"宋风晚调整了一下镜头,随手拨了拨头发,转移注意力。

"千江和我说了,你怎么样?"

"我没事。"

两人有一搭没一搭地聊着,直到傅沉的房间外传来敲门声。

"傅三,开门,快点儿!"

"稍等,我去开门。"

门一开,段林白就冲了进来,道:"我的药落在你这里了。"

他在桌上找到自己的药,立刻往外走,突然瞥见傅沉的手机,拍了拍傅沉的肩膀,语重心长地道:"克制啊!"

傅沉皱眉,把他推了出去,立刻关上门。

男人的身影在镜头前一晃而过，宋风晚只依稀看到是个十分清秀的人，主要是……特别白。

"那是我朋友。"傅沉重新出现在镜头前，解释了一下。

"他好白啊，长得也好看。"宋风晚感慨道。

他好看？傅沉不乐意了，道："嗯，他为此很苦恼，说看着没有男人味，去年花了一个夏天去南部海边进行日光浴，晒了一身古铜色肌肤回来，半个多月又白回来了。"

"还有人苦恼自己白啊？"大部分女生希望自己越白越好。

傅沉面无表情："身体黑了，回来之后发现屁股还是白的。"

宋风晚的脑海中出现一幅画面，她直接笑了。

段林白回房后接连打了几个喷嚏，揉了揉鼻子，心想：难道病情又加重了？今天多吃几颗药吧！他完全不知道自己在宋风晚心里的形象全毁。

宋风晚单手托腮，和傅沉从考试聊到下雪。本来和他聊天，她还有些拘谨，被"白屁股"的事情一闹，压根儿不紧张了。

"你在滑雪场？那边好玩吗？"

云城偏南，一年都下不了一场雪，宋风晚对雪十分好奇。

"好玩。"傅沉叩着桌子，"抽空带你过来，在京城就有……"

话没说完，傅沉房间的门铃响了。

傅沉以为又是段林白，皱着眉头，有些不悦。

"您先去开门吧。"

傅沉不情不愿地站起来，走到门口。

门一打开，他的表情就变了。

宋风晚正拿着一块糕点往嘴里送，一个娇媚的女声猝然响起："三爷！"

女人？宋风晚下意识地把视频关了。

傅沉眯眼看着门口的人。程岚穿着紧身连衣裙，露出两条笔直的长腿。她长得不错，身材也好，作为杂志主编，偶尔会做采访，声音婉转动听。

"三爷，我出来采风，听说你在这里，就想过来打个招呼……"

程岚还没说完，傅沉就把门关上了。程岚顿时面如菜色，手指扯着裙子下摆，气得浑身发颤。

傅沉回去后看到视频被挂断，眼神闪烁，拿起手机给十方打了个电话。

十方这会儿刚洗完澡："喂，三爷——"

"程岚来了，在我门口，你解决一下。"傅沉说完就把电话挂了。

解决一下？十方心想：干脆把她丢出去得了。

程岚正在懊恼，几个保安已快步走了过来："小姐，您不是我们这里的客人吧？"

"我不是。"程岚刚到，还没办理入住手续。

"有人投诉您骚扰其他客人，麻烦您跟我们出去。"

"不是，我只是找个朋友，马上去办手续。"

程岚在几个保安的簇拥下到了前台，服务人员看了一下电脑，道："不好意思，小姐，我们客满。"

几个保安盯着她，意思很明显：您可以滚了。

程岚自然知道是谁在背后做了手脚，只能气得干瞪眼。

宋风晚挂了视频电话，吃了点儿东西后就钻进了被窝。

以前傅沉住在家里，她还没见过他领女人回来，这深更半夜的，孤男寡女……光是听那妖媚的声音，宋风晚都能在脑海中想象出一个玲珑有致、千娇百媚的女人。

三爷自己也说了，他是个正常男人，身边有异性很正常。难怪他刚才先洗了澡，原来是……

宋风晚翻了个身，睡不着。手机铃声突然响起，她拿起手机一看，是傅沉打来的电话。

他居然还有空给自己打电话？他们结束得这么快？

犹豫片刻，她还是接了电话，道："三爷……"

"怎么把视频挂了？"傅沉站在窗边，外面风雪交加。

宋风晚无语了，心想：您有贵客在，我也不是那么没眼力见儿的人。

"您不是有事要忙吗？"她道。

"她只是一个不相干的人。"傅沉低声道，"我没有女朋友，身边没有任何异性伴侣。"

傅沉知道她误会了。

宋风晚嗯了一声。

"若说和异性有什么身体接触……"傅沉沉吟片刻道，"那就是牵过你的手。"

宋风晚的小脸霎时一片滚烫。

他怎么扯到她了？

"你喝醉的时候，我抱你回家。"

"我知道了。"她的声音有些发颤。

这话怎么说得好像他把第一次给了她一样？

她胸口发胀，心跳一下快过一下，他就像正贴着她的耳朵呢喃，她最后只听到傅沉喊了她的名字……

"晚晚……"

后面那句晚安她已经听不清了。

宋风晚耳尖红得能滴出血，心脏怦怦乱跳，心情激动而愉悦。

"你先挂电话吧。"傅沉缓缓道。

宋风晚乖巧地点头，挂了电话，微微喘着气。

她怎么这么热啊？

傅沉盯着手机看了良久，心想：她竟然这么听话？

他很喜欢。

宋风晚这一夜辗转反侧，总觉得傅沉的声音就在她的耳边，让她心跳耳热。

第 五 章

钓鱼,一网打尽

另一边,程岚被赶出酒店后连夜回到京城,气得一夜没睡。

"见到傅沉了?你和他聊得怎么样?事情过去这么久,他松口了吗?"程国富原本在医院守着儿子,听说程岚回京,一大早开车回家,见面就是一通询问。

"三爷挺忙的。"程岚本就憋了一肚子火,还得做戏。

"你都过去了,见一面有这么难?"

"爸,三爷的脾气您也见识过,他是我想见就能见的吗?"

程国富想起之前被傅沉嘲弄的事,怒气横生:"我们两家祖上还有点儿交情,为了个名不见经传的野丫头,傅沉需要做到这一步吗?一点儿情面都不讲!傅老和老太太那边也说不上话。傅沉有本事就护她一辈子,别让她落在我的手里。"

程岚的手机振动起来,她眯眼看了下,电话号码的归属地是云城。

"爸,报社的电话,我接一下。"她说着就往外走。

出门后,她接了电话。

"程小姐,我是江风雅,您最近有空吗?我想和您见一面。"她有些忐忑地道。

"可以。"程岚正愁找不到突破口对付宋风晚,这就有人送上门了。

两人在一个较为隐蔽的私人会所见了面。

江风雅还没来过这么高档的地方,局促地扯着有些皱的棉服,自卑却又自尊心极强,不敢四处看,生怕别人觉得她没见过世面。

"程小姐在这里,您请。"侍者嘴角含笑,帮她打开包间的门。

"谢谢。"江风雅的笑容略显僵硬。

她走了进去,包间里的熏香扑面而来。程岚穿着精致的高档印花裙坐在里面,喝着咖啡,典型的富家小姐做派。

程岚指着自己对面的位置,道:"请坐。"又问,"想喝什么?"

"不用。"江风雅瞥了眼茶水单,上面都是法文,她不认识。

"这边很私密,我们的聊天内容不会有第三个人知道,你别太紧张。外面挺冷的,喝点儿东西暖暖身子。"

江风雅笑了笑,犹豫片刻后才道:"那个……上回你说如果我有事,可以找你帮忙,这话还算数吗?"

"其实你的事我都听说了……我说真的,你玩不过宋风晚,人家毕竟是正牌大小姐,现在还有三爷护着,你碰她,就是打三爷的脸。不过,你要是能进傅家,情况就不一定了。"程岚喝了一口咖啡,笑道,"我听说傅家人并不是很喜欢你,傅聿修对你倒是不错。他们家是想找个门当户对的人,不过,如果你和傅聿修的事情板上钉钉了,他们家估计也没办法。"

江风雅不安地绞动着手指,因为对方的话,眼底闪过一丝精光,似乎想到了什么,有些不确定地问道:"程小姐,您真的会帮我?"

"这是自然。"

"可是您为什么要帮我?"江风雅不傻。

"因为宋风晚,我弟弟的手被打断了。他还小,得了教训后知道错了,但宋风晚就是不放过我弟弟。她的心肠太歹毒了。"

江风雅摸了摸手臂,被狗咬过的地方还隐隐作痛。

她基本相信了程岚的话,与程岚算是达成了初步共识。

这头,两人"共商大计"。

另一边,段林白躺在床上,嘴里咬着体温计,哼哼唧唧,一副要死不活的样子。

"昨天不是好转了,怎么今天又加重了?"傅沉神色淡漠。

其实段林白会这样,是因为昨晚吃药吃多了。但这种事他自然不会对傅沉说,不然这家伙绝对会嘲笑他。他拿出嘴里的体温计,道:"我也不知道怎么回事啊!我打电话跟我爸诉苦,你知道他说什么吗?他说我这次再一个人回家,就不让我进门,甭管男的女的,都得给他带回去一个……"

傅沉没接话。

十方敲门进来,道:"三爷,那边有动静了。"

"继续盯着。"傅沉缓缓勾起嘴角。

躺在床上的段林白打了个哆嗦。他已经很久没看到傅沉露出这种表情了。谁这么倒霉,被傅沉盯上了?他四仰八叉地躺在床上,道:"我听说程岚又来纠缠你啦?这女人对你还真是一往情深。"

傅沉站在一侧,正按照医生留下的字条给某人配药,神色突然严肃起来。

"也就之前打仗时,程岚的爷爷和你父亲一起逃难,给了你父亲半块饼。之后,你家老爷子念着恩情,不仅给了他家一大笔钱,还搭了人脉让他们在京城立足,这才有了程家。十几年前,程夫人一直打保胎针,后来难产,差点儿一尸两命,还是你家包机去国外请了专家。就算是天大的恩情,你家也还完了。他家还想咋样,和你家联姻啊?祖辈那点儿交情可不是让他们这么挥霍的。"

程家算是依附傅家起来的,以前是农村一户普通人家。程家老爷子过世后,傅家对程家帮衬得少了,但傅家但凡有活动,傅老爷子念着旧情,都会请程家人过去。光靠这个,程家搭上了多少关系,根本无法统计。

傅沉并未作声。他念着两家以前的交情，不想让程岚太难堪，她却以为他是在默许她喜欢他，变得越发放肆。

这次她若真的敢动宋风晚，看他还会不会手下留情。

"吃药。"傅沉将药丸和温水递过去。

某人一看药丸，差点儿惊掉下巴："你是不是搞错了，这么多？"

以前他最多吃七八颗，但傅沉的手里起码有十颗。

"医生开的，爱吃不吃。"傅沉道。

段林白气得脸都白了："我就算好好的，也得被你气瘫痪了。我以为你这样的人，以后肯定得出家做和尚……"

"处男没资格评论我。"

段林白直接从床上跳起来："我一心扑在事业上，怎么能被儿女情长牵绊？老子是干大事的人，你懂什么？再说了，我不是处男，我……"接着道，"我和小女生拉手的时候，你还穿着尿不湿玩泥巴呢！"

傅沉放下水杯，伸手摸了摸他的额头。

某人拍掉他的手："你别用摸狗头的方式摸我。"

"有点儿烫，好像发烧把脑子烧坏了。"傅沉语气平淡地道。

"我……"某人气得躺在床上，暗自发誓：老子迟早得捶死这臭小子！

十方站在一侧，低头憋笑。

京城这边，宋敬仁和江风雅自从上次闹事后，消停了两天。

这日，宋风晚在楼上画画，乔艾芸则在厨房和年叔一起包饺子。

突然，有人给乔艾芸打电话。她看了眼来电显示，急忙擦手接了，道："西延啊。"

"姑姑。"乔西延此刻正站在乔家大院的画廊里。

吴苏近日阴雨不断，水珠沿着青瓦缓缓滴下，形成一道雨帘，使他冷厉的五官柔和了许多。

"有事吗?你爸出来了?"

之前宋敬仁有私生女的新闻曝光后,她就给乔家去了个电话,让大家瞒着她哥哥。她这个哥哥,脾气暴躁,不好惹,要是看到新闻,准得发飙。所幸他新得了一块玉石毛料,闭关去了。

"没有。"

"那就好。"乔艾芸松了一口气,"等我解决完这件事,你再和他说。"

乔艾芸做生意时行事果决,不过离婚这件事却毫无进展。

乔西延想了想,道:"姑姑,当断不断,反受其乱。您处处为别人着想,有些人可能并不会感激,反而变本加厉。您别总想着这件事会不会影响到晚晚,她其实什么都懂。"

"我知道。"乔艾芸道。

"您赶紧看一下新闻吧!这次……"乔西延叹了口气,"宋敬仁为了那个女孩儿,是真的一点儿脸都不要了。"

乔艾芸挂断电话,立刻打开手机看新闻。

"富家少爷情定灰姑娘,疑似见家长。"

"傅少爷与女友出入医院,男方呵护备至,女方未婚先孕?"

"傅少爷女友身份大公开,云城宋家千金。"

这些新闻中配了很多图,有江风雅、傅聿修与宋敬仁一起吃饭的照片,还有傅聿修抱着江风雅出入医院的照片,甚至还有一段宋敬仁的采访视频。

视频中,宋敬仁被记者堵在停车场。

"宋先生,听说傅聿修的女朋友是您的女儿?是私生女吗?"

"您对她和傅聿修交往这件事怎么看?两人被拍到出入医院,是不是好事将近?你们一起吃饭,是早就见过家长了吗?"

"听说傅聿修早前与您的另外一个女儿订婚,解除婚约是因为另有所爱?"

宋敬仁没有回答任何问题,只是随后便有新闻出来了:宋氏集团总裁三日后举行认亲晚宴,高调认回女儿。

乔艾芸捏紧手机。江风雅和傅聿修的关系曝光了,宋敬仁就这么迫不及待地要认江风雅回去?

他们还没彻底离婚,她们母女将处于何地?

宋敬仁,我给你脸面,你就以为我好欺负?

你想给江风雅身份,让江风雅风风光光地嫁到傅家,想得挺美!

你狠,不念情分,就别怪我做得绝!

某滑雪场,傅沉一早就出门滑雪了,回来时已近正午。

"三爷,出事了。"十方已经在酒店门口守了个把小时了,急得要命。

"怎么了?"傅沉径直往电梯的方向走去。

"媒体曝光了聿修少爷与江风雅在交往的消息,还说江风雅疑似怀孕。宋敬仁要正式承认她的身份,三日后在云城宋家举行认亲晚宴。"十方言简意赅地道。

"嗯。"傅沉神色如常,似乎并不诧异。

"这都没离婚,宋敬仁是完全不要脸了啊。肯定是程岚帮江风雅出的主意,居然想出这招。"

"猜得到。"

十方有些诧异:"您既然猜得到程岚要做什么,怎么不阻止?"

"宋敬仁毕竟是晚晚的生父,芸姨虽然强势,但念着旧情,狠不下心。况且,离婚是家事,外人不好干预。现在,江风雅刚好充当催化剂。"傅沉不急不躁地道。

他回屋后,没有急着脱衣服,而是拿出手机打了个电话。十方以为他要给宋风晚打电话,正要退出去,就听到傅沉喊了一声:"二嫂。"

十方心里咯噔一声,心想:三爷要开始作法了。

"没什么事,就是看到新闻后恭喜你一下,你可能要当奶奶了。"

十方感觉一股寒意袭来。二夫人这么厉害,三爷这不是成心捣乱吗?

二老爷和二夫人早就该回来了，但国外的生意出了些状况，就没急着回来。这件事一出，就算有天大的事，他们也得往回赶。

此刻，云锦首府内的气氛十分怪异。

宋风晚也看到了新闻，事情闹得很大。

她妈妈成了被丈夫抛弃的名门夫人，她成了被未婚夫悔婚的千金小姐。一夜间，母女俩成了别人茶余饭后的谈资。

不少人羡慕江风雅，说她命好。

还有人说乔艾芸才是介入别人婚姻的"小三"，宋敬仁认回女儿，不过是让一切回到原点。

有人发现了乔艾芸在二中门口扇江风雅耳光的视频，只截取了一段，乔艾芸立刻变成了仗势欺人、心肠恶毒的代名词。

网上的漫骂声此起彼伏。

乔艾芸本以为自己会难受，可事情发展到这个地步，她的内心居然十分平静。她酝酿很久，哑着嗓子道："晚晚……"

"你们离婚吧！"宋风晚眼眶泛红，道。

女儿越是懂事，乔艾芸就越难受。宋风晚抬头冲她一笑，道："妈，你们离婚后，我跟你过好不好？"

乔艾芸心里一酸，眼泪夺眶而出："好。"

宋风晚抱住母亲，道："就算没有他，你还有我啊！三天后，我陪你回去。"

乔艾芸身子僵直，这次回去必然有场恶战。在她心里，宋风晚还是个孩子，她不希望宋风晚参与进来。

"这些事我自己能解决，你就别……"

"你没让表哥过来，我……"宋风晚说到这里，眼泪簌簌地往下落，"怕你一个人回去被人欺负。"

年叔站在一侧，默默叹息。有些男人就是不知足，放着好日子不过，非得兴风作浪。宋敬仁以后要是得知三爷看上了宋小姐，可别觍着脸回来。

三日后，云城机场人潮涌动。

今天宋家举行认亲晚宴，大家都觉得乔艾芸和宋风晚肯定得来。机场、车站，就连高速收费站边上都有记者蹲守。

不过，乔艾芸和宋风晚下飞机后走的是特殊通道，避开了那些人。

眼看要入冬了，六点不到，天空已漆黑如墨，好戏即将开场。

私生女上位，还攀上京城高门，不少媒体人说江风雅有手段。

今晚的宋家灯火辉煌，宋敬仁特意邀请弦乐团暖场。

晚宴还没开始，偌大的客厅已是倩影穿梭，觥筹交错。

程岚所在的《京城日报》的工作人员正在边上调试设备，准备对这场晚宴进行全方位报道。

"岚姐可真有本事，能弄到这种晚宴的独家报道权。"

"你也不看看岚姐是谁。"

"宋家和傅家沾亲带故，岚姐又是三爷的红颜知己，宋家肯定要给岚姐面子。"

程岚听后得意地道："行了，晚宴马上开始，再把设备检查一下。"

此时的宋家二楼，张秘书敲响宋敬仁的卧室房门，得到允许后才推门而入，道："宋总，一切准备就绪。"

"还是没有乔艾芸的消息？"

"没人看到她回云城。"

宋敬仁站在落地镜前调整领带，问："乔家呢？"

"也没动静。"

"再去确认一下，加强安保措施，今天的晚宴不允许出现任何纰漏。"

自从他发布消息之后，一直没联系上乔艾芸。做亏心事的人都心虚，他也如此。

张秘书应声走出去，正好看到化妆师、用人拿着东西在宋风晚的房间进进出出。

"你们去那个房间干吗?"

"大小姐要试衣服,客房不够宽敞,所以……"用人口中的大小姐自然是江风雅。

乔艾芸一直主张富养女儿,所以宋风晚的房间是全家最大的。

张秘书听后摇了摇头,心想:这个江风雅还没正式进入宋家,怎么就急着抢地盘了?

一楼,男人们围在一起,说着近来发生的大事。女人们凑在一起,除了讨论衣服、首饰,还聊起了晚宴的女主角。

"这个私生女看上去弱柳扶风,没想到这么有手段。"

"抢了人家的未婚夫,还鸠占鹊巢,我看那照片八成是找人故意拍的。"

"听说她年纪不大。这么小就知道勾引男人,八成是狐狸精转世。"

众人谈话时,宋敬仁已经扶着江风雅从楼上下来了。

宋敬仁一身西装,有成熟男人特有的魅力,江风雅则是一身曳地白裙,特意烫的头发将她的脸衬得更小了。

今天她妆容素净,却戴着一身华贵的首饰,看着有些突兀。

"哪有人这么戴首饰的,从头戴到脚,是暴发户吧?"有人小声讥笑道。

首饰是用来装点的,画龙点睛效果才佳,她戴得太多,反而喧宾夺主。

"她想一鸣惊人,可惜用力过猛,俗不可耐。"

"宋敬仁没给她找造型师吗?这种照片传出去,得笑死人。"

造型师也很绝望啊!他们给江风雅设计了造型,可她不听,非要按照自己的喜好来。

"没事,别怕。"宋敬仁感觉江风雅很紧张,和蔼地拍了拍她的手背,道。

"嗯。"江风雅哪里是害怕,分明是激动!

盼了这么久,就差这几步,她就可以名正言顺地成为宋家大小姐了。

两人走到客厅中央临时搭建的小舞台上,宋敬仁拿起话筒,与众人寒暄一番后进入正题。

"大家百忙之中抽空过来,宋某不胜感激。今天邀请大家过来,是为了我刚找到的女儿。我们父女失散多年,承蒙老天眷顾,得以相认……"

他说得声情并茂,台下的掌声稀稀拉拉。他们过来参加晚宴,不过是卖个面子,看个热闹。

就在宋敬仁说得慷慨激昂之时,外面传来喧哗声,众人循声看了过去。

外面的保安小跑进来道:"老爷,夫人和大小姐回来了!"

不待众人反应过来,一群身着黑衣的保镖列阵而入,脚步沉稳、气场强大,带着初冬的风席卷整个客厅。

他们明显有备而来。

伴随着清脆的高跟鞋声,乔艾芸缓缓步入客厅。

"你怎么来了?!"宋敬仁脱口而出,眼皮跳得厉害。

"这里是我家,我不能回来?"乔艾芸脱下呢子大衣,里面是一件长款的黑色礼服,立领设计,端庄典雅。

她不动声色地扫过台上的二人,眼里满是轻蔑与不屑之色。

宋风晚跟在母亲身后,礼服素雅,皮肤白皙,既有小姑娘的天真,也有一股明媚倾城的独特气质。

众人将宋风晚与台上那个恨不得将"野心"穿在身上的人做对比,觉得高下立见。

"假的真不了,野鸡就算浑身珠翠,也变不成凤凰。"

"人家光是站在那里就赢了,不知道傅聿修是怎么想的。"

"山珍海味吃多了,想吃糠咽菜,自己找罪受。"

客厅就这么大,底下人的窃窃私语传到了台上,江风雅下意识地伸手遮住腕上的镯子。

江风雅不过想让大家看看自己有多受宠，拥有多少好东西，没承想……江风雅盯着不远处的宋风晚，知道她是来砸场子的，加上听到了众人的言论，心里有些发怵，慢慢地脸色发白，身子微颤。

宋敬仁心里没底，却还笑着对妻子说："你说的是什么话？我就是觉得这些人做事不长眼。你们愣着干吗，还不请夫人和小姐进来？！"

边上的用人不敢动，不知道现在该怎么办。

乔艾芸径直朝舞台走去，宋风晚紧随其后，乖巧安静。

宋敬仁心头直跳，立刻接乔艾芸上来，道："艾芸，我给你打电话让你回来，你说要留在京城。你要过来，提前和我说啊，我好去接你。你看你的手，都冻红了。"宋敬仁握住乔艾芸的手，对一旁的用人道："你们还愣着干吗？给夫人倒杯姜茶！"

两人离得近了，宋敬仁才哑着嗓子，用只有他们能听到的音量咬牙说道："艾芸，今晚对我很重要。只要过了今晚，你想做什么，我都配合你。"

乔艾芸冷笑。

"夫人，姜茶，刚泡好的。"用人迅速端来一杯姜茶。

"艾芸，快喝点儿。"宋敬仁替乔艾芸接了姜茶，递过去道。

"宋敬仁，杯子很烫，你端好了。"乔艾芸冷笑道。

"你……"

宋敬仁还没说完，乔艾芸突然打了他一巴掌。众人倒吸一口凉气，还没反应过来，乔艾芸又打了宋敬仁一巴掌。

"宋敬仁，清醒了吗？"她咬牙道。

宋敬仁蒙了，将姜茶往地上一扔，道："乔艾芸，你……"

他刚抬起头，迎面又是一巴掌。

"乔艾芸，你疯了！"宋敬仁觉得颜面尽失，怒道。

"到底是我疯了，还是你不要脸？你出轨在前，背叛在后，现在还想把她名正言顺地领进门。我之前一直隐忍不发，是念着昔日的情分。晚晚今年考大学，我不想影响她的学业，一再退让，你却一而再再而三地试探我的底线。今天我们就当着大家的面把事情说清楚，看看到底是谁厚颜无耻、颠倒是非！"

"你今天是成心来搅局的？"宋敬仁问。

"难道你以为我是来祝贺你认回女儿的？"乔艾芸嗤笑道。

江风雅急得眼眶都红了，道："阿姨，这件事都是我的错，您别怪爸爸。我不想破坏你们夫妻的感情，就想认个父亲。您要是不乐意，我可以出去。"

"你求她做什么？你是我的女儿，认祖归宗有什么不对？"宋敬仁想着反正已经跟妻子撕破脸了，不再藏着掖着。

乔艾芸深吸一口气，刚想发作，就被宋风晚阻止了。

宋风晚笑着将一杯温水塞到乔艾芸的手里，道："妈，您先喝水润润嗓子，不要跟她一般见识，免得有人说您以大欺小。"

宋风晚说完看向江风雅，江风雅心里咯噔一声。

江风雅被宋风晚训斥过，见识过宋风晚有多厉害，此刻迎上她的眼神，加上心虚，难免有些害怕，气势上就输了一截。

宋风晚笑道："最近网上有很多流言，有人说我用卑鄙的手段陷害你，还和你抢男人，年纪不大却十分自私，活该被抛弃。"

江风雅面露疑惑："还有这种事？"

"我和傅聿修订婚一年有余，退婚之后，他转眼就和你勾搭上了，你那会儿到云城不足两个月。"宋风晚大声道。

江风雅有些心虚，道："他是我的学长，我们在一起也是他和你退婚之后的事。"

"你在他家的餐厅打工，让他接你上下班，甚至心安理得地接受了他多发给你的工资。你不觉得你有问题吗？"

其他人对这些细枝末节知之甚少，此刻听宋风晚这么说，纷纷摇头。

"整个云城谁不知道我和他订婚了？你偏要和他搅和在一起。这世上真有如此巧合的事？江风雅，你把人当傻子吗？还有，你不用整天一副防贼的样子提防我,这个男人你喜欢,我却嫌他脏!"宋风晚毫不客气地道。

"你真的误会了。"江风雅还是嘴硬,不肯松口。

"你不承认也没关系,我们来说认亲的事。"宋风晚不急不躁,"你说你只是想认父亲,不想破坏我的家庭,甚至没想过进这个门?"

"我本来就不想举行什么认亲宴,是爸爸……"江风雅说着还有些委屈。

"这么说你并不愿意?"宋风晚反问。

"我也知道自己的身份,不想这么高调。"

"既然如此,我就好好问问你,你抢了我的未婚夫,是不是还不满足?我的所有东西你都想抢?"宋风晚话锋一转,问道。

"我没有啊……"

江风雅刚要狡辩,宋风晚上前一步,一把扯住她脖子上的宝石项链,道:"我想问你,这个是哪里来的?"

"这……"江风雅嘴唇发白,牙齿打战。

"你说不清楚是吧?那我来说!这是我的,是我十五岁生日时,表哥亲自出国采购宝石、亲手设计后送我的礼物。它怎么会在你的脖子上?"

江风雅在宋风晚的房间里看到了这条宝石项链,觉得好看,很喜欢,便想戴出来显摆一下,没想到她会回来。

"你进过我的房间?你所谓的不争不抢,就是私自进别人的房间拿东西?"

"这是我允许的。"宋敬仁维护江风雅,道,"一条项链而已,晚晚,她怎么说都是你姐姐!"

"这条项链是我的,就算你是我爸,也没资格处置。"宋风晚直接反击,气得宋敬仁满脸通红,"擅自进入别人的房间,本来就是没教养的表现。再说,不问自取即为贼,我可没一个当小偷的姐姐!"

对面的两人霎时脸色铁青。

面对女儿的讥讽,宋敬仁道:"宋风晚,我是你爸爸,你怎么说话的？！"他说着就要打她。

宋风晚毫无惧色，直接迎上去，道："你有本事就打我啊！出轨在前，还把私生女领回家，你在乎过我的感受吗？你好面子，所以我努力学习，不让你丢人。你以为我真的不想出去玩吗？退婚之后我去了京城，你给我打过几次电话？你关心过我吗？现在你想管我，有这个资格吗？"

"宋敬仁，今天你敢碰她一下，咱们就在这里鱼死网破。"乔艾芸把宋风晚护在身边，"为了利益，你也算无耻到了极点。"

"江风雅，你刚才不是说，如果我妈不乐意，你可以出去吗？我妈现在很不高兴……"宋风晚抿嘴一笑，漂亮的凤眼中露出一丝狡黠之色，"你现在可以从这里滚出去吗？"

其他人见江风雅脸色惨白，忍不住嗤笑起来。

"搬起石头砸自己的脚！"

"耍什么小聪明，现在傻了吧？！"

"还愣着干吗？怎么还不滚？"

程岚一直站在底下，双手抱胸，眉头紧蹙。自己给她铺好了路，她都不会走，这女人真是蠢透了！

"我看谁敢让她出去！这里是我家，我不开口，还轮不到别人放肆！"宋敬仁严肃地道。

被妻女杀了威风，江风雅若是再被赶出去，他以后真的没法在云城混了。

乔艾芸的嘴角勾起一抹冷笑，眼里像是染了一层寒霜。

"这房子写的是晚晚的名字，作为房主，她连让谁滚的资格都没有吗？"

宋家有不少房产，不过这处别墅买得迟，宋敬仁又爱逢场作戏，表现自己爱妻宠女，房产证上就写了宋风晚的名字，当时还有媒体报道过这件事。

"这房子是我出资的！"宋敬仁气急败坏地道。

"爸，您别吵了，消消气，我走吧！"江风雅实在待不下去了，道："阿姨,你们之间有误会,有话好好说……"

"我在和他说话,你算什么东西,需要你多嘴?"乔艾芸哂笑,"你有这个资格劝我们吗?"

江风雅又被噎得说不出话,气得眼泪直往下掉。

"乔艾芸,你差不多得了。你不就是想离婚吗?我成全你!"宋敬仁看向一侧的张秘书:"马上就给我准备离婚协议,这种疯婆子,我要不起!"

"离婚是吧?之前我想低调解决,除了晚晚什么都没要,现在不同了……"乔艾芸接着道,"我俩结婚多年,公司从一个名不见经传的小工作室发展成上市公司,这里面的资金、股份都算我们夫妻的共同财产。这些年,你的股票、房产,还有各种产业都是我们婚姻存续期间购买的。这些财产,我们找律师……慢慢分!"

宋敬仁直接气炸了:"乔艾芸,你是不是疯了?!"

"你出轨在先,晚晚的抚养权你就甭想要了。"

"你还想分财产?门都没有!"宋敬仁怒不可遏,气势汹汹地上前两步,活像要把乔艾芸撕碎一样。

"你敢碰我一下,我保证我雇的保镖会把你按在地上,你试试?"乔艾芸下定决心与他一刀两断,"以前我不要,是念着夫妻感情。你既然不要脸,那属于我的东西,我一毛钱都不会留给你!"

"好啊,你要和我分财产是吧?那你婚后经营的乔家铺子是不是也该和我一起分?!"宋敬仁怒道。

"宋敬仁,你有病吧?铺子都是我哥的,我这些年是帮他打工。你和我离婚,还想分割我娘家人的财产?"乔艾芸冷笑道。

宋敬仁哼了一声,道:"公司、房子都是我这些年辛苦打拼出来的,你别做梦了,我一分钱都不会给你。"

"你不想给,咱们就法庭见,看谁能耗死谁。"

就在这时,有人道:"宋先生、乔女士,我叫程岚,是《京城日报》的主编。二位听我一句劝,现在这样对谁都不好,不如先送走宾客,有什么事你们私下商量。"

刚才江风雅一个劲地给程岚使眼色,程岚没办法,便站出来劝了一句。

乔艾芸不认识程岚,宋风晚却蹙起了眉头。程岚这个名字,宋风晚听着耳熟……

"艾芸,这位程小姐和傅家三爷的关系很好。"周围有人提醒道。

"是啊,你们离婚这件事一时半会儿也处理不完,私下说吧。"

"不看僧面看佛面,这可是三爷的红颜知己。"

傅沉的朋友?乔艾芸问程岚:"你和傅沉很熟?"

如果对方是傅沉的朋友,乔艾芸又欠傅沉的人情,自然要给程岚几分薄面。

程岚笑道:"我和三爷……确实有些交情。"

听到这声"三爷",宋风晚陡然想起,这不是那晚她和傅沉视频时听到的那个女人的声音吗?程岚的声音非常娇媚,辨识度很高。

宋风晚咬了咬嘴唇,打量着程岚,见对方一身职业装,精明干练,身材婀娜,显得成熟妩媚。

三爷喜欢这种类型的女人?他说没有异性伴侣,原来是有红颜知己啊!男人的话果然信不得。

傅沉的面子乔艾芸肯定要给,她刚想开口,一道突兀的声音传来。

"哟——傅三的红颜知己?谁啊?我瞅瞅。"

那声音戏谑中带着几分调侃,众人回头,见几个人走了进来。傅沉极少露面,认识他的人不多,可某个白面男人非常出名。

大家不约而同地想:天哪,这位爷久不露面,怎么擦着鼻涕就来了?

云城和京城相比就是个小地方,今晚是吹了什么风,把这位爷给吹来了?

宋风晚回过头。

客厅的琉璃吊灯投下的光是暖黄色的,这人居然还白得晃眼,而且……生了一副招人的祸水模样。

他清瘦俊秀，裹着略显臃肿的羽绒服，也许是注意到宋风晚的视线，忽然冲她一笑，骨子里透着一股邪气，看宋风晚的眼神越发大胆。

傅沉忽然抬脚踹了他一下。

"哎哟，谁……"他一扭头，迎上了傅沉的目光。

"脚滑。"傅沉摩挲着佛珠，眼底散发着寒意，心想：这家伙居然当着自己的面勾引嫂子，还对她挤眉弄眼！

"咯咯——"之前的男人转头咳嗽了两声，"那什么，刚才哪个人说她是傅三的红颜知己啊？站出来我瞧瞧。"

程岚看到傅沉，瞬间全身僵硬，更别提他边上还站着一个最爱惹事的人——京城段家的段林白。

段林白个性张狂不怕事，学古典乐，毕业后却进了传媒行业，有人笑称他这是不搞音乐做"狗仔"。有的粉丝叫他段哥哥，有的粉丝叫他段郎。

"段公子怎么来了？他很久没公开露面了。"

"他和三爷关系好，怎么对程小姐似乎不是那么友善啊？"

"你看他身后那个站在暗处拿佛珠的人，眉眼像不像傅老？"

众人这才反应过来，三爷来了！

傅沉站的位置不如段林白显眼，那张脸在灯光下更是被衬得忽明忽暗。

他冷漠严肃，又带着股风流气。

宋风晚看到傅沉，一直焦躁的心倏地平静了。

傅沉也在看她，心想：她瘦了。

"程小姐，我是搞新闻的，见过不少厚颜无耻的人，却没见过比你更不要脸的人。"

程岚的脸色瞬间变得惨白。

众人蒙了。段家小爷怎么一上来就骂人家不要脸？

"你这些年一直像狗皮膏药一样缠着傅三，背地里做了多少事，咱就不细说了。之前我们去西北，你偷偷摸摸地跟来，还寻死觅活，说要跳崖。我们家傅三连你的名字都没记住,让你滚,你现在还敢冒充他的红颜知己?上回深更半夜追到滑雪场敲他的房门的是你吧?你一个女人,半夜敲男人的房门,要脸不?"

宋风晚瞠目结舌。

三爷是毒舌,但是委婉啊,这人也太直接了吧!

"我和傅三从小穿一条裤子长大,他就是个和尚,你这纯粹是败坏他的名声!你现在还打着他的旗号出来当和事佬?可惜……你不配!"

程岚面如菜色,周围传来各种讥笑声。

"段小爷的话肯定是真的,原来她和三爷根本不熟。"

"我刚才特意和她打了招呼,她还趾高气扬的。要不是看三爷的面子,谁理她?"

"主要是这么久了,三爷一直没澄清,大家就以为是真的……"

段林白咳嗽了两声,道:"我家傅三不问世事,不是没澄清,是懒得搭理。难不成他还得为了一个不相干的人发声明?"

段林白看了看程岚,笑道:"今天宋家有家务事要处理,我们将舞台还回去。程岚啊,有些账,咱得慢慢算。"

程岚下意识地看了一眼傅沉,迎上那双目光深邃的眸子,全身发抖。

"段公子,三……"宋敬仁急忙整理衣服,要去迎接贵客,"三爷"都没喊出口,就被傅沉冰冷的眼神吓得缩了回去。

江风雅大脑一片空白。程岚自身难保,自然也护不住江风雅。

"老爷,傅家来人了。"保安又一次冲过来,道。

江风雅心头一喜,肯定是傅聿修来了。今天是她的大日子,他说会来的。他出现后,她至少有个依靠,不会像现在这样孤立无援。

傅沉站在暗处,没开口。有了段家小爷,现场已经够乱了,傅家还有人要来?众人觉得,今晚这出戏是唱不完了。

江风雅以为救星到了,殊不知来的是她的煞星。

傅沉的眼底闪过一丝狡黠之意,他似乎料到了来的人是谁,嘴角微微勾起……

宋家客厅内,所有人的目光都集中在门口。

"应该是傅聿修来了吧?他和江风雅在交往,肯定得过来帮她。"

"傅家算是默认这段恋情了吧?难怪宋敬仁要搞这么大的阵仗。"

"傅三爷一直没说话,傅聿修又来干吗?"

"我现在就是担心傅聿修来了,宋风晚会很难堪,毕竟两人以前……"

众人议论纷纷,江风雅不动声色地整理了一下衣服,腰杆挺得笔直,视线和宋风晚相撞,还带着些挑衅和自得之意。

"难道她以为傅聿修来了,我就不敢碰她了?"乔艾芸笑道,"我早就想找他算账了,他要是真的敢过来……我就打死这个浑蛋。"

"妈,您别生气!"宋风晚站在她身侧,道,"三爷不是来了吗?在三爷面前,傅聿修能给谁撑腰?"

乔艾芸点头,想起傅聿修之前请律师威胁自己的事,依旧生气。这小兔崽子,怎么能如此放肆?

程岚则彻底傻了,灰溜溜地回到同事身边。虽然碍于她家有钱,大家没明说,但眼神中都透着不屑之意。

就在众人各自盘算的时候,一个女人缓缓走进客厅。她穿着浅咖色的束腰长款大衣、及膝长靴,贵气中透着锋芒。女人看了一眼江风雅,目光犀利。江风雅莫名惊惧,身子颤了一下。

"二嫂,什么风把您吹来了啊?"段林白笑道。

孙琼华偏头,忽然笑了笑:"我之前在路上听人说你和老三来了,还不信,没想到……我家就在云城,我过来有什么稀奇的?倒是你俩……"

"我爱凑热闹,就拉着傅三和我一起来了。"他一副天真无邪的样子。

他平时吊儿郎当,但在大事上拎得清。傅沉和宋风晚的关系还没到曝光的时候,他得帮忙瞒着。要不然傅沉的小媳妇儿跑了,这厮绝对饶不了他。

这头，江风雅一看来的人不是傅聿修，顿时慌了神，再看来人的年龄、长相和周身气度，大约猜到了对方的身份。

"傅夫人，您过来怎么不提前通知我？"宋敬仁笑着迎上去。

孙琼华本就瞧不上他，再看他的所作所为，自然更加嫌弃他。

她也是女人，自然站在乔艾芸的角度看问题。哪个女人能容忍自己的丈夫在外胡搞，还把孩子带回家？老爷子定下亲事时，孙琼华内心是抵触的。她只有一个儿子，自然希望将最好的东西给他，宋家不符合她的标准。不过，现在有了江风雅，她怎么看宋风晚怎么顺眼。

宋风晚见来的人是她，再看了看江风雅煞白的小脸，微微一笑。

"傅夫人，您赶紧里面请。"宋敬仁往后看了半天，没看到傅家二爷傅仲礼和傅聿修。

"二嫂，我还没恭喜你呢。"段林白咧嘴一笑。

"恭喜我什么？"孙琼华哼了一声。

"你不是要当奶奶了吗？我得恭喜你啊。"

孙琼华脸色未变，眼神却越发犀利。

宋风晚差点儿笑出声。段家小爷是故意的吧？

"傅夫人，这件事吧，其实……"

宋敬仁想要解释，孙琼华瞥了他一眼，越过他，朝站在客厅角落的程岚走去。

程岚正打算收拾东西离开，看见孙琼华过来，暗叫不妙。

"傅二夫人……"她弱弱地道。

孙琼华从包里拿出一张折好的报纸，随手抖开。

娱乐版头条就是"富家少爷与新任女友见家长，互动亲密""傅少爷疑似带女友孕检"。

"最先爆出消息的是你们报社，这上面署名的记者是你吧？"孙琼华看着程岚，问。

"这些都是……"程岚试图解释。

啪的一声，孙琼华直接把报纸丢在程岚的脸上："别和我说是偷拍的，我虽然许多年不在京城，但想查个人还是很容易的。怎么，你造谣生事，都造到我们傅家头上了？"她冷冷一笑，接着道，"你们程家好大的胆子！"

段林白用胳膊碰了碰身侧的傅沉，压低声音道："你二嫂手里的资料该不会是你故意让人……"

傅沉看了他一眼，道："没证据，别胡说。"

段林白笑了笑，心想：这家伙没否认。

十方看着程岚，无奈地摇头。二夫人想查她，自然有门路，况且三爷手中还有详细的资料。三爷要想把这些资料神不知鬼不觉地送出去，也不是难事。

程岚真的以为自己做的一切都神不知鬼不觉？

二夫人个性强势，就傅聿修一个儿子，怎么会允许别人设计傅聿修？她肯定不会放过程岚的。

三爷这是杀人不动刀啊！

大家本以为孙琼华过来后要找江风雅的麻烦，没想到首当其冲的是程岚。

而程岚直接被吓蒙了，哆哆嗦嗦地道："二夫人，你听我解释……"

"你说，我听着。"孙琼华抱胸看着她。穷途末路了，她还想狡辩。

"我……其实……这真的只是巧合，我怎么敢陷害傅少爷啊？"

她话都没说完，孙琼华直接一巴掌扇了过去。

"还敢狡辩！"孙琼华声色俱厉。

所有人都被吓了一跳。

孙琼华的脾气也太大了吧！

江风雅更是被吓得肝胆俱裂，程岚和自己坐着同一条船，她出事，自己也不会好过。

"傅夫人，您有本事就拿出证据。"程岚定了定神。

她和江风雅的计划相当周密，除了她俩是不会有其他人知道的。刚才她是被吓蒙了，现在不能自乱阵脚。她捂着肿了的脸，道："您就算要找麻烦，也得有证据，不能因为是我们最先报道消息的，就凭空诬赖我，要不然我回京后一定会去找老太太，让她给我做主。"

孙琼华又狠狠地打了程岚一巴掌，程岚险些摔倒在地。

"牙尖嘴利，还敢告状？"

程岚见过孙琼华几次，知道她个性强势，却没想到她如此霸道。

"你家已经过世的老爷子与我公公有交情，我本给你面子，让你自己说。"孙琼华嗤笑道，"但你非要嘴硬，那我就让你看看证据。"

孙琼华从包里翻出几张照片，直接甩在程岚的脸上。

"你给我好好看看！三天前，你上午和江风雅私下碰面，中午她和聿修吃饭被拍，下午去医院被偷拍。不到一个小时，消息就被你们报社曝光。你倒是给我一个合理的解释啊！"

孙琼华拿出的是程岚与江风雅在私人会所相对而坐的照片，虽然是偷拍的，却十分清晰。

"傅二夫人，这个……"程岚傻了，"我没理由这么做啊！我喜欢三爷，一心想进傅家，这么做能得到什么好处？"

"你弟弟因为宋风晚被打断双手，出院后就得进去，你说是为什么？"程家的事情对外保密，孙琼华想知道却不难。

"二夫人，整件事……"程岚心跳加快，突然瞥见江风雅，"是她，都是她出的主意！她恨宋风晚，想搞得宋风晚身败名裂，再趁机进傅家。我是一时头脑发热才信了她的鬼话……"

众人齐齐看向江风雅，江风雅的腿都软了。

"是她弄的，我不过是想趁机报复宋风晚，压根不想伤害傅少爷。"程岚竭力辩驳道。

"不是的，不是这样的……"江风雅年纪小，面对这种场面自然没有程岚镇定，只能支支吾吾地说不是自己。

这种解释，苍白又无力。

"宋总，我听说你要认她回来当女儿。你女儿做出这种事，你不给我一个合理的解释？"孙琼华没找江风雅麻烦，而是看向宋敬仁。

宋敬仁恼羞成怒，冲到江风雅面前说："你愣着干吗？这件事和你到底有没有关系？！"

"爸，我……"江风雅哭道。

"哭什么？你说话啊！"宋敬仁恨不得打她几巴掌。

"还有什么好说的，事情不是很清楚了吗？主谋是谁我不想知道，现在这两个人都不承认，互相推卸责任……"孙琼华面露鄙夷之色，又缓缓吐出三个字，"真无耻！"

"还有……"孙琼华直视江风雅，"上回你和聿修去医院，不过是低血糖、头晕，麻烦江小姐以后出门时带些糖，别再闹出什么新闻。你想出名，别带上傅家……我们家要脸。"

"我之前一直对你们不闻不问，不代表我默许你们交往……"孙琼华不急不躁，娓娓道来，"年轻人谈个恋爱，玩玩而已，新鲜劲过了就分了，谁会当真？没想到有人不自量力，年纪不大，野心不小。"

众人哗然。

"阿姨活了这么大岁数，见多了削尖了脑袋想往上爬的人，他们大多心气高、心眼多，可惜……"她冷冷一笑，"命薄！"

段林白第一次看到孙琼华这副样子，瞥了眼傅沉，心想：难怪傅沉把二嫂找来，太高明了。

孙琼华说完之后，直接朝乔艾芸和宋风晚走去。

乔艾芸微微蹙眉，下意识地把宋风晚护在身后。

"乔女士，你别紧张，我没有恶意。"孙琼华以前称呼乔艾芸宋夫人，现在改了口。

"那您这是……？"乔艾芸狐疑地道。

"聿修做了错事，我和他爸在国外，没及时回来制止，给晚晚带来了很大的伤害，我在这里代表我们家给晚晚赔罪。"

孙琼华说着居然对着宋风晚深鞠一躬。

乔艾芸没动，因为她觉得对方道歉是应该的。

宋风晚是晚辈，自然觉得受不起，急忙道："阿姨，您这是做什么？您别这样！"

"应该的，你没错，是他糊涂，我管教不严。"

孙琼华因为这件事，没少被二老责备。

"晚晚，我知道你是个好孩子，是我们家聿修笨，看不到你有多好。"孙琼华继续道，"你在云城待几天？你要是有空就来我家，阿姨亲自下厨给你做顿好吃的，再让那个浑小子给你赔罪。"

孙琼华的举动在宋敬仁和江风雅看来，简直比直接打他们还过分。

其他人面面相觑，都在观望。

段林白看着傅沉，小声道："傅三，你二嫂不会又开始打她的主意了吧？你把你二嫂弄回来，到底是福是祸？"

傅沉眯着眼："不可能。"

"怎么不可能？你看她们拉着手，多亲热。"

傅沉瞥了他一眼："有我在，她没机会。"

段林白嗤笑一声，心想：这家伙倒是够自信！

孙琼华和宋风晚说了几句话，向乔艾芸道歉，随后特意看了江风雅一眼。江风雅吓得身子一抖。

"宋总，我儿子欠管教，我自会收拾他，也请你管教好自己的女儿。这个年纪还是该好好学习，把心思用在正途上，别想着一步登天。"

宋敬仁本以为能靠江风雅攀上傅家，没想到还没捞到任何好处，已经闹得要身败名裂了。

"宋敬仁这次算是栽了，还搞得妻离子散。"

"被傅家打脸，还有比这更疼的吗？傅夫人不好惹，江风雅在她面前搞这种小把戏，真是自寻死路。"

"我总觉得傅家之前想和宋家的女儿订婚，为的不是他宋家啊……"

"乔老爷子去世之前，虽然低调，也是出了名的大人物。这事还真不好说。"

在场的都是聪明人，简单分析后，似乎看出了其中的奥妙之处。

宋敬仁气得脸色青紫，觉得自己现在和小丑差不多。

"那我先走了，改天请你们吃饭。"孙琼华没久留，跟乔艾芸、宋风晚道别后，走到傅沉身边，问："老三，你和林白晚上去我那里？"

"不了，我们去酒店。"

"我送你们？"孙琼华客客气气地道。

这里是云城，她的地盘，她自然要尽地主之谊。

"好。"

"傅三，你就这么放过程岚了？"段林白不解地问。

"急什么？等她回京，好戏才开场。她闯了祸，程国富会轻饶了她？再加上程天一的事……这账得慢慢算。"他微微一笑，道。

傅沉记仇，谁做了什么、说了什么，他心里都有本账，记得门儿清。

宋家出事，宋风晚母女需要时间平复心情，所以傅沉并不急着见宋风晚。况且孙琼华精明，他也不想被她看穿心思，漏了底。

傅沉等人离开，程岚落荒而逃，宾客看这出戏唱完了，也都离开了。很快，原本喧闹的宋家客厅里就剩下几个人了。热闹的认亲宴最终惨淡收场。

"宋总，离婚协议我弄好了，这个……"张秘书小跑着过来，额头上都是虚汗。

"这份协议还是等我的律师来了再谈吧，房子是晚晚的，明天我会让人过来收房。不相干的人就赶紧收拾东西滚吧！晚晚，我们走。"

现在这屋子里乌烟瘴气的，乔艾芸觉得恶心，拉着宋风晚大步往外走去。

宋敬仁愣了一下，硬着头皮追了出去。

"爸——"江风雅哭得梨花带雨，宋敬仁都没扭头看她一眼。

离宋家不远的一辆轿车内，男人看见乔艾芸与宋风晚出来，对司机道："走吧。"

"走？"秘书蒙了。他不开会，不管公司的事，大老远地过来，就这么走了？

"订回去的机票。"

秘书满脸疑惑,搞不懂这人的心思。

司机准备离开,男人看了一眼窗外,发现宋敬仁居然追了出来……

"停车。"男人沉声道。

乔艾芸请的保镖本来就是用来充场面,给她壮胆的,出了宋家,她就让那些人回去了。千江去一旁开车了。因此,宋敬仁追出来的时候,只有母女二人站在门口。

"艾芸,晚晚!"宋敬仁衣衫凌乱,脸上还有指印,无比狼狈,朝她们咧嘴一笑。

他追过来,一方面是想知道乔家与傅家是否真的有联系,另一方面想稳住乔艾芸。

"你又想干吗?"乔艾芸觉得他的笑容既虚伪又恶心。

"我想和你好好谈谈。"他的语气明显软了许多。

"你有话直接和我的律师说吧。"乔艾芸拉着宋风晚往停车场走去。

看她要走,宋敬仁心里着急,直接拉住了她的胳膊。

乔艾芸挣脱不开,脸瞬间冷了:"宋敬仁,你再这样我就不客气了。"

"我就是想和你单独聊聊。"宋敬仁不松手,反而抓得更紧。

"你到底想干吗?我们都说得很清楚了。"

宋风晚试图把两人分开,宋敬仁竟然一把将她推开,道:"这是我们大人之间的事,你一个小孩子别管。"

他下手没轻重,宋风晚被推倒在地,手掌破了皮。

"宋敬仁,你浑蛋!"乔艾芸顿时急了,踢了他一脚,同时手指一抓,瞬间在他的脖颈上留下一道血痕。

宋敬仁也急了,拉着乔艾芸就往屋里走。

乔艾芸咬着牙用力挣扎,宋敬仁没抓住她,她的身子直直地往后倒去……

"妈。"宋风晚急忙爬起来跑过去，可已经来不及了。

乔艾芸有些害怕。她年纪不小了，猛地一摔，说不定得进医院躺几天。可是，她预期中的疼痛没有到来。她摔进了一个人的怀里……

男人被她撞得往后退了一步，抱着她的手臂用力，胸口重重地起伏着。

他神色冷漠，松开乔艾芸后，立刻走过去踹了宋敬仁一脚。宋敬仁被踹倒在地，疼得直冒冷汗。

乔艾芸站稳后看向那个人，有些惊讶，怎么是他？

在熟人面前丢了脸，她觉得憋屈，羞于见人。

那人并没有放过宋敬仁，直接将宋敬仁从地上拉了起来，对着他的脸就是一拳。

"你是谁啊？"宋敬仁弱弱地道。

"先生，您冷静点儿。"那个男人的秘书吓蒙了，急忙过去劝道。

男人松开手，刚要转身，瞥见宋风晚带血的手掌，又踢了宋敬仁一脚。

宋敬仁疼得无法动弹，趴在地上哼。

此刻，千江开车过来，看见这种情形，猜到了大致的情况。

"先生，有人来了。"秘书都要急死了——您打人也得有个限度啊！

男人往后退了两步。

宋敬仁刚喘口气，身子就被另一股大力给拉了起来。

千江也是个狠人，又打了宋敬仁一拳。他就去开个车，宋敬仁就敢把宋风晚伤了。他可是练家子，这一拳下去，都能听到清脆的骨裂声。

宋家的用人、保安都蒙了，无人敢作声，直到江风雅冲出来，道："你们在干吗？我要报警了。"

"对女儿动手，畜生。"一直没说话的男人开口了。他声音低沉，透着寒意。

宋风晚这才得空打量凭空冒出来的人，愣了数秒，他是……

严望川，外公的徒弟，舅舅的师兄。

严望川低头查看宋风晚手心的伤口。

宋敬仁看见后，歇斯底里地道："乔艾芸，你居然还带了帮手。你给我等着，我不会放过你的！"

严望川瞥了宋敬仁一眼，宋敬仁吓得往后退了两步。

乔艾芸正好站在宋风晚的另一侧，低头询问她疼不疼。这三人站在一起倒是有点儿一家人的味道。

"去趟医院吧，处理一下。"宋风晚的手心里进了一些沙石。

"嗯。"宋风晚点头。

"走。"严望川指着不远处自己的车，示意两人跟自己走。

宋敬仁怒火攻心，胡乱道："我告诉你，乔艾芸，这件事没完！你不安分地待在家里，整天想着出去工作，就是想去找这个姘头吧……"

饶是不断告诉自己别生气，乔艾芸仍旧气得浑身颤抖。

"没话说了吧？你还想要我的财产，我告诉你，门儿都……啊！"宋敬仁话没说完，又被严望川踹了一脚。

"继续说！"严望川冷冷地道。

"你到底是谁？！"宋敬仁压根没见过这个男人。

严望川从口袋中取出名片，扔到地上，对宋敬仁道："我叫严望川，有事来找我。"

千江一直在打量严望川，听他自报家门，愣了一下。他是南江严家的人？

严家做的是高端珠宝玉石生意，和傅沉没有生意上的往来。但千江听过严望川的名字。

严望川四十多岁了，至今未婚，十分低调，据说不善言辞，所以极少出门应酬。

加上自己的儿子，乔家老爷子一共收徒五人，全部改为望字辈。光从名字就能看出来，严望川与乔家有何渊源。

宋敬仁听了这个名字，惊恐得不敢再出声。

严望川瞥了一眼江风雅，朝她伸出手。江风雅一脸蒙，结结巴巴地道："什……什么？"

"脖子上的。"严望川板着脸道。

江风雅哆嗦着取下项链递给他。严望川接过项链就丢给了自己的秘书，道："脏了，好好洗一下。"

秘书看着项链，心想：这不就是几年前乔少爷给了稿纸，委托他家特别制作的项链吗？

严望川转身看着乔艾芸，道："走，送晚晚去医院。"

一行人离开后，张秘书才从房间里出来，和江风雅一起扶宋敬仁进屋。

"爸，他们太过分了。"

"你给我闭嘴！"宋敬仁气急败坏地道，"要不是你，我怎么会落得这般田地？"

江风雅蒙了，他以前不是这样的啊！

"宋总，要不要报警啊？"张秘书低声询问。

"报什么警，还嫌不够丢人啊？"家丑不可外扬。

"那我给您叫救护车。"

张秘书话音刚落，不远处就传来警笛声，伴随着红蓝相间的灯光，车明显是朝这边来的。

"警察怎么来了？！"宋敬仁气结。

"我……我刚才报警了。"江风雅怯生生地道。

"我迟早被你害死！"

宋敬仁真想给她一个耳光，这倒霉东西，是觉得他还不够丢人？

云城，华西酒店。

傅沉低头看着手机，抿着唇，神色冷漠。

千江那边来信息说宋风晚受伤了。

傅沉直接一通电话打过去，千江把事情的经过简单地和他说了一下。

"那边情况如何？"

"乔女士和严先生在派出所做笔录、录口供。宋小姐在医院处理伤口，警察要找她问话。等一切结束后，我直接送她去酒店。"

傅沉点点头，声音低了几分，道："给我好好查一下那个严望川。"

严望川在这个时候出现，明显不是偶然。

宋风晚在距离医院很近的酒店住下，脑子里一团乱，正打算打电话问一下乔艾芸那边的情况，房间的门铃响了……

"谁啊？"这会儿已经夜里十一点多了。

外面无人应答，门铃声却不停。

她走到门边，透过猫眼看了看外面……

来人是傅沉。

宋风晚愣了数秒："三爷，您等一下！"

她转身披了件外套，确认自己的穿着还算得体后才开门。

"三爷，您怎么来了？"

傅沉的目光在她的身上扫过，房间里有暖气，她裹得这么严实干吗？

他看到她手上的纱布，脸色难看了一些。宋风晚立刻把手往后缩，咬着嘴唇，眼眶泛红。

"给你带了点儿吃的。"傅沉提着餐盒，进屋后就把门关上了。

宋风晚抿嘴笑了，道："你这么一说，我还真饿了。"

酒店是公寓式的两室一厅，傅沉将餐盒放在客厅的桌上，招呼宋风晚坐下。

"闻着好香。"

宋风晚以前对宋敬仁存了幻想，觉得自己和母亲回去后，他说不准会回头。今天，她所有的幻想都破灭了。事情到了这种地步，她反倒觉得轻松自在。

只是她的手受了伤，上面包着纱布，不方便拿筷子。看着满桌的食物，她有些懊恼。

"想吃什么？我喂你。"傅沉拿出一次性筷子，道。

宋风晚有些犹豫，最终点头道："吃那个笋……"

"先喝点儿汤。"傅沉直接拿起勺子。

"我想吃小炒肉。"

"那个有些辣，吃点儿青菜。"

宋风晚蹙眉："我想吃冬瓜。"

"吃点儿海带吧，有利于伤口愈合。"

这顿饭吃下来，宋风晚被他气得火冒三丈。他既然这么有主意，那干吗问她想吃什么？不过她也不敢多说什么，只能用眼神表示抗议。

"还想吃什么？"傅沉偏头看她。

"不吃了。"宋风晚嘴里嚼着食物，傲娇地道。

就在这时，傅沉忽然凑过来。宋风晚的瞳孔微微放大，神色惊恐。

是不是她刚才语气不好，他要打人？

"三……"她刚要张嘴，傅沉的手忽然抚上她的唇。

她呼吸暂停，浑身僵硬。

他的指腹从她的唇边一点点擦过，她能清晰地感觉到他的温度。

傅沉从容地收回手，抽了一张面巾纸擦手，道："嘴上有东西。"

"是吗？"宋风晚尴尬地笑了，小脸通红，还下意识地舔了舔嘴角。

傅沉瞥了她一眼，咽了咽口水。

"我去喝点儿水。"不待傅沉说话，宋风晚忙不迭地跑到吧台边。

她现在只觉得口干舌燥，身上莫名地热了起来。可她刚碰到杯子，水杯就被男人拿走了。她下意识地转头，傅沉就站在她身后，一手拿着杯子，一手撑在吧台上，高大的身影笼罩着她，像是要把她圈进怀里。

酒店的灯光本就昏黄，两人这种姿势，气氛莫名有些暧昧。

"别喝冷水。"他低声道。

宋风晚嗯了一声，脸越发红了，道："我就是口渴。"

他伸手揉了揉她的头顶："去一边坐着，我给你烧水。"

傅沉将两瓶矿泉水倒入电水壶中，插上电，开始烧水……

宋风晚乖巧地坐着，压根不敢抬头看傅沉。

手机铃声打破了沉默。

她道："三爷，你的电话。"

"谁的？"傅沉眯眼。这个点，谁会给他打电话？

"备注是段浪。"宋风晚道。

段浪？那个段家小爷的兄弟？

"你帮我接一下。"傅沉一边洗手一边道。

宋风晚清了下嗓子，接了电话，顺便开了免提。

她还没开口，对面那人就说了起来："傅三，你真不够意思，大晚上去哪儿了？我睡不着，买了烧烤、啤酒，打算找你唠嗑。你怎么不在房间？"

"那个……"宋风晚支支吾吾，"三爷现在不方便接电话。"

对方愣了数秒，忽然笑了："宋家妹妹是吧？"

傅沉一脸嫌弃，妹妹？这家伙是变相地占他的便宜啊，真是皮痒了。

"我是宋风晚。"

"我叫段林白，是傅三的好朋友，我们今晚见过，你有印象没？我全场最白。"

宋风晚笑了，道："嗯，记得。"她记得傅沉说过，段林白的屁股很白。

"方便加个微信不？咱们以后好联系啊。"

傅沉咬牙，这家伙刚才在宋家对她挤眉弄眼就罢了，现在居然还要她的联系方式？

宋风晚对段林白印象不错，他又是傅沉的朋友，肯定不是坏人，她不好拒绝，就把手机号码告诉他了："我的微信号就是手机号。"

"好的，那我不打扰你们了，自己回屋吃串。不过妹妹，哥哥提醒你一句，你得小心点儿傅沉，他看着正儿八经的，混账起来可不是东西。改天见面后，段哥哥带你玩，请你吃烤串。"对方说完就把电话挂了。

宋风晚一脸无辜地看向傅沉，某人脸色阴沉，像是要去打人。

她悻悻地坐在一边，低头玩手机。几秒钟后，有人加她微信，昵称是"浪里小白龙"，个性签名是"浪里个浪"。

宋风晚笑了，难怪傅沉叫他"段浪"。

宋风晚添加对方为好友，段林白发了个表情过来，她回了一个，两人就没再说话了。

宋风晚安静地玩手机，傅沉在一边看着她，眼底尽是宠溺。

直到门铃声响起，宋风晚才回过神，道："肯定是我妈和严叔回来了。"

"我去开门。"傅沉道。

乔艾芸和严望川刚录了口供。因为边上有监控，二人并没有耽搁多久就出来了，第一时间回酒店看宋风晚。

房门一开，乔艾芸愣了一会儿："傅沉？你怎么在这儿？"

"听说出事了，我过来看看。"傅沉与严望川视线相接，一人眼底含笑，一人表情冷冽。

"难为你惦记我们，大晚上还过来。"

"芸姨，您先进来吧，我订了餐，应该很快就到了。"他们一出派出所，傅沉就收到了消息，自然能提前做准备。

"这怎么好意思？太麻烦你了。"乔艾芸虽然在笑，却一脸疲惫。

"妈，怎么样了，没事吧？"宋风晚走过来，道。

"没什么。"

"严叔，您也快进来吧。"宋风晚招呼严望川进来。

四人围着茶几坐下，乔艾芸和宋风晚坐在一起，傅沉和严望川挨着坐。

"您好，我是傅沉。"傅沉伸出手，率先和对方打招呼。

"严望川。"

"久仰大名。"傅沉确实听说过他,"初次见面。"

严望川看向傅沉,眼神宛若鹰隼。

傅沉与乔艾芸简单聊了几句后就回了酒店。此时已是凌晨一点多,关于严望川的资料已经摆在他的桌上了。

"三爷,难怪宋敬仁不认识他,严望川确实曾拜在乔老门下学习,却不算正式弟子。"十方道。

"怎么说?"资料很厚,傅沉懒得看。

"乔老选徒弟,不看家境,只看天分,要的是能真正传承手艺的人。家里有钱有权的人,反倒入不了他的眼。"

傅沉点头,表示理解。

"乔老的几个弟子,家境都一般,还有个是无父无母的孤儿,十几年前出国了,查不到消息。"

"那严望川是怎么回事?"傅沉疑惑道。

"他托关系跟着乔老学辨石识玉的本事,没有学手艺,在乔家待了五六年,虽然被赐了名,但严格来说不算正式弟子,而且……"十方清了清嗓子,"得知乔女士谈恋爱后,他就离开了乔家,直到乔老过世才回去了一次。据说乔老当年有意撮合他俩,甚至要了严望川的八字。不过乔女士外出求学,没过多久就和宋敬仁在一起了,这件事就不了了之。就连她结婚,严望川也没出席。"

傅沉轻哂:"有这层关系,严望川不愿意见宋敬仁,乔家人没提起严望川也就正常了。"

十方:"其实这也不能怪乔女士,严望川您也见过,感情不外露。这么多年,他身边连个女伴都没有,也不知该说他痴情还是痴傻。不过,他见到宋敬仁后,二话不说,上去就把宋敬仁揍得半死,倒是个爷们儿。"

傅沉轻笑:"你对他的评价还挺高?"

"最起码他做事地道,不像宋敬仁,看着像正人君子,背地里蝇营狗苟,不知道做了多少腌臜事。"十方的话语中满是嫌弃之意。

"怎么说？"傅沉随手翻了翻厚实的资料。

"二十多年前，乔家在吴苏有大院、有门面，乔老的声望又高，宋敬仁为了追乔艾芸煞费苦心，各种手段都用了。乔女士没谈过恋爱，很快便坠入爱河。乔老有人脉，却并不愿意帮他。后来他打起乔家铺子的主意，说要上市，又说要把乔家独有的手艺规模化生产，乔老爷子当时就怒了……据说当时他就被他的大舅子连人带礼物扔了出去，乔家几个师兄弟对他更是不满。只是乔女士那时被爱情冲昏了头脑，家人阻拦也没用。"

傅沉笑道："手艺讲究的就是手工传承，要是规模化生产，那就变了味。他这是踩着乔老的底线了。"

"所以啊，他和乔家的关系素来紧张。人家有什么事、认识了谁，都不会和他说。"

傅沉道："后来乔老过世，乔家没落，他又逐渐发达，觉得乔老的几个徒弟都是穷酸亲戚，加上以前有冲突，自然更不来往了。"

十方："谁知道中途蹦出个严望川！宋敬仁现在估计后悔得想撞墙，之前瞧不上，现在怕是高攀不起了。"

傅沉拾起佛珠起身，站在窗边道："严望川的脾气不太好，宋敬仁这次怕是要吃大亏。"

宋风晚这一夜想着家里的事，直到凌晨四点多才眯了一会儿，起床之后眼底尽是红血丝。

"晚晚，收拾一下出来吃早饭，你严叔和三爷已经过来了。"乔艾芸的声音伴随着敲门声传来，略显嘶哑。

"来了。"宋风晚收拾妥当才推门出去。

"严叔早，三爷早……"都是长辈，她自然显得越发乖巧。

"晚晚，过来吃饭。"乔艾芸招呼她过去。

"严叔、三爷，你们都吃过了吗？要不要一起？"宋风晚问道。

"吃了，你吃吧。"严望川难得开口。

早餐种类很多，看包装盒就知道来自两个不同的早餐铺，宋风晚虽没食欲，还是喝了几口豆浆。

"刚才我和你严叔、傅沉商量了一下，家里的事我留下来处理。傅沉正好要回京，你跟他一起过去，别耽误学习。"乔艾芸好像一夜没睡，脸色异常憔悴。

"可是……"宋风晚真不放心她一个人留在这儿。

"没事，你严叔会留下帮我，你和傅沉一起走，路上有个照应，我心里踏实。"

其实刚才孙琼华给她来过电话，想请她们母女吃饭，赔礼道歉，还想带宋风晚一起回京。

比起孙琼华，乔艾芸更信任傅沉。

"待会儿你就收拾东西，和傅沉一起走。你留在这里也帮不上什么忙。"

"我会帮忙，别担心。"严望川直言。

"你留在这里，芸姨反而不放心。"傅沉附和。

乔艾芸已经做了决定，宋风晚也不想这时候给她添堵，让她担心，点头答应了。

不远处的傅沉和严望川对视一眼，同时端起水杯喝了口热茶。两人一唱一和，显然已经私下达成了某种默契。

宋风晚之前不放心母亲一个人过来，此时看她有人陪着，心里踏实不少，而且自己留下的确帮不上什么忙，便同意随傅沉回京。

段林白本就是与傅沉一道来的云城，自然跟傅沉一起走。

第 六 章

滑雪，亲密接触

车到达京城，已是傍晚时分。傅沉给段林白发了信息，问他要不要一起去老宅吃饭，他欣然接受。

段林白现在不敢回家。他爸说，他这次要是不带个人回去，就别想进门。他的嗓子还哑了，他这样回去，只会挨打，不如先去傅家躲躲。

车刚停稳，傅心汉就跑到车边等着。

"喀喀，傅心汉！"段林白一下车就开始逗狗。

嗓子哑了一天，到了傍晚他倒是能开口了，就是声音像锯木头一般干哑难听。傅心汉瞥了他一眼，冷着脸。

"新衣服很好看啊，来，拍一张。"

天冷了，傅心汉穿了件花毛衣，一看就是老太太喜欢的风格。

宋风晚下车就看到段林白蹲在地上给傅心汉拍照。傅心汉原本十分冷漠，看到镜头，忽然咧嘴一笑……它的笑容瞬间定格，之后它又冷着脸了。

段林白一直拍，它就一直在冷漠与微笑间来回切换。

"来，换个姿势。"段林白此话一出，傅心汉恨不得扑过去咬他一口。

它好气啊,这人有完没完啊,拍完赶紧走,本狗很忙。

"小白来啦,好久没看到你了!听说你生病了,怎么样啊?"老太太笑着迎了出来。

"看到您,百病全消。"某人跑过去,抱着老太太讨好地道。

"行了,你怎么还和小时候一样不正经?"

"缺人管教。"傅沉幽幽地道。

这人哪里是不正经,分明是不要脸。

段林白恶狠狠地瞪了傅沉一眼,仿佛在说:你才缺人管教。

"老三这话说得不错,这男人啊,结婚成家有媳妇儿了,才能真正长大。你这性子是该找个厉害点儿的人管管。还有几个月就过年了,相亲高峰期,回头奶奶帮老三看对象的时候,也帮你物色物色。"

"奶奶,我……"段林白简直想哭。他是来避难的啊,怎么就要相亲了?

傅老爷子咳了两声,目光从段林白的身上扫过。段林白原本还挽着老太太,听到声音立马松开,心想:他们一家是醋精转世吧?

宋家出事,大家心知肚明,却心照不宣地都没提起。

傅家人觉得对不起宋风晚,不知道傅聿修着了什么魔,所幸他母亲回来了。教育儿子这件事,孙琼华会做好的。

饭前,段林白扯了扯傅沉的衣服,压低声音道:"傅三,保密工作做得可以啊,他俩还没发现吧?"

傅沉将衣角从他的手中拯救出来,没回话。

"要我保密,你不得给我点儿好处?"

傅沉偏头看了他一眼,眼神阴鸷。

段林白远离他,心想:不就威胁了你一下,你至于这么凶吗?

"管好你的嘴,不然明天网上都是你去年的白屁股。"

段林白的脸瞬间变得通红,他一个劲地咳嗽起来。

有段林白在,大家一顿饭吃下来,满是欢声笑语,气氛分外和美。

宋风晚的嘴角一直带着笑，她有几次都被段林白逗得差点儿喷饭。

傅沉眯着眼，瞥了眼段林白，心想：这个傻子还算有点儿用。

"妹妹，你最近也没休息好，干脆多请两天假，好好调整一下，明天哥哥带你出去玩。你到京城这么久，没怎么出去吧？"段林白笑道。

"可以啊，出去玩一两天，放松一下。"老太太道。

宋家出了这些事，她总憋着也不行。

宋风晚确实没什么心情学习，笑着点头。

"其他事你别操心，哥哥帮你安排。"段林白说着还冲着傅沉使了个眼色。

傅沉垂眸没说话，想着她出去转转也好。

晚饭后才七点一刻，老太太拉着宋风晚说话，傅沉也并未急着走。

"老爷子，程家的人又来了。"忠伯虽然控制着音量，客厅里的几人却都听到了他说的话。

"不是让你们打发他们走吗？"傅老神色不悦。

"他说您不见他，他就不走了。"忠伯也很无奈。

"那就将人请进来。有些事是该好好说说了！"老太太笑道。

宋风晚听说程家人来了，心里咯噔了一下。她那天晚上才知道程岚就是程天一的姐姐，以前还派人在校门口堵过她。

虽然程天一的事情是他咎由自取，但宋风晚确实算计了他。她以前没干过这种事，有些心虚，下意识地看了眼傅沉。

两人目光相接，傅沉冲她笑了笑，她瞬间安心不少，低头吃点心，耳尖泛红。

段林白看在眼里，无奈地摇头，心想：小白兔，白又白，放进锅里炖起来……

此刻在外面守着的正是程国富和程岚。

宋家的认亲宴后，程岚连夜回京，不待程国富责备，就开始哭诉。

"爸，我错了，我就是见不得弟弟被欺负，想帮他出口气，这才做了糊涂事。我不想得罪傅家。"

程国富收到消息后气得干瞪眼，本想等她回来好好收拾她一番，见她哭成这样，还是没忍心。

"段林白说傅沉早就拒绝了你，这是真的？"

程岚红着眼点头。

"这么大的事，你怎么不早说？你简直糊涂！"

"爸，我追了傅沉那么久，被他拒绝，没脸说啊，太丢人。"她哭得凄惨。

"现在被段家那小子当众指出来，你不是更丢人吗？！"程国富怒道。

"现在怎么办？"程岚慌了。

"这么大的事，你不和我商量，出事了要我给你擦屁股！你碰傅家人干吗？！"

"我……"

"现在只能去求傅老和老太太了。明天你就和我去大院等着。"

程家父女一大早就来了，连大院的门都没进去。晚饭后，他们来碰碰运气，没想到居然进去了。

路上，程国富叮嘱道："到了傅家你别找什么理由，好好赔礼道歉！"

"我知道。"

父女俩提着礼物到了傅家。

天色很黑，两人心怀鬼胎，压根没瞧见院子里还停着傅沉的车。他们进了客厅，看到傅沉和段林白，程岚当即面色惨白。

程国富第一眼看见的是宋风晚。他之前只见过对方的照片，现在是第一次看到本人。程国富心想：她长得确实不错，难怪自家儿子会被她诱惑，干出糊涂事。

"傅老、老太太。"程国富生得膀大腰圆，笑起来两颊堆满了肉。

"傅爷爷、傅奶奶、三爷。"程岚依次问好，随后看向段林白，心里发怵。

段林白就是个彻头彻尾的疯子。

"有事？"傅老没开口，老太太先发话了。

"为了小岚啊。她做了错事，惹二夫人不痛快了，我特意带她过来赔罪。"

"惹了琼华，那你们去找她啊，来我这里做什么？"老太太笑问。

对面的父女俩脸色微变。

"琼华这人脾气是不太好，却也不是会随便发火的人。小岚，你做了什么惹恼了她，说给我听听？"老太太故意装糊涂。

"傅奶奶，这个……"程岚支支吾吾。

这种事，她自己如何开口？！而且傅沉和段林白都在，她没法撒谎。

"我们老两口深居简出，不知道外面发生了什么事，你们过来不就是想让我当个中间人调解一下吗？你不说，我怎么知道该怎么做啊？"

老太太操着吴地口音，笑得大气温婉。

"老太太，其实事情是这样……"程国富刚想解释，就被阻止了。

"谁做错事，谁说话！"老太太轻笑。

程岚身子轻颤，犹豫了很久才将她如何帮助江风雅炒作的事情说了出来。

"原来是这样啊。"老太太偏头看向宋风晚："晚晚，你和天一认识？怎么把人家的手给弄断了？"

这事是程家理亏，程岚自然避重就轻，没说缘由。

宋风晚不知怎么开口。傅沉突然道："人是我打的。程天一尾随她，欲行不轨之事，被我抓了个正着。"

"程天一还真是胆大包天啊！幸亏傅三遇到了，要是真出了什么事……"段林白火上浇油。

"傅老、老太太,这件事中间有些误会,天一是一时糊涂……"程国富见二老的脸色不好,立刻解释道。

"混账东西!"老太太一声呵斥,吓得对面父女二人的双腿瞬间虚软,"这种事还能有误会?你还敢说他是一时糊涂?事情发生到现在,你们向晚晚道歉没?毫无悔意,还试图报复,现在还敢来找我,你们怕是来错地方了!"

老太太气得拿起桌上摆放的木雕就朝程岚扔去。

木雕棱角尖锐,程岚虽及时闪躲,额角却还是被擦破了皮。

老太太对程岚道:"我们傅家对你不薄吧?晚晚是我们家的人,整个京城谁不知道?你现在把歪心思动到我孙子的头上,好大的胆子啊!"

老太太对程天一的事一直隐忍未发,他们此番过来,是真的撞到枪口上了。

"你愣着干吗,还不给我跪下?"程国富急了,一脚踹在程岚的腿弯处。

程岚扑通一声跪在地上,声音颤抖:"我错了。"

"老太太,孩子是真的知道错了。"程国富从小就认识傅家二老,却从未见过他们发这么大的火,"您看在父亲……"

"你父亲走得早,我们傅家能帮忙的都会帮忙,可你们程家这些年都做了什么?你还有脸提你父亲!"老太太怒道。

"傅奶奶,都是我的错。"程岚跪在地上求饶。

"确实都是你的错。要不是你怂恿程天一,他也不敢对宋妹妹出手啊。"段林白优哉游哉地说。

程岚瞳孔微缩,惊骇地看向段林白,面色如霜。

所有人的目光都集中在段林白的身上。他喝水润了润嗓子,道:"都看着我干吗?我可没说谎。"

"段林白,我没招你惹你,你干吗一直和我过不去?"程岚道。

这件事她绝对不能承认,不然父亲不会放过她。

"我闲得慌,专门找你的麻烦?你也太看得起自己了!"段林白哂笑道,"程天一虽然笨,但宋妹妹住在傅三家,他没那个胆子找她的麻烦。要不是你故意怂恿,他敢吗?"

"你胡说八道!"程岚恼羞成怒。

"你说这些话的时候就在我的店里,服务员听见了。要我把他叫过来吗?"

宋凤晚这才知道,那家店居然是段林白经营的。段林白双手一摊,那表情分明在说:活该。

"根本不是这样的,我干吗怂恿天一做这种事?再说了,我压根不认识宋凤晚,干吗要对她那样?"程岚声音颤抖,眼底的畏惧已经出卖了她。

"还能有什么?大家都知道你爸重男轻女,你又喜欢傅三,宋妹妹住在他那里,你肯定不乐意。你这样做能除掉两个眼中钉,一石二鸟,手段高明!"

程岚全身发抖:"段林白,你到底想干吗?"

"我路见不平,不行啊?!"

"程岚,这到底是怎么回事?"程国富质问程岚道。

"爸,您别听他胡说,不是这样的……"程岚伸手拽住程国富的衣服。

"你敢算计你弟弟?我打死你!"程国富一巴掌朝程岚的脸上打去。

程岚不敢躲,只能硬生生地受着,瞬间脸颊红肿,嘴角开裂。她跪在地上求饶,程国富觉得不解气,还踹了她两脚。

"你这个混账东西,居然背着我做出这种事,还敢陷害你弟弟,我打死你!"

"傅奶奶,我错了!傅爷爷,我真的错了……"程岚向程国富求饶没用,只能找傅家二老。

"行了,别打了。"一直沉默的傅老道。

他扶了一下老花镜,叹了一口气。

"傅爷爷,我真的错了,您救救我。"程岚哭道。

程国富下手重,一方面是为了出气,另一方面是想让傅家二老心软,这样事情说不准还有回旋的余地。

"我曾受过你们程家一块饼的恩惠……"

"是馊饼。"段林白忽然道。

傅老瞪了他一眼,心想:这小子话真多。

傅老咳嗽了两声:"我一直念着这份恩情,但这么多年过去了,该还的也还了……"

"傅老。"程国富一听这话,脸色都白了。

"自此以后我们两家算是两清了,互不相欠。以后你别来找我,我也当不认识你,你要是想教训女儿,就带回家关起门打,别污了我的眼,更别吓着我家的客人。"

"傅爷爷,千错万错都是我的错,您要责骂就冲着我来好了……"程岚也急了。

与傅家断交,他们程家就完了。

傅老爷子转身往楼上走去,老太太紧跟着上了楼。

"老爷子!"程国富想扑过去。千江动作更快,拦住了他。

这父女俩在傅家客厅里哭号着,试图引起二老的怜悯之情。

待两人上楼,沉默良久的傅沉才压低声音说:"连人带礼物,都给我丢出大院!"

父女俩哭喊着被抬了出去,礼物被丢出大院,撒了一地,一片狼藉。

段林白看了眼傅沉,道:"程家算是丢人丢大了,这件事不出半个小时,绝对传遍京城。"

傅沉道:"我就是想让所有人知道,程家与傅家自此再无关系。"

"有必要闹出这么大动静?"

"程家这些年没少得罪人,动静太小,我怕那些人收不到风声。"

墙倒众人推,没了傅家,程家什么都不是,大家自然有仇报仇、有怨报怨。

段林白愕然，心想：这才是真正的杀人不见血。傅沉太腹黑，小白兔遇到这种老狐狸，可咋办呢？

傅沉、宋风晚与段林白一起回了傅沉家。
次日清晨，三人一起吃早餐。
"我们今天去哪儿玩？"宋风晚一边吃早餐，一边问傅沉。昨天老太太说了，让她放松两天。
"去滑雪场。"傅沉道，"上回答应你的，这次正好有空。"
"好啊。"宋风晚的眉眼间露出笑意，"段哥哥也一起？"
"咳——"段林白清了清嗓子，说话艰难。
"他生病了，我怕他吹风会加重病情，请了医生过来给他看病。他在家休养，我带你去。"
段林白气结，明明是自己要带宋风晚出去的，怎么现在被剩下来了？
"那可惜了，还是身体要紧。"宋风晚有些惋惜，"我先上楼收拾东西，需要准备什么？"
她没去过滑雪场。
"带上身份证。"
"嗯？"
"路程较远，我们今晚要在那里过一夜。"
"好。"宋风晚不疑有他，立刻上楼去拿身份证。
段林白拿着筷子，不停戳着面前的一碟咸菜。这老家伙居然要和她在外面过夜，理由还找得这么正当，真是腹黑！

两人很快出发了，段林白和傅心汉送他们到门口。
眼看着车远去，一人一狗互看一眼。
"傅心汉，你要和我相依为命了。"
傅心汉嫌弃地转头，摇着尾巴走了。
宋风晚上车后才发现今天开车的人是傅沉，十方、千江都没跟着。

"就我们两个人?"宋风晚攥着安全带,瞥了眼傅沉。

"林白闲不住,我怕他一个人寂寞,让十方、千江留下陪他。"傅沉语气平和。

"段哥哥的身体挺虚的,他是该好好休养。"

宋风晚总觉得和傅沉没话聊,气氛莫名有些尴尬。

而此刻,那三人正围着桌子斗地主。

段林白跷着二郎腿,将手中的几张牌往桌上一扔:"炸——我又赢了!嘿嘿……"

滑雪场位于京城与外省接壤处,去那里车程一般要三个小时,可最近天气不好,即便在高速上,也得控制车速。

最终,他们花了四个多小时才到滑雪场,到的时候已经接近下午一点了。

滑雪场地势偏高,远远望去,青松笔直,白雪压枝,山顶积雪更是终年不化。宋风晚趴在窗边,满脸都写着兴奋。

车直接开到了滑雪场自营的假日酒店。

"把衣服穿好再出去。"傅沉停好车,叮嘱道。

宋风晚穿着羽绒服,还戴了帽子,下车的时候,冷风袭来,冻得她打了个冷战。

酒店位于半山腰,从这边看过去,还能看到滑雪场上诸多游玩的人。

傅沉道:"先去酒店吃点儿东西。"

"嗯。"宋风晚跟着他往酒店大堂走去。

傅沉忽然握住她的手,道:"路滑。"

宋风晚点头,却觉得哪里不对劲。

到了酒店大堂,两人拿了身份证办入住手续。

"三爷,实在不好意思,最近来的人很多,只剩一间套房了。"工作人员一脸歉意,"两居室的那种。"

"单间都没了?"傅沉皱眉,有些不悦。

"您如果早些预订的话……"

"没事,套间也行。"宋风晚看工作人员一脸为难,直接道。

他们又不是睡一间房,关了门各做各的事,也不要紧。

办理好入住手续后,两人便搭乘电梯去了房间。

二人一走,方才那个工作人员才长舒一口气。

"那个女孩儿是谁啊?让三爷这么费心。明明那么多房间,非要搞这些花样。他要和她住,干脆就说只剩一个单间呗。"

"三爷的是非是你能说的?管好你的嘴,好好工作。"

宋风晚和傅沉搭乘电梯上楼,路上遇到不少游客。傅沉模样好看,惹得不少人多看了两眼。

宋风晚却咬着嘴唇,捏紧手中的身份证。

他们要去同一个房间,她觉得有些怪。

到了房间,傅沉指着客卧道:"我住这里,你住主卧。"

主卧临窗,窗外就是宽阔的滑雪场。宋风晚方才站在窗边看了许久,傅沉心细,将她的一举一动尽收眼底。

"这都一点多了,我们吃什么?"放好行李之后,宋风晚没急着下去,而是到客厅用电水壶烧了些热水。

"负一楼有吃的,随便吃点儿。天黑得快,趁现在有光,还能出去滑一会儿雪。"傅沉坐在沙发上,随手捏了几下眉心。

"要不我去下面买点儿吃的,你先歇会儿?"

傅沉开了这么久的车,难免有些疲惫,宋风晚想让他先休息一下。

"我买完东西就上来,很快的,你不用担心。"

"帮我带杯咖啡。"傅沉看她跃跃欲试,自己也想洗个澡换身衣服,就答应了。

因为是套房,傅沉特意要了两张房卡,宋风晚拿着手机、房卡出了门。

傅沉刚准备起身回屋，手机就振动起来，段林白打电话来了。

"喂——"

"你可算接电话了！怎么样，到了？我看新闻说高速上起雾，天一黑就全线封锁了。"

"刚到。"

"嘿嘿，孤男寡女，你有没有很激动？"某人笑得很欠揍，"房间的隔音效果怎么样？你没安排个豪华大床房啊？弄点儿红酒、玫瑰……"

"她还小，你的思想别那么龌龊。"

"哎哟，你让人家小姑娘带着身份证千里迢迢地和你去开房，你就不龌龊？"段林白一听这话，急了，"还有脸说我？"

"没事就挂了。"

"别啊，你不就是千方百计地想勾引小姑娘吗？就你这张脸，色诱最好了，她肯定……"

段林白还没说完，电话就被挂了。

"这个浑蛋，又挂我的电话！老子好心教你泡妹子，你就这么对待我啊？"

段林白的下属倒是乐得不行：您自己还是单身呢，有啥资格教三爷啊？

另一边，宋风晚已经到了负一楼，这边除了一些小吃，还有快餐。

宋风晚本想给傅沉打电话，问他吃不吃饺子，顺便问一下他喜欢吃什么馅儿的，结果电话一直无人接听。她便直接打包了两份水饺。

她提着打包好的餐盒快步往回走，回屋后却没在客厅里看到傅沉，难不成他回房了？

宋风晚礼貌地敲了半天房门，毫无动静。

"这人去哪儿了？"宋风晚小声嘀咕，给他打电话，这才发现他的手机放在客厅的茶几上。

"出去连手机都不带？"宋风晚说完，准备先回房把外套脱了。

室内暖气很足,她穿着羽绒服,觉得有些热。

宋风晚打开房门,就在此时,傅沉恰好推开了浴室的门……

水雾中,仅裹了条浴巾的他出现在宋风晚的眼前,宋风晚傻眼了。

水汽散开,他的发梢不断滴着水,水珠从侧脸流到精致的锁骨上,结实的肌肉若隐若现。他平时大多穿着宽松的黑色长衫,她没想到他的身材这么好。宋风晚的脸以肉眼可见的速度变红。

傅沉直接朝她走过去,伸手捂住了她的眼睛。

"啊?"眼睛被蒙上了,她略显不安。那不断逼近的陌生气息,清洌却十分霸道,直往她的心里钻。

"好看?"

傅沉的气息落在她的颈侧,吹得她浑身战栗,半边身子都软了。

"不是,三爷,我不知道你在我的房里,我……"她不是故意的,而且他都没锁门。

傅沉垂下眼,视线落在她殷红的小嘴上,咽了咽口水。他好想……就这么亲她一口。

"你下次再这么盯着我看,我就不客气了。"傅沉警告道。

"我知道了。"宋风晚心跳若擂鼓。

"你的脸很红……"

"屋里太热了。"宋风晚本就觉得热,突然看到美男出浴的场景,更是浑身冒汗。

此刻两人还靠得这么近,他的手覆在她的眼上,水珠微凉,他的手又散发着灼热的气息。

"是吗?"傅沉低声道,"我先去换衣服。"

他说完便走了,门被带上了。

宋风晚呆在原地,隔了很久才捂着小脸坐到床上。这简直要命,他长得也太祸国殃民了。

宋风晚冷静一点儿后,瞥见床头柜上摆放的避孕套,脸又红了。她在房间里待了几分钟才硬着头皮走出去,傅沉已经换好衣服了。他穿着浅灰色毛衣、黑色长裤,黑发半干,整个人看起来清秀柔和,又透着一丝乖张的气息。

"吃饭吧。"傅沉打开餐盒。

饺子放置的时间有些长,有的坨在一起了。他将饺子一个个分开,把皮没坏的那些给了宋风晚。

"三爷,其实我不介意……"他体贴得让宋风晚心里不踏实。

他长得好看,还这么贴心,虽然脾气有些古怪,但有钱、身材好,谁能嫁给他,估计是上辈子拯救银河系了。

"吃饭。"傅沉低声道,语气中听不出喜怒。

宋风晚乖乖听话,低头吃饺子。她压根不敢抬头看傅沉,想起刚才那一幕,现在还觉得脸红心跳。

他们吃了饭,宋风晚抢着把东西收拾好,傅沉则坐在一旁将咖啡喝完,道:"走吧,带你去滑雪。"

"不用准备什么?"宋风晚是第一次滑雪,完全不知道该怎么办。

"东西都让人准备好了。"傅沉拿了外套就往外走,宋风晚急忙跟上。

傅沉经常过来,有专属的更衣室,里面也有隔间。两人一起换衣服,倒也不会不自在。

宋风晚头一次穿滑雪服,还是工装连体的那种,折腾了好久才穿好。她在镜子前照了好一会儿,确定穿戴整齐后才走出去,这才发现自己和傅沉的衣服款式一样,只是颜色一黑一白。两人就像穿了情侣装。

"把帽子、防风镜戴好,我先带你去后面练习一下。"傅沉已经拿好了滑雪用具,一边往外走一边道。

宋风晚紧跟着他,有些紧张地扯了扯衣服。

他们出了后门,远远看过去,白茫茫一片。极远的天空中云层翻涌,云缝透出的天光清白圣洁。青松白雪,无一不美。

"我先给你示范一下。"傅沉已经戴好雪具了,拿着滑雪手杖,动作流畅地在边缘滑了一圈。他很快绕了回来,将雪杖递给宋风晚:"你来试试。"

宋风晚有些局促地接过滑雪杖,依照他刚才的样子摆了个姿势……

傅沉站到她身后,直接伸出双臂搂着她。她想往旁边躲,但某人搂得更加用力了,将她牢牢地禁锢在怀里。他贴得近,气息透过帽子将她的耳朵吹得发热。

"身子别绷得这么紧,放松些。"傅沉的唇边勾出一抹细微的弧度,"双腿微微弯曲,腰别一直挺着……"

傅沉一本正经地帮她调整姿势,模样严肃正经,看上去绝对不是那种会占人便宜的登徒子。

眼看天色愈暗,傅沉招呼宋风晚回去。她的手之前就受伤了,刚才又一直用力,此刻软得连脱衣服的力气都没了。

两人换完衣服,傅沉道:"稍微泡个澡,然后我们下楼吃饭。"

宋风晚嗯了一声,回房之后蹬掉鞋子,四仰八叉地躺在床上,才觉得浑身舒服一些。

她拿起手机,准备看一会儿微博,发现乔艾芸之前给自己打了电话,立刻回拨过去。

电话很快接通,宋风晚唤道:"喂,妈——"

"你在忙什么?为什么不接电话?"

"我不是和你说过吗?我出来玩了。"宋风晚翻身,趴在床上。

"三爷带你出去的?几个人啊?去哪儿了?"乔艾芸问。

"在京城边上的滑雪场,有不少人呢。"宋风晚总觉得她和傅沉单独出来有些怪,便撒了个谎。

"那就行,注意安全!"

"我知道,你那边的事处理得怎么样?"

"有你严叔帮忙,一切都挺顺利的。"乔艾芸自然也挑好话说,两人又聊了一阵,才挂了电话。

乔艾芸其实刚见了律师回来,宋敬仁以养病为由拒绝与她的律师交谈,还直接道:"要谈离婚可以,让乔艾芸自己来见我,我们当面谈。"

乔艾芸现在一看见宋敬仁就觉得恶心,压根不想和他碰面。

她和严望川关系微妙,这次又是处理离婚事宜,若非迫不得已,她并不想劳烦严望川。

其实严望川到乔家之后与她接触不多,她有时甚至觉得严望川讨厌自己。那时,他待她冷若冰霜,没个好脸色。她觉得这人脾气古怪,恨不得离他八丈远。

后来父亲提议让她和他结婚,说他踏实本分。乔艾芸不以为然,甚至觉得自己如果嫁过去,说不定会被他打。

当时宋敬仁追她追得紧,她情窦初开,选择了宋敬仁。

现在想来,她确实太肤浅了。

挂了电话,宋风晚泡了半个小时澡,换好衣服后出了门。傅沉坐在窗边的椅子上喝茶,背靠屋外白茫茫的雪景,越发有种出尘之气。

"三爷,我好了,咱们去吃饭吧。"

傅沉看了她一眼。她穿了件到小腿的黑色长毛衣,露出一截如藕般白嫩的小腿。

室内有暖气,她确实不冷,只是……

他看着她现在的样子,心里不舒服。

"自助餐和火锅,你想吃哪个?"傅沉放下杯子起身,目光从她的腿上扫过。

宋风晚扯了扯衣服。她穿着高领长毛衣,连大腿都遮住了,有什么不妥?他干吗一直看着她?

"自助餐吧。"宋风晚不知道他的喜好,便选了自助餐,大家想吃什么就拿什么。

二人到餐厅的时候,里面已经坐了不少人。服务生带着两人往里走,中途有不少人看向他们。她以前没和傅沉去过人这么多的地方,不知道他站在人群中会那么突出。

两人刚落座，立刻有两个男生跑过来，其中一个道："宋风晚，还真是你啊。"

宋风晚抬头，发现居然是美术班的同学。

"你好几天没去上学了，生病了？"

"还好，周一就过去。"宋风晚与他们不熟，客气地道。

"这位是你哥？"

"不是，是我叔叔。"宋风晚解释道。

"叔叔好！"两人跟傅沉打了招呼，又问宋风晚："明天你要不要去滑雪？一起啊！"

"再说吧。"宋风晚见傅沉的脸色渐黑，说话的声音都小了不少。

"那我们先走了！"两人走前还在傅沉的心上捅了一刀，对傅沉道："叔叔再见。"

"三爷，我去拿点儿吃的，你要吃什么？"宋风晚见傅沉脸色不好，说话都谨慎起来。

"你先去，我待会儿自己去拿。"

傅沉拿了几瓶酒回来。

宋风晚有些担心，三爷不是不喝酒吗？他是出了什么事，还是受了什么刺激？宋风晚后来才知道有个词叫"借酒行凶"。

她低头吃着东西，时不时抬头看一眼对面的人。

傅沉喝了两瓶啤酒、一瓶白酒，眼眸低垂，眼角泛红，似有醉意。

"三爷，你不吃点儿东西？"宋风晚小心翼翼地问。

他出门时还好好的，怎么脸色说变就变？

傅沉看着她，并未言语。宋风晚更担心了，总不至于是自己惹恼了他吧？

两人吃完就回房了，片刻都没耽搁。

傅沉一直没说话，气氛显得很压抑。

回到房间，两人各自回卧室，也没打招呼。不过傅沉脚步虚浮，宋风晚一看就知道他喝多了。

宋风晚回屋洗了个澡，出来后想起了傅沉，心里不太踏实。他喝了那么多酒，会不会不舒服啊？

宋风晚在客厅徘徊了好久，最终倒了杯热水，敲响了傅沉的房门。

"三爷，您睡了吗？"她将声音压得很低，生怕吵到他。

宋风晚认识他这么久，还是第一次见他喝醉。他喝醉后不言不语，模样真的有些吓人。

"有事？"隔着门板传来的声音稍显压抑。

"那个……我烧了热水，你要不要喝点儿？"宋风晚问道。

"进来吧。"

宋风晚推门进去。屋里没开灯，仅有的一扇窗户的窗帘被拉开了，他就站在窗边。

"三爷，您是不是哪里不舒服？"宋风晚将杯子放在桌上，低声询问道。

傅沉转头看她，目光黯淡，道："没事。"

她还是头一次看到傅沉这样，有人惹他不高兴了？她稍微靠近他一些，问："我……是不是惹您不高兴了？"

"没有。"

"那您早点儿休息……"宋风晚不安地搓动手指，道。

傅沉拿着佛珠的手倏地握紧，他道："宋风晚。"

"嗯？"

"你过来。"

宋风晚犹豫片刻，还是走到了他身边。

"再过来一点儿。"傅沉转头看她，声音越发低沉，像是在故意引诱她。

宋风晚还记得表哥对自己的叮嘱：傅沉不喜欢不听话的人，你不要反抗他。

她又往前走了两步，站到窗边。傅沉忽然将手一左一右地撑在她的身体两边，像是把她整个人禁锢在怀里一般。她感觉一颗心都吊了起来，后背紧贴着玻璃，小心翼翼地屏住呼吸。

他低头靠近她，呼出的气息落在她的脸上。

"三爷……"宋风晚心乱如麻。

"流苏缠在一起了。"傅沉忽然将手中的珠子放到她眼前，道，"帮我弄一下。"

佛珠下垂落的流苏确实缠绕在了一处。宋风晚双手接过珠子，低头拨弄着，可是面前这人越靠越近……

她很紧张。

"还没弄好？"傅沉问道。

"要不我开个灯？看不清……"宋风晚转头就要走。

傅沉却陡然拉住她的胳膊，手按在她的肩上。

"三……"宋风晚还没说完，他忽然低头，吻住了她的嘴唇。

她的脑海中宛若惊雷炸开……

傅沉整个身子贴过来，含着、咬着她的嘴唇。她的身子酥了一半，整个人往下滑。他忽然伸手搂住她的腰，将她提起来，靠在他的身上……他们紧密地贴在一起。

她和傅沉……在接吻？

宋风晚全身颤抖，手指用力地绞着那串佛珠。线终于断了，佛珠一颗颗落在地上，四处滚动……

"你把我的东西弄坏了。"傅沉低声道。

宋风晚蒙了，他这是打算让自己赔？

他靠得更近了一些，道："我用了好多年，坏了……"

宋风晚屏着呼吸，耳畔都是心跳声。她咬着嘴唇，下意识地要躲，他的气息直接落在她的颈侧。

"你准备怎么赔我？"他贴在她的耳边问，声音更低了。

气氛更暧昧了。

"我会赔你的！"宋风晚伸手抵着他的胸口，"三爷，你喝多了！"

"确实有点儿醉。"傅沉笑道。

宋风晚趁机推开他,往卧室狂奔,中途踩到佛珠还差点儿滑倒……

回房之后,她大口喘着气,脸红得发烫,随后不由自主地回想起刚才的情景,一遍又一遍。

宋风晚一夜难眠,偏偏还没法将这件事告诉别人。天快亮了时,她才勉强睡了一会儿。

次日,早上七点多,傅沉敲响她的房门。

宋风晚不知道该如何面对他,隔了许久才开门。

傅沉穿了件黑色的冲锋衣,整个人显得越发干净、清爽。

"下楼吃饭,待会儿带你去滑雪。"他语气平和,一如往常,就好像昨晚的事不曾发生。

"三爷,那个……"宋风晚心里过不去啊。这怎么说都是她的初吻,他怎么能这么若无其事?他是装傻充愣,还是昨晚真的喝醉了,忘记了吻她的事?

"有事?"傅沉看向她,一本正经地问。

"昨晚我……"宋风晚伸手比画着,不知该如何描述。

"你昨晚来我的房间了?"

"嗯。"难不成他记起来了?

"我看到桌上有水。"他继续道,"不过,我的珠子坏了,是你弄的?"

"嗯。"

"我昨晚喝多了,没做什么吧?"傅沉问道。

宋风晚原本憋了一肚子质问的话,现在听他这么说,直接蒙了。这让她怎么说?说他醉酒后强吻了自己?她怎么说得出口?

"你的嘴巴破了,自己咬的?"傅沉一脸严肃地问。

宋风晚简直想哭,这分明是你咬的!

她昨天一夜没睡,就是不知道该如何面对他。现在,她要装作什么都没发生吗？

"我昨夜做梦，梦到一个老流氓强吻我，起来后就发现自己的嘴唇破了。"宋风晚咬了咬牙，恶狠狠地道。

她不知怎么说昨晚的事，可若是不说，心里又憋着一口气，便谎称自己在梦里被流氓咬了。

傅沉的眸子倏地一沉，这小丫头片子，骂他是老流氓？

两人吃了早餐，一起去了滑雪场。

宋风晚昨天用力太猛，今天才滑了一个多小时，手臂就酸得不行，只能坐着缆车在雪山上游览一番。

下午，二人收拾好东西，准备回去。

宋风晚一夜没睡好，上车后就睡了。傅沉没打扰她，专心开车。

他们到云锦首府的时候，已是日落时分。

宋风晚进屋的时候，段林白正在看球赛，瞥见她的嘴上破了一块，当即道："妹妹，你这嘴……？"

"不小心咬破了，我先上楼。"宋风晚干笑，神情僵硬，分明是有苦难言。

傅沉紧跟着进屋，段林白立刻走过去，压低声音道："傅三，你怎么能干出这种事？你把人家小姑娘的嘴都咬破皮了……"

"我昨晚喝多了。"傅沉这话不算回答，又胜似回答。

段林白咋舌："我跟你说，我从来不信什么酒后乱性的话！男人要是真的喝多了，神志不清，都醉死过去了，还能干那种事？男人这么说，不就是想给乱性找个借口……？"他还没说完，傅沉冷漠的目光就射了过来，他立刻住嘴了。

傅沉收回目光，冷冷地说："安静待着，或者现在回你自己的家。"

段林白咳嗽了两声："我闭嘴！"回家？他爸会弄死他的。

段林白坐回沙发上，手机振动起来。他一看，亲爹的电话，真是怕什么来什么。

"喂——爸。"他接起电话,语气谄媚。

"浑小子,人都回京了,住别人家干吗?你赶紧给我滚回来!你在外面玩了这么久,心野了是吧?晚饭前不回来,你就再也别回来了!"说完他爸就把电话挂了。

段林白愣了两秒。

傅沉,你浑蛋,居然通知我爸,这是要整我啊?!

从滑雪场回来后,傅沉明显感觉到宋风晚在疏远自己。

傅沉知道那夜的事吓到她了,但并不后悔那么做。那天,那两个男生喊他叔叔,着实刺激到他了。他要让她明白,和她在一起的不是她的叔叔,更不是她的长辈,而是一个正常的男人!

此时离考试不到半个月了,这代表她很快就会回家。宋风晚以学习任务重为由,每天早出晚归,两人甚至可以一天不打一次照面。傅沉有些着急,但又不知道该怎么跟宋风晚打破僵局,心情一直不好,导致整个公司的人都如临大敌。

这天,老太太通知傅沉早点儿回家,说是给他煲了汤。老太太隔三岔五就会过去,傅沉并未把这件事放在心上,继续处理工作。

老太太带了份鲫鱼豆腐汤过来,本来是给傅沉准备的,但傅沉迟迟不回,恰好宋风晚提前放学了,老太太便招呼宋风晚将汤喝了。

"傅奶奶,太麻烦您了。"宋风晚喝着汤,特别不好意思。

"炖个汤,不费事。"老太太低头抚摸着趴在脚边的傅心汉,笑道。

"三爷应该快回来了。"年叔给老太太端了杯热茶,"您今天怎么这么晚过来?"

"今天去听戏,碰到几个熟人,要给老三介绍对象。我拿了照片过来给他瞧瞧,要是他觉得不错,改天安排见个面。"

老太太说着从怀中摸出几张照片,递给年叔看。

"长得都不错。"年叔笑道。能被介绍给三爷的人,自然都是好的。

宋风晚原本正安静地喝汤,听见这话瞬间来了精神。

"不过老三脾气拗,不去见,可愁死我了。"老太太瞥见傅沉放在桌上的佛珠,冷哼一声,"他年纪不大,却整天吃斋念佛,我可真怕他一辈子不成家。"

傅沉有两个哥哥、一个姐姐,生儿育女、传宗接代的事轮不到他,他自然没压力。

"不会的。"宋风晚直摇头,"三爷很正常,肯定喜欢女人。"她说得异常笃定。

"你怎么知道?"老太太忽然笑了笑。

"感觉吧。"宋风晚低头喝汤。

她总不能说三爷酒后亲过她吧?那还得了!

"我也想看看照片。"宋风晚好奇地道。

"来。"年叔笑着将照片递过去。

宋风晚低头认真地看着照片,三个女孩儿,都二十五六岁,看照片都是一等一的美人。

傅三爷还真是艳福不浅啊!

"我比较喜欢这个,刚毕业,在小学当老师,长得白净,爸妈一个是公务员一个是老师,挺不错的。"老太太看人主要看品性。

"嗯,是挺好的。"宋风晚点头道,"三爷应该会喜欢。"

"你觉得老三会喜欢这个?"老太太压根不知道傅沉喜欢什么类型的女人,毕竟傅沉没谈过恋爱。

"我觉得另一个也不错。"宋风晚话音刚落,就听到外面传来车声。

没多久,傅沉走了进来。

"回来啦。"老太太冲他笑得分外和善。

傅沉有种不好的预感,老太太的笑容太诡异了。

"妈,你们在聊什么?"

"给你介绍对象啊。"老太太笑得越发慈眉善目。

宋风晚也抬头冲他一笑，笑容天真无邪。傅沉敢断定，这只小狐狸绝对在报复自己。

"这个是我挑的，这个是晚晚选的，你看看喜欢哪个？"老太太直接把照片摆在桌上。

傅沉的目光从宋风晚的身上扫过，宋风晚立刻心虚地低头喝汤。

那可是她的初吻，就算他那时候喝多了不记得，她也得讨点儿利息回来，整他一番。

"相亲的事就这么定了，我立刻去约时间。你喜欢哪个明天和我说，见哪个都行！"老太太说完就往外走，生怕傅沉反悔。

宋风晚急忙放下勺子："傅奶奶，我送你。"说完忙不迭地往外跑。

傅沉看了眼照片，眼底一片寒色。

宋风晚送完老太太，回屋时见傅沉坐在餐桌旁喝汤。桌上就一副餐具，也不知道是她的还是新的。

"三爷，我先回房了，您也早点儿休息。"她说着往楼上跑去，心想：傅沉明显不愿意相亲，自己帮老太太坑了他一把，他不会借机报复自己吧？

十方站在边上，低头憋笑。三爷被自己的媳妇儿安排去相亲，太惨了。

傅沉拿着勺子，心想：这小丫头的报复心还挺重！

傅沉喝完汤，起身去二楼。

宋风晚似乎正准备下楼，两人正好撞上。

她立刻转身，想要回屋。

"宋风晚，你给我站住。"傅沉蹙眉，这个小丫头片子，坑了他还想跑？

她没停下，想要开门进去，傅沉追了上来："你跑什么？我有话对你说。"

她还在那儿和门较劲。傅沉皱眉，就着她的手将门把手往下一压，门开了。

傅沉发现她的手背一片冰凉，有些紧张："宋风晚，你怎么了？"

宋风晚快步往卧室走去，傅沉伸手攥住她的胳膊，稍微用力，她整个人差点儿撞进他的怀里。她眼眶红红的，眼中噙着泪水，可怜得要命……

傅沉当即在心里骂了句脏话，心想：我刚才很凶？她被我吓哭了？

十方将公司的文件整理好，正打算给傅沉送去，刚到二楼拐角，就看见傅沉和宋风晚在房门口站着，傅沉把她压在门上。小姑娘眼眶通红，像是要哭了。

三爷是不是太禽兽了，把人压在门上弄哭了？

傅沉看着面前的小姑娘，她缓缓地吸着气，眼底都是水光，模样甚是无助。

自己被她坑了，没凶她，她还先委屈上了？

宋风晚似乎想挣脱他的钳制，又没力气。

"哭了？"傅沉调整情绪，尽量温声细语地道。

"没有。"她抬头，似乎在努力克制什么情绪。

傅沉伸手摸了摸她的头发，问："被我吓到了？"

宋风晚轻轻地嗯了一声，眼里噙满了泪水。

凑近了，傅沉才发现她的额角、鼻尖都有汗，她呼出的气息带着凉意。

想起家里的几个小孩儿也被自己吓哭过，他只能耐心地安抚她："没事，我不怪你，别哭了。"

"真的？"宋风晚直视他，似乎想要个保证。

"嗯。"他还能怎么办？就算被坑了，心里苦涩，他也得哄她啊！

得到了满意的答复，她吸了吸鼻子，道："其实……"她咬了咬嘴唇，"我是肚子疼，就……就……就那个……"

"肚子疼？"傅沉的眉头越皱越紧，敢情这小丫头方才诓了自己？

关心则乱，这话一点儿不假。

"嗯。"宋风晚来例假了，肚子疼得厉害，准备去楼下看看有没有止疼药，没想到会碰见傅沉。她想回房，却被他拦住，急哭了。

傅沉叹了口气，觉得自己算是彻底栽在她的手里了。

宋风晚不好意思地问："家里有止疼药吗？"

"回房等着。"傅沉把她送回房，转身往楼下走，碰见拐角处的十方，眼神瞬间凌厉："还看？"

十方摸了摸鼻子，心想：您在宋小姐那儿碰壁了，来我这儿发什么火啊？

宋风晚回屋子后，思忖片刻，还是下楼了。

一楼十分安静，傅沉并不在家。

宋风晚没好意思惊动别人，忍痛找了好久，终于在厨房的壁橱内找到了药箱，翻出了止疼药。

她准备去烧点儿水，刚打开水龙头，就听见大门打开的声音。傅沉提着便利袋走了进来。

"来例假了，别碰冷水。"傅沉快步走过来，将她拉到一边。

"我想烧水。"宋风晚气鼓鼓地盯着他道。

"回房，或者去外面等着。"傅沉拿起水壶开始烧水，又从便利袋中拿出两包红糖，顺手把宋风晚好不容易翻出来的止疼药扔进垃圾桶，动作一气呵成。

"你……"宋风晚气结。你还敢扔我的东西？那是我拼了老命找到的。

"回屋，我待会儿把红糖水给你送过去。"傅沉转头看她，小姑娘摸着肚子，佝偻着背。

宋风晚怕他又跑了，没动。

"还不回去？"傅沉盯着她问。换作平时，他巴不得她黏着自己，但现在不合适。

"三爷，你真的没交过女朋友？"他居然知道去买红糖。

傅沉紧盯着她，神色严肃。

"我就是随便问问，哈哈。"宋风晚连忙认怂。

"没有。"

"我就是……"宋风晚咳嗽两声，道。

"我姐还没嫁人的时候，每个月总有几天在家支使我干这个干那个，稍不顺心就对我发火。我问她理由，她说……女人这几天就是脾气不好，让我即便不满意也先憋着。"傅沉平静地道。

宋风晚听后，低头偷笑，心想：傅三爷的姐姐干得漂亮！

"笑完就回屋去。"傅沉拍了拍她的脑袋，"如果身体不舒服，就别乱跑。"

宋风晚这才乖巧地回了房间。

傅沉拿着红糖水到她的房间时，她已经在床上换了二十多种姿势，趴着、跪着、躺着、仰着……但她觉得怎么都不对，怎么都不舒服。

傅沉推门进去的时候，她正躺在床上玩手机。

"喝了吧。"傅沉看她不舒服，便没管她玩手机的事。

宋风晚爬起来，小口喝红糖水，喝完总算舒服了些。

突然，被子一角被人掀开，她还没反应过来，一双温热的手摸到了她的腹部。

"三……"宋风晚蒙了，他这是干吗？这次他没喝多吧？他是想趁自己虚弱，对自己做什么吗？

就在她想要一脚把他踹开时，更热的东西落在她的腹部——一个热水袋。

"捂着吧。"傅沉把手拿出来，坐在床边，神色一如往常，正经又严肃。

宋风晚点头。

看样子，傅三爷被自家姐姐调教得很好啊！

"你和我说就行，别……"幸亏冬天她穿得多，不然那只手就直接摸到自己的身体了。

"什么？"傅沉故作不知。

"男女授受不亲，你懂了吧？"

傅沉看她异常严肃，笑了笑，忽然凑得近了一些："需要我对你负责？"

他的声音有些沙哑，极其撩人。

宋风晚的瞳孔微微放大，她使劲摇头，表示自己压根不是那个意思。如果他真的要负责，那要负的责任可多了。

宋风晚喝了水，抱着热水袋钻进被窝，就连傅沉一直在她的房间里也没管……

其实宋风晚都不知道自己是怎么和傅沉睡到一张床上的。她当时疼得浑身发凉，下意识地要找个温暖的东西靠着。她不记得是傅沉爬上她的床，还是她硬把傅沉拽上来的。总之，她醒过来的时候，就发现自己死死地抱着某人的胳膊，而傅沉的一只手搭在她的腰上。

宋风晚立刻蒙了，这是什么情况？她猛地闭上眼，又猛地睁开眼，想确认自己到底是不是在做梦。

可傅沉的脸真的就在她眼前，他闭着眼，似乎还在沉睡，气息喷在她的脸上，烫得她全身发麻。

这到底是什么情况啊？

突然，敲门声传来。

宋风晚宛若惊弓之鸟，连忙闭上眼，后背僵直。

伴随着吱呀声，门被缓缓推开了。

"有事？"傅沉问。

宋风晚欲哭无泪，他是什么时候醒的？

"三爷，五点一刻了。"说话的是年叔。

傅沉平时五点就会起床，风雨无阻。

其实年叔很想说：天都亮了，您还赖在人家小姑娘的床上干吗？还不赶紧起来！

"我知道，别吵醒她。"傅沉说完，小心地将胳膊从她的手中抽出，动作很轻。

他起身离开，宋风晚闭着眼睛装睡，假装什么都不知道。

过了大半个小时，宋风晚下楼，傅沉已经坐在餐桌边了。

"三爷早。"她尽量让自己保持冷静。反正他以为她没醒，那她就继续装下去好了。

"身子好些了？"他低头喝粥，道。

"嗯。"

不过闹了这么一出，加上自己撺掇他相亲的事，宋风晚心里的这口气也出得差不多了。

宋风晚吃完早餐，收拾东西去了画室。

画室内，高雪开始检查前几天布置下去的素描作业。

宋风晚交的是段林白的那幅素描。她身边的朋友就那么多，画完傅沉后，她还请段林白做了一次模特。

"我是让你们画身边的人，你这个……？"高雪有些不满。

段林白是"国民老公"，爱上网的人大多认识他，高雪也不例外。

"嗯，这是我哥。"宋风晚直接道。

高雪笑了笑，道："画得不错。"说完就去检查旁人的作业。

高雪看着其他人的作业，嘴角扯出一丝嘲弄的笑意，心想：谁都知道段林白是独子，宋风晚撒谎也得有个度啊！自己让她画身边的人，她却拿这个来应付，真是不像话。

然而，高雪看得出来宋风晚家境不错，自己只是一个普通老师，不想得罪她。再加上课程已经接近尾声，高雪也就睁一只眼闭一只眼了。

高雪检查完所有同学的作业，转过头的时候，一眼就瞧见宋风晚正低头在一个本子上画着什么。高雪走过去看了一眼，像是吊坠。

"在画什么？"

"没什么。"宋风晚心头一跳，心虚地将本子合上。即便老师在检查作业，现在也是在上课，她这算是开小差了。

"我看一下。"高雪伸出手。

宋风晚没办法,只能把本子递给她。

高雪翻了两页,前面几页都是描摹的貔貅万象、观音神佛,后面则是自己未曾见过的一些图案。高雪合上本子,道:"放学后再给你,专心上课。"

宋风晚耳根发烫,有些尴尬。

放学后,高雪把本子给她了,宋风晚就没将这件事放在心上。

课程快结束了,辅导班能教给他们的东西都教得差不多了,剩下的就靠他们自己了。天气冷,很多学生晚上七八点就回家了。

北方的冷空气来得异常迅猛,气温骤降,滴水成冰。宋风晚是南方人,压根没经历过这么冷的天,好在室内有暖气。又过了几天,京城迎来第一场雪,宋风晚兴奋极了。

晚饭前,乔西延打了电话过来,问她打算什么时候回云城,他好来接她。

"我确定时间后跟你说。表哥,你知道吗?这边的暖气好神奇,我以为暖气里面是气,没想到是水……"

乔西延打着哈欠,配合地道:"嗯嗯,很神奇。"

"你说那里面为什么能流水?好暖和啊!"

"嗯,暖和。"乔西延假装兴奋地道。

宋风晚又说:"我以后想嫁个北方男人。"

乔西延瞬间变了脸色:"太远了,甭想。"

为了暖气而嫁给北方人,他这个妹妹还真是没出息!

乔西延是在雪融化几天后出现在画室的。随后,他带宋风晚去了一家法式餐厅。

侍者很快开始上菜。乔西延很少说话,一直低头吃东西。

宋风晚一边吃东西一边问:"表哥,你怎么突然过来了?之前打电话,你不是说要等我的消息?"

"听说这边有人收购了一块上等毛料,我过来看看。"乔西延道。

"是吗?"

"顺便来看一下你说的暖气有多神奇。"

宋风晚摸了摸鼻子。

"为了暖气要嫁给北方男人,你挺有出息的。"

"表哥,我就是随便说说。"

乔西延放下勺子,认真地看着她:"晚晚,虽说你现在要重考大学,要以学业为重,但你要是想谈恋爱……"

"表哥,我没有!"宋风晚耳根泛红,手拿叉子不停地戳着鹅肝。

"你别害羞,这是正常的。咱家也不是那么死板保守的人家,你要是有喜欢的人就和我说,我先给你把关。"乔西延认真又严肃地道。

"你扯到哪里去了?我真的没有谈恋爱。"

"那就好,我还想带几把篆刻刀去和那小子谈谈心,现在看来没必要了。"乔西延冲她笑了笑。

宋风晚没想到表哥居然故意套她的话,哼了一声。

"你在傅三爷家住得怎么样?还习惯吗?"

"嗯,他很照顾我。之前家里出事,我心情不好,他还带我去滑雪了。"宋风晚说到滑雪,十分兴奋。

乔西延点头:"待会儿去逛逛,买点儿东西再去他家。"

宋风晚这才想起,上回和乔西延一起买的佛珠还没送出去。这要是被表哥知道,他肯定得骂她。

这次乔西延带了自己亲手雕刻的白玉佛像,又跟宋风晚去超市买了一些营养品。宋风晚惦记着那串佛珠,有些心不在焉。

吴苏虽然自古就是富庶之地,但也不能和京城比,好东西还是这边多。乔西延又特意去一家道具店买了几套刻刀。

"刻刀那么多,你还买?"宋风晚不解。

"最近想尝试刻木竹。"

宋风晚对雕刻不太懂,只知道初学者刻石用平口刀,刻铜用斜口刀,这里面有很多讲究。

傅沉接到年叔的电话时，正在梨园陪老太太听戏。

他们今天听的是《铡美案》，只听有人唱道："刽子手，开铡！"

电话那头，年叔称乔西延过来拜访。傅沉和老太太说明情况后，立刻从梨园赶回家。

回去的路上，傅沉想起戏台上那泛着寒光的虎头铡，只觉得后颈凉飕飕的，心里生出不好的预感。

傅沉到了后，一进屋就看到自家的桌上放了几十种刻刀……灯光下的刀刃，寒气森森。

"傅三爷。"乔西延起身与傅沉握手，"刚买了新刀具，有些手痒，占用您的地方了。"

"无事。"傅沉神色未变。

十方盯着那几十把刀，后背寒风阵阵。乔西延带着这些东西来，是想给他家三爷一个下马威？

"三爷，突然造访，实在唐突，这是给您的一些见面礼，您别客气。"乔西延说着将一个盒子递给傅沉，盒子里放着白玉小像。

傅沉接下盒子，连忙道谢，随后道："你今晚在这里住吧，我让人收拾房间。"

"太打扰了。"

"如果被我母亲知道你来我家，还出去住酒店，她饶不了我，所以你不必客气。"傅沉留人的理由充分且合理。

"那我就不客气了。我还买了些别的东西。"乔西延笑道。

晚餐几人是在家里吃的，阿姨弄了几道京城特色菜，烫了酒，乔西延喝了几盅。

傅沉涉猎广泛，和乔西延有一搭没一搭地聊着。

"还得多谢三爷这些日子对晚晚的照顾，您有空了去吴苏玩，我做东。"

"应该的，你太客气了。"

"上回送您的佛珠怎么样？时间匆忙，没有细选，下回遇到好的木料，我亲手打磨一串给您。"

宋风晚听到这话，当即涨红了脸，手足无措地看着傅沉。

傅沉神色未变，手指摩挲着筷子，不动声色地看向宋风晚。

小姑娘咬着嘴唇，几乎要哭了。

"你说佛珠？"傅沉缓缓问。

"是啊，上回离开得匆忙，没见到您，托晚晚给您的。"乔西延笑道。

"是吗？"傅沉看向斜对面的人，欲开口的时候，小腿忽然一疼……

"咯——表哥，你再喝点儿。"宋风晚说着就给乔西延倒了杯酒。

"我明天还有正事，喝这么多干吗？"他这次过来还要收购玉石毛料。

"那佛珠……"傅沉再次开口。

宋风晚直接踹了他一脚，随后还可怜兮兮地看着他。

傅沉蹙眉，小丫头居然敢踹他？他接着道："那佛珠挺好的，我很喜欢。"

宋风晚这才松了一口气。

"我看您对玉石很有研究，若去吴苏，我可以带您到家里参观一下。"乔西延浑然不知这两人在桌底的互动。

"三爷，您吃菜。"宋风晚笑嘻嘻地帮傅沉夹了一筷子酸菜羊肉。

傅沉冲她一笑，笑容意味深长。

第 七 章

喊声三哥,好吗

酒足饭饱,傅沉和乔西延坐在沙发上看《新闻联播》。

两个男人讨论的多是时事,宋风晚听不懂也坐不住,一想到自己踹了傅沉,就忐忑得不行。最终,她起身去了厨房,想帮帮还在忙的年叔。

年叔见她心不在焉,笑道:"行了,你别待在这儿,帮我把茶水端出去吧。"

宋风晚只能硬着头皮出去送茶。

此刻,沙发上只有傅沉一人。

"你表哥出去接电话了。"傅沉解释道。

"嗯,您喝茶。"宋风晚弯腰将茶水递过去。

傅沉没接,紧紧地盯着她。那眼神让她羞得耳根发烫。

傅沉缓缓道:"方才踢我踢得很带劲啊!"

"三爷,我……"宋风晚咬着唇,羞愧难当。

"一共六下。"

宋风晚不敢说话。

"下脚还挺重。"傅沉道,"你是第一个踢我的人。"

"三爷,我错了。"

一阵沉重的脚步声由远及近。

傅沉微微起身,接过茶杯,几乎贴在她的耳边道:"晚晚,待会儿来我房里。"

宋风晚瞳孔放大,去……去他的房里?

等她回过神,傅沉已经端着茶杯坐下了,一副什么都没发生的样子。

乔西延回来了,问:"晚晚,你发什么呆?"

"没事啊,没事!"宋风晚心头狂跳,手攥着衣角,不知所措。

她想了想,道:"表哥、三爷,我先上楼了。"说完就急匆匆地往二楼跑去,一步跨两级台阶,活像后面有恶鬼在追她。

傅沉不禁偷笑。

《新闻联播》结束了,傅沉和乔西延看完天气预报才各自回房休息。

宋风晚被傅沉的事弄得心烦意乱,回房找出之前的那串佛珠,又特意寻了个盒子和纸袋装好,仔细检查一番,才怯生生地走到傅沉的房间门口。

她敲了敲门,四下张望,生怕有人过来。

傅沉正在开视频会议。这些日子就是圣诞节、元旦节了,公司对外搞活动,对内也有聚餐,各种事都要他来决定。

宋风晚见他一直不开门,心里着急啊。乔西延也住在这个楼层,如果突然开门出来,看到她大晚上去傅沉的房间,最后还发现了佛珠的事情,那她就死定了。

"三爷?"宋风晚掐着嗓子,猫儿般地轻声喊他。

傅沉心想:小丫头还真是心急。

"我有点儿私事要处理,她似乎等不及了,你们继续讨论。"他说完直接下线了,打开房门。

宋风晚站在门口,神情慌张。

傅沉将目光落在她怀里的袋子上,笑着低声道:"怎么了,这么着急？"

"我们进房间说吧！"宋风晚说完看了眼四周，猫着腰从他的臂下钻过去。

傅沉笑了笑，把门关上，道："跟做贼一样，偷偷摸摸的，不知道的人还以为我们在偷情。"

宋风晚听后，吓得脸都白了。

傅沉双手抱臂，看着宋风晚道："说吧，你刚才踹我的事情准备怎么办？"

"要不……你踹我两下？"宋风晚犹犹豫豫地问。

"你觉得合适吗？"

"不然怎么办？"

"那你站好了，别动。"傅沉说着居然真的朝她走了过去。

他真的踹啊？宋风晚眨了眨眼，不敢乱动。

傅沉看着她紧张的模样，觉得好笑，心想：小丫头的嘴巴倒是挺硬的。

就在傅沉靠过来的时候，她小声嘀咕："你之前不是和我说你姐踹过你吗？我不是第一个踹你的人啊。"

傅沉抬了下眼皮。她不仅敢踹他，还敢顶嘴了？

"你在顶撞我，质疑我？"傅沉扬起手，那姿势像是要打她。

宋风晚抱紧怀中的纸袋，直勾勾地盯着他，明明怕了，还倔强地不肯移开目光。

就在傅沉的手掌要落下的时候，宋风晚下意识地闭上眼，心想：踹了人总归是要还的。

只是，她预期中的巴掌没落下，额头被人轻轻一按。她睁开眼的时候，傅沉正用食指戳着她的额头，弓着腰，视线与她齐平，那令人脸红心跳的气息扑面而来。

"怕什么？真以为我会打你？"他笑了一声。

"没……没有。"宋风晚垂着眼，不敢看他。

"我姐是自家人，踹了我，我认！你希望我把你也当成自家人吗？"

宋风晚心里仿佛有小鹿在乱撞，他的指腹还在她的额间摩挲，触感轻柔温热。

"刚才你还和我顶嘴，现在怎么不说话了？"

两人四目相对，宋风晚小脸通红。

"你要是自家人，我自然不追究，你想多踹几下也行。"他低头哄着她，气息吹在她的脸上，热热的。

她偏头躲了一下，忽然想起那夜在滑雪场的吻。

他平时温和，看起来一副禁欲的样子，傅老说他这么大年纪都没谈过恋爱，没想到接吻的时候……那么霸道。

傅沉失笑，这小丫头居然在发呆？

"在想什么？"

"没事啊。"宋风晚急忙往后退，想离傅沉远一些。

"踹我那几下，怎么算？"傅沉打量着她。

小姑娘咬着唇，又开始装可怜："要不……咱们记账？"

"怎么记账？回头我再踹你几下讨回来？"

宋风晚语塞。

"要不……你许我一个承诺？就和上次一样。"

因为程天一的事情，她答应了傅沉一个要求，不过傅沉到现在也没提起。

"好啊，只要是我能做到的事。"她觉得傅沉不会坑她一个小女生。

"你怀里这个，是给我的？"傅沉指着她抱着的纸袋，道。

"嗯，这是上回要给你的礼物，我忘了。"宋风晚将纸袋递给他。

傅沉接过纸袋，拿出盒子，里面是一串佛珠。

佛珠是暗红色的小叶紫檀，中间嵌着几颗石青色的松石，大气古朴。

"我方才帮你圆谎，你怎么报答我？"

宋风晚呆呆地看着他，没说话。

"之前去滑雪场,你把我的佛珠弄断了,你还欠了我一串佛珠。"傅沉拿着佛珠,朝她走近一步。

宋风晚急忙往门口走去,打算夺门而出,心想:你还夺走我的初吻呢,这笔账更算不清!

"严格算起来,你欠我的东西还真不少,你如何还我?"傅沉动作更快,步步紧逼。

宋风晚傻眼了:"这佛珠就当是我还你的啊!"

"这是你表哥买的,你早就该给我了。你现在才送,我没找你算账就罢了,你还准备拿它抵债?"说这话的时候,傅沉已经将她逼到了门边,双手撑在她的两侧,将她圈在其中。

两人近得呼吸都混在了一起。

"还没还债,你就想跑?不怕我告诉你表哥?"

"三爷,您这样的人物,不会私下打小报告的,那是小人行径,三岁小孩儿才这么干。"宋风晚冲他一笑,眼底都是狡黠的光。

傅沉抿着唇不说话,小丫头给他挖坑?

就在傅沉想开口的时候,外面传来敲门声。

"三爷,睡了没?"是乔西延的声音。

宋风晚呼吸急促,吓得脸色煞白。

她屏住呼吸,下意识地拉住了傅沉的衣服,道:"三爷?"

傅沉看了她一眼,回道:"有事?"

"能进去说话吗?"

宋风晚看着傅沉,猛地摇头。乔西延如果看到他们孤男寡女共处一室,绝对会想歪。而且佛珠的事情一旦被乔西延知道,她就完了。

"我刚洗了澡,还没穿衣服,有话你直接说。"傅沉见不得她惊慌失措的样子,直接把她搂进怀里,在她的耳边道:"别怕。"

"明天我有事,要出远门,想找你借辆车。"

乔西延是南方人,南方湿润多雨,他选车更注重稳定性。但北方纬度高,冰雪堆积,车辆更注重防滑性。京城最近又是雨雪天,乔西延的车实在不合适。

"可以，明早我让人把钥匙给你。"傅沉答道。

"谢谢，那我不打扰了。"乔西延说完就走了。

直至听到关门声，宋风晚才长舒一口气。

"我又帮了你一次。"傅沉看着她，觉得她受惊的样子分外可爱。

宋风晚咬了咬牙，心想：他果然是商人，什么事都精打细算，腹黑，真好意思坑她这个穷学生。

"就当我又欠你一个要求。"宋风晚气结，挣开他的怀抱，转身开门要出去。

房门被打开一条细缝，一双手从后面伸过来按住门板。房门砰的一声，重重地合上。傅沉整个身子靠了过来，将她压在门上。

"我现在就有一个要求。"

"什么？"宋风晚正对着门，能感觉到背后的人呼吸忽轻忽重，撩得她脖子发麻。

"其实我和你表哥年纪相仿，你喊他哥哥，为什么把我当叔叔？"

"不当叔叔，当什么？"

宋风晚和傅聿修订过婚，傅沉是傅聿修的叔叔，她下意识地把傅沉当长辈了。

傅沉笑着低声说："喊我一声三哥，好不好？"

他的声音嘶哑低沉，有种蛊惑力，她听得身子酥了半边。

三哥？她的第一反应是：他可真不要脸！她把他当长辈，他居然让自己叫他三哥？男人也在意年龄？

"三爷……"宋风晚微微挣扎。

傅沉顺势往后移了一步，道："你喊段林白'哥哥'，到了我这里，就只剩下'爷'了？"

"我这是敬重你。"

"有敬重之意，却无亲近之心？"傅沉偏头看着她，心想：难道自己还不如段林白？

宋风晚抬头看他："三爷，我……"

外面又传来咚咚的敲门声……

"三爷,不好意思又来打扰了。"仍旧是乔西延。

宋风晚简直想哭,她表哥平时做事干脆,这次怎么拖拖拉拉的?

"还有事?"傅沉就喜欢看她慌乱无助的样子,那双凤眼可怜兮兮地看着他,让他心痒难耐。

"不方便进去?"

傅沉的手忽然落在门把手上。宋风晚手疾眼快,立刻抱住他的胳膊,一个劲地摇头。

"嗯,有些不便,你有话直接说吧。"

乔西延挑眉,心想:这人确实古怪,我都第二次来了,他居然还把我晾在门口,不合礼数啊。

"是这样的,过些日子我会带晚晚回去,这几天你要是有时间,我请你吃顿饭。"乔西延方才一心想着借车的事,把这茬儿给忘了。

"吃饭啊……"傅沉看着死死地抱着自己的胳膊的人,附在她的耳边,刻意压低了声音问:"喊三哥吗?"

这种时刻,这人居然还有空威胁她?他一把年纪,好不要脸。

"三爷?"乔西延没得到回应,喊道。

"喊吗?"傅沉就是故意逼她。她一直把他当长辈可不行,他得从根源上改变她的想法,以后才好行动。

不知是太紧张还是生气了,宋风晚的小脸涨得通红。

"不喊我就开门了……"傅沉继续道。

宋风晚没办法,只得朝他勾了勾手指。傅沉靠过去。

"三爷……"乔西延有些无奈,对方怎么没声音了?

傅沉刚要直起身回答乔西延,宋风晚忽然伸手抓住傅沉的衣领,凑到他的耳边道:"三……三哥。"

小姑娘的声音听上去分外软糯,傅沉瞬间满足了。

他直起身子,回道:"可以,我最近都有空,看你的时间安排。"

"那你休息,打扰了。"乔西延得到答案,转身离开。

傅沉心满意足,不再逗宋风晚,坐到床边。宋风晚觉得羞赧,站在原地,扭扭捏捏。

"站着不累？坐下聊！"傅沉拍了一下身边的位置。

宋风晚小脸通红，他竟然让她去床上聊？

"我不累。既然我答应了三爷……"宋风晚顿了一下，改口道，"既然我答应了你的要求，你也要遵守诺言。这些事就我俩知道，你以后不要再提，也不要借此威胁我了。"

"我很重诺，你放心。"傅沉不过是逗逗她，怎么舍得看她被乔西延责罚？

"那我先回房了，晚安。"宋风晚说完就跑了出去，连房门都没帮他关上。

傅沉微微一笑，她一声"三哥"，真是让人沉醉。

翌日，宋风晚下楼时，傅沉、乔西延已经坐在沙发上看新闻了。

"表哥早。"宋风晚跟乔西延打了个招呼，乔西延点了点头。

傅沉瞥了宋风晚一眼，心里有所期待。宋风晚冲傅沉笑了笑，娇滴滴地喊道："三叔早。"

傅沉的脸瞬间黑了。

乔西延听到三叔这个称呼，眉毛一挑，心想：怎么过了一夜，这两人这么亲近了？

"既然都下来了，快吃饭吧。"年叔招呼几人去餐厅，桌上摆着几个芝麻烧饼、糖油饼，还有几碗豆腐脑。

"你上回过来是和晚晚出门吃的早餐，这次在家里吃，桌上都是京城的特色早点，你尝尝。"年叔站在边上，热情地道。

吴苏那边流行吃早茶，餐点追求精致，和京城差别较大。乔西延拿着勺子舀了点儿豆腐脑，豆腐脑细嫩香滑，白如玉，嫩如脂。

"挺好吃的。"

"那你就多吃点儿。"年叔擦着手往一边走。

宋风晚一直低头吃着烧饼，心情好极了！昨晚的仇，她总算报了。

"三爷，油都加满了。"千江快步进屋，将车钥匙递给傅沉。

傅沉将钥匙往乔西延那边一推,问:"你什么时候出发?我派人开车送你?"

"表哥,你要去哪里啊?"宋风晚装作不知道乔西延要出门。

"去北边一趟,采购玉石毛料,傍晚就回来。"

"我和你一起去吧!"

傅沉低头喝豆腐脑,神色未变。

"今天不画画?"乔西延问。

"你不是一直让我劳逸结合吗?我今天没心情学习,晚上回来再画画。"宋风晚装出一副可怜兮兮的样子,"而且我好久没见你了,想和你多待一会儿,你要是不乐意就算了。"

乔西延一听这话,心里舒坦,觉得没白疼她:"收拾东西,吃完饭就走。"

"好!"

傅沉淡淡一笑,心想:跑得了和尚跑不了庙,难不成你还不回来了?

车上。

宋风晚坐在副驾驶座上,低头看了一会儿微博,随后转头问乔西延:"表哥,你会在意年龄吗?比如,别人喊你叔叔,你会生气吗?"

"不会。"乔西延天生老成,上初中时身高就有一米七八,高中毕业那会儿就有很多人喊他叔叔。

"那你说什么样的男人,会介意别人喊自己叔叔?"

"矫情、装嫩的老男人。"

宋风晚笑了,表哥这总结,精辟到位。

"傅三爷喜欢吃什么?"乔西延瞥了她一眼,心想:这丫头怎么回事,自己也没说什么,她怎么笑得像个傻子?

"嗯?"

"我得知道他的喜好,提前订餐厅。咱们走之前得请他吃顿饭。"

"什么时候走啊?"宋风晚心想:这两个月过得实在太快了。

"过几天吧。怎么了,你舍不得?和傅沉住出感情了?"

宋风晚急忙否认道:"我是舍不得暖气。"

云城地处中部,冬天湿冷,也没供暖,开空调干燥得要命,哪里有暖气来得舒服?

乔西延笑了笑,心想:这丫头真是个孩子。

事实上,宋风晚是觉得回云城后肯定有很多烦心事,不想回去。

"你想一下傅沉的喜好,我早些安排。"乔西延道。

宋风晚嗯了一声。可傅沉平时不挑食,家里菜色多变,她还真不知道傅沉爱吃什么。她也不能直接问傅沉,只能向段林白求助。

问清傅沉的喜好后,宋风晚将答案转述给乔西延,随后从车内的暗格中摸出一本图集看了起来,里面的花草鸟兽都是精工细描出来的。

玉雕石刻得先选好样式,传统的神佛花草市场上太多了,乔家人都是自己手绘样式,然后在玉石上勾线,粗雕出坯,再用小刀细琢。

"晚晚,你知道傅三爷的生日吗?"乔西延打着方向盘。车已经进入一个古玩市场,他正按照路标寻找停车位。

"他要过生日了?"宋风晚将图集合上。

"听年叔的意思,是这样的。"

宋风晚蹙眉,这件事还真没听人提起过。

"要是时间近,我们就得表示一下。这是北方较大的古玩市场,我们可以多看看。"乔西延已经停好车了。

宋风晚将图集放好,推门下车。

古玩市场里满地都是宝贝,珠玉器物让人目不暇接。只是外行人不知真假,到了这儿,少不得要放点儿血。

宋风晚去过吴苏那边的市场,那地方的瓷器很多。而这里,入目的都是珠玉,几乎人手一个文玩核桃。

"以前,京城八旗子弟遛弯时喜欢盘核桃,如今在北方也很流行。"乔西延一边解释一边领她往小巷子里走,径直进了一家店铺。

店里的人非常多，多是冲着那块新出的毛料来的。

"表哥，我去边上看看，你先忙，结束后给我打电话。"她不懂这些，进去了也是被人挤。

"也行，别走太远。"这里的古玩市场正规，还有保安巡逻，人是丢不了的。

乔西延直接进了铺子，宋风晚则四处打量，想偷偷给傅沉买串佛珠，省得某人一直拿这个威胁她。

"小姑娘，买佛珠手钏啊？送人？"老板笑道。

小姑娘大多喜欢款式新颖的东西，她却看了些老气横秋的款式，应该是送人的。

老板拿了一串佛珠递给她，问："你看这个，紫檀的，质地好，你要是喜欢，我便宜点儿卖给你。"

宋风晚笑了笑。她虽然不是行家，但也知道那是假的。

"这个多少钱？"她拿了串老沉香的佛珠。

老板看了她一眼，这串佛珠确实不错。他原以为这个小姑娘是误打误撞挑了好货，但等她拿起摊子上的一块上好的芙蓉石时，他才知道这是个识货的人。

"小姑娘是行家？"

"不是，家里有人懂，我跟着学了点儿。可以手机支付吗？"

"行啊。"老板将二维码卡片递给她。

付了钱，宋风晚收好东西，在路上买了根糖葫芦，一路吃着去找乔西延。她在门口等了半天，接近下午一点时才看到乔西延拎着包出来，那神情，像是得了什么宝贝。

二人在附近的餐馆吃了点儿东西，随后往回赶。

自从傅沉逼她喊三哥，她又故意叫他三叔开始，两人陷入了一种莫名的尴尬气氛，平常见面打招呼时，态度也是不冷不热的。

宋风晚忙着考试，乔西延要去西北采购石料，来回得两三天，傅沉整天不着家，偌大的房子瞬间变得空荡荡的。

这段时间,她经常一个人吃饭,有些孤单。

"三爷今晚还不回来?"宋风晚问。

"最近工作忙,他后天过生日,今天下班后还得去老宅一趟,估计会比较晚回来。"年叔笑道。

"多晚?"他去老宅了?难不成是说相亲的事?宋风晚咬了咬嘴唇,心里酸酸的。

"得七八点吧!"

"那我等他回来吃饭。"宋风晚整天待在画室,没做什么运动,不饿。

年叔笑了,没说话。

宋风晚带傅心汉出去遛弯,回来后坐在院子里发呆。突然,一道刺目的灯光照射过来,伴随着轰鸣的引擎声,一辆张扬的黑色跑车稳稳地停在门前。

"宋妹妹,你怎么在门口,接我啊?"下车的不是傅沉,而是段林白。

"段哥哥。"宋风晚看到段林白,有些惊讶。

段林白穿着一身貂,夹着一个包,一副社会小青年的样子。他这是从哪里过来的?

"走啊,进去吧,外面这么冷。"段林白拉着她的胳膊就往里走。

宋风晚身形偏瘦,穿着羽绒外套,看着十分单薄。

他是出门避难的。圣诞节、元旦节快到了,他父亲忙,顾不上他,他便溜了过来。

傅沉到家时,段林白正跟宋风晚说着自己这趟出去的见闻。

"三叔!"宋风晚看到傅沉,急忙起身,心生喜悦。

"嗯。"

"傅三,你看我给你带的生日礼物!"段林白拿出一个大袋子,将里面的貂皮大衣拿出来,道,"我特意去东北给你买的。"段林白像炫耀宝贝一样抚摸着大衣。

"我信佛，你让我穿动物皮毛？"傅沉挑眉。

"嘿嘿，人造的。"段林白解释道，"我跟你说，你生日那天要是穿了这件衣服，我保证你是全京城最靓的仔。"

"哈哈——"宋风晚直接笑出声，傅沉的脸却彻底黑了。

"我都计划好了，你生日的时候把那几个人叫上，我去碧水包个场，咱们几个好好舒服一下。"

"碧水？"宋风晚有些疑惑。

段林白嘿嘿一笑："是啊，爷们儿舒服的地方，脱光了衣服……"

他笑得不怀好意，宋风晚当即红了脸，心想：难不成他们是要去那种地方？

"妹妹，你来京城后我都没带你出去玩过，这次要不要和哥哥一起去见见世面？保证你舒服又痛快。"

宋风晚的心怦怦乱跳，她以为段林白就是张扬了一些，喜欢吃喝玩乐，没想到……这么荒唐！

傅沉心细如尘，看她耳根通红，立刻明白这丫头想歪了。

"待会儿就去！"段林白激动地道。

"可以。"傅沉直言。

"妹妹，你也一起来吧，别整天学习，咱也好好放松一下。"

宋风晚愕然，他们还带她一块儿去？

"走吧！弄完哥哥带你去吃烤串。"

段林白是个"自来熟"，想拉着宋风晚往外走。但他的手刚碰到她的胳膊，一串佛珠就甩了过来，打在了段林白的手背上。

傅沉没出声，眯眼看着他。

段林白揉了揉手背，一脸看神经病的表情。这家伙的醋劲这么大，自己碰一下都不行？

"三爷，我还是不去了，你们去玩吧！"宋风晚低头盯着脚面，"我去也不合适。"

"没什么不合适的，走吧。"傅沉没给她拒绝的机会，转身往外走。

宋风晚犹豫片刻，还是追了上去。

到了门口，宋风晚看到古色古香的门楼上写着"碧水足浴"四个大字，立刻明白自己刚才想歪了。

按摩结束，三人休息了一会儿才走出足浴城。附近有夜市，晚上十点后，十分热闹。

宋风晚有些饿，听到段林白提议去吃烧烤，立刻点头，然后可怜巴巴地看向傅沉。

"你看他做什么？我请客，他要是不去，我待会儿送你回家。"段林白道。

"走吧。"傅沉将她脖子上的围巾往上拉了一些，遮着口鼻，"风大，冷。"

段林白今晚算是被"狗粮"喂饱了。

夜市离这里很近，三人没走多久就到了，吃完烧烤，到家时已是十一点半。

宋风晚和他们打了招呼就回房洗漱。按摩之后，她确实十分舒服。

她打开台灯，拿出从乔西延的房间里偷来的雕刻工具，又从抽屉里取出在古玩市场买的芙蓉石。芙蓉石比较好打磨，指甲盖大，是浅粉色的，十分通透。

宋风晚想在芙蓉石上刻字，然后编个流苏吊坠，挂在新买的佛珠上，就当是送给傅沉的生日礼物。

她一个学生，送不起太贵重的东西，只能送这个，只希望他别嫌弃自己这孔打得太粗糙了。她虽然没学过雕刻，不过见得多了，会点儿皮毛。

宋风晚为了钻那个孔，熬到了后半夜，虎口都磨得通红，隐隐作痛。她第二天起来时已经九点多了。傅沉去了公司，段林白还在睡觉。

"年叔，离这里最近的商场在哪里啊？"

"你需要什么？我给你买！"

"不用，我想自己去看一下。"她准备给傅沉挑一份礼物。

年叔以为她要买女生用的私密物品，便没再坚持，道："很近，回头我让司机送你去，七八分钟就到了。你也可以在学校门口的公交站坐52路公交车，坐三站。"

"嗯。"宋风晚笑着点头，吃完饭背着包就要出去。千江已经开着车等她了，她没办法，只能坐车到了商场。

车在地下车库停稳，宋风晚见千江在拔车钥匙，急忙道："我就去买点儿东西，可能要一两个小时。你在这儿等我吧，别跟着我。"

千江犹豫了片刻。

"千江大哥——"宋风晚撒娇道。

"嗯，我在这里等你。"千江立刻妥协了。

不过，宋风晚下车后，他还是偷偷地跟了上去。

她进了四楼的一家首饰店，在里面待了近两个小时才心满意足地出来。

千江怕她发现自己，先她一步到车库取车。

宋风晚回去的时候还买了两杯奶茶，不知道千江的喜好，帮他买了经典口味的。

今天不是周末，早上商场里的人并不多，电梯内只有她和两个男青年。

她站在电梯口，瞥了眼跳动的楼层数字，从电梯的模糊镜面中看到那两个人正小声嘀咕着什么。

两人年纪都不大，大冬天也只穿着单薄的皮衣，染着时下流行的发色，脖子、手腕处隐约可见青色的文身。

宋风晚莫名有些紧张。

电梯刚到一楼，她就下去了。她原本应该去地下一层，只是这两个人似乎一直盯着她，她感觉很不舒服，干脆出了电梯，避开他们。一楼的人多一些，她混入人群后才觉得安心点儿。

接着，她找到安全通道，走楼梯进了地下车库。

楼道内落针可闻，她听到后面传来急促的脚步声，显然不止一个人的，加快脚步，一边打电话一边往下跑。

傅沉正在公司开会，到年底了，要做年度总结、规划新一年的事务，会议室内气氛紧张。

不知谁的手机铃声响了。众人面面相觑，心想：谁的胆子这么大？开会时手机不静音，肯定要被责备了。

就在大家四下寻找是哪个倒霉鬼时，傅沉接起了电话，还没出声，就听到那边传来一声尖叫……

傅沉的脸色瞬间变了！其他人也随之紧张起来。

紧接着，电话那头传来刺耳的磕碰声，随后电话被挂断了……

傅沉面色凝重，起身就往外走。

"孙副总，您继续主持会议，回头整理一份报告给我。"十方说完急忙追了上去。

众人一脸迷惑。

傅沉再给宋风晚打电话的时候，电话已经无法接通了。紧接着，傅沉给千江打了个电话，能拨通，却一直处于无人接听的状态。

他翻看着千江发来的消息：宋小姐去了文汇路万宝汇。

他皱眉想了想附近有谁能及时过去帮忙，之后给对方打了电话，顺便报了警。

段林白刚洗了澡，在洗手间拿着吹风机捯饬发型。电话铃声响了，他见是傅沉打来的，明白傅沉找他肯定没好事，本不想接，但犹豫片刻后还是按下了接听键："怎么了？"

"晚晚出事了。"

"你媳妇儿出事，你找我干吗？"段林白昨晚熬夜打游戏，脑子里晕乎乎的，过了一秒忽然炸了，"你说什么，小嫂子出事了？"

"在文汇路万宝汇商场，你离得近，先过去看看。"

"好。"段林白赶紧挂了电话，拿起外套往外跑。

此时的万宝汇商场内，宋风晚刚拨通电话，就被身后的一个人按住了肩膀。

宋风晚下意识地尖叫一声，将手机朝那人砸去。那人躲开了，手机摔在地上，屏幕碎裂。宋风晚也趁机逃开。

"你们是谁，想干吗？"她第一次遇到这种情况，后背满是冷汗，脑子里一片空白。

"你说我们想干吗？"其中一个男人道。

宋风晚看了下周围，没有一个人。她将奶茶朝对方扔过去，那人伸手挡了一下，再一看，宋风晚已经跑远了。

"追！"另一人追了上去。

千江刚把车停在电梯口，就听到一声尖叫。他听出那是宋风晚的声音。

宋风晚不熟悉商场环境，顺着墙上的指示标志往出口处狂奔，希望有人经过帮她一把。

她毕竟是个女生，还背着包，跑了两三百米就被人追上了，那个人从后面扯住了她的背包。

宋风晚一惊，本想丢了包，但犹豫片刻，最终用力地将背包拉了回去，抱着包继续狂奔。

后面那人追上来，一把抓住宋风晚的衣服，把她拉了回来。她竭力挣扎，手指抓花了那人的脸。

"你个臭丫头……"那人生气了，等不及将她拉到偏僻处，就将她按在一辆空车上，扯住她的包，伸手撕扯她的衣服。

那人靠过来，刺鼻的气息让她浑身发抖。宋风晚怎么都没想到，自己会遇到流氓。

"去那边，小心有人过来！"另一人略显不满，四下张望。

"我就是要给她点儿教训！"那人气急败坏地道。

趁他们说话之际，宋风晚猛地朝抓住自己的那人的下体踹去。那人的脸色由红转白，继而铁青，接着，他捂着下身往后退。

"你行不行？"另一人刚要过来，宋风晚忽然从包里拿出一把刻刀挡在身前。

"别过来！"宋风晚呼吸急促，头发凌乱，狼狈不堪。

"这么小的刀子，你吓唬谁？"那人不屑地吐了口唾沫。

刻刀的手柄仅有小拇指粗，刀口精细小巧，刀锋锋利，在昏暗的环境中散发着寒光。

"你再过来，我就对你不客气！"宋风晚一只手抱紧包，试探着往后退。

她这次过来是想给芙蓉石配线，怕自己钻的孔太小，这才带了刻刀，没想到此刻刻刀成了她唯一的防身工具。

"妹妹，你听话点儿，哥哥会对你好的。"那人的笑容极其猥琐。

宋风晚和他们不同，知道刻刀能削铜玉、凿顽石，比寻常的刀具锋利百倍。她握着刻刀，慢慢调整呼吸，让自己冷静下来。

"你这是玩具刀，还是削铅笔的刀？"那人笑着朝宋风晚扑过去。

宋风晚心头直跳，在他扑过来之际，抬手朝他的胳膊刺过去，立马划开了一道口子。

"宋小姐！"千江大声喊道，试图震慑那两个人。

宋风晚看到千江来了，微微放了心。

被划伤胳膊的青年还想带走宋风晚，突然看见不远处有一群穿着保安制服的人冲过来。

保安蜂拥而入，很快将两名男子制伏。

傅沉和段林白赶到的时候，千江正和保安队长说话。

"三爷。"千江穿着一件白色衬衫，左臂隐隐渗着血，面色一如往常，肯定是刚才打斗时受了伤。

十方微微挑眉，看着地上尚未清理的血迹，心里咯噔一声，怎么还见血了？

"晚晚呢？"

"她在员工休息室，有人守着。"千江说道。

"受伤了？"

千江点点头,道:"宋小姐的右手破了皮,虎口裂了。"

到了休息室门口,傅沉正欲敲门,吱呀一声,门开了。

宋风晚的位置正对着门,她坐在椅子上,身上裹了条毛毯,一个人正帮她处理手上的伤口。

宋风晚的另一只手握着纸杯,里面的水冒着热气。她看到傅沉,手一松,纸杯落地,溅了一地水。

她想起身朝他跑过去,但腿有些软,险些跌倒。傅沉大步上前,一把将她搂到怀里。

刚才的事情好像噩梦,一直在她的脑海里上演。她在京城无亲无故,唯一能让她依靠的人就是傅沉。

"三爷。"宋风晚把头抵在他的胸口处,双手紧紧地抓住他腰侧的衣服,眼眶发热。不消片刻,傅沉就感觉胸口有股湿热感传来。

"我来了。"傅沉吸了口气,低头吻了吻她的发顶。

"我伤人了。"宋风晚抬头看着他,一脸无助,声音嘶哑。

"你是正当防卫,没事的。"傅沉将她额前凌乱的头发拨到一侧,"吓到了?"

"嗯。"宋风晚用力点头,眼中蓄满泪水,看得傅沉的心揪成一团。

"还害怕?"傅沉弯腰,视线与她齐平,声音温柔。

"有点儿。"

傅沉抚摸她的脸,将她的眼泪擦掉,又把她搂到怀里,道:"抱一下!"

宋风晚忽然死死地抓住傅沉的衣服,无所顾忌地哭了起来。

这段时间,她心里藏了太多事,又怕母亲担心,只能躲在被窝里偷偷抹眼泪。现在,她一直以来积压的多种情绪,似乎一瞬间宣泄了出来……

傅沉一手搂着她的腰,一手护着她的后颈,任由她哭。

也不知过了多久,她哭得舒服了,才略微挣扎了一下,退出傅沉的怀抱,随后有些窘迫地看着他。

刚才还在房间里的人早就退了出去，留下了一个药箱。

傅沉见她低着头，肩膀一抽一抽的，便道："抬头。"

宋风晚愣是不肯。

过了很久，她听到傅沉似有若无的叹息声，忽然感觉自己的脖颈处有些热，还伴随着点点刺痛感。

"破皮了。"

傅沉的手指轻轻地在伤口边缘摩挲，动作轻柔，让她心里暖暖的。

她摸了摸脖子，猜测可能是之前弄伤了。但她没在意，反而问傅沉："你怎么来得这么快？"

"你给我打电话了。"傅沉握住她的右手。

她的手上有三四处伤口，指腹、虎口上都有，伤口刚处理了一半，边缘还渗着血。

"疼吗？"傅沉轻轻握住她的手，放在唇边啄了一口。他的唇有些干燥，吻落在她的手背上，如火星溅落，烫得她浑身一缩。

她心跳加快，小脸比方才还红。

"以后有事就给我打电话。"

"嗯。"宋风晚被他看得浑身发麻，眼睛哭得红肿，想要抽回手，偏偏那人力气太大，她挣脱不得，纤细的眉毛微微蹙起。

她害羞了。

"晚晚……"傅沉俯身，往她那边凑，呼出的气息落在她的手背上。

"嗯？"

"以后……三哥护着你，好不好？"他的声音轻柔得好似在哄她，却又像是郑重地许了一个承诺。

宋风晚抬头看着他，呼吸、思绪……陷入紊乱。

警察很快就到了休息室，给宋风晚录了口供。

傅沉送她回去后，出门见了律师，亲自盯着这个案子。段林白全程与傅沉一起。

两人回家后就看见医生和年叔从楼上下来。

傅沉问:"怎么回事?"傅沉已经帮宋风晚处理过伤口了,医生怎么会来?

"晚晚回来后吐了两次,好像是受凉了。"年叔解释道。

"受凉?"段林白抢了话,"她昨天晚上在院子里等我,穿得那么少,肯定着凉了。"

傅沉瞪了他一眼,心想:晚晚等你?臭小子的脸皮倒是挺厚的。

"人没事吧?"傅沉看向医生。

医生道:"没事,就是着凉了。这两天给她吃些清淡的食物,注意保暖,如果有情况你们再通知我。"

"麻烦了,我让人送你。"傅沉客气道。

"不用,你们留步。"医生提着药箱匆忙往外走去。

傅沉来到宋风晚的卧室前。她卧室的门虚掩着,他进去的时候,她已经睡熟了。

室内暖气很足,加湿器嗡嗡作响。

他坐到床边,帮她披了一下被角,瞥见她一侧的腮帮子微微鼓起,又看到床头的一盒糖果,无奈地笑了。

这丫头含着糖睡觉,也不怕噎着。

他伸手摩挲着她柔软的唇,用手指勾勒她的唇形,之后又从唇转移到脸上,双手捧着她的小脸,鼻尖轻轻地蹭着她……

室内很静,他能听到自己的心跳声。

"晚晚。"

"嗯?"宋风晚睡得迷迷糊糊的,只听到耳边传来声音,感觉有个软软的东西贴在自己的唇上。

她觉得自己可能病得太重了,浑身无力,难受得无法呼吸。

就在这时,外面传来狗叫声。傅沉蹙眉,紧接着听到段林白欠揍的声音。

"来呀来呀,追我呀!你没断奶的时候就是我伺候的,现在居然想咬我？你敢咬我的话，我弄死你。"

傅沉握紧拳头，有些生气。

宋风晚被外面的声音吓到，直接醒了。她猛地睁开眼，看见了傅沉。

"三爷，你怎么在这儿？"她说话的时候，一股药味传了出来。她下意识地转动嘴里的糖块。她方才喝了药就睡着了，现在嘴巴真的……好臭。

她单手撑着床，试图坐起来。

"刚才去见了律师，把你的事情处理了一下，抱歉，留你一个人。"傅沉伸手将边上的靠枕放在她的后腰处，帮她调整坐姿。

"没事。"她的嗓子有些哑。

"还想吐？"

她摇头。

"饿不饿？"

宋风晚瞥了眼床头的电子钟，发现已经下午三点半了。出事之后，她吐了两次，都没吃饭。

"我没什么胃口。"

"你睡一会儿，我去楼下给你找点儿吃的东西。"傅沉起身，道。

宋风晚皱眉，心想：他既然都决定帮她找吃的了，干吗要问她饿不饿？

为了方便她学习，卧室里没有放电视，她干坐着会很无聊，傅沉便将自己的手机递给她，道："你的手机摔坏了，你先玩我的。等新手机到了，你再还给我。"

"不用了……"宋风晚哪儿敢玩他的手机？

"密码是181011。"傅沉执意将手机留给她，说完就走了。

宋风晚犹豫了一会儿，伸手摸了一下手机，点亮屏幕。傅沉用的是系统自带的屏保。

她心想：反正手机是傅沉给她的，她就看一会儿新闻，不干别的。

手机解锁之后出现的壁纸倒是让她心头一跳。

壁纸是白底黑字的四行小诗：

> 沉睡的天
> 你的头发被黑夜揉得凌乱
> 我被你搅得
> 彻夜不眠

宋风晚反复品味这首诗，一股莫名的失落感涌上心头。

这好像情诗啊，难道三爷的心里藏了人？

宋风晚咬了咬嘴唇。他是不是早有喜欢的人了，所以才抗拒与其他异性接触、抗拒相亲？

她心底酸涩不已，将手机放到一边，没有再碰。

傅沉煮了白粥，年叔帮忙炒了盘时蔬。

傅沉端着粥和菜上楼，推门进去，就看到宋风晚在发呆。

"吃饭吧。"

宋风晚伤了一只手，傅沉没等她开口，径直拿了勺子，舀了点儿白粥送到她嘴边："愣着干吗？吃饭。"

她淡淡地嗯了一声，没什么精神。

傅沉以为她身体不舒服，也没深究。他喂一口白粥，她就喝一口，甚是乖巧。

吃完饭，宋风晚钻进被窝，用被子遮着半张脸，像是要睡了。

傅沉微微蹙眉，以为她还在想地下车库发生的事情，看了她半天后，将碗筷拿下楼，并未打扰她。

十方将公司的会议记录整理好递给他，傅沉泡了杯茶，拿着文件向她的房间走去。

宋风晚又睡着了，就连他进屋喊她，都没半点儿反应。

冬天，才下午五点多，外面已经一片昏暗了。

傅沉在她的屋里坐了两三个小时，到了饭点便喊她起来吃饭、服药。她裹紧被子，愣是没搭理他。

直至夜里十点多，傅沉才处理完手边的工作，看她睡得迷迷糊糊的，心下微动。

他干脆和衣在她旁边躺下，隔着被子，轻轻地搭着她的腰。他生怕惊醒她，动作小心克制。

他们睡下了，"夜猫子"段林白还在玩游戏。气候干燥，他舔了舔唇，准备下楼弄点儿喝的。

此刻已经凌晨一点半了。客厅里只亮着几盏昏黄的壁灯，他放低声音，边在冰箱里找东西边说："碧螺春、龙井、白茶……"

冰箱里竟然没饮料？

最后，他总算在里面翻出一盒酸奶，打开喝了一大口，忽然察觉门口有些异样，似乎有人在开门。

段林白没敢出声。

傅沉家是指纹密码锁，段林白听见外面传来"密码错误"的提示音。

哪个小贼，大半夜的，居然来这里行窃？

他吞了吞口水，环顾四周，拿起放在一边的细口花瓶，蹑手蹑脚地走到门边。

那人试了几次密码，段林白心想：你要是真的敢进来，我就打死你。

按理说密码锁不易被解开，可是那人试了几次后，居然真把门打开了。

一股寒意席卷而来，段林白打了个哆嗦，朝那人冲过去。

"小毛贼，我弄死你！"

外面太黑，那人逆着光，穿着一身黑色的长款羽绒服，见段林白扑来，愣了一秒，往后退了两步。

"你还敢躲？来这里偷东西，你吃了熊心豹子胆啦？！"

段林白将花瓶朝他砸去，那人闪身避开。可是下一秒，一道刺目的寒光闪过,接着,一个东西抵在了段林白的脖子上。

"别动。"那人声音低沉。

门廊的灯有些暗,段林白感觉抵在脖子处的那个冰凉的东西……是把刀。

他抬头看见面前的男人,身形高大,表情严肃。现在的贼这么嚣张,打家劫舍,连个口罩都不戴?

段林白第一次遇到这种事,僵在原地不敢动。

"你是谁?"乔西延冷冷地问道。

段林白语塞,这盗贼问他什么?他是谁?这儿是他家啊!这人的脑子不太好吧?

就在两人僵持的时候,客厅的灯忽然被打开,傅沉穿着外套出现。他打量着两人,又瞥了眼地上的碎瓷片,立刻明白发生了什么。

"你怎么突然回来了?快进屋吧,这是我的朋友。"傅沉对乔西延说道。乔西延这才收手,放了段林白。

借着光,段林白注意到乔西延拿的刀精致小巧,和宋风晚白天使用的刀有些相似。

"林白,这是晚晚的表哥乔西延。"

段林白哦了一声,心想:就算你伸手,我也不会和你握手的。

乔西延收起刻刀,冷冷地道:"晚晚呢?"

"睡了。"

傅沉就是听到花瓶被砸碎的声音,才立刻下楼看情况的。

"我一直打不通晚晚的电话。把那边的事处理得差不多后,我就连夜回来了。"乔西延问,"她没出事吧?"

傅沉:"进屋再说。"

三人坐到沙发上。

段林白喝着酸奶,紧盯着乔西延,心想:小嫂子那么可爱,怎么会有这样的哥哥?这个人简直就是冷面"瘟神",还差点儿要了自己的命。

"喝茶。"傅沉端了热茶出来，递给乔西延。

乔西延接过茶喝了一口，问："晚晚出什么事了？"

"晚晚在地下车库受了点儿伤。"

傅沉并不打算瞒着他，这几天警察还会上门问话。

乔西延听了事情的经过，向傅沉道了谢，缓缓上楼，轻手轻脚地来到宋风晚的房间前。房门未锁，他很容易便进去了，看到熟睡的宋风晚，瞬间眉头紧皱。

傅家都是大床，宋风晚裹着被子缩成一团，只占了三分之一的位置。可是，她身侧的位置却像有人睡过，微微塌陷，略显凌乱。

乔西延比宋风晚大很多，小时候经常哄她睡觉，她睡姿很好，甚至可以一夜不动。她这次睡觉，床铺怎么这么乱？

他坐在床边，看了眼床头的药，又打量着她的手，想揍那两个浑蛋。

宋风晚要重考大学，很少睡懒觉，这一觉睡得极其舒服，隔天自然醒的时候也才六点半。

她伸手去枕下摸手机，陡然想起手机坏了。她看了眼床头的电子钟，发现今天是傅沉的生日。

她立刻起身，从包里拿出包装精致的盒子。

因为一只手不方便，她简单洗漱了一下，在衣橱里翻了半天，穿了一件浅绿色的连衣裙。

她知道傅沉晚上要去老宅吃饭，可能就早上在家，便直接拿着盒子下楼，想尽快将礼物送出去。

她忐忑地走到楼下，想着该如何把礼物送出去，乔西延的声音突然响起："晚晚。"

宋风晚被吓了一跳，盒子应声落地。她急忙将盒子捡起来，揣在口袋里："表哥，你怎么回来了？"

"掉了什么？"

"没什么啊。"宋风晚掩饰道。

"昨天的事傅沉和我说了，你别藏着了。过来，我帮你上药。"乔西延拉着她的胳膊往沙发的方向走去。

之后，乔西延取来药箱，拿着镊子、棉球给她擦拭了一遍伤口。他以前用刻刀时经常误伤自己，手部清创对他来说如家常便饭。

"下次遇到这种情况，就待在人多的地方打电话求救，别一个人乱跑。"乔西延叮嘱道。

"嗯。"宋风晚低下头，"我没想到那两个人会这么张狂。"

乔西延点头。

快到饭点时，段林白一边整理头发一边下了楼。

"今天起得早啊。"年叔笑道。

段林白笑了笑，有些不好意思。段林白不爱早起，要不是做了噩梦，现在也不会起床。

"你们先吃，我去喊一下三爷。"年叔将早餐摆上桌，擦了下手，要去小书房。傅沉有早上抄经的习惯。

"我去吧！"宋风晚快年叔一步，往小书房跑去。

乔西延有些惊讶，这丫头什么时候和傅沉的关系这么好了？

宋风晚到了小书房门口，轻轻敲门。

"进来。"傅沉道。

宋风晚推门进去的时候，傅沉正伏案看书。铜炉烟嘴里袅袅青烟笔直而上，今天他在听《贵妃醉酒》，旦角声音婉转。

"三爷。"

傅沉抬头看她。她穿了件浅绿色的连衣裙，露出一截葱白的小腿，锁骨纤细精致。

宋风晚有些局促，思忖该如何开口。

"有事？"傅沉放下笔，喝了口热水。

"就是……"她的声音有些小。

"你需要离我那么远吗？"傅沉挑眉，难不成自己能吃了她？

宋风晚往前走了几步，将口袋里的盒子拿出来递给他："算是赔你被我弄坏的佛珠,也算是生日礼物。"

傅沉放下杯子,双手接过盒子,心想:她还知道给我准备生日礼物?算她有良心。

"生日快乐。"宋风晚低声道,总觉得有些不好意思。

"你这么怕我?"傅沉拿着盒子,心里暖暖的。他站起来,弯腰看着她,自然而然地将脸凑了过去。

"没有。"宋风晚害怕和他对视,害羞得低下头。

"看着我。"傅沉低声道。

宋风晚一抬头,就发现两人之间距离极近。他嘴角含笑,认真地盯着她,像是要把人看穿。

"过生日,能要个愿望吗?"

"什么?"她能满足他什么?

傅沉点头,低声道:"先喊声三哥。"

宋风晚想着他今天过生日,咬了咬唇,道:"三哥。"她是南方人,声音很甜,尾音很长,像是带着钩子,让人心头发痒。

"这次倒是听话。"傅沉伸手揉了揉她的头发。

宋风晚偏头躲了一下,耳朵发烫。

傅沉笑了笑:"今天还要画画?"

"手伤了,拿不了笔。"宋风晚伤的是右手,虽伤势不重,但拿东西有些费力。

"虽然破皮流血了,但到考试前几天就恢复得差不多了,不会影响你发挥的。"

"嗯。"宋风晚也在担心这个,听了他的话,心里稍微踏实了一点儿。

"我的生日愿望就是,你今天陪我出去。"

宋风晚还想再问什么,傅沉已经合上经书,道:"走吧,去吃饭。"

她陪他去干吗?去老宅相亲?

难道他想找她做挡箭牌?

吃了早餐后,段林白上楼补觉。

乔西延要打磨刚买来的石头,顾不上照顾宋风晚。当傅沉说要带宋风晚出去时,乔西延立刻同意了。

宋风晚回屋收拾了一下,穿了件白色的羽绒服,背着包往外走。

傅沉穿着衬衫,搭配深色毛衣背心、暗色领带、黑色长风衣。

"走吧。"傅沉瞥了她一眼,她倒是穿得随意。

宋风晚出去后才发现只有他们两个人。傅沉开车,十方和千江都没跟来。

"就我们两个?"

"你想几个人出去?"傅沉挑眉道。

傅心汉摇着尾巴跟过去,一副也要上车的样子,却被傅沉一个眼神吓得跑回了狗窝。

开到岔路,傅沉打转方向盘,车朝着与傅家大院相反的方向开去。

"不去老宅?"

"谁跟你说我要回去?"傅沉笑着看她。

"你过生日,我以为你会……"

"我和他们说了,不回去,今天就我们两个人。"他目视前方,神态慵懒,语气却非常笃定。

宋风晚看着窗外,心头狂跳。他过生日时和她单独出来,正常人都会多想。

京城温度低,傅沉带宋风晚到了一个大型商场。恰逢午饭时间,他们简单吃了点儿东西。接着,傅沉提议去看电影。人家过生日,她出来蹭吃蹭喝,对此自然没有意见。

电影是一点多的场次,影厅里压根没人。

她以为傅沉会选一部大片,没想到是《龙猫》的重映版。她以前看过这部电影,现在重看,还是觉得温馨美好。

电影放到一半,她忽然觉得肩头一沉,原来傅沉靠在她的肩上睡着了。

宋风晚轻声叫他:"三爷?"他毫无反应。

宋风晚试图推开他,又觉得不妥,他要是生气了怎么办?她犹豫了一下,最终没敢下手。

他把外套搭在一侧,只穿着衬衫、背心,显得异常清瘦。她偏头打量他,发现他当真生得极其好看,眉眼细长,鼻梁高挺,但轮廓柔和,皮肤好像也不错……

宋风晚伸手在他的脸上摸了一下,手感极好。

她没忍住又戳了两下,心想:让你上次威胁我,让你把我堵在门边,让你吓唬傅心汉,你还让我喊你"哥哥",不要脸……

她戳得非常起劲,目光向下,看到傅沉的唇,薄薄的,唇角微微翘起,有些性感。

她小心翼翼地碰了一下,心头狂跳。就在她缩回手的时候,傅沉陡然睁开眼,吓得她浑身僵直。

"三……三爷。"

"你……"傅沉微微直起身子,偏头看着她。

一人手脚僵硬,一人故意轻笑。他们的肩膀还紧挨着,宋风晚感觉体内像是有火苗往上蹿。

"看个电影,你的心跳怎么这么快?"

宋风晚分明是被他吓的!她刚做了坏事,心虚啊!

"我有吗?"

"嗯,身上还很烫。"

二人四目相对,宋风晚心一颤,转过头不敢说话。

"你送我的东西我看了,佛珠是赔偿物,下面的流苏是你编的?"

"嗯,我第一次编,有些粗糙。"

"那个芙蓉石……"

傅沉看到礼物才知道宋风晚为何会将刻刀带在身上。

"那个就是生日礼物,不是很贵重,你别嫌弃才好。"

"晚晚……"傅沉忽然朝她凑过去,呼出的热气落在她的耳朵上。

"什么？"她往边上躲。

"你是不是喜欢我？"

宋风晚瞬间蒙了，娇俏的脸上满是惊恐之色，血色从耳后蔓延开来。

"芙蓉石代表爱情，你送我这个，是在暗示什么吗？"

宋风晚的脑袋瞬间炸了。芙蓉石又名粉晶，颜色漂亮，她只是觉得好看罢了，压根不知道还有寓意。宋风晚看他一脸严肃，差点儿急哭了，道："没有，我哪儿敢对你有什么非分之想！"

傅沉心想：我倒是希望你对我有非分之想。

"三爷，我真的没打算暗示什么。"她六神无主，不敢直视他的眼睛。

黑暗中，她的手忽然被人握住。她身子一缩，想将手抽回去，却被他紧紧地攥住了。

他的手很大，几乎能完全包裹住她的手。她突然发现，他的手心和她的一样，都是汗。

傅沉似乎明白她在想什么，道："我是正常人，以为你在暗示我什么，也会紧张、出汗。"

宋风晚从一开始就把傅沉的位置摆得太高，甚至觉得这样一个人，应该任何时候都云淡风轻、处变不惊。

傅沉握着她的手，缓缓道："是人就有七情六欲，相处久了，我对你……"

宋风晚屏住呼吸。

"我对你啊……"他笑道，"总是在意、喜欢的。"

宋风晚突然觉得脑子里有什么东西炸开了。

傅沉："怎么？我照顾你这么久，你对我连半分感情都没有？"

宋风晚回过神来，原来他说的是亲人之间的感情，那总是有的。她点点头："有感情。"

"上回我问你，你说不讨厌我，这也算有些喜欢吧？"傅沉确实想过直接捅破这层纸，只是她最近受的刺激太多，又马上要回云城，他生怕她对自己的感情没那么深,自己这样会把她吓跑。

宋风晚想了一下,认真地点头。

"我并不可怕……"傅沉说着将她的手放在胸口的位置,让她感受自己的心跳。

"感觉到了?"

宋风晚嗯了一声,感觉他的心跳越来越快了。

"我只是个普通人,被人触碰,也会不由自主地心跳加快,也会喜欢甚至爱上一个人。"

宋风晚认真地点头,随后将手从他的手中抽了出来。

其实他说了这么多,无非想表达他就是个再普通不过的人。但是,他为什么还非要演示?

宋风晚不懂,搓着手心,只觉得燥热难消。

两人走出电影院的时候才下午三点多,商场内人头攒动。

他们进了电梯,人太多了,傅沉便握住了她的手腕,道:"别走丢了。"

宋风晚没这样和异性拉过手,总觉得怪怪的,可看他模样正经,又觉得自己的思想十分龌龊。

两人回到车里,傅沉看了眼手机,上面有许多条生日祝福的短信。他不介意别人只给他发"生日快乐"四个字,反而受不了段林白发来的消息。段林白不知从哪里抄了一大段文字发过来,一点儿诚意都没有。

"现在去哪里?"宋风晚今天非常听话。

"陪我去一趟寺里吧,这个时间去,可以赶回来吃晚饭。"

"可以啊。"

傅沉默默打开天气软件,上面提醒道:"三个小时后京城将迎来雨雪天气,出门请注意安全。"

他没管,放下手机,开车出发。

寺庙在半山腰上，车走了一大段盘山公路，人再徒步二十多分钟就到了。

路上宋风晚听傅沉说这里过年时香火最旺，只是此刻正值隆冬，进山的人少。

千余青砖铺就的台阶，两人拾级而上，沿路都是松柏高枝，越往上，越是寒意袭人。

寺庙不大，人很少，只有几个僧侣穿着粗布灰袍来回走动，看到傅沉都笑着打招呼。

"三爷有段时间没来了。"

"嗯。"傅沉点头。

"还是给老太太烧香祈愿？"

"不，这次给我……"傅沉偏头看着宋风晚，"还有她。"

傅沉和一个小僧侣直接到大殿内跪拜。

神佛这东西，素来是信则有，不信则无，多是图个心安。宋风晚想着自己最近诸事不顺，便跟着跪在傅沉身边，准备求个吉利。

她闭着眼，双手合十，暗暗祈祷：过几天的复考，一定要顺利通过，取得好成绩，也希望最近运气好一些，母亲、舅舅和表哥身体健康。

傅沉已经拜完，转头看她认真的模样，淡淡一笑。

他不知道她求了什么，只知道自己是来求姻缘的。

之后，二人一起在寺庙里逛了逛。寺庙不大，他们十多分钟就转了个遍，还遇到了几个五六岁的小沙弥。

二人准备回去时，天空开始飘下雪花。今日山里无风，细雪漫天，衬着庙宇内的砖瓦，有种别样的美感。山里气温低，早梅含苞欲放，宋风晚拿着手机拍了两张照片。

"三爷，下雪了。"

"嗯。"傅沉仰头看天，雪越来越大……

"云城很难下雪，下了也留不住，地上全是水，脏兮兮的。"

"晚晚……"

"嗯？"宋风晚还沉浸在下雪的兴奋中。

"我们晚上可能回不去了。"

天空原先还飘着细雪，几分钟后，大雪漫天，飞檐绿瓦上瞬间蒙上一层白衣。

眼看着天色逐渐昏暗，远山宛若巨兽蛰伏，偶尔有山雀飞过，留下浅浅的脚印，又马上被新雪覆盖住。

宋风晚看着大雪，咬咬唇，对傅沉道："三爷，这雪什么时候停啊，真的回不去啊？"上回她和傅沉单独去滑雪场就出了事，这次……

"即便停了，我们也无法下山。盘山公路上的积雪不清理，开车很危险。"傅沉道，"进去坐吧！"

"没法回去？"她不死心。

"这雪估计得下到半夜，我不能拿你的生命安全开玩笑。"傅沉理所当然地道。

"可是……"

"三爷。"一个五六岁的小沙弥走过来，"雪很大，师父让你们今晚别走。"他生得唇红齿白，头上点着戒疤，年纪不大，待人接物却和大人一般。

"好。"傅沉蹲下身子，视线和他齐平，伸手擦掉他脑袋上融化的雪水。

宋风晚没想到傅沉对小孩儿如此亲切，有些惊讶。

"不过师父说寺里的客房没有取暖炉子，让你们今晚和我一起睡，我的房间很大。"他认真地道。

寺里不比城市，没有全面供暖，都是烧煤取暖。

"嗯，帮我和你师父说声谢谢。"傅沉笑道。

"那待会儿我来叫你们吃饭。"小沙弥说完客气地向宋风晚行了礼，随后走了出去。

寺庙的人估计知道傅沉今天过生日，给他单独准备了一份长寿面。

傅沉、宋风晚吃了饭，又和几位师父闲聊了两句。师父们有晚课，便让方才的小沙弥送傅沉和宋风晚回屋。

这里没有任何可供娱乐的东西,五六点钟,大家就要回房睡觉。

宋风晚第一次觉得夜晚如此漫长。

"到了,快进来吧!"小沙弥推开门,让他们进来。

十几平方米的房间内,除了一张桌子,就是一个靠墙的炕。

这表明,他们只能睡在一起。

"睡这里?"宋风晚倒不是嫌弃这里的环境,只是三个人挤在一起,感觉有点儿别扭,"这怎么睡啊?"

"躺下睡啊。"小沙弥说得很认真。

小沙弥爬上炕,将自己的被褥往边上挪,动作利落。

宋风晚被他的话堵得没吱声,傅沉站在边上偷笑。

"我马上去师兄那边给你们拿两床被子。"小沙弥动作很快,已经快步往外走了。

"我跟你去。"傅沉立马道。

宋风晚在房间里来回踱步,十分忐忑。

傅沉、小沙弥刚出屋子,那孩子立刻牵住了傅沉的手。他方才还一副大人模样,现在却天真烂漫地道:"三叔,我刚才表现得是不是很棒?"

"嗯,很好。"傅沉点点头,道。

"你在追她吗?你喜欢她?你是不是想娶她当婆娘?"

傅沉轻笑,问:"婆娘?这个词你是从哪里学的?"

"师兄说的。他们有的人过些日子要还俗,回家结婚。"

"怀生,"傅沉问他,"想不想下山去上学?"

怀生想了一下,摇了摇头:"师父年纪大了,我要照顾他,而且我的理想是当住持。"

傅沉笑了,心想:小家伙年纪不大,想得倒挺多。

傅沉每年都会来这里上香祈福,认识怀生的时候,怀生才两个多月。

怀生是弃婴,被丢在山里。香客捡到怀生后,打电话报了警,当时距离怀生被丢弃的地点最近的地方就是这座寺庙了。香客把他送来,又怕惹事上身,警察还没来,人就走了。

山里、寺庙都没监控,警察压根无处寻人。

警察把孩子带回去养了小半个月,没找到孩子的亲生父母,便打算将他送到孤儿院。警察想着寺院收留过他几天,就和庙里的师父说了一声,没想到师父直接把他接回来了。户口本上,他的师父就是他的父亲。

"三叔,你要是结婚了,我会有糖吃吗?那些师兄结婚后,都会给我吃糖。"

"我和你说过,想吃东西就给我打电话。"

"师父说你忙。"

怀生从小就知道自己是弃婴,有些自卑,不愿意麻烦别人。

"我不忙。"傅沉牵着他往另一侧的禅房走去。

"三叔……"

"嗯?"

"你的婆娘长得真好看。"他的小脸冻得通红,满脸笑意。

傅沉:"……"

傅沉抱着两床被子回屋时,宋风晚正在发呆,想着晚上要怎么睡。

"三爷,我来吧。"宋风晚伸手接过被子,在炕上整理了一番。

怀生特别识趣地把自己的被子挪到了最边上。

"你睡中间吧。"宋风晚看着怀生,一脸真诚地道。

"我睡相不好,师兄都不愿意和我同屋。我怕踢到你,还是睡边上好了。"怀生非常贴心,还拍了拍自己身旁的位置,"三爷,您就睡中间吧。"

傅沉点头,面无表情。

"那你们先休息,我去上晚课。"怀生跳下炕,往外跑,还贴心地带他们把门关上了。

宋风晚坐在炕边,压根不敢上去。傅沉则专心地整理被子,直到手机铃声响起。

家里来电话了。

傅沉一脸坦然地接了电话。

"三爷，您和晚晚什么时候回来啊？"电话是年叔打来的。

"今晚不回去了。"

年叔错愕地道："那……"

"下大雪，回不去了，在庙里住，你帮我跟她表哥说一下。"

傅沉打完电话后，被子已经铺好了。宋风晚坐在炕边，低头玩手机。这里信号不好，她进个网页都要等半天。

傅沉脱了外套，又准备脱毛衣。宋风晚慌了，问："三爷，你这是干吗？"

"脱衣服。"傅沉说得理所当然。

"这才六点多。"

"嗯，我困了。"

"你睡得太早了吧？！"

"不睡觉能干吗？"傅沉看着她。

这里就一个煤炉子、一张桌子，连本书都没有。

他说完脱了毛衣，穿着衬衫躺了下去。

宋风晚咬着唇，坐立难安，只听到后面传来一句："晚晚，快上床吧。"

山里清静，不远处传来的诵经声庄重圣洁。

不待宋风晚有所动作，房门打开，冷风袭来，怀生缩着脖子冲进来："姐姐，你怎么还不上床啊？要睡觉了。"

"我还不困。"宋风晚坐在炕边，低头抠着被子。

"不困也要上床，地上凉。"怀生冻得发抖，"你别怕，我们都不看你脱衣服，我帮你把灯关掉。"

灯的开关在门边，离炕很远，怀生关了灯才钻进被窝。

更深的黑暗笼罩下来，宋风晚更慌了。

怀生伸手捂着傅沉的眼睛，道："姐姐，我帮你遮着他的眼睛，我不看，他也不看，我们出家人不打诳语，你快点儿脱衣服上来。"

傅沉任由怀生捂住自己的眼睛。

夜还长，他不急。

过了好久，他才听到衣物摩擦的窸窣声，然后感觉她上了床，钻进了被窝。

"好了，赶紧睡吧。"怀生钻回自己的被窝。

炕本就不大，三个人躺下，瞬间变得拥挤，连翻个身都有些困难。

宋风晚觉得有股陌生、令人心慌的气味包裹着她，让她透不过气。周围太静，以至于傅沉沉稳有力的心跳声她都听得一清二楚，一下又一下，听得她头晕。

她裹着被子翻身，打开手机想看一会儿微博，发现没网络了。

"三爷，你的手机有信号吗？"

"关了，不清楚。"

傅沉的呼吸声好像紧贴着她的后颈，十分清晰。

她深吸一口气，让自己的心绪平复下来。可是她根本睡不着，隔三岔五地查看手机，直到夜里十一点……

傅沉和怀生似乎早就睡了，她小心翼翼地翻了个身，一转头就撞上了傅沉的脸。就在这时，她忽然觉得脚被人碰了一下，那是……傅沉的脚。

他的脚怎么钻到她的被窝里来了？

她将脚往后挪了一点儿，也许是动静有些大，傅沉的眼皮动了动……

"别乱动。"他随意地摸了摸她的脸，"赶紧睡。"

宋风晚只觉得脸上火辣辣的，像是有股热风吹来。也不知过了多久，她实在撑不住了，沉沉地睡着了。就在这时，一只手掀开她的被子，整个身子往她那边挪了过去……紧紧地贴着她。

"晚晚？"

宋风晚完全没动静。

傅沉笑了笑，抚摸她的脸，凑过去……在她的唇边亲了两口。

翌日，她被外面传来的扫雪声惊醒，睁开眼，炕上只有她一个人。怀生的被子被折好了放在一边，她的身上盖着两床被子。

怀生正拿着扫把打扫屋子，她急忙坐起来。

"姐姐，你醒啦？"

"嗯。"宋风晚随手扒拉着头发，"三爷呢？"

"和我师父在说话。"

"嗯。"宋风晚点头，急忙起身穿衣服。小孩子都起来了，她赖床不合适。

怀生中途被人叫走十几分钟，回来时后面跟了一个六十多岁的僧人。僧人穿着灰色布衫，脖子上挂着佛珠。

她昨晚吃饭的时候见过他——法号普度。他是这间寺庙的方丈，怀生的师父。

"赶紧收拾一下，和你三叔下山。"普度大师拍了拍怀生的脑袋道。

小家伙有点儿不情愿，但还是乖乖地去收拾东西。

普度大师转身看向傅沉："三爷，怀生就交给你了。"

"嗯。"傅沉点头。

"有事你随时联系我。"

宋风晚心里微微诧异，怀生要跟着他们下山？

她转头去看小家伙，傅沉这才跟她解释，孩子到了年纪，要上学，普度大师托傅沉帮忙。

怀生正跪在床上整理东西，其实他的东西极少，都是一些香客送的衣服，许多已不合身。

"衣服、日常物品我回头找人给你置办，你带些最喜欢的东西就行。"傅沉看着怀生道。

结果怀生收拾了半天，只拿了几件内衫。

得知怀生要下山，那些师兄弟倒是送了他不少东西，他抱了满怀。随后，普度亲自将三人送下山。

第八章

告白，我喜欢你

三人下山回家后，宋风晚带怀生去买了一些衣服。不过她马上要回云城，没办法在京城久留，也无法多陪怀生。

乔西延早就约了傅沉，要请他吃饭，权当是谢谢他这两个月来对表妹的照顾。

敲定了时间，乔西延才特地过来告诉宋风晚，晚上要出去吃饭。

北方大雪，许多高速公路还在封路扫雪，看路况，他们这两天回云城最好。乔西延让她有空把行李收拾一下。

"这么快？"

"你只有几天就考试了！你倒是不着急回去，但姑姑已经打电话催了几次了。"

宋风晚嗯了一声。

"收拾一下，待会儿出去吃饭。"

乔西延意味深长地看了她一眼。之前他送她过来，她还一脸不情愿，现在舍不得了？她住出感情了？

昨夜下了大雪，今天积雪消融，冷风一吹，让人瑟瑟发抖。

宋风晚看着手机，才知道今晚居然是平安夜，明天就是圣诞节。

大过节的，表哥居然让她回家，真是一点儿情趣都没有。他这样下去，何时才能给她找个表嫂？

想着要过节，她特意穿了件红色毛衣，随后裹着白色羽绒服下楼。

傅沉与乔西延坐在一起看新闻，偶尔交谈。怀生则蹲在地上逗傅心汉。

四人开车出发。

餐厅是乔西延在网上选的，专做京城特色菜。

进了包间，他们点了四个菜，还要了个酸菜羊肉火锅。乔西延给宋风晚和怀生点了现榨的热饮。

怀生小口喝着饮料，咬了咬嘴唇，小声问："姐姐，你真的要走啊？你不是说会陪我的吗，怎么我刚来你就要走？"

"姐姐要回家考试，很重要。"

"考完试就回来吗？"

"这个……"宋风晚干笑两声。

不能确定的事，她不敢轻易承诺。

怀生看她一脸为难，便没追问。

很快，菜齐了！怀生和宋风晚几乎一直在吃东西，直到乔西延给宋风晚倒了一杯酒，道："和我一起敬三爷一杯。"

"让她喝饮料吧。"傅沉眯着眼，道。

这是自家酿的白酒，度数高，宋风晚怕是撑不过一杯。而且，傅沉要开车，没喝酒，喝的是茶。

宋风晚看了眼乔西延，他冷着脸没说话。

"没事。"宋风晚端着酒杯起身，"这些日子承蒙三爷照顾，真的很谢谢您……"

她说了不少客套话，随后将酒一口喝了。

酒入喉，味道辛辣，她急忙喝了一大杯饮料。

这酒……好烈。

乔西延不断给傅沉敬酒，他们点的酒很快就喝完了。

回去时，傅沉开车，乔西延已显醉态。

回家之后，宋风晚扶乔西延回房休息，帮他脱了鞋子、擦了脸，又倒了杯水放在他的床头。

傅沉去了书房，和公司高层开视频会议。会议结束时已经是夜里十二点了。

傅沉关了电脑，揉了一下额角，拿过手机，发现有许多未读短信，大多是祝平安夜快乐之类的。他起身往外走，准备去楼下喝点儿水。

刚进入厨房，他就看到一个熟悉的人影，正喝水。

"这么晚还没睡？"

宋风晚喝到一半，差点儿被呛到，转头看向傅沉。

"怎么不睡？"傅沉看着她，她的嘴角还残留着水渍，看他的时候，神色迷离。二人隔着一段距离，傅沉都能感觉到她呼出的气息热辣滚烫。

"嗯？"宋风晚看了看他，继续喝水。

傅沉盯着她把水喝完，一脸笑意，问："是不是醉了？"

"没有。"宋风晚用力摇头，"我这次没……没去你的房间，也没爬上你的床，更没做别的事，真的！"

傅沉点头："嗯，我知道。"

"三爷……"

"喊三哥，这里没人。"

"这……"宋风晚看了眼周围，发现确实没人，才喊了一声，"三哥。"

"怎么了？"傅沉俯下身，将她下巴上的水擦掉。

"你这人太坏了，还刮皮（上海方言，指气量小且抠门）！"宋风晚居然连方言都蹦出来了。

傅沉蹙眉，学着她的腔调反问："刮皮？"

"买部手机，还弄旧款的，有钱人真是抠门！"宋风晚轻哼。

"嗯，我抠门。还有什么要说的？你继续说。"傅沉之前将手机给她，就发现她的脸上并无半分喜悦之色，还以为她在惦记旧手机，原来她是觉得自己抠门。

"那……"宋风晚抬头看他，身子趔趄。

他急忙扶着她，道："别乱动。"

"那个……"她顿住了。

"嗯？"

厨房里没开灯，只有不远处的壁灯开着，暖黄的光照得周围洋溢着暧昧的气息。

他低下头，一点点靠近她，想亲她。

就在这时，宋风晚转头躲了过去。

傅沉蹙眉，尚未有所动作，宋风晚一把将他推开，还踹了他一脚。

"臭流氓，在我的梦里对我做这种事，当我没脾气？"

傅沉尚未回过神，她居然又踹了他一脚。这丫头真的以为自己收拾不了她？

"你这个大猪蹄子，我……"她以为自己在做梦，说话有些放肆。

傅沉眉头一皱。

宋风晚还没说完，傅沉伸手捂住她的嘴，将她按在一侧的墙上。宋风晚伸手拍打他，即便借着酒劲，力气不小，却也不及傅沉。

她刚要踹他，他用膝盖一顶，疼得她眉头一皱。怎么在梦里，她还能让他欺负？

"再喊？"

这大半夜的，要是她把人吵醒，那还得了？

宋风晚可不管这些，还在挣扎。

"你若是再乱动，再叫喊，我就在这里把你办了。"

傅沉也是被她逼急了，故意威胁道。

宋风晚听见这话，立刻安静下来，乖巧地冲他眨眼。

"不许叫。"

她点头。

傅沉缓缓松开手,将她略显凌乱的头发拨到一侧,道:"我们好好说说话。"

宋风晚扭了一下身子,委屈地道:"你又不喜欢我,干吗要对我做这种事?"滑雪场那次如此,现在又这样,他到底把自己当成什么人了?

"你怎么就认定我不喜欢你?"傅沉很在意她方才说的话。

这是她的心里话?

"你早就有喜欢的人了,别以为我不知道。"宋风晚哼了一声,道。

"我有喜欢的人?"傅沉挑眉。除了她,他还喜欢别人?他这个当事人怎么不知道?

"我看到你的手机壁纸了,什么黑夜、长发,还睡不着……"宋风晚记不住原诗。

"沉睡的天,你的头发被黑夜揉得凌乱……"傅沉贴着她的耳朵,继续道,"我被你搅得……彻夜不眠。"

他的声音本就低沉好听,此刻又刻意压着,撩拨着她。宋风晚哪里受得住,双腿发软,身子酥酥麻麻的。

"对,就是这个……"

"这是芒克的诗,名字叫《城市》,是写对城市的复杂情感的,谁告诉你这是写爱情的?"傅沉贴着她道,说是质问,其实是呢喃。

"城市?"宋风晚咬着嘴唇,难不成真的是自己想歪了?

"在你之前……?"

宋风晚还没说话,傅沉就直接道:"没有任何人,之前没有,以后也不会有。"

宋风晚觉得面前这人又开始诱惑她了:"今天你还想让我负责,真是不要脸,分明是你之前占了我的便宜,睡醒后却不认账!"

"我何时占你的便宜了?"傅沉看她气得不轻,伸手轻抚她的后背,帮她顺气。

他就是亲了她一下而已,小丫头倒是记仇。

"就……上回去滑雪场。"宋风晚气得咬牙,"你对我耍流氓,事后不认账。"

"嗯?我怎么耍流氓了?"他笑着问。

"碰我的嘴了!"

傅沉低头,在她的唇边啄了一口:"这样?"

"差不多!"宋风晚居然没发现自己又被占了便宜。

"第二天你死不认账,当真可恶!那可是我的初吻!"宋风晚说完舒服了,一抬头就看到傅沉正笑着看她。

外面一片雪色,月光洒落,光线从厨房的窗户中照射进来,将他的侧脸衬得越发柔和。

他的心跳强劲有力,宋风晚的心紧紧地揪在一起……

静谧的空气、暗淡的光线,他似乎有些危险。

宋风晚意识到要发生什么了,下意识地转头。下一秒,傅沉一只手扳过她的下巴,不由分说地吻上她的唇。

宋风晚没经验,一声轻轻浅浅的低吟从嘴角溢出,心尖轻轻发颤。

直到她的腿软得站不住,傅沉才伸手搂着她的腰,将她牢牢地搂在怀里。

"这才算初吻。"傅沉觉得以前那些都不作数。

宋风晚觉得这人好不要脸,明明在梦里都亲过她好多次了,又开始不认账。

"还想要吗?"

"嗯?"宋风晚耳根发红,心想:这人在说什么?

傅沉低头看着她,吻下去,这次力道轻了许多。

宋风晚再次陷入眩晕状态,觉得自己要窒息了。

所幸傅沉不敢太急切,也担心留下痕迹,很快便松开了她。宋风晚将头抵在他的胸口,大口喘气。

外面忽然有烟火怒放的声音,平安夜过了……

傅沉靠在她的耳边,轻轻说了句:"圣诞快乐。"

傅沉将她抱起来，刚走出厨房就看到一个人站在外面。

烟火绚烂的光芒将他光滑的脑袋照得发亮，他不知在这里看了多久……

"三叔……"

傅沉做了个噤声的手势。

怀生立刻捂住嘴巴，眼睛发亮，直到傅沉将宋风晚抱回屋子，才松开小手。

半夜似乎下了小雨，冷风拍打着窗户，有股道不尽的凉意。

宋风晚昨夜喝了太多水，若非被尿意憋醒，恐怕得睡到日上三竿。她下了床，凭感觉走到洗手间，一路都迷迷糊糊的……直到她打开水龙头洗手，微冷的水激得她神志回笼，她才睁开眼看着镜子中的人……

她的嘴怎么……又红又肿？

她做了很多个关于傅沉的梦，也有接吻之类的场景，但是隔天醒过来，绝不可能出现这种情况。

她接水洗了把脸，脑海中断断续续浮现昨夜的情形。傅沉和她说的话，她虽然记不完整，却也有印象。

她跌跌撞撞地跑出洗手间，摸出手机，开始搜索芒克的诗。

她都不知道芒克这个人，又怎么会知道他的诗？

手机上很快出现《城市》这首诗……

她不禁想：难道昨晚发生的一切……不是梦？

宋风晚跌坐在床边，不知所措。所有事情都是有征兆的，这两个月她和傅沉相处确实比寻常人亲昵许多。

傅沉喜欢她？她在心里反复确认着这件事，发觉自己似乎没有那么抗拒。

她躺在床上，胸口热得发烫，不知接下来该怎么办。直到乔西延过来敲门，她才猛地从床上坐起来，莫名有些心虚，隔了好久才去开门。

"怎么这么慢？"乔西延虽然昨晚喝多了，但第二天没受任何影响，穿着精致的西装三件套，神色冷峻。

"刚睡醒。"宋风晚侧身让他进屋。

"收拾一下东西，我们下午回去。"乔西延道。

"下午？"宋风晚咬紧嘴唇，心底咯噔一声，"表哥，今天是圣诞节。"

"西方人的节日有什么可过的？再说了，又不是只有在京城才过圣诞节。"

乔家只过传统节日。

"可是……"宋风晚低下头，"下午出发，得多久才能到家啊？"

"晚上七八点吧。姑姑说等我们吃饭，吃了饭就能休息。还有四天考试，你也能好好复习冲刺。"

云城的艺考时间恰好排在元旦节之前。各省份不同，有的地方艺考已经落下帷幕，云城算是晚的。

"那你和三爷商量了？"

乔西延微微皱眉，细细打量宋风晚。

"你……"宋风晚被他看得后背发凉，"你这么看我干吗？"

"我前几天就和他说了，最近会回去。具体时间我们定就行，和他商量做什么？"

宋风晚差点儿忘了，表哥就是个我行我素的人。

"再说了，我接你回去，与他有何干系？回头我亲自去和他道别就好，难不成他不让我们走，你还不回去考试了？"

"我不是那个意思。"宋风晚的手指绞在一起，她家表哥也太敏感了。

"方才我就想问，你的嘴是怎么回事，一夜过去，怎么肿了？"乔西延挑眉问。

宋风晚呼吸紊乱，心怦怦跳……

"我昨夜起来喝水，脑袋晕乎乎的，不小心被热水烫到了……"她撒了个谎。

"以后小心点儿。行了,你赶紧收拾东西吧,我就不打扰你了,吃了午饭我们就回去。"乔西延压根没想到她会骗自己。

乔西延一走,她就懊恼地捂住脸,要命了……她怎么一直在想那件事啊!

她将东西简单地收拾了一下,装箱打包后才慢吞吞地往楼下走,生怕遇到傅沉。她还没做好心理准备,不知道该如何面对他。

待她心烦意乱地走到楼下时,年叔才和她说:"三爷带怀生去学校办理手续了,估计中午回来。"

"嗯。"宋风晚扯了扯衣服,松了口气之余,还有些失落。

"晚晚,收拾好了吗?"乔西延问。

宋风晚点点头。她来时带的东西不多,压根不需要收拾什么。

"待会儿要去拜访傅老和老太太,你现在就跟我一起出去买点儿东西,然后直接过去。"乔西延和年叔打了招呼,随后往外走去。

宋风晚跟了上去。

乔西延和宋风晚到傅家老宅的时候已经上午十点多了。

忠伯领着他们进去。

老太太见他们拎着礼物,道:"你说你俩来就行了,带这么多东西干吗?"

乔西延礼貌地道:"应该的。"

老太太将宋风晚拉到自己身边坐下,道:"我感觉你刚来我们家没多久,怎么这就要走了?我还真是舍不得。"

"我有空会来看您的。"宋风晚笑道。

"你们就爱说这种话糊弄我,都说常回家,又都忙得要死……"

宋风晚笑了笑,没接话。

"待会儿你和西延就留在这里吃饭,我让人和老三说一声。"

宋风晚想到傅沉,顿时心乱如麻。

大约十分钟后,外面传来车声,应该是傅沉来了。

果然,一两分钟后,傅沉牵着怀生出现在门口。宋风晚紧张不已。

"怀生快来，让奶奶看看！"老太太喜欢小孩子，一看到怀生就急忙迎了过去。

宋风晚紧张地低头喝水，不敢看傅沉。

忽然，她感觉身旁的沙发往下塌陷，一股檀香味袭来，瞬间不敢动了。

她没想过会和傅沉发生些什么。她与傅聿修订过婚，傅沉是傅聿修的叔叔，若是她和傅沉传出绯闻，她以后该如何面对傅家的人啊？

老太太对她很好，如果以后她和傅沉在一起，她都不知道老太太会怎么看待她。

见人齐了，老太太招呼几人坐下吃饭。

宋风晚抬头，视线猝然与傅沉相撞，随后急忙移开，惹得傅沉分外不悦。

"我去洗个手。"宋风晚慌张地道。

进了洗手间，宋风晚刚打开水龙头，洗手间的门被人推开。她一看，傅沉进来了。

这个洗手间不大，两个人略显拥挤。

"你……你干吗？"宋风晚还没想好如何面对他。

"你在躲我？"傅沉问。

"我什么时候躲你了？"宋风晚说得很没有底气。

"那你看着我。"

"我干吗要看你？"她按了几下洗手液，低头不停地搓着手。

傅沉却忽然抱住她，温柔地帮她洗手。

"三爷，你……"宋风晚开始挣扎。

傅沉在她的耳边说："外面有很多人，你想让人进来看到这一幕？我是不介意的。"

宋风晚立刻停止动作，压低声音问："你这人怎么如此无赖？"

"昨天晚上在厨房……"傅沉道。

"什么厨房？"宋风晚故作不知。

"你昨晚喝多了，在厨房里强吻我了。"傅沉神色轻松，知道她还记得昨晚的事情，"你昨晚喝醉了，在厨房里喝水。我偶然路过，你却对我做了那样的事情。难不成你睡了一觉，就想装作什么都没发生？还是你记得，却要流氓不承认？这种行为不可取。"

若非她还记得昨晚的事，今天真的会被傅沉给骗了。

"你胡说八道，我根本没做……"宋风晚气得浑身发颤。

傅沉贴着她的耳朵，小声道："外面有人，小声点儿。"

"是你自己要流氓不承认，还诬赖我！"宋风晚气得咬牙。

"你果然还记得。晚晚，说谎可不好。"傅沉身子向前，将她禁锢在自己与洗手台之间。

"三爷！"宋风晚气急败坏，这人未免太腹黑了，故意拿话激她。

傅沉纠正道："是三哥。"

"不要脸。"她咬牙切齿地道。

傅沉不怒反笑，道："从我进门起，你就躲着我。难道你不想见我？"

宋风晚尽量将身子往洗手台的方向靠，道："你别靠这么近……"

"你讨厌我？觉得我恶心？不想和我有牵扯？"傅沉心里没底，毕竟两人的年龄差摆在那儿。

"没有。"恶心？宋风晚没有这种感觉。

"那你喜欢我吗？"傅沉低头问。

傅沉确定她不讨厌自己，心里轻松多了，将下巴抵在她的肩上，轻轻地吐着气。

她浑身像着火了，身子僵硬，不敢随便乱动。

突然，宋风晚的手机振动起来。她急忙擦干手，拿出手机。

电话是乔艾芸打来的。

宋风晚："你让开，我要接电话了。"

"你接啊。"傅沉愣是不松手。

她都要走了，他岂能放过这个与她温存的机会？

宋风晚没办法，只能接起电话："妈。"

乔艾芸道："待会儿要走，记得把东西带齐。还有，傅家那边，你一定要好好感谢人家，不能失礼。"

"我知道。"宋风晚不安地扭了一下身子。这人靠得越来越近了。

"尤其是傅沉，一定要好好感谢人家。"

"嗯。"

"那行吧，你先忙，我挂了。"乔艾芸没说几句话就挂断了电话。

宋风晚松了口气，忽然感觉一个温热的吻落在了她的唇角。

她手抖，差点儿把手机扔了。

"芸姨说得不错，你该好好谢我，这个吻就当是谢礼。"傅沉离她近，把她们母女的对话听得一清二楚。

"我在准备复考，而且一直把你当长辈看，压根没想过要和你……"宋风晚心里很乱。

"你之前说对我没有非分之想，把我当长辈，现在我允许你对我有非分之想……我不急，可以等你。我们可以慢慢来。"

"……"宋风晚不知该说什么了。

"我不想让你有负担，就想让你知道……我喜欢你。"他的声音低沉撩人，一点点地往她的心里钻。

傅沉说完，离开了洗手间。

宋风晚被傅沉突如其来的告白弄蒙了，过了好久才平复心情，从洗手间走出来，心想：妈妈，有人在勾引我。

六个人围坐在一起吃饭，老太太十分高兴，拉着乔西延说了很久的话。

从老宅回去后，宋风晚就要走了。

十方利索地帮宋风晚搬行李，年叔准备了一些零食让她带着路上吃。傅沉看着这场面，心里很不是滋味。

宋风晚坐在副驾驶座上，转头看了眼站在车边的傅沉。他穿着黑色长衫，寒风将他的墨发吹得肆意翻飞。

他想过去抱抱她、亲亲她,偏偏乔西延在,他只能忍着。

她降下车窗,对外面的人道:"三爷、年叔、十方大哥、怀生,我们走了。"

傅沉没说话,十方也不敢动。怀生咬了咬唇,说:"再见。"

年叔叮嘱道:"路上注意安全,到家后记得打个电话,有空过来玩。"

宋风晚点头,看向傅沉脚边的狗,道:"傅心汉,我走了。"

傅心汉以为宋风晚只是要出门,还冲她笑。

乔西延与他们打了招呼,将车开走了。

"三叔……"怀生转头看傅沉,道。

傅心汉似乎此时才发现不对劲,撒开腿追着车狂奔。

年叔大惊失色:"十方,快追。"

十方愣了片刻,立刻拔腿飞奔而去。

千江是特种兵出身,受过严苛的军事训练,但十方不是。

十方身体素质一般,以前上学跑一千米都费劲,现在居然要去追狗?这真是要他的老命!

车上,宋风晚表面平静,其实心里酸涩不已。她和傅沉他们一起生活了两个月,说没感情是不可能的。但她不能将这份感情过多地展现出来,一直闭着眼装睡,平复心情。正因为这样,宋风晚压根没注意傅心汉在车后。

直至车汇入车流,消失无踪,傅心汉才停下来,蹲在马路边茫然无措。

"吓死我了。"十方掐着腰,差点儿把腿跑断了。外面车那么多,要是撞到傅心汉了,老太太得哭死。

傅心汉蹲在路边,看到与乔西延的车类似的车,还叫两声……

"人都走了,回去吧。"十方招呼它回去,"真没想到你对她感情这么深,都说狗忠诚,这话还真不假。"

傅心汉耷拉着脑袋往回走,心想:她走了,以后有人想揍自己的话,自己该怎么办啊?最主要的是……以后再也没有人偷偷给自己加餐了。它活得太艰难了!

宋风晚的手机振动起来,她睁开眼,拿出手机。
傅沉发信息来了。
傅沉:"等你考完试,我去云城找你好不好?"
宋风晚心头一跳,偷偷看了眼乔西延,然后给傅沉回信息。
宋风晚:"考完试也挺忙的,你平时不忙啊?"
傅沉:"不忙。"
宋风晚:"考试结束,马上要校招,我会很忙的。"
宋风晚发了一个"泣不成声"的表情。
傅沉:"你走后,我总觉得房子里空空的,觉得自己的心也跟着你走了。"
宋风晚耳根微微发烫,看了几次信息,心脏怦怦乱跳。
他发这些东西干吗?搞得他俩好像在谈恋爱。
"晚晚,你没事吧?"乔西延看她一直垂着头,又是咬唇,又是脸红,不禁问道。
"没事啊。"宋风晚收起手机,手心微微发烫。
"冬天车里有点儿闷,要是不舒服就早点儿说。"乔西延还以为她晕车。
宋风晚点头,没说话。

晚上八点多,车抵达云城。
宋风晚给傅沉发信息:"马上到家了,准备吃饭。"
傅沉眯着眼回复她:"吃什么?"
宋风晚和他聊天已经非常随意了,随手丢了个表情包过去。
一个小人在说"吃我呀,吃我"。
傅沉脸色一变,给她发了条语音。
乔西延正在开车。她找出耳机戴上,与手机连接后才点开那条语音。

傅沉:"晚晚,到时候你可别哭。"

他声音嘶哑,尾音拖得很长,别具诱惑性。

宋风晚的小脸立刻红了。

不消片刻,又有一条语音来了,她伸手点开。

傅沉:"已经很想你了……"

宋风晚收起手机,心怦怦直跳,这人怎么这样?

　　他们到云城收费站的时候,乔艾芸就打了电话过来,说在家做好了饭菜。

乔西延顺着导航,还走了些弯路,到小区时已经晚上九点了。乔艾芸早就在单元楼门口等着了。

车停稳后,宋风晚立刻跳下车。

云城的冬天寒风凛冽,温度虽没京城低,她却觉得比那边还冷。

宋风晚喊了声"妈妈",随后看到乔艾芸身后还站着一个人。他一身黑色西装,外面套了件羽绒服,显得干练精明。

"严叔。"

严望川淡淡地嗯了一声,看上去有些冷漠。

宋风晚以前见过他,他都是一副生人勿近的模样,所以两人交流并不多。直到认亲宴时,他出来帮忙,宋风晚对他的印象才略微改变。

乔西延喊了声姑姑,看到严望川,愣了数秒,道:"师伯。"

乔家注重师承关系,看到长辈,乔西延还是很恭敬的。

乔西延打开后备厢,严望川过来帮忙提行李。乔西延连忙说:"师伯,我来吧。"

严望川看了他一眼,提着行李往里走,压根不搭理他。

乔西延似乎已经习惯被他漠视,只是见他出现在这里有些诧异。

乔家那些师兄弟,包括乔西延的父亲都不是喜欢搬弄是非的人,从未提起严望川与乔艾芸之间的事情,乔西延自然也不清楚。

宋风晚看着严望川拎着箱子的背影,笑了笑,心想:严叔话不多,却是个实干派!

"怎么住在这里?"宋风晚之前不知道乔艾芸搬家了。

"一个人在家住着太空。"乔艾芸避重就轻,没提和宋敬仁离婚的事。

那个房子的确是挂在宋风晚名下的,但是宋敬仁和江风雅现在还住在里面。

乔艾芸之前虽然放了狠话让他们滚出去,但离婚官司手续烦琐,乔艾芸天天和律师在一起讨论,暂时没精力管宋敬仁他们。

乔艾芸只想早些离婚,等财产分割完毕后,宋敬仁若还赖着不走,她自有其他法子让他下不来台。

1502室,这是乔艾芸租的房子,两室一厅。室内窗户紧闭,开着空调,十分干净。

"西延,你先洗个手,坐一会儿,我热一下菜。"乔艾芸热情地道。

"妈,我帮你。"宋风晚脱了外套就往厨房里钻。

她许久没吃乔艾芸做的菜了,此刻馋得很,拿了双筷子,夹了一块排骨就往嘴里送。

"客人还在外面,被人看到成什么样子?"乔艾芸这个角度还能看到客厅,恰好严望川在看她,弄得她有些尴尬。

宋风晚瞥了眼客厅,道:"表哥是自家人,严叔也是自己人,肯定不会介意的。"

"你瞎说什么?"乔艾芸气得掐了一下她的胳膊,"出去一趟,谁把你惯得这么没规矩了?"

宋风晚低头啃排骨,心想:谁惯的?可能是傅沉吧。

四个人围桌吃饭,有两个沉默寡言的人,气氛有点儿闷,几乎都是宋风晚在说,乔艾芸搭腔。

吃了饭,乔西延和严望川就走了。

宋风晚洗了个澡,钻进被窝,玩起了手机。

半个小时前,傅沉给她发了信息:"吃完回复我。"

她咬了咬嘴唇,回复道:"我吃完了,已经准备睡了。"

傅沉:"现在是一个人?"

宋风晚皱眉,回道:"对啊。"

傅沉:"方便吗?"

他打了个视频电话过来。

宋风晚吓得从床上直接跳了起来。乔艾芸还在外面收拾东西,房间的隔音效果也不好,宋风晚立刻心虚地把视频挂断了。

宋风晚:"我妈在外面,不方便。"

傅沉:"我只是想看你一眼,不说话也行。"

宋风晚还在犹豫,某人的视频电话又发了过来。她戴上耳机,接通了电话。

傅沉似乎在书房,戴着无框眼镜,穿着白色衬衫,看起来斯文、儒雅。

"你是用电脑视频的?"宋风晚压低声音,调整手机的角度,尽量把脸拍得小一些。

"电脑屏幕大,看得更清晰。"

宋风晚小脸通红,不知该说什么,不敢直视他。傅沉倒是一直直勾勾地盯着她。

宋风晚生怕乔艾芸发现什么,心跳得很快,眼睛时不时地往门口瞄,最后还是下床,蹑手蹑脚地把门给反锁了。

傅沉笑了起来,道:"今天傅心汉追了你两条街。"

"嗯?"宋风晚很惊讶。

"怀生今晚还说想你了。"

"嗯,我也想他。"宋风晚想着怀生,忍不住笑了。

"我也想你了……"傅沉看着她认真地道。

宋风晚憋红了脸,咬着唇没说话……

两人聊了很久才挂了电话。

宋风晚刚钻进被窝,傅沉的信息又来了。

傅沉:"晚安,我明早叫你。"

她怎么有种已经在和他谈恋爱的错觉?

翌日,宋风晚刚被闹钟吵醒,傅沉的电话就来了。

"该起床了。"

"嗯。"宋风晚迷迷糊糊地道,"其实你不用给我打电话,就算睡过了,我妈也会叫我的。"

"就想听听你的声音。"

宋风晚没回复他,把头缩在被子里。这个老男人,简直要人命。

"行了,你挂电话吧。"傅沉不敢耽误她的时间,也清楚她害羞了。

宋风晚挂了电话,有些苦恼。他们这样下去怎么得了啊!

宋风晚洗漱完,走出去,乔艾芸已经做好了早餐——小米粥和鸡蛋饼。

"吃完饭就看会儿书,晚些时候我带你去看一下考场。考场离这里有点儿远,我提前给你在考场旁边订了酒店。考试那两天,我陪你在那边住。"

"嗯。"宋风晚低头喝着小米粥,"你待会儿要出门?"

"去一趟律师楼。"与宋敬仁离婚的事,她没打算让宋风晚掺和,几乎没向宋风晚透露过任何消息。

"很难处理?"宋风晚问,"他……不配合?"

"涉及财产分配,肯定需要时间,你别多想。"乔艾芸不想在宋风晚面前说他的不是。

宋风晚懂母亲的想法,也没多问。她一心扑在考试上,认为专心学习才是对母亲最好的回馈。

下午,乔艾芸回来后带她去看了考场,晚上又和严望川一起吃了饭。严望川对母亲的心思压根藏不住。

父亲的行为太伤人心,母亲有了追求者,宋风晚的心里有百般滋味,可她终究希望母亲能找到属于自己的幸福。

考场在云城大学,是位于郊外的新校区,地处大学城。

乔艾芸带宋风晚去了考场附近的酒店。

酒店大堂里有许多十七八岁的学生,也有家长陪同,在一块儿讨论明天会考什么内容。

即将考试,宋风晚有些紧张,心神不宁。

"这两天好好休息,你之前复习得不错,要有信心。"乔艾芸笑着给她打气。

"嗯。"话虽如此,但宋风晚依旧无比忐忑。

考试当天,宋风晚紧张焦虑,闹钟还没响就醒了。她打开手机看了眼时间,还看见了傅沉的信息。

傅沉:"别紧张,考试加油。"后面还有一个"加油"的表情包。

宋风晚笑了笑,给他发了个"点头"的表情,随后赶紧起来洗漱。

上午考素描加速写,下午则是水粉,考试时间紧张,考生们几乎没空喘息。

宋风晚下午考完水粉,走出考场的时候,天色已经暗下来了。

寒风吹来,让人十分不舒服。她戴上围巾和帽子,上了个洗手间才缓缓往外走。

傅沉打电话来了,问:"考试结束了?"

"嗯,我已经出来了。"

"走到哪儿了?"

这里都是学生,又是冬天,大家都捂得严严实实的,根本分不出谁是谁。

"还没到门口,怎么了?"宋风晚擦了擦鼻子,鼻尖居然被冻出了鼻涕。她赶紧拿纸巾擦了擦。

"感冒了?"

宋风晚一愣,下意识地抬头,就看到傅沉站在校门口。

他个子高，在人群中尤为显眼。

傅沉快步朝她走去，一把将她搂进了怀里。

宋风晚大惊失色，他疯了！

乔艾芸说好要来接她的，这要是被乔艾芸看到了，他们就完了。

"你干吗？快松开！"宋风晚伸手推他，急得声音都变了。

傅沉笑了笑，蹭了蹭她的毛线帽："怕什么？芸姨有事来不了，我来接你。"

傅沉松开她，将她的围巾往上拉了一些，牵着她的手往外走。

"三爷……"周围还有很多人，她很少在公开场合和人牵手，很害羞。

"是三哥。"

宋风晚的脸微微发烫，她怯生生地看着四周，生怕遇到熟人，给乔艾芸打了电话确定后，才安心地跟着他走了。

冬日的云城，寒风阵阵，华灯如昼。

宋风晚坐在车里，车向前疾驰。

刚考完试，她有种如释重负之感。

车行驶到市中心的时候，路上有些堵。她的手机振动起来，她接了电话，道："妈。"

"前段时间你说想吃烤肉，现在还想吃吗？"乔艾芸今天和宋敬仁吵了一架，感到十分轻松。

"严叔吃吗？"宋风晚猜到两人在一起，问道。

"他无所谓。"乔艾芸问过他，他说什么都可以，"你问一下傅沉。"

宋风晚转头问傅沉："三爷，你吃烤肉吗？"

傅沉还没说话，宋风晚立刻对乔艾芸道："他说他吃。"

傅沉挑眉，心想：我刚才说话了吗？这丫头干脆帮自己代言得了！

"那就去市中心那家烤肉店。"

几人到了烤肉店，乔艾芸要了个包间。此刻已经过了饭点，人少，包间也多，若是平时，他们肯定得预订。

服务生上炭火的时候有火星忽然蹦出来，溅到乔艾芸的手边，差点儿烫到她。严望川急得直接站了起来。

"女士，对不起。"服务生急忙道歉。

"没事。"乔艾芸皱着眉，眼皮直跳，有种不好的预感。

宋家，灯火辉煌，人影幢幢。

一辆车停在宋家门口，一个四十出头的男人下了车，朝宋家走去。

男人精瘦干练，穿着黑色布衫，走路带风。

宋风晚这边，饭吃得差不多了。

乔艾芸望着面前的一盘肉发愁，不知该怎么解决。这是严望川专门给她烤的，她吃不下了，但也不能不吃。

严望川一直没怎么说话，就盯着乔艾芸，给她烤肉。他在小辈面前这样，乔艾芸觉得不好意思。就在她发愁的时候，手机振动了两下，是乔西延的信息。

乔艾芸点开一看，吓得直接站了起来。

乔西延："快来宋家，我爸来了。"

"妈？"宋风晚疑惑道。

"你舅舅来了，在别墅那边。"乔艾芸一脸凝重地道。

宋风晚的舅舅名叫乔望北，有个外号"乔疯子"，发起疯来没人拦得住。

宋家出事时，乔望北正专心地打磨玉石，完全不知情，此时一定是听到了风声。

乔艾芸赶紧收拾好东西，带着其他人赶往宋家。

宋家。

江风雅听见门铃声，走到门口打开门，看到了乔望北……男人很瘦，眯着眼，眼中好似蕴藏着千军万马之势，看得江风雅心头直颤。

江风雅深吸一口气，整理了一下自己精致的蕾丝睡裙，又摸了摸发间别着的水晶发卡，确定自己打扮得体后，谨慎地问："您是……？"

他眼底透着不屑之色，不理江风雅，直接往屋里走去。

"先生，您到底是谁啊？"江风雅试图挡他。

"滚开！"

"私闯民宅，你信不信我报警？"江风雅在这里住了一段时间，已经把自己当主人了。

"大小姐……"用人急忙跑过去将她拉到一边，道，"这是乔先生，您快闭嘴，别胡说了。"

"乔……"江风雅忽然想起以前在宋风晚的房间里看过他的照片。

这是宋风晚的亲舅舅——乔望北。

乔望北瞥了她一眼，道："人不能选择自己的出身，可能你前十几年过得确实不如意，但是因此而作恶，就是心肠歹毒。"

江风雅小脸一白，被气得不轻，道："就算您是宋风晚的舅舅，也没资格在别人家大呼小叫吧？"

乔艾芸马上要和宋敬仁离婚了，乔艾芸的哥哥压根没资格来这里。

"我没资格？那你又算什么？这般没皮没脸地住在这里！"

江风雅说不过他，气得干瞪眼。

乔望北问："宋敬仁都不敢对我大呼小叫，你也配？"

乔西延已经追了上来，看见父亲张狂无度的模样，伸手摸了摸鼻子。

他父亲得知宋家的事后怒不可遏，连夜赶了过来。他不放心，怕父亲在气头上做出过激的事，便跟了过来。

宋敬仁正躺在二楼的卧室里休息。他今天与乔艾芸不欢而散，心里本就窝火，听到楼下传来动静，越发心烦意乱，道："谁在下面大呼小叫？把人给我赶出去！"他走到一楼，见用人站在客厅里一动不动,继续道,"我倒想看看,谁的胆子这么大……"

玄关处站了两个男人。

"谁?我是你大爷!"乔望北怒气冲冲地走向宋敬仁。

宋敬仁立刻往后退了两步,后背撞在楼梯的扶手上,身子一歪,险些摔倒。紧接着,宋敬仁的衣领被乔望北揪住,整个人被乔望北提起来,直接按在墙上。

"你……你怎么……"

"宋敬仁,当年你娶我妹妹的时候,我是不是警告过你,你要是敢辜负她,我就要了你的命?!"

乔望北力气极大,紧紧地攥着宋敬仁的衣领。衣领锁住宋敬仁的脖子,勒得他喘不过气。

"我……"宋敬仁被吓得脸色发白。

周围的人不敢乱动。

"你竟敢将私生女接回家,还把我妹妹和外甥女赶出去,谁给你的胆子?!"乔望北气极了,继续道,"宋敬仁,这两年我没找你麻烦,你是把我当死人了吗?"

宋敬仁劝道:"你冷静点儿……"

就在此时,乔望北忽然松了手。宋敬仁以为自己逃过一劫,不承想乔望北接下来直接动手,打了他几拳。

乔望北打完,怒道:"我没记错的话,这房子是登记在晚晚名下的,你们应该没资格住在这里。"

四周陷入死一般的寂静。

"那个谁,你还愣着干吗,还不过来扶着你爸一起滚出去?"乔望北对江风雅道。

她身子一颤,急忙跑过去扶着宋敬仁,道:"爸,您慢点儿……"

"那个……乔先生,都这么晚了,我们还有很多东西要收拾……"江风雅没见过这么疯狂的人,颤抖着道。

"这里有什么东西是你的?你想带走什么?"乔望北认真地问道。

"我……"

"你们的那些垃圾,我待会儿让人清理出来扔出去。你们要是想要,明早可以去垃圾桶里捡。"

乔望北是出了名的疯子,宋敬仁怕他,只好跟江风雅一起离开了。

乔艾芸等人赶到宋家的时候,乔家父子正围着桌子吃外卖。

"哥!"乔艾芸喘着粗气,寒风把她的脸吹得通红。

"吃过了吗?这个酸汤肥牛不错。"

"哥,你把他……"

"你放心,我很克制,没要他的命。"

乔艾芸一路上提心吊胆,生怕自己的哥哥做事没分寸,此时听到这话,安心了些。她环顾四周,问:"他人呢?"

"被我赶出去了。这又不是他的房子,他有什么资格住在这里?"乔望北一边吃东西一边道。

"舅舅。"宋风晚进了屋,冲到乔望北身边,一把搂住他。

"喀喀!我在吃饭,你这丫头是要吓死我?"乔望北蹙眉放下筷子,拍了拍她的手背。

"您来了也不提前说一下。"宋风晚紧挨着他坐下。

"来得比较急!你今天不是要考试吗,感觉怎么样?"乔望北对宋风晚分外疼爱,一直认为应该穷养儿子富养女。

乔西延瞥了一眼瞬间变得慈爱的父亲,摇了摇头,感叹父亲真是太偏心了。

"感觉不错。"宋风晚道。

"回头舅舅送你个礼物。"

"送我什么?我不要石头。"

乔望北送东西,不许人拒绝。宋风晚和他关系亲厚,说话比较随意。

"石头还不好?你的眼光太高了。"

乔望北扫了一眼已经进屋的几个人,看到严望川,有些吃惊,道:"师兄。"

"嗯。"严望川应了一声,神色如常。

乔望北又看向傅沉,想了想,隔了数秒才道:"傅家的老三?"

"乔师傅,您好。"

傅沉和乔望北是同辈,按理说喊声大哥都不为过,傅沉却不想将自己与宋风晚之间的辈分拉开,便喊了声乔师傅。

乔望北是手艺人,别人这么称呼他,他反而觉得舒服,道:"我上次见你的时候,你才十几岁吧?"

"嗯。"

"这些日子多亏你照顾晚晚,谢谢。"乔望北对傅沉非常客气,拿傅沉当同辈,继续道,"这次你特意过来……"

"我父亲不放心,让我过来看看。"傅沉淡定地道。

"多谢傅老关系,你回去和他老人家说一声谢谢。"

两家老爷子关系好,但乔老过世后,乔家就显得没落了。傅家有三子一女,都是人中龙凤,傅老当年还身居高位,乔家自然不能比。两家如果走得太近,难免会有人说乔家巴结傅家。乔望北清高,干脆窝在一方小天地里专心雕刻。

"父亲让您多去走走,他很想您,只是身体不好,不方便南下,不然早就去吴苏了。"傅沉道。

"谢谢老爷子,我有空会去的。"乔望北知道傅家二老关心自己。这些年他们两家走动不多,但逢年过节,傅家总会打电话问候。

"那你们先聊,我就先走了。"傅沉没有久留。

时间不早了,他们一家人肯定有话要说。他目前还是外人,留在这里实在不便。

"西延,你送一下……"乔望北还没说完,宋风晚已经站起来了,道:"舅舅,我送三爷吧。"

"嗯,也行。"乔望北没多想,道。

宋风晚送傅沉到门口,犹豫道:"那个……"

"外面冷,去车里坐一会儿。"傅沉指了指停在不远处的车。

"可是……"宋风晚扭头看了看屋子,有些心虚。

"就说一会儿话,好不好?"傅沉看着她,低声道,"我就想和你单独待一会儿,不会对你怎么样的。"

宋风晚最终点了点头。

上车之后,两人都坐在后面,十方贴心地将车内的暖气打开,又把里面的灯关了,随后退了出去,安静地站在不远处。

宋风晚安静地坐着,有些紧张,又有些无法言说的悸动。她时不时看向车外,生怕有人从屋子里出来。

"车膜很暗,从外面看不到里面。"傅沉说着脱了外套。

"你……你干吗脱衣服?"宋风晚蹙眉。

"热。"傅沉挑眉,问,"你不热?"

"一点儿都不热。"宋风晚略显紧张地抓紧衣服。

傅沉笑了笑:"你这么紧张干吗?难不成我还能在车里对你做什么?"

他说完朝她那边挪了挪,宋风晚下意识地往旁边躲。

"你躲什么?"

"我……啊!"宋风晚刚开口,傅沉突然伸手搂住她的腰,将她整个人拉向他。

她的鼻尖撞到了他的脸。

"整整五天……"

他的气息喷在她的脸上,让她心跳加快。

"见不到你,度日如年。"傅沉埋首在她的肩上,低声道。

"三……"宋风晚觉得自己应该推开他,身子却软得没力气,"三哥。"

"我怎么会这么喜欢你?"傅沉笑着低声道,"晚晚,你说这是为什么?"

"你别这样,压得我有点儿难受。"车厢太小,宋风晚觉得快要窒息了。

傅沉不为所动:"想我了吗?"

"没有。"宋风晚挣扎起来,浑身像是发烧了一般。

"没良心。"傅沉笑着将唇贴在她的脸上,热度一点点钻进她的心里……

宋风晚离开后,傅沉让十方驱车离开。

十方:"三爷,去酒店吗?我已经订了房间。"

"去二哥家。"

"二爷不在家,需要提前给二夫人打电话吗?"

"二嫂估计打麻将去了,直接过去吧!"

傅聿修知道宋家的事,也知道因为宋敬仁和乔艾芸要离婚,宋家的公司都被牵连进去了。认亲宴后,孙琼华禁止他和江风雅接触。但是,他们就读于同一所学校,总会偷偷见面。

晚上,傅聿修都上床睡觉了,突然接到了江风雅的电话。江风雅说她被人赶了出来,身无分文,连身份证都没带,想让他帮忙。

他想着母亲回来得迟,自己出去一个小时左右不会有问题,便穿好衣服,拿了车钥匙往外走。然而他还没上车就见一辆车疾驰而来,停在了他家院子的草坪上。

他看到那熟悉的京城牌照,吓得身子一抖。

傅沉推门下车,看了他一眼,问:"深更半夜,这是要去哪里?"

十方笑了,心想:难怪三爷要来二爷家。

傅聿修有些后怕,要是三叔过来后没看到他,在他母亲那里告上一状,他就死定了。他想了想,道:"没有啊,饿了,想出去吃夜宵。"

"是吗?"傅沉问。

"现在不饿了,三叔,您快进屋吧!"傅聿修紧张地道。

其实傅沉是想住酒店的,但猜到江风雅被赶出来后必然会向傅聿修求救,便改了主意。

晚上十一点,孙琼华回来了,心情不错。

"老三,你怎么来了?聿修这孩子也真是的,怎么不给我打电话?"孙琼华故作恼怒地道。

"忘了。"傅聿修道。

"二嫂,来得突然,打扰了。"傅沉对孙琼华道。

"一家人,客气什么!"

"我过来的路上听说宋家出事了,宋敬仁被乔家人赶出来了。"傅沉直接道。

"我打麻将的时候听人说宋家出事了,但宋敬仁有没有被赶出去,我还真不清楚。"孙琼华略显诧异,听了这个消息,更看不起江风雅了。

"聿修,你爷爷向着乔家,你可别做傻事。"傅沉对傅聿修道。

"怎么可能?聿修早就和她断了。"孙琼华笑道。

"那就好!刚才我看聿修想出门,还以为他想去帮忙呢。"傅沉笑得分外温和,"那我先回房了。"

"嗯。"孙琼华笑着跟傅沉道别,可是一转头,看向傅聿修的目光中满是怒意。

傅沉进了房间,立刻给宋风晚打了个电话。

她跑到房里,把门锁上,按下接听键:"喂,三哥……"

傅沉听她这么称呼自己,通体舒畅:"嗯,还没睡?"

"收拾一下房间,刚洗了澡。"

"这两天有事吗?"

"应该没有吧。"她刚考完试,家里又出了事,乔艾芸让她在家休息两天,等风头过了再去学校。

"把时间留给我。"

"这个我得和我妈说一下。"

"嗯,想和你一起跨年。"

宋风晚忙着考试,此时才惊觉已经十二月底了。

"新的一年,想第一天就和你待在一起。"傅沉很有仪式感,觉得新年伊始,与她一起有个好开端比什么都重要。

宋风晚心跳加快,嗯了一声,已经开始思考该怎么和母亲说了。

接下来的几天,除了宋风晚,所有人都很忙。

离婚官司有了进展,乔艾芸一直在和律师打交道,忙得晕头转向。宋敬仁这边就不太好过了,被赶出家门,离婚的消息传了出去,公司上下一团乱。

傅聿修这几天快疯了!傅沉一直不走,整天不出门,傅聿修也没法溜出去。

"三爷,乔家那边有动作了。"十方进了傅沉的房间,道。

"嗯?"

"宋敬仁担心离婚官司拖久了对公司的影响太大,同意协议离婚了。"

傅沉点点头。

十方笑道:"看样子这段时间我们打压宋氏集团,还是让宋敬仁绷不住了。"

傅沉没说话。

宋氏的股价跌得厉害,宋敬仁支撑不住了,叫律师拟文件将财产分割清楚,要和乔艾芸离婚。两人签了协议,又去领了离婚证,这一切终于结束了!

"乔家拿走了所有的不动产,加起来值好几亿。宋敬仁说是净身出户,可公司还是他的。这买卖,乔家还是赔了啊!"

因为是宋敬仁急着离婚,所以许多事是按照乔艾芸的想法来的。乔艾芸要的都是不动产,公司的股份一点儿没拿,这也合了宋敬仁的心意。

傅沉笑道:"他的好日子不多了,除了我,严望川、乔望北肯定也会打压宋氏,宋氏撑不住的。一个破烂公司的股份,留在手里也没用。宋氏完了后,他作为股东还可能会被牵连,弄不好还得背上债务。你以为乔望北傻吗?切割干净后,乔望北才能肆无忌惮地打压宋敬仁!"

十方问:"那我们就这么看着?"

"看着?"傅沉挑眉,"给我往死里踩。"

从民政局出来,宋敬仁满脸喜色,可刚上车,电话铃声就响个不停,都是公司高层打来的。

他咳嗽两声,接起电话。

"宋总,出事了,有两个厂商说我们公司的产品不合格,拒绝收货!如果我们不能如期收到货款,这个月的工资就发不出去了。"

宋敬仁蹙眉道:"那就好好查一下哪里出问题了,早点儿出货啊。"

他刚挂了电话,手机又振动起来。

"宋总,有媒体说我们公司涉嫌偷税漏税,网上好多人在讨伐我们。"

"哪家媒体?一派胡言!给我发律师函,我要告他们告到死。"

"还有,有很多去年订好货的客户要和我们解约,连定金都不要了。"

"怎么会这样?你把所有要解约的客户的信息发给我,我打电话问问……"

几分钟后,那个员工居然发来了六十多个合作商的信息。要是这些客户同时解约,公司就完了。

宋敬仁蒙了。

接着,宋氏的股价断崖式下跌,直接跌到停板。公司内部,股东一直逼他,让他赶紧想办法;公司外部,有几家大企业趁机打压他。内忧外患,宋敬仁被逼得几近崩溃。

张秘书低声说道:"宋总,大家都下班了,您也回去休息一下吧,身体要紧,办法可以慢慢想。"

他张了张嘴,不知如何开口。

江风雅已经住回宿舍了,而他,除了这家公司,居然无处可去。

这边宋敬仁忙得焦头烂额,那边一家人其乐融融。

乔艾芸为了庆祝离婚,在家里煮火锅吃,不仅叫了严望川,还给傅沉打了电话。

"妈,我出去买点儿饮料。"宋风晚穿上羽绒服,拿了钥匙就往外走。

她刚打开门,就看到了严望川和傅沉。他们居然都到了。

"严叔,三……三爷。"宋风晚差点儿就喊"三哥"了。

严望川提着两瓶茅台酒,傅沉则抱着一束花,二人进屋后直奔乔艾芸。

"芸姨,恭喜,这是送您的!"傅沉选了一束白茶花,十分清雅。

"谢谢,我很喜欢。"乔艾芸许久没收到花了,笑得合不拢嘴。

乔望北看到严望川拿的礼物,差点儿气到吐血。他知道师兄这些年对妹妹余情未了,可师兄这么个追法,何时是个头啊?

严望川看见乔望北的眼神,不服气,心想:吃火锅,带酒水过来,有问题?

屋外寒气逼人,屋内热气腾腾……

宋风晚将红油锅里的几片菠菜夹起来,蘸了麻油,吃得津津有味。

傅沉挑眉,以前都没发现这丫头如此重口味。

乔艾芸心里高兴,吃了火锅,还喝了些酒,被热气熏得面露桃色。严望川没吃什么,一直在偷看乔艾芸……两人的视线偶尔交会,他又匆忙转过头,活像个没谈过恋爱的毛头小子。

乔望北心里为严望川着急:看就大大方方地看,你躲什么?一把年纪,还装纯情,你真想孤独终老啊?

"芸姨,有件事想跟您商量一下,是关于晚晚的。"傅沉放下筷子,神色郑重。

宋风晚的心悬了起来,她有些担心,他该不会要……?

"晚晚怎么了?"乔艾芸问。

"我和晚晚……"

"咯咯——"宋风晚被呛到了,咳了半天。

"你这孩子干吗呢?"乔艾芸给她递了杯水,又问傅沉:"傅沉,你和晚晚怎么了?"

傅沉客气地道:"我之前答应她,等她考完试就带她去滑雪。地点在国外,免签证,同行的还有我的一个朋友和一个孩子,一共四个人。如果您觉得不妥,就当我没提过。"

乔艾芸看向宋风晚,问:"是这样?"

"嗯。"宋风晚心虚地点头。她最近一直在思考如何跟母亲说才能出去跨年,不承想傅沉直接帮她说了,找的理由还如此正当。

"会不会太麻烦了?"乔艾芸觉得一直在麻烦傅沉,特别不好意思。

"不会……"

"晚晚,你想去吗?"乔艾芸不好回绝,便问宋风晚。

宋风晚闷声点头。

乔艾芸接下来有很多事要处理,财产交割、房产过户,要跑很多地方,压根顾不上宋风晚。学校马上要放假,乔艾芸本打算让宋风晚去吴苏那边住几天,现在傅沉肯照顾宋风晚,带宋风晚出去玩两天也好。

"那这样吧,你们这次出国的费用我出。"乔艾芸对傅沉道。

傅沉点头,看了眼宋风晚。她低着头,小脸不知是被辣的,还是因为害羞,红通通的。

严望川看着傅沉,完全无法理解为什么有人能睁眼说瞎话,傅沉分明别有所图。

"你出去玩,舅舅也资助你一点儿。"乔望北笑道。

"谢谢舅舅。"宋风晚开心地道。

"刚才你说还有个孩子,是你朋友家的小孩儿?"乔艾芸随口问道。

"不是,是寄住在我们家的一个孩子,庙里的……"傅沉将事情简单地说了一下。

乔艾芸听他说完,一个劲地夸他。

严望川挑眉,以前只觉得傅沉这小子老奸巨猾,没想到他还油嘴滑舌!

遇你余生皆情深

(下册)

月初姣姣 著

青岛出版集团 | 青岛出版社

第 九 章

晚晚，你是我的

宋风晚和傅沉出发去国外是十二月三十一日一早，飞了三个多小时，到那边正好可以吃午饭。

他们要在那里度过三天两夜。

乔艾芸帮宋风晚收拾了不少行李，生怕她在那边冻着。

"太多了，三爷都给我准备好了。"宋风晚觉得行李太多，还得托运，费时费力。

"你怎么能事事依赖人家呢？这么麻烦他，你也好意思？"

宋风晚吐了下舌头，没好意思直说：他在追我，肯定殷勤啊！

乔艾芸不停叮嘱她，让她听话，别给傅沉惹事。乔望北则给了宋风晚一张银行卡，道："好好玩，注意安全。"

"谢谢舅舅。"宋风晚不客气地道。

倒是严望川走到她面前，低声道："好好玩，注意傅沉。"

宋风晚身子一僵，不知该如何回答，只能笑着点头。

宋风晚上车后还一脸狐疑，严叔干吗让她提防三爷？

上了飞机，宋风晚找空姐要了条毛毯，戴上眼罩，准备睡觉。

她上回出国还是十岁那年，说是出去玩，其实是跟着宋敬仁出差，一直待在酒店。这次能出去，她昨晚兴奋得睡不着，到了飞机上才觉得困。

傅沉见她就这么睡着了，无奈地笑了。

飞机抵达机场，他们还要坐车才能到达滑雪场所在的小镇。

段林白和怀生提前一天出发，早就到了酒店。

滑雪场位于海拔两千多米的地方，可以徒步爬山道或通过高山缆车进入。

此处虽是滑雪胜地，人却不多。

宋风晚趴在缆车上，俯视下面，雪山松涛铺陈开来，让人视野开阔，身心愉悦。

"林白和怀生已经到酒店了。咱们待会儿先吃饭，之后你再休息。这边还有个温泉，你喜欢的话，晚上可以去泡一泡。"

下了缆车，他们步行了几百米才到酒店。酒店一共两层，看着不大，像是民宿。

寒风肆虐，吹得人直打战。宋风晚整个人缩在围巾里，一推开门就看到了一个锃亮的小脑瓜。

"姐姐！"怀生瞧见宋风晚，跳下沙发，冲过来一把抱住她的腿。

"你什么时候到的啊？"

"昨天夜里！那个叔叔带我来的。"他指着靠在火炉边取暖的段林白道。

段林白裹着毛毯，黑眼圈很重。

"段哥哥。"宋风晚笑着跟他打招呼。

滑雪场海拔高，阳光落在室内，将一切都染成淡金色。

壁炉里的火烧得很旺，火星跳动，发出噼里啪啦的声音。

餐厅就在一楼，里面只有四张桌子，墙壁上挂着几幅欧式油画，花束、烛台别具情调。

"晚晚，下午你和怀生练习滑雪，晚上我们去镇上跨年。"傅沉和她说着接下来的安排。

"好。"宋风晚默默点头。

下午练习滑雪的时间很短,他们只练了一些基本动作。宋风晚之前学过,练得还算顺手,怀生是第一次滑雪,难免有些吃力。

日暮时分,四人沿着山道走到小镇上。

夕阳将天边染成橙色,包围着远处的雪山,别具美感。霞光落在山道的碎雪上,折射出玫瑰色的光芒。松林沿着山道一路往下,细细密密,偶有树枝被积雪压落,惊得冬雀扑棱着翅膀飞起来。

四个人都穿着厚实的防风衣,戴着帽子、围巾、防风镜。刚出门那会儿他们还很冷,走了一段路,身上暖起来后便不觉得冷了。

他们到镇上时,天色已经暗了下来,四个人找了家餐厅吃饭。为了迎接跨年,当地有独特的活动,几乎所有人都拥上街头。

即便入夜,外面依旧灯火闪耀。

他们走出餐厅的时候已经晚上十点了,街上人潮涌动,他们只能顺着人流走。

路上有很多人抱着吉他唱歌,很多人围着跳舞,这个点出来的主要是年轻人,尤其是小情侣,或手拉手、或拥抱、接吻,毫不顾忌。

宋风晚垂着头,有些不好意思。

傅沉拉住她的手,道:"人多。"

宋风晚点头。

"林白,你照顾一下怀生。"傅沉叮嘱跟在后面的段林白。

段林白错愕,自己是伺候孩子的保姆吗?再说了,他带个孩子,还有美女敢和他搭讪吗?然而,段林白没办法拒绝傅沉,只能牵着怀生道:"走吧。"

"段叔叔,我想上厕所!"

段林白张了张嘴,心里仿佛有一阵寒风呼啸而过……

"傅沉,我带他去洗手间。"段林白与傅沉打了个招呼后,带着怀生走了。

街上人很多,傅沉牵着宋风晚走走停停,漫无目的,直到傅沉的电话铃声响起。

"在哪儿?这么吵!"电话那边传来女人的声音,带着笑意。

因为外面太吵,傅沉调高了通话音量,宋风晚也听得见。

"在国外。"

"和谁一起啊?"

"朋友。"傅沉脱口而出。

宋风晚咬了咬唇,自己只是他的朋友?男人果然都是浑蛋。

她动了动手指,试图挣脱他的手。傅沉蹙眉,把她的手握得更紧了。

"好好照顾自己。"

"我知道。"

"傅沉,新年快乐。"女人的声音很柔美,语气分外亲昵。

"新年快乐。"傅沉难得语气这么好。

他挂了电话,转头看着旁边的人,问:"你吃醋了?"

宋风晚撇了撇嘴:"谁吃醋了?"

"我说你是我的朋友,你不高兴?"傅沉忍不住伸手捏了一下她的脸,"以前没发现,你原来是个小醋坛子。"

"我没有。"宋风晚转身要走……

傅沉一把拉住她的胳膊,从后面将她搂住。

宋风晚想挣脱,傅沉收紧手臂,更加用力,用侧脸轻轻蹭着她的脸。

"那是我姐。我如果跟她说你是我的女朋友……你是想提前和我见家长吗?"

"我没有。"宋风晚心跳加快,"你赶紧松开,别被人看到。"

"这里没人认识我们,怕什么?"傅沉笑道。

他带宋风晚四处转了转,直至人群忽然躁动起来。

傅沉看了一眼腕表,原来已经开始倒数了。

小镇上人不多,周围充斥着各种兴奋的倒数声,许多情侣抱在一起……

气氛太好，宋风晚也很兴奋，跟着人群开始倒数……

十……九……八……三……二……一！

最后一秒，人群彻底沸腾，浓稠的夜色被烟火划破！漫天流彩璀璨得好像繁星。宋风晚很兴奋，笑着对傅沉道："三哥！新年快乐！"

"你看……"她指着天空中忽然绽放的一束金色烟火，道，"好漂亮！"

傅沉忽然走到她面前，挡住她的视线。

宋风晚一怔。

傅沉将她的围巾拉下来，在她发呆时俯身吻住了她……

宋风晚眨了眨眼，眼前是绽放的烟火，唇上的触感在她的心里燃起了更为绚烂的烟火。

他用额头抵着她，道："晚晚，新年快乐。"他把声音压得很低，继续道，"新的一年，考虑一下我吧！"

两人挤在人群中，不时有人推搡。他将她紧紧地搂在怀里，护着她。宋风晚的呼吸有些急促……不等她回答，傅沉低下头，再次吻了她。

这个吻凶猛又激烈，他咬得她的嘴唇有些疼。

周围都是陷入狂欢的人，他们带动了她，让她浑身的血液都开始沸腾。这一切对她来说，太刺激。她素来乖巧，没有这般大胆过，此刻既紧张又躁动。

认识傅沉之前，她怎么都不会想到，自己会在大街上和人拥吻。

他会按着她的后脑勺，托着她的腰，让两人的身子紧紧地贴在一起……

直至周围的人开始分散开来，傅沉才放开她，将她拉出人群。

傅沉和段林白会合后，原本打算坐高山缆车回酒店，可这个镇上的人似乎都在狂欢，缆车那边贴了个停运通知。

没办法，四人只能在镇上找酒店住一夜。

怀生困了，段林白抱着他，累得走不动了，心想：这小子肯定是来坑自己的！

镇上的酒店几乎全部客满，他们好不容易找到一家，只有一个标间了。段林白直接要了，道："我和怀生住在这里，我真的走不动了，你们再找别家吧。"

傅沉只得带着宋风晚继续找酒店。所幸下一家就有房间，不过只剩下三间大床房了。

宋风晚虽然英语不错，但是只听得懂一些简单的词。这些人说话带着口音，她搞不清他说了些什么，只看到傅沉拿出证件递给了前台。

"需要我的吗？"宋风晚问。

"不用。"

"不需要登记我的？"

"一个房间，登记一个人的信息就够了。"

宋风晚身子一抖，一张床是什么意思？

"只剩一间大床房了。"

"我们可以去别家……"

"他说镇上就他家还有空房，不睡，今晚就没地方住了。"傅沉表情坦荡，完全不像在说谎。

宋风晚傻眼了。

前台人员很快帮他们办理了入住手续，还送了早餐券。

傅沉道谢，直接朝电梯走去。

宋风晚硬着头皮跟了上去，十分苦恼，今晚怎么过啊？

屋内开着暖气，傅沉一到房间就摘了围巾、防风镜，开始脱外套。收拾好后，他转头看着还站在门口的人，道："愣着干吗？进来！"

宋风晚一边打量房间一边往里走。房间是欧式装修风格，正中间就是一张两米宽的大床，白色床单，上面还放着一束玫瑰和酒店的问候函。一侧的床头柜上有一瓶红酒。厕所与洗手间连在一起,几平方米,对外只用一层磨砂玻璃隔开,从外面隐约能看到里面的样子。

宋风晚不禁担心,这该怎么洗澡、上厕所啊?

"这房间……装潢还可以。"宋风晚笑了笑,口是心非地道。

"嗯,床很大。"傅沉挑眉道。

宋风晚:"……"

傅沉从一边的衣柜里拿了衣架,将衣服挂起来,又拿着热水壶准备烧水……

宋风晚到处翻看,打开床头柜的抽屉,看到了里面的东西,脸立马红了……这个酒店是怎么回事?

"在看什么?"傅沉走过去问。

宋风晚猛地将抽屉合上:"没事啊。"

"不脱衣服?"傅沉挑眉,"快一点了,不困吗?"

"还好。"

傅沉点头,不置可否,转身给段林白打电话,询问情况。

宋风晚摘了围巾、帽子,头发被帽子压得贴在头皮上,看着有点儿丑。

宋风晚护着脑袋,去洗手间照镜子,抓了几下头发,试图让它蓬松一些,但效果不好。她拿出皮筋扎了个丸子头,一转身,看到傅沉不知何时站在了洗手间门口。

"耳边有缕头发没弄上去。"傅沉指了指她的右耳。

宋风晚摸了一下,还真有一缕头发。她随意地将头发缠在上面,道:"那个……你让一下,我要出去了。"

"我不让呢?"傅沉挑眉。

宋风晚蹙眉,有些生气,而傅沉已经进了洗手间。

"你进来干吗?"

洗手间太小,一个人尚能转身,两个人就太挤了。他一弯腰,就能亲到她的唇。事实上,傅沉确实这么做了。他将她按在墙上,慢慢地加深了这个吻。

宋风晚能清晰地感觉到自己的心跳得非常快。

突然，宋风晚感觉他的手摸到了她的锁骨，然后缓缓向下……

她大惊失色，护住胸口："你……你干吗？"

"把衣服脱了吧！你不热？"傅沉轻笑，声音嘶哑。

小丫头这是什么眼神，当他是流氓吗？

"我不热。"

"你出汗了。"

宋风晚窘迫不已，推开傅沉，夺门而出。

傅沉低声笑了，拧开水龙头，开始洗脸、刷牙。这个房间不适合洗澡，从外面虽然不能看得一清二楚，但大体轮廓总是能看到的。

傅沉出去的时候，宋风晚已经脱了外套，穿着粉色的高领毛衣、黑色的紧身裤，踩着一双保暖的厚底长靴，靴子一直裹到小腿，衬得双腿越发修长。

"你去洗洗，我先上床。"傅沉眯着眼，神色如常。

宋风晚咬着唇，简单清洗了一下。

她出来的时候，傅沉坐在床上玩手机。她贴着床沿坐下来，心跳得飞快。

房间里除了床，只有一张凳子，怎么看他们今晚都得睡在一起了。

"关灯吗？"傅沉忽然问。

"别！"宋风晚脱口而出。

"那你……"傅沉放下手机，"赶快进被窝吧。"

宋风晚脱了靴子，掀开被子，小心翼翼地钻进去。

她穿着很多衣服，进入被窝后并不觉得暖和。

"又不是第一次一起睡了，你紧张什么？"傅沉偏头看着她。

床很大，两人中间似乎还能再睡两个成年人，她到底在怕什么？

"我没紧张。"

上回在山上，他们就算躺在一张炕上，也是一人一床被子，现在是怎么回事啊？！

傅沉关了自己这边的床头灯，房间瞬间暗了下来。他慢慢躺下。

宋风晚紧张地吞了吞口水。她穿了太多衣服，完全无法动弹，睡觉更不舒服，干脆在被子里脱衣服。

傅沉一直用余光打量着她，只见她一会儿摸出一条裤子，一会儿又摸出一件毛衣……

她到底穿了多少衣服？

直至自己觉得舒服了，她才贴着床沿睡好，不敢往傅沉那边挪动半分。

"晚晚……"傅沉忽然道。

宋风晚身子一颤："嗯？"

"把手给我。"

"怎么了？"宋风晚犹豫着朝他伸出手，立刻被他一把攥住。

"这么凉？"

"待会儿就暖和了……"

宋风晚还没说完，傅沉忽然用力，将她整个人拉到怀里。他攥着她的手，贴在自己的胸口，问："暖和吗？"

"嗯。"宋风晚闷声点头。

她挪了一下身子，想调整姿势……

"别动。"他沉声道，像是在训斥她。

宋风晚顿时僵住，手在他的胸口蹭了一下……

"三哥，除了第一次在我家，我们之前见过吗？"宋风晚总觉得他的声音有些熟悉。

"见过。"

"在哪里？"她怎么不记得了？

"在云城的酒吧，你扬言要睡我那次，记得吗？"

宋风晚一惊，什么？他怎么会知道？！

"当时你去洗手间了，有对情侣在亲热，你看得很起劲，是我带你离开的。"

宋风晚喝断片了,许多事情记不清了,被他提醒才将事情串联起来。

"三哥,那天其实……"

"晚晚……"傅沉把头往她那边挪了挪,用鼻尖蹭着她……

"嗯?"宋风晚大脑一片空白,完全无法思考。

"你想嫁给我的话,真的可以试试。"

宋风晚那日不过是酒后失言,哪里知道那些话会被他听到!

现在她完全睡不着了。

小镇彻夜不眠,直至凌晨五点多,外面的喧闹声才逐渐消失……

翌日,大约七点,段林白打了电话过来,询问两人是否起床,是否一起吃早餐。傅沉这才叫醒宋风晚。

她偷偷地将衣服拿到被子里,别扭地在里面穿好。

傅沉低头玩手机,偶尔看她一眼,忍不住笑出了声。

宋风晚简单地洗了把脸,穿戴好,两人才下楼退房。段林白和怀生已经在酒店大堂里等着了。

一个小时后,他们吃了饭,回到原先入住的酒店。也许因为是新年第一天,这个酒店来了不少游客,房间爆满。

这边有自然雪道,这次他们就是来滑野雪的。

"待会儿带你出去滑雪。"傅沉牵着她的手往房间走去。

傅沉要和宋风晚出门滑雪,让段林白留在酒店照顾怀生。

"这一带都是自然雪道,你带宋妹妹出去还是要注意点儿,别踩错点!最近天气回暖……"

傅沉直接把手套砸在他的脸上,道:"闭上你的嘴。"

段林白耸肩,心想:我就是好心提醒一下。

宋风晚之前只在酒店门口滑雪,那里的雪道长度有限,她一个人也不敢滑太远,这次能和傅沉去滑自然雪道,格外兴奋。

两人搭乘高山缆车前往自然雪道。

从缆车上俯视下方,雪山绵延,偶尔有冷风吹过,卷起一层白色的雪浪。缆车穿过雪山,外面白茫茫一片,让人震撼。

两人下了缆车,这里人少,雪道上非常干净。

"你先准备一下,我去下面看看。"傅沉戴好防风镜,将滑雪杖用力一撑,顺势往下滑了上百米。

不一会儿,傅沉滑回来了。宋风晚见到他,跃跃欲试。

傅沉牵着她,道:"跟着我,别乱走。"

"嗯。"

宋风晚是新手,动作不像傅沉那般灵活,一直跟在他身边,还是不小心摔了。

傅沉转头看她,低声笑了,气得宋风晚拿着滑雪杖打他。

宋风晚摸到了一些窍门,玩得很高兴,那种在风雪中穿梭的感觉实在太好了。

傅沉滑了一会儿,站在高处看着她。这边虽然白昼时间长些,可如今天色逐渐暗了,他们差不多该回去了。

宋风晚一个人滑了一会儿,转头想叫傅沉和她一起滑,却发现他身后不远处的雪块似乎要从山体上剥离……

她的瞳孔瞬间放大。

"三哥!三哥!"宋风晚不停地朝他招手。

两人此刻相距太远,她的声音被寒风吞没,傅沉压根听不到,只能看到她不停地朝自己招手。

"三哥!"宋风晚喊得嗓子都哑了。

傅沉蹙眉,宋风晚继续喊道:"跑啊,三哥,快点儿跑!"

不规则的巨大雪块眼看就要从山上掉下来了……

傅沉转头的时候,雪块轰然落下,卷着寒风,带起周围的雪,向他袭来。

雪块滚落的速度极快,宋风晚被吓蒙了:"三哥!"

雪浪带来的风拍在她的脸上,那一刻,宋风晚觉得人在大自然面前实在渺小得不值一提。

傅沉迅速转身,向前滑去,可雪浪来得太快、太猛……宋风晚只看到那抹红色的身影一下子被雪浪吞没了。

她的大脑一片空白。

雪块砸下的过程持续了数十秒,当一切停止时,天地重归沉寂。

"三哥!三哥!"宋风晚摘下脚上的雪板,拿着滑雪杖小跑过去。

"你在哪里?你别吓我!"宋风晚急得眼泪一个劲地往下落,温热的泪水刚出眼眶就变得冰冷刺骨起来。

他们方才出门时傅沉还跟她说了,如果遇到这种情况要怎么做,可此刻她的大脑一片混乱,她完全无法思考,只记得傅沉说:"出了事别怕,三哥在,会护着你的。"

"傅沉,你这个骗子!你人呢?"宋风晚急了,扔了滑雪杖,直接用手刨雪,"你到底在哪里?你不能把我一个人丢在这里!"

她大声哭喊,但回应她的只有风声。

就在她几乎崩溃的时候,不远处传来窸窣声,她还没抬头就听到了那熟悉又低沉的声音:"宋风晚,你这个丫头胆子不小,居然敢骂我!"

宋风晚抬起头,愣愣地看着他,夕阳将他周身染上了淡金色,暗红色的衣服上仿佛泛着光。

宋风晚身子一软,跪在地上掩面大哭。

傅沉蹙眉朝她走过去。雪地很软,一脚下去,半条腿就被积雪淹没了,他走得很艰难。

最终,他走到她身边,把她搂进怀里:"哭什么,我不是没事吗?"

"不滑雪了,这辈子都不滑了。"她哭道。

傅沉心里一紧,把她搂在怀里:"好,以后不滑了。"

段林白穿上滑雪服出了门。方才发生了小型雪崩,他们这边能感觉到。直觉告诉他,傅沉可能出事了。

他跑到缆车那边时,发现目前没有能运行的高山缆车,急得上火。而且,他方才出门太急,连防风镜都没戴。雪地的光将他的眼睛照得生疼,眼泪一个劲地往下流,皮肤被风吹得又痒又疼。

直至天快黑了,段林白才等到回程的缆车,透过窗户看到里面那抹暗红色的身影时,心里的石头终于落了地。

傅沉和宋风晚上缆车的时候,工作人员松了一口气。他们要是再等不到人,就要给搜救队打电话了。

缆车上,傅沉再次叮嘱宋风晚,以后遇到雪崩了要往边上跑、找固定物、不能大喊,以免引发二次雪崩。

宋风晚低声抽泣,不知道听进去了多少。

傅沉下车后,段林白直接冲过去。此时段林白的脸已经被冻得毫无知觉了,只有眼泪不停地往下流。

"你要吓死老子是不是?"

"你哭了?为了我?"傅沉挑眉道。

"没戴防风镜,被阳光照的!"段林白看了看宋风晚:"妹妹,你没事吧?"

宋风晚摇头。她戴着防风镜,遮住了眼睛,段林白看不到她通红的双眼。

"那就好,吓死我了!这边我们来过好多次,从没发生过意外!都怪我刚才乱说话。"段林白挠了挠头。

傅沉牵着宋风晚往酒店走去。这次,两人的关系因意外而近了一些,最起码他知道她心里有自己。

回来的路上,她一直非常安静,显然受惊过度,还没回过神来。傅沉送她回房后,才回了自己的房间。

段林白也在傅沉的房间里,正蹲在地上找东西。

"你在干吗?"傅沉随手打开灯。

他进来前,房间里只开了夜灯,光线很暗。

"别开灯,眼睛疼。"段林白双目红肿,开灯后,眼睛难受得睁不开。他下意识地揉着眼睛,里面像是有东西,剧烈的疼痛感使他直流眼泪。

傅沉立刻把灯关掉:"林白,你在雪地里站了多久?"

"一个多小时。我的眼药水怎么不见了?"段林白平时有戴隐形眼镜的习惯,身边常备眼药水。

"你先把隐形眼镜摘了,我去给你找东西消毒,再冰敷一下。你怕是得了雪盲症。"傅沉将段林白从地上拉起来,让他在床上躺下。

傅沉跑到前台,找服务员要了消毒棉布。工作人员有处理经验,还给了他一些能缓解疼痛、清洁消毒的眼药膏。傅沉替段林白涂了药膏,又依次将消毒棉布、冰袋盖在段林白的眼睛上,段林白这才觉得舒服了些。

宋风晚和怀生得到消息赶了过来,都十分着急。

"三叔,段叔叔没事吧?"怀生紧张地问。怀生虽然不是很喜欢这个轻佻浮夸的叔叔,但听说他出事了,还是急得直掉眼泪。

"没事,只是需要休养一段时间。"傅沉道。

段林白的眼睛上敷着东西,吃饭只能由傅沉喂,整个人嘚瑟得不行:"傅三,我做梦都想不到有一天你会伺候我。"

傅沉笑道:"下次遇到这种情况,你得先保证自己的安全。"

"我着急啊,哪里管得了那么多?你说我这嘴,好的不灵坏的灵!"

"明天我送你去医院检查,晚晚自己回去。"傅沉说道。

"说不准我明天就好了呢?我不用你送,你陪小嫂子就行。"

"那就看情况吧。"傅沉的心里已经有了安排,不过嘴上还是先安抚段林白,免得他跟自己争起来,半宿不消停。

有些人得雪盲症后几个小时内症状就会减轻,视力会逐渐恢复。段林白经常滑雪,这点儿常识还是有的。从他的症状来看,他最多就是失明一段时间,所以其实并不担心。只是,当他半夜起来上厕所,打开床头灯却发现眼前一片漆黑时,依旧会有些沮丧。

宋风晚很担心段林白的眼睛,回屋之后查了许多关于雪盲症的资料,基本一夜没睡。第二天五点,她就穿上衣服去了傅沉的房间。

傅沉没锁房门，宋风晚直接进去了。

房间里光线昏暗，只有窗帘拉开一条细缝，雪光透进来，屋内的状况一览无余。

段林白正躺在床上熟睡，傅沉则坐在床边的椅子上，好像是睡着了。

宋风晚走到傅沉身边，弯腰拾起他脚边的毛毯，轻轻地盖在他的身上。之后，她盯着段林白看了半晌，转身要走的时候，手腕被人拉住了。

"晚晚。"傅沉站了起来。

宋风晚转过头，能看见他黑得发亮的眸子。

"起这么早？"傅沉瞥了眼窗外，此刻连路灯都没熄。

"睡不着，段哥哥没事吧？"她压低了声音，生怕吵醒段林白。

"应该没大碍，就是会失明一段时间。天亮后我和他乘缆车去医院，在当地检查一下，没有大碍的话我再送他回京城。"傅沉往她那边挪了一步，两人靠得近了一些，"这次，我不能送你回家了。"

"没关系，给他看病要紧。"

"昨天的事，你现在还害怕吗？"段林白突发雪盲症，众人措手不及，傅沉都没来得及安慰她。

"之前挺害怕的，现在没事了。"

"想看日出吗？"

宋风晚点头。

傅沉和宋风晚走到酒店外。此时，外面已经聚集了一些游客，皆被冻得瑟瑟发抖。

寒风凛冽，宋风晚裹紧衣服盯着远处，身上那点儿热气已经被吹得一丝不剩了。

不一会儿，灰白色的天空上云层翻涌，光线越发明亮起来。宋风晚把脸缩在领口中，只露出一双眼睛，心里十分雀跃，紧盯着远方……

很快，一抹艳红的光透出，皑皑白雪上透着玫瑰红的光，太阳逐渐显露，瑰丽的红色像是要把整个天空燃烧起来。

　　日出瑰丽壮观，让人无比激动。周围的人尖叫欢呼，拿着手机不停拍照。宋风晚微微仰头，看了一眼傅沉。他的脸被朝阳衬得十分清晰，轮廓更显深邃。

　　她忽然想起初次见他的那天，天下着雨，隔着漫天雨幕，他的脸看上去十分神秘，给人一种难以接近的感觉。此刻他却出现在她的生命中，而且两人的命运紧密地纠缠着，这让她觉得十分神奇！

　　她伸手戳了戳他的胳膊，傅沉低头看她。宋风晚忽然踮起脚，扯掉围巾，朝他吻去！

　　这边气温低，大家都将自己裹得严实，傅沉也是。宋风晚的吻轻轻地落在他的围巾上，却像有强大的穿透力，刻进了他的身体里。

　　傅沉感觉自己的心极速跳动起来。等他回过神来，宋风晚已经钻进酒店了。

　　朝阳升起，阳光将他的脸衬得明艳如火。

　　此刻，傅沉的耳根已经红透了，他低声笑着，像个毛头小子。

　　云城前几日下了小雪，此刻正值黄昏，天空上飘着淡墨色的云，大地白雪茫茫，天地若一幅水墨画。

　　这次，宋风晚要自己坐飞机回去。傅沉打电话跟乔艾芸说明了情况，乔艾芸自然理解。

　　机场，宋风晚看到来接她的人，有些诧异——居然是乔艾芸与严望川。从什么时候开始，这两人的关系如此亲昵了？宋风晚光看两人相处的气场，就知道他们间有了很大的进展。

　　不过她此时才知道，自己出国跨年的短短几天，云城里发生了不少事：因为公司的账目有问题，宋氏集团的资产被冻结了，税务部门已经介入调查，宋敬仁免不了有牢狱之灾。江风雅则失踪了。此外，孙琼华担心江风雅没了靠山会来纠缠自己的儿子，在与丈夫傅仲礼商量后，准备年后送傅聿修出国。

　　宋风晚坐在回家的车里，听乔艾芸讲述最近发生的事，感慨良多。

"严叔,谢谢你来接我。"宋风晚笑道。

"不客气。"

"一直都麻烦你,我真的挺过意不去的。"

现在他们非亲非故,他一直如此帮忙,谁都会觉得不好意思。

"不用在意,以后都是一家人。"

乔艾芸一听这话,脸都绿了,转头瞪严望川,心想:这人在孩子面前胡说八道什么!

"我昨晚向你妈求婚,她答应了!这事,你怎么看?她说要征求你的意见。"严望川看向宋风晚。

宋风晚瞠目结舌,脑袋里一片空白。她知道严望川喜欢妈妈,但是他们俩的进度未免太快了吧?自己才出门三天,妈妈就把自己给嫁了?

其实乔艾芸的上一段婚姻早就名存实亡,她最近打离婚官司,严望川一直在一旁帮忙,二人也算患难见真情。

宋风晚对母亲再婚没意见,父母的婚姻是怎么回事,她清清楚楚。

几人到家后,严望川帮她将行李拿回房,她这才得空与傅沉通了电话,听他说段林白的眼睛无碍,便放心了。

元旦一过,宋风晚立刻投入到紧张的备考中。她虽然是复读,但也忙得日夜不分,与傅沉见面的次数少之又少。他经常来云城看她,但她太忙,两人一般就是一起吃个饭。

时间一晃而过,已到了农历腊月二十九。

乔艾芸和严望川的婚事基本定了,严望川的母亲、严家的老太太都到云城过年。严家老太太很和蔼,这把年纪了,看得开,只要儿孙幸福就好,对宋风晚也十分喜欢。

大年三十,乔艾芸一大早就在为晚上的那顿年夜饭做准备。宋风晚和严望川去了趟花鸟市场,严望川买了花草,宋风晚买了几条小金鱼。

吃年夜饭的时候,严老夫人高兴极了:"往年如果少臣不来陪我,就只有我和望川两个人吃饭。今年真热闹,我希望以后每年都能这样。"严老夫人说着从口袋里摸出两个红包,把其中更厚的那个递给了宋风晚。

"严奶奶。"宋风晚急忙放下筷子。

"奶奶给的压岁钱可不能不要。"老太太将红包塞给了宋风晚。据说压岁钱可以镇恶驱邪,晚辈得到压岁钱便可以平安顺遂地度过一年。

"艾芸,这个是我给你的。"老太太取出一个盒子,递给乔艾芸。

"伯母,我不是小孩子,真的不需要。"

"我给你,你就拿着。"老太太态度强硬,乔艾芸只能收下。

"打开看看喜不喜欢。"

乔艾芸打开盒子,里面是个小玉佛,玉质温润通透。她会辨玉,一眼看出这玉价值不菲:"伯母,这太贵重了……"

"这是我在庙里求的,能保佑你平平安安,和望川能早日修成正果,顺便早生贵子。"

早生贵子?宋风晚差点儿被呛到。

乔艾芸脸色泛红,有些害羞。

"艾芸啊,我和你说句掏心窝子的话,望川当时来云城找你,我是不愿意的,原因你也知道!不过我是半截身子入土的人,对很多事早就看开了,只要你俩能好,我做什么都乐意。你和望川以后要是能在一块儿,我会把晚晚当亲孙女。我也是女人,知道你这个年纪要孩子有风险,这件事我不逼你,你俩商量着来。我就希望你俩好好的。"

乔艾芸低着头,眼眶有些红,严望川紧紧地握住了她的手。

他们吃完年夜饭,乔艾芸将桌子简单地收拾了一下,在厨房弄了点儿肉馅,准备明早包饺子。严望川则陪老太太坐在沙发上,等着看春节联欢晚会。

宋风晚上楼看了一眼严老太太给她的红包,里面除了五千元现金，还有一张银行卡，密码是她的生日。

这笔钱宋风晚不敢擅自用，准备询问乔艾芸的意见。可是乔艾芸从厨房出来后一直陪着老太太，宋风晚无法开口。

刚才吃年夜饭的时候，除了宋风晚和老太太，其他人喝了不少酒。过去一年发生了太多事，乔艾芸回想起来还觉得像在做梦。能摆脱以前的生活，乔艾芸非常高兴，喝了不少。

此时的傅家老宅里，傅沉拿着手机走出屋子，给宋风晚打了两次电话，对方终于接了。

宋风晚家的窗外忽然出现绚烂的烟火，紧接着鞭炮声响彻整个夜空。京城市区全面禁止燃放烟花爆竹，傅沉只能通过电话听到宋风晚那头传来的喧闹声。

"晚晚。"傅沉挑眉道。

"嗯？"宋风晚躲到洗手间，避开外面的声音。

"打开窗户。"

"什么？"宋风晚有些蒙，但还是乖乖地走到窗边，打开了窗户！

此刻，她家窗前，一束金色的烟火在天空中炸开，空中出现"新年快乐"四个大字，夜空瞬间被点亮。

"晚晚，新年快乐。"傅沉的声音低沉而悦耳。

宋风晚仰望夜空，绚烂的烟火将她的脸照亮："三哥，新年快乐。"

"我想你了……"他的声音压得低，回荡在她的耳边，余味悠长。

"嗯，我也想你。"宋风晚害羞了，耳朵通红。

烟火燃尽已经是五六分钟后，宋风晚关上窗户，去楼下向严老太太道了声新年快乐。

而此刻，乔家别墅附近，千江站在空地上，冷不丁地打了个喷嚏。

他明明只是来保护宋风晚，顺带向傅沉汇报她的行程的，可大年三十不能回家就算了，现在还得负责放烟花？想到这个，他就倍感无奈。

现在的年味本就没有以前浓厚，宋风晚上学后，家里冷清下来。

大年初五，老太太就回了南江。

过完年，清明节、劳动节紧随其后，考试时间也越来越近了。同时，宋敬仁偷税漏税的案子也在法院开庭了。宋风晚压根不知道案子是如何宣判的，一心扑在学习上。傅沉之前周末总会过来，不过在考试前一个月并未打扰她，她一直过着平静而忙碌的生活。

考试前一天，她在整理书的时候才看到某本书内夹着一张字条，上面用瘦金体写着一行娟秀的小字：考试结束后就跟了三哥吧！

宋风晚笑了，纳闷他什么时候藏了这种东西。

考试结束后，乔艾芸带宋风晚去了位于云城南部的监狱。宋敬仁因为偷税漏税被判了刑，这件事当时在云城引起了极大的轰动。他怎么说都是宋风晚的生父，乔艾芸还是觉得宋风晚应该去看看他。

从家里开车到那里需要一个多小时，两人在超市还买了一点儿东西。随后，宋风晚单独进去探视，乔艾芸在外面等着。

这是父女二人时隔半年多第一次见面，宋敬仁身形瘦削、颧骨下陷，头发被剪得很短，根本看不出以往意气风发的模样。他一看到宋风晚，眼泪就一个劲地往下掉，嘴里反复念叨着一句话："长高了，也漂亮了。"

宋风晚见到他，不知该说什么，想了想道："我给你买了点儿东西，都是你以前爱用的牌子，但有些好像送不进去。我还给你带了几本书，你没事可以看看……"

"晚晚，爸爸对不住你！"宋敬仁掩面，自知无颜见她。

探视时间很短，两人没说太多。宋风晚虽然埋怨他，但要把这个人踢出自己的生活，是完全不可能的。过去那段时间，有些回忆总是折磨着她，如今她见到他了，心里反倒放下了很多事。

回去的路上，乔艾芸斟酌了很久才开口问道："晚晚，如果我和你严叔领证，你怎么想？"

宋风晚知道自己去京城上学后，除了寒暑假基本没时间回家，工作后跟母亲相聚的时间就更少了，母亲需要有个贴心的人在身边……

"我觉得严叔挺好的，只要他对你好，我没什么意见。"

乔艾芸紧绷的神经这才彻底放松下来。

严望川知道宋风晚的意见后，决定明天就带乔艾芸去领证。只有乔艾芸的名字真正到了他们严家的户口本上，他才觉得安心。

严望川本打算好好操办一下婚礼，但乔艾芸毕竟是二婚，年纪也不小了，不想那么高调，于是两人便决定去南江办酒席，只请一些至亲好友。虽说婚礼不会大办，但是婚房、婚纱照、蜜月等，严望川一样都不想落下。

傅沉原本买了去云城的机票，想等他们从度假村回来就去见宋风晚，以解相思之苦，现在却接到了宋风晚要去南江过暑假的消息。

京城与南江，一南一北，坐飞机都得花大半天。

"三哥，你是不是不开心？"宋风晚没想到严望川这么雷厉风行，刚说要办酒席，立马就定下了回南江的行程。

这件事毕竟关系到母亲的终身幸福，宋风晚必须配合。

"没有。"傅沉知道自己不仅不能有意见，等乔艾芸和严望川结婚时，还得亲自备上一份大礼。

"在考试成绩出来前就回来了，结婚挺麻烦的，而且……"宋风晚眉头微蹙，"要见严家的人，我有点儿害怕。"

"以后我们结婚，你什么都不用管，交给我来办，你只要准备好当我的新娘就行。"

宋风晚小脸一红，心想：这人都扯到哪里去了？

挂了电话，宋风晚看了看时间，离他们去南江的日子还有三天。她心念一动，立马查了一下飞往京城的机票，随后从抽屉里取出压岁钱和严家老夫人给的银行卡，跟乔艾芸解释了一下后，匆匆出了门。

乔艾芸根本想不到她会撒谎，对严望川吐槽道："考试结束后那些孩子都疯了,我还以为这丫头很乖呢,没想到还是约人出去玩了。"

当晚,宋风晚买了机票,飞往京城。

宋风晚到京城时已经晚上十一点多了。

因为有千江跟着,所以她没那么害怕。宋风晚叮嘱过千江,让他先别告诉傅沉,打算给傅沉一个惊喜!

京城的六月,夜里还是有些凉,宋风晚穿着一件连衣裙,虽然双腿冷得直打战,心里却像有一团火。

她喜欢傅沉,想见他的心情从未如此迫切过。

她想他,就来了,然后一遍又一遍地在脑海中幻想他见到自己的场景。

上飞机前,她给傅沉发了信息,说她晚上有事。下飞机后,她打开手机,未读一栏中还躺着自己发给傅沉的那几条信息。

宋风晚和千江打车直奔云锦首府,此刻已过零点,周围很安静。两人尚未进屋,便听见狗叫,傅心汉从一侧跑了出来,吓得宋风晚立刻往后退。傅心汉向她走来,闻到她的气味后立刻跳了起来,一个劲地摇尾巴。

它叫了一声,年叔披着外套从屋内走出来,看见宋风晚,意外地问:"宋小姐,您怎么来了?这都凌晨了。"

宋风晚做了个噤声的动作,问:"三爷呢?"

"三爷今晚没回来。"

一盆凉水浇了下来。

"我给三爷打电话,他如果知道您过来,肯定很高兴。"年叔笑得合不拢嘴。

"您先别打,我自己联系他吧。"宋风晚失落地道。

"先进屋吧,外面有点儿冷。"年叔招呼她进屋。

宋风晚拿着手机,犹豫要不要给傅沉打电话。她这时候过来就是想给傅沉一个惊喜,如果现在通知他,那就没有意义了。

最终,她给十方打了个电话。

电话很快被接通,十方立刻道:"喂,宋小姐。"

"三爷和你在一块儿?"

"三爷今晚喝了酒,现在在公司。"

"这么晚,有急事?"

"那倒不是,三爷就是想过来一趟,现在可能已经睡了。"傅沉的办公室里有休息室,"您这么晚找三爷,有事?那我去帮您敲门。"

"不用,我已经到京城了,想去找他……"

宋风晚到傅沉的公司时已经快凌晨两点了,十方在大门口等她,给了她一张门卡:"您确定要自己过去?"

"我找得到。"宋风晚来过这里一次。

"那好吧。"

有了门卡,宋风晚顺利地进入公司。

整个公司静悄悄的,有些骇人,空荡荡的走廊无限放大了脚步声与心跳声。

宋风晚忐忑地走到傅沉的办公室门口,这里是他的专属楼层,平时无人敢进去。她握着门把,凉意袭来……

吱呀一声,门开了,硕大的落地玻璃窗上挂着一层细纱窗帘,将外面的万家灯火衬得十分迷离。

她蹑手蹑脚地走进去,心脏随着瞳孔的放大剧烈地跳动着,像是要撞破胸腔。

沙发上还有他的外套,宋风晚拿在手里闻了下,一股酒味袭来。

她蹙眉继续往里走,休息室内的大床上干净整齐,空无一人。

人呢?

她刚转头,傅沉不知何时出现在她的身后。他背着光,一身酒气。

宋风晚不禁有些紧张,呼吸变得急促,傅沉的外套在她的手中,被她弄出了一层褶皱。

"三哥……"

"何时来的？"傅沉朝她走了一步，眉头紧皱。

"刚到。"她摸不透傅沉在想什么，有点儿紧张。

"怎么来的？"

"坐飞机。"

"凌晨两点了……"

"我想你了。"宋风晚把声音压得很低，有些害羞。

傅沉不愿再等，头低下来，缓缓地凑过去……

他的身上带着一股让人沉醉的味道。宋风晚心跳失序，双手下意识地撑在两人之间，怯生生地喊了声："三哥。"

"胆子太大。"傅沉眯着眼，一只手捏住她的下巴，她尚未说出口的话被彻底堵住。

搭在她手臂上的外套应声落地，傅沉向前一步，将她紧紧地压在后侧的玻璃上。这个吻来势汹汹，像是要将她吞没。宋风晚心跳若擂鼓，试图将他推开，可是某人动作粗暴，含着她的唇吮吸、轻咬，惹得她嘤咛出声。

玻璃是冰冷的，两人的气息却十分滚烫。直至宋风晚不能喘息，他才稍微退开。

"你到底醉没醉，知道我是谁吗？"

"晚晚……"傅沉身上没什么力气，靠着她道，"你……是我最喜欢的人。"

"怎么喝了这么多酒？"宋风晚伸手搂住他的腰。

"和朋友聚会，太想你了，不知不觉就喝多了。我想连夜去找你，又觉得一身酒味太狼狈，怕吓到你。"

"怎么不回家？"

"一回去就想进你住过的房间……"傅沉伸手搂紧她，"只会更想你。"

宋风晚将头埋在他的怀里，蹭了又蹭。

"太晚了，以后别这样乱跑。"

"有千江在，不会有事的。"

"如果出事了,怎么办?"

"你现在说这话,真是煞风景。"宋风晚佯装闹情绪。

"我应该如何?见到你,不由分说地抱着你亲?"傅沉捏她的脸,总觉得有些不真实。

"这不是应该的吗?"宋风晚刚说完,傅沉真的吻了过去。

两人贴在一起,他搂紧她的腰,将她的整个身子提起来,连带着裙子也被拉到了膝盖上。

傅沉本想将她的裙子拉下来,手碰到她的腿,终究没舍得收回去,细细地抚摸起来。

"三哥……"她睁着眼,看着天真无邪,说出来的话却令他血脉偾张,"你弄得我难受。"

"我更难受。"傅沉哑着嗓子,眼眶微红。

他越来越想要她了。

傅沉小口啄着她的唇,问:"晚晚,你要不要帮我一下?"

宋风晚不是小孩子了,自然清楚他的意思,脑子里瞬间炸开了。

男人灼热的呼吸落在她的颈侧,傅沉低头吻了吻她的额角,问:"吓到了?我说着玩的……"

他话音未落,一双手心里都是汗的小手落在了他腰侧的皮带上……

翌日一早,十方接到傅沉的电话,买了早餐送上去,一进屋就看到傅沉刚洗完澡出来。被子微微拱起,宋风晚肯定没醒。

十方将小笼包和豆浆放在桌上:"三爷。"

"今天你和千江放假吧!"傅沉道。

他肯定会时时刻刻陪着宋风晚,自然不需要这两个"电灯泡"。

十方点头退出去,心想:他们昨晚一起睡了?

傅沉坐在床边,低头看着还裹着被子睡得香甜的人:"晚晚。"

他喊了几声,宋风晚才勉强睁开眼,脸一下子红了。

昨晚太黑,她看不清傅沉的脸,但他的喘息声和皮肤上落下的热汗,她记得一清二楚……她本想偷看他,傅沉却捂住了她的眼睛,让她别看。

"起来吃东西吧。"傅沉一脸平静地道。

宋风晚爬起来往洗手间跑,隔了几分钟才探头问:"三哥,有睡衣吗?"她昨天穿着裙子睡了一夜,现在裙子皱了。

傅沉给她递了一件自己的衬衣。宋风晚接过衣服,犹豫了半天,还是穿上了,衣服堪堪遮住大腿。

她穿着衬衣出来时,傅沉已经将包子和豆浆摆在桌上了。他瞥了她一眼,视线落在那双白皙修长的腿上,又迅速移开视线。

这腿真是白。

宋风晚真的有些饿了,坐下吃起了东西。

"你过来,芸姨不知道?"

"嗯。"宋风晚哪里敢直说?

"能待几天?"

"明天就得回去了,我还得收拾东西去南江。严叔打算暑假就把拍婚纱照、请客、办酒席这些事都处理好,等九月送我去上学后,再出去度蜜月。"

傅沉将吸管插入豆浆杯中,试了一下温度才送到宋风晚的嘴边,道:"时间比较赶。"

"对啊,所以我才这么着急回去。"宋风晚就着吸管喝了两口豆浆,"我暑假在南江的时间可能会比较长。"

"嗯。"这件事傅沉还真不能有什么不满。

"我妈怕我无聊,打算等分数出来后给我找个驾校学车。这么热的天,我觉得我会死掉。"

"你可以等入秋了在这边考。"夏天学车确实辛苦,傅沉舍不得她遭罪。

"如果我考不到京城美院怎么办?"宋风晚小声嘀咕。

"傻瓜,不可能!"傅沉笑着拍了拍她的脑袋,低声道。

宋风晚吃了两个小笼包,手机铃声突然响了。她擦了下手,急忙接起电话，乖巧地道："妈！"

"什么时候回家？"

"我今天要和朋友出去玩，明天回去。"

"你朋友家在哪儿啊？家里有人吗？你住在人家家里，不太好吧？"乔艾芸问。

"我朋友家就他自己，我正好陪他。"

傅沉低声笑了。宋风晚狠狠地瞪了他一眼，自己撒谎还不是因为他，他居然好意思笑？

"那你们吃什么？要不你把你朋友带到家里吃饭？"

"不了，我们要出去了，先挂了。"

宋风晚不等她再说话，直接把电话挂了，耳根通红。

说谎的滋味真不好受。

因为昨天赶了一夜飞机，后来两人又聊到后半夜，宋风晚撑不住了，吃了饭又钻进被窝睡觉。傅沉则换了衣服，开始处理手头的工作。

除了十方和千江两个助理，傅沉还有一个秘书团队。他们得知傅沉在公司，自然要把文件送过来。

"三爷。"一个秘书将文件递给傅沉。

傅沉的秘书都是男的，能力强、守本分。

傅沉接了文件，点点头，道："跟我出去见个客户。"

傅沉不知道宋风晚会来，已经和人约好见面了，不便临时取消。

"好。"秘书道。

"跟其他人说一下，今天谁都不许再进来。"

秘书点头，心想：一直都没人敢进来啊！

其实，傅沉不会出去太久，最多两个小时。但他依旧害怕宋风晚醒得太早，没见到他会担心，便写了字条压在床头。

平时傅沉出门都是十方跟着，这次换成了秘书。秘书战战兢兢，生怕惹傅沉不高兴。

见客户仅花了半个小时，傅沉接着去了一趟干洗店，洗了条裙子。秘书蒙了,三爷一路都提着一个袋子,还不许自己碰,结果里面只装了条裙子?

秘书知道这裙子是小女生才会穿的样式,不禁浮想联翩……

然后他又跟着傅沉逛了女装店。傅沉效率很高,挑了一套衣服就付钱离开,接着买了甜品、奶茶这类小女生爱的东西。

秘书提着东西,想到傅沉出门前叮嘱的话,猜测三爷的休息室内有人,而且那个人昨天跟三爷一起过夜了。

回去的路上,傅沉看着开车的秘书,问:"你今天跟我出来干吗了?"

"见客户。"

"其他的……?"

"没有其他的。"秘书的嘴唇有些发颤。

傅沉转头看着窗外,没再说话。

秘书松了口气,心想:工作算是保住了。

原本还在睡觉的宋风晚被手机铃声吵醒,电话是乔艾芸打来的。乔艾芸无非说他们已经领证了,又催她别在朋友家待太久,早点儿回家。

她挂了电话,瞥见床头的字条,才知道傅沉去见客户了。

宋风晚打着哈欠下床,在衣柜里找了条傅沉的裤子,卷了边穿上。他的衣服上都带着股淡淡的檀香味,有安神的效果。

此刻,傅沉已经到公司了,对秘书道:"你在门口等我,把我批复好的文件带下去,发给各个部门。"

"好。"秘书立刻道。

傅沉推门进去的时候,宋风晚正盘腿坐在沙发上玩游戏。

两人四目相对,傅沉刚打算让秘书离开,宋风晚已经笑着朝他扑过来了。

"三哥!"

宋风晚几乎跳到了他的身上,搂住他的脖子,傅沉下意识地托住了她的腿弯。

两人的姿势极其暧昧，秘书吓得背过身去。

宋风晚只是想冲过来抱他，没想到会跳得这么高。她此刻就像一只树袋熊，挂在他的身上。

傅沉清晰地感觉到了胸口的柔软，喉咙有些干。他本想托住她的腰，手指一滑，就落在她的腿上。宋风晚居然盘着腿，直接夹住他的腰。这姿势要多亲密有多亲密。

宋风晚这才看到傅沉的身后还站着人，急忙把头埋在傅沉的脖颈处。宋风晚呼出的气息吹在傅沉的颈侧，这对傅沉而言又是一种折磨。

"把东西放下就下去。"傅沉闷声道。

秘书都没敢进办公室，把东西放在门口后就下楼了。其实他刚才被吓蒙了，压根没看清宋风晚的脸，只听到有人跳到了三爷的身上，甜甜地喊了声三哥。原来三爷喜欢年轻且热情似火的类型。

不过，傅沉的八卦他是不敢乱说的。

秘书刚走，宋风晚就红着脸从傅沉的身上下来，道："我……我不是故意的。"

傅沉嗯了一声，看了看她腿上的裤子。

"我觉得有点儿冷，就找了一条你的裤子穿。"

傅沉点头，将放在门边的袋子拿进屋，道："给你买了衣服。"

"你知道我的尺寸？"宋风晚接过袋子，拿出裙子抖开看了一眼，有些无奈——长款就罢了，还是立领、长袖的。

这种天气，他是想热死她？

"应该能穿。"有些地方他虽然没碰过，但经过目测……差距应该不大。

宋风晚换好衣服出去，问："怎么样？好看吗？"

明黄色的衣服将她的皮肤衬得白皙透亮，她这个年纪，即便不化妆，也透着股朝气。

傅沉点点头，道："嗯，好看！中午想吃什么？"

"去之前吃过的那个农家乐吧,那家的菜挺好吃的。"

"嗯。"

"对了,怀生不是住在你那里吗,要不要回去看一下?"宋风晚有些想怀生了。

"他在上学,早晚有校车接送,中午在学校吃饭,晚上有年叔照顾,你不必担心。"怀生的自理能力很强,压根不用他们操心。

宋风晚听后点了点头,没再多问。

宋风晚没在京城待太久,很快回了云城。

由于她平时太乖,乔艾芸完全没怀疑她。她们收拾好东西,去了南江。

飞机落地时是下午两点多,他们直接开车去严家。

严家老宅临海而建,坐拥数千平方米,边上就是最著名的海滨浴场。沙滩上都是人,碧水蓝天,椰树沙滩,宋风晚看着车窗外的景色,心里十分高兴。

车驶入严家大门,宋风晚忍不住忐忑起来。她看了眼身旁的乔艾芸,握紧了乔艾芸的手。

乔艾芸的手很凉,显然她也非常紧张。

"妈。"

"我没事。"乔艾芸的嗓音因为紧张而有些嘶哑。

严望川坐在副驾驶座上,低头看了眼手机,回头看向后方,道:"家里的人有点儿多,你们别紧张,有我在。"

让乔艾芸、宋风晚意外的是严家众人表现得十分和善,乔艾芸很快就放松下来。宋风晚见状,很为母亲高兴。

接下来的日子,他们见亲戚、商议婚事、筹备婚礼。与此同时,宋风晚的复考分数出来了……

"真的想去京城美院?"乔艾芸还是希望女儿留在自己身边。

"嗯。"

"因为你外公?"乔艾芸问道。

乔家老爷子过世较早，这辈子一心扑在玉雕石刻上。那时候不像现在，打磨抛光都有机器辅助，以前都是纯手工制作。

老爷子沉迷工作，吸入大量粉尘，五十多岁就得了肺病。他年纪大了后，胳膊也出了毛病，无法再拿刻刀，不得不退了下来。临走那几年，他每天都在描摹、设计各类玉石，留下上百张珍贵的手稿，其中有一批还被博物馆收藏了。

宋风晚写字、画画都是老爷子教的。他说："咱们晚晚的手，握刀可惜了。以后啊，你就跟着外公学画画。"

宋风晚当时不懂，只是笑着点头。她还记得外公握着自己的手的触感。他的手上全是茧，手心还有一道刀疤。他带她认了许多玉石，骑着老爷车带她走街串巷，还偷偷给她钱，让她出去买糖吃。乔老对她产生了很大的影响。

老爷子走得突然，后人整理遗物时找到了一本简易图谱，那是乔老特意给宋风晚画的入门图样，只是尚未完成……

现在听母亲提起外公，宋风晚鼻尖一酸，道："不仅是因为外公，也因为我自己感兴趣。京城美院有这方面的设计班，我想报名。本来我会读云城大学的美术系，就是因为察觉你和……你们关系不好，所以不敢走太远。现在，我终于能随心选学校了。"

乔艾芸想起父亲，悲从中来。她远嫁后就没再侍奉父亲，又没有绘画天赋，无法传承父亲的手艺，只能帮忙打理生意，这一直令乔艾芸十分遗憾。乔家手艺的传承人太少，怕是再过百年就无人记得乔家了。如今宋风晚想走上那条路，乔艾芸觉得这不失为一件好事。

乔艾芸最终道："你若执意想去京城美院，我也不拦着你，毕竟以后的路要你自己走。"

"谢谢妈。"宋风晚笑道。

确定可以去京城读书后，宋风晚第一时间将消息告诉了傅沉。

傅沉表面淡定，只是嗯了一声，嘴角却立马勾了起来。

傅沉想着，宋风晚要过来了，两人的事情也该和家里人说一下了。

偏偏这个时候，乔艾芸怀孕了。

严望川知道宋风晚与傅沉的事，明确地告诉宋风晚："别在这个时候刺激你母亲。"

宋风晚点点头，给傅沉发了消息。

傅沉收到宋风晚的信息时正在梨园陪老太太听戏。今日梨园演出的是《霸王别姬》，演虞姬的是个新人，老太太一直说唱得不对味。

宋风晚："三哥，我俩的事可能要往后推了，现在不能和我妈说。"

宋风晚还在文字后面加了个委屈的表情。

傅沉蹙眉，问："出什么事了？"

宋风晚："我妈怀孕了，一个多月，不太稳定，我怕现在刺激她会出事。"

傅沉盯着手机屏幕，觉得"怀孕"两个字有点儿刺眼。

此刻，戏台上的虞姬唱道："妾妃若是同行，岂不牵累大王杀敌？也罢，愿以君王腰间宝剑，自刎于君前。"

"妃子呀，不可自寻短见啊！"

傅沉抬头，恰好看到虞姬抽出宝剑，抹了脖子。他心头一跳，有种不祥的预感。

一场戏结束，五分钟换场，接着又是一出《铡美案》，虎头铡被搬了上来。傅沉微微蹙眉，心想：今天梨园怎么回事，怎么都是这种戏？

七夕前夕，乔艾芸和严望川准备举行婚礼。

乔艾芸本想低调一些，但严家许多年没办喜事了，想低调都难，直接包下了酒店的一层招待客人。

乔艾芸怀孕前还在减肥，自从发现怀孕后，每天喝各种汤水，肉很快长了回来。这样一来，婚纱没法穿了，她只能选择中式礼服。

严望川这段时间被严令禁止接触乔艾芸，说什么婚前见面不好。他只能把心思花在学习如何做爸爸上，买了不少这方面的书籍，边看边做笔记。

乔家的人提前两天过来，宋风晚陪他们在南江玩了一圈。乔西延打趣道："你小时候就嚷着要弟弟妹妹，没想到二十岁的时候终于实现了这个愿望。你现在是什么感受啊？"

宋风晚冲他一笑："说得好像这孩子不是你的弟弟或妹妹一样。你这把年纪有了弟弟妹妹，是什么感受啊？"

乔西延弹了一下她的脑门，道："几个月不见，你这丫头的胆子越发大了，敢调侃我了？"

"表哥，奶奶说要给你介绍对象。你年纪也不小了，是时候给乔家开枝散叶了。"

乔西延："……"

傅沉是在婚礼前一天到南江的。严家没对外宣布乔艾芸怀孕之事，傅沉只能假装不知道。

婚礼简单而热闹。

傅沉在南江并无熟人，严望川就把他安排在了乔家人边上。不少人觉得不妥当，那桌坐的都是至亲，傅沉怎么能坐在那儿？甚至有人说严望川这么做是在巴结傅家。

傅沉对严望川安排的位置非常满意，毕竟大家以后是一家人。

宋风晚一直帮忙照顾亲戚带来的孩子。傅沉一到酒店大堂就看到她被一个孩子缠着。

她今天特地打扮了一番，一身粉色洋装，肤白腰细，长发垂肩，轻而易举地吸引了所有人的目光。看到傅沉过来，宋风晚笑道："你来啦。"

傅沉看着宋风晚的裙摆，皱了皱眉，将原本搭在十方胳膊上的外套递给她。

"嗯？"宋风晚挑眉。

"你冷。"傅沉说得笃定。

宋风晚轻笑:"好,我冷。"

在他的注视下,宋风晚穿上他的外套,将大腿全部遮住。

婚礼进行到后半段,大家互相敬酒,孩子坐不住,到处乱跑。宋风晚要看着孩子,只能跟着跑出去。酒店前面有喷泉,几个孩子已经在那儿玩疯了。

宋风晚怕孩子摔了,追着他们跑。

她坐在边上的石凳上歇息时,肩膀被人拍了一下。宋风晚转头,看到了站在后侧的傅沉。

"你怎么出来了?"宋风晚冲他笑道,眉眼弯弯。

傅沉看着她湿漉漉的头发,薄唇轻启:"想亲你了。"

"嗯?"宋风晚愕然,心想:这儿可是酒店门口。

宋风晚话音刚落,傅沉就迫不及待地凑了过来。他弯腰,轻轻地在她的唇边啄了一口。

十方站在不远处,伸手捂住脸,心里喊道:我的三爷啊,您现在可真是肆无忌惮啊。

不过傅沉亲了一口就直起身子:"婚礼快结束了,回去吧。"

"嗯。"宋风晚红着脸,呼吸紊乱。

婚礼后,乔艾芸要养胎,宋风晚一直陪着她。

傅沉不着急,直接回去了。宋风晚马上就去京城了,留给他们的时间很多。

没过多久,宋风晚的录取通知书就下来了。

九月六日至八日,宋风晚入学报到,九月九日开始军训,为期二十天,国庆节后正式上课。

乔艾芸本想亲自送她过去,可是身子不方便,而严望川这段时间恨不得时时刻刻待在乔艾芸身边,不愿意离开。于是,严望川亲自给乔家打了电话,让乔西延送宋风晚过去。

"晚晚去京城就是西延送的,我真不想再麻烦他。"乔艾芸叹道。

"之前就是他送的,他有经验。"严望川说得笃定。

乔艾芸错愕,没想到这话还能如此理解:"他从吴苏过来,也不太容易,这个季节来回的机票也不便宜。"

"我报销。"

"要不还是你亲自跑一趟吧?"

"晚晚的东西很多,需要一个青壮年劳动力帮忙,我年纪大了,体力跟不上。"严望川说得理所当然。

乔艾芸心想:这家伙求婚的时候还信誓旦旦地说他体力好,现在就开始装柔弱了?

其实,严望川只想陪着乔艾芸。而且,他和宋风晚不是亲生父女,他担心这一路上宋风晚会觉得别扭。所以,乔西延是不二人选。

宋风晚出发那天,乔艾芸凌晨四点多就醒了,起来给女儿包了饺子。

严望川一直在边上,道:"京城那边有熟人,有什么情况我们联系傅沉就行,你别太担心!"

"我就是不太放心。"

"你太焦虑了。"乔艾芸这段时间足不出户,在家养胎,容易乱想。

五点多,乔艾芸敲响宋风晚的房门,让她起来收拾一下东西,别误了航班。紧接着,乔艾芸去叫乔西延。

乔西延没有睡懒觉的习惯,已经起床了。

"西延,晚晚就拜托你了。到了那边,你先带她去报到,再送她去宿舍……"乔艾芸有些啰唆,恨不得把所有事情都跟他交代清楚。

乔西延不断点头。

严家所有人送宋风晚到机场。目送女儿离开后,乔艾芸红了眼眶,有些后悔答应她去京城美院了。山高水远,她一个人在外地,做母亲的肯定记挂。

上飞机后,宋风晚跟乔艾芸报了平安,又给傅沉发了信息,随后才安心地将手机关机。

飞机开始滑行，伴随着引擎的轰鸣声，飞机离开地面。宋风晚转头看向窗外，抑制不住地感到欣喜。

去年她去京城，也差不多是这个时候，同样是乔西延送自己。那时，她敬畏傅沉，把傅沉当叔叔，从没想过有一天和傅沉的关系会发展到这样一步。

傅沉此刻正带傅心汉在宠物店美容，手机突然振动起来，是宋风晚发来了的信息。

宋风晚："三哥，我来了。"

傅沉的嘴角徐徐勾起。

宋风晚和乔西延抵达京城时已是十二点多，取了行李出机场时已是一点。两人随意地找了家餐厅吃了点儿东西，然后就直奔京城美院。

九月的京城，热浪扑面而来。

京城美院是京城大学下属的二级学院，每年有两三万人报考，最终只招两百多个人，说百里挑一也不过分。

今天京大（"京城大学"的简称）所有院系都在迎新，校门口道路拥堵。

宋风晚和乔西延下车步行，远远地看到了校门口红色的迎新横幅和志愿者。不少新生和家长提着大包小包的行李缓缓前行。

京大是偏理科的学府，学校里男生居多。京大边上有所师范大学，全校学生中女生占了百分之八十。两所大学离得近，经常有联谊活动。

此刻是下午两点半，报到的学生不算多。有几个大二的志愿者坐在伞下喝水，其中一个看到宋风晚，戳了戳身旁的人，问："这是去隔壁师范大学的吧？"

"八成是，我们院今年一个女生都没有。"

"要不要这么惨？我们院今年有九个。"

就在几人说说笑笑时，宋风晚走了过来，问："请问美术学院的报到点在哪里？"

有人回过神来："京美的？"

"嗯。"宋风晚笑道。

她五官精致立体，穿着白衣、牛仔裤，额头的碎发被汗水打湿。

"京美在最里面，我带你过去吧。"一个男生自告奋勇道。

其他男生眼里放光，纷纷应和，想一起送宋风晚过去。

"不必，指个路就好，不麻烦你们。"乔西延走了过去，道。

乔西延眼神锐利，身高比这几个人高出一截，优越的精英气质让人心生惧意。

男生帮他们指了路，目送二人离开。

"看起来不像情侣啊，应该不是男朋友吧？"

乔西延虽然护着宋风晚，两人也靠得近，却没有亲昵感。

"八成不是，不过他那眼神也够凶的。"

"这学妹是我的，你们都别和我抢，我要去看看她叫什么名字。"

几人说着就跟了上去。

美术学院的报到点在体育馆，理学院的也在这里。

不一会儿，宋风晚到了，接待她的是几个学姐。听到她的名字，学姐还略显诧异地看了她两眼。

"在这里签个名。"一个学姐将一张签到表递过去，宋风晚的名字排在第一位，"那上面的数字是你的学号，大学四年都用这个学号，很重要，要记一下，顺便把你的手机号码填一下。"

宋风晚点头。

"这是你的饭卡、宿舍钥匙……"学姐跟她交代了很多事，"八号下午要开班会，然后领军训用品，地点在钰鹤楼403，这也是平常上晚自习的地方，大一学生都得上晚自习。"

钰鹤？宋风晚的动作顿住了。

"我们美术学院只有三栋楼，就在学校最南边，你多走走，熟悉一下学校环境。"学姐笑道。

"嗯。"

"你的水壶、蚊帐要去第二食堂领,你的宿舍在58号楼,出了体育馆沿着主路往前走,有宿舍分布图。"学姐终于交代完所有事了。

宋风晚道谢后,跟着乔西延离开。

"这就是我们院今年专业成绩第一的人?文化课的分数还特别高,有这样的成绩,完全可以去别的学院了。"几人笑道。

"我本来还想和她多说两句话,但她身边的那个男人太吓人了。"

这边几人说笑着,宋风晚已经到了宿舍。宿舍在三楼,因为新生报到,女生宿舍也允许男生进入。

宿舍是四人间,里面只有床、桌子、椅子,十分简洁,每个人的姓名已经被贴在床上了,宋风晚根本无须占床位。宿舍里连同宋风晚已经来了三个女生,那个圆脸、齐刘海的女生正坐在床上打电话;另外一个人的行李箱被放在床边,人并不在。宋风晚打量着床铺,下桌上床,经过一个暑假,上面有很多灰尘。

乔西延帮她擦了椅子,道:"你先坐一下,我去帮你领东西。"

他离开后,那个圆脸女生也挂了电话,看见床上贴着的名字,试探地叫道:"宋风晚?"

"嗯。"

"我叫胡心悦,是陕北的。"女生虽然生了张娃娃脸,嗓门却不小,看得出来性格直爽。

"我是云城的。"

"你要不要擦一下桌子?我有抹布。"她说着将抹布递过去。

"好,谢谢。"宋风晚接了抹布,开始擦桌子。

"刚才送你过来的人是你什么人啊?男朋友吗?"胡心悦大大咧咧的,下床开始收拾自己的行李。

"我哥。"

"我还以为是你的男朋友呢。"

宋风晚笑了笑,没说话。

"你谈恋爱了没?"胡心悦转头看向宋风晚,问。

宋风晚怕告诉她后，她说漏嘴，便笑而不语。

"追你的人肯定不少，我高二就谈恋爱了。"胡心悦说到这儿，居然有点儿害羞。

"高二？"宋风晚挑眉问。

"然后被我的家人发现了，他们差点儿把我打死，还帮我转学了。"胡心悦语气轻松。

宋风晚心头一跳："后来呢？"

"一直偷偷联系，不过他这次没发挥好，留在陕北读了三本。"

两人聊了好一会儿，乔西延才提着学校发的东西上楼。

没多久，那个已经来报到过的女生回来了。她叫苗雅亭，南方人，个子娇小，声音很小。苗雅亭的父母给宋风晚、胡心悦送了点儿南方特产，让她们多多照顾自己的女儿。

下午四点多的时候，又来了一对母女，吴雨欣和她的母亲。吴雨欣是她们宿舍的最后一个室友，长得漂亮，身材好，本地人，自带一股傲气。吴雨欣的母亲穿着时髦，背着名牌包，见宿舍里堆满了东西，没有下脚的地方，十分嫌弃。

吴雨欣将东西放好后，把各个床上的名字扫了一遍，瞥见宋风晚的名字，还眯了下眼，心想：这就是院里的专业第一？

吴雨欣的母亲用手摸了一下桌子，嫌恶地往洗手间走去，边走边说："欣欣啊，这里环境太差，你还是回家住吧，这地方怎么能住人啊？咱家离学校又不远，我看这宿舍里连个洗澡的地方都没有，夏天怎么过啊？而且都是上铺，晚上睡觉多危险啊。"

其他几人听到这话，沉默了。

等这对母女走后，胡心悦才道："京城人啊，难怪这么傲。"

宋风晚弓着身子挂蚊帐，笑了笑，看向乔西延："表哥，我们什么时候去拿被子啊？"宋风晚的衣服、被子几乎都在傅沉那里。

"我待会儿打电话问一下。"乔西延说着拿手机往外走。

宋风晚下床的时候瞧见胡心悦正拿着胶带粘贴一张黑白图片，上面是一位老者———代大师乔钰鹤。

宋风晚被吓了一跳:"心悦,你这个是……"

"我的偶像啊,我学美术就是为了乔老,你不会不认识吧?"

"我认识。"宋风晚微微一笑。

"可惜我生不逢时,见识不了大师的风采。"胡心悦贴好图片,细心地擦了几下。

乔西延回屋了,道:"晚晚,今晚要去傅家吃饭,你再收拾一下,我们马上出发。"

"你今晚回来住吗?"胡心悦急忙追问,若是宋风晚不回来,宿舍估计就剩她一个人了。

"应该不回来,我的被子都没拿来。"宋风晚满怀歉意地笑道。

"那留个联系方式吧!你回学校时,给我打电话。"

乔西延不小心看到胡心悦床头的图片,微微一惊,没想到这老头儿还有粉丝。

老头儿年纪越大,脾气越暴躁。乔西延小时候贪玩,不爱惜玉石,没少被他拿鸡毛掸子抽。后来老头儿的手出了问题,使不上力,干脆用脚。别人眼里的大师在乔西延的记忆中,就是个脾气暴躁、性格孤傲的小老头儿。

宋风晚和乔西延出校门时已是傍晚,两人乘出租车直奔傅家老宅。

傅沉去学校接了怀生,带他在老宅等着。老太太已经很久没看到宋风晚了,一早就忙活起来。傅老坐在摇椅上,拿着水烟袋,偏头看了一眼身旁正在研究棋谱的傅沉。这小子今天为什么特意打扮得如此清爽?他平时不是偏爱黑色长衫吗?

宋风晚和乔西延到了老宅门口,车被拦住了,他们只能步行进去。

他们没走两步就听到了几声狗叫。宋风晚仔细打量四周,在草丛里发现了正和母狗调情的傅心汉,而且……不止一条母狗。

"傅心汉?"宋风晚试探着喊了一声。

傅心汉跳出草丛，朝宋风晚扑去，险些把她扑倒。它快两岁了，长得很壮，一直冲她转圈、摇尾巴。

"乖。"宋风晚低头摸着它的头。

乔西延瞟了一眼傅心汉，又看着不远处的几条母狗，心想：竟然是条风流狗。傅沉信佛，怎么会养了它？

两人到了傅家，老太太有些诧异："怎么和傅心汉一块儿来了？"说完，她拉着宋风晚往里走。

"路上遇到的。"宋风晚环顾四周，对上傅沉的目光，礼貌地笑了笑，道："傅爷爷好，三爷好。"

"嗯。"傅老放下水烟袋，淡淡地道。

"今天去报到了？学校怎么样？"老太太问。

"挺好的。"

"去宿舍了？室友好相处吗？其实我们家有空房，你实在住不惯可以搬来我这里住，还能陪陪我。"

老太太这是客套话，宋风晚自然不可能答应："都蛮好的，宿舍也不错。"

"放假要是回不了家，可以来我这里玩，我们家那些孩子，没一个贴心的。"

"喀！"傅沉咳嗽了一声。

"也就老三不错，经常陪我看戏。"老太太笑道。

宋风晚用余光打量傅沉。他今日难得穿着短袖白衬衫、浅色休闲裤，还穿着运动鞋，头发修短了些，显得很清爽，看上去和大学生没什么两样。

乔西延也打量着傅沉。他初见傅沉时，傅沉穿着黑色长衫，手持佛珠，今日这打扮实在让他摸不着头脑。乔西延莫名有些嫌弃傅沉。

"三爷是挺好的。"宋风晚不着痕迹地夸了傅沉。

傅沉强忍笑意，没想到下一秒老太太的一句话直戳他的心窝。

"你在老三那里住了几个月，跟他关系不错，怎么还叫他三爷？太生分了……叫三叔！"

十方正在门口帮傅心汉擦爪子，听到老太太的话，险些笑出声。

"嗯，三叔。"宋风晚憋笑道。

傅沉有苦难言。

"老三，你可别忘了答应我的事。"老太太忽然看向傅沉道。

"我知道。"

"你别天天待在家里，难不成天上还能给你掉下一个媳妇儿来？多出去走走！你看傅心汉都知道出去找母狗玩。"老太太生气地道。

傅沉、没说话，瞥见憋着笑的宋风晚，微微蹙眉。

看他被训斥，她就这么想笑？

"老三，你去楼上喊怀生下来吃饭。"

小和尚在楼上的书房里写作业。

众人围桌而坐。宋风晚许久没见到怀生，跟他坐在一起。他比以前长高了不少，穿着清爽的黑白色校服，依旧是光头。

傅沉曾提议让他蓄发，怀生坚持说自己以后要回寺庙当住持，不留头发。他一开始还因此被同学笑过，时间长了，大家也习惯了。

"姐姐，你这次回来会和我一起住吗？"怀生一脸天真地问。

"我要住宿舍。"宋风晚笑道。

"那我是不是见不到你了？"

"不会啊，如果我没课，就能去找你玩。"宋风晚摸着他的小脑袋道。

"可是我没空玩啊，三叔说我上学期期末考试成绩不好，周末都不让我上山，要找老师给我补课。"怀生缺乏学前教育，基础薄弱，成绩一直上不去。

"找好老师了？"老太太接茬。

"还在物色。"傅沉回答。

"你不是挺闲的吗，辅导一下怀生不成问题吧？"傅老眯着眼，慢慢品尝着花雕酒，问傅沉。

傅沉辅导过怀生，险些被逼疯，怀生的思维和他完全不同。每次傅沉生气时，怀生还笑道："三叔，做什么都要心平气和，动怒最伤身。"怀生的成绩提不上去，老师讲过的题目他都不会做。傅沉因此第一次被老师训斥。

傅沉道："我试过，发现做不来。"

"辅导小孩子需要耐心。你现在就当练习，等以后有孩子了，就知道该怎么做了。"傅老笑道。

宋风晚被鱼刺卡到了嗓子眼，咳了半天。

"吃鱼注意点儿。"乔西延坐在她身边，道。

"姐姐，你有空辅导我吗？"怀生盯着她，问。

"我？"宋风晚错愕，"我刚上学，过段时间要军训，估计最近没时间。"她连课程表都没拿到，还不知道有没有空。

"我就周末补课，你周末不放假？"

"现在还不是很清楚，等我看一下课程安排再说吧。"

傅沉眯着眼，看了一眼怀生，心想：回头要给他买奶茶，奖励他。

"晚晚和西延今晚就在这里住吧，明天再去老三那里取行李。"老太太竭力挽留，两人只能留下。

吃完饭，宋风晚陪怀生去书房写作业，乔西延在客厅陪傅家二老，傅沉出门遛狗……

二楼的书房里，怀生写完了作业，宋风晚拿着铅笔帮他批改。

都是算术题，虽然不复杂，但宋风晚也得慢慢看。她认真专注，就连傅沉推门进来都未察觉。

傅沉将奶茶递给怀生后示意他出去。怀生抱着奶茶，美滋滋地站在门口帮忙望风。

"怀生，你之前的作业都是三叔批改的？这个字是他签的？"宋风晚无意间翻到前面，作业下方均有傅沉的签名——漂亮的瘦金体，有着藏不住的张狂之感。

宋风晚拿着笔，对照他的签名模仿，却有形无神。

"想模仿我？"傅沉的声音从宋风晚的身后传来。

傅沉伸出手臂，一只手压在本子上，一只手抓住她握笔的手。

宋风晚一脸错愕："你什么时候进来的？"

"我教你写我的名字。"傅沉低下头，灼热的气息落在她的耳边，声音低沉悦耳。

老太太爽朗的笑声从楼下传来，宋风晚小脸通红，双手无力。傅沉握紧她的手，在纸上写上"傅沉"二字，落笔有力。

"还记得我教你的第一个字是什么吗？"傅沉问。

"第一个……"宋风晚想起那时候，傅沉也是以这种姿势教自己的。

"是这个。"傅沉握住她的手，在本子上写了一个"晚"字，道，"是晚晚啊。"

宋风晚的脸红了。

傅沉的目光落在她柔软嫣红的小嘴上，他伸手将她的头往自己那侧移了一下，低头吻住她。他本来就想亲一口，可是有些事一旦开始就无法停下。

…………

怀生取回作业时才发现有一页上有傅沉与宋风晚两个人的名字，还用爱心圈了起来。

他微微蹙眉，想到这作业是要上交的，便拿橡皮擦把两人的名字擦掉，心想：谈恋爱为什么要糟蹋我的作业本啊。

几天后的夜晚，宋风晚收到傅沉的信息，说他在钰鹤楼南边。宋风晚连忙小跑着去见他。

他的车停在人烟稀少的地方，这个点极少有学生从这里经过。

九月，天气酷热。

她跑了两步，出了一头的汗。打开车门，冷意袭来，她飞快地钻了进去。

"跑什么？"傅沉想帮她擦汗，偏头看了十方一眼。

"我马上下车。"十方尴尬地笑了笑，急忙下车。

宋风晚觉得热,刚要调车内的风页,傅沉抓住她的手:"别对着吹冷风,容易感冒,待会儿就不热了。"

"嗯。"宋风晚擦了擦额角的汗。她骨架纤细,因为身上有汗,衣服贴在身上,所以身体曲线若隐若现。傅沉立刻睁开眼,咳了两声。

宋风晚突然打了个喷嚏,有些担心:"该不会真的感冒了吧?"

傅沉忽然转头凑了过去,宋风晚连忙躲开,道:"我可能真的感冒了。"

"没关系。"

傅沉靠过去,将她囿于车座一角。光线太暗,宋风晚看不清他的神情,只觉得一个高大的身影笼罩着她,气氛莫名有些暧昧。

"要是真的感冒了,我陪你。"他低沉的声音中带着一股慵懒的味道。

他将她鬓角的碎发别到耳后,手抚摸她的脸。车内冷气充足,她却觉得被他抚摸过的地方有股灼烧感,一路蔓延到心脏。她伸手搂住他的腰,道:"三哥,我明天要去军训了,可能大半个月都见不到你了。"

京大军训是把学生拉到专门的基地,进行封闭式训练。

傅沉眯着眼,低头吻住了她。他先是在她唇上流连,感受她灼热的呼吸,接着撬开她的唇齿,尝到了她嘴里的一股甜味。

"吃糖了?"

"同学给的。"宋风晚轻轻喘着气。

"甜的。"傅沉笑着低声道。

狭小的空间里,两人紧紧地抱在一起,亲吻着对方。

两人不是第一次接吻了,慢慢地,宋风晚学着他的样子回吻他。

十方蹲在车边的草坪上,低头扯着地上的草叶,心想:这两人是准备腻歪多久啊?我都热得汗流浃背了。

大家刚入学,喜欢一个宿舍集体行动,若是谁落了单,肯定不自在。宋风晚之前独来独往惯了,即便一个人也不觉得孤独。苗雅亭则不同,昨晚和父母打电话时又哭了,是个挺怕落单的人。

军训那天,大家到达集合地点,坐上大巴车。宋风晚给傅沉发了张自拍,照片中的女孩儿扎着马尾,穿着迷彩服,领口的扣子解开了一颗,笑得灿烂。

傅沉眯着眼,心想:她要离开大半个月,自己相思成灾,这丫头居然还笑得出来?没良心的小东西。

同学们抵达基地后,上午收拾东西,下午进行军训动员,结束后就由教官领着各个班级的学生寻找地方进行训练。

宋风晚班上的女生多,教官给他们挑了个阴凉的地方。这个教官二十出头,也许是不知道怎么面对一群小姑娘,训练时不苟言笑,但是私底下会因几个同学的调侃而羞红耳朵。因为女生多,他不算特别严厉,一有时间就会让他们休息。训练内容枯燥乏味,站军姿、踢正步、练军体拳,学生们还得学习一首军歌。

军训这段时间,宋风晚觉得时间过得格外慢,晚上必须按时熄灯,有教官查房,连手机都不能玩。食堂饭菜没有油水,菜汤里勉强能看到几点油星,宋风晚军训半个月,瘦了两三斤。

军训为期二十天,傅沉见不到她,只能整天看宋风晚的自拍照。

段林白的眼睛已经好了,最近他在和傅沉谈一桩生意,有一次居然看到傅沉白天喝酒。

"哎哟,傅三,小嫂子不在,你就借酒消愁啊?要不要再来支烟?"

傅沉瞥了他一眼,露出想揍人的表情。

段林白连忙转移话题:"我过段时间要去实地考察,你跟不跟我去?"

政府要在京城周边规划新区,新区地价飞涨,段家想在那边建一个新的商场。他们一家实在吃不下这单生意,他这才找了傅沉。

"什么时候?"

"国庆的时候,六号吧。"京城近些年已经被开发得差不多了,政府刚出文件,所有人都瞄准了新区。段家出手快,买了一大块地皮。

"我考虑一下。"

"新区离得近,来回就三个小时。"段林白笑道,"你现在又不是一个人,需要赚钱养媳妇儿。"

傅沉:"你一个单身人士,和我谈养媳妇儿?"

"单身人士怎么了,我吃你家的米了?"段林白生气了,心想:谈个恋爱了不起啊?你现在敢把她带回家?你有本事昭告天下啊!

军训结束后,大家要从军事基地走回京大。他们早上八点集合,到京大的时候已经下午三点多了。

宋风晚刚到学校就接到了傅沉的电话。

"晚晚。"

傅沉的声音传来,宋风晚眼眶一红,险些哭了。

傅沉继续道:"别进去了,我在你公寓后面的竹林那边。"

两人的关系没曝光,傅沉不便这时候现身。

宋风晚将行李交给胡心悦带上去,瘸着腿往后面走。公寓后面有一片竹林,晚上会有情侣在这里约会,白天并没有什么人。宋风晚刚到竹林边就看到了傅沉的身影,他穿着月白色衬衫、浅灰色裤子。夏风吹来,光影婆娑,在他身上投下斑驳的阴影,将他衬托得越发俊美清秀。

宋风晚鼻子一酸,都不知道这些天是如何熬过来的,眼睛红红地看着他。

傅沉也在看她,这么久不见,她瘦了。

她还穿着迷彩服,脸被太阳晒得红扑扑的,额头上都是细汗,手中还拿着一瓶喝了一半的矿泉水。她看着他的时候,可怜兮兮的。

他大步向前,伸手把她搂进怀里:"辛苦了。"

"我身上都是汗。"宋风晚扭了一下身子,"有味道。"

"想我了吗?"傅沉收紧手臂,恨不得将她嵌入怀里。

"嗯。"

"很好，我也是……"

宋风晚回宿舍拿了两件衣服，坐着傅沉的车去了沂水小区。

这是严家老太太买的房子，装修好后还没人住过，三室两厅。傅沉前段时间请了钟点工来打扫，屋子里整洁无异味。

两人到小区时已是傍晚，因为天气热，外面没有什么人。宋风晚双腿酸痛，几乎是被傅沉抱着进入电梯的。小姑娘靠在他怀里，听着他的心跳声，看着电梯数字不断攀升，生怕有人闯入电梯，神经紧绷。

"晚上出去吃？"傅沉低头看着她。

"先让我洗个澡吧。"宋风晚现在根本没心情想吃饭的事。

到了十八楼，傅沉从她的包里找出钥匙，打开大门。

门一开，宋风晚就被他拉了进去。他们担心太阳将家具晒坏，将房间内的窗帘全部拉起来了，整个屋子的光线非常暗。傅沉将门关上，随后将她困在自己与门板之间。

微光透过窗帘，将房间的气氛烘托得十分暧昧。

"晚晚，终于只有我们两个人了。"傅沉低头看着她，嘴角含笑。

两人的身子靠得太近，她莫名有股窒息感。

他低头看着她，道："晚晚。"

"三哥……"宋风晚被他弄得快不能呼吸了。这人最会磨人，自己又如此不争气，总是会陷进去。

人家都说小别胜新婚，这话说得一点儿不假，两人光是接吻就过了半个多小时，好似怎么都亲不够。

她在军训基地都是抢时间洗澡，这次洗澡费了不少时间。等她出来时，餐桌上已经摆上了饭菜。傅沉点了外卖。

"你点了什么？"宋风晚穿着长款吊带睡裙，露出小腿，原本白嫩的皮肤上有几块瘀青。宋风晚在南江待了一个暑假，那边紫外线很强，她已经有了防晒经验，人倒是没黑，就是太瘦了。

"随便点了几个菜，等你休息好了我们再出去吃别的。"

宋风晚许久没吃到这么可口的食物了，吃了不少，随后坐在沙发上给母亲打电话。

那家外卖店送了一盒西瓜，傅沉之前把西瓜放到冰箱里了，此刻取出来，坐在宋风晚旁边喂她吃。

宋风晚对电话那头的乔艾芸道："结束了，明天有新生大会，晚上还有迎新晚会，弄完应该就放假了。"

乔艾芸看到宋风晚发回来的军训照片，十分心疼，宋风晚看上去瘦了许多。乔艾芸问："那你准备什么时候回来？国庆机票很紧张，你确定好时间，我给你订票。"

宋风晚咬了咬唇，看向身旁的人，傅沉也看着她，等着她回答。

"国庆啊……"

"你们不是放七天假吗？时间很充足。"乔艾芸想她了，若不是怀孕，早就飞去京城了。

"我确定时间后再和您说吧，您最近身体怎么样？"宋风晚生硬地转移了话题。

"我挺好的，你不用担心。你在那边，要是缺钱就跟我说……"

她们又说了一会儿才挂了电话。

傅沉问宋风晚："国庆要回去？"

"应该会回去几天。"除了国庆和寒暑假，宋风晚没时间来回跑。

"嗯。"傅沉点头，伸手给她揉了揉小腿。

宋风晚彻底放松下来。

她懒得回宿舍了，给胡心悦打了个电话，随后趴在床上晕乎乎地睡着了。等她睡醒已经半夜了，床头亮着一盏灯，散发着昏黄的光。她一转头就看到傅沉熟睡的脸，立刻笑了，伸手一点点从他的脸上滑过。指尖落在他薄薄的唇上，宋风晚凑过去亲了他一口，为他盖好被子。

第 十 章

抄袭，黑料漫天

京大迎新晚会定在二十九日，许多新生隔天就回家了。

宋风晚如果这次不回南江，就得等到寒假。她想乔艾芸了，犹豫再三还是决定回去。

三十日的机票太抢手了，严望川帮她订了国庆节当天晚上的机票。

宿舍现在只有三个人，本地的吴雨欣早就回家了。胡心悦的男朋友从陕北过来。苗雅亭的家比较远，她并不打算回去，父母打了钱，让她在京城好好玩。

宋风晚本想睡个懒觉，结果早早地被吵醒了。胡心悦一早就起来了，洗头、换衣服，折腾到十点多才出门接男朋友。

"晚晚，你明天几点的飞机？"苗雅亭最怕落单，想到宿舍即将只剩自己一个人，难掩失落。

"晚上六点多的。你今天如果没有安排，可以陪我去买点儿特产吗？我要带回去。我对京城还算熟悉，也能带你逛逛。"

"行啊。"苗雅亭爽快地答应了。

宋风晚一下床就看到了段林白的海报，还和自己外公的照片贴在一起，怎么看都觉得不对劲。

两人在食堂吃了午饭，随后去学校旁的万宝汇买了特产。下午三点多，胡心悦打来电话，说要和男朋友一起请她们吃饭。有对象的人请客似乎是大学生的一种习惯，宋风晚自然爽快地答应了。

傅沉原本想趁她没离开和她多处处，结果她白天陪室友，晚上见室友的男朋友。他心里不爽，搞得傅心汉都不敢往他身边凑。

"你明天还有安排？"傅沉无奈地道。

宋风晚整天在宿舍打电话，瞒得了外人，瞒不住朝夕相处的室友，便问："要不明天你也请我的室友吃饭？"

傅沉乐了，道："可以，地点我安排。"

宋风晚挂了电话，和室友说了这件事。

"你男朋友也在京城上大学？"苗雅亭得知她有男朋友，难免有些艳羡。

"他工作了。"

"上班？那他得比你大多少啊？"

宋风晚咳嗽了两声："六七岁吧。"

"你们是怎么认识的？"苗雅亭觉得不可思议。

"过程有些复杂，不过两家人都认识……"

国庆第一天，傅沉开车去学校接宋风晚和她的室友。

"给你们介绍一下，这是我的男朋友傅沉。"宋风晚郑重介绍。

"你们好。"傅沉心里是高兴的，现在他成为宋风晚亲自盖章认证的男朋友了！

他开的是自己以前练手的车，不是很贵，三个女生挤在后面，胡心悦的男朋友坐在副驾驶座上。胡心悦的男朋友叫向春晖，是个很热情的人，不过看到傅沉时还是有些拘谨。他们都是学生，很少与傅沉这种社会人士打交道。

"你是哪所学校的？"傅沉看向身旁的男生，问。

"陕大的。"

"学什么的?"

"机械制造。"

"那出来应该很好就业……"

傅沉知道的东西多,也能和向春晖聊到一块儿去,气氛逐渐热络起来。

不一会儿,他们到了农家乐,因为傅沉提前订了位置,五人直接到了包间,由经理亲自接待。

几人高兴地点了菜,之后就聊开了。

"这农家乐是谁开的啊?生意真好。"胡心悦去洗手间时瞧见外面还有人排队,回来后问道。

"我的一个朋友开的。"傅沉帮宋风晚倒了杯茶。

"你这朋友品位挺独特的。"胡心悦打量着包间,道。

宋风晚忽然笑出声,心想:这个品位独特的人正是你的"男神"!

"他的品位一直独特。"傅沉说完和宋风晚对视一眼,一起笑了。

国庆之后,学校开始正式上课。

第一堂课是两百多人的大课,整个美术系的学生都去。胡心悦去得早,给室友们占了座。宋风晚和苗雅亭到教室的时候,除了第一排,前面几乎坐满了。

宋风晚从包里找出教材后给傅沉发了信息,告诉他自己该上课了。

吴雨欣虽然与她们在一个宿舍,却从来不跟她们一起玩,还对宋风晚有敌意。她交友广泛,据说已经认识了许多学姐学长,是内定的学生会成员。

"晚晚,老师来了,好年轻。"胡心悦显得非常兴奋。

宋风晚一抬头就看到了一个熟悉的人,高雪。

高雪衣着简单,却搭配得非常漂亮,尤其胸口的别针分外精致,有画龙点睛的效果。

"大家都来得很早啊，希望以后的一年里，大家每次上课都能和今天一样。"她笑着拿起粉笔，在黑板上写下自己的名字，继续道，"我是你们这门课的老师，高雪。"

高雪就是在辅导班负责指导宋风晚的女老师，宋风晚的素描能进步得那么快，这个老师功不可没。

"这是我的邮箱和电话号码，以后你们的作业都直接发到邮箱里。大家有问题可以找我，但不能随便骚扰我。"

宋风晚拿笔在教材第一页写上了高雪的邮箱及电话号码。

"这个高老师说话可真温柔。"胡心悦压低声音道。

"是啊，就是不知道平时上课严不严厉。"苗雅亭低声道。

"我听说她是因为获得了上届鹤鸣杯设计大赛的金奖，才被学校特聘过来当讲师的，我们是她的第一批学生。"胡心悦道，"而且，她是最年轻的鹤鸣杯金奖得主。"

这个比赛在业内的含金量很高，对她们这种刚入学的大学生来说简直遥不可及。

"据说获奖作品会印刷成册，但只给业内的大师看。我们想看她的设计，还得等几年。"胡心悦有些遗憾地道。

宋风晚笑着没说话。

每年举行大赛，赛方都会送给乔家一套获奖作品集，只是乔望北说近些年没有佳作，作品集落了灰也没看一眼。

高雪站在讲台上，打开课件，翻开花名册，看到第一个名字时眼神微微闪烁。

"我们现在开始点名，念到名字的举手喊'到'。宋风晚！"

"到。"宋风晚举起手道。

两人四目相对，高雪还冲她笑了下。

"晚晚，你们认识吗？"胡心悦立刻问。

"我考前来京城上过辅导班，她是我的指导老师。"这层关系，宋风晚觉得没什么可隐瞒的。

"难怪你的专业课成绩那么高，老师就很厉害啊。"

宋风晚笑了笑，没说话。

上课时，高雪时不时看宋风晚，这让宋风晚和傅沉发信息都不方便。刚下课，高雪就叫住了她，吸引了不少同学的目光。其中，最眼红的就是吴雨欣。

高雪叫住宋风晚是想跟她叙叙旧。

高雪知道宋风晚的背景不简单，与宋风晚说话时非常客气。而且院长还亲自交代高雪，多关照宋风晚。

开学后，各大社团的招新活动拉开帷幕。宋风晚跟着室友报了几个，除了许多学生部门需要面试，一般社团都是交了会费就能参加活动。美术学院最好、最热门的社团是设计部，这个部门每年都会举行校园设计比赛，获奖的学生很有可能没毕业就与大公司签约。所以除了美术学院的新生，不少外院的学生也会参加这个社团。不过它每年只吸纳三十个新生，要求新生带着作品面试，不要求作品有多好，但必须有亮点。

宋风晚宿舍有三个人报名了，想碰碰运气。

面试那天人很多，她们去得比较迟，位置比较靠后，已经有不少人面试出来了，其中还有很多同班同学。

胡心悦有些紧张，问："你被选上了吗？他们都会问什么问题啊？"

"肯定没选上！我回答问题的时候，声音都在发抖。他们就问为什么来参加社团之类的，不过你们进去之后要小心点儿。"

"怎么了？"苗雅亭比较内向，不适应这种场合，紧张得手都在抖。

"负责面试的老师有高雪，就是给我们上选修课那个。"

"那不是挺好的吗？那个高老师挺喜欢晚晚的，晚晚肯定能进。"胡心悦对参加社团没兴趣，来面试只是为了凑热闹。

"帮她记录的是吴雨欣，吴雨欣好像私下找她问过什么东西，反正两人走得很近。我怕吴雨欣给你们穿小鞋。"那人继续道。

吴雨欣一直将宋风晚视为竞争对手。

宋风晚听后十分诧异，高雪和吴雨欣怎么会走到一起？

宋风晚进去时确实看到了吴雨欣，对方就坐在高雪身旁，拿着本子，似乎在记录面试成绩。

晚上七点多，宋风晚收到了社团的信息，她被录取了。

"晚晚，你可得请客啊，我们班好像就五个人进了，你是其中之一。"胡心悦调侃道。

"好啊，请你们喝奶茶。"宋风晚盯着短信，想起面试时吴雨欣看自己的眼神，心里有不好的预感。

此刻的教师办公室里，吴雨欣帮高雪整理完课件，一直盯着高雪，一副欲言又止的样子。

"有什么话就直接说吧。"高雪刚和一个公司签了合约，要办设计展，此刻正在审核要交付的设计稿。

"那个宋风晚……"吴雨欣咬了咬唇，"我知道你们认识。我不是想告状，只是想说，她今天交的画稿和您的一幅画稿看着有点儿像……"

"你觉得像？"

吴雨欣看过一些高雪的画稿，道："我是觉得眼熟。而且面试的时候，她没说作品是原创的，说是被别人的作品启发了灵感。"吴雨欣斟酌着字眼，"她……她的灵感是来自您的作品吗？您不是教过她吗？"

高雪笑了笑："大家写字、画画都是从临摹开始的，她参考别人的也不奇怪。"

"感觉像在剽窃。"吴雨欣咬牙，"真的挺像的。"

"她还是有自己的想法的。"高雪帮宋风晚解释道。

"她都这样了，您还打高分推荐她入社？"吴雨欣不理解，只觉得老师的心肠太好。

"她是个可塑之才，有些话别乱说。"

"可是……"

"行了,不早了,你也该回宿舍了。"

吴雨欣悻悻地往回走,心想:如果真的牵扯到抄袭,宋风晚可能会被业内封杀,高老师未免太好脾气了。

吴雨欣离开后,高雪重新翻看宋风晚的那张画上,然后将画一点点地撕了。

宋风晚太出色,高雪就是想打压她都难,索性将她留在身边。反正这些画稿要想送出去参加比赛,也要经高雪的手。

别人不懂,但高雪心里清楚,宋风晚有背景。高雪不能明目张胆地针对宋风晚,要先把宋风晚捧得高高的,然后直接毁了宋风晚。

高雪将撕碎的画稿丢入垃圾桶,眼神阴鸷。

随着天气转冷,傅老寿辰将近。他今年不足八十岁,只是民间有讲究,老人过寿"过九不过十",所以傅老七十九岁的生日,傅家格外重视。傅沉是老幺,又在京城,自然各种事都亲力亲为。

乔望北父子与严望川也会在最近抵达京城,三个男人在老太太的安排下住进了一套空房。

房里请了钟点工打扫,宋风晚抽空买了新的床单被罩。

这套房是严老太太为宋风晚准备的,严老太太当时只考虑了宋风晚,托人买的床上用品都是粉色的。宋风晚实在想象不出严望川、乔望北、乔西延躺在这样的床上,会是一种什么样的画面。

听到开门声,宋风晚猜是傅沉到了,道:"三哥,你先坐会儿,我马上就好。"

"没事,你慢慢来。"

宋风晚毕竟不在沂水小区常住,这里也没做饭的东西,他们便决定点外卖。

忽然,一阵凉风从窗口吹来,宋风晚急忙起身关上窗户,阳台上还晒着被子。此刻才下午五点多,外面黑云压城,狂风将小区的树木吹得乱晃。

"不会下雨吧?"宋风晚站在窗边,有些苦恼,若是雨一直按照这个趋势下的话,自己该怎么回去上晚自习呢?

"天气预报有时候不准。"傅沉走到窗边搂着她。

他巴不得与宋风晚共处一夜。

"咱们还是走吧。我带伞了,你不是开了车吗?"

傅沉指着窗外,一个男人的伞被风吹得稀烂,整个人被伞拖着走。

宋风晚吞了吞口水。

突然,宋风晚的手机振动了两下,传来特别的提示音。

她平常会把群消息屏蔽,又担心遗漏重要的信息,就把班长设置为特别关注了。他发信息的提示音跟别人不同。

班长:"由于今晚大雨,晚自习临时取消,各个宿舍的同学互相通知一下!明天上午八点上美术史课,老师会点名,大家别迟到。"

群里的人顿时沸腾了。

"怎么了?"傅沉询问。

宋风晚咬了咬唇,道:"班长说今天的晚自习取消了。"

"是吗?"傅沉看似淡定,其实心里已经乐疯了。

"这雨一时停不了,找部电影看?"傅沉提议道。

"嗯。"宋风晚只得坐回沙发上。

挑来选去,他们最后选了《泰坦尼克号》。

没多久,外卖来了,他们一边看电影一边吃外卖。

电影时间很长,宋风晚看了一半就靠在傅沉的肩上睡着了。

傅沉偏头看她:"晚晚……"

他想让她回房睡。但是,她看起来实在很困,双腿蜷缩在沙发上,紧紧地靠着他。

傅沉将电视调成静音,歪头打量着。她缩成一团,姿势有点儿别扭,呼吸间有一股樱桃的香甜味……

"回屋睡?"傅沉压低声音问。

宋风晚似乎没听见，往他身边凑。

傅沉倏地一笑，低头亲了一下她的嘴角……

此刻，沂水小区单元楼门口，千江和十方站在楼梯口，想等雨小些后回家。

傅沉刚才已经给他们发了信息，说今晚给两人放假。显然，傅沉和宋风晚今天要留在这里过夜。

可是即便放假了，雨下得这么大，他们也走不了啊！

千江斜靠在墙上，慢条斯理地抽烟，并不着急。十方却很烦躁："还有烟没？"

"最后一根。"千江将抽了一半的烟递过去。

"你让我吃你的口水？"

千江没说话，将烟收回来，自己抽。

"这雨可真大，到底什么时候停啊？我还以为能早点儿睡，现在别想了。现在还叫不到车，我们要走到小区门口，准得淋成落汤鸡。"

"你是鸡，我不是。"千江道。

十方语塞："你这时候还和我争这个……？"

他正想和千江好好争论一番，突然看到一辆出租车疾驰而来，道："这车该不会是到我们这个单元楼的吧？太好了！"

眼看着车缓缓停在单元楼门口，十方乐不可支，生怕师傅走了，急忙冲进雨里，拍打着副驾驶这边的车窗。

车窗降下来，十方直接吓蒙了。他就说京城怎么突遭暴雨了，还以为是哪路神仙来历劫。可这哪儿是神仙？这分明是魔鬼来了！

"师傅，付好了。"副驾驶座上的男人穿着精致的西装三件套，瞥了一眼十方。

男人心想：十方在这里，那小子肯定也在。这是他母亲给宋风晚的房子，这丫头倒好，跑到这里约会。这次是他来得早，要是乔家父子先到一步，这丫头怕是惨了。

"先生，去哪里啊？"司机询问十方，十方一直不说话，弄得司机有些烦躁,"雨都进车里了。"

"哦,我接人,不打车。"十方表情僵硬地说道。

"帮我取行李。"严望川的声音比秋雨还凉。

这里离单元楼门口仅有七八步,严望川推门下车,大步走过去。

千江本来还想十方这傻子怎么站在雨里发呆,此刻看见走过来的人,手一抖,指腹被烟头烫了一下。他下意识地拿出手机,严望川一记冷眼扫了过来:"想做什么?"

千江又将手机放回去,心想:三爷,您自求多福吧!

"严先生,您怎么提前过来了?"十方从车内搬出两个大行李箱,道。

严望川瞥了十方一眼:"我过来是不是需要提前通知傅沉?"

十方低头不语。

三人进入电梯后,十方试图给傅沉发信息,可惜电梯内信号太弱,消息一直发不出去。

"我都到了,你现在提醒他也来不及了。"严望川冷冷地道。

严望川抵达京城时,外面已经开始下雨。他排队等车就耽误了半个小时。他本打算打电话给宋风晚,带她吃晚饭,但眼看着暴雨倾城,便打消了这个念头。他也没让乔艾芸通知宋风晚,宋风晚若得知自己到了,怕是会冒雨出来接他。

他提前一周抵达,并不仅仅是来参加傅老的寿宴,还有一些公事要处理。

傅家近日都在为傅老的寿宴忙碌,他不愿意这个时候去打扰对方,给人家添麻烦。所以他没通知任何人,直接到了沂水小区,准备等雨停了再做打算,根本没想到傅沉和宋风晚会在这边。

千江和十方站在严望川身后,心惊胆战。他们现在只求三爷克制一点儿……

"严先生,敲……敲门?"十方淋了雨,所到之处都是水。他故意提高嗓门,试图提醒傅沉:"严先生,我帮您敲门。"

严望川瞥了眼十方,从口袋里摸出钥匙:"你扯着嗓子吼什么?"

十方的把戏在严望川面前根本没用。

严望川轻松将门打开,一推开门,就看到傅沉正把宋风晚压在沙发上。

宋风晚早就被傅沉吻醒了,两人正在沙发上亲热。外面风大雨急,十方的声音被风雨声掩盖,所以门被打开了,他们还浑然未觉。宋风晚率先看到了严望川,急忙推开傅沉……

傅沉看到严望川,这才从沙发上起身。

"严叔!"宋风晚从沙发上跳起来,低头看了眼衣服,好在并没有不妥之处。

"严先生,您怎么来了?"傅沉表现得很冷静。

随后,傅沉看了眼严望川后面的千江和十方,心想:这两人可真是厉害,不仅不拦着,还把严望川领过来了。十方被他看得心虚,心想:这能怪我们吗?我都在门口喊了,您听不到啊,怪谁?

"这是我家,我不能来?"严望川道。

"严叔,您提前过来,怎么不说一声啊?我去接您啊。"宋风晚红着脸,后背吓出了冷汗,脑子也是一团乱。

"你母亲在家很担心你,生怕你独自在外过得不好,让我提前过来带你出去改善一下伙食。"严望川打量着桌上还没收拾的外卖盒。

"您吃饭了吗?我帮您叫外卖吧。"宋风晚立刻转移话题。

严望川并不接话,道:"我如果不是提前过来,压根不会看到刚才那样的画面。"

宋风晚拉了拉傅沉的衣服,可怜兮兮的。

傅沉立刻道:"严先生,你吓着晚晚了。"

严望川气结,心想:你怎么如此不要脸?要不是你俩在屋里乱来,我能吓着她?现在搞得我像个恶人。

傅沉说完,安慰宋风晚道:"没事,他不会说出去的,他是我们的同伙。"

宋风晚点了点头,严望川的脸彻底黑了。

"我帮您叫点儿吃的。"傅沉示意千江帮严望川将行李搬进来。

"严叔,您带了这么多东西,要在这里待多久啊?"宋风晚看着这两个大箱子道。

"里面是你妈给你买的衣服,还有一些吃的。"严望川平时出差只会带个小的登机箱,若不是因为宋风晚,哪里需要如此费力?

"谢谢严叔。"宋风晚去洗漱间帮他拿了条干毛巾。

"晚晚……"严望川将她带到一边。

"嗯?"

"女孩子独自在外,还是要有防范意识。"

"啊?"

严望川酝酿了很久才道:"现在这个社会,坏人不少。你年纪不大,还是要学会保护自己。有些人……"他看了眼不远处的傅沉,"看着人模人样,说不定是披着人皮的狼。"

这也算是一个老父亲的忠告吧!

宋风晚笑着点头:"我会注意的。"

严望川以为这丫头会把自己的话听进去,没想到她一转身就甜甜地喊着"三哥"了。严望川心想:这丫头真是魔怔了,这小子的心肝黑透了,她到底看上他什么了?

严望川吃完东西,看客厅看电视。他瞥了一眼傅沉,道:"傅沉,九点多了。"

傅沉道:"外面的雨太大了。"

京城已经发布了暴雨预警,从这里开车去云锦首府得一个小时。

"要不就留下住吧?"宋风晚小声道。

这个房子是三室两厅的格局,一间主卧、一间客卧、一间书房。就是说,房子里只有两张床。

"晚晚睡一间,我睡一间,你……"严望川眯眼看着傅沉。

"我睡沙发。"傅沉笑道,心里盘算着,反正等严望川睡着了,自己也可以偷偷过去。

严望川似乎看透了他的想法,道:"晚上客厅里有点儿冷,这里也没有多余的被子,你跟我睡吧。"

傅沉愣住了:"我……我和……"

"难不成你想和晚晚睡?"

傅沉自打有记忆开始就没有和父母睡在一起了,之后也就和宋风晚、怀生同床共枕过。

宋风晚憋笑,道:"那我先睡了,晚安。"她说完进了卧室。

严望川早早躺下了,傅沉硬着头皮上了床,两人之间隔着一条毯子。所幸两人睡觉时都不会乱动,也不会互相打扰。

傅沉辗转难眠,想给宋风晚发信息,身后传来一道低沉嘶哑的声音:"关灯后玩手机,对眼睛不好。晚晚应该睡了,你也睡吧。"严望川威胁道,"你如果睡不着,我们可以聊一会儿。"

傅沉被吓了一跳,连忙道:"我只是看一下时间。"说完立刻放下手机,闭上眼,强行让自己入睡,但是一夜都没睡好。

翌日,宋风晚因为上午有课,还得回宿舍拿书,七点不到就被严望川送到学校了。严望川走前叮嘱傅沉:"雨停了。"这话的意思就是,你可以滚了。

"我明白。"

"晚晚的舅舅和表哥随时会过来。"严望川的眼神分明在说:你这段时间不许再过来了。

严望川租了一台车,将宋风晚送到宿舍楼前。

他将乔艾芸给她带的衣物、食物拿出来,问:"自己提上去?"

这些东西装了差不多两个大箱子,实在太重了。

"我室友会下来接我。"

他们等了约莫半分钟,胡心悦和苗雅亭就跑了下来。因为有课,两人穿戴整齐,看见严望川的时候还乖巧地喊了声"叔叔"。

严望川嗯了一声,面无表情,又嘱咐了宋风晚几句才离开。

两人帮宋风晚将东西提上去,胡心悦忍不住小声道:"晚晚,你爸长得好恐怖啊,都不会笑。他看我的时候,我的心脏都要跳出来了。他是做什么工作的啊？"

"搞设计的。"

"你这算是女承父业吗？"

大概是潜意识里不愿意提起宋敬仁的事，宋风晚就没解释严望川其实不是自己的生父。而且，这些事情太复杂，她一时也解释不清。

"你爸要待多久啊？"苗雅亭询问道。

"应该会待一阵子，中午他会来接我们出去吃饭。"

"这怎么好意思？！"胡心悦虽然嘴上这么说，但还是难掩兴奋之色。

严望川这次来京城，除了来给傅老拜寿，还要处理公司的许多事，最重要的一件事就是来京大招人。公司缺搞设计的人才，在这方面他素来亲自把关。

他直接去了美术学院柳宏院长的办公室。

"严先生，您来得很早啊。"柳院长笑着招呼他坐下。

"送女儿来上学。"严望川道。

"晚晚这孩子确实不错。"柳院长一边说一边从自己的抽屉里拿出一堆设计稿，递给他，"这些是我选出来的设计稿，是我们院有意愿去严氏工作的学生或者老师的，您可以拿回去看看。"

"谢谢。"严望川接过设计稿。

设计稿上没有名字，这样他们才能更客观地评价。

严望川随意地翻了翻，从里面抽出一张设计稿。

柳宏看了一下，心想：严望川眼光够毒辣的，居然直接挑中了里面最好的一张。

可是严望川看了半天，最终将设计稿放在了一边。

"这张不好？"

"有形无神。"严望川觉得那张设计稿的画风有些怪异。设计界模仿乔老风格的人很多，这个人的设计却让他有种说不出的感觉。这张图将几种不同的画风杂糅在一起，好看，但让人看着不舒服。

柳院长诧异，着实不懂严望川想要什么样的设计图。刚刚严望川放下的可是高雪的得意之作!这样的作品,严望川还瞧不上?

严氏集团是看本事而不看资历的地方,虽然位于南江,但年薪高,年终奖格外丰厚,不少学设计的学生毕业之后想去严氏集团,就连高雪也不例外。高雪虽然已经被聘为京大的讲师,但高校的薪酬无法和大企业比。

宋风晚到了教室,刚坐下就看见高雪和吴雨欣一前一后地走了进来,吴雨欣帮高雪拿着教材和保温杯。许多学生会帮老师干活儿,这并不奇怪。奇怪的是,宋风晚以为凭借吴雨欣和高雪的关系,吴雨欣肯定能进设计部,没想到吴雨欣并没有被选中。

吴雨欣的位置就在宋风晚的斜前方。她正低头收拾东西,眼睛还是肿的,一副失魂落魄的样子。

"她是不是哭过?"胡心悦咋舌,"她该不会是被老师骂了吧?"

"不知道。"宋风晚摇头。

其实就在上课前,吴雨欣去了一趟高雪的办公室,打算帮高雪拿东西。她推门进去的时候,办公室内并没有人。她走到高雪的办公桌前,准备等一下。办公桌上放置着一张打印出来的设计稿,上面有清晰的落款:宋风晚。办公桌上还放着一张画了一半的设计稿。吴雨欣一眼就看出这两张设计稿有着异曲同工之妙。

宋风晚的这张图,线条灵动,画风和谐;高雪画的图虽然好看,设计也很精美,但是和宋风晚的设计稿一比就逊色了很多。

该不会……?她的脑海中有个想法呼之欲出。

"不可能……"吴雨欣神情恍惚地往外走,大脑中一片空白。

她帮高雪做事,是想跟高雪学本事,毕竟高雪是最年轻的鹤鸣杯金奖得主。吴雨欣想拿美术学院的国奖,光明正大地站在领奖台上,凭自己的本事赢宋风晚。宋风晚是专业课第一名,很多人想赢她,心高气傲的吴雨欣也不例外。

吴雨欣打开门,迎面撞上了高雪。

"雨欣,来得这么早啊。"

吴雨欣吓得脸都白了,看着她,居然一个字都说不出来。

"怎么了?帮我倒杯水,我整理一下资料就去上课。"高雪直接走到办公桌旁。

这上面的东西都是她自己放的,所以她一眼就看出有人动了自己的东西。

高雪偏头看了眼吴雨欣,见她正站在饮水机前,拿着自己的保温杯接水。

"雨欣!"

"啊?"吴雨欣满脑子都是高雪抄袭的事,手一抖,哐当一声,杯子掉在地上,弄得一地都是水。

"你刚才看到什么了?"高雪看着非常冷静。

"没……没有啊。"吴雨欣紧张地吞了下口水。她知道,一旦她的想法被证实,那将惊动设计界。

鹤鸣杯金奖得主抄袭一个大一新生的作品,这种话说出去肯定没人信吧。而且这件事恐怕还会波及整个书画界,毕竟这个奖的分量太重,若被发现有造假嫌疑,书画界的大人物都有可能被拖下水。

吴雨欣简直不敢想。

"帮我把杯子捡起来,拿去洗一下。"

"好。"吴雨欣根本不知道自己的声音都在发抖。

和吴雨欣曾经在学校做的那点儿事相比,高雪做的事简直太可怕了,高雪可是骗了圈子里那么多大师啊!

吴雨欣回来的时候,高雪已经收拾完东西了。

"帮我接水啊,愣着做什么?"高雪看着她,道。

吴雨欣回来后比刚才冷静多了,接完水,把杯子递给了高雪。

高雪问:"吴雨欣,你没看到什么吧?"

高雪毕竟是她的老师,学生对老师有种本能的敬畏感,吴雨欣也是如此。此刻,她颤抖、恐惧……高雪忽然捏住她的下巴,道:"我是鹤鸣杯金奖得主,这是经过专家认定的。"

吴雨欣被吓得眼眶泛红,快哭出来了。

"有些事，你说出去也没人信。我是老师，你只是个学生，你不是还指望我以后多指点你？"

吴雨欣浑身僵硬，不敢动。

"况且……你没证据。你是个聪明人，应该知道怎么选择。"

高雪说完便松开手。

如果高雪不挑明还好，她现在这般威胁、警告吴雨欣，反而证实了吴雨欣的猜测。这样一来，吴雨欣几乎可以确定高雪抄袭了宋风晚的作品，而且不止这一幅。

方才吴雨欣发现的那张设计图尚未完稿，高雪大可不必如此紧张。除非高雪还抄袭了别的。

吴雨欣双腿发颤。

"快上课了，赶紧帮我拿着东西，要去教室了。"高雪说完，调整好表情往外走去。

吴雨欣有种世界观崩塌的感觉。鹤鸣杯金奖是所有设计师的梦想，这都能是假的，那到底还有什么是真的？

宋风晚低头在书本上写写画画。这堂课高雪讲得并不好，所以认真听讲的人不多。

宋风晚觉得吴雨欣在偷看自己，朝她一看，她又飞快地转过头去。

下课后，宋风晚要出去和严望川吃饭，很快收拾好东西，和两个室友打了个招呼就冲出了教室。

"宋风晚。"吴雨欣追出来，叫住她。

"嗯？"宋风晚回头看着她。

吴雨欣张了张嘴，欲言又止。

"有事？"宋风晚感到很奇怪。

"雨欣！"高雪忽然叫住了吴雨欣，"你在这儿干吗？来一趟办公室，我找你有事。"

"好。"吴雨欣深吸一口气。

宋风晚一脸疑惑。这是在搞什么啊？

吴雨欣哆哆嗦嗦地跟着高雪进了办公室。

"怎么，你刚才找宋风晚是想干吗？"

"没……没什么……"

"雨欣，等你出了社会就知道了，这世上真真假假的事情太多了……你不是一直想赢过宋风晚吗？我帮你！"高雪拍了拍她的肩膀。

宋风晚上了严望川的车，还在想吴雨欣的事。

"在想什么？"严望川问。

宋风晚摇头。

严望川这段时间经常来接宋风晚出去改善伙食。她一开始总会叫上那两个室友，不过，次数多了，胡心悦她们也不好意思。后来，即便严望川一再邀请，她们也没再出来。

宋风晚在车上发现了一个纸袋，问："这是什么？"

"下周有个设计展，这是主办方发的邀请函。袋子里还有一盒马卡龙，你可以拿出来吃。"

"好。"邀请函就绑在甜品盒子上，宋风晚拿出马卡龙时，瞥见了邀请函上的字：新锐设计师、鹤鸣杯金奖得主高雪个人首展。

高雪要开个人设计展了？

宋风晚虽然惊讶，但并不意外，高雪手持鹤鸣杯金奖，自然有人愿意捧她。宋风晚有些羡慕，毕竟开个人设计展是每个设计师梦寐以求的事。

"严叔，您要去看吗？"

"你感兴趣？"严望川敲打着方向盘。

京城的交通状况真是一言难尽，总是堵得要命。

"她是我的老师。"宋风晚道，"之前我来京城补课，她教过我。"

"其实许多真正有才华的人并没参加这个比赛。"

宋风晚好奇道："比如说？"

"你舅舅,还有我的那些师兄。"

"还有呢?"

"你表哥。他有天赋,又是师父亲自教出来的,自然不会差。"

"是不是还有你?"宋风晚笑道。

严望川咳嗽了一声。这丫头在调侃他?他记得宋风晚以前很怕他,现在可真是什么都敢说了。

"你要是想去看这个展,我可以安排一下时间,陪你过去。"

"这个在周末,可以啊。"宋风晚很好奇高雪的作品是什么样的。

"上午我去你们院长的办公室,听说你们学校在举办设计比赛,你没参加?"严望川询问道。所有参赛的设计稿会被印成几份,隐去作者的姓名,分发给美术学院的教授评选,柳宏是其中之一。而且,柳宏是美术学院院长,手中自然有参赛者名单。

"我本来设计了一张图,觉得不太好,就退赛了。"

"为什么?"

宋风晚笑了笑,没有说原因。

严望川看了她两眼。同样是设计师,他自然清楚她画图的时候会模仿别人,因而难以形成自己的风格。她刚上大一,恐怕正好处于这个阶段。现在,她需要自己反复练习、克服困难,别人帮不上什么忙。

傅沉在老宅吃了饭,直接给严望川打电话,说要送螃蟹过来,宋风晚想吃。傅沉行事周到,除了螃蟹,连调料、酱汁都送过来了。

螃蟹都处理过,拿上来蒸一下就行。严望川给宋风晚打电话,道:"晚上是我接你回来吃螃蟹,还是我把螃蟹给你送过去?"

"晚上我们部门要举办设计比赛的颁奖晚会,我要去帮忙,估计七点以后才有空……"

学校这个设计比赛就是设计部组织的,所有奖项都评选出来了,即将举办颁奖仪式。他们这些大一新生就是打杂的,晚会开始后就没他们什么事了。

"那我把螃蟹给你送过去？"

"还是我过去吧。"宋风晚主要是想看傅沉。

"那我……"严望川瞥了眼傅沉，"我让他去接你。"

"谢谢严叔。"

宋风晚虽然叫过他"父亲"，但之后还是喊了"严叔"，这样他俩都不会别扭。

设计比赛的颁奖晚会预计在晚上七点开始，舞台上正在进行最后的彩排。晚会开始之后，宋风晚觉得没什么事了，就给傅沉发了信息。两人约好在宿舍后面的那片竹林见面。

舞台上正在表演国风舞蹈，她从后台溜出去，立刻有个相熟的学姐叫住她。

"宋风晚。"

宋风晚有些心虚，笑嘻嘻地问道："学姐，您有事？"

"要回去了？"

"我看没什么事了，想回宿舍歇一会儿。"

"那你顺便帮我把这个送到钰鹤楼309，交给华子同。这个学长你认识吧？"学姐说着交给她一张空白表格。

"现在送过去？"

今晚院里的学生很多来参加设计晚会了，钰鹤楼里八成没人。

"对啊，很急，谢谢你了。"那人说完就走了。

宋风晚待会儿确实要经过钰鹤楼，便无奈地接受了。

钰鹤楼只有几个教室亮着灯，其他地方黑漆漆的，宋风晚的心都悬了起来。

她踏入楼道的时候，灯忽然亮了。她的前方出现了用玫瑰花瓣拼出来的爱心和一个抱着吉他唱歌的男生。周围还有不少人，全部手持玫瑰花。

那个男生就是华子同，美术学院设计专业大三的学生，在学校也算风云人物，长相属于耐看型。

宋风晚不是傻子,一看就知道发生了什么。她如果没有男朋友,可能觉得这种示爱方式很浪漫,现在却只觉得尴尬。

唱完《小酒窝》后,华子同拿着一束玫瑰花朝宋风晚走去。

千江站在不远处给傅沉发信息,将情况告知傅沉。千江最近一直在暗处保护宋风晚,因为宋风晚以前出过事。

傅沉收到千江的信息,眉头一皱。

千江:"他是个学生,模样中等偏上,二十岁左右,年轻。"

千江为什么要强调"年轻"这个词?

千江:"他单膝给宋小姐跪下了,说他爱她。"

傅沉在路过传达室的时候降下车窗,保安大叔一边喝茶一边看电视,发现傅沉,问:"先生,有事?"

"钰鹤楼那边有人聚众闹事。"

"什么?"保安一愣,"您确定?钰鹤楼?"

"嗯,有个熟人在那边,和我说了一下。"傅沉表情严肃。

"该不会又是男生为了女生打架吧?"

美术学院那边有很多漂亮的小姑娘,以前也发生过这类事。没错!今晚学校有活动,有小兔崽子竟然趁机闹事也正常!保安赶紧开着巡逻车朝钰鹤楼驶去。

十方将车慢慢地驶入学校,道:"三爷,那边出什么事了?真的有人打架?"

傅沉得意地笑了笑,没回答。

宋风晚见华子同居然直接跪在自己面前,吓了一跳。

"宋风晚,我喜欢你,做我的女朋友吧。"华子同鼓足了勇气,显得非常紧张。边上那七八个人八成是他的好朋友,在一边帮他加油。

"学妹,别犹豫了,他真的是个好男人。你刚入学的时候,他就喜欢你了。"

"就是啊,试试吧!他专门为你学的吉他。"

"是啊,答应他。"

宋风晚清了一下嗓子:"不好意思啊,我有男朋友。"

"我观察你很久了,没看你和男生出去过。你如果现在不想谈恋爱,我可以等你。"男生诚恳地道。

"我真的有男朋友。"宋风晚捏紧手中的表格,放在他面前,"对不起。"

她说完就要走。

华子同自然不想让她就这么走了,突然朝她扑过去,嘴里喊道:"宋风晚!"

千江离宋风晚有点儿远,本以为就是学生之间小打小闹,宋风晚拒绝对方后就没什么事了,没想到那个男孩子会这么粗鲁地朝宋风晚扑过去。

宋风晚大惊失色。那个男生刚碰到她的衣袖,她就本能地一推,居然直接将他推倒在地。男生一屁股跌坐在花瓣上,方才还在欢呼的一群人瞬间不说话了。他们没想到宋风晚的反应会如此强烈。场面一度十分尴尬。

"我确实有男朋友,你的喜欢我承受不起,也请你注意点儿。"宋风晚的胸口微微起伏。

华子同没想到自己精心准备了这么久,会落得这般狼狈的下场,瞬时觉得颜面无存。

此刻,外面响起了喇叭声,宋风晚急忙跑出去。车窗降下来,傅沉出现在大家面前,面露寒意。华子同被傅沉盯着,不禁有些害怕。

宋风晚急忙上车离开,剩下的人面面相觑,不知该如何收场。

就在此时,几个保安冲了过来,看到一个男生坐在地上,以为他们真的在打架,道:"喂!你们干吗?!"

这群男生还没回过神就被保安围住了。

虽然最后没什么事,但学校就这么大,消息很快传遍校园。华子同算是出尽了洋相,丢尽了人。

宋风晚上车后没说什么,傅沉也没多问。他们到了沂水小区后,严望川在跟乔艾芸通视频电话。螃蟹在锅里煮着。宋风晚凑到严望川身边跟乔艾芸简单地聊了两句，随后坐在客厅的沙发上吃起了樱桃。

想起刚才的事，宋风晚庆幸自己躲闪及时，要不然……她还在沉思，忽然感觉一双手按在了她的肩膀上。傅沉的声音从她的头顶传来，低沉而温柔："好吃吗？"

傅沉刚才去厨房看了一下锅里的螃蟹，现在坐到她身边。

宋风晚将一颗樱桃递给他，道："不错。"

傅沉想到刚才有人向宋风晚告白，心里不舒服，解开一粒扣子，压低声音道："喂我！"

宋风晚干咳两声，将樱桃递过去，见他咬住了，正打算抽回手，手指忽然被他咬住了。

"三哥……"宋风晚压低声音，声音越发娇憨、温柔。

傅沉把牙齿一松，她的手指得到解放，可是指尖的热度经久不散。

"还吃吗？"她问。

她起身去果盘里拿樱桃，傅沉忽然拉住她，将她整个人压在沙发上。她的惊呼尚未发出就被他堵住了，二人的唇齿间都是樱桃的滋味……

宋风晚推了推他，指着不远处的客房，严望川可还在里面呢。

"他还在和芸姨打电话，一时半会儿出不来，我们小声点儿。"傅沉的吻从她的嘴角移到耳侧，接着他咬住她的耳垂，道，"晚晚……"

"嗯？"宋风晚的身子已经软了一半。

"你的耳朵怎么又红又软？"

宋风晚攥紧他的衣服，心脏急速地跳动着，道："你别这样，赶紧起来，被发现就不好了。"

"这样不是更刺激？"

宋风晚感到无语，忽然觉得傅沉是个变态……

他隔着衣服捏她腰上的一块软肉，缓缓道："晚晚，听说今天有人向你告白了？"

"你吃醋啊？"宋风晚笑道。

"听说很年轻？"

"我喜欢你这种……"宋风晚勾着他的脖子，补充道，"老一点儿的……"

傅沉立刻变了脸色，起身道："我去看一下螃蟹。"

宋风晚笑了。

他生气了？她还是第一次发现傅沉有如此幼稚的一面。

严望川出去的时候，傅沉正在帮宋风晚剥螃蟹。傅沉的姐姐爱吃螃蟹，没结婚时总使唤他，他对剥螃蟹简直驾轻就熟。

"严叔，吃吗？"宋风晚指着盘中处理过的螃蟹。

傅沉眉头一皱，这可是他剥给宋风晚的。

严望川也不是不识趣的人，道："不了，你吃吧。今晚回宿舍吗？"

"明早没课，今晚住这儿吧。"宋风晚擦了下手，"我和室友说一下。"

她之前在后台准备晚会的事情，将手机调成了静音模式了，此刻才注意到她们宿舍的小群内已经炸开锅了。

胡心悦："晚晚，你人呢？学校论坛里都讨论疯了！你怎么不回短信、不接电话啊？"

苗雅亭："这些人都疯了，什么都乱说！晚晚怎么可能抄袭？"

胡心悦："他们还说晚晚推人，怎么可能？"

宋风晚蹙眉，在群里回了一句："出什么事了？"

胡心悦和苗雅亭立刻给她发了几个链接。宋风晚依次点开。

标题都十分刺眼——

"真相大白！美女院花推人，清纯形象不复存在！"

"某大一新生仗着老师喜爱，动用特权，开学至今旷课数次！"

"某新生的作品涉嫌抄袭，临时退赛！"

宋风晚点开最后一个关于抄袭的链接，因为这个最让她觉得莫名其妙。

这是一个匿名爆料帖。

"这次的设计比赛,美术学院的师生基本都参加了。入学时专业成绩第一的那个新生本来已经交了设计稿,却临时退赛。她的作品我看过,与今晚在设计晚会上公布的一张设计图高度相似。"

然后爆料的人放出了两张图片,其中一张确实是宋风晚交上去的螭虎图,而另外一张……

宋风晚突然有种不好的预感。

"下面这张是美术学院高老师,也就是鹤鸣杯金奖得主的设计稿,你们自己对比一下,它们像不像?听说某新生曾在这位老师的门下学习过。作为学生,模仿老师的画作是很正常的,但是模仿后还署上自己的名字就很恶心了。这位新生是不是怕交上去之后会被人发现抄袭才临时退赛的?"

底下的评论一边倒地讨伐宋风晚。

"抄袭最可耻了,尤其是设计,这都是别人的心血啊。"

"高老师十分喜欢她,要是看到这幅画,估计得伤心死。每次上课,高老师都夸她。"

宋风晚之前在美术学院被捧得那么高,此刻很多人想踩她一脚,甚至连她上课玩手机的事都被拿出来大肆批判。

"晚晚?"傅沉准备将她的手机拿过来。

"没事。"宋风晚收起手机,笑得颇不自然,"我去洗手间。"

傅沉与严望川对视一眼,都察觉到了她的异样。

她进去之后,傅沉给胡心悦发了信息。胡心悦担心宋风晚,把知道的一切和盘托出。

傅沉的脸色瞬间阴沉下来……可是事情的发展并未止于此,因为隔天整个乔家都被牵扯进去了。这件事在整个书画界引起了轩然大波。

严望川见傅沉的脸色瞬间阴沉下来,没出声,敲了一下桌子。

傅沉将手机递过去,手机屏幕上正是那个关于抄袭的帖子。

严望川见过一次高雪的设计图，当时就觉得画风有问题，此刻看到宋风晚的设计图，便明白了其中的猫儿腻。

内行看门道，外行看热闹。但在帖子下留言的人不懂这些，都觉得两张设计稿看着像。高雪是鹤鸣杯金奖得主，大方地公开了自己的设计稿；宋风晚是高雪的学生，最后临时退赛。大家觉得宋风晚心里有鬼。

帖子下有不少美术学院的学生发表了评论。

"她在我们学院真的很受器重，开学时院长就找过她，老师也很器重她，被她抄袭的高老师夸过她很多次。"

"老师对她那么好，她还抄袭？我看她就是怕被发现才退赛的！"

"她仗着老师喜欢，经常翘课，不上晚自习，辅导员都拿她没办法。"

宋风晚此刻也在洗手间里看那些留言。开学至今，她未旷过一堂课，有一次因为来例假，肚子疼得厉害，才请了假。这怎么就变成她经常旷课了？

最可怕的是另一个关于她推人的帖子。

帖子上放了今晚那个学长向她告白的视频，从视频角度看，这分明就是之前围观的那群人拍的。帖子里上传视频只截取了她推人的部分，底下的留言对她很不友好。

"就算不接受人家的表白，也不能动手啊！"

"真是对她完全没好感了。"

"这种人还是女神？"

事情怎么会变成这样？当时那么多人，她是不是故意推人，在场的人心知肚明，居然没有人站出来解释？

她本来还想继续看，网页却突然显示"系统服务器正在维护"。

学校的论坛瘫痪了。

宋风晚出去的时候，傅沉还在帮她剥螃蟹，见到她，淡淡地问："要我帮忙吗？"

宋风晚没问他为何知道了这些，只是道："我能处理。"

推人、旷课这些都好解释，唯独抄袭一事比较麻烦。其实她和高雪的两幅设计图乍一看并不像，仔细对比后才能看出许多相似之处。

高雪的设计稿是在设计晚会最后展出的，宋风晚的设计稿交上去时有不少负责比赛的学生看过。

"严叔，你能找到高雪的其他设计作品吗？"宋风晚问。

"可以，我打个电话。"

高雪个人设计展的主办方一直邀请严望川过去，此时听说严望川想看设计图，以为他对设计展有兴趣，立马将一部分设计图发了过来。这些都是要展出的作品，过几日就会公开，主办方也没必要藏着掖着。

宋风晚此刻顾不得吃螃蟹了，坐在电脑前翻看设计图。第一张图就是高雪获得鹤鸣杯金奖的作品。

这不是……？

宋风晚一张张翻看设计图，气得双手发抖。

高雪简直无耻，这全部是宋风晚的作品。

严望川也是第一次看到高雪的这么多作品，目光落在一个繁花瓶上，脸色阴沉了几分。

傅沉见宋风晚的脸色越发难看，问："怎么回事？"

"那个瓶子，乔家有类似的成品。"

傅沉瞬间明白了。

严望川提醒道："晚晚，她的作品和一些创意设计已经申请了专利，除非你手中有过硬的证据，不然……"

"专利？"宋风晚嗤笑，"这些图都是我之前设计的，她怎么会这么不要脸！"

傅沉道："设计图本就是私密的东西，这些东西，既然不是她画的，那她是从哪里看到的？"

严望川也有这个疑问。

宋风晚猛地想起高雪之前没收了自己的画册，立刻道："之前我来京城补课，上课时偷画了一些图，被她发现了，她就把我的画册没收了。"

"她是你在辅导班的老师？"傅沉一直觉得这个名字熟悉，却想不起在哪里听过。

"即便你手中有底稿，这个东西也很难证明谁先谁后。"

高雪的很多图已经发表了半年之久，而且她凭着这些图获了奖，即便宋风晚此刻跳出来，也会被高雪倒打一耙。

"难道就这么算了？"傅沉问。

其实业内抄袭之事屡见不鲜，都是谁先发表设计稿，设计就算谁的，因为后者极难证明自己才是原创者。

"晚晚，你的底稿在吗？"

"在宿舍，我明天回去拿。"

"你明天回学校的话……"严望川有些担心，那恐怕又会带来一场风波。

"没事！而且，除了这件事，我还有其他事要处理。"

高雪抄袭的事确实需要从长计议。而学校的论坛当天夜里一直处于维护状态，恐怕不是系统本身出了故障，而是被人恶意攻击了。

隔天，宋风晚虽然上午没课，但还是早早地去了学校，回宿舍取了自己的设计底稿。

苗雅亭已经出门了，胡心悦见她回来，急忙道："晚晚，网上那些东西你别在意，都是假的！我天天和你一起上课，你根本没有故意旷课！"

宋风晚笑了笑："我知道。"

"那你现在去干吗？"胡心悦见她翻箱倒柜，拿着东西就一脸严肃地往外走。

"我出去办事。你需要我给你带早餐吗？"

"你这会儿还惦记着我的早餐？"胡心悦惊讶地道。

"食堂估计还有包子，我回来时给你带两个。"宋风晚说着就往外走。

胡心悦心想:难不成宋风晚就是出去买早餐的?

胡心悦越想越不对劲,趿拉着拖鞋,穿着睡衣就往外面跑去。

钰鹤楼的205教室是足以容纳两百余人的大教室。今天教授会专门讲解在设计比赛上获奖的作品,就把美术学院设计专业大一至大三的人都叫来了。

宋风晚在学校本就出名,昨天更是引爆了学校论坛,走在学校里分外瞩目。不少人对她指指点点,有些人甚至拿出手机偷拍她。

她到达205教室,一眼就看到坐在第三排的苗雅亭正在和几个女生争论。

"晚晚什么时候旷课了?全部是假的。"

"那她推人呢?这可是有视频的。"

"还有抄袭,难不成是高老师抄她的?拜托,这话说出来你信吗?"

"就算她是你的室友,你也得认清事实,这么多证据摆着呢,她真是把我们美术学院的脸都丢光了。"

苗雅亭本就内向,不善言辞,和这么多人争辩自然处于弱势,脸涨得通红。

教室的前后门都是敞开的,宋风晚大步走进去,原本人声鼎沸的教室瞬间变得鸦雀无声。

她直接走上讲台,将讲台上的电脑投影仪打开,趁着开机这点儿时间,眯着眼在教室里扫了一圈,视线定格在坐在后侧的华子同等人的身上。

"晚晚……"苗雅亭看到她出现,心里很着急。

"学妹,你是不是来错地方了?这是设计专业的课,你是国画专业的!"

"你来这里干吗?我们要上课了。这里不欢迎抄袭的人!"

"滚下去,别丢我们学院的脸。"

宋风晚将怀中一本厚重的画稿直接摔在桌上，教室内瞬时没了声音。

宋风晚淡淡地道："我就说两句话。"

胡心悦此刻穿着睡衣冲到了205教室，试图将宋风晚拉走。

宋风晚用眼神示意她放心，道："我就说两句话。"

电脑、投影仪全部打开后，宋风晚插入自己的U盘，首先打开一段视频。钰鹤楼里有监控，华子同昨天表白遭拒的全过程都被拍下来了。大家看到他试图抱住宋风晚的时候，都沉默了。

宋风晚按下暂停键，目光锁定在那群男生的身上。

"这件事就发生在昨天晚上，在场的人差不多有十个！我不知道论坛上的那个视频是谁拍的，并且恶意地截取了其中一段。在座的女生居多，我就想问，你要是被不喜欢的人这样告白，那个人还试图对你动手动脚，你会怎么做？难不成我应该站着，让他随便抱？我把他推开难道不对吗？"

底下的人小声议论着，觉得宋风晚说得不无道理。

作为昨晚的当事人之一，华子同瞬间成了众人关注的焦点。他的举动确实不好，人家小姑娘推他是合理的。

华子同咳嗽了两声："昨晚的事情……我也不知道会变成这样……"

宋风晚轻笑："就当你不知情吧。论坛上的那段视频分明是在场的其中一人拍的，就算你不知道是谁恶意发了视频，但是我被人指责推人的事你肯定知道。作为当事人，你不应该站出来说出事实吗？难道是因为我昨晚拒绝了你，所以你故意坐视不理？"

宋风晚看着是个极其温顺乖巧的人，此刻散发出来的强大气场却把不少学生震慑住了。

"我……"华子同昨天确实有些难堪，所以在事情爆发后选择了沉默。

"昨天我说因为有男朋友，所以拒绝了你。但现在我可以明确地告诉你，即便我没有男朋友，也不会和你这种懦夫在一起！"

"宋风晚,你说谁呢?!"边上有男生站起来道。

"你昨晚好像也在场,几个大男生对付一个女生,也不觉得臊得慌,算什么男人!"

昨天这些男生被保卫处的叔叔说了一通,有人心理不平衡,便截取了视频片段传上论坛,只是没想到一石激起千层浪。

"这件事的真相,我相信大家心里有数了。至于我仗着师长的疼爱,多次逃课、旷课的事情,更是子虚乌有。我开学至今只请了一次假,现在每个教室都有监控,你们可以对照我的课表去查!大家都是大学生了,应该有分辨是非的能力。"

"那抄袭呢?"有人叫嚣道。

"孰是孰非,我自然会给大家一个交代!"

宋风晚说完拔出U盘,拿起讲桌上的底稿往外走。她知道,与其和这些人争辩,不如直接拿出证据。

胡心悦完全忘了自己此刻还穿着睡衣、拖鞋,一脸崇拜地看着她道:"晚晚,你也太帅了吧。"

教室里,华子同和那群男生坐在一起,羞愤不已。其实论坛上讨论的事半真半假,多数当事人会选择回避,等风声过去。宋风晚这种直接拿证据出来澄清的情况,实在少有。

学校里消息传得很快,宋风晚虽然只澄清了部分传言,但舆论风向已经有所改变,毕竟她不卑不亢,摆事实、拿证据。大家不禁猜想,抄袭的事情,说不准真的冤枉了她。

"平时看着娇娇弱弱的,没想到发起脾气来这么猛,怒斥大三学长,太强了吧!"

"那男的告白被拒绝,又被保卫处大叔叫去'谈心',估计是故意抹黑这个学妹。"

"别的解释得通,但抄袭这件事怎么说?"

"高老师是鹤鸣杯金奖得主,需要抄袭吗?而且人家大大方方地将作品展示出来了!"

宋风晚没有把这些流言放在心上,正和胡心悦在食堂喝粥。

"晚晚，高老师那个事……"胡心悦忍不住问道。

"会水落石出的，大家马上就会知道到底是谁抄袭。"

"高老师抄了你的图？"

宋风晚的图是在宿舍完成的，胡心悦和苗雅亭都见过，她们知道宋风晚是独立完成的。而且这种图就是让她们模仿，难度都很大，当时苗雅亭还说，这图交上去肯定会拿奖。

胡心悦又问："她不是获得了鹤鸣杯金奖吗？能力应该不止如此吧，还需要干这种事？"

"如果得奖的作品就是抄的呢？"宋风晚反问。

"我……那……"胡心悦险些惊呼出声，"晚晚，那你怎么办啊？这种事不好证明啊。"

"没事，我有对策。"

"她周末就要举行个人设计展了，你……"胡心悦还是担心。在她看来，宋风晚只是个普通学生，根本无法和高雪抗衡。

"你去和院长说？要不直接告她？"

宋风晚笑了笑，道："你的粥凉了。"

"你……"胡心悦气闷，这都什么时候了，她还有心情喝粥？

"心悦，你就不怀疑我真的抄袭了她的作品？"宋风晚托腮看着她。

"我之前画设计图，你还指点过我，我相信你有这个能力。而且高老师平时上课也没讲过什么有用的东西，都是照本宣科。"胡心悦笑道，"况且你要是真的抄了她的图，也不会直接把画稿交上去。我和雅亭昨晚就讨论过，她可是我们的老师，难道你敢抄她的东西，然后直接交上去？傻子才会干这种事。我跟你说，学校里有些人纯粹是忌妒你。"

宋风晚笑着点头，没想到胡心悦平时大大咧咧的，分析起事情还挺有条理的。

"不过晚晚，她可是老师，你怎么办啊？这种事如果传开，你以后在这个圈子里就混不下去了。"胡心悦一脸担忧。

"赶紧吃饭吧！"宋风晚笑道。

胡心悦长叹一声。她昨天和苗雅亭因为这件事担心到后半夜才睡，宋风晚看起来却像个没事人一样。

吃了饭，宋风晚打算把底稿交给严望川，正要跟胡心悦道别，胡心悦却惊呼一声，将手机递给宋风晚："晚晚……"

宋风晚接过手机，那是一段高雪的采访视频。

"我也没想到能获奖，其实好的作品很多，还得感谢大家的抬爱。"

"听说学校里有个学生抄袭了你的设计作品？"记者问道。

高雪淡淡地道："她以前就是我的学生，学生模仿老师的作品很正常，谈不上抄袭。"

"她以前是您的学生？"

"我教过她几个月。谁学画画不是从模仿开始的呢？她是个孩子，这种事无伤大雅，大家不用在意。"高雪摆出一副和善温良的样子。

"那对这次展出，您有什么期望呢？听说会有很多业内的大师到场为您加油鼓劲。"

"是大家爱护我这个晚辈吧！希望通过这次展出，我的作品能够得到大家的认可。"

视频很长，采访的内容大部分跟她的设计个展有关，抄袭的事情被轻描淡写地带过。

"晚晚，这人……"

如果高雪真的抄袭了宋风晚的设计稿，还说出这种话，那真是太过分了。

宋风晚冷笑，确实没想到人能无耻到这种地步。

宋风晚到宿舍楼下时，严望川的车已经等着了。他昨晚让严氏集团的律师团队连夜赶来了。

严望川将她带到了沂水小区。房子里坐着十几个人，全部是四五十岁的大叔，聚在一起商讨事情。

严氏原本就主攻高端定制这一领域，推出的作品长期被人模仿、抄袭，他们公司的律师团队接的几乎都是关于侵权的案子，有这方面的经验。不过这次，众人听了整件事后也很为难，毕竟一年前的底稿根本不能说明什么，而且对方已经申请了专利。

这件事太棘手！

"就没地方可以下手？"严望川蹙眉问。

"严总，我们会仔细研究的。"

宋凤晚没想到严望川会为自己找来这么多人，心里很感激。

"严叔，谢谢。"

"你是我的女儿，这是应该的。"严望川自己也是设计师，比任何人都清楚作品被人抄袭有多难受。

宋凤晚点头，没出声，安静地听着那些叔叔讨论各种法律条款。

到了吃午饭的时候，乔艾芸打了个电话过来。

"艾芸……"严望川走到阳台接电话。

"你能联系到我哥和西延吗？我怎么找不到这两个人？"乔艾芸语气很急。

"估计他们在山里，出什么事了？"严望川问。

乔家父子的确来了京城，只是才住了一晚就匆匆去西北采购石料了。

"玉堂春出事了，有个公司在网上发了律师函，说玉堂春侵权，让我们公开道歉。京城分店的经理给我打电话，说今天很多人拿着产品去退货。"

玉堂春就是乔家经营的玉石铺子，已经经营几十年了，虽然没有像大的珠宝品牌一样上市，但口碑极好。

"侵权？"玉堂春一直做原创产品，从没出现过侵权问题。

"我也不是很清楚，事情已经在网上发酵了，不少人去店内要说法。我让他们按照客户的要求来，能退货的就退货，尽量稳住客户。设计一直是我哥和西延把关，我就想问一下他们到底是怎么回事，可他们的电话一直打不通。"

"你别急,我会处理的。"

严望川挂了电话,又给母亲打了电话,让她安抚一下乔艾芸的情绪。

宋风晚打开了微博,"玉堂春侵权"的话题上了热搜。她看到某文化公司发的律师函,便点开仔细阅读起来。

"玉堂春涉嫌抄袭高雪女士的原创设计!高雪的设计图发表于去年,玉堂春的夏秋设计新款与其十分相似。高雪女士的许多设计图已经申请了专利,玉堂春没经过我们的允许擅自使用高雪女士设计的图案,已经构成侵权行为。玉堂春是乔老的心血,我们看在乔老的面子上,只希望玉堂春下架所有侵权的商品并公开道歉,赔偿我们的损失……"

文件中还列举了十余种玉石产品,全部是他们所谓的侵权商品。而这家公司微博置顶的内容便是高雪个人设计展的宣传图。

"自己抄袭就罢了,还反咬乔家一口?"小助理想骂人了。

"玉堂春的夏秋产品上市好久了,现在才发律师函,摆明就是为高雪的设计展造势。"

严望川的脸色很难看,宋风晚更是神色凝重。谁都没想到高雪居然把玉堂春、乔老都牵扯进来了。

宋风晚的设计承袭了乔家的风格,设计稿里有不少乔家未曾公开的创作元素。这件事如果只牵扯到宋风晚,还不会引起广泛的讨论,毕竟她一没拿设计图参赛,二没以此牟利,学生模仿老师只是小问题。但是,这件事关联到玉堂春,整个乔家就都被拖下水了。

"乔家真是没落了,竟敢抄袭,真是丢乔老的脸。"

"玉堂春去年不就被爆出有假货吗?一直都宣传所有产品是原创的,估计没想到这个设计师会出名吧。"

"假货那个已经澄清了好吗?玉堂春的产品质量一直都是上乘的。"

"自从乔老过世后,乔家还出过人才吗?有人获得过鹤鸣杯金奖吗?后代一直啃老本,啃不动就开始抄袭?"

甚至有人开始贬低乔老。

"我看高雪的这个设计图比乔老的还高级。"

"乔老的设计早就落伍了。"

宋风晚看到这些,眼眶红了,毕竟整件事算是因自己而起。

高雪也没想到乔家会被牵扯进来,直接吓蒙了。

她最近在忙设计展的事情,并没有去上课,所以直接冲到了主办方的办公室里,问:"齐总,网上的那个律师函是怎么回事?"

"这件事我们之前就发现了,所以特意提前给你的设计申请了专利。这是你原创的东西,你怕什么?"

"这可是乔家!"高雪原本只是想吓吓宋风晚,让这个小姑娘不要轻举妄动,可现在连乔家都被牵扯进来了……这真的会让整个设计界发生动荡。

现在,高雪在业内算是彻彻底底地出名了。但是,她的设计本身就是抄袭的,这东西经不起深挖,做贼的人,怎么可能不心虚?

"我就是知道这是乔家,才选在你的个展举办前夕将消息放出去。你要知道,为了你这个展出,我们耗费了很多心力,这是最好的宣传方法。我保证你的展出会大火,肯定有不少人想买你的画作,我们也能大赚一笔。"

"玉堂春真的抄袭了我的?"高雪蒙了。

"要是没有真凭实据,我们怎么可能发律师函?其实,我们七月就注意到了这件事,就等着这一刻呢。"男人嘚瑟地笑道。

在设计圈,乔家就是翘楚,乔老更是高不可攀。他们要是能与乔家扯上关系,高雪想不红都难。

"说起来,乔家真是没落了,居然抄袭别人的作品,是觉得别人发现不了吗?真是可笑!"

高雪心虚地笑了,失魂落魄地回到家,满脑子都是宋风晚、乔家……

她的设计奖是五月份获得的,据说获奖作品会被邮寄到乔家,难道是她抄袭了宋风晚的设计，然后乔家抄袭了她的？

她觉得一切都乱套了，回家之后进入教务系统，找出了宋风晚的个人资料，打算仔细看一遍。她导出资料，只见"亲属"一栏赫然写着：母亲，乔艾芸。

乔艾芸？

高雪在网上搜索这个名字，结果关联词除了南江严家就是玉堂春……

她的脸色霎时一片惨白，双腿发软。

宋风晚是……乔老的外孙女。

高雪回想起院长对自己的叮嘱以及宋风晚和乔老相似的画风，大脑一片空白。

宋风晚的继父是严望川，严望川是……乔老的徒弟。严望川娶了自己的师妹，然后……

高雪几乎要崩溃了。她该怎么办？个人设计展已如弦上之箭，不可能停下来，她也不可能当众承认自己抄袭，只能硬着头皮上。

她现在只期望他们无法证明宋风晚的所有设计都比她早，而她有专利在手，他们也拿她没办法。

有关玉堂春的消息很快就传到了傅家。

傅老与乔老是故交，看到乔老被人讥讽，着实气愤，急忙让人弄了几张设计展的邀请函。傅老想去看看这个传闻中天资高过乔老的人是何许人也。

一时间，高雪设计展的邀请函变得分外抢手。

此时，国内西北部的某地区，乔家父子从大山深处的某户农家采购完鸡血石，出了大山。

乔西延一出来便收到了消息。乔望北不爱用手机，此刻拿刀在一块鸡血石上刻了几道，对儿子说："这料子还是一般啊！"

乔西延没回应。乔望北蹙眉，叫道："乔西延？"

乔西延将手机递过去。乔望北看了信息，沉默片刻，将手机还给乔西延,继续刻鸡血石。乔望北猛地发力,刻刀将石头弄裂了。

乔西延从父亲手中接过手机,给乔艾芸打了电话,让她宽心,好好养胎,之后又给严望川打了个电话。

严望川道:"现在外面很乱,主要是这个主办方太会炒作了。"

"我们家的设计图只有我和父亲看过,怎么会和那个设计师画的图如此雷同?"乔西延不解。

"这得从晚晚到京城补课一事说起。"严望川简单地把事情的经过说了一遍。

宋风晚师承乔老爷子,刚学设计时便会模仿乔老,但画的设计稿只在家人之间传阅。其实玉堂春现在发布的新品中,许多是以前就绘制好设计图的,只是没制作成成品对外销售罢了。

"那晚晚现在怎么样?"乔西延听说高雪在学校诬蔑自己的表妹,赶紧问道。

"情绪有点儿低落。"

"麻烦师伯多陪着她,我和父亲很快就会到京城。"

乔西延挂了电话。乔望北冷哼一声,道:"这么些年,我见过不少剽窃他人作品的设计师,那些人都夹着尾巴做人。这个女人竟然如此高调张狂,简直可笑!"

乔西延轻笑一声,对父亲道:"那个设计师周末要在京城举办个人设计展。"

乔西延已经开始在脑海里想象到时候要怎么对付高雪了。

宋风晚也在当天与乔西延通了电话。大家商议一番,很快有了对策。

第十一章

对质,峰回路转

就在"玉堂春抄袭"事件闹得沸沸扬扬之时,高雪的个人设计展如期举行。原本没人要的邀请函因为此事变得格外抢手,很多人想来凑热闹。

高雪见玉堂春、乔家甚至宋风晚都没动静,逐渐安心,心想:就算这个创意确实源于乔家,他们能自证吗?设计图很私密,有时候除了设计者自己,绝无第二个人能看到,所以证明的难度非常大。宋风晚前几天在教室里怒斥了几个男生,如果真的有证据,肯定那天就拿出来了。高雪冷静下来,准备坦然地接受众人的祝贺。

就在设计展举办的前一天晚上,高雪正在家敷面膜,突然接到主办方打来的电话:"高老师,你这次彻底火了!国际设计大师Joe亲自打电话过来,说明天要来看你的展。"

"什么?!"高雪激动地从床上跳下来,"齐总,您没开玩笑吧?"

"我怎么可能拿这种事和你开玩笑?我们正要去机场接人,你要和我们一起吗?高老师,你以后要是出名了,可不能忘了我们啊。"对方喜不自胜。

"好啊,几点的飞机?"她的声音透着抑制不住的喜悦。

"他晚上九点到京城,你去的话,我八点去接你。"

高雪看了下时间,现在是晚上七点,还有时间打扮:"好啊。"

她激动得心都要跳了出来。

Joe 是中国人,十几年前在国外横空出世,将国内的瓷器、玉石推向国际市场。他在业内的地位虽然无法与已故的乔老相比,但也是里程碑式的人物。他在国际上威望极高,是首屈一指的大师,他的作品曾被拍卖出天价。

高雪心想:若是自己能得到他的青睐,谁还在乎什么严家、乔家啊?

想到自己一片光明的前程,高雪激动得手抖。

飞机晚点了。九点半,Joe 乘坐的航班才到京城。

高雪与主办方那边的几个代表站在一起,翘首以盼,都想尽快一睹这位国际大师的风采。这位设计师平时神龙见首不见尾,极少有人拍到他的正面照。而且,他是个极其低调的人,已经许多年没回国了,更没有公开称赞过谁。

坐这个航班的人并不多,他们高举着写着"Joe"的牌子,很快就看到一个戴着墨镜的中年男子朝他们走过来。他身后跟着一个二十三四岁的女子和一个三十岁出头的推着箱子、提着公文包的男子。

"Joe?"齐总先开口道。

"我是。"男人说话时带着点儿南方口音。

"大师,您好,我们等您很久了。"齐总笑道。

齐总是个商人,这样的大师在他眼里是巨大的商机。他预感自己在这次设计展中绝对会赚到手软。

Joe 四十多岁,穿着精致的西装三件套,胸口别着一支已经有些褪色的钢笔,肩上披着黑色大衣,走路带风。他的衣服看起来有些年头了,但保养得极好,可以看出他是个极其恋旧的人。

他走到高雪面前,伸手摘下眼镜,打量着她。他既然亲自打电话来,自然看过高雪的简历与照片。

高雪抬头看了看 Joe，这人生了一张极为瘦削的脸，皮肤白到没有一丝血色，眉眼细长，给人一种冷酷的感觉。他虽然穿得斯文，整个人却没有文人的儒雅之气，反而给人一种咄咄逼人之感。他看着高雪时，眼神凌厉，像是草原上最凶猛的猎鹰。

高雪被他看得心里发慌，甚至有一瞬间觉得面前的人想吃了她。她怯生生地道："大师好。"

"爸。"那个妙龄女子拍了拍他的胳膊。

男人才慢吞吞地问："你是高雪？"

"对。"

"你的作品我看了，都是自己原创的？"男人的声音干巴巴的，没什么感情。

高雪紧张地抓着裙摆，道："是。"

"没想到这么年轻就有如此高的艺术造诣，难得！"

"多谢大师夸奖，我还差得远，如果您有空，还请您多多指教。"高雪的态度非常谦卑。

Joe 的眼底闪过一丝不寻常的光："你获得金奖的作品非常好。"

"谢谢您。"高雪内心激动不已。

"大师，我们已经在酒店订了餐，房间也安排好了，要不要边吃边聊？"齐总连同跟来的人都激动得要命。Joe 对这个行业的人来说就是天星北斗，难以企及。高雪到底交了什么好运，连这种大师都出言夸赞她？她想不火都难。

"大师，明天我的个展，您可一定要来捧场。"高雪激动得脸都红了，还特意送出邀请函。

站在 Joe 身后的女子偏头打量高雪，心想：她真不像潜心搞艺术的人，有点儿世故。

"我这次回国就是奔着你来的，谢谢邀请！"Joe 伸手接过邀请函。

高雪激动得险些晕过去。难不成自己马上就有机会走上国际舞台了？这是多少人梦寐以求的机会啊！

"大师，我们还是边走边聊吧……"齐总再次道。

"不必,我们已经叫了车,约了故人。"男助手立刻上前说道。

"故人?"齐总有些疑惑。

这位大师自从出名后就没回过国,怎么还有故人?不过这里是他的故乡,他有老朋友也是正常的。

"那我们就不打扰了,大师,您明天可一定要到场啊!"齐总道。

"我会去的。"Joe刚说完,手机就振动起来。他一边接电话一边与高雪等人道别,示意要就此分开。

"我们送送您吧!"齐总是商人,对溜须拍马那一套很熟练。

"不必,您留步。"男助手立马拦住他们。

都说这些搞艺术的大师有些怪癖,脾气不好,齐总他们即便想亲近也不敢太着急,只能保持着适当的距离。

见Joe等人走远了,齐总拍了一下高雪的肩膀,道:"高老师,你这次算是彻底火啦,连Joe都回来给你助阵了。你赶紧回去好好睡一觉,明天一定要打扮得漂亮一点儿!"

高雪红着脸点头,想到自己接下来可能要走上国际舞台,激动得浑身发抖。若能得到这种殿堂级大师的指点,她以后必然大有作为。

此刻Joe一行人已经到了机场北1号出口,外面冷冷清清的,一个人都没有。边上的女子衣着单薄,秋风吹来,不禁打了个冷战:"爸,你确定师叔会来接我们?"

"嗯。"

"你和师叔说我们在哪个航站楼、哪个出口了吗?"

"这个还需要说?"男人咳嗽了两声,"他应该查过我的航班,会直接来接我。"

女子伸手揉着眉心,莫名生出一股无力感,心想:您到底哪里来的自信啊?

过了五六分钟,一辆黑色轿车缓缓地停在了他们的面前,从车内下来的人意味深长地看了Joe一眼。

"严师叔好。"女子笑着与面前的人打招呼。

那人面无表情，淡淡地点了点头，道："先上车！"严望川拿着车钥匙，打开后备厢，让他们将行李搬上去。

大家都坐好后，坐在副驾驶座上的 Joe 偏头打量严望川，道："与小师妹结婚了？这么多年，你也算是如愿以偿了。"

"你没出席。"

"我那段时间比较忙……"

"也没给礼金。"严望川说道。

"我是你的师兄，你小子说话客气点儿，礼金我肯定会补上的。"

"当年你被师父抽得最多。"严望川毫不客气地捅了他一刀。

"严望川！"

"你看这个……"严望川将手机递给他，"认识中文吧？"

Joe 冷哼一声，低头看新闻。此刻距离他与高雪见面仅过了十几分钟，关于"殿堂级大师 Joe 倾力助阵新锐设计师高雪"的新闻就占据了夜间新闻的头条。

"国内新闻出来得真快。这小丫头该不会真的以为我是来给她捧场的吧？"

"你既然不是为她来的，联系主办方做什么？"严望川反问。

"想要个邀请函罢了，现在这张邀请函五六万元一张，太贵了。"Joe 继续道，"我也想看看那个高雪长什么模样。师父说我不成器，不许我顶着乔家的名头招摇撞骗，我至今都没敢提他老人家的名讳，她倒好……"男人拿着邀请函，眼底闪过一抹冷厉之色。

另一边，高雪激动得睡不着，有不少相熟的人给她发了信息，有的是来恭喜她的，有的则表达了对 Joe 的景仰，希望她能引见一下。

"以前也没见你们如此热情，现在来巴结我？"高雪冷笑一声，自言自语。她此刻完全忘了自己的作品全是抄袭的，自顾自地做着走上国际舞台的美梦。

在 Joe 助阵高雪的消息上热搜的时候，十方立刻通知了傅沉："三爷，严家和乔家还没有动静，现在又有一个大师支持她，这可怎么办？"

傅沉正在抄经，傅心汉安静地蹲在他的脚边。

"大师？"他的声音中没什么感情。

"那个主办方亲自去机场接了一位国际大师，现在这个消息已经上热搜了，讨论度很高。"

"那个人……背景如何？"

"我正在让人查。"这个大师到京城的消息也是刚传出来的。

不多时，十方的手机铃声响了，他接了电话后一脸震惊："三爷，我……"

傅沉指尖一颤，一个字写歪了。他微微蹙眉，问："这么慌做什么？"十方和千江都跟了他很久，千江的性子越发沉稳，十方遇事却还是一惊一乍的，没有长进。

"那个大师被……被严先生接走了……"

傅沉垂眸，仅过了数秒就明白了。他似乎并不意外，问："你还记得乔老一共有几个弟子吗？"

这都过去一年了，十方皱眉思索半天，恍然大悟："乔老的其中一个徒弟是孤儿，出国十几年了，那个人是……？"

傅沉没说话。

在设计界，乔老就是高不可攀的顶级大师，现在有人要把他拉下神坛，这件事外媒都报道了。高雪设计展的主办方估计在宣传上花了大价钱，就连对艺术设计毫无兴趣的人都知道出了大事，乔老的徒弟怎么会不知道？乔家一旦证明高雪的作品确实是抄袭的，那等着她的……

想到这里，傅沉笑了。

"这下可有好戏看了！"十方想到接下来要发生的事，兴奋得手舞足蹈。

高雪设计展举办那天，世美展览馆内人潮涌动。

设计展定于上午九点开始，不到八点，门口就挤满了人，记者也来了不少。八点半，场馆开放，手持邀请函的人陆续进场。

今天天气晴朗，高雪特意租了一件礼服，盛装出席。她激动得血液沸腾，就连秋风也挡不住她的热情。今天有许多贵客到场，还都是她以前高攀不上的人物。

"怎么没看到Joe？他到底来不来啊？"

"我看场内有他的座位，他们宣传的时候说大师肯定会来！我比较想知道严望川会不会来。"

"乔家被卷入抄袭风波，严家也跟着脏了！"

"现在两家连个屁都不敢放，恐怕是默认了抄袭这件事。"

"我还是不信。我接触过乔家人，他们不是那种人。"

"我也觉得乔家的人不会抄袭别人的作品，这里面肯定有很多我们不知道的事。"

关于乔家是否抄袭的争论就没停过。

九点整，展出活动正式开始，高雪缓缓登场。

"大家好，我是高雪，很感谢大家今天能来观看我的设计展。作为一个设计界的新人，得到大家的肯定是我最开心的事。今天站在这里，我很忐忑，自知还有很多不足，希望通过这次展出，能得到大家的批评和指正。举行个人展出是每个设计师的梦想，今天我能站在这里，除了要感谢各位前辈对我的厚爱，还要感谢齐总，是他帮我圆了梦。"

高雪很激动，声音还有些颤抖。聚光灯下，她好像是唯一的主角，万众瞩目。

就在这时，忽然有人扬声道："严先生来了。"

众人齐刷刷地往后看，只见严望川穿着得体的西装，整个人看上去精明、干练。

宋风晚跟在严望川身边。她没有刻意打扮，但眼波流转间也难掩明媚倾城的姿色。云城人评价宋风晚"艳若桃李，动则倾城"，半分不假。

"终于来了！"

"他身边的那个就是他的女儿，乔家的外孙女？这种时候她还敢公开露面，胆子够大。"

"她是来看展的吗？待会儿肯定有好戏看。"

高雪紧紧地攥着话筒，不断地暗示自己，让自己冷静下来。

"严先生，您这边请。"主办方笑着招呼严望川。

"晚晚，这边坐。"严望川示意宋风晚先坐。

"下面我们进行展出。第一件展出的作品是……"主办方开始走流程。

最先展出的是《麻姑献寿图》，这幅图构图精巧，使用了特殊的绘图技巧，让整幅画显得既古朴又有现代感，年轻人看了也会喜欢。

底下不少业内人士纷纷惊叹。

宋风晚盯着图，瞳孔骤然缩紧，眼底满是寒意。

"其实这幅图我创作了两年多，是这次展出中少有的古画风格的设计……"高雪笑着介绍道。

高雪一件件介绍作品，众人听得津津有味，兴致高昂。

终于到了最后一件展品。高雪尚未出声，台下就传来一道声音："高老师，这些图当真是你原创的？"

这句话像一盆冷水朝众人的头顶浇了下来。原本喧闹的现场顿时陷入静默状态。

众人纷纷将视线对准了声音的来源处，只见宋风晚从座位上站了起来。

高雪咬着牙，心想：我已经申请专利了，这死丫头想干吗？

"这位小姐！"边上的保镖想提醒宋风晚注意场合。

"我想问高老师，这些设计图确实是你原创的吗？"宋风晚直视高雪，眼含怒意。

宋风晚瞬间成为焦点。

她站在台下，目光如炬，让高雪莫名心惊。

齐总出来打圆场："这些画肯定是原创的啊，很多高老师独创的设计元素我们已经申请专利了。"

"我是在问高老师！"宋风晚并不理会齐总。

宋风晚一直坐在台下隐忍不发，就是想看高雪到底要演到什么时候。

"你这是什么意思？质疑我？"高雪反问道。

宋风晚继续道："高老师，您还没有正面回答我的问题！这些作品是您原创的吗？"

高雪咬牙，问："你说呢？"

齐总不好直接对宋风晚动手，只能向严望川求救："严先生，您……"齐总想说的是：您女儿闹事了，您这个当父亲的该出来管管。

严望川淡定地道："既然晚晚有疑问，干脆上去问个清楚好了。"

宋风晚笑道："也好。"

齐总蒙了。这对父女想干什么？宋风晚是来砸场子的吗？

"严总……"主办方的工作人员附在严望川的耳边低声道，"高老师的作品真的是原创的，我们都申请专利了。这么重要的场合，您看令千金是不是该收敛一点儿？今天这么多人在场，待会儿要是闹得不好看，也不好收场啊。"

严望川看了那人一眼，道："我和她的母亲是再婚，继女脾气大，我这个做继父的实在不懂如何管教。"

他这么说是什么意思？他不管了？难不成让大家看着宋风晚闹事？

那人不知道该说什么了。业内都说严望川难缠，说话能噎死人，还真是不假。

宋风晚准备上台，保安拦住了她，道："宋小姐，您这样不太合适……"

"是啊，宋小姐，您想和高老师交流的话，我可以安排你们单独聊。你们私下交流岂不是更好？"齐总急忙道。

高雪用手指抠着话筒，后背冒出一层冷汗。

宋风晚追问："既然这些作品肯定是原创的，您自然也不怕我来讨教几句，是吧，高老师？"

高雪鲜少面对这种情况，心里忐忑，向保安使了个眼色。

两个保安再次拦住了宋风晚的去路。

就在这时，严望川道："都是搞创作的人，互相交流一下很正常，你们是想在这里对我女儿动粗？"

主办方真的要被严望川逼疯了。

见宋风晚真的上台了，高雪逐渐镇定下来，心想：我可是手持专利的人，一个小丫头片子，即便有严家撑腰又如何？难道就凭一张嘴，宋风晚就想让所有人相信她？

这个展在网上同步直播，直播间的人热烈地讨论起来。

"这个人是谁啊？这种时候跑来蹭热度，想红想疯了吧？"

"最搞笑的是她居然问是不是原创，人家都申请专利了！"

"听说因为Joe大师要来，这个展会面向全球直播，这个人真是丢脸丢到国外去了。"

"她好像是严望川的继女。严望川娶的是自己的师妹，那这人不就是乔老的外孙女？"

"乔家这么长时间不出声，抄袭了也不道歉，现在还想来砸场子？"

网友将宋风晚的身世扒了个底朝天，这让不少京大的学生震惊不已，尤其是美术学院的学生。因为这是本校老师办的个人设计展，宋风晚班上九成的学生在看直播，其中就包含胡心悦和苗雅亭。胡心悦正喝着豆浆，得知宋风晚的家世后，直接将一口豆浆喷在了电脑屏幕上，还被呛得直咳嗽。

"胡心悦，这是我的电脑，你注意点儿。"苗雅亭急忙用纸巾擦电脑。

胡心悦扭头看了看自己贴的乔老的照片，又看了一下屏幕，问："雅亭，你说我是不是还没睡醒？这群人怎么说晚晚是乔老的外孙女？"

"我掐你一下试试？"苗雅亭也很蒙。

"好。"

接着，她们宿舍传来杀猪般的惨叫声。

"天哪，雅亭，你下手也太狠了！你要掐死我啊？"胡心悦伸手揉着大腿。

"我没有太用力啊。"苗雅亭指了指电脑，示意胡心悦快点儿看直播，"这上面说晚晚的继父是严望川……"

"这肯定不是我知道的那个严望川。"胡心悦此刻已经生无可恋了。

宋风晚如果是乔老的外孙女，那送宋风晚来上学的男人就是乔老的孙子！请问还有比这个更不可思议的事吗？

苗雅亭开始在手机上搜索相关信息。

网上没有严望川的照片，只有严望川和乔艾芸的八卦消息。苗雅亭查出乔艾芸是二婚，前夫是云城的富商，姓宋。

"心悦，我俩和一个富二代住了几个月还不自知，是不是傻子？"苗雅亭问。

"我还整天请她吃包子，还让她帮我打热水。"胡心悦双手捂脸，"宋风晚藏得太深了吧！"

其他美术学院的学生看见弹幕上的"外孙女""乔老""严家"等词，如遭雷劈。他们这才意识到，宋风晚和乔老有血缘关系，难怪院长会关照她。

一群京大学生震惊不已，设计展会场的气氛更是剑拔弩张。

"宋小姐，您是在质疑高老师的设计不是原创的吗？"台下有不少媒体嗅到了大新闻的味道，冲到前面。

"您这次站出来，是代表乔家说话吗？"

"为什么乔家到现在都没人发声呢？您出来质疑，是有什么证据吗？"

宋风晚深吸一口气，指着高雪道："因为她现在发表的所有作品都是抄袭我的！"

台下的人面面相觑，有人倒吸一口凉气，也有人面露讥诮之色。高雪看她拿不出证据，轻轻一笑，放心不少，心想：她果然是个小丫头，以为有爸爸撑腰就能扭转败局？简直幼稚！

"高老师……"记者将镜头对准高雪，"请问她说的是真的吗？"

高雪轻蔑地道："纯属造谣！我的作品已经申请了专利，怎么可能是抄袭的？"

"我还是你的学生时，你没收过我的画册，难道那次你没有偷看我的作品？你发表的这些东西全是模仿我的作品画的。"宋风晚说道。

"我模仿你？"高雪嗤笑道，"你才大一，我教你的时候，你的素描水平是小学生水准，我会模仿你？一个连基础都没打好的人，怎么创作？我就想问，宋风晚，你有什么证据证明我抄袭了你的作品？"

镜头再次对准宋风晚。宋风晚咬了咬唇，道："没有。"这种设计图谁先发表谁就占了优势。

台下一片哗然。众人觉得宋风晚这么做太过分了，没有任何证据就指责人家抄袭她的作品，真是无知者无畏。

"她没证据就敢来泼脏水？"

"长着一副机灵样，没想到脑子进水了。"

"没想到乔老的一世英名会毁在这个外孙女身上。"

高雪确定宋风晚的手里没证据后，彻底安心了。她今天一定要在这里将事情定性，这样以后就没人敢说她抄袭了。那些作品也将彻彻底底地变成她的。

思及此，高雪深吸一口气，说道："其实宋风晚一直是我很喜欢的学生，很有灵气，即便之前在京大设计比赛中，她交上来的稿子模仿了我的作品，我也没在意……"高雪叹息一声，装出一副痛心疾首的模样，"她是个好孩子，知道自己做错了，所以退出了比赛。学生模仿老师的作品很正常，但一个真正的设计师还是需要有自己原创的东西。我相信她是个可塑之才。出现今天这样的局面，我也很难受，我没想到的是她居然是乔老的外孙女。她抄袭我的也不仅是一幅画，不知道她是不是把我的创意告诉乔家人了，才导致……"高雪不仅给宋风晚泼脏水，还把乔家拉下水，将宋风晚与乔家贬得一文不值。

底下的人议论纷纷。

"这是贼喊捉贼啊！自己抄袭了，还攻击原创者，八成是想红想疯了。"

"人家的画都是有专利的，你有本事就证明你的设计稿比她早！"

"就是，如果你能证明就拿出证据，不然还是滚下去吧，别丢人现眼了。"

就在高雪以为胜券在握的时候，外面传来一阵骚动。众人回头一看，一个穿着中山装的老者缓缓走来，精神矍铄，眼神犀利。他身旁的老太太穿着崭新的绣花布衣，年事已高，头发是银白色的，看着十分优雅。傅沉走在二位老者身边。

傅沉一直不爱出风头，默默地退到了边上。他的父母嚷嚷着要来给乔家讨公道，可惜路上堵车，耽误了时间。忠伯跟在两位老人身后,怀中抱着一个长盒子。

看直播的人都分外激动。

"傅老啊!"

"值了!"

今天到底是什么大日子?傅老都出来了!

高雪看到两位老者,激动不已,还以为他们是来给自己助阵的。宋风晚却一眼就看到了傅沉,与他对视一眼,觉得心里踏实了一些。

主办方急忙让坐在第一排的人让出座位,请傅老入座,傅老却直接走到了严望川身旁。有人立刻起身,傅老和老太太就坐到了严望川旁边。

原来傅老他们是为宋风晚助阵的。

众人瞠目结舌。

"乔老和傅老是至交,傅老现在出现大概是为乔家的抄袭事件来的。"

"那也改变不了抄袭的事实啊,宋风晚又拿不出证据。"

"傅老,您大驾光临,我……"齐总立刻讨好地道。

"忙你的吧,不用在意我。这些天外面很热闹,说有个'千年难遇的才女',就连在深宅大院里的我都听说了她的大名。我活了大半辈子,还是第一次听说有人的天赋高过那个老头子,自然想来开开眼。"

高雪自然不能与乔老相提并论,那都是炒作,是主办方搞出来的噱头。傅老这么说,主办方十分尴尬。

齐总的后背冒着冷汗,他忐忑地道:"那我让人给您弄点儿茶水,您喝什么?"

"不用。"傅老大手一挥,注视着台上的人。

"怎么让晚晚上去了?"老太太一脸担忧,问严望川。

"她说这件事因她而起,想自己解决。"严望川原本打算出手,但宋风晚不肯。

"她还是个孩子,应付得了吗?"在老太太眼里,宋风晚就和自己的孙女差不多,还在上学,正是需要人保护的时候。

"还有我。"严望川面无表情地道。

老太太还是担心，刚想说什么，傅老就拉住了她的手。宋风晚这丫头看上去乖巧温顺，但此刻大方地站在台上，颇有胆识。

齐总见傅老都来了，又劝宋风晚道："宋小姐，您如果没证据就别捣乱了。您下去吧，我们保证不追究您的责任。"

"我确实没有直接证据证明她抄袭了我的作品，但是有证人能证明高老师确实涉嫌抄袭。"宋风晚说完，高雪的心里咯噔了一声。

高雪的脑海中出现了一个人的名字，但她又想：不会的，这两人一直不对付，她没理由帮宋风晚。

下一秒，高雪就看到了一个熟悉的身影，这个人正是吴雨欣。

记者立刻向吴雨欣提问，吴雨欣紧张得全身发抖，额头甚至开始冒虚汗。

"请问你是哪位？"

"你是来做证的吗？你手中有什么证据？"

"你别怕。"宋风晚握住吴雨欣的手，安慰道。

"宋风晚……"吴雨欣没见过这种场面，非常忐忑。

"没事，她不敢对你如何，你只需要将你对我说过的话当着大家的面说出来就行。"宋风晚握紧她的手。

其实抄袭事件在京大校园发酵几天后，吴雨欣就主动联系了宋风晚，将自己发现的事告诉了她。

高雪的眼神中充满怨恨，吴雨欣在她面前一直是讨好、畏缩的模样，从来不敢和她顶嘴。而且吴雨欣和宋风晚不和，她怎么都没想到吴雨欣会背叛自己。

高雪质问道："宋风晚，这是你的同学。你找她想证明什么？"

宋风晚："她在学校一直帮你做事，对你最熟悉。"

"那又如何？吴雨欣，你确定要这么对老师？我平时对你不好吗？"高雪了解吴雨欣的弱点，警告道。

宋风晚握紧吴雨欣的手，道："别怕，我说过会护着你的，她奈何不了你。况且这里是公共场合，她不敢对你如何。"

吴雨欣认真地点头，吸了一口气，道："我在学校里一直帮高老师做事。有一次我在她的办公桌上看到了宋风晚的设计图,还有一幅没有完成的设计图……当时高老师的设计图还没完成,而宋风晚的图已经交上来了,高老师是对着宋风晚的图来画的。我也是学设计的,看得出来两张设计图的区别,明显就是高老师抄袭了宋风晚。"

台下的人面面相觑,都在衡量这番话的真实性。

"简直胡扯!"高雪嘲笑道,"大家知道这个女生是什么人吗?她爱慕虚荣,在学校巴结老师,想从我这里得到好处,还在我面前诋毁过其他同学。大家觉得她的话能信吗?"接着,高雪转头看着吴雨欣,问:"你现在站出来,是因为想红吗?"

吴雨欣毕竟是个孩子,听了高雪的话,瞬间红了眼眶。

高雪装出一副无奈的样子,道:"我真的很痛心,现在的孩子怎么变成这样了?在学校的时候,我对你们那么照顾,你们现在为何要这么对我?"

傅沉冷静地看着那个嚣张狂妄的女人。她可能并未察觉自己此刻的样子有多么丑陋。

高雪继续道:"她们是室友,我不知道她们私下达成了什么协议,只知道她们此刻在联手诬蔑我!"

底下的人议论纷纷,大多站在高雪那边。

此时,吴雨欣从口袋中取出手机,道:"我有证据,是录音!"

她紧张得手里都是汗,一时解不开指纹锁。

高雪的一颗心悬到了嗓子眼,她下意识地往前挪了一步。吴雨欣以为高雪要过来,吓得手发抖,手机掉在了地上。吴雨欣急忙弯腰,哆嗦着将手机捡了起来。

宋风晚上前一步,挡在了两人中间,道:"高老师,您想干吗?"

高雪死死地盯着吴雨欣,眼神阴冷。高雪的脸在镜头中显得格外狰狞,看直播的人都有些诧异。高雪之前一直占上风,表现得十分稳重,此刻整个人都变了,显得仓皇无措。她的变化全被镜头捕捉到了。

吴雨欣终于点开了一段录音,高雪的声音响起。

高雪:"怎么,你刚才找宋风晚是想干吗?"

"没……没什么……"吴雨欣回道。

"雨欣,等你出了社会就知道了,这世上真真假假的事情太多了……你不是一直想赢过宋风晚吗?我帮你!"

吴雨欣的声音都在发抖:"可是……我想光明正大地赢她。"

"就凭你?你自己几斤几两,心里没数?你拿什么赢她?做这行不是靠努力就行的,天赋与机遇同样重要。我好不容易才有了机遇,得了奖,要办个展。我成功后自然会提携你,少不了你的好处,但是你要乖,听老师的话……"

录音很长,后面的还没放完,高雪突然冲过去抢走手机,关掉录音后将手机摔在地上:"吴雨欣,她给了你什么好处让你诬蔑我?你居然伪造录音!你这孩子怎么学得这么坏?"

吴雨欣被吓了一跳,险些摔倒。

"你告诉我,你弄这些假的东西来做什么?"高雪步步紧逼。

宋风晚挡在吴雨欣身前,冷漠地看向高雪,问:"高老师,您这是做什么?您不是要证据吗?我给您!"

"这都是假的!"

"录音不止这一份,您毁了手机也没用!"宋风晚轻笑道,"还有,您此刻着急上火的样子真是无比丑陋。"

"吴雨欣,你给我说清楚,这些都是假的!"高雪伸手去抓吴雨欣,被宋风晚挡住了,只得收回手。

"高老师,这里有那么多镜头,您这是在干吗,威胁一个学生吗?"

吴雨欣吓得眼泪一个劲地往下掉,躲在宋风晚身后,不敢看高雪。

"这一切难道不是你们设计好的吗?你就是想看我身败名裂是不是?!"

宋风晚轻蔑地道:"要不是你厚颜无耻,贪心不足蛇吞象,试图踩着我外公往上爬,我会理你?这录音我找人鉴定过了,有证明材料,是真的。你有专利,我也有证明文件。"宋风晚从口袋里拿出折好的纸,慢慢摊开放到高雪面前。

吴雨欣大概是压抑得太久了,冲高雪吼道:"这个录音是真的,你就是抄袭了宋风晚的作品。我只想光明正大地赢宋风晚一次，如果我没资格，那你更不配！"

"你……"高雪伸手就要抓她。

众人傻眼了，高雪这是要动手？

紧接着，宋风晚将鉴定材料直接甩到高雪的脸上。

高雪的视线被挡住了，几页纸落下后，宋风晚一巴掌朝高雪打了过去，道："作为老师，你抄袭学生的作品，还想踩着我甚至整个乔家往上爬，谁给你的胆子？你现在还想动手？给我安分点儿！"

众人一片哗然……

本来录音放出来后，直播间就炸了，弹幕飞速地在屏幕上闪过。原本还有不少人质疑录音的真实性，宋风晚居然直接把鉴定书拿出来了。

"这个高老师脸都白了，这事绝对有猫儿腻。"

"我现在改变立场了，名人的事果然不能随便站队，脸会被打肿的。"

会场的人议论纷纷，本来还有人质疑鉴定材料的真实性，没想到高雪居然坐不住了，想要动手。高雪摆明就是心虚了。更让人没想到的是，宋风晚居然当着全球观众的面打了高雪一耳光。

高雪蒙了数秒，左脸发麻："宋风晚，你打我，我……"

"我打你还需要挑时间？"

"你……"高雪气结，想回击。

"怎么着，你想打我？你打我试试！"宋风晚继续道，"我以前尊重你，喊你一声'高老师'，可你都做了什么事？你抄袭我的设计方案，堂而皇之地把它们拿去参加比赛。一般做了坏事的人会心虚，夹着尾巴做人。你不是！你是觉得我奈何不了你，对不对？你简直无耻！"

高雪身子发抖，将手臂高高地扬起。

坐在台下的傅沉脸色一变。可是高雪的手还没落下，宋风晚动作更快，又狠狠地打了高雪一耳光。

如果说宋风晚打第一巴掌时，大家是被吓到了，那现在这一下，大家觉得宋风晚帅极了。高雪活该。

"你还说你作为老师痛心,因为培养出了我们这样的学生。那你呢?盗取别人的成果,你又是什么样的人?你配做老师吗?"

傅老眯着眼笑了。今天,他重新认识了宋风晚。

傅沉笑了笑,心想:小老虎可算开始咬人了。

高雪气得说不出话,抬手想打宋风晚。

严望川眯着眼,刚要上前,宋风晚却突然冲到了高雪面前,抬手佯装要打高雪……高雪被宋风晚抽了两下,此刻脸还疼得发麻,被吓得往后退了两步,整个人险些从台上跌下去。宋风晚伸出手,拉住了高雪的手腕……

段林白此刻正坐在车里看直播,看到宋风晚居然拉住了高雪,忍不住咆哮道:"拉她干吗啊?让她摔下去!"

小助理坐在一旁,无奈地望向窗外,佯装不认识这个人。

下一秒,宋风晚猛地用力,高雪被她一把拽了回来。

宋风晚紧紧地握着高雪的手腕,道:"高老师,我一直觉得生而为人,应该善良点儿。你抄袭了我的作品,获得了鹤鸣杯金奖,甚至获得了如今的名声、地位,为何还不知足?你在学校给我泼脏水是想警告我,表明你能轻易地揉捏我,是吧?"

"我不知道你在说什么。"高雪装傻。

"你是在试探,试探我具体能对你如何。发现我没动静,你就彻底安心了对吧?"

高雪确实是这么想的。她知道宋风晚有背景,遇到这种事必然会求救。如果宋风晚一直没动静,只能说明宋风晚背后的人都对此事无能为力。

"你错就错在太贪心,把玉堂春甚至整个乔家都牵扯进来了!高雪,你的名字配和我外公的名字出现在同一张纸上吗?"宋风晚猛地用力,甩开高雪的手。

高雪今日穿的是长礼服、高跟鞋,脚踝一扭,重重地摔倒在地。

"所以,"底下一直处于恍惚状态的记者终于回过神来,"是高老师抄袭了宋小姐的作品吗?"

宋风晚轻笑:"最起码她获奖的作品以及今日展出的八成以上的作品中,我能找出抄袭的痕迹。"

全场哗然。最震惊的莫过于在台下端坐的一群业内大师。

现在高雪抄袭的事儿乎已经确定了,但是如果鹤鸣杯的获奖作品都是抄袭之作的话,那鹤鸣杯将会成为一个笑话。而且,高雪若是抄袭了宋风晚的作品,那宋风晚的设计水平岂不是……

众人因此开始关注台上这个二十岁的女孩儿。

"不愧是乔老的外孙女。"

"有天赋,这也说得过去。"

"真是没想到事情是这样的。这个抄袭的人未免太不要脸了,还敢踩乔老一脚。"

高雪见事情发展到这个地步,艰难地从地上爬起来,浑身发颤,恶狠狠地瞪着宋风晚。她好不容易才得到这一切,怎么能这样被一个臭丫头毁了?既然她抄袭的事情被戳破,那不如鱼死网破好了!大家都别想好过!

"宋风晚,我抄袭了你的作品?那我请问,你这些画又是抄袭谁的?你复考美术学院的时候我就认识你,我确实看过你的稿子,这些设计里面可能有你的设计元素,但是那些画作全部是上乘精品。你一个孩子,就算有些见识,也绝对画不出那种作品。如果说这些东西不是你抄袭的,那为什么学校举行设计比赛时,你临时退赛?你是不是抄袭了别人的作品?"高雪似乎想到了什么,"对了,乔家的玉堂春如果用的是你的设计稿,那可能……全是抄的!"

"无耻,放肆!"一个干练的中年男人走了进来,"我还从未见过如此嚣张的狂徒,死到临头还嘴硬,真是不见棺材不落泪!"

这个人是乔望北。

乔西延紧跟着冲了进来。

其实他们几分钟前就到了,本来想着事情已经解决了,就不露面了,没想到高雪会这样。

"这不是乔老的独子乔望北吗?"

"好久不见他了。"

"快二十年没公开露面了。"

直播间再次炸锅了。今天可真是大日子！

乔望北留着寸头，因为身形瘦削，给人冷酷之感。他刚要冲上展台，工作人员拦住了他："先生，您等等！"现在台上已经够乱了。

主办方算是彻底傻眼了。他们本想借玉堂春抄袭的事情给高雪造势，现在才知道真正的抄袭者是高雪。这样一来，他们之前状告玉堂春，俨然成了笑话。

"滚开！"乔望北大声道，吓得工作人员急忙收回手。

高雪听说这人是乔望北，刚才高声呵斥宋风晚时还通红的脸瞬间由红转青，又由青转白。

乔望北有个外号叫"乔疯子"，人们这么叫他，不仅是因为他醉心雕刻，还因为他脾气不好，急起来和疯子没两样。

高雪以前听过传闻，此时见到真人，立刻感觉这人不好惹，不由自主地退了两步。

然而，乔望北直接来到高雪身边，质问道："你方才说晚晚抄袭了谁？"见高雪不说话，乔望北继续道，"怎么哑巴了？说话！你刚才说晚晚抄袭了谁？"

"我……我……"高雪被他的气势震慑住了，一时竟不知该说什么。

"死到临头，你还想拖晚晚下水，我今天就让你死个明白。"乔望北突然问："主办方是谁？"

"我！"齐总惶恐地道。

说起来，他们给高雪的设计申请了专利，但现在高雪涉嫌抄袭，这满屋子的设计图肯定都卖不出去了。为了这个设计展，他们付出了许多心血，现在看来，一切都得打水漂。一想到不仅要赔钱，还会毁了自己的名声，齐总就气不打一处来。若非情况特殊，他都想上去踹高雪一脚。她自己想死就算了，还连累了他们一群人。

乔望北将一个U盘递给齐总，道："这里面有些图，麻烦你们展示出来。"

齐总颤颤巍巍地接过 U 盘,就好像这东西烫手一般,手抖得厉害。

所有人都盯着大屏幕,很快,上面出现了一幅画。

这幅画笔触老辣,筋骨风流,人物栩栩如生,右下角的落款是"乔钰鹤",红色的印戳分外醒目。

乔老的风格独一无二,年轻时是清新俊逸,一心求创新;年过五十,创作风格更加老练,用墨着色更加大胆;去世前几年展出的画作线条简单,却又能以寥寥数笔勾勒出奇伟瑰丽的意境。乔老的画有的被拍卖了,大部分被各个博物馆收藏了。

乔老的画,一直被模仿,却从未被超越。所以直到今天,众人提起乔钰鹤,仍旧会尊称一声"乔老"。

屏幕上,画面缓缓变换,不同的画作出现在众人眼前,全是乔老从未公开的画,这让在场的不少行家十分惊喜!

乔老过世后,外界只能在博物馆看到一些乔老的画作。乔老公开过的画都被炒出了天价,那些未公开的珍品的价值自然不用多说。现在,乔望北一放就是三四十张……

乔家到底藏了多少宝贝啊?!

只是,众人越看越觉得这些画似曾相识。

"这是乔老的真迹吧!"

"绝对是啊!这是他独有的风格。"

"这些应该是从未面世的真迹,我怎么觉得在哪里见过?"

"前面那幅画和高雪获奖的那幅相似度超级高。"

"还说什么最年轻的金奖获得者,这分明是抄袭了乔老的画!她竟然还敢踩乔家一脚,真是不要脸。"

高雪全身僵硬,看到这些画后,没人比她更震惊、恐惧了!

这些画从未公开,高雪之前自然没见过,要不然给她十个胆子,她也不敢抄袭乔老的画啊。

"怎么?大家是不是觉得这些画好像在哪里见过?"乔望北轻笑,"因为这些全被某个无耻之徒盗用了!"

乔望北转头看向高雪，道："你不是怀疑晚晚抄袭了谁吗？我来告诉你。晚晚从拿笔开始就是我父亲亲自教导她，她的运笔习惯自然与我父亲很像。父亲还特意为她绘制了一本启蒙绘图册，你说她是学谁？"

乔望北步步紧逼，阴冷之气吓得高雪连连后退。

"我知道大家可能会质疑这些画作的真实性。其实，这其中绝大部分画作的原稿不在我们家，我父亲临终之前把它们捐给了吴苏博物馆、国家博物馆，只是博物馆并未对外展出。博物馆的工作人员特意将每幅画拍了照，制作成册赠送给了我们，所附致谢信至今被我们珍藏在家中。大家若是还不信，可以致电博物馆进行咨询。其中有一部分画作是我父亲专门给晚晚画的，只是没想到会被有心人利用，居然惹出这些风波，就连乔家与玉堂春都被牵连。我们家用我父亲的图设计玉石有什么问题？"乔望北的话掷地有声。最主要的是，他清清楚楚地说明了，这些画都是馆藏之作，只是尚未对外公开而已。

宋风晚笑道："高老师一直抓着我退赛的事情不放，那我就直接说了。我年纪尚小，在绘图上谈不上有什么天赋，还好外公给我启蒙得早。但是后来我上学了，这些东西就被放在一边了。这两年我才重拾画笔，模仿的都是外公的画。我为学校的设计比赛画的画虽然是独立完成的，但也可见外公的影子。我觉得那不是我个人的东西，所以退赛了。"

众人面面相觑，这个理由很合理啊，搞创作的人确实很注重个人特色。

"我只是没想到，这样做会落人口实。我尚且不敢拿这些图招摇显摆，有人却无耻到拿抄袭的图参加比赛，甚至在抄袭行为被戳穿后，还想拖我下水！"

此刻，台下传来一声低笑，一个男人走上前来，接着宋风晚的话道："更无耻的是，这人还拿别人的设计图申请了专利，简直是业内之耻！"

高雪本就心如死灰，此刻更是如遭雷击，喃喃："Joe 大师！"

台下的工作人员也惊呼起来。众人从设计展开始就在期待的国际大师终于登场了！

很显然，他并不是来为高雪助阵的，而是带着一身戾气上台，与乔望北站在了一起。

"师兄。"面对他，乔望北显得非常客气。

底下的人都沸腾了，高雪更是被吓得站都站不稳了。Joe可是国际殿堂级的大师啊！他竟然是乔老的弟子！

"天哪，主办方不是说Joe很欣赏高雪吗？还说他特意从国外飞回来，就是为了给她助阵。"

"我还以为Joe只是主办方骗人的噱头，没想到他真的来了！"

"没听说过他是乔老的徒弟啊，他也从没提过自己师承何处。"

看直播的胡心悦激动得不行："雅亭，你听到了没？Joe说他是乔老的徒弟，我喜欢的老头子果然是最棒的！我要喜欢乔老一辈子！"

高雪后背发凉，身体仿佛被拖入绝望的泥潭，动弹不得，大脑一片空白，完全无法思考。

记者纷纷发问——

"您是Joe？"

"大师，您真的是乔老的弟子？"

"您这次回国，是专程为了乔家的事来的？"

男人穿着简单的西装，脸部瘦削，眉眼细长却暗藏锋芒，仔细观察可以发现，他的眉眼与乔望北的眉眼有几分神似。

"我确实是Joe，也是乔钰鹤老先生的第二个徒弟——汤望津。"

全场哗然。今天这场大戏的转折还能再多一些吗？

"至于我为什么一直没公布恩师的名讳，一开始不过是想靠自己闯出一番天地，而不是依靠乔老徒弟的头衔获得一些虚名。"

他说的确实是事实。在业内，你说是乔老的徒弟，大家肯定对你另眼相看。

"再者，我在学艺的时候一直被师父斥责。我怕说出师父的名讳会毁了他老人家的清誉，若非自己有一番作为，万万不敢打着他老人家的旗号出来见人。后来我即便小有成就也一直战战兢兢的，没有一刻敢松懈，怕辜负师父的厚爱。但有些人……"汤望津转头看着高雪,道,"抄袭了师父的创意,却反过来说乔家抄袭。这就罢了,她还敢随意拉师父下水。我想问高小姐……你何德何能,可以与我师父相提并论?我们几个师兄弟都不敢如此,你配吗?"

"我……"高雪现在彻底说不出话来了。

齐总之前还意气风发,此刻满头是汗、脸色惨白,完全不知该如何处理现在这种情况。

"昨晚我们见面的时候,我特意问你那些画作是不是出自你的手。你当时信誓旦旦,说那都是你原创的。像你这般不要脸的人,我还是第一次见!"

高雪昨晚有多兴奋,此刻就有多绝望。她本以为Joe是她命里的贵人,可以让她的事业更上一层楼,没想到最后对方成了将她踹入深渊的人!

"骗子!盗用别人的设计,还敢开个展?"

"给我滚下去,简直是设计界的耻辱!"

"你根本不配与乔老相提并论,滚!"

今天来的人中除了收到邀请函的业内人士,还有不少花了大价钱买邀请函的人,现在他们发现被骗,自然激愤,甚至有人撕碎了邀请函,把碎片扔到台上。铺天盖地的指责谩骂声袭来,高雪再也待不下去了。

"你们还愣着干吗,还不把她给我赶下去?!"齐总气呼呼地对保安道。

高雪一看保安过来,吓得不轻,顾不得此刻穿着礼服和高跟鞋,跳下台准备逃跑。可是没走两步,她就被迎面而来的黑衣人拦住了去路,接着身后的保安将她抓住。

齐总面露尴尬之色,硬着头皮走到台上,自责地道:"对今天发生的事情我表示很抱歉,是我们识人不明,才让这种无耻之徒有机可乘。在此,我代表主办方向你们郑重地道歉。"说着他便对着乔望北深深地鞠了一躬,"对今天来到现场的各位,我也表示深深的歉意。"

他刚准备对台下鞠躬,坐在下面一言未发的严望川忽然起身,直接从怀中取出一份律师函，丢在齐总面前。

严望川道："贵公司前段时间状告玉堂春侵权，并且要求玉堂春公开道歉甚至赔偿损失，这件事对玉堂春造成了极其恶劣的影响。而且你们之前申请的专利，我们也会申请重新审核仲裁，这是律师函，您收好！"

齐总傻眼了。他本来以为乔家、玉堂春这么长时间没反应，是真的心虚了，没想到人家连律师函都准备好了。齐总颤抖着手接过律师函，光是看到那一系列的原告就吓得险些昏厥。原告不仅有乔家、玉堂春，还有乔艾芸、严望川以及宋风晚，里面涉及的侵权行为列了几页。

齐总双腿发软，险些站不稳。

而此刻，傅老忽然起身，从忠伯的手中取来盒子，道："我这次过来，本来是想替好友说句公道话，现在看来是没有这个必要了。我这里恰好有一幅他生前赠予我的画作，今天大家都在，我就拿出来给大家欣赏一番。"

傅老拿来的那幅图恰好就是《麻姑献寿图》，与高雪之前展出的第一张画有五成相似。大家没想到这幅画的真迹居然在傅家，难怪傅老会过来。

现在真相大白，高雪抄袭别人的作品，却倒泼脏水，最后被几路"神仙"围剿！现场大乱，许多花钱买邀请函的人说受到了欺骗，纷纷找主办方讨要说法。有些比较激动的人甚至觉得高雪的画根本不配展出，毁了她的画。

乔望北见状，赶紧带着傅老等人一起朝后台走去。

傅老和老太太能亲自过来，乔望北十分感激，连连道谢。傅老摆摆手，道："应该的，我和你父亲相识一场，也是看着你长大的，信得过你们。"傅老说完，目光落在宋风晚的身上，心里颇为无奈。傅聿修这个没福气的蠢小子竟然错过了这么好的姑娘，是他们傅家没这个福分啊！

老太太一直拉着宋风晚的手，夸她聪明果敢，但心里又有些落寞，感慨道："以前总觉得晚晚还是个小孩子，现在一看，她真是长大了。"

宋风晚低头笑了笑。

"就是可惜啊……"老太太遗憾原本板上钉钉的孙媳妇儿跑了。

高雪的抄袭事件在网上闹得沸沸扬扬，最后惨淡收场。三天后，高雪的鹤鸣杯金奖奖杯被收回。高雪展出前与举办方签了协议，据说因为她抄袭了别人的作品，违反了很多条款，面临巨额索赔的情况。

反而是玉堂春与乔家因为这次的事名声大噪。以前不少人说乔老身体不行后，创作日益减少，恐怕是江郎才尽了，殊不知他留下了这么多遗稿，几乎都是上乘佳作。

吴苏那边的博物馆更是在当天发布消息，说是过年期间将举办乔老的个人展，将乔老捐给博物馆的部分画作公开展出，门票只要三十元一张，为期三天，收入全部用来做慈善。如此一来，乔老不仅提升了自己的行业地位，还收获了一帮年轻的粉丝。

乔望北与严望川在餐厅订了位置，打算晚上宴请汤望津，宋风晚和乔西延作陪。几人吃了饭后，这三个难得碰面的师兄弟似乎没有散场的打算，而宋风晚要回学校，乔西延便先送她离开了。

出了酒店，宋风晚裹紧身上的风衣，道："表哥，拐个弯就到我们学校了，你不用特意送我。我想下去走走，顺便消消食。"

"你一个人回去？"乔西延不放心。

"嗯，走两步就到了。"宋风晚和傅沉约好了，此时直接跑了，道，"表哥再见。"

与乔西延分开后，宋风晚给傅沉打了电话。傅沉道："我在你们学校边上的宏志书店。"

"嗯，我五分钟后到。"宋风晚裹紧衣服，朝书店小跑过去。

傅沉站在书店内侧的一个书架前，手中拿着一本外文书，神色凝重。

他半个小时前刚从老宅出来。

现在距离傅老大寿仅剩几天，提前来拜访的人很多。他们虽然都会出席寿宴，但担心寿宴当天人多，自己的"心意"无法准确地传达给傅家，便提前过来了。而今晚来的人格外多，傅沉想提前离开都不行。

一开始大家聊的话题都很正常，说着说着，话题就跑偏了。

"最近乔家的事闹得挺大的。"

"乔老与老爷子是故交，乔家后辈的人品不会差，我早就知道网上那些东西都是胡扯的。"

傅沉抬头看了说话的人一眼，心想：这时候说这种话有什么意思？乔家被人骂得狗血淋头的时候，可没有人敢站出来替他们说一句话。

"这乔老也是有福气，儿女、孙子包括外孙女都不错，女儿嫁到严家，听说又怀上了，可喜可贺。"

"严家老太太肯定乐坏了。"

"就是啊。孙女虽然不是亲生的，但模样好，和严先生的关系也不错。"

傅沉拿起一侧的水壶，给老太太和今日来的一些长辈倒茶。

"三爷，您太客气了。"这些人于傅老而言是晚辈，虽然不少人年过五旬，却与傅沉是同辈。

"没关系，让他倒吧。"老太太难得与这么多人一块儿聊天，心里高兴。

"听说乔老的外孙女之前在你们家住过，你们的关系一定很不错吧？平时来往应该很多吧？"

他们说着说着，话题的中心渐渐成了宋风晚。这些人都是人精，绝口不提宋风晚与傅聿修之前的婚事。

老太太笑了笑，道："是啊，和晚晚的关系不错。"

"宋风晚有男朋友没？听说她才大一，还没处对象吧？"

"肯定没对象啊，她才多大，刚入学吧？"

"这丫头长得漂亮，知书达理。"

傅沉握紧茶杯，靠在沙发上，因为用力过度，指节有些泛白。他十分无语，心想：当时那丫头在镜头前直接打人，这也能叫知书达理？这群人倒是挺能夸！

宋风晚到了，推门进入宏志书店，直接往里走。

这是京大外面最大的一家书店，里面有专门隔开的读书包间，甚至有咖啡屋，颇有情调。这个点书店内的人不算多，几乎都是情侣，毕竟在这里坐着不花钱，气氛又好，很适合约会。

宋风晚顺着书架往里走，终于瞧见了傅沉。周围十分安静，她蹑手蹑脚地走过去，准备吓他一番。她好不容易凑近了，手刚碰到他的后背，下一秒，整个人就被傅沉按在了书架上……书架被撞得狠狠地晃了一下，她的嘴巴被捂住，根本发不出声音。她那漂亮的丹凤眼看着傅沉的时候，显得单纯又无辜，傅沉真想就这么吃了她。等书架稳住了，宋风晚才推开他。

"吓死我了。"宋风晚调整呼吸，胸口微微起伏，压低声音道，"这里是书店，我差点儿叫出声。你是什么时候过来的？等很久了吗？我舅喝了点儿酒，太能说了。他们师兄弟好久没见了，话有点儿多，我也是刚出来……"

宋风晚小声嘀咕了半天，却没听到某人的回复，一抬头就看见傅沉正紧盯着她。

"你怎么了？心情不好？"

"是很不好。"傅沉强调道。

整个晚上，他一直在听那群人夸自己的媳妇儿，那些人还想给她介绍对象。

"怎么啦？"宋风晚往他的身边凑，"嗯？"

傅沉此刻瞧着宋风晚，又觉得和她提起这件事，她会觉得自己幼稚可笑——都是快三十岁的人了，吃这种醋做什么？

"没事，要不要出去走走？"傅沉将手中的书放在宋风晚身后的书架上。

宋风晚微微蹙眉，察觉到他今天心情不好。她多少能猜到他为何这样。最近有不少人给乔艾芸打电话，想给宋风晚介绍对象，乔艾芸也把这件事告诉严望川和乔望北了。

宋风晚想了想，忽然拉住他的衣角，道："三哥……"

"嗯?"傅沉低下头。

宋风晚直接凑过去,傅沉本能地往后一退,后背抵在书架上。她踮着脚,整个人压了过来。女孩儿纤细的手指抓着他的衣领,上半身紧紧地贴在他的身上,温热柔软的唇轻轻地落在他的唇边。

这儿可是公共场合,外面隐约传来低低的谈话声,宋风晚紧张得要命,抓着他衣领的手指微微收紧,手心出了一层汗。他的唇很凉,薄薄的,却很软。她学着傅沉以前的做法,轻轻地摩挲他的嘴角。因为不知何时会有人过来,她心里忐忑不安,却能清晰地感觉到傅沉的唇越发灼热……逐渐攀升的热度使得她的身子有点儿软。

"三哥……"宋风晚轻轻地咬着他的唇,又伸出舌尖舔了舔他的嘴角。那一瞬间,傅沉觉得有股细细的电流穿过全身。

宋风晚道:"我刚才吃饭的时候,舅舅总说我在傻笑,你知道为什么吗?"

两人的身子贴在一起,暧昧的气息在两人之间流动。

"什么?"他安静地看着她,笑了笑。

"因为我在想你啊。"

"宋风晚,你这么调戏我,真的……很不像话。"傅沉说完突然低下头,含住她的唇。

宋风晚瞥见有人影晃过,下意识地要躲,傅沉却已经将她紧紧地搂在怀里了。她微微挣扎起来:"会有人过来……"可是她的唇被咬着,她连话都说不清。

傅沉用力抱住她,直至外面的动静越来越大才松开她,道:"从哪里学的这些话?"

"网上啊,这叫'土味情话'!你不喜欢啊?"见他一直皱眉,宋风晚解释道。

"以后可以多说点儿。"傅沉啄着她的嘴角,"我喜欢听。"

宋风晚点了点头,心想:这男人真是爱吃醋!

两人在书店逛了一圈,宋风晚买了一套英语四级的真题卷,又挑了两本解析英语四级的阅读理解的书,这才牵着他往外走。

其实书店的顾客基本是京大的学生。经过抄袭事件，宋风晚出名了，不少学生认识她。此刻他们看见宋风晚的身边跟着一个男人，两人举止亲昵，立刻就猜到了两人的关系。但是，那个男人冷若冰山，他们没敢拿手机拍照。待两人离开后，他们才在京大论坛上发了帖子：偶遇女神与她的男朋友，那男人帅得无法用言语形容！

帖子下有不少当时在书店的学生留言。

"是真的帅，个子大概有一米八五，穿着深色的风衣，走路带风。"

"人家看不上之前告白的那个人是有道理的，最主要的是，那个男人一看就非常有风度、有气质，家里绝对很有钱。"

"两人一直拉着手，看那样子交往有一段时间了。"

"照片呢？不然谁信啊！"

虽然有人信，有人不信，但学校里对她有点儿意思的男生绝大部分不敢再追她了，毕竟光是她的家世背景就足以让不少人退缩。

抄袭事件之后，宋风晚再度回到学校。

一开始，有不少外院的人好奇，会特意为了看她一眼来上美术学院的课。时间长了，大家发现她和普通学生没什么两样，上课老师点她回答问题，她也有回答不上来的时候，还经常去学校食堂，偶尔出门改善伙食。久而久之，大家对她的好奇心逐渐降低了。

同时，学校对高雪做出了处罚。高雪虽然是受聘来京大当老师的，但还在试用期，未转正就被辞退了。设计展结束之后她就再没出现在公众的视线里，也没回学校收拾东西，整个人就好像人间蒸发了。许多设计公司更是发了声明，将她永久拉入黑名单。恐怕以后再也没有一家公司敢聘用她了。

第 十 二 章

曝光，磨刀霍霍

傅老的寿宴自然是热热闹闹的，来了不少名流。宾客中打宋风晚的主意的人也很多，只是碍于她身旁坐着严望川与乔家父子，众人不敢去打招呼，不少人败兴而归。

寿宴结束，严望川立刻回了南江，无非担心乔艾芸，毕竟她怀着身孕。乔家父子倒是在京城多留了几天。

临行前一天，乔家父子、宋风晚去傅家老宅吃了饭。宋风晚贪杯，喝了不少酒。乔家父子同样喝了些酒，傅老拉着两人叙旧，没让二人离开。

"老三，你回家的时候顺便送晚晚回学校。"老太太本想留宋风晚在老宅住下，只是她不肯。

傅沉最近忙着安排寿宴，极少与宋风晚碰面，这次便没把她送回学校，而是开车把她带回了自己家。乔家父子会吃了午饭再走，宋风晚决定明天早点儿起床回宿舍，这样一切就神不知、鬼不觉了。

可是，计划赶不上变化。

乔西延一大早就起来收拾行李，想到宋风晚昨天喝了很多酒，就帮她买了早餐，又带了点儿醒酒药，准备给她送去。可是他给她打了几次电话,一直无人接听。乔西延没办法,只能给她的室友打电话。

此刻刚过早上七点,胡心悦看到来电显示,有点儿蒙,又看了眼宋风晚的床,发现她昨天没回来。胡心悦立刻接了电话:"喂,乔先生。"他们之前见过,当时互相留了联系方式,这样宋风晚如果发生了什么紧急情况,胡心悦就能及时通知他。

这还是两人第一次通电话。

"不好意思,这么早打扰你。"

"不打扰,不打扰!"胡心悦从被子里钻出来,整个人都清醒了,毕竟电话那头的可是她偶像的孙子。

"你能帮我叫一下晚晚吗?我在你们宿舍楼下。"

"晚晚……"胡心悦没转过弯来,不假思索地说道,"她昨晚没回来啊。"

"你说什么?"乔西延捏紧手中的便利袋。

"我……"胡心悦当即反应过来,自己可能坏事了。可是宋风晚此刻不在宿舍,她根本没法将宋风晚叫出去啊,这件事压根瞒不住。

"不好意思,你刚才说什么?我没听清,你能再说一遍吗?"

"心悦,"因为是周末,苗雅亭也没起床,被吵醒后翻身看向胡心悦,"怎么啦?谁的电话啊?"

胡心悦简直快哭了。

她闯祸了!

京城的冬天来得早,此时太阳刚露头,日光落在人身上,却毫无暖意,反而更添凄冷。乔西延就这么站在冬日的寒风里,握紧双拳,指节有些泛白。

其实他并不反对宋风晚谈恋爱,只是她竟然彻夜不归!就算宋风晚刚入学就谈恋爱,到此时也不过谈了两个多月,竟然就在外面过夜?

"那个乔……乔先生?"胡心悦知道自己说错了话,声音都在发抖。晚晚回头肯定会杀了她的。

苗雅亭还是一脸蒙的状态,这一大早是怎么了?

"那个人是谁?"乔西延强迫自己冷静下来。他这次在京城待了很长时间,居然什么都没发现。宋风晚倒是藏得挺深啊!他倒要看看是哪个小子胆子这么大,居然在他的眼皮底下勾引他的妹妹,现在竟敢去开房过夜!乔西延总觉得宋风晚还是个孩子,谈个恋爱,拉拉小手还行,若是发展太快,他就无法接受。

"乔先生,晚晚……"胡心悦的大脑都是空白的。

"你现在想说……她在宿舍?"乔西延低声道。

"我……"

"如果你想说她生病了,不方便下来,那让她接电话。"乔西延此刻已经可以确定宋风晚不在宿舍了。他想起昨天那丫头信誓旦旦地和自己说,她回宿舍了,还说室友都睡了。现在看来,那些都是骗他的,那时候她肯定在和那个小子鬼混。

"乔先生……"胡心悦真的要哭了。

"她的男朋友你们都认识吧?"

见事情瞒不下去了,胡心悦咬了咬牙道:"就……你应该认识啊!"两家是世交,长辈都熟悉,他们怎么会不认识对方?

胡心悦的话宛若一盆冷水浇下来。

"同学,你刚才说什么?"

乔西延打开车门,将早餐和醒酒药丢进车里,从口袋里摸出烟,张嘴衔着,把烟点燃后狠狠地吸了一口……

"你说我认识?"乔西延在京城就认识那么几个人。他的脑子里飞快地过滤着各种人,第一个想到的就是段林白,因为宋风晚每次都喊对方"段哥哥",甜得很。

他掐灭烟,手一抖,烟头落在地上。

"乔先生,您……"胡心悦的声音带着哭腔。她现在真的想一头撞死。

"你不用说他是谁,你只要告诉我,名字是三个字吗?"乔西延也知道让她直接说名字有些困难,毕竟她和宋风晚是朋友。

胡心悦咬了咬牙:"不是。"

这么一来,那人就不是段林白了。

乔西延仔细想着——名字是两个字的男性,他认识,京城人,单身,和宋风晚的关系应该还很好,昨晚待在一起……

傅沉!

一阵凉风吹过,乔西延不禁打了个寒战。

这两个人……不可能吧!

不过乔西延仔细一想,宋风晚在傅沉那里住了几个月,傅沉对她很照顾。之前宋家出事,傅沉还出现在云城……这一年来,但凡宋风晚出了什么事,傅沉几乎都在。

可是这两个人怎么会谈恋爱?傅沉都多大了!他可是傅丰修的叔叔!况且,以他的地位,他要什么样的女人没有,怎么会和宋风晚在一起?

"乔先生,其实……"胡心悦还想解释,又支吾着不知道说什么。

"打扰了。"乔西延说完直接挂断电话,弯腰将地上的烟头捡起来,扔进不远处的垃圾桶内。

他上车之后,脑子还有点儿晕,想到乔艾芸曾在自己面前夸赞傅沉,说傅沉在这个年纪有这般成就多么厉害,又低调,又体贴,对她又关心……

乔西延伸手狠狠地砸了一下方向盘。

傅沉完全就是另有所图!

他此刻想起第一次见到傅沉的时候,傅老提议让宋风晚住过去时傅沉那不情愿的样子,突然怒火中烧,意识到这两人可能很久前就开始谈恋爱了。傅家人估计也不知道。两人就这么瞒着所有人,表面上故作不熟,私底下还不知道发展到哪一步了。

宋风晚年纪不大,傅沉又早早地浸泡在社会的大染缸里,是出了名的心机深沉之人。宋风晚对他一开始是满怀敬畏的,甚至不想住在他家。

乔西延的直觉告诉自己:傅沉诱拐了他的妹妹。

一想到是自己亲自把妹妹送进了云锦首府，昨晚也是自己让傅沉送宋风晚回宿舍的，他就悔得肠子都青了。

乔西延一时难以接受这两人的关系，不知傅家人如果知道了他们的关系，事情又会如何发展。他烦躁地摸出烟，刚准备点上，手机振动起来。

"爸。"

"你见到晚晚之后，直接把她带过来吧。吃完饭，我们送她回学校之后再回家。"乔望北昨天和傅老彻夜长谈，就住在傅家老宅，"你抓紧时间，我还要回去收拾东西。昨天聊得有点儿晚，现在我的头还疼。晚晚应该起来了吧？"

乔西延深吸一口气。这件事是瞒不下去了，而且傅沉做得实在不地道！

"爸，您还在傅家老宅？"

"嗯，刚吃完饭，等着你来接我。"乔望北一夜没睡，眼里布满红血丝。

"我马上过去，有件事要和您说。傅奶奶和傅爷爷都在吧？"他都可以预见，如果事情被捅破，先别提外人怎么说，光是傅家内部就会掀起一场轩然大波。

"在啊。"

"我十五分钟后到。"

"等等，你接到晚晚没？"

电话被挂断了。

"晚晚要过来吗？"老太太此刻浑然不知将要发生的事，"我给你打包了一点儿京城特产，你们待会儿记得带上。"

"您太客气了。"乔望北一边笑着回答，一边在心里臭骂了乔西延一顿。这小子胆子太大了，居然挂他的电话！

乔西延想到傅家二老，心里越发不是滋味。宋风晚平时还喊他们爷爷、奶奶，这两人完全把她当亲孙女看。她从孙媳妇儿变成孙女，现在直接成儿媳妇儿了！

按理说，宋风晚应该喊傅沉一声"叔叔"，这两人干的是什么事啊！

乔西延此刻压根不懂，爱情和年龄、辈分无关，只要它来了，就挡也挡不住！

胡心悦被乔西延挂了电话后，坐在床上，生无可恋。

"心悦，你到底怎么啦？"苗雅亭看她失魂落魄的样子，以为她出什么事了，还特意从床上爬下来，趴在她的床边，"悦悦，你没事吧？你说句话啊，别吓我。"

"雅亭，我可能把晚晚害了。"

"你在说什么啊？"

胡心悦简单地把事情和她说了一下。

"其实她表哥人蛮好的。按照你的说法，晚晚的男朋友和他认识，他们还一起吃过饭。我觉得这应该没什么大问题。可能就是家里人目前不知道这件事，结果你给捅破了。你别担心了。"

胡心悦想给宋风晚打电话，可是一直打不通，急得眼眶都红了。

"雅亭，我记得晚晚和我说过，她之前有个未婚夫，现在这个男朋友是她前未婚夫的叔叔……"

胡心悦陡然想起了这件事，之前觉得宋风晚肯定在和自己开玩笑，知道了宋风晚的家世背景后又觉得对方说的好像是真的。

"什么未婚夫？"苗雅亭不知道这件事。

"那时候你没在宿舍，我俩无意中说起的。她是用开玩笑的语气和我说的。"

苗雅亭蒙了："前未婚夫的叔叔？"

"我当时还觉得她是骗我的，现在看来，这件事是真的！让我死！"宋风晚的手机怎么都打不通，这让胡心悦非常抓狂。

此刻，乔西延的车已经缓缓地驶入了傅家老宅。他这一路上也在思量，到底要不要将这件事告诉父亲和傅家二老。可是，这种事能瞒得住吗？他想起宋风晚极力要求来京城念书，当时她说得好听，什么为了她外公，现在看来，她可能是冲着傅沉来的。

乔西延越想越怒不可遏，没有去接宋风晚，把车停到了傅家的院门口。傅老爷子正在院子里晨练，即便年过八十，仍旧精神矍铄。傅老爷子看见乔西延下了车，热情地冲他招手，道："西延来啦，等你好久了，快跟我进来吧！晚晚呢？"

傅老都八十岁了，傅沉竟然给他找了个二十岁的儿媳。

乔西延的头疼得厉害。

宋风晚起床后，简单地洗了个澡，准备下楼吃饭，见手机快没电了，便将手机留在楼上充电。她跟乔西延约了一起吃午饭。

傅沉正在楼下的小书房看书。宋风晚走到他身边，指着老旧的留声机问："今天听的是什么？"

"《群英会》。"傅沉偏头看她，"怎么不多睡一会儿？我八点叫你，九点可以送你回去。"

"睡不着啊。"

宋风晚随意拿了一本架子上的书看了一会儿，只听见留声机里忽然唱道："孔明！此去必被曹操杀之，方去我心头之恨也……我不杀你，誓不为人也……"

宋风晚听得心头一跳，莫名有种不好的预感。

乔西延在傅老爷子的带领下往屋里走，张了张嘴，心里憋着一口气，上不去也下不来。

"西延，快进来啊，站在门口干吗？"老太太出来招呼他。

"嗯。"乔西延点头，实在不知该如何与傅家人说这件事。

他进屋的时候，乔望北正坐在桌子前打磨着手中的黑玉石，看见他过来，又看了眼他的身后，问："晚晚呢？你不是去接她了吗？"

乔望北手中的那把刻刀散发着寒光。

"她……"乔西延不善说谎，说话支支吾吾的。

"这丫头该不会还没起床吧？是不是昨天玩得太晚了？"乔望北轻笑道。

乔西延没作声，而此刻，他的手机再次振动起来……

他瞥了一眼，原来是胡心悦打电话过来了。他犹豫了一下，出去接了电话。

"这么冷的天，什么电话非得去外面接啊？"老太太轻笑一声，"望北啊，你也别弄了，赶紧来吃饭吧。"

"嗯。"乔望北是一天不摸刀就手痒，将桌上的粉尘碎屑收拾完后，准备扔出去。

"你别弄了，我回头让人打扫。"老太太笑道。

"没事。"乔望北从窗外瞧见乔西延又在抽烟，微微蹙眉。这小子年纪不大，怎么烟瘾这么大？他走出去，想顺便叫乔西延进屋吃饭……

"谢谢你关心她，她到现在还没回宿舍是吧？还有一件事，我想麻烦你帮个忙，先别和她提我知道她谈恋爱的事情……嗯，如果没事，那我就挂电话了。"

胡心悦一直联系不上宋风晚，实在担心，便又给乔西延打了个电话，无非想说他俩感情很好，也不是有意要瞒着家里人的。这些话她刚才就该说的，可是当时她被吓蒙了，完全忘了。

乔西延灭了烟，扔掉手中的烟头，又急又气。这件事他若是不知道就罢了，现在真是不知道该如何处理，也不知道该怎么向长辈说明。他叹了口气，刚转身就看见了身后面色阴沉的乔望北，被吓了一跳。

"爸……"

乔望北此刻一手拿着布，一手拿着刻刀，正细致地擦拭着刀身，瘦削、冷酷的脸上透着一股寒意。

"你刚才说……晚晚没回宿舍？"

"爸，这个事情……"乔西延被吓蒙了。

乔望北出来的时候并不是没有发出半点儿声音，是乔西延心里太乱，根本没注意到。

"所以你才没接到人？"乔望北面无表情地道，"其实她上大学了，谈个恋爱很正常。我不反对她处对象，毕竟她到年纪了。"乔望北的语气很平静，可是乔西延太了解自己的父亲了，这绝对是暴风雨前的平静。

他们在京城待了这么久，宋风晚一直藏着掖着，乔望北心里肯定不舒服。最主要的是，她竟然彻夜不归。

"说吧，那个小子是谁？"乔望北笑道。

乔西延后背发凉："爸……"

"你应该知道吧？"

父子俩一直相依为命，对彼此非常了解。

"其实这件事……"

"趁着离开前，我请那小子吃顿饭。"乔望北忽然将手中的刻刀对着朝阳，刀刃上闪过一道寒光，"我得好好感谢他昨晚对晚晚的照顾啊，是吧？"

乔西延深吸一口气："爸！"

"要不你直接打电话给晚晚，让她带那小子出来，让我见一下。"家长得知孩子谈了恋爱，肯定想知道对方是什么人。况且宋风晚是女生，乔望北怕她吃亏。

"你要是不打电话，那我打！"乔望北眯着眼，道，"我倒要看看，那小子……"那小子到底是个什么东西！

乔望北也盘算着，即便宋风晚刚到京城读书就开始谈恋爱，那她和对方在一起也不过两个月，这发展得也太快了吧？

"爸，这件事不是您想的那样。"

"怎么？那小子我不能见？"乔望北问。

乔西延走过去："爸，您觉得傅沉怎么样？"

"你现在跟我提他做什么？"乔望北白了儿子一眼，"他肯定不错啊！家世、才学、能力，每一样都是拔尖的。"在乔望北看来，傅沉能力强，创办了公司，最主要的是自己和他处得来。乔望北已经把傅沉当成知己了。

"爸，我接下来和你说的事，你务必冷静看待。"

"我很冷静，真的！"乔望北轻笑，握紧了手中的刀。

"那您把刀给我。"

乔西延和他抢了半天，才把刻刀拿到自己的手里。乔西延很清楚，依父亲的脾气，今天自己不说出个所以然来，父亲是不会罢休的。宋风晚更不可能临时找个人来替代傅沉。

"爸，我接下来和你说的事，可能有点儿刺激。"

"我都快五十岁了，什么事没见过？"

"那个人是……"乔西延犹豫片刻，说出了那两个字，"傅沉！"

乔望北愣了数秒，忽然从口袋里摸出烟和打火机，把烟点燃后，放在嘴边狠狠吸了一口。

他的手有点儿抖。他似乎无法接受自己的忘年交忽然变成了自己的外甥女婿的事实。

"西延啊……"

"爸，这件事我也刚刚才知道。"

"这烟怎么这么难抽！"乔望北抽了两口，又把烟扔了。

"爸……"

"他俩现在在哪里？哪个酒店？"

"应该不在酒店。他们本来就没有公开关系，去酒店也太招摇了。"

"在他家啊？"乔望北看向乔西延。

乔西延没说话。

"你说他平时陪我出去到底是为了什么啊？这世上果然没有人会无缘无故地对你好。那小子平时见我们的时候，心里都在想什么啊？他和晚晚在一起时，都在做什么？"

乔西延咳嗽了一声，心想：这孤男寡女的，还能做什么！

"你愣着干吗？送我过去！"乔望北咬牙切齿地吼道。

乔望北此刻就要去找傅沉，乔西延倒是有点儿犹豫。虽然乔西延恨不得立刻打傅沉一拳，但依乔望北的脾气，他们这样冲过去，傅沉是讨不了半点儿好处的。

"去开车啊！"乔望北忽然想到了什么，又冲回屋里，拿起放在桌上的其他刻刀。

乔西延急忙冲进去："爸，您冷静点儿。"

"你让我冷静什么？"乔望北收拾着东西，"我只要一想到这些日子他陪着我，全是为了拐走你妹妹，就冷静不下来。"

"这是怎么了？"老太太不知道发生了什么。

"这是要出门？"傅老见乔望北表情严肃，也很诧异。

乔望北此刻顾不得许多，收拾好东西就往外面跑。

乔西延愣了一下："傅爷爷、傅奶奶，那个……"此刻让他喊傅沉三爷，他喊不出口，便道，"傅沉和晚晚在一起了，我爸要去傅沉那边找晚晚……"

"乔西延！"乔望北已经到了外面，见乔西延还没出来，吼了一嗓子。

乔西延急忙追出去，留下震惊的傅家二老。

老太太道："老头子，西延刚才说了什么？我是不是听错了？"

"他说老三和晚晚在一起了。"傅老活到这把岁数，第一次觉得一件事有点儿惊悚。

"阿忠，你听清了吗？"老太太觉得难以置信，语气僵硬地问忠伯。

忠伯这才回过神，道："乔少爷说三爷和宋小姐好上了……"

此刻，外面已经传来了车发动的声音。

傅老一拍大腿，道："坏事了！这臭小子怎么和晚晚……"

"其实……"老太太反而乐了，"其实也不错啊。兜兜转转，晚晚还是我们家的媳妇儿！我一直都喜欢她。"

"阿忠，去楼上把我的戒尺拿下来。"

忠伯脸色发青："戒尺？"

"快点儿！让人备车，立刻去老三那儿！"

"老傅，你这是干吗？！"老太太一看他要拿戒尺，就知道是要上家法了，"晚晚不好吗？两人虽然辈分、年纪差得有点儿多，但也不是不能在一块儿。你不是也很喜欢晚晚吗？"

"你……"傅老气得咬牙，"西延刚才不是去学校接晚晚吗？没接到人！现在这个点，乔家父子冲到老三那儿，八成是因为这两人还在一起！他们这是在一块儿过夜了啊！你觉得乔家人会怎么想？望北是个急脾气，老三拐走了人家的外甥女，望北会给他好脸色吗？老三这次怕是难逃一劫。"

老太太方才光顾着高兴，压根把这件事给忘了，道："那现在……"

"赶紧过去看看啊！"

"要不要给老三打个电话？"老太太想到儿子会被打，心里着急。

"他今天在劫难逃，你现在通知他，他还能带晚晚跑了吗？这小子也是胆大，居然瞒了我们这么久！"

忠伯已经取了戒尺，递给傅老。傅老手持戒尺就往外冲。

"老傅，你带这东西干吗？"老太太急得直拍大腿，赶紧追出去，"乔家人要是动手，你还想帮着人家一起打儿子啊？"

"瞧你这话，待会儿我要是不动手，乔家人只会打得更狠！倒不如让我来，最起码还能留那小子的一条狗命！"

傅家二老快速上了车，老太太咬着唇，催司机追上乔家的车，随后道："其实他俩的关系有点儿尴尬，他们可能是还没想好如何向我们开口吧！"

"他们都在一起过夜了，肯定交往很久了。"

"我生日之前，不少人来打听晚晚的情况，那小子当时直接跑了。现在看来，他是吃醋了，又不好发作！"

老太太逐渐冷静下来，道："老三去年信誓旦旦地和我说，今年会给我带媳妇儿回来，难不成那时候他们就……"

傅老握紧手中的戒尺："这小子真是……我们能想到这层，乔家人肯定也能想到。那时候晚晚还在准备重考，他……"

老太太能理解乔家人为何如此暴躁了。

"晚晚虽然成年了，但是在长辈的心里还是个孩子，这要是换成傅妧，我也能打断那小子的狗腿。"傅老就一个闺女，当年傅妧带沈恫文回来见家长，傅老都觉得不爽。

"乔家父子脾气大，老三……"老太太急得不行，对司机道："再开快点儿！"

"老太太，已经很快了，乔少爷的车就在我们前面，您别急。"司机指着前方。这会儿正好堵车，乔西延的车是很好，但是在京城也无用武之地。

老太太又问："这件事知道的人应该不多吧？"

"林白肯定知道。他整天和老三待在一起，不知道就怪了！"傅老是老狐狸，一下就猜到了好多事，"难怪当初你想将晚晚介绍给林白时，那小子一副活见鬼的样子……这几个孩子可真能装！"

老太太叹了口气："不是他们会装，是我们根本没往那方面想。你说这件事要是被老二一家知道了，那咱们多尴尬啊！"

傅老轻笑："你刚才不是挺高兴的吗，现在觉得尴尬了？"

"刚才我没想到这个问题。"老太太叹了一口气，"待会儿你要是冲在乔家前面教训那小子，下手可得轻点儿，他好歹是你儿子。"

"这是肯定的。"傅老摩挲着手中的戒尺，"我争取……留他一条小命。"

另一辆车里，乔西延一直在观察父亲的神色。此时恰好堵车，车速提不起来，他们只能走走停停。

再次停下车后，乔西延拿出了手机。

"西延，你做什么？"乔望北此时已经愤怒到了极点，整个人看上去反而很平静，仔细地擦拭着手中的刻刀。

"我想查一下哪个路段不堵车。"乔西延其实是想通知宋风晚，让她做好准备。虽然乔西延完全不同情傅沉，但宋风晚是自己的妹妹啊，自己不能不管。

"不用查，慢慢走。"乔望北道，"他们应该不会挑这个点出门。"

乔西延早上七点给宋风晚送早餐和醒酒药，就是为了避免堵车。而傅沉为了避免堵车，估计会九点后送她回学校。

"爸，晚晚都上大学了，谈恋爱其实很正常。"

"你觉得他俩是最近才在一起的？"乔望北不是傻子，"估计去年就在一块儿了。那时候她才十九岁，你说这傅沉……怎么能对一个孩子下手呢？他对你姑姑那么好，也是有目的的。这小子太坏了！"

乔西延没作声，只能感慨这两人的胆子太大了。

云锦首府内，宋风晚和傅沉正面对面坐着吃早餐。

"中午我要陪舅舅和表哥吃饭，下午我们去看电影吧！"宋风晚提议道。

"还有什么计划？"傅沉看着她，笑道。

"在一起吃个饭啊。我们好久没单独吃饭了。"

"嗯。"

这两人在悠闲地吃早餐，压根不知道胡心悦和苗雅亭都要急死了。宋风晚的电话怎么都打不通，傅沉的电话一直无人接听。

傅沉是为了和宋风晚用情侣机才换了手机，不依赖手机，平时联系胡心悦也是为了宋风晚。此时，宋风晚就在自己面前，他自然不会太关注手机。

胡心悦都要急死了。

吃完早餐，傅沉道："收拾一下吧，送你回去。"

宋风晚点点头，道："我上楼拿手机，回学校后还得换身衣服。昨天喝了酒，现在身上还有味道。"

此时，冬日的暖阳升起。宋风晚从口袋里摸出口罩，刚准备戴上，傅沉倾身过来，吻上了她的唇。

"三哥……"年叔还在不远处，宋风晚伸手推了推傅沉。

"就亲一下。"傅沉扶着她的后颈道。可他一旦亲上了，哪里还有什么一下两下的问题……

两人压根没注意外面传来的车声,直到傅心汉从屋里冲出去,对着外面一顿狂吠,两人才恋恋不舍地分开。

"傅心汉怎么……?"宋风晚扭头看向门口。

乔望北、乔西延已经到了,紧跟着他们的是傅家二老……

一瞬间,宋风晚觉得世界在晃动。傅沉也注意到了外面的人,同样万分诧异。他知道纸永远包不住火,只是没想到自己和宋风晚的关系会以这样的形式被发现。

宋风晚连忙往旁边挪了两步,跟傅沉拉开距离,颤声说:"舅舅、表哥……"

见没人理她,她后背僵直,魂不附体。

"你们在干吗?"乔望北压低声音,死死地盯着傅沉,瘦削的脸被气得白中带青,看上去很吓人。

此情此景恍如两军对垒,空气凝滞,短短数秒却如数年般漫长。傅心汉原本瞧见老太太过来,还摇着尾巴往她的身上扑,此刻也察觉到气氛不对劲,乖乖地回了狗窝。

傅沉紧紧地握住宋风晚的手,挡在她身前,道:"我们在交往!"

老太太急得直跺脚,这小子说话就不能委婉一些吗?

其实傅沉已经想过了,没被发现就罢了,若是被他们知道了,他也绝不会当缩头乌龟。他喜欢宋风晚,想和她在一起,这点绝不会变。

乔望北双手握拳,瞥了眼身旁的乔西延,对傅沉道:"我们确实让你照顾过晚晚,但是……谁让你把人照顾到床上去了?再说了,你俩是什么关系?你是傅聿修的叔叔啊!"

之前宋风晚被傅聿修单方面退婚,两家的关系已经非常尴尬了。乔望北这么长时间隐忍未发,没直接教训傅聿修,一方面是念及两家的交情,另一方面也是想着傅家事后对宋风晚不错。结果傅家现在竟然把人拐走了!

再说了,经过傅聿修一事,乔望北压根不想再与傅家做亲家。现在可好,宋风晚不再是傅聿修的未婚妻,反而成了傅聿修的三婶!

"爸！"乔西延按住乔望北的肩膀，示意他冷静些。

乔望北冷静不了，越想越气，直接冲向傅沉……乔望北是大半辈子拿刀的手艺人，手劲极大，指腹、手心上全是粗厚的茧子，扬起拳头就要揍傅沉。

傅家二老倒吸一口凉气。

"舅舅！"宋风晚急忙拉住乔望北。

乔望北不敢伤了宋风晚，收了力道，问宋风晚："你俩到底交往多久了？"

"不到一年。"

乔望北轻笑："谁追的谁？"

宋风晚立刻道："我，是我先喜欢他的！您要打就打我吧。"

"你什么性子我还不了解？你护着他？"乔望北心头一震。

"是我招惹了她。"傅沉从始至终都不惊不惧，已经做好被乔望北打一顿的准备。如果这样能让他和她光明正大地在一起，那也值了。

"我要是不喜欢，这种事没人能强迫我！"宋风晚咬牙道。

"你俩……"乔望北被宋风晚拉着，又不敢把她甩开，便对乔西延道："乔西延，把你妹妹拉开。"

"舅舅……"

"望北，听我说句话吧。"傅老站了出来。

即便乔望北此刻正处于盛怒状态，但傅老的面子他也是要给的，毕竟傅老他们也不知情，他没必要冲人家的父母发脾气。

于是，乔望北松开了手。

"这件事傅沉确实做得不对。晚晚当时年纪尚小，这小子要是真的喜欢她，百般讨好她，晚晚恐怕也受不住，所以整件事完全是傅沉的错。而且他一直瞒着我们，我这个做父亲的也忍不了。这次不用你动手，我来教训他。"

傅老手持戒尺，朝傅沉走去。

戒尺是桃木色的，约莫三十厘米，打磨得很光滑。

宋风晚亲眼见过他拿戒尺打傅聿修，知道这戒尺能把人打得皮开肉绽,傅聿修那天夜里就被送去了医院。她眼看着傅老越走越近,道:"傅爷爷……"

傅老举起戒尺,朝傅沉抽了过去……

宋风晚心头一跳,直接扑过去,要帮傅沉挡这一下。乔望北没拉住她,眼看着戒尺就要落到她身上了。千钧一发之际,傅沉拉住她的手腕,转身将她紧紧地护在了怀里,戒尺狠狠地抽在傅沉的后背上。

"三哥!"她稍一抬头,就看见傅沉的额角冒出冷汗,脸上没了血色。

那一下,傅老用了十成的力气,傅沉只觉得后背瞬间麻了,数秒之后,才疼得浑身发抖。

"老傅啊……"老太太还以为他只是意思一下,没想到他下手这么重。

傅沉长这么大第一次被长辈打,脸都白了,老太太当即红了眼眶。

乔家父子也没想到傅老下手这么重,均被吓了一跳。一旁的年叔也不忍心看下去了。

"三哥……"宋风晚着急地道。

傅沉伸手按住她的后颈,将她的脸按在怀里:"乖,别看。"

"傅沉,他们把晚晚送过来,是让我们傅家代为照顾的,你和晚晚谈恋爱就算了,还一直瞒着我们。你自己说,你这件事做得如何?"傅老捏着戒尺,手腕有些发麻。

"我喜欢晚晚,这件事我不认错,其他的……"傅沉强忍疼痛,道,"其他的我都认。"

"你认错就好,今天我们怎么说都要给人家一个交代,这件事我不会护着你!"傅老抬起戒尺,要再次抽他。

"老爷子,您手下留情,三爷的后背都流血了。"年叔是看着傅沉长大的,自然见不得他这般遭罪,"一开始是因为宋小姐年纪小,又和聿修少爷解除婚约不久,三爷才没说。后来,乔女士怀孕了,三爷怕刺激她,便继续瞒着了。您手下留情啊!我照顾三爷这么久,这些年来,他就喜欢过这么一个姑娘!你们以为三爷就不想光明正大地带她回去见你们吗?这都是不得已的啊!"

年叔看向乔望北,继续道:"乔先生,我们三爷没讨好过别人,但知道您要过来,特意买了不少书回来看,就是想和您多说一些话。三爷瞒着你们是不对,可这种情况下,你觉得他能怎么做呢?人这辈子能遇到个喜欢的人不容易,三爷是真的疼宋小姐……"年叔说完,眼泪都开始往下掉了。

年叔的这番话说得老太太十分动容。宋风晚趴在傅沉的怀里,紧紧地抱着他。

傅老举着戒尺,也不知该不该将它放下去。

乔望北叹了口气,走过去道:"傅老,罢了……"

傅沉刚才第一时间护住了宋风晚,现在这两人又紧紧地抱在一起,乔望北突然觉得自己像是来棒打鸳鸯的恶人。

"舅舅!"宋风晚哭出了声。

"哭什么!他就挨了一下,你就这么心疼?这小子瞒得我们这么苦,挨一下怎么了?你丫头胆子也是大,跟谁在一起不好,偏偏跟他!他可是傅丰修的亲叔叔!"

"舅舅,我不是有意瞒着你们的!"宋风晚从傅沉的怀里出来,扯了扯乔望北的衣角。

"行了,别哭了!"乔望北见不得她那可怜兮兮的模样。

"乔叔,对不起,是我考虑不周。"傅沉忍着后背的剧痛向乔家人道了歉,然后看向父母道:"爸、妈,我……"

"你这小子小时候那么让人省心,怎么长大了反而不省心了?"傅老将戒尺往边上一扔,看见傅沉的后背上隐隐渗着血迹,心疼不已。但是今天他要是不动手,乔望北动了手,傅沉恐怕更惨。

"你的胆子怎么这么大!"老太太走过去,看到他的后背,心疼得眼泪都出来了,"你先坐下,我给你看看后背!"傅沉是家中老幺,又是老来子,老太太非常疼爱他。

乔西延站在边上,双手抱胸。傅家人打的是什么主意,他心里清楚。其实他们也不能对傅沉如何，无非因为受到欺瞒，心里憋着口气，想发泄出来。傅老这一戒尺下去，他们也不能再说什么了。况且事情发展到这一步，他们也不可能强行把两人拆散。

"妈，您别看了，我回头自己弄一下就行。"傅沉阻止道。

"那回屋后我给你看。"宋风晚心里急，不知道他伤成什么样了。

"药箱在这里，要不要叫个医生啊？"年叔擦了下脸上的泪，声音嘶哑地道。

"把药箱给我，我帮他看。我经常受伤，处理伤口还算在行。"乔西延走了过去，道。

"也好，那你帮老三看一下，要是太严重，我们就叫医生或者直接去医院吧。"老太太内心焦急。

"傅三爷，走吧。"乔西延挑眉道。

"表哥……"宋风晚看着乔西延，有些心虚。

"怎么了？"

"没……没事。"宋风晚咬了咬牙，"你给他上药的话，记得轻点儿。"

"好。"乔西延应了一声。

两人直接进了一楼傅沉的小书房，年叔去沏茶，招待乔望北和傅家二老。

"你也别站着了，过来坐。"乔望北看着宋风晚，拍了拍自己身旁的位置。乔望北方才听到消息后太震惊了，此时想来，这事也不是那么难以接受。不过，这两人辈分确实有点儿尴尬，恐怕以后少不了被人议论。

"谢谢舅舅。"宋风晚谨慎地道。

此时的小书房内，乔西延正帮傅沉处理后背上的伤口。他一碰伤口，傅沉就疼得闷哼出声。

乔西延挑眉道："傅三爷，实在不好意思，我这人粗糙惯了，实在不懂怎么温柔。"

傅沉咬着牙，道："没关系，你继续。"

"那我……"乔西延冷笑，"就不客气了！"

傅沉在处理背上的伤口，宋风晚则坐在客厅的沙发上，心绪难平，时不时看向小书房。

"行了，你也别坐在这里了，去看看吧。"乔望北见她这么不安，觉得烦躁，干脆让她出去。

"那……"宋风晚咬着唇，"舅舅、傅奶……"她此时都不知道该如何称呼傅家二老了，便咳嗽了两声掩饰尴尬，随后立刻起身逃走。

傅家二老此刻也觉得有些尴尬，傅老咳嗽一声，端起桌上的茶杯喝了口热茶，险些烫了舌头。傅老咳嗽两声，道："望北啊，喝茶，吃些茶点。"

乔望北叹了口气，以前自己一直称呼傅老为叔叔，现在这关系全乱了。

宋风晚特意去楼上给他找了件衣服，来到小书房门口，敲敲门，道："表哥？"

"进来吧。"乔西延道。

她推门而入，瞧见傅沉坐在椅子上，伤痕像一条红色的小蛇趴在他的后背上。

宋风晚看了很心疼，问："药上好了？需要去看医生吗？"

"暂时不用，消肿之后慢慢就好了。"乔西延一边收拾药箱一边说，"这段时间多休息，别乱动，也别碰着后面。"

"看着很严重啊。"宋风晚走过去，不敢碰他。

乔西延道："我小时候经常被抽，这点儿伤不算什么。"乔西延拍了拍傅沉的胳膊，道："傅三爷，大男人没那么娇气，是吧？"

他以前也没看宋风晚这么关心自己啊，傅沉就被抽了一下，她至于如此紧张吗？他和父亲还没出手呢。

傅沉抿了抿嘴，心想：让他给我擦药，简直是让我遭受二次伤害。

乔西延虽然没趁机对他下黑手，但动作绝对不算温柔，险些疼死他。

"等药干了穿上衣服，然后出来吃些消炎、止痛的药。"乔西延看着这两人腻歪的样子，实在不愿意继续待下去，提着药箱往外走。

乔西延离开后，宋风晚才走到傅沉面前，红着眼眶。

"哭了？"傅沉怕扯到后背上的伤口，此刻连胳膊都没抬起来。

宋风晚摇头："疼不疼？"

"你靠过来点儿。"傅沉低声说道。

此时，他说什么宋风晚都会答应。她往前挪了一些，没想到他微微偏头，在她的唇边轻轻地落下一个吻……

"现在感觉没那么疼了。"

"这都什么时候了，你还……"宋风晚咬牙道。

"这样也挺好，至少在他们面前，我们不用遮遮掩掩了。"

宋风晚抿紧嘴，垂着头没再说话，待他后面的药膏干了才帮他穿上衣服，扶他出门。

宋风晚与傅沉的事很快在双方家里传开了，接着他们需要面对的人和事就非常多了。

"爸，这件事要和姑姑说吗？"乔西延问。

"怎么说？"乔望北不知道如何开口。

"也是，毕竟姑姑有了身孕，受不了刺激。但是，难道就这么一直瞒着？"

"让我想想吧。"乔望北叹道。

其实，傅家这边也挺愁的。傅沉好不容易找了女朋友，按理说老太太是最高兴的。可是，老太太一想到傅聿修一家就开始犯愁。儿媳变弟妹，傅仲礼和孙琼华一时肯定难以接受……

"要不和望川通个气？老三和晚晚的事瞒不了多久，让望川帮忙探探口风吧！"傅老忽然道，"别突然告诉艾芸。她要是着急上火，出了什么事就不好了。"

宋风晚咳嗽了两声："其实，严叔……"

"他是知情人，第一个知道的就是他。"傅沉直言道。

"你说我师兄知情？"乔望北顿时又有点儿绷不住了，"他是什么时候知道的？"

严望川明明比他更木讷，情商低，都不知道如何与喜欢的人相处，怎么会察觉傅沉与宋风晚的关系？

"当时我和晚晚还没正式交往，他和芸姨也没在一起，所以……"

"你俩结盟了？"知子莫若父，傅老一语道破。

傅沉没否认。

乔望北傻眼了："好啊，特别好！"那两个人一唱一和，拐走了自己的妹妹和外甥女。

"师兄这种人居然能帮你们瞒这么久，他可真是能忍。"乔望北很了解自己的师兄。严望川是个直来直去、有一说一的人，居然能帮他们瞒着所有人，简直匪夷所思。

"他是怕芸姨知道后生气，不敢冒险。"傅沉道。

乔西延轻笑一声，道："人人都说傅三爷善谋略，这次我算是见识到了。"

听到这话，傅老心虚地摸了摸鼻子。傅老在傅沉还小的时候就教了他不少与人斡旋的道理，没想到这小子把自己教他的那些东西都拿来追媳妇儿了。

乔家父子在云锦首府吃了午饭，几人又在客厅聊了一会儿。傍晚时分，乔家父子还是决定按照原计划回吴苏，回去之前把宋风晚送回了学校。傅沉因为后背受了伤，最后跟傅家二老回了老宅。

送宋风晚回学校的路上，乔望北没少训斥她。宋风晚低头认错，态度很好。不过他们知道这件事后，宋风晚反而觉得轻松了许多。

"舅舅，你不会觉得我和三哥不合适吗？"宋风晚试探着问道。

"你们有什么不合适的？虽然你和傅聿修订过婚，但我们也不能因此让你和傅沉分手。"

"我和傅沉不会分手的！"

"晚晚，舅舅问你一件事。"

"您说。"

"你和傅沉发生关系没？"

宋风晚的脸瞬间涨得通红，她说："我……我们……"

"既然你俩都发展到这一步了，肯定也一起过夜了。虽然这件事由我开口不太合适，但我还是得说，"乔望北清了下嗓子，"我知道你们这代人比较开放，但是……保护措施必不可少。"

"舅舅，我们还没发生关系！"宋风晚害羞地道。

"我就是提醒你一下，没有也很好，保护好自己！"

宋风晚简直想跳车。

乔西延开着车，一直憋笑。他爸真是操心，居然问女孩儿这种事。

而另一边，傅沉因为后背的伤不能倚靠任何东西，只能一直撑着腰。

老太太凑到他的耳边问："老三，你和晚晚昨晚一起睡了？"

傅沉挑眉，看他母亲的神色，就知道她想说什么。

"我们没到那一步。"

老太太听后失落地道："哦，我就是随便问问。"

吃饭之前，傅沉回屋上了药，又给宋风晚打了个电话。

宋风晚问："你的后背还疼吗？我明天去看你。"

"刚擦了药，不是很疼。你几点过来？先联系千江，我让他开车接你。"傅沉小声道。

"那你有没有想吃的东西？我明天带给你。"

"你过来就好了，我想你了。"

"我明天早些过去。我也想你了。"

"你不用太担心我，我受得住。"

"好。"

傅老在书房看了一会儿书，心里憋闷，干脆把傅沉叫到书房里谈心。

"老三,你明知晚晚和聿修的关系,还追求她,有没有想过如果你们的关系公开了,你二哥一家会怎么想?"

"没想过,我只觉得他们没缘分。"

"要是他俩没分开,你也会追她?"

"爸,我不回答任何假设性的问题。"傅沉的回答滴水不漏。

"你这小子……你知道你俩公开关系后,别人会怎么想吗?外人可能会觉得你故意插足,他们的话可能会说得非常难听。"

"我在乎别人的看法?"

傅老叹了口气,道:"为了追个媳妇儿,你真是一点儿脸都不要了!"

"您当年追我妈的时候,也没见多要脸……"

傅老又惊又怒,道:"臭小子,你说什么?"

他气得到处找戒尺,这才发现东西被丢在云锦首府了,不禁后悔当时怎么没多抽这臭小子两下!

傅沉受伤的事没有传出去,就连段林白等人都不知晓。用傅老的话说,这是给傅沉留点儿脸面。最主要的是,傅沉和宋风晚的关系还不能对外公开。

傅沉刚到老宅的那两天恰逢周末,宋风晚来得勤。后来,她开始上课了,晚上还要上晚自习,又要准备英语四级考试,便许久没来。这让傅沉很郁闷。

傅心汉隔天被接到老宅,傅沉除了遛狗就是在院子里晒太阳、等媳妇儿。

"我说老三,你能不能有点儿出息?而且,晚晚前天不是来过吗?"傅老咋舌,以前怎么没发现这小子这么黏人?

傅沉看了他一眼,道:"上次她过来就待了一个小时,还被我妈拉着说了大半个小时的话。"

"你不能先找点儿正事干,就这么干等着?"

"今天周五,她说晚上会过来。"傅沉看了一眼腕表,后侧的伤口大力拉扯的话仍有刺痛感,但已经好了很多。

"真是没出息。"

"爸……"傅沉看了眼老爷子,"我听外婆说您追我妈的时候天天跑去我妈家。我还听说,当年您是准备去她家干农活的,发现她家有用人,又扛着锄头回来了。"

傅老的脸涨得通红,他恨不得踹傅沉一脚。

以前那个年代,物资、劳动力都匮乏,有的人追女孩儿,是真的会跑去人家家里帮忙干活的。傅老当时没打听清楚老太太家是什么情况,扛着锄头就跑过去了,没想到老太太家是大户人家,压根不缺人。不过,也是因为这件事,老太太才对傅老有了深刻的印象。

老太太家在南方,当时傅家为避战乱而南迁,后来傅家回北方后,两人就靠书信来往,有时候一封信能走几个月。之后战争范围扩大,老太太家中是打算送她出国的。傅老突然出现在她出国的渡轮上,老太太一感动就跟着他走了。那段时间,为了躲避战乱,他们什么苦都吃了。

傅沉有一次问老太太:"您当年放弃出国,下船跟我爸走,后不后悔?"

"后悔死了!刚下船,码头那里的人就打起来了,我还挨了一枪,险些命都没了。"老太太冷哼一声,继续道,"那时候年轻啊。"

"您到底看上我爸什么了?"

"你爸年轻时和你长得挺像的,你去翻翻他的老照片就知道了。"

就在傅沉回忆父母的爱情故事时,老太太从屋里走出来了。

"你俩还在外面坐着干吗?太阳一落就冷了,快进屋。"

老爷子很听话,立刻进了屋。

傅沉起身,揉了揉后腰。这段时间他怕扯着后背的伤口,只能一直直着身子。

他进屋不久就听见外面传来车门关闭的声音,刚起身就看到裹着羽绒服、戴着红帽子的宋风晚进来了。她跑得有些急,到了门口才停下步子，胸口微微起伏着。

"停下干吗？过来！"傅沉皱眉道。

宋风晚见客厅此刻只有他一个人，便小跑过去。傅沉一把将她抱住，紧紧地搂着她的腰。女孩儿的气息落在他的耳侧，有点儿凉，却让他的耳朵发热。

她说："我身上凉。"

"想你了，先抱一会儿。"傅沉蹭了一下她的侧脸。

忠伯正在厨房忙，一出来就看见两人抱在一起，无奈地摇了摇头，心想：果然是年轻人啊！

傅老从楼上下来，看见抱在一起的两人，咳嗽了两声。

"傅爷爷。"宋风晚急忙从傅沉的怀里退出来。她虽然在和傅沉谈恋爱，但还是改不了称呼。

"嗯。"傅老点点头。有一回他出去抽烟，回来的时候恰好看到这两人在沙发上抱成一团，十分尴尬，干脆又出去抽了根烟。其实宋风晚挺害羞的，多是傅沉先招惹她。傅老现在才知道自己到底养了个什么样的儿子。

"晚晚来了吧！外面冷不冷啊？"老太太也从楼上下来了。她适应得很好，宋风晚做不成孙媳妇儿，做儿媳也不错。她一开始担心宋风晚和傅沉会有代沟，后来才发现自己想多了。傅沉为了追媳妇儿都开始追家庭伦理剧了。现在，宋风晚看的连续剧，他都能讨论两句。这段时间，老太太对傅沉的认知算是被颠覆了。

"外面还好，白天不算冷。"宋风晚脱了外套，自在地坐到沙发上。她最近常来，不再像以前那般拘束了。

"今晚没晚自习，明天又双休，你干脆别回去了。"老太太提议道。

傅沉的眼睛瞬间亮了。

"这个……"宋风晚有点儿犹豫。

"反正你也不是第一次住这里了，晚上外面确实冷。"傅老看傅沉那个样子，还是决定帮他一把。

最后宋风晚拗不过傅家二老，答应今晚在老宅住下。

吃了晚饭，宋风晚和室友打了个电话。
"和室友说好啦？"老太太在客厅追着晚上八点档的电视剧。
"嗯，傅奶奶，您该吃药了，我给您倒杯水。"宋风晚说着就往厨房走。待得久了，她把傅家二老的生活习惯摸得一清二楚。
"还是女孩儿贴心啊！"老太太很欣慰，只是这称呼……是不是得换啊？以后宋风晚就是她的儿媳，怎么能一直喊她奶奶呢？
宋风晚帮老太太倒了温水，将早就配好的药丸递给她。
"坐吧，正好陪我聊聊天，看看电视剧。"
傅沉坐在一侧，道："妈，两集电视剧得播到十点。"
"十点怎么了？"老太太就着水吞下药丸。
"我和她好几天才见一次，需要独处。"傅沉一脸不乐意。
"她今晚都在家里，你还在乎这一两个小时？"
"您觉得一两个小时很短？"
"我和她说几句话也不行？"老太太气闷，以前没发现儿子的占有欲这么强啊！
"您可以和我爸说。"
"我和他结婚都快六十年了，整天待在一起，有什么可说的！"
"原来你和我之间已经无话可说了！"傅老不知何时出现在客厅里，语气颇为委屈。
老太太咳嗽一声，低头继续吃药，佯装没看到他。
宋风晚陪老太太看了一集电视剧，傅沉就以后背需要上药为由将宋风晚带回了卧室。
宋风晚进去后看了一眼他桌上摆放的电脑和一摞文件，心想：后背都伤了，他还办公？
突然，她听到后面传来关门声，还没反应过来，傅沉从后面抱住她，将她直接压在床上，两人紧紧地挨着。他找到她的唇，狠狠地亲了一番，手指更是不安分地摸着她的腰，惹得她全身轻颤。

"你的后背没事了吗？"宋风晚问道。

"还好，没那么疼了。"傅沉低头咬着她侧颈的软肉。

"还是要小心点儿。"

"几天不见，想我了没？"傅沉总爱不厌其烦地问同样的问题。

"想啊。"

他俩现在就是小别胜新婚的状态，嘴一亲到一块儿，就很难分开。

傅家老宅是老房子，隔音效果并不好，那两人还算克制，没发出太大的声音，但是老旧的木板床还是吱吱呀呀地响个不停。

这惹人遐想的声音气得傅老直呼："傅沉这小子，简直离谱！"

"他受伤了，两人最多就是亲热一下。"

傅沉只要伸展双臂，后背的伤口就会酸痛不已。

"就算是亲热，那也肯定是……"傅老咳嗽了两声，"亏得这小子平日还吃斋念佛。"

"他又不是和尚，找了女朋友，亲热一下也正常。"

"你听听这床发出的声音，还让不让人睡了？"

"明天给他换张床。那床他睡了二十多年，不结实，又是单人床，挤得慌。"

傅老冷哼，心想：等他伤好了，直接把人踹出去得了！

他心里是这么想的，不过第二天还是陪老太太去了趟家具城。买床的钱是从他的退休金里拿的，这可把他气得不轻，凭什么他出钱啊？！

傅沉起得早，宋风晚愣是睡到上午十点才起来。宋风晚得知二老要给傅沉换床，有点儿不好意思。老太太还一直说，新床又大又软又牢固，惹得宋风晚的脸红得更厉害了。

傅家二老要换床，傅沉欣然接受，还道："爸，床都换了，您不如把我那屋再修一下？"

"修什么？"傅老冷哼，心想：这小子是真过分，刚花了我不少钱，又想修什么？

老爷子节俭惯了,儿子、女儿都会给他生活费,退休金一直没动过,今天却拿来给老三买了床。老太太还专门挑了最贵的,说什么要买就买最好的。

"我觉得咱家房子可以重新装修一下,隔音效果不太好。"

傅沉一直知道自家房子的隔音效果不好,以前觉得无所谓,但是现在不一样了。

"你这伤也好得差不多了,可以回家了。"傅老的言外之意就是"你赶紧给我滚"!

"老三伤还没好,能去哪里啊?你怎么不知道心疼儿子?上回你下手太重了,你瞧他的后背,到现在印子还那么明显,怕是要留疤了。"老太太只要看到傅沉的后背,就忍不住鼻子一酸。

"留点儿疤才像个男人。"

"那你现在要把他赶到哪里去?他这样怎么回去?"老太太自然希望和儿子多待几天。

"以前打仗的时候,那些伤员要是挨了枪子儿,有时就用一辆木板车拉走了。他不过挨了一下打,有这么金贵?"

傅沉平时不跟傅老他们住在一起,偶尔来一次,傅老看着欢喜。但是,这次傅沉在家住了这么久,傅老真的忍不了他了。他们不是一辈人,生活习惯不一样,难免会有不合的地方。傅沉年纪不大,毛病很多,自己吃素,连红烧肉都不让傅老吃,非说红烧肉高油脂、高热量,整天让人给傅老弄莴苣、芹菜。

傅老向来喜欢浓油高盐的东西,而且就他这牙口,嚼芹菜简直就是遭罪。他都八十岁了,觉得活得够本了,只想每天吃些好的,过得开心些,傅沉却非让他养生。而且,老太太偏爱傅沉,什么事都听傅沉的,傅老只能听之任之,这日子过得十分不得劲。

第十三章
旅行，说走就走

京城的冬天来得格外早，寒风一吹，天彻底凉了……

傅沉还在养伤，宋风晚则在准备英语四级考试、选修课考试，终于在十二月上旬将这些考试完成了。

元旦后各科才会进行期末考试，所以宋风晚这段时间还算清闲。

去年她和傅沉在国外跨年，虽然发生了小插曲，但借此机会明白了各自的心意，也算确定了关系。所以，跨年那天对两人来说是个值得纪念的日子。今年，他们肯定不会去雪山了，傅沉计划去海岛。

"海边啊……"宋风晚一边翻看傅沉做的旅游行程表一边说。

"你要是不想去，我们可以换个地方！"

"元旦当天从金陵出发？"宋风晚仔细看了一下出发日期。

"对！我订了元旦前一天去金陵的机票，你不是想去金陵看跨年演唱会吗？咱们先去金陵！元旦当天再从金陵出国。"

"能弄到演唱会的票吗？听说很抢手。"几大卫视很早就开始宣传演唱会的嘉宾阵容了，宋风晚有点儿想去演唱会现场跨年。

"嗯，浸夜在金陵，托人弄了两张前排的票。"浸夜是傅沉的姐姐傅妩的儿子，全名沈浸夜。他今年已经读大三了，比宋风晚大几岁。

沈浸夜得知舅舅要来金陵，一脸震惊，如临大敌，直到听说舅舅是陪舅妈来看演唱会的才松了一口气，立刻托关系买到了内场票。

"不想去？"傅沉是第一次谈恋爱，只想让宋风晚开心，特别尊重她的想法。

"想去，谢谢！"宋风晚在他的嘴角啄了一口。

"就一下？"傅沉满脸笑意。

宋风晚凑过去，轻轻地吻住他的唇……

就在两人耳鬓厮磨之时，外面突然传来开锁的声音。他们在沂水小区，此刻已是日落时分，有谁会来？

"三哥，是不是有贼啊？"宋风晚浑身紧绷。

傅沉早就让千江和十方回去了，外面没人守着。

傅沉揉了一下宋风晚的头发，道："别怕，我去看看。"

傅沉走到门口，准备透过猫眼看一下外面的人是谁。

"三哥，你拿个家伙啊！"如果真的是贼怎么办？

"没事。"

宋风晚不知道，傅沉身手不错，对付小毛贼完全没问题。

傅沉走到门口，宋风晚已经握住了桌上的水果刀，紧跟在他身后。两人刚到门口，门就开了，乔西延出现在两人面前。

"表哥！"宋风晚松了口气。

"你俩……"乔西延穿着一身黑色的防风衣，拎着行李，道，"这是在干吗？"

"你说能做什么？"傅沉说得理直气壮，侧身让乔西延进屋。

乔西延被噎得说不出话来，看着宋风晚手中的水果刀，问："你这是干吗？"

"我以为来贼了。"宋风晚把刀扔到桌上，"表哥，你怎么不提前说一声就过来了？"

"我前几天给你打电话，你不是说忙着考试吗？"乔西延打量两人，道。

"刚考完。你来京城做什么？"

"去古玩市场收点儿玉料。"乔西延去年冬天也来过一趟,不过时间较早,"原本上个月就该过来。最近吴苏天气不好,我爸的手腕不太舒服,他不愿意出门,就让我来了。"

"舅舅没事吧?"宋风晚知道乔望北的关节不好。

乔西延将行李放下,准备在这边住下,道:"老毛病,没什么事。你们今晚吃什么?出去吃?"乔西延在这边住习惯了,而且带着刀具住酒店确实不方便。

宋风晚笑道:"在家吃,三哥下厨!三哥做饭可好吃了。"

宋风晚知道乔西延对傅沉有意见,故意在他面前夸傅沉。

"是吗?"乔西延不信傅沉会做饭。

傅沉立刻道:"那你先歇一会儿,半个小时后就可以吃饭了。"

"那就麻烦你了。"乔西延道。

乔西延说完开始收拾行李,首先拿出几组刻刀。那些刀大小不一,材质也不同,但是刀口都闪着寒光。乔西延小心翼翼地把刀排开,挨个擦拭,又慢慢地收起来。

"你和他经常来这里约会?"乔西延转头看向给自己泡茶的宋风晚。

"也不是,偶尔过来。"宋风晚小声道。

"会留宿吗?"乔西延挑眉问。

"肯定不会啊。"宋风晚心虚地笑了笑。

乔西延比她大很多,说是哥哥,其实和长辈差不多,又是个气场很强的人,她根本不敢告诉乔西延,自己和傅沉具体发展到哪一步了。

"是吗?"乔西延打量宋风晚,像是要将她看透一般。

"肯定啊!"

乔西延低头不语。

三人吃完饭,乔西延直接对傅沉道:"傅三爷,不早了!"他的言外之意就是:傅三爷,你可以回家了!

傅沉上回留在这里是和严望川睡的,这回可不想跟乔西延同睡一张床,只能不情不愿地出去了。

十方将车开走了,傅沉只能打电话给十方,让他来接自己。十方当时都准备睡觉了,接到电话时一脸疑惑,心想:三爷不是让我明早再去吗?他怎么这么晚给我打电话?

带着这个疑问,十方在见到傅沉后直接来了一句:"三爷,您和宋小姐吵架了?您被赶出来了?"

傅沉的脸色瞬间黑了。

十二月末,宋风晚开始收拾出行需要的东西。乔西延即将启程回吴苏,走之前请她和两个室友吃了饭,特意叮嘱了宋风晚一些事。

"我知道,要注意安全,保护好自己,你说过很多次了。"宋风晚嫌他啰唆。

"别嫌我唠叨,给你零食后我就走了!"乔西延说完从后备厢取出一袋零食,递给宋风晚。

胡心悦和苗雅亭看得一阵眼热,心想:国家欠我一个哥哥。

"那你开车注意安全,到家后给我打电话!"宋风晚接过袋子,挥手跟乔西延道别。

分开后,宋风晚回到宿舍,准备将购物袋中的零食整理一下——大白兔奶糖、薯片、巧克力,还有……一盒避孕套!

宋风晚想起乔西延的嘱咐,什么保护好自己之类的,脸立马红了起来。

十二月三十一日,再过一天就是元旦了。京大校园内,人已经很少了。

胡心悦和苗雅亭都没什么事,睡了一上午,约好晚上出去吃火锅、看电影。

宋风晚上午收拾了东西,傅沉接了她,两人直奔机场。从京城到金陵,坐飞机只需要两个小时。

沈浸夜就很郁闷了,他们学院和文学院有个联谊活动,他的室友换上了西装,准备去追个妹子回来。而他只能躺在床上发呆。

"老四,你真的不去啊?听说今晚有很多漂亮的女孩子。"室友问他。

他们宿舍有四个人,沈浸夜跳过级,年龄最小,排行第四。

"听说文学院的美女很多,我们好不容易能和她们联谊,你不去会抱憾终身的。"

"都说了,我有事!"沈浸夜叹了口气。

他生了一张好皮相,光凭这张脸就迷惑了不少无知少女,学校里还有不少女生追他。但他不是行动派,整天嘴里嚷嚷着想谈恋爱,又不付诸行动,宁愿和室友在宿舍里组队打游戏也不想出门,自然一直没对象。

"陪你舅啊?"

"不应该你爸妈陪吗?跨年夜,你和一个大叔一起过?"

"你舅一把年纪了,还去看跨年演唱会,够时髦啊!"

沈浸夜笑了笑,没说话。说真的,他做梦都想不到舅舅会这么宠媳妇儿。

傅沉他们上午十一点多抵达金陵机场。这边不像京城,白天有十几摄氏度,宋风晚刚下飞机就脱掉了外套。

沈浸夜很快在人群中看到了两人。他们穿着黑白色系的情侣装,就连鞋子都是同款的。二人手拉着手,傅沉拖着行李箱,臂弯里搭着两人的外套。

"小舅!"沈浸夜一边朝两人招手,一边小跑过去,帮两人拉行李箱。傅沉也不客气,将衣服都塞给了他。

沈浸夜在心里大呼:我是来接机的还是来做苦力的?

出了机场,三人打车前往市区。

"我在最著名的餐厅订了位置,因为怕你们太饿,就先点了菜。你们到那边了就能吃。"

从机场到市区还得一个多小时。

出租车上,宋风晚听沈浸夜说他是从学校过来的,问:"你住校?"

"嗯,大学城和我家不在一个区,我回家要一个半小时,太远了。"

"开车要这么久?"宋风晚又问。

"开车一个小时就够了。我当年考了驾照,就寻思着让我妈给我买辆代步车,她却说我买车就是为了炫富、勾引小姑娘。"沈浸夜非常佩服自己母亲的逻辑,"我完全是觉得有车后回家会比较方便。而且,在金陵挤地铁真的会挤死人。我刚才去机场就是坐地铁过去的,出来的时候都觉得自己瘦了。"

宋风晚笑道:"那她最后给你买了没?"

"买了啊!"沈浸夜继续道,"她说学校大,步行不方便,给我买了自行车。后来我才听我爸说,那是电信公司搞活动送的!我可能不是她亲生的,是充话费送的。"

宋风晚笑出了声。她和傅妧接触得不多,根本不知道傅沉的姐姐原来是这么可爱的人。

"阿姨真可爱!"

傅沉和沈浸夜几乎同时否定了她的话。

沈浸夜:"假象!"

傅沉:"一点儿都不!"

宋风晚略显尴尬,看样子这两人对傅妧的怨念颇深啊!

"小舅,真的不告诉我妈?"沈浸夜岔开话题。

"明天我们就走了,告诉她做什么?而且,我怕我姐一时接受不了……"有这么小的弟妹。

沈浸夜咋舌,心想:您老人家也知道家里人接受不了啊?您追人家小姑娘的时候不是很开心吗?

"你要出国,外公、外婆没问你和谁一起去吗?"沈浸夜还不知道傅家二老已经知道这件事了。

"他们知道,还叮嘱我照顾好晚晚。"

沈浸夜十分惊讶:"知……知道了?"

"嗯。"

三人到餐厅吃了东西,又将行李送回酒店,在邻近的小吃街逛了一圈,就准备去演唱会现场了。

天黑后,气温逼近零摄氏度,晚会在室内体育馆举行,天没黑观众就开始排队入场。

不少人是冲着某个明星来的,他们拿着灯牌等应援物,外面还有人售卖各种应援棒、发光的头箍等。宋风晚是第一次看这样的演唱会,看见外面的东西,什么都想要。

傅沉大手一挥:"想要就买。"

沈浸夜站在边上,有些无奈,他家小舅可没对他如此大方过。

他找人弄票的时候,虽然有优惠,价格也不便宜。他也想看演唱会,就买了三张票,结果一路上没少遭遇傅沉的冷眼。

沈浸夜很快就后悔跟过来了,他俩吃饭时简直把他当成了空气,旁若无人地给对方夹菜、擦嘴,还用同一根吸管喝饮料。

演唱会要凌晨才结束,傅沉还特意给自己的媳妇儿准备了零食。

沈浸夜说:"小舅,我想吃薯片。"

傅沉直接道:"自己买。"

沈浸夜在心里翻了无数个白眼,心想:我不吃了!

不过,沈浸夜只是心里这么想,最后还是去小卖部买了薯片,觉得犯不着为小舅委屈自己!

演唱会尚未开始,整个馆内已经沸腾了。傅沉能清楚地听到后面的女生在激动地讨论某个明星。

宋风晚低头看着演出单,道:"今年他居然压轴。"

"哦,你说他啊……"沈浸夜看了过来,"他压轴好几年了。"

"我还蛮喜欢他的,他的歌都好听。"

"老牌艺人很敬业。我看过他的个人演唱会,他都五十多岁了,连唱带跳几个小时都不停。"

"我也想看,不知道他什么时候去京城。"

傅沉听后,低头看了看宋风晚手中的演出单。他只认识主持人、几个老牌明星,其他明星连名字都没见过。见两人聊得么投缘,傅沉忽然想起母亲问过自己的话:"你和晚晚交往,交流上没代沟吧?"

傅沉难受了。

沈浸夜第一时间察觉到傅沉不对劲,乖乖地坐好。

"怎么不说话了?继续讨论啊。"傅沉眯眼,笑道。

沈浸夜咳嗽了两声:"哈哈,演唱会的舞美真不错!"

宋风晚憋笑，没想到沈浸夜这么怕傅沉。就在这时，一只手突然搂住了宋风晚的腰，宋风晚被吓了一跳："三哥……"

他们周围全是人，大家都很兴奋，没人注意他们，但宋风晚还是紧张。

就在这时，他轻轻地咬住了她的耳垂。宋风晚条件反射般地抖了一下，双手揪住傅沉的衣服，微微喘着气："三哥！"

即便周围十分嘈杂，她的声音依旧清晰地传入他的耳中。傅沉往后挪了挪，看着她道："晚晚，我吃醋了。"

他说得一本正经，宋风晚的脸变得通红："他是你的外甥。"

"也是男人。"

傅沉忽然伸手遮住她的眼睛，宋风晚眼前一黑，有些错愕："三哥？"

她细长的睫毛微微抖动着，拂着他的手心。傅沉不禁咽了咽口水。

"你干吗？"她挣扎起来，试图将他的手拉下来，却听见他说："我觉得自己吃醋的时候很丑，你还是别看了。"

宋风晚微微一愣，随后感觉到他的唇正慢慢地向她靠近，最终落在了她的唇上。

傅沉的吻从轻柔变得强势，转瞬间，他们的舌尖相抵，一种莫名的燥热感席卷全身。

隔了许久，傅沉才将手从她的眼前挪开，吻了吻她的眉心，道："我想让你一直看着我……这样是不是太自私了？"

宋风晚摇头，紧紧地握住他的手，与他十指相扣。

沈浸夜看着他们，现在真的后悔来了……他俩难道不知道要关爱单身人士吗？

他们在场内等了很长时间，演唱会终于开始了。灯光暗下去，欢快的舞曲响起，现场的欢呼声一阵盖过一阵。跨年演唱会上的明星很多，观众都有节目单，有时候主持人还没报幕，下面就开始尖叫。

最夸张的是，傅沉身后有个女孩儿冲一个人直接喊："姐姐爱你！"

傅沉被吓到了。

那个人唱了三首歌，身后的女孩儿持续尖叫了十几分钟，傅沉觉得自己有些耳鸣。宋风晚虽然没有特别喜欢的明星，但表演嘉宾她基本都知道。场内的气氛很好，她的位置又很靠前，身在其中，她不由自主地跟着尖叫起来。

沈浸夜算是比较克制的，毕竟是男孩儿，而且小舅还在自己身边。不过，这近万人的场子里，最克制的人应该是傅沉！傅沉全程面无表情，偶尔评价一句："不错。"不知道的人还以为他是来开会的。

逼近零点，主持人开始倒数："三……二……一！新年快乐！"

全场欢呼！

宋风晚兴奋地挥舞着荧光棒，刚想和傅沉道一声"新年快乐"，突然被他吻住。现场的欢呼声持续了多久，两人就吻了多久。

"宝贝儿，新年快乐。"傅沉的声音低沉又勾人。

傅沉一直都喊她晚晚，还从未用过这种称呼，宋风晚觉得自己快晕过去了。

这个老男人，真的很撩人！

沈浸夜就比较悲惨了，新年的钟声响起时，情侣接吻，朋友拥抱，而他只能凄惨地抱抱自己。

他再一次觉得，自己可能真的不该来！

跨年演唱会结束，他们出了体育馆，打车前往下榻的酒店。

快到酒店时，出租车路过一个公交车站牌，那里有个小姑娘在拦车。这个点出租车很少，司机想着傅沉等人也快到目的地了，就想在这里把小姑娘捎上。结果，小姑娘一看车内有两个男乘客，立刻打了退堂鼓。

这里离他们的酒店就两三百米了，傅沉等人干脆下了车。

宋风晚说腿疼，傅沉自然要展现"男友力"，直接把她背了起来。

宋风晚浑身没劲，懒洋洋地趴在傅沉的背上，一边晃着手中的荧光棒，一边说着演唱会的精彩内容和一些假唱的歌手。宋风晚今天一直很亢奋，嗓子都哑了。

沈浸夜走在两人身边显得十分多余。他还记得小时候曾让傅沉背自己，但差点儿被傅沉凶狠的眼神吓死。

体育馆离学校太远，沈浸夜今晚也住在外面，傅沉、宋风晚住大床房，沈浸夜……住单间。

在房间简单地洗漱完，宋风晚立刻躺到床上，累得不想动弹。她躺了一会儿，转头看了看傅沉。

他随身带着电脑，此刻正戴着一副防蓝光的眼镜在电脑前打字。他刚洗完头发，半干的头发落在额前，银边镜框在灯下散发着柔和的光泽。

傅沉注意到她的视线，笑着问她："还不睡？吵到你了吗？"他伸手推了推眼镜，动作斯文优雅。宋风晚很少看见他戴眼镜的样子，觉得他这样十分好看。

"睡不着，你在忙什么？"

"给公司高层发问候信息，还有点儿急事要处理，很快就好。"

"一个个发信息啊？"

"对啊，群发没诚意。"

傅沉对陪他创业的公司骨干素来很看重，是典型的恩威并施的老板。他刚回国创业时，看好他的人并不多，毕竟他头上的光环太盛，大家不知道他的实力到底有多强。幸好那时候有一批人相信并支持傅沉，帮助傅沉走到了今天这个位置。

"好吧。"

宋风晚拿出手机看了看，新收到的信息全是新年祝福。她看了一会儿就睡着了。

蒙眬中，宋风晚感觉到傅沉脱衣上床，然后将她搂入了怀中。她也伸手搂住傅沉，二人相拥而眠，十分温馨。

翌日。

二人中午和沈浸夜吃完饭后就去了海岛，正式开始度假。

飞行的五个多小时中，宋风晚一直在睡觉，傅沉则看了两部电影。

下飞机后,两人先去了酒店。海风吹来,白色的纱帘轻轻飘动。两人放下行李,准备换衣服出门。

"这边的太阳太大了,幸亏我准备了防晒霜。"宋风晚打开箱子,拿出放在一侧的洗漱包。她累极了,开箱时动作幅度很大,很多小东西被带出来了,一盒蓝色包装的避孕套刚好掉在宋风晚的脚边。

她急忙用衣服盖住,再抬头看了看傅沉,发现他双手抱胸,正笑着看她,好像在说:我都懂!

"那个是……"宋风晚都不好意思说是表哥送的。她出门前不想带,可是室友非让她带上,她本以为自己藏好就行,没想到刚到就暴露了。

傅沉道:"晚上回来再说,先出去吃饭。"

宋风晚涂防晒霜的时候,手都在发抖。傅沉的意思不就是……晚上他再来收拾她吗?

两人吃了饭,又在海岛逛了一圈,回到酒店时,天已经黑透了。

宋风晚出了一身汗,先进了浴室。傅沉坐在床边玩手机,浴室哗哗的水声和窗外的海浪声让他心里有些烦躁。

他走到阳台上吹风。可是,海风湿热,吹得他更躁了。

"三哥,我好了。"宋风晚穿着细带睡裙出来,正拿着毛巾擦头发,细胳膊、细腿一览无余。

傅沉点了点头,拿着衣服进了浴室。等他出来的时候,宋风晚正吃着一盒菠萝,盘腿坐在沙发上玩手机,裙摆落在大腿上方……

"这边的菠萝挺甜的。"菠萝是两人白天出门时买的,宋风晚拿小签子戳了一块,问,"吃不吃?"

"我不爱吃那个。"傅沉坐到她身边,帮她揉小腿肚,"白天嚷嚷着腿酸,我给你揉一下。"

"你轻点儿!"他刚捏了一下,宋风晚就疼得叫出了声。

"缺乏运动。"傅沉总结道。

"大一的课不少,我哪儿有时间运动啊?而且,京城冷得太快了,我都不想出去……"

"室内也能运动。"

"再说吧。"宋风晚吃了半盒菠萝,舒服地靠在沙发上,任由他帮自己按摩。偶尔傅沉下手太轻了或太重了,她还哼哼唧唧的……

傅沉无奈地想:这丫头真是越发难伺候了!

"换一条腿好不好?我待会儿也给你按一下。"宋风晚跟他商量道。

傅沉失笑,她真是得寸进尺!

他微微用力,拉着她的脚踝,将她整个人拉向自己。宋风晚惊呼一声,回过神时整个人已经骑坐在傅沉的身上了。

"那个……"宋风晚想从他的身上下去,因为她能清晰地感觉到某人的变化,脸立刻红了。

"什么?"傅沉扶着她的腰,不让她动。即使隔着衣料,两人也能感觉到彼此的身体散发的热量。她身子发软,慢慢地连挣扎的力气都没有了。

他再也忍不住,轻轻地吻了她。他比任何时候都有耐心,舔咬着她的唇。宋风晚伸手搂住他的脖子,慢慢地回应他,两人的身子贴得更近了……

两人微微分开后,傅沉问:"在这里还是去床上?"

这里?宋风晚小声说:"床上。"

傅沉托着她一路走到床边。她的后背刚碰到床,傅沉就贴了过来,将她紧紧地压在身下……

她的头发胡乱地散在床上,他的手从她的睡衣下摆伸了进去。宋风晚本能地推他,结果两人的手指刚碰到,便紧紧地扣在一起!

"你要是不愿意,随时可以喊停……"傅沉吻着她,声音模糊不清。他薄薄的唇落在她的唇角、耳侧、脖颈上,接着一路往下。

宋风晚就连睡衣是何时被脱掉的都浑然不知,只是不断地发出闷哼声。此刻的宋风晚不同于任何时候的她,娇软、勾人,让傅沉无法自拔。

傅沉后面有点儿急,吻得她有些痛,热汗从他的额角滑落,落在她的身上。

"晚晚……"他压在她的身上,不停地喊她的名字。

翌日，宋风晚醒来的时候已经快正午了。

傅沉并不在房内，床单、被罩似乎都换过了。

她没找到自己的内衣，便先进了浴室，透过镜子看到了身上的痕迹。她来这里旅游，带了不少吊带裙，现在肯定都不能穿了。

傅沉回来时手中提着餐盒，道："吃点儿东西吧。"

"嗯。"宋风晚简单地洗了个澡，浑身疲乏，也确实饿了，低头吃着东西，忽然瞥见自己的内衣、内裤在阳台上飘着。

他……给洗了？

傅沉顺着她的视线看过去，道："脏了，这里天气好，待会儿就能收进来了。"

她瓮声瓮气地嗯了声。

"那个……疼不疼？"傅沉斟酌着道。

她睡得实在太沉，他出门时都没忍心叫她。

宋风晚咳嗽了两声："还……还好，没那么夸张，就是身上没什么劲。"

"那就好。"傅沉将一份汤递给她，"喝点儿汤。"

这气氛莫名有点儿怪。

宋风晚没力气，吃了东西后就坐到沙发上休息。傅沉收拾完餐盒后又贴了过来。

有些事一旦有了第一次，自然会有第二次、第三次。

她刚洗了澡，没穿内衣，睡衣的领口很低，露出的春光惹人遐想。昨晚发生的一切瞬间浮现在傅沉的脑海中。果然，有些滋味只有自己尝了才知道。昨晚毕竟是初体验，他一直努力地克制自己，不敢太用力。但知道她今天没什么大碍后，傅沉便放开了手脚。

宋风晚简直想哭，这次和昨晚完全不一样啊！他……简直就是魔鬼！

直至夜幕低垂，繁星四起，室内的两人才算彻底消停下来。

傅沉在浴缸里放好水，让她进去泡着，本想和她一起，却被她撵了出去。

宋风晚泡完澡，换了衣服，跟傅沉一起出去吃了顿晚饭。回来后，宋风晚很快就昏昏沉沉地睡着了，直至被一阵电话铃声吵醒。

她下意识地在枕头底下摸了摸，接着便听到身后传来某人略显嘶哑的声音："手机在这里。"

傅沉将手机递过去，来电显示是乔艾芸，宋风晚立刻清醒了许多。

宋风晚清了下嗓子，接通电话："妈。"即便如此，她的嗓音还是嘶哑得不像话。宋风晚看跨年演唱会时一通乱吼，嗓子早就哑了，后来被某人几番折腾，此时发声都困难。

"吃过了吗？"乔艾芸问。

"嗯，吃了。"

"你的声音不太对劲，是不是感冒了？是京城那边太冷了吗？"

"没有啊！"宋风晚心里忐忑，做坏事的滋味真心不好受。

"元旦的时候学校还有人吗？"宋风晚没跟乔艾芸透露自己的行程，乔艾芸一直以为女儿在学校。

"还行。"宋风晚很心虚，急忙岔开话题，"您最近怎么样？身体还好吗？"

乔艾芸的预产期在三月底，她每月按时去孕检，一切都很正常。

"我挺好的，你什么时候放寒假？早点儿回来，时间定下来后我给你订机票。你在学校该吃就吃，千万别委屈自己。"

两人聊了四五分钟才挂了电话。

严家。

乔艾芸挂了电话，依旧很不放心，一副若有所思的样子。

严望川看着乔艾芸高高隆起的腹部，心里有些担忧，安慰道："晚晚在学校挺好的，你不用担心。"

乔艾芸："我倒不是担心这个，只是觉得晚晚有些奇怪！她今天很快就把电话给挂了。"

严望川严肃地道："可能还没睡醒，不太方便。"他几乎不用想就知道宋风晚此时肯定和傅沉待在一起。

"估计是在睡懒觉,说话也有气无力的,几次岔开我的话题。望川,你说晚晚是不是有事瞒着我啊?"

严望川心里咯噔一声。

她毕竟是宋风晚的亲妈,自己的闺女有了异常情况,自然察觉得出来。

她还在那里猜测,严望川的手里已经出一层汗。

另一边,宋风晚挂断电话后长舒一口气,睡意全无。

"不睡了?"傅沉问。

"睡不着……"

傅沉一直紧紧地抱着她,她稍微扭了下身子,道:"你松开点儿,抱得太紧了,我难受。"

她试图挣脱他的怀抱,但他的手瞬间收紧。

他靠得更近了,宋风晚不禁担心,她的元旦假期该不会都要在床上度过吧?

傅沉知道最近几天把宋风晚折腾得太狠了,想回京后直接去沂水小区或者云锦首府,给她好好补一下。她却嚷嚷着要回宿舍,说马上要考试,晚上要去图书馆复习。然而,宋风晚到了宿舍后,一上床就睡着了。

胡心悦和苗雅亭回来了,惊讶地发现宋风晚已经到了,而且连行李都没收拾就睡了。

"晚晚,你吃饭了没?"胡心悦低声问。

这会儿已经是傍晚了。

"不想吃。"宋风晚哑着嗓子道。

她都不知道自己是如何将行李箱搬回宿舍的,想起早上赶飞机时傅沉容光焕发的样子,恨得直咬牙。

"你没事吧?生病了?"苗雅亭关切地问道。

"我没事,就是有点儿困,想睡觉。"宋风晚咳嗽了两声。

"让她睡吧，估计太累了。"胡心悦用手肘碰了碰身旁的人，意味深长地道。

等宋风晚再度醒来，已经晚上十点多了。

胡心悦坐在床上，戴着耳机玩电脑；苗雅亭则坐在下面画设计图。苗雅亭是设计班的，作业基本是绘图，最近忙疯了。

宋风晚刚起身，胡心悦就惊呼道："我的天哪，晚晚，你到底干吗去了？"

"啊？"

宋风晚的身上仅穿了秋衣，脖子上青紫色的吻痕暴露无遗。宋风晚下意识地捂住脖子，脸像被火烧了般发烫。

"你和你家三哥'开车'了？"胡心悦立刻来了兴致，也不玩电脑了，眼睛像雷达，在宋风晚的身上来回扫。

"什么？"苗雅亭也兴奋起来。

宋风晚红着脸套了件睡衣，可她全身上下都有暧昧的痕迹。

胡心悦笑得很诡异："看样子你出去这几天，战况很激烈啊。"

"不是……"

宋风晚既害羞又心虚，爬下床的时候双腿发软，若非拉着一侧的扶手，肯定要摔下去。

"宋风晚小朋友，你的腿软得都站不住了，这还不激烈啊？"

"你少说两句，她都不好意思了。"苗雅亭憋笑，话锋一转，又来了一句，"我们让你带上那盒避孕套还是很明智的吧？肯定用上了！"

宋风晚没搭理她们，而是打开手机看了眼傅沉发来的信息。他下午六点时叫她起来吃饭，还让她睡醒后给他回个电话。

她戴上耳机，一边打开行李箱收拾东西，一边给他打电话。

"喂。"傅沉的声音传来，明显带着笑意，"睡醒了？"

"嗯，一直睡到现在。"

"饿不饿？我给你送点儿东西。"

"不太想吃，你在干吗？那边有点儿吵。"傅沉那边明显有音乐声，而且是特别高亢的那种。

"下午和林白公司的人开了会,晚上叫了两个公司的高管出来聚一下。你要过来吗?"

"不去。"那边肯定大部分是大叔,她不想凑这个热闹。

"那你想吃什么?我给你送过去!最近几天……你别乱跑,好好待在学校。"傅沉顿了一下,"还疼不疼?"

宋风晚听到这话,脸红到了脖子根。

"还……还好。"她怯生生地看了眼不远处的室友,声音无比娇憨。

"那你好好休息,有事随时给我打电话。"

宋风晚嗯了一声,挂断了电话。

旅游回来后,宋风晚调整了一天,就投入了紧张的复习中。她一个星期要参加五门考试,因为是大一上学期,理论课程比较多,需要背诵的东西偏多。宋风晚光是复印复习资料就花了八十多元,资料多得根本看不完。

她现在六点多就起来背书,忙得连午饭都顾不上吃,更别提联系傅沉了。

傅沉有时会打电话提醒她吃饭,宋风晚压低声音,偷偷地对他说:"我在图书馆,晚些联系你。"她所谓的晚些一般就等于不联系,这让傅沉很郁闷。不过,宋风晚要考试,他也不能"无理取闹",给媳妇儿添堵,只能说:"好好复习,考试加油。"

度过了紧张的复习周及考试周,宋风晚终于迎来了寒假。

胡心悦考完后买了当晚的火车硬座票,准备坐十五个小时回家。苗雅亭则买了隔天的动车票。为了抢票,两个人一大早就守在电脑前,都要疯了。

他们学院的考试时间算是比较迟的,不少学院的学生前几天就放假了,整个学校很快就空了。

"晚晚,你什么时候回家?"苗雅亭正在收拾行李箱。

考试结束后,她特意买了不少特产,打算带回去送给家乡的亲朋好友。

"我过几天回去。"

"嗯,那我可就先走了,你离开的时候记得锁好门,回家也要注意安全,我们随时保持联系……"

宋风晚点头,送苗雅亭上了去火车站的公交车。接着,宋风晚也收拾好东西,直接去了傅家老宅。宋风晚要去乔艾芸那里过寒假,这一走,跟傅沉必然要一个多月见不到面。老太太特意给乔艾芸打了电话,让宋风晚留在家里住几天。

乔艾芸心里是想女儿的,可是傅老太太都主动说了,乔艾芸拒绝不了,便叮嘱宋风晚住一两天就行了,别打扰人家太久。她根本不知道,傅老太太完全是在帮自己的儿子谋福利。

"只能住两天?"傅沉问宋风晚。

"我妈催得紧,觉得我一直打扰你们不太礼貌。"宋风晚坐在傅沉的床上说。

自从那天说要换床之后,她就没来过他的房间,今天看到床的第一眼,最直观的感觉就是:大!也可能是因为之前的单人床太小,大床一放进去,周围的家具都得挪动,整个房间好像被床填满了。

她躺在床上感受了一下,道:"好像有点儿硬。"

傅沉笑道:"我妈特意让人弄得硬一点儿,说睡软床对身体不好。"

"还可以,也不算太硬。"

宋风晚刚起身,傅沉便将她推倒。她心里一紧,立刻明白他想做什么了。

"这里是你家,你别胡来。"宋风晚有些紧张。

"我爸妈都出去了,家里没人,没事的!"傅沉说着伸手捏住她的下巴,吻上了她的唇。这个吻持续了大约十分钟。

两人恋恋不舍地分开后,傅沉伸手摸了摸她红肿的唇:"晚晚,要不要试试新床?"

宋风晚咬着唇,还是害怕:"我看还是算了吧!"

她刚刚调整好呼吸,傅沉的嘴唇又覆了上来。他不紧不慢地吻着她,逐渐往下……

傅家二老在大院里溜达了一圈，又在老友家聊了一会儿，晚上十点才回去。他们到家的时候，宋风晚正坐在沙发上逗猫，头发吹得半干，连衣服都换了，小嘴有些红肿。

傅老摇了摇头，在心里感叹他家老三真是个急性子。

傅沉坐在宋风晚身边，正研究从公司带回来的文件。

"傅爷爷、傅奶奶……你们回来啦！"宋风晚急忙起身，"忠伯去睡了，让我提醒你们把药吃了。"

"好。"老太太笑着点头，"你俩就一直在客厅看电视？"

"啊？我们……"宋风晚的脸上泛起了红晕。

"上去试了试新床，不太结实。"傅沉直言道。

宋风晚的脸更红了。

老太太也愣了，傅老缓缓道："在保修期内，明天打个电话让人来看看。"

第二天，家具城的人真的来了，在床边敲敲打打，检查了半天，说道："我们的床很结实，一般来说不会发出声音的。我们已经帮您重新加固了，现在就是在上面蹦跳打滚，也肯定没声音。"

傅沉淡淡地道："好，今晚再试试。"

宋风晚已经羞得没脸见人了，只想连夜收拾行李回家。

她在傅家老宅住了两晚，第三天搭乘下午的飞机回了南江，傅沉亲自送她去机场。

到机场后，傅沉在车上抱了她好久，最后说："我好想把你藏起来，就我们两个人一起待着。"

宋风晚微微仰头，问："不说你会想我？"

"现在不说……"

"嗯？"

"估计以后打视频电话的时候，每天至少得说十几次想你……"傅沉吻着她的眉心，最后道，"等你回来……我接你！"

他的话伴着她一路到了南江。

第 十 四 章

坑同伙，没商量

宋风晚到南江机场时已经是傍晚五点多，严望川亲自来接她。

此时京城是零下十摄氏度，南江却气候宜人，海滩上都是来这边旅游的人。

"饿了可以吃点儿椰子糕。"严望川还是和平常一样面无表情。

宋风晚嗯了一声，脱掉厚重的外套。她里面还穿着毛衣，到了南江后，热得出了一身汗。她刚准备开空调就被严望川制止了。

"容易感冒，回家洗个澡就好了。"

宋风晚只能乖乖听话。可能是因为一起经历了之前的抄袭事件，他们算是共患难了，相处时比以前融洽了许多。

严望川出门前，严老太太特意叮嘱他多和宋风晚交流。严望川和乔艾芸本就是再婚，又要了孩子，严老太太担心宋风晚心里可能有抵触情绪。宋风晚正处于青春期，又一直在外地念书，严望川得让她感受到温暖，千万别让宋风晚觉得严家不是她自己的家。

一路上，严望川一直在想应该和她聊什么。他的生活，除了照顾乔艾芸和老太太就是工作，每天面对的不是设计图就是怀孕的书，思来想去，他道："之前听你妈说你一直在准备四级考试，考得怎么样?"

宋风晚正吃着椰子糕,险些被呛到。

他问这个问题的时候面无表情、态度严肃,看上去像教导处主任。她突然觉得,未来的弟弟或者妹妹真是个可怜的孩子。

清了下嗓子后,宋风晚不自在地说:"还行,分数还没出来。"

严望川皱眉,心想:难道我找错话题了?

"那……你之前不是说想在设计上突破一下吗,最近怎么样?"

宋风晚简直想哭。您能别说话了吗?一开口全是学习的事,太要命了。

"还好。"宋风晚吃不下东西了,转头看向窗外,"可能坐飞机坐久了,有点儿困。"

严望川不是傻子,自然清楚她这是不愿意和自己说话的意思。

他纳闷了。和学生除了聊考试,他还能聊什么?恋爱?他压根不想提傅沉那小子!

车到严家时,乔艾芸挺着大肚子迎了出来,见到宋风晚,眼眶瞬间红了。

"怎么又瘦了!你在学校到底有没有好好吃东西啊,还是那边的饭菜不合胃口?"乔艾芸拉着她的手往里走,完全忽略了还在搬行李的严望川。

"最近考试多,有点儿累。"

"备考也得好好吃饭啊!等一下多吃点儿,我特意做了几样你爱吃的菜……"乔艾芸心疼地摸了摸的小脸,"你真的瘦了。"

"也没瘦多少。"

宋风晚进屋后,看到严老太太,乖巧地喊了声:"奶奶……"

"晚晚回来啦!赶紧去楼上洗个澡,换个衣服,然后下来吃饭。"

"谢谢奶奶。"

严望川将宋风晚的行李送进卧室。她这才发现自己房间的床单、被罩全是新的,还散发着阳光的味道,衣柜里还添了不少新衣服。

"我逛街时会给你买衣服,这些你在京城都穿不上,就没寄给你。"乔艾芸解释道。

"嗯。"

"边上那两件红蓝色的衣服是你奶奶给你做的,你回头试一下,看合不合身。"乔艾芸叮嘱完才帮她关上门。

宋风晚抖开边上的两件衣服,能明显看到细密的人工缝制的痕迹,衣服上还绣着图案,是非常简单、经典的款式。

她下楼的时候,桌上摆了八九样菜,除了一盘清炒时蔬,其他的全是荤菜。

乔艾芸见她瘦了,觉得亏欠了她,恨不得把所有的好东西都给她,就连盛饭这点儿小事都不愿意让她动手。乔艾芸一边吃饭一边叮嘱道:"你明天好好休息,想睡多久都行。"

"嗯。"宋风晚忽然觉得自己太幸福了——有个优秀的男朋友,家人还这么好。

不过,这样幸福的日子没有持续太久,她在家当了三四天"米虫"后,乔艾芸就开始嫌弃她了,不是说她太爱睡懒觉,就是说她整天看电视影响视力,甚至问:"你没有作业吗?什么时候开学啊?"得知她正月十五之后才开学,乔艾芸又道:"寒假这么长,你不能一直玩啊,没事多看看书!你最近网购得有些频繁,昨天有五个快递,你都买了什么?"

宋风晚有些无语,明明前几天乔艾芸还说自己是她的心肝宝贝,怎么现在如此嫌弃自己?她在群里和室友说了这个现象,发现大家的情况都差不多。

胡心悦:"我现在好想开学。我妈不是说我起床太晚、不吃早饭,就是嫌弃我不看书、不做家务。可是,我回家当天分明是她自己让我好好玩的,现在她又说我懒。这日子简直没法过了!"

宋风晚看到这些,只能憋着笑,胡心悦的妈妈简直就是乔艾芸的翻版。

为了躲着乔艾芸,宋风晚去了严望川的公司学习,偶尔偷个懒,去沙滩上晒太阳或是游泳,日子过得非常舒服。

彼时，远在京城的傅三爷的日子就不是这般有滋有味了。

他每天都和宋风晚通话、视频，能听到她的声音、看到她的样子，却碰不到她。久而久之，思念泛滥成灾，傅沉越来越难受。他心里不舒服，搞得身边所有人、动物都不舒服，傅心汉首当其冲。

年关将至，傅沉忙于处理公司的事，把傅心汉寄养在老宅。

傅心汉和家里的猫非常不对付。这猫虽然有些胖，却很灵活，经常跳到高处俯视傅心汉。几次交锋，傅心汉都扑不到那只猫，十分失落，干脆每天出去和大院里的小母狗玩。

有一次傅沉回老宅，傅心汉还在外面晃荡。傅沉出门寻找，发现傅心汉正和某只小母狗"调情"。傅沉喊它回家，它还不乐意。

回家之后，傅沉冷不丁地问："傅心汉是不是到发情期了？"

傅老蹙眉："它十几个月的时候就开始发情了。"

"我觉得它最近不太听话，据说狗到了发情期会性情大变。"傅沉看着躲在角落啃球的傅心汉，道。

"有吗？"傅老失笑道。

"要不给它做个绝育手术？"

傅心汉瞪大眼睛，难以置信地看着自己的主人，顿时觉得未来一片灰暗。

几天后，傅沉真的带它去了宠物医院。它赖在地上，怎么都不肯进去，最后被十方抱了进去。它绝望地躺在桌子上，心想：完蛋了，我再也不是一条完整的狗了。

"傅先生，傅心汉今天怎么情绪不太对啊？还比之前瘦了点儿。"兽医和傅沉挺熟的，笑着询问道。

"是吗？我今天带它过来是想给它……"傅沉顿了一下，继续道，"洗个澡，顺便修剪一下毛。"

傅心汉立马从桌上跳起来，朝傅沉摇尾巴，十分兴奋。十方站在边上都要笑死了。自从傅沉说要给它做绝育手术，它就开始绝食抗议，差点儿抑郁了。

小年夜，宋风晚接到傅沉的电话，他已经抵达南江了。

傅沉之前从未说要来，所以她只能匆忙地洗完头、换完衣服，然后往外跑去。

"妈，我晚上不回来吃饭了。"

"你去哪里？晚上和谁一起？"宋风晚在南江的好朋友只有严知乐，不过严知乐最近忙着加班，很少过来。

宋风晚做贼心虚，生怕乔艾芸继续盘问，低声道："我朋友来南江玩，想和我见一面。"

"可以啊，别玩得太晚。"乔艾芸没多想，"晚上要不把你朋友带回家吃饭？"

"不用了，他们人多，有点儿麻烦。你和奶奶、严叔说一声，我先走了……"

宋风晚坐公交车到了机场。航班延误，她等了十多分钟才瞧见傅沉的身影。傅沉只拿了个包，臂弯处搭着羽绒服，戴着无框眼镜，走路很快。

"三哥！"宋风晚冲他招手，小跑过去，和他撞了个满怀。

在机场，每天要上演无数次这种情侣相聚的戏码，大家神色匆匆，并未多留意他们。二人搂抱了半分钟，宋风晚才松开手，道："你身上好热，脸也红，是不是……？"她本想说"是不是南江太热了"，傅沉却哑着嗓子在她的耳边道："想你想得发烧了……"

宋风晚顿时小脸发烫。

两人去酒店放好行李，出去吃了点儿东西。

吃完饭，他们在沙滩上逛了一会儿，乔艾芸打电话过来了。

"妈。"宋风晚心虚地离傅沉远了一些。

傅沉低头踩着松软的沙子，心里不是滋味，觉得自己像个不能见光的野男人。

"什么时候回来啊？快十点了！"乔艾芸早就上床准备睡觉了，见宋风晚迟迟不归，便打电话来询问。

"我和朋友在一块儿，那个……"宋风晚咬了咬牙道，"待会儿还想去唱歌,我可能不回去了。"

"不回来?"乔艾芸严肃地问。

严望川靠在床头,正在看育儿书。今天宋风晚说有朋友过来时,他就猜到可能是傅沉。此刻宋风晚说不想回家,那这个朋友肯定就是傅沉了。

"嗯,好久没见到了,是以前的同学。"

"同学啊……"

乔艾芸再婚后,宋风晚离开了从小生活的地方,来了南江,在这里人生地不熟,没几个朋友。"以前的同学"这几个字正好戳到了乔艾芸的软肋。

乔艾芸道:"那行吧,你注意安全,明天早点儿回来。"

"谢谢妈。"宋风晚笑着挂了电话。

傅沉还在郁闷地踢沙子,只见宋风晚小跑过来,接着搂住他的胳膊说:"我今晚可以不回家。"

"和芸姨说好了?"

"嗯,她答应了,让我明天早点儿回去。要不要去逛夜市,或者吃夜宵?"

"我发烧了,头有点儿晕,我们回酒店吧。"

宋风晚盯着他扬起的嘴角,心跳得更加凶猛了。

从沙滩到酒店,步行需要一刻钟。

傅沉住的酒店离严家很近,从位于十八楼的房间看过去,可以看到严家的宅院。宋风晚莫名有种在母亲的眼皮底下偷情的感觉,心里十分忐忑,嗔怪道:"怎么把酒店订在这里!"

这也太危险了!

"离得近点儿,见面方便。"

"太近了,从窗口都能看到我家了。"

"嗯。"傅沉点头,"我特意挑的房间。这样即使你出不来,我们见不到面,我也能看到你住的地方。"

宋风晚的心跳加快了。

傅沉在南江一共待了三天两夜，宋风晚只陪了他一个晚上。隔天，他一个人躺在床上，有些睡不着，便起身遥望严家……

人大多有贪念，傅沉亦是如此。此刻他们的距离近了，他就还想近一些。最后他实在睡不着，就去海边散步，走前买了不少南江的特产和手工艺品。

宋风晚第一次在严家过年。南江不比云城，几乎没下过雪，她总觉得过年没雪，好像没有年味。好在南江每年都会举办烟花大会，场面非常热闹。

严家的位置恰好能近距离观赏烟火，大年三十的晚上，南江的天空明若白昼，灿若星河。

宋风晚给傅沉拍了不少视频，惹得他有些眼红。

傅家这边，傅聿修从国外回来了。

傅聿修今年读大四，再过一段时间就要回国找工作了。孙琼华知道因为宋风晚的事，傅聿修惹得傅家二老很不高兴，与傅沉的关系也有些僵，打算让傅聿修留在京城找实习单位，以便与傅沉他们修复感情。

孙琼华给傅沉打了个电话，问："老三，你方便给聿修安排一个职位吗？"

傅聿修正吃着饭，差点儿被噎着，去三叔的公司？那不如杀了他！

傅沉却笑道："有啊。"

"我有个不情之请……"孙琼华说出了自己的想法。

傅沉居然道："二嫂放心，既然你都开口了，那我肯定会照顾好聿修的。"

傅聿修差点儿吐血，预感自己以后没好日子过了。

其实傅沉心里想的是，傅聿修不仅是自己的侄子，还是宋风晚的前未婚夫，这样的人还是留在自己的眼皮底下好。

严望川之前没有孩子，老太太也没有孙子或孙女。现在，老太太好不容易得了一个孙女，给的红包数额很大。严望川给宋风晚买了一整套的玉石设计书——两大本，每本都和《辞海》一样厚实。这两本书还用红纸包着，他说是图个喜庆。

宋风晚简直想哭，这东西都不方便带到学校啊……

严望川说直接给钱没新意、俗气，而宋风晚只想告诉他："我就是个俗人啊！我真的很俗！我想要钱。"

乔艾芸的预产期在三月，过完年就到二月中旬了，宋风晚特意包了个六十六元的红包，说是以后给弟弟或妹妹的。

"三月我都开学了，这个小家伙不能早点儿出来吗？"宋风晚特别想亲眼看着小孩儿出生。

她二月底开学，和乔艾芸的预产期刚好错开。严老太太早就在最好的医院订了床位，元宵后乔艾芸就得搬到医院住。

老太太笑道："你五一放假回来后就可以看见妹妹了。"

"五一，那还要好久。"宋风晚在征求了乔艾芸的意见后，伸手摸了摸她的肚皮。肚子里的孩子忽然动了一下，宋风晚惊喜地道："动……动了！"

"有点儿调皮，最近动得比较厉害。"乔艾芸道。

此时，乔艾芸的肚子已经很大了，皮肤上都是被撑开的纹路，还隐约可见青筋。乔艾芸快分娩了，双腿都肿了，双脚更是肿得穿不上以前的鞋。

宋风晚看着心惊，觉得怀孕、生孩子太辛苦了，只希望乔艾芸能少受些罪。

元宵节快到了，宋风晚已经准备回学校了。乔艾芸挺着肚子，还想帮她收拾行李。

"妈，我自己来就行，我的行李不多。"

"那我也得检查一下。"乔艾芸总觉得宋风晚还是个孩子。

就在乔艾芸帮宋风晚拾掇东西的时候，肚子突然有了异样。乔艾芸捂着肚子,呼吸变得急促。

"妈,你自己看,我真的都收拾好了,没有漏下任何东西。"宋凤晚一抬头,就看到母亲靠在墙边喘着粗气,连忙问,"妈,你没事吧?"

"我有事!"乔艾芸咬着牙道。

羊水破了,宋凤晚当即傻了。这……距离预产期不是还有大半个月吗?她妈不会是要提前生了吧?!

宋凤晚慌了神,不知道该向谁求助。严望川在公司,老太太出门买菜了,短时间内回不来。

"妈,我……"宋凤晚都不敢碰乔艾芸。

"先扶我躺着,打120。"乔艾芸不是第一次生孩子,还算冷静。

"好!"宋凤晚把她扶到床上,又按她的嘱咐将枕头垫在她的屁股下,随后哆哆嗦嗦地打了120。宋凤晚深吸一口气,将基本情况与地址准确地告诉了工作人员。

"好的,救护车马上就到。"接线员很快挂了电话。

很快,救护车来了,一群人慌慌张张地送乔艾芸到了医院。

严望川从公司赶到医院的时候,乔艾芸已经进了产房。

乔艾芸是大龄产妇,很容易出问题,医生让严望川进去陪着,多说些鼓励产妇的话。可严望川不善言辞,进去之后更因为紧张而闭口不言。助产士急得不行,连忙道:"先生,请您鼓励一下夫人,别和雕塑一样不说话!"

严望川咬了咬牙,最后握着乔艾芸的手说:"加油!"

医生气得翻白眼,想把他轰出去!

下午一点,产房内传出不好的消息,乔艾芸开始脱力了。

可能真的是年纪大的缘故,几个小时后,她体力透支,叫喊的声音变得越发微弱。这样太危险了。

医生当即建议道:"严夫人,我们帮您实施剖宫产吧!"

"我还可以……"乔艾芸能感觉到孩子快出来了。

她的嘴唇被咬得出了血,脸上都是汗。

"严先生……"医生想让严望川劝一下她。

"艾芸。"严望川紧张不已。

"我还可以再坚持一下。"乔艾芸攥紧了他的手。

"那您再好好鼓励她一下,尽量多刺激她,让她再多使力。"助产士也很紧张。

严望川知道生孩子辛苦,只是看文字描述与亲眼见证是两回事。

"艾芸,加油!"严望川真的不知该说什么。

"最后努力一次吧!"助产士说道。她的言外之意是,这次不行就得立刻进行手术。

乔艾芸也知道这是自己的最后一次机会,便铆足了劲,使出了全身的力气。

"加油,已经看到头了。"

边上,医生、护士的心都提了起来。

孩子只出来了一半。但乔艾芸喘着粗气,浑身都是汗,似乎耗尽了力气。

"严夫人,您得再加把劲啊!"医生十分着急,这样非常危险。

乔艾芸此刻就连回应医生的力气都没有了。

"先生,您再鼓励她一下,调动她的情绪。"医生万分焦急。

严望川想了想,乔艾芸最在意的人是宋风晚,一直觉得亏欠了她。或许,只有宋风晚的事能刺激到乔艾芸吧?

"进行手术吧,不然孩子有危险。"医生建议道。

严望川咬了咬牙,心想:晚晚,现在只有对不起你了!

严望川深吸一口气,凑到乔艾芸的耳边道:"艾芸,关于晚晚,有件事我一直没告诉你。"

"啊?"乔艾芸费力地睁开眼,看着他。

"她谈恋爱了。"

乔艾芸傻了,完全没听女儿提过。她难以置信地说:"不……"她想说"不可能",可是已经没力气了。

"而且她找了个年纪比她大很多的人,对方可以当她的叔叔了。"

乔艾芸这下被激怒了。

医生惊喜地问:"严夫人,还有力气吗?"

"嗯!"乔艾芸满脑子都是有个老浑蛋勾引了她的女儿,恨不得此刻就去找那个家伙算账。如果宋风晚是跟同龄人谈恋爱,她还想得通,但是……

她憋足了一股劲。

严望川低声道:"那个人是傅沉!"

孩子的啼哭声从产房里传出来,外面的人瞬间松了口气。

"生了,生了!"老太太腿软了,瞬间红了眼眶。

宋风晚原本冰凉的身子逐渐恢复暖意。

不一会儿,护士出来道:"恭喜啊,母子平安!来了个很健康的男宝宝,六斤八两。"

"老太太,男孩儿啊。"黄妈抹了把眼泪。她一辈子待在严家,想着严家可算是有后了,激动不已。

老太太也很激动,只有宋风晚有些失望,心想:怎么不是妹妹?

孩子先被抱了出来,乔艾芸接着被推了出来。老太太本以为她肯定累到昏厥了,但她其实非常清醒。

"艾芸,辛苦了。"老太太心疼地道。

"妈。"宋风晚走到床边道。

乔艾芸意味深长地看了宋风晚一眼,并未说话。

可是那神情让宋风晚极不舒服,她总感觉出了什么事。

宋风晚本打算提前几天去学校,现在有了弟弟,立刻改签了机票。

乔艾芸醒过来的时候,宋风晚正在逗孩子。那孩子很乖,小小的,胳膊、双腿都肉乎乎的,睁着眼,一脸无辜地看着宋风晚。

严望川不在病房,回家帮乔艾芸拿换洗的衣服去了。他路过小卖部,买了包烟,心里有些烦。他在乔艾芸生产的时候挑破了宋风晚与傅沉的关系,乔艾芸现在却故作不知,对谁都笑。乔艾芸越这样,他越忐忑。难道他刺激得太过了？

远在京城的傅家收到了乔艾芸产子的消息。

当时，傅沉正拿着牛肉粒逗傅心汉。老太太接了电话，喜不自胜地道："老头子，艾芸生了。"

"生了？"傅老诧异，"男孩儿还是女孩儿？"

"男孩儿，六斤多，很健康。"老太太笑道，"你说等孩子满月的时候，我们送些什么好啊？"

傅老正捧着一本发黄的《孙子兵法》，瞥了眼还在逗狗的傅沉："老三，你有小舅子了。"

傅沉将牛肉粒收了起来，傅心汉不满地呜咽着。

"你都这么胖了，还吃？"傅沉瞪了傅心汉一眼。傅心汉立刻钻进自己的窝里，乖巧地坐好。傅沉摩挲着手中的牛肉粒，心想：怎么是个男孩儿？

"老三啊，孩子满月，严家肯定要请客，你亲自过去一趟。"老太太叮嘱道。

"嗯。"傅沉应道。他此时压根不知道满月宴上迎接他的会是什么。

乔艾芸得知跟自己的闺女在一起的人是傅沉后，忽然冷静了下来。

傅沉虽然是傅聿修的叔叔，但比宋风晚大不了太多，无论是模样、家境还是个人品行都远胜同龄人。如此一想，乔艾芸并不是很难接受这件事，只是有些担心宋风晚会因为曾与傅聿修订婚而落人口舌。

乔艾芸沉默地思考着，直到放在床头的手机振动起来。

严望川离得近，看到来电显示是"傅沉"，微微挑眉，心想：这小子怎么挑这个点打电话？

乔艾芸犹豫了很久才接了电话，心里憋了一肚子的话想质问他，没想到傅沉道："芸姨，这么晚给您打电话，没打扰您休息吧？"

见傅沉态度这么好，乔艾芸也不好发难，只能道："没有。"

傅沉又问了些关于孩子的问题，全程主导着话题，弄得乔艾芸都不知如何开口。

"那我不打扰您休息了,等满月宴的时候我再亲自去南江向您道喜。"

乔艾芸挂了电话,有点儿蒙。她明明想了一堆话,怎么就没问出口?

严望川正轻车熟路地帮孩子换尿不湿,瞥了她一眼,道:"艾芸,其实我和傅沉……"

"我困了,想休息。"乔艾芸郁闷了。

她躺在床上,突然想起了很多细节,比如傅沉一直叫自己"芸姨",模糊了他与宋风晚之间的辈分问题。而且,从宋风晚去京城求学,到处理云城宋家的事,傅沉都参与其中。乔艾芸不禁有些生自己的气,居然忽略了那么多细节!

宋风晚回学校的时间推迟了三四天。

这几天,她白天几乎都在医院逗弟弟玩,十分开心。乔艾芸见女儿如此愉快,也不知怎么开口跟她聊恋爱的事。

其实宋风晚心里早有计划,打算跟傅沉碰面后就向乔艾芸摊牌。他们选的摊牌时间,自然是宋风晚的弟弟办满月酒的时候。

外界称呼严望川为"严先生",有媒体笑称他的儿子是"小严先生",渐渐地大家私下就这么叫了。

小严先生的满月酒,场面极为盛大,几乎成了开年后南江城的第一场盛事,也让大家对严家的实力有所认知。

严老太太年纪大了,这辈子应该看不到孙子成家立业了,想趁着还有心力,用尽全力地操持好宴会。

傅沉抵达严家时才发现乔家父子也在。

"傅沉来啦,快坐。"严老太太抱着小家伙,招呼众人坐下。

明天就是满月宴,小家伙比出生的时候漂亮多了,正小心地打量着屋里的陌生人。

"老太太,打扰了。"傅沉客气了一番才坐下,问,"孩子叫什么啊?"

"严迟。"老太太人逢喜事精神爽,见谁都笑呵呵的。

迟，有"缓慢"的意思。严家人希望严迟以后能一步一个脚印，踏实稳重地慢慢走。迟也有"晚"的意思，正好与宋风晚的名字相呼应。

"小迟，还认识姐姐吗？"宋风晚逗严迟道。她刚凑过去，小严先生就冲她咧着嘴，明显在笑。

宋风晚心头一暖："你们看到没？他冲我笑了！"

见宋风晚将心思全放在严迟的身上，傅沉有些吃醋，一边喝茶一边在心里吐槽道：他以后还会说话、走路呢，会笑很新奇？

晚上，傅沉睡在严家，睡前给宋风晚发了信息。

傅沉："睡了？"

宋风晚："还没有。"

宋风晚洗了澡，正躺在床上玩手机。

傅沉："我们出去走走？有些事想和你聊聊。"

现在才晚上八点，他们要是在严家碰面，太容易暴露。

宋风晚："现在？"

傅沉："我想和芸姨挑明我们的关系。"

傅沉已经等很久了，好不容易熬到乔艾芸出了月子，这件事不能再耽搁了。

宋风晚："那行，你先出去，我正好换件衣服。"

傅沉："在海滩那边碰面。"

两人约好后，一前一后出了门。

宋风晚刚到海边就看到了傅沉，小跑过去，扑进了他的怀里，道："怎么这么急啊，现在就和我妈说？"

"等不及了。"傅沉亲了亲她的嘴角，"边走边说。"

"嗯。"

两人在沙滩上漫步，根本不知道自己的一举一动都被别人看在眼里。

那个人就是乔艾芸！

乔艾芸抱着儿子站在窗边，视线跟随宋风晚和傅沉移动，大脑飞速地运转。

"孩子睡了？给我吧。"严望川从她的手中接过孩子，见乔艾芸站在窗边不动，问，"不睡？"

"站一会儿。"

严望川不知道乔艾芸在看什么，远处的海边黑漆漆的。

大约二十分钟后，乔艾芸忽然转身，将外套穿好，对严望川道："帮我叫一下我哥和西延，让他们在客厅集合。咱们开个家庭会议。妈已经睡了，别惊动她。"乔艾芸说完就离开了。

严望川沉默着走到窗边，见宋风晚正从百米远的小路上慢悠悠地走回来，全然不知危险正在靠近。他思量着要不要通知她一声，不然这丫头待会儿肯定会被吓坏的。他正打算去拿手机，乔艾芸不知为何又折返回来，问："你准备干吗？"

"没事。"

乔艾芸检查了小严先生的尿不湿后才安心下楼，临走时说："当初你就没拦着，当了帮凶，现在还想通风报信？晚了！"

风从海上吹来，带着湿气，宋风晚打了个冷战，小跑着推门进屋，在玄关处换鞋。就在这时，乔艾芸下楼了。

乔艾芸问："这么晚，一个人出去？"

风灌入屋子，宋风晚的后背有一股凉意袭来。

宋风晚刚想开口，就听见紧跟着下楼的乔望北咳嗽了一声，立刻将即将说出口的话咽了回去。

其实，乔望北还是疼侄女的。他知道这时候宋风晚要是还撒谎，后果不堪设想，所以就冒着被妹妹埋怨的风险，提醒了宋风晚。

很快，乔西延与严望川也下来了，跟乔望北一起坐在沙发上。

饶是再傻，宋风晚也知道哪里不对劲，难怪傅沉一直说她妈怪怪的。

宋风晚有些蒙。

"站在门口干吗？进来啊。"乔艾芸的声音越发柔和。

"妈。"宋风晚小脸惨白，给舅舅与表哥使眼色。两人此刻即便接收到了求救信号，也不敢搭腔，只能用眼神示意她自求多福。

宋风晚简直想哭，这还是她的舅舅、表哥吗？

她自知今晚在劫难逃，默默地低下了头，结结巴巴地道："妈，我……我那个……"

"别急，人还没来全，不是还有人没回来吗？"乔艾芸微笑道，"等他回来，我们再细说。"

宋风晚咬着唇，耳根通红。

"你们约好前后脚多久进门？时间太长的话，你就先坐会儿吧。"乔艾芸看她吓成这样，真的差点儿笑出来。难不成她以为自己是棒打鸳鸯的坏女人？

乔艾芸只是想把事情说清楚，还想考验傅沉一番，看他会怎么应对这样的突发事件。如果面对他们这些人的"审问"，他厌了或者怕了，乔艾芸自然要再考虑一下两人的事。

"妈，你别这样，真吓人。"宋风晚试图撒娇道。

"你还说我吓人？你偷偷和他……"乔艾芸刚要发火，又强迫自己冷静下来，"等他过来再说。"

"妈！"

"别撒娇，别晃，站好了！"乔艾芸沉声道。

严望川挑了挑眉，这还是第一次看到乔艾芸训斥宋风晚。

傅沉隔很远就看到客厅里灯火通明。

他们方才出门时大家都回房了，宋风晚也不会如此高调……傅沉摩挲着腕上的佛珠，放缓脚步，觉得不对劲。再加上宋风晚回去之后连一条信息都没给他发……傅沉大概猜出发生什么事了。

他握紧佛珠，快步走进屋。

他的猜想被证实了。

灯光刺目，宋风晚站在沙发前看了他一眼，一副可怜兮兮的模样。

"芸姨，这么晚还没休息？"傅沉心里有数，自然没有表现得太诧异，冷静地把门关上，"晚上挺凉的，您现在应该少吹风。"

乔艾芸裹紧衣服，有点儿诧异。面对这种场面，他如此气定神闲，还关心她？她就是想高声斥责都没法开口了。

"这么晚还出去？"乔艾芸问道。

"有事需要好好想一下，夜风凉，能让人更清醒。"傅沉不急不忙地回答道。

"想好了？"

傅沉点头，直接走到宋风晚身边，攥住了她的手。小姑娘的手背很凉，手指僵硬。宋风晚羞赧万分，试图甩开他的手，傅沉却强势地与她十指相扣。

乔艾芸看到傅沉的举动，抿紧了唇。今天她就是想看傅沉的态度。

乔艾芸对他的印象本来就很好，现在更觉得他不错，最起码是个有担当的男人。

"芸姨，我没想瞒着您，只是没找到合适的时机。"傅沉坦言，"既然您都知道了，我也没什么好遮掩的。"

"你们什么时候在一起的？"乔艾芸早就想问这件事情了。

"前年跨年的时候。我太喜欢她了，一直追她，晚晚单纯，受不了我的纠缠……"

乔艾芸："所以她住在你家的时候，就……"

"那时候是我一厢情愿罢了。说来惭愧，除了晚晚，我没跟人谈过恋爱，对许多事把握不好分寸，并不是想一直瞒着你们。"

"晚晚考试结束后，说去朋友家，其实是……？"乔艾芸狐疑。

"她确实是来找我了。那件事是我没做好，她一个人去京城挺危险的。"

乔西延坐在一旁，一直暗暗地观察傅沉。傅沉太会说话了，不直接回答问题，只是将所有错误揽在自己的身上，完全展现了作为一个男人应有的担当，回答得让人挑不出一点儿错。

"傅沉，你以为这么说，我就不会追究你跟我女儿谈恋爱的事了吗？你应该清楚，这场考试对她很重要，如果她因此……"

"芸姨，您说的话我不认同。"傅沉反驳道。

乔艾芸轻笑。他可算是开始反驳自己了。

"你说！"她倒想看看这小子想说什么。

"首先我承认，我和晚晚在一起的时机肯定是不完美的，但是您也该对自己的女儿有信心，她不是会为了儿女私情荒废学业的人。"

乔艾芸哭笑不得："你……你什么意思？我不信任我女儿？"

"晚晚多懂事，您比我清楚。家里出了事，她比谁都想证明自己，也想给您争口气，希望成为您的骄傲。她准备考试的那段时间有多努力，您应该知道。"

这话确实说到了乔艾芸的心里，她的眼眶立即红了。

严望川与乔家父子纷纷皱眉，这不是傅沉的批斗大会吗？为什么乔艾芸被说哭了？

"芸姨，我知道瞒着您是我考虑不周，晚晚还小，不懂这些，您如果想发火，冲我来就行。"

乔艾芸一听说宋风晚要给自己争口气，心里酸得不行，根本没心思骂傅沉，道："傅沉，你们以后的路不好走。这件事你家里人应该都不知道吧？"

"我爸妈知道，他们很喜欢晚晚。"

"知道？"乔艾芸偏头看向另一侧的三个人。

这件事怎么没人和她说？

乔望北咳嗽两声。他最近看到她都绕道走，根本没机会跟她提起这个。

"当时两位乔先生都在，我爸妈的态度他们都清楚。"

"我哥和西延？"乔艾芸看向二人。

"艾芸……"乔望北急了，这小子怎么把他拖下水了？

"这事你可没和我说。"乔艾芸还一直担心傅家的态度，若是他家那边不同意，晚晚即便嫁过去日子也不好过，"这么大的事，你俩一起瞒着我？"

傅沉就是故意的。那三个人分明早已知情，却隔岸观火，傅沉怎么可能饶过他们呢？

"这事我们私下说。"乔艾芸冲乔家父子笑了笑。

"芸姨,这也不能怪他们,他们可能真的是一时忘了,毕竟对我和晚晚在一起一事,大家都很诧异,只有严先生比较冷静。"

严望川一直没说话,还是被傅沉拖下水了。

"关于这件事,我要向芸姨说声抱歉。当时我和严先生结成同盟,我帮他追求您,他帮我保守秘密。对这件事,我一直心怀愧疚,如果您再受伤,我难辞其咎。"

严望川没想到傅沉直接把他的老底掀了,他又嘴笨,一时不知如何解释。

乔艾芸彻底明白了。她就说严望川这个面无表情、性格木讷的人怎么突然做那么多奇怪的事,甚至会说情话了。她以为是朽木逢春,原来是有高人指点。乔艾芸冲自己的老公笑道:"你有什么需要解释的?"

"我们回房说。"

严望川嘴笨,就是给他解释的机会,他也无法像傅沉这般全身而退。

乔西延差点儿就给傅沉鼓掌了——祸水东引,自己什么事都没有。他今天算是真的见识到什么叫面慈心狠了!

乔艾芸忍着心酸道:"傅沉,我是过来人,感情的事都是你情我愿的,你就一个人扛下了?"

"喜欢她,不就该自己受十分苦,不让她受任何委屈吗?"

乔西延再次在心里为傅沉鼓掌!

乔艾芸毕竟是个女人,听了这种话,心立刻软了一半。

严望川和乔家父子面面相觑。敢情罪魁祸首没事,他们还得倒霉?

屋外的海浪声此起彼伏,室内静谧无声。宋风晚怎么都没想到母亲居然被傅沉说红了眼眶,而且形势逆转得有点儿快,她尚未反应过来,乔艾芸道:"傅沉,你应该知道,你俩要是在一起,你二哥一家怕是……"

"您放心,这件事我会解决的。"

"晚晚刚上大学,你们就算交往了也得注意分寸。"

傅沉点头，整件事暂时告一段落。

第二天就是满月宴，宴席设在晚上。白天，严家与乔家去拍全家福，顺便给小严先生拍满月照，可能会耽搁一整天，所以傅沉一早就回了酒店。

今天小严先生特意穿了一身蓝底红边的衣服，上面绣着祥云。他一直趴在宋风晚的怀里，十分安静。上午，他们拍了三组不同风格的全家福照片，有一组是民国风的，宋风晚特意换了一身浅粉色的旗袍。她穿得不如乔艾芸有韵味，可也算娇俏可人。

中午，大家在影楼外的餐厅一起吃了饭。下午，乔艾芸、宋风晚陪小严先生拍满月照，其他人走了。乔艾芸准备了各种衣服，其中不乏奇装异服，给他试了个遍。小家伙也配合，看着镜头一个劲地笑。

满月宴在晚上，进行得非常顺利。严望川得照顾孩子，没敢多喝酒，乔望北喝了不少。送走了宾客，严家人折腾到后半夜才睡。

小严先生满月后，宋风晚回了学校，一切如常。

开学后不久，学校来了几个交换生，掀起了热议。在交换生的名单中，宋风晚看到了一个熟悉的名字——江风雅。宋风晚跟江风雅不在一个学院，平时见不到面，只要江风雅不主动招惹她，她自然不会搭理江风雅。

自从宋敬仁破产，并因为偷税、漏税入狱后，江风雅就消失在宋风晚的世界中了。江风雅原本就读于云城大学，该校也是国内排名前几的高校，与京大一直有合作。江风雅能成为交换生也是挺有本事的。

宋风晚过完年回来后从傅沉的口中得知，傅聿修之后会在傅沉的公司实习，不知道是否会重新跟江风雅在一起。不过宋风晚对此不是很担心，反正傅家人不是吃素的。再说了，江风雅就算真的嫁给了傅聿修，以后还得叫她一声"三婶"。

宋风晚和傅沉打电话时也说到了江风雅的事。

"你这么一说我才想起来，聿修来公司后，我因为太忙了，还没怎么关照过他。"

宋风晚心想：您的关照，他怕是承受不起。

"他妈让他住在老宅，但他想出去住。前几天二哥还打了电话过来，让我多关心他一下，我晚些时候就去他住的公寓看看。"

宋风晚挂断电话，觉得莫名其妙。傅沉是个亲情观念比较淡薄的人，更不会对其他人言听计从。他二哥和他提了一句，他就真的老老实实地跑去关心傅聿修？这不合逻辑啊！傅聿修那么怕他，他不去吓唬傅聿修就不错了。

这件事还得说到半个小时前发生的小插曲。

傅沉当时刚从京城新区那边考察回来，在公司处理文件，十方却敲开了傅沉的办公室的门。

"三爷……"十方将一摞文件放在他的办公桌上，之后迟迟未离开。

"有事？"傅沉这才看着他道。

"江风雅约了聿修少爷碰面。"

"然后呢？"

"他们一起吃了饭，好像喝了酒，接着去了聿修少爷住的地方。"

"喝酒？"

"三爷，聿修少爷的酒量，您是知道的……"十方笑得不怀好意。

傅沉冷笑着给自己的二哥打了个电话。

傅仲礼正在云城应酬，看到来电显示后有些诧异。他们兄弟关系不错，但年龄相差太大，平时联系得不多。傅仲礼还以为家里出了什么事，急忙接起电话，没想到傅沉和自己说了一堆闲话。

"二哥，你什么时候回来？"

"我正在把公司的业务往京城转移，还有一个多月就去那边。"傅仲礼久居云城，后来又把业务发展到了国外。现在，他打算搬回京城，以便给傅家二老尽尽孝道。

"一个月……"傅沉若有所思。

"嗯。这么晚，你就是找我聊天？"

"我想和你说，聿修在我这里做得挺不错的。"

傅聿修即将大学毕业，除了实习还在准备毕业论文，忙得焦头烂额。

"那就好，这几个月麻烦你照顾他了。"

"应该的。"

"我和你二嫂不在京城，你这个做叔叔的没事多关心他一下。"傅仲礼说的是客套话。

"好。"

傅沉挂了电话，吩咐十方直接去开车。

十方疑惑地问："三爷，回家？"

"回家还早。聿修在外面住了几个月，我这个做叔叔的还没去他家里看看……"傅沉拿起佛珠和外套，直接往外走去。

傅沉原本想把整件事直接告诉傅仲礼，只是转念一想，这样事情就牵连太广了，而且远水也救不了近火，自己跑一趟比较好。

傅聿修对江风雅余情未了，之前是被母亲强行送出国的，这次他们在京城碰面了，很快旧情复燃了。

两人一起吃了饭，江风雅喝了酒。有些话在餐厅里不好说，江风雅提议道："你不是搬出来住了吗？去你家里吧！"

傅聿修还在犹豫，没想到江风雅直接报出了他的家庭住址。

"我来京城后经常去你家楼下，觉得说不定可以和你见上一面。家里出了这么多事，我知道自己配不上你了。你之前在国外，我想见你一面难如登天。但现在我们都在京城，我就想远远地看你一眼……"

江风雅的话在傅聿修的心里掀起狂澜，他心软了，把人带了回去。

两人到了家里，气氛有些古怪。傅聿修帮她倒了杯水，道："风雅。"

江风雅没说话，居然直接抱住了他："我就是太喜欢你了……"

傅聿修真的傻眼了。其实两人分开很久了，傅聿修总觉得跟她疏远了许多，不知该怎么和她相处。她缓缓地靠近傅聿修，他紧张地吞了吞口水，心里有些犹豫。

"聿修，你是不是不喜欢我了？"她的眼里噙着泪水。

傅聿修刚想说什么，忽然听到门铃声，急忙推开江风雅，有种如蒙大赦的感觉。

"可能是收物业费的，我去开门！"

两人之前一直停留在拉手、接吻的阶段，江风雅在他心里是个天真单纯的女孩儿，他压根没想跟她发展到那一步。

今天他就是想和她聊聊天，可是她明显是想和他发生关系。这种相处模式，傅聿修一时难以适应，听到敲门声后心里反而轻松了。

江风雅气得咬牙。哪个不长眼的东西要坏她的好事？她端起水杯，想喝口水平复心情，结果听到傅聿修喊了一声："三……三叔……"她当即手一抖，水洒了出来。

傅聿修看到傅沉，脸一下白了，声音颤抖。

傅沉挑了挑眉："看到我，至于吓成这样？"他的声音中没有任何情绪。

"三叔，您怎么这么晚过来？"

"听说你最近一边上班一边写论文，特别忙，连老宅都去得少了，我便过来看看你。"傅沉摩挲着佛珠道。

"谢谢三叔。"傅聿修的心都跳到了嗓子眼。

"不请我进去？"傅沉缓缓地问道。

"三叔，家里乱，我……"傅聿修紧张地道。

"所以你打算让我一直站着和你说话？"傅沉压低声音，端着长辈的架子。

"聿修少爷，夜里冷，进屋说吧。"十方一把推开门，江风雅就坐在客厅里，直接出现在傅沉的视线中。她站了起来，局促不安。

她与傅沉见面的次数屈指可数，但是两人每次碰面，她都被数落得体无完肤。这个男人的气场太强，她从心底里害怕他。

"三爷好。"

傅沉径直进屋:"许久未见,矜持这种东西江小姐似乎还没学会。"

江风雅原本想了很多说辞,但傅沉一开口就让她无法辩驳。

"三叔,其实这件事我可以和你解释……"傅聿修的后背冒出了一层冷汗。

"解释什么?"傅沉坐下道,不怒自威。

傅沉看着傅聿修,像是要将他看穿。

傅聿修道:"其实我们……"

"我们之间没发生什么,就是刚好碰到了。"江风雅急忙道。

十方将门关上,看了眼江风雅,静静地看着她演戏。

"刚好碰到?"傅沉没戳穿她,"京城这么大,从城东到城西开车都要几十分钟。而且,这里有几千万人,你说你们刚好碰到了?那还真是巧。"

"嗯。"江风雅点头。

"江小姐,这么长时间没见,你还是没学会不要随意打断别人说话这一基本礼仪!我在和我的侄子说话,轮得到你插嘴?"傅沉语气严肃,说得江风雅的脸色又白了几分,"我们第一次见面时,你似乎就这般没教养。我们自家人说话,与你何干?果然骨子里的东西是变不了的!"

十方安静地站在一侧,心想:三爷要是想挑你的毛病,自然能指出你的千般错处。

江风雅用手指绞着裙摆,有些恼火。

"不过,既然你开口了,那我正好有事要问你。"傅沉跷着二郎腿,相比对面紧张的两人,从容许多。

傅聿修刚想张嘴,傅沉立刻瞪了一眼。傅聿修现在真的想一头撞死。他已经到傅沉的公司实习小半年了,傅沉还是第一次来他家里,结果就撞到了这样的事。

"江小姐,按理说故人重逢,吃个饭,喝个酒,很正常。但我不是很明白,你喝了酒后不回自己的家里,为什么跑到一个独居男人的家中?天黑夜深,孤男寡女共处一室,你觉得这样合适吗?你们现在可不是男女朋友关系,即便是聿修邀请你来的,你就不知道避嫌吗?在喝多了酒的情况下,男女之间可能会发生什么,不用我说破,你也应该知道吧?这么晚了,你就如此迫不及待地想送上门?"傅沉把话说得非常直白,"请问,矜持、廉耻这些东西,江小姐有吗?"

江风雅没想到时隔这么久,傅沉对自己的敌意还是这么大。她自认为从没得罪过傅沉,他为什么总是针对她?而且他仗着自己是傅聿修的三叔,从未尊重过她。

江风雅深吸一口气,道:"三爷,您未免把人想得太龌龊了,我们就是叙旧。"

"风雅!"傅聿修试图阻止她。

"别打断她,让她说。"傅沉示意傅聿修别说话。

傅聿修一个头两个大。

江风雅觉得,任由傅沉数落也落不下什么好,不如争辩一下,守住自己的尊严。她不能让人如此小瞧自己。

"朋友见面聊天不是很正常吗?我清楚什么该做,什么不该做。你和宋风晚关系不错,但不能因此一直戴着有色眼镜看人!我是什么人,你并不了解。你一上来就说我不知廉耻,不觉得这话说得太重了吗?"江风雅毫不示弱。

傅沉笑了笑,问:"了解你?你是谁与我有什么关系?我为什么要花时间去了解一个和我不相干的人?你说这么多不就是想告诉我,不能戴着有色眼镜看人吗?只要你行得正、坐得端,无论你从事什么行业,我都会尊重你。京城这地方没有秘密,你觉得你自己禁得住我去'了解'吗?"

他语气平静,话语中含着对江风雅的警告。

"你想让我看得起你,首先得审视一下自己,你配吗?江小姐,我已经很给你面子了……"傅沉挑眉,看了一眼门口,"你是自己走还是让人请你出去?"

"三叔……"傅聿修没想到傅沉会直接将江风雅赶出门。

江风雅拿起手中的包,眼眶泛红。可惜,傅沉不是会对她心软的人。

"十方,送送江小姐。"傅沉冷冷地道。

"三爷、聿修,我先走了。"江风雅强忍泪水道。

江风雅离开后,傅聿修站在傅沉面前,更不知道该说什么。

"三叔……"

"帮我倒杯水,渴了。"

"嗯。"

"江风雅不适合你。你最近好好写论文,不要想些有的没的……"傅沉叮嘱道。

傅聿修怎么说都是自己的亲侄子,前面有火坑,自己还是得提醒他一下。傅聿修看着挺机灵的,其实被保护得太好,根本不知人心险恶。

"我知道了。"傅聿修今晚已经被吓得浑身冒冷汗了。

"还有……"傅沉临走时还道,"我和你爸通过电话,他让我多关心你一下,我思来想去,光在工作上盯着你确实不行,以后我会不定时地过来看看你。"

傅聿修把他送到门口,心里暗叫不妙。

"脸色怎么这么难看?不希望我来?"傅沉故意问道。

"不是,就是觉得您平时太忙了,还来看我,太累了。您可以给我打电话,我去看您。"傅聿修硬着头皮道。

"你要写论文,又没车,来回跑很麻烦,这件事就这么定了。早点儿休息,晚安。"傅沉说完甩袖离开,留下在原地抓狂的傅聿修。

回去的路上,傅沉心情不错。

十方问:"三爷,为什么您刚才不直接揭穿江风雅,让聿修少爷看清她的真面目?"

傅沉行事果决,从不拖泥带水,今天却放过了江风雅,这实在不像他的作风。难不成他谈了恋爱之后同情心泛滥了？

见傅沉不答，十方继续道："那个女人不是善茬，这次不让她死心，她以后肯定会惹出许多祸端。"

傅沉轻笑道："你也说了，她不是善茬。你以为今天我把事情捅破，她就真的会知难而退？要想彻底解决她这个麻烦，得等。"

十方微微一笑，心想：三爷果然是三爷！

宋风晚和室友去学校浴室洗了个澡，出来的时候意外地看到了江风雅。江风雅拿着洗漱用品，显然是刚来。两人对视时都有点儿诧异。

学校的浴室是开放式的，没有单独换衣服的空间。江风雅在傅沉那里受了气，憋屈得要死，喝了点儿酒，浑身出了汗，便想来洗个澡。她和宋风晚虽然在一个学校，却不在一个学院、一个年级，之前没碰过面。

宋风晚皮肤细腻，腰细腿长，已经不像当初那般青涩了。江风雅在学校听说了不少关于她的传闻，她是许多男生心里女神级别的人物。

宋风晚佯装没看到江风雅，自顾自地穿衣服。

江风雅寻了个空衣柜，慢吞吞地脱着衣服。她看了看自己娇小瘦弱的身体，有些自卑。虽然她最近一直在保养，但皮肤始终不如宋风晚，就连手指都因为长期干活而有些粗糙。

宋风晚完全没管江风雅，江风雅却一直偷看宋风晚，看到她后颈处的一片瘀青时，眉头一皱。江风雅不是小孩儿，一看就知道那痕迹是吻痕。

江风雅心想：宋风晚谈恋爱了？她的身上都有吻痕了，可见她已经和对方发展到那一步了。

江风雅轻蔑地笑了。

很快就到了五月，气温迅速攀升。

傅沉出国开了个会，出去了整整九天，刚回国就接到了自家二哥打来的电话。

"二哥。"

"回京城了？"

"嗯。"

"我和你二嫂也来了，你赶紧回老宅，一家人一块儿吃饭。"

傅沉本想和宋风晚一起吃晚餐，看样子是不可能了。

他到老宅时，傅仲礼、孙琼华以及傅聿修已经在了。

"二哥、二嫂。"傅沉礼貌地道。

"三叔！"傅聿修原本坐在沙发上看电视，看到傅沉过来，几乎立刻起身。

自从上回傅沉去他住的地方"恐吓"了一番，他一直担心傅沉会再去他那里，就连垃圾都不敢放到第二天扔，生怕傅沉说他住的地方像猪圈。他也担心傅沉把江风雅的事情告诉他的父母。

"最近毕业论文写得怎么样？"傅沉知道他在担心什么，悠闲地脱了外套，问道。

"还行，过几天回学校处理毕业的事情。"傅聿修紧张地道。

"老三，这段时间多亏你照顾聿修。"孙琼华笑道。

"应该的。"傅沉与她之间素来比较客气。

"这小子没给你惹什么麻烦吧？"孙琼华笑着问。

傅聿修用求救的眼神看了一眼傅沉。

傅沉随手解开袖扣，道："挺好的。"

"那就行，聿修被我宠坏了，如果做了什么错事，你别客气。"

傅沉看了傅聿修一眼，意味深长地笑了笑，点了点头。

劳动节过后，暑假自然就不远了。

宋风晚今年暑假回南江考了驾照，压根没把江风雅、傅聿修放在心上，自然不知道接下来他们还会给自己带来不小的麻烦。

第 十 五 章

鸿门宴？满月宴

暑假很快结束，宋风晚准备回学校了。

开学前一周，严望川特意带家人在最近的海岛进行了六天五夜的家庭旅行。

他们来回坐的是游轮，刚下船，开车来接他们的助理便催促他们赶紧上车。

"怎么这么急？"乔艾芸抱着孩子，动作有点儿迟缓。

"您先上车，回家后我再和您解释！"

从海港到严家，开车仅要一刻钟。

严家门口蹲着不少记者，众人从小门偷偷进了屋。宋风晚将门关上，问："到底出什么事了？"

"刚得到消息，江风雅怀孕了，据说是傅家的孩子。"

宋风晚惊呆了。

乔艾芸把儿子放进摇篮，也一脸惊诧："确定是江风雅？"

"对，这事还没在网上发酵，不过估计快了。江风雅没什么亲人，也就和你们有点儿关系。"虽然乔艾芸与宋敬仁早已离婚，但当年私生女的风波闹得满城皆知，谁都知道他们关系不好。

乔家与傅家是世交，这件事难免会影响两家今后的关系。

"所以那些记者第一时间追了过来，想问你们对这件事的看法。"助理说道。

"晚晚，你问一下傅沉这件事是不是真的。"乔艾芸看向宋风晚，道。其实江风雅以后到底如何，是大富大贵，还是成为人上人，乔艾芸都不在乎。可要是江风雅真的嫁入了傅家，宋风晚也许会吃亏，所以乔艾芸不得不上心。

"嗯，我问问。"宋风晚这才注意到，自己下船前给傅沉发的信息他都没回。

傅家可能真的出事了。

傅家老宅，客厅内异常安静。

傅老坐在沙发的正中间，手中拿着水烟袋，眉宇中流露着愤怒之色。

"把怀生带上楼。"傅沉叮嘱十方。

快开学了，怀生此时也在老宅。他知道出事了，也不多问，乖乖地跟着十方上楼。

"大家都知道了？"老太太气得嘴唇发抖，"我们傅家可从没出过这种丑闻。还没结婚就把人家的肚子搞大了，而且偏偏是那个江风雅。那丫头我见过，有野心，有手段。我再三叮嘱聿修那小子，他非不听，现在好了，被人拍到他们一起去做孕检的照片！"

老太太又问："老二、琼华，这件事你俩均不知情？"

孙琼华脸色苍白，也是刚收到消息："妈，对不起，是我没管教好聿修，让傅家跟着蒙羞了。"

"什么时候的事？"傅老本想抽一口烟，瞥见了老太太，悻悻地放下水烟袋，道。

"聿修放暑假的时候说要和同学出去玩，我想着他平时实习挺累的，就给了他钱，让他去了。江风雅估计是那时候找过去的……"孙琼华紧紧地攥着衣角，指甲都被折断了。她很忙，几乎把江风雅忘了，没想到这丫头突然冒出来，还给了她一份"大礼"。

"聿修呢？"老太太询问道。

"刚出医院就被记者堵住了。"傅仲礼回道。

"聿修又不是什么知名人士，那些记者为什么追着他跑？他身上有什么值得报道的点？"老爷子看事情还是通透的，"这是有人故意挖了坑让他跳，记者都是埋伏好的，就等着那傻小子呢。"

"我立刻找人查。"傅仲礼皱眉道。

傅沉在老宅待了一会儿便回了云锦首府。他与宋风晚通了电话，之后开始处理公司的事。

十方叩门进来，道："三爷……"

"又出事了？"

"二爷放话出去，在傅聿修能养活自己之前，不会给他留一点儿财产，就是说……"十方支吾着道。

傅沉笑道："他失去财产继承权了。二哥是要釜底抽薪，让他好好长长记性。"

"总觉得这不像二爷会做的事。"十方道。

傅沉低头笑了："说明你不了解我二哥。"

傅仲礼的举动变相打了江风雅的脸——人家连亲儿子都不要，就算你能给他家生孙子也无济于事。

江风雅看到消息的时候心头狂跳。她没想到傅仲礼会做得这么绝。

接着有一段采访录音在网上传播，似乎是某家媒体联系到了傅仲礼。

"二爷，是因为您的儿子做出了有辱家门的事，您才冲动地做出这样的决定吗？"记者问道。

傅仲礼沉默数秒后说："现在的社会，恋爱自由。我是深思熟虑后做出这个决定的，并不是冲动。"

"那您的意思是傅家会接受这个女孩儿？"记者小心地问道。

江风雅听到此处，一颗心都吊了起来。

"我接不接受有那么重要吗?反正他们以后也不是和我过日子。"

"可是您剥夺了傅聿修的继承权,他是您的独子,难道您不是因为最近发生的事才这么做的吗?"

傅仲礼笑道:"财产是我的个人所得,有哪条法律规定,我的钱一定要留给儿子呢?难道不是任由我支配吗?我养他到大学毕业,难不成还要养他到老?"

"对那个女孩儿怀孕的事,您怎么看?听说那个女孩儿很在乎你们的看法。"

"她在乎?这话你听谁说的?"

记者沉默了。

"她若在乎,就应该知道没有一个正常的家庭希望面对这种事,而且我们做父母的还是从别人口中知道这件事的。现在,她说在乎我们的看法,你不觉得很可笑?"傅仲礼顿了一下,道,"人贵自爱,若是不自爱,就不要奢望别人尊重你。"

录音到此结束。

江风雅气得身子发抖。傅仲礼虽然没说破,但也暗示大家是她设计了傅聿修。网友几乎都在骂江风雅,有的说她不自爱,有的说她搬起石头砸了自己的脚。

就在事情闹得满城风雨之际,居然有人采访到了傅沉。

记者原本是去采访段林白的,正好在段氏集团大厅碰到了前来开会的傅沉,实在没忍住,就冲了过去,道:"三爷,对傅聿修的事情,您怎么看?傅家那边私下接触过那个女孩儿吗?你们有没有达成什么协议?傅老对这件事怎么看?"

傅沉以前根本不理会记者,这次却停住了脚步,瞥了眼那人的胸牌,问:"为什么要和她接触?她有什么资格让我父亲为她操心?"

那个记者有些尴尬,道:"这……她肚子里怀的好歹是傅家的血脉,难道傅家一点儿都不在乎这个孩子?您对她就没看法?"

"对她的看法?"傅沉轻笑一声。

记者接着问:"她和宋风晚是同父异母的姐妹,您应该不会因此而排斥她吧？"

傅沉笑了一下，道："人无法决定自己的出身，所以我不会因为她的身世排斥她。只是，我个人生理性地厌恶她！"

记者蒙了。

傅沉的话被人传到了网上，江风雅差点儿气晕过去。

怀孕事件闹了几天后，世界重归平静。傅家人照常做事，好似完全没受影响。

傅聿修失去了财产继承权，与家人关系紧张，和江风雅接触的时候自然心情不好。两人虽然没发生争执，但相处时那种压抑沉闷的感觉也足以让人觉得窒息。

江风雅以为傅仲礼就是吓唬她，想让她知难而退，毕竟傅聿修是他的独子。可是随着时间的推移，她发现傅仲礼好像是认真的，有些慌。如果她和傅家这样僵持下去，那她生下孩子有什么用？她知道傅仲礼夫妇住在傅家老宅，那地方傅聿修带她去过，所以她准备主动出击。

她带着礼品去傅家拜访，刚走到门口就被保安拦住了。

保安冷冷地问："请问您要拜访谁？"

"我去傅家。"江风雅来过一次，当时被傅老太太讽刺了一番，所以此时站在门口还有些害怕。

"是谁邀请您的？您让傅家人给我们打个电话吧，得到许可后我们才能放行。"

江风雅根本不是受邀来的，也不可能让任何一个傅家人打电话过来。她咬了咬唇，道："我和傅家人认识，不是什么坏人，您能不能通融一次？"

"每个来拜访的人都是这么说的。"保安看过新闻，有些媒体放过江风雅的照片，他认出了她，"二爷和三爷前些日子叮嘱过我们，最近会有一些来路不明的人过来，让我们小心。这里不是随便什么人都能进来的地方。"

江风雅气结,在心里骂道:这群狗眼看人低的蠢货!

她不甘心就这么走了,便提着东西在路边等着。

她在门口等了一个多小时,进出的车辆有许多,却没有一辆是傅家的。突然,一辆出租车停在了大院门口,下车的人居然是宋风晚!

宋风晚昨天傍晚到的京城,今天还没开学,特意拿了些特产来傅家拜访。傅沉去了新区考察,此时不在京城,她就自己先过来了,没想到会和江风雅撞个正着。

两人手中都提着大包小包的礼品,四目相对,暗流涌动。

宋风晚没想到会在这里遇到江风雅,笑道:"听说你怀孕了,恭喜!"

江风雅觉得难堪。此时谁不知道她怀孕的事就是个笑话?宋风晚偏偏要恭喜她,就是成心往她的心上捅刀子。她在任何人面前都能丢脸,但在宋风晚面前不可以。

她忍着愤怒,挤出一个笑容,道:"谢谢。"

她一直努力往上爬,就是希望有一天能在宋风晚面前抬起头来,没想到两人再度碰面时,她还是如此狼狈不堪。

"怎么不进去?"宋风晚打量着她问,"去傅家?"

"我在等人。"江风雅嘴硬道。

"傅聿修?"宋风晚忽然笑了。

傅家的事,旁人不知,她却从傅沉那里知道了不少。江风雅被傅家拉入黑名单了,是进不了大院的。她既然愿意等,宋风晚自然懒得管,越过她往门口走去。

宋风晚的笑声就像利刃割着江风雅的心。

江风雅咬紧嘴唇,缓缓道:"宋风晚,有本事你就给我笑到最后!"

宋风晚轻哂:"你这是在挑衅我?"

"那又如何?"江风雅反问道。

"凭你腹中的孩子?"宋风晚与她保持了一定的距离。

"这是傅家的孩子。"江风雅强调道。

"就算你真的凭这个孩子嫁入傅家……"宋风晚轻笑,"你也没资格威胁我。"

"你就如此自信?"江风雅此时根本不知道她的言外之意,以为她在说大话。

宋风晚笑道:"那我祝你顺利地嫁入傅家,如愿以偿地笑到最后。"

且不说傅家此时根本不会接受江风雅,退一万步讲,即使江风雅以后嫁到了傅家,还是要乖乖地喊她一声"三婶"。

此时,不远处的保安给傅家打了电话。他们认识宋风晚,担心她们在一起会出事,所以立刻通知了傅家的人。

老太太早就知道宋风晚要过来,心情不错,正在擀饺子皮,准备煮饺子给宋风晚吃。她得知宋风晚和江风雅撞上了,皱眉道:"她怎么来了?"

此时傅家的女眷几乎都围在桌前,孙琼华正在包饺子,得知这件事,直接脱下围裙,要出去看看:"妈,我去看一下吧。"不待众人开口,孙琼华就风风火火地冲了出去。

"妈,二嫂恐怕控制不住脾气,我也去看看。"傅妧道。

傅妧这段时间回来小住几天,陪陪父母,没想到恰好撞到了这件事。原本他们一家人都在,江风雅怀孕这件事曝光后,沈家父子先回了金陵,而傅妧因为担心老太太,暂时没走。傅妧的脾气比孙琼华还大,若是她们真的和江风雅吵起来了,傅妧怕是会第一个动手。

老太太也没拦着她,存心要给江风雅一个教训。那丫头不认识傅妧,恐怕不知道傅聿修还有个如此厉害的姑姑!

傅老坐在一侧琢磨着棋盘上的残局,佯装什么都没发生。

宋风晚还没进入大院就见傅妧与孙琼华走了出来,与两人打了招呼。

"很长时间没见到你了,你变得越来越漂亮了。"傅妧笑着对宋风晚道,又瞟了一眼一侧的江风雅。

这是傅妧第一次见江风雅。

江风雅的模样肯定不差，娇小可人，就是小家子气。因为怀孕事件，傅妧虽然没见过江风雅，但对她的印象已经很不好了。

"谢谢阿姨。"宋风晚对傅妧很客气。

"阿姨好。"江风雅没想到能见到孙琼华，稍显局促，"我不请自来，实在不好意思，打扰您了。"

"有何贵干？"孙琼华冷冰冰地问道。

若不是怕江风雅找宋风晚的麻烦，孙琼华压根不会搭理江风雅。孙琼华和傅仲礼商量过，他们就当什么都没发生，没想到这丫头如此胆大，居然直接找到大院来了。

"我有事想和您说，能不能借个地方说话？"江风雅卑微地问道。

孙琼华一肚子火，刚要回绝，就听见身后的傅妧道："她可能真的有事要说，不如你找个地方听一下，免得她经常往这边跑，这样影响不好。"如果被好事的媒体发现，可能又要大做文章。

"阿妧……"孙琼华是真的怕自己控制不住脾气。

"就去那边的咖啡厅吧。"傅妧指着不远处的咖啡厅，转头对宋风晚道："晚晚，你也一起来吧，我请你喝东西。"

"我……"宋风晚并不想掺和这种事，略显迟疑。

"待会儿一起回去，东西我来拿。"傅妧热情地从她的手中接过礼品，带着宋风晚往咖啡厅的方向走去。

其实，傅妧叫上宋风晚不是想和她一起看戏，而是想让宋风晚看清楚傅家对江风雅的态度，并将傅家的态度传达给乔家、严家，免得真的造成不必要的误会。

傅妧的举动惹得江风雅眉头直皱。江风雅隐隐感觉，接下来的谈话可能不会那么顺利。

四人到了咖啡厅。店内没什么人，她们点了些喝的。

宋风晚与她们三人隔了几张桌子，喝着奶茶，观察着那边的动静，随后给傅沉发了信息。

宋风晚:"三哥,我觉得那边的气氛好怪啊,不会出什么事吧?"

傅沉:"我姐拉你去的?"

宋风晚:"对啊。"

傅沉:"那就别担心,安心看戏就行。"

宋风晚咬着奶茶的吸管,看向不远处。江风雅从始至终都把目光集中在孙琼华的身上,仿佛傅妧是空气。

傅妧生得不是特别出众,但胜在气质好,有着南方女子的温婉之气。

其实,傅聿修和江风雅提过自己有个姑姑,嫁到了金陵,连他家三叔都敬重她,但江风雅完全没把眼前的人与这个姑姑联系起来。而接下来,傅妧成了江风雅的噩梦。

咖啡厅内音乐悠扬,空气中弥漫着淡淡的咖啡味。

"三位,你们的东西齐了。"服务员送来饮品后很快离开了。

"你怀着身孕,又瘦,喝牛奶比较好。"傅妧将其中一杯热牛奶推给江风雅。

"谢谢。"江风雅感激地看向傅妧。

"有什么事你就直接说吧。"孙琼华连咖啡杯都没碰。

傅妧优哉游哉地搅拌着咖啡,喝了一口后觉得太苦,加了方糖。

江风雅深吸一口气,瞥了眼不远处的宋风晚,低声说道:"我找您是想和您说一下聿修的事。"

孙琼华并未搭腔。

"我不想因为自己让你们一家人闹得这么僵。我很自责,也很难受,没想过事情会变成这样。聿修真的很在乎你们,很希望跟你们和好。"江风雅说着眼眶泛红,看上去十分委屈。

傅妧微微皱眉。

孙琼华轻笑道:"江小姐,简单点儿,你想要什么?钱?傅家少奶奶的位置?"

江风雅咬着唇,难以置信地看向孙琼华:"阿姨,我和聿修在一起不是为了钱,也不是为了地位。"

孙琼华耸肩："那你完全不必找我！我们和聿修没有断绝关系，前些天还一起吃饭了。所以，现在到底是聿修难受了，还是你坐不住了？"孙琼华早就猜到了江风雅来这里的目的，"江风雅，我不碰你，是不屑，不是不敢。以后你少来这边晃悠。有些话，我之前没来得及和你说，现在告诉你，只要我在，你就休想踏进傅家的门。"

江风雅没想到孙琼华的态度这么强硬："我只是想给孩子一个家，不想让他和我一样，一生下来就被人指指点点，难道说……"她咬着唇，可怜兮兮地对孙琼华道，"作为他的奶奶，您想看到自己的孙子被人说是私生子吗？您为何如此狠心？"

孙琼华刚要发脾气，就被身旁的人按住了。傅妩听不下去了，将钢勺扔到桌上，发出清脆的响声。坐在不远处的宋风晚都被这动静吓得心里一惊，心想：这是要开始了？

傅妩淡淡地笑着，再抬眼的时候眼神冰冷："小姑娘，你这是在指责我们？以前我只听说你很厉害，没想到今日一见，果真如此。怎么着，软的不行，你就开始来硬的了？你刚才说只是想给孩子一个家？"

方才还对自己分外温柔的人忽然变了样，江风雅一时难以接受，半晌没回过神。

"我在问你，你是不是只想给孩子一个家？"傅妩略微提高声音，那股威慑力让江风雅有种难以喘息的感觉。

"对。"江风雅咬牙说道。

傅妩讥笑道："你以为怀了孩子就可以为所欲为了？你还敢说私生子，孩子被人指指点点，你没有责任吗？为什么你想借孩子攀高枝儿，我们傅家就要由着你呢？从你筹谋这件事开始，你就已经将你的孩子置于水火之中了。你现在居然还敢拿这个说事！小姑娘，你要脸不？"傅妩说话的语速不算快，声音甚至有几分悦耳，但每个字都像利刃，往江风雅的胸口捅。

江风雅显然没想到这个看似温婉和善的女人会这么可怕。

"做母亲的都不为孩子负责，你还想别人怎么做？有些事我必须告诉你,今天就算傅聿修娶你过门,你的孩子也会因为你而蒙羞,一辈子都让人瞧不起!因为他就是个工具,不是在家人的期待下出生的。所以,你有什么资格批评别人?所有人都能说傅家人冷血,就你不配!"

江风雅觉得胸口很闷,一时不知该说什么。

傅妧接着说:"你不是说只想给孩子一个家吗?可以啊,我们傅家给得起!孩子你尽管生,只要是傅家的骨血,我们家必定对孩子负责!可是小姑娘,傅家可以接受他,但不可以接受你。你不是说我们无情、冷血吗?那我们完全可以只要孩子。你觉得这个提议如何?"

江风雅试图喝点儿牛奶压惊,手一抖,牛奶险些洒出来。

傅妧将江风雅的反应尽收眼底:"还是你打算偷偷地生下孩子,再以此威胁傅家?那我可以直接告诉你,如果你这样做,那这个孩子我们傅家不会认!我们大可以告诉外界,我们想抚养孩子,但你不肯。补偿金我们会给,可今后你们的死活与傅家无关。你年纪还小,带着个孩子,估计这辈子也嫁不出去了。"傅妧喝了口咖啡,笑着看向对面的人,"你只是怀了孩子,不是聿修的代言人,没资格替他说话。你若是拿孩子当筹码,我们可能要换个地方聊天。警局如何?如果你想谈条件,我可以叫律师过来,咱们白纸黑字写清楚。"

孙琼华看向身旁的人,心里十分感激。她虽然告诉自己不要在乎江风雅的话,可是难免受影响,不如局外人傅妧冷静。

傅妧笑道:"其实你这样的人,我见过太多。成功的有几个?你以为全世界就你聪明,大家都是傻子?收起你的小聪明吧!你想要什么直接说,现在还有谈判的机会,要是真把我们惹急了,后悔的只能是你。"

江风雅被她的话吓到了,哽咽道:"你不觉得你们太欺负人了吗?"

傅妧好似听到了什么笑话:"小姑娘,谁欺负你了?我只是和你分析一下此时的状况。别挤眼泪了,你这招就对傅聿修那个傻小子管用!"傅妧扯了一张面巾纸递给她,"擦一下。"

江风雅不敢接。

傅妧将面巾纸放到桌上,淡淡地道:"你应该没什么话要说了吧?如果没有,那我们先走了。"她说着招呼孙琼华离开,临走前还不忘叮嘱江风雅,"怀着身孕,就要注意情绪,保持好心情,别哭哭啼啼的,不然会影响胎儿的健康。这孩子可是你唯一的倚仗了,没了他,你连和傅家谈判的资格都没有。"

江风雅听得心惊肉跳。傅妧这话,其实是一种变相的威胁。

"今天发生的事情,你回去后尽管和傅聿修说,告诉媒体也无所谓,我不怕。我这人在家嚣张惯了,认识我的人都知道我脾气大,不好惹。不过你下次还来老宅的话,欢迎找我聊天,我随时奉陪。"傅妧说着便拿起桌上的笔和字条,写下自己的联系方式递给江风雅,"我很期待再度与你碰面。"说完,她挽着孙琼华往宋风晚的方向走去。

"晚晚,不好意思,等急了吧?家里包了饺子,你爱吃吗?"傅妧笑着招呼宋风晚,看上去心情很好。

这段时间她憋了很久,若是自己的儿子干了这种事,她非打断那小子的腿不可。尊重是相互的,江风雅年纪不大,心机这么深,那她又何必手下留情呢?

江风雅低头看着字条,上面有对方的姓名:傅妧!

江风雅深吸一口气,心想:难怪那个女人这么横,原来她就是傅妧——行事乖张,嫁人后也未曾收敛,比孙琼华还厉害几分。

江风雅这次算是踢到铁板了。

她紧盯着字条,手心乃至心底都无比冰凉。

三人回去的时候,傅沉也到了老宅。

孙琼华心情不错,待宋风晚非常热情,一路问了宋风晚不少关于学习和小严先生的事。有傅妧在,三人间的气氛不算尴尬。

"聊得怎么样?"老太太咳嗽两声,急切地想知道"战况"。

"聊得挺愉快的,我还给她留了联系方式,说以后多联系。"傅妧笑道。

宋风晚咬了咬唇,暗暗地给傅沉递了个眼色。这傅家姐姐真是可怕,她们聊得愉快?明明江风雅都被她说哭了。

宋风晚送完特产,立刻跑到傅沉的身边。傅沉笑着低声问:"怎么样?精彩吗?"

"你姐很强悍。"

"她当了妈妈后收敛很多了,年轻时更厉害。"

宋风晚十分惊讶,转头看向傅妩。

傅妩已经系好围裙去厨房帮忙了,嘴里还哼着歌:"夏天……夏天悄悄过去留下小秘密,压心底……压心底不能告诉你……"她与刚才咄咄逼人的模样判若两人。

没过多久,大家开始吃饭了,气氛十分融洽。

"晚晚,这个酱料不错,是我从金陵带来的,你尝尝。"傅妩将酱料推到宋风晚面前。

"谢谢。"

"不用这么客气。"

傅妩只有一个儿子,一直想要个女儿,看宋风晚时感觉分外亲切。

"听说你和我们家老三的生日挨得很近?"傅妩突然想到了什么,问道。

"是吗?"宋风晚装作不知道傅沉的生日。

其实,她和傅沉的生日确实离得很近。

傅妩看向坐在斜对面的傅沉,道:"老三,你现在二十八,过了生日二十九,虚岁三十,好歹是个整岁的生日。你要不要办个生日宴啊?"

傅沉吃着饺子,动作优雅得不行,一边吃一边道:"我又不是小孩子,办生日宴做什么?"傅沉对这些素来不上心。

"俗话说三十而立,三十岁的生日是很重要的。"傅沉说是她的弟弟,但傅妩比他大许多,一直把他当儿子。

"可以办一个,热闹一下!"孙琼华搭腔,"到时候你可以把女朋友带来给家里人看。"傅家的很多人知道傅沉有女朋友了，但一直没见过。

"咯咯——"宋风晚被呛到了，猛地咳了起来。

"老三带女朋友，你激动什么啊？"傅妧给她递了张面巾纸。

"谢谢。"宋风晚咳红了脸，偷偷地瞄了傅沉一眼。

傅沉神色未变，仍旧吃着饺子。

"你二嫂说得有道理！我可以帮你张罗生日宴，你把女朋友带来让我见见！"傅妧兴奋地道。

傅沉听傅妧这么说，想了想，道："姐，太麻烦你了。如果真的要办生日宴，我自己来就行。"

"不麻烦，我也没什么事。"

傅沉推托不了，有些为难。此时，客厅的电视里又在播放江风雅的新闻。傅沉心头一动，改了主意："姐，你不是想给我办生日宴吗？办吧！"傅沉看了看电视里的江风雅，继续道，"把她也叫来。"

"你想邀请她？"傅妧蹙眉。

"既然她削尖了脑袋要进来，那就让她来吧。"

"这个提议可以，过生日就要热热闹闹的。"傅老附和道。

江风雅纠缠了这么久，他们也该做个了断了。

也就小半天时间，几乎全京城的人都知道傅三爷要举办生日宴，并且会邀请江风雅了。大家虽然看不起江风雅，但也不敢明目张胆地说什么，纷纷开始猜测傅家这次是否会接纳江风雅。

距离生日宴还有一段时间，江风雅早早便开始准备礼服、首饰，就等着那天惊艳众人。傅聿修看着她兴奋的模样，心里五味杂陈。他现在与傅家的关系很僵，傅沉竟然邀请他们参加生日宴，这分明是存了别的心思。

没多久，江风雅和宋风晚的关系彻底曝光了。豪门私生女与正牌大小姐在一个学校读书，大家难免会将二人进行比较。

宋风晚在抄袭事件后颇有知名度，借着她的热度，江风雅也火了一次。

胡心悦一开学就被消息砸晕了，问道："晚晚，那个江风雅和你真的是那种关系？"

"对啊。"宋风晚一副无所谓的样子。

"那你之前怎么一直都没说？"

"她又不是什么重要的人，我跟你们提她干吗？"宋风晚正趴在桌子上填奖学金申请表。她去年成绩不错，可以申请一等奖学金，班长刚给她发了表格。

"可是我看新闻说她怀孕了，要嫁入豪门。她才多大啊！你也真是能忍，居然什么都没说。"胡心悦心直口快，此时已经愤愤不平，"你都不知道学校里传的那些话，说你还不如她一个私生女，我听着就生气。"说完，她喝了几口水润润嗓子。

"嫁就嫁，你着急什么？"宋风晚笑道。

胡心悦瞪着她道："晚晚，我跟你说，你以后一定要嫁得比她好！她肯定想压你一头，你不能让她得逞。"

"你知道她要嫁给谁吗？"宋风晚歪头看着她。

"不是说一个豪门子弟吗？"胡心悦不屑地说道。

"她要嫁的是我家三哥的侄子。"

胡心悦差点儿将嘴里的水喷出来。

"她想嫁的人是我的前未婚夫，我跟你提过的。"宋风晚淡定地继续填申请表。

"难怪你这么淡定。她就算真的嫁过去，不是还得叫你'三婶'吗？哈哈，她会气死吧！她在学校里可横了，跟已经嫁入豪门了似的。不过，晚晚，你是怎么勾搭上前未婚夫的叔叔的？"

宋风晚瞥了她一眼，道："是他勾搭我的。"

胡心悦故意逗宋风晚，问："那时你才多大？他怎么下得了手？"

"你滚！"宋风晚气结。

胡心悦哈哈笑了起来，捏了捏宋风晚的脸。

这段时间，江风雅在学校出尽了风头。大家虽然对她不满，但也不敢表现出来，一直默默忍着。

宋风晚刚开学，事务繁忙，就算学校里的人将她与江风雅的关系传得神乎其神，她也没空搭理，除了上课，还要帮社团准备招新的事情。

招新结束后，她又要应付各种聚餐。

紧接着，美术学院举办一年一度的设计比赛。

去年出了高雪抄袭的事，今年宋风晚打算参加，所以提前几个月就在准备设计稿。

相比大一，大二的生活要轻松一些，他们也不需要天天上晚自习。如果不约会，宋风晚就会待在宿舍看影视剧。

傅沉的生日快到了。他从未办过生日宴，很多人削尖了脑袋想参加。据说，傅沉请了国际顶级设计师帮忙布置生日宴现场，如此高调确实不像他的风格。不过，大家的关注点还是在江风雅身上，因为她将以傅聿修另一半的身份在生日宴上亮相。

傅家大张旗鼓地举办生日宴，不少人猜测傅家是想借这个机会正式承认江风雅的身份。

可就在生日宴的前几天，有人在京城的某酒店拍到了乔西延。和乔西延同行的正是傅三爷，此次乔西延八成也会参加傅沉的生日宴。众所周知，乔西延与江风雅的关系十分尴尬，而傅沉还亲自到酒店接他……

外界更摸不清傅家在玩什么把戏了。

傅妩来到生日宴现场，微微蹙眉，打电话询问道："老三，这场地的设计图你亲自确认过吗？"

"嗯。"

"你确定没问题？"

"没问题。"

傅妩盯着快完工的生日宴现场，心里很疑惑。傅沉就是过个生日，怎么搞得像是要向谁求婚一样，至于如此隆重吗？怎么到处都是玫瑰花？这小子都要三十岁了，她以前怎么没发现他是这么浪漫的人？

傅沉生日宴的邀请函被炒到了天价，外界不知道真实情况，以为傅沉没女朋友，家中但凡有适龄女子，无论远近亲疏都恨不得通通带上，想着如果能让傅沉看上，说不准一家都能飞黄腾达。所以，有人戏称这场生日宴为"选妃宴"。

网上不少网络名人发出一些指代不明的图，暗示自己要去凑热闹。然而宋风晚非常清楚，这些人压根没收到邀请函。

宋风晚下课后去食堂吃了饭，和胡心悦刚到宿舍门口，就碰见了孙琼华。

"晚晚……"孙琼华比以前瘦了许多，即便穿着暖色调的长裙，也藏不住骨子里的气势。

"那我先上楼了。"胡心悦识趣地进了宿舍。

"阿姨。"宋风晚和孙琼华碰面，多少有些尴尬。

"去外面坐坐吧，就在你们校门口的咖啡馆，我很快送你回来。"

宋风晚犹豫了片刻，还是答应了，坐着她的车去了外面。

咖啡馆。

孙琼华要了一杯牛奶，宋风晚要了一杯温水。

孙琼华先开口了，道："其实这次我过来找你，就想好好地向你道歉，为之前的事……"她的态度很诚恳，"我知道很多事你可能放不下，所以我也不求你一定原谅我。但是，过几天就是老三的生日，你如果过去，肯定会碰到江风雅。如果可以，我希望你别去……"

宋风晚盯着面前的温水，问："您是担心我惹事？"

孙琼华淡淡地道："这倒不是，是可能会发生一些事，我担心会波及你。"

经历了这么多事，孙琼华说话比以前温柔了不少。

宋风晚答道："谢谢提醒。"

两人又聊了几句，孙琼华开车送她回宿舍。宿舍楼下，孙琼华又道："我现在住在京城，如果你在这里遇到了什么困难，或者有需要帮忙的地方，随时找我，我的电话号码没变。"

宋风晚向孙琼华道了谢，刚转身就碰到了从宿舍楼里出来的江风雅。她穿着精致的蕾丝裙，满面红光，看向宋风晚的眼神中带着一丝不屑之意。

孙琼华刚要上车就被江风雅叫住了。

"阿姨。"江风雅听人说孙琼华在门口，这才着急地下楼看看情况。

孙琼华瞟了江风雅一眼："有事？"她的态度不冷不热，好似在和陌生人说话。刚才她和宋风晚说话的时候分明不是这样的。

江风雅有些意外，没想到傅沉都邀请自己去参加生日宴了，孙琼华对她的态度还如此冷淡。江风雅尴尬地道："前几天我去医院检查了，医生说孩子挺健康的。"

"是吗？"孙琼华的眉眼间不见任何喜色。

"医生说应该是男孩儿！上回我还跟聿修说，男孩儿应该长得挺像他的。"

"像不像还是等生下来再说吧，他是不是傅家的骨血都难说。"

江风雅一听这话，脸色煞白，委屈地道："阿姨，您这话是什么意思？您怀疑我？"

"难道你不值得怀疑？"孙琼华讥讽道。

"难道您以后还要做亲子鉴定吗？您让他以后怎么见人？"江风雅心头狂跳。

孙琼华摩挲着手中的车钥匙，道："他无法见人、被人诟病，难道不是你害的？"她说完就上了车，不再管江风雅。

江风雅站在宿舍楼前，不少来往的同学瞧见她们不欢而散，看向江风雅的眼神越发古怪。

"看样子豪门也不是这么好进的，这婆婆不容易对付啊。"

"我看就是生了孩子，她在夫家也不会有什么地位。"

"是她设局怀上的孩子，人家的儿子原本可以找个门当户对的大家闺秀，被她弄砸了，谁会给她好脸色？她在学校这么傲慢，到了婆婆面前还不是照样低声下气？"

学校的学生对她的这种行为本就颇有微词，她和孙琼华在宿舍楼前见面的事立刻被编出无数个版本，甚至传到了网上。

傅沉生日的前一天，江风雅被夫家嫌弃的消息还挂在微博的热门话题榜上。但是第二天，一个更为劲爆的消息传出，各种不堪入目的新闻标题进入人们的视线："乔老的外孙女私生活混乱""撕开严家继女清纯的假面具，揭露不为人知的秘密""同时约会多个男人，专挑人夫，当代'宋金莲'"。

为了吸引人们的关注，媒体把乔家、严家也扯了进来。

傅沉当时正在家中抄佛经，边上透明的鱼缸里装着两尾金鱼，黄铜香炉里青烟袅袅。

十方推门进去，道："三爷……"

"出事了？"

"江风雅那边为了转移视线，把宋小姐拖下水了。现在，网上的人都在骂宋小姐，将各种难听的名号安在宋小姐的头上。"十方十分生气，"三爷，您看现在怎么办？段公子、乔少爷都被牵连进来了。网友是傻子吗？难道宋小姐还能和自己的表哥有一腿？真好笑！就连二夫人私下联系宋小姐的事都被人查出来了，现在大家都觉得江风雅不受傅家待见，完全就是宋小姐从中作梗。那些人说话太难听了。"

十方絮絮叨叨地说了半天，始终没听见傅沉回应，问："三爷，您在听吗？"

"林白都被拍到了，为什么没人拍到我和晚晚在一起？"

"应该拍到了吧，不过……"十方咳嗽了两声，"人家可能以为您是她的叔叔，就没把您列为绯闻对象。"

"叔叔？"傅沉轻笑，"这些做娱乐新闻的人就喜欢博眼球，叔叔这个年纪的人不是更有话题性吗？"

十方问道："就这么放着不管？"

"找林白,他是绯闻对象之一。"

爱睡懒觉的段林白被吵醒后,原本想把傅沉骂个狗血淋头,看到信息后立马从床上起来。等他联系人处理完那些新闻,已经早上八点多了。消息虽然没再继续传播,但也造成了不小的影响,关键词被屏蔽后,大家就用字母缩写代替真名讨论。

段林白忙完,趴在床上自言自语:"不对啊,这是傅三的媳妇儿,我忙活一早上算怎么回事?"

京城大学的论坛里出现大量来路不明的水军,他们要求学校彻查宋风晚,导致学校论坛被迫暂时关闭。

与此同时,各种小道消息在学校里传开了。各班的辅导员在班级群里发了消息,让大家不要传播谣言。饶是如此,学校里的流言蜚语也没消停,甚至与宋风晚同宿舍的胡心悦和苗雅亭都被攻击了。

辅导员和老师都找宋风晚谈过,旁敲侧击地问了些事情,想知道网上那些消息的真实性。

一时间,大家似乎完全忘了江风雅,将注意力集中在宋风晚的身上。宋风晚成了大家攻讦、讥嘲的对象。

这些事情傅沉全都知道。

傅沉立刻给宋风晚打电话,叮嘱她最近别出宿舍,生日宴当天,他会亲自去接她。

宋风晚点点头,道:"我知道,等你过来。"

傅沉的生日终于到了,生日宴将在晚上六点半举行。

宋风晚下午没课,就和苗雅亭出去洗了个澡。她们回来后,发现宿舍门口围了不少人。

"怎么回事?"苗雅亭素来胆子小,当即脸色就不太好。

她们刚到门口,就听到里面传来争执声。

"这个真的不是我们宿舍的。"

"东西是从你们宿舍里搜出来的,你还狡辩?肯定就是你们宿舍的其中一个人的！说吧，到底是谁的？"宿舍内传来宿管阿姨的声音。

"不好意思，让一下。"宋风晚挤了进去，正好看到自己的桌上放着一个吹风机。

京大宿舍是旧楼，为了避免发生火灾，禁止使用大功率电器，电饭锅、烧水壶、吹风机都是禁用品。学校的宿管阿姨每个月都会抽查，检查各宿舍是否有违禁物品。

"你们是这个宿舍的学生吧？"宿管阿姨看向宋风晚，指着宋风晚的床问，"这是谁的床位？"

"我的……"宋风晚有些蒙。

"这东西是在你这里被搜出来的，是你的吗？"

"不是。"宋风晚摇头。

"我会打电话通知你们的辅导员，你们都跟我去宿管处！"

宿管阿姨说完就拿着吹风机往外走去。

门口的人立刻让开一条道，随后小声议论起来——

"真是够倒霉的。"吹风机这类东西，不少学生会偷用，只要不被发现就好。

"谁不知道宿管阿姨是每周三查宿舍啊？她们活该，都不知道把东西收好。"

"如果被处分，她明年的奖学金肯定没戏，今年她差点儿能申请国家奖学金了。"

宋风晚连手机都没来得及拿，头发也是湿的，就被宿管阿姨叫走了。

她站在宿管处，心情复杂。

两个宿管阿姨正在查询她们的学院、班级。

"东西都搜出来了，你们居然不承认！春秋两季特别干燥，学校早就下了通知，不许私拉电线，不许使用吹风机，你们还顶风作案？"宿管阿姨指着桌上的东西继续道，"老实交代，这到底是谁的？

这时候就别装什么姐妹情深了。如果没人站出来，你们三个都要被处分！还是说，这东西是你们凑钱买的？"

"阿姨，这个真的不是我们的。"苗雅亭急得眼泪都要掉下来了，眼眶通红。

"你哭也没用，这东西是在你们宿舍被发现的，怎么会和你们没关系？难不成还有人陷害你们？你在跟我演电视剧吗？"

胡心悦咬着牙道："谁说不会有人陷害我们啊？"宿舍同一个楼层的房门钥匙都放在一起，如果有人说没带钥匙，找宿管阿姨借钥匙开门，那就能打开整层楼的宿舍大门。

"行了，就你嘴硬！"

很快，美术学院国画班与设计班的辅导员来了，了解事情经过后也觉得难以置信。但是，东西确实是从宋风晚的宿舍里搜出来的，按规定必须有人承担责任。

宿管阿姨道："如果没人站出来承认，我就把这件事报到你们学院去，让你们学院的领导自己处理。到时候，你们三个人谁也逃不掉！"

宋风晚的辅导员看着她们道："你们别傻站着啊！宋风晚，这东西是从你那里搜出来的，你怎么说？"

"学姐，真的不是晚晚的。"胡心悦是直性子，立刻帮宋风晚解释道。

这东西不是她们的，自然没人肯站出来认领。最终，三个人都被叫到了美术学院的教务处。

千江一直在暗中保护宋风晚，但进不了女生宿舍，只看到宋风晚一行人去了美术学院的行政楼，不知道具体发生了什么。

宋风晚在那边待了两个多小时，四点多才从行政楼出来。

宿舍里没监控，她们不承认，教务处的老师便让她们回去了，让她们先写检书。关于处分的问题，院里会进行研究。

她们回到宿舍，苗雅亭趴在桌子上低声抽泣。今天莫名其妙地被骂，接下来还要被处分，她实在委屈。

"晚晚,我们绝对是被陷害了。咱们宿舍有什么,我们心里不清楚吗?"胡心悦气得发抖,"我们有什么错?为什么要写检讨书?"

宋风晚准备去宿管处。东西是从她那里搜出来的,几乎所有人都认为那是她的物品,宿管阿姨让她去宿管处写检讨。

"晚晚,你还真去啊?你今晚不是要去参加生日宴吗?"

"我今晚交不出检讨书,连宿舍门都出不去。"她已经猜到这件事是谁干的了。

"那些老师都不听我们解释。"胡心悦都急死了。

"东西是从我们宿舍搜出来的,人家相信自己看到的也没什么错。"

她拿着纸和笔进入宿管处,里面只有一个值班的阿姨。阿姨正在看电视,见她进来了,指了指自己对面的位置,道:"你坐那里。"

"是不是觉得很委屈?这东西是在你们那里发现的,这件事我们也只能公事公办。"宿管阿姨也有孩子,看宋风晚一副委屈的样子,于心不忍,解释道,"使用这些电器真的很危险,学校之前因为这个发生了好几次火灾。"

"我知道。"宋风晚咬着唇。她真的觉得憋屈,此时却一点儿办法都没有。

"喝水吧。吃晚饭了没?"

"还没。"她没心思吃东西。

"那你抓紧时间写吧,写完去吃饭。"宿管阿姨叹了口气。

宋风晚握着笔,面对格子纸,思绪翻涌。她压根没做错什么,却要在这里写检讨……

她在宿管处坐了一个多小时,一个字都没写出来。

此时已逼近下午四点。宿管阿姨见状,迟疑片刻,道:"行了,你回去吧,出去吃点儿东西,这检讨明天再说。"

"谢谢。"宋风晚道。

她出去后立刻掏出手机,傅沉的消息不停地跳出来。

傅沉:"还没收拾好?什么时候去接你?"

傅沉:"衣服还合身吗?"

傅沉:"还在忙?怎么不回信息?"

她盯着手机屏幕,鼻头酸涩,第一次明白什么叫百口莫辩。她原本还想去蛋糕店亲手给傅沉做个小蛋糕,此时却完全提不起兴致。

这时,傅沉打来了电话,宋风晚接通了。

"三哥……"她的声音蔫蔫的。

宋风晚正要回宿舍,走到楼梯的拐角处,见前面有人走来,下意识地要避开。但是,那人居然挡在了她面前。

宋风晚抬头,想看清来人是谁,那人忽然狠狠地推了她一下,她猝不及防地往后倒去。

她本以为会撞到墙壁,但忘了每层楼梯的拐角处都有个小小的储物室,是平时用来堆放清扫工具的。储物室的门虚掩着,她整个人倒了进去,脑袋撞在了拖把柄上,手机也飞了出去。等她回过神来时,门被人猛地关上了。接着,她听到了清脆的落锁声。

储物间里一片漆黑,只有门缝处透进来一丝光。她往后退了一步,却不小心踢翻了水桶,将地上的手机彻底打湿了。手机进水后立刻自动关机了。

"喂——喂——"电话忽然被挂断,傅沉的心猛地一跳。

根据千江传来的消息,宋风晚四点多回了宿舍。她在宿舍还能出事?

傅沉是来接宋风晚去生日宴的,此时已经到了学校。

车在宿舍楼前停了,他打开车门,大步向前走去。

此时,生日宴现场已经来了不少人。江风雅穿着一身香槟色礼服,一出场就成了所有人关注的焦点。

她的手机突然振动起来。

她打开手机,看到了一条信息:"事情成了。"

江风雅不禁露出了得意的笑容。

其实,她没打算关宋风晚太久,只想让宋风晚今天来不了。宋风晚今天被处分、被责骂，现在还被关，肯定没心思来这里搅局。今晚是江风雅的大日子，谁都不能挡她的路！

傅聿修带江风雅朝里面走去，恰好遇见了傅妧。

"姑姑。"傅聿修的心情非常复杂。

傅妧点点头，嗯了一声。

傅妧今天穿着绛紫色的长裙，看上去高贵典雅。

江风雅迎上她的目光，难掩惧色，硬着头皮道："阿姨好。"

傅妧点头，算是应了，随后对傅聿修道："我去找一下你三叔。宴会都要开始了，他怎么还没到？"

"三叔说是去接人了。"另一人走来，说道。

这人是傅斯年，傅沉的大侄子，比傅沉还大几岁，刚结婚，妻子已经怀了身孕。同样是孕妇，傅斯年的妻子看上去很温柔，浓妆艳抹的江风雅则显得张扬许多。

"就算是神仙，他也该接到了吧。"傅妧笑道。

不多时，段林白来了，随行的还有一个傅沉的好友。今日的主角明明是傅沉，段林白却打扮得花枝招展，穿着一身粉色的西装。

段林白看见江风雅，道："这女人怎么还到处交际上了？真以为自己已经是傅家的少奶奶了？"

"就连正牌少奶奶都没她张扬。"

"傅三这家伙去哪儿了？眼看就六点半了，这么多人都来了，他这个主角呢？"段林白刚说完就看到乔西延进了门，道，"看吧，大舅子都到了。"

他说了半天，却不见身旁的人搭理自己，又问："你听到我说话了吗？"

"你有点儿吵。"那人面无表情地说道。

段林白生气了。

这边，傅沉与宋风晚已经在去生日宴的路上了。

"吓着了？"傅沉伸手握紧她的手，一股凉意从她的手上传来。

"还好。"宋风晚心有余悸。

方才那人推她的力道很大,她被推进去后才发现里面空间狭小,到处都堆放着清扫工具。她觉得压抑得快要喘不过气来,只能不断地拍门,希望有人来救自己。

此时恰好是饭点,虽然宿舍楼里的人不多,但宿舍的隔音效果不太好,加上她拍门的动静很大,很快就引起了旁边宿舍的女生的注意。

那个女生找了半天才发现有人被关在了楼梯的储物间里。

"同学,门被锁了!"那个女生发现锁打不开,道。

"麻烦你找一下宿管阿姨。"宋风晚急忙道,"谢谢你。"

"你等一下。"女生匆忙往楼下跑去。

此时,傅沉已经冲到了宿舍门口。进入这里需要刷卡,傅沉见前面有个女生刷卡进去了,想都没想,准备跟进去。

"先生!"宿管阿姨通过门口的监控看到了傅沉,急忙冲出来拦住他,"这里是女生宿舍!"

"我知道,我女朋友出事了,我想进去看一下。"

"你女朋友?"宿管阿姨打量着他,"她是哪个宿舍的?叫什么?"宿管阿姨觉得很奇怪,他穿着一身西装,看上去也像是个正派人士,怎么随便闯女生宿舍?

傅沉此时万分焦急,只想确认宋风晚是否出了意外,没心思跟宿管阿姨纠缠。就在他被阿姨拦住的时候,有个女生冲下来了。她穿着睡衣,看到有男人在,有些诧异,但也顾不得许多,立刻道:"阿姨,那边有人被锁在楼梯拐角的储物间里了。"

"什么?"宿管阿姨蒙了,"那地方是从不上锁的。"

"现在有人在里面。您快去看看吧。"

"你等等,我去找钥匙。"宿管阿姨冲进办公室之前还看了一眼傅沉,对傅沉道:"这位先生,你最好现在出去,不然我会叫保安的。"

傅沉看了一眼那个女生,问:"你说的那个女生在哪里?"

"从左边的楼梯上去,二楼拐角那里。"

傅沉立刻小跑着冲了过去。十方一直跟在他身后。

"你……"宿管阿姨虽然着急,但还得低头找钥匙。

傅沉三步并作两步冲到楼梯的储物间前,轻声问:"晚晚?"

宋风晚知道有人来救她,自然不会再费力气喊叫,听到熟悉的声音,既惊讶又激动。

"三哥?"宋风晚心头狂跳,眼眶发热,委屈得声音发颤。

"你别怕。"傅沉看了一眼铁锁,又打量着木门。

"我没事。"

就在这时,宿管阿姨拿着一堆钥匙冲了过来。

傅沉立刻让开位置,让宿管阿姨开锁。可是宿管阿姨试了几把钥匙,都打不开锁。

"钥匙怎么都不对?"阿姨皱眉,"我打电话给维修处,找开锁师傅。"

等人开锁,时间太长,傅沉等不及了!他问:"晚晚,你那边的空间大吗?"

"什么?"

"我要是踹门,会不会碰到你?"

宋风晚往后挪了一点儿:"应该没问题。"

宿管阿姨摸出手机,准备找人来开锁,突然听到耳边传来一声巨响——身旁这个穿着一身西装的男人居然开始踹门了。

门是木质的,他猛地踹了一脚,门锁有些松动,已经有裂开的迹象了。他深吸一口气,又狠狠地踹了一脚,门摇摇欲坠。

十方站在边上都傻眼了。他跟了傅沉这么久,还是第一次看到傅沉这么沉不住气。

宋风晚躲在储物间最里面,傅沉每踹一下,她的心就跟着颤抖一下。直至门被踹开,灯光将整个储物间照亮,她才松了口气。

傅沉逆着光出现在她面前!

"三哥……"她的声音很小,还有点儿沙哑。

宋风晚刚抬脚想往外走就踢到了脚边的水桶。傅沉立刻道:"别动,我进去。"

储物间空间狭小,傅沉弓身进去。两人之间还有一步远时,宋风晚已经扑了过去,撞进了他的怀里。

"我来了,没事了……"傅沉不知该如何安抚她,低头吻了吻她的发顶,"别怕。"

他的怀抱温暖而熟悉,宋风晚伸手搂紧他的腰。今天一下子发生了太多事,她此时没法和傅沉一一细说,只觉得委屈。

"我们先出去。"傅沉搂着她走出储物间。

宿管阿姨这才看清里面的人,道:"怎么是你啊!"

宋风晚下午被查出使用违章电器,现在被人锁在储物间里,谁看了都会觉得,这些事不会仅仅是巧合。宿管阿姨眉头紧皱,心想:干这种事的只能是学生,谁会如此胆大妄为?

几人到了宿管处,宿管阿姨问了一下事情的经过。宋风晚当时并没看清那人的样子,所以不能提供有效的信息。

"这件事还是要报到学校那边……"宿管阿姨话音未落,傅沉就道:"报警吧!"

宿管阿姨愣了一下。

"如果今天晚晚出了意外,那对方就是故意杀人,您觉得这件事可以让学校处理吗?"傅沉挑眉,"下午的事情应该也不简单。那把锁虽然被毁了,但如果我们把锁和吹风机一起交给警方,应该能查出什么……"

"我们宿舍楼里有几百名女生,这个……"宿管阿姨有点儿蒙。

"这样的人对所有的女生来说都是隐患,我想这件事所有的女生都愿意配合,除非有人心虚。"在这件事上,傅沉不打算退让。

"是啊,那人这次把学生推到储物间里关起来,下回把人推下楼怎么办?!"胡心悦和苗雅亭也从宿舍跑了过来。

宿管阿姨点头:"是该报警,但我也要向学校汇报一下这件事。"

他们从宿管处出来时,已经快六点半了。

"还过去吗?我陪你回我那里休息,顺便叫医生给你检查一下吧。"傅沉打量着宋风晚道。

"我没事,你的生日宴都准备这么久了,干吗不去?"宋风晚咬牙,"再说了,你这个主人不去,那些去了的人怎么办?"

"我本来就是想和你两个人过生日,没人比你更重要。"傅沉低声道。

宋风晚冲他笑了笑:"有人不想让我去,我怎么能让她称心如意?况且,你不是还为她准备了一场大戏吗?"

"想看?"

"嗯。"

"那我们走。"

"我要不要换身衣服?"宋风晚的裙子上染了一点儿污渍,她道,"待会儿估计会有一场恶战,我穿成这样可以吗?"

"没关系……"傅沉牵着她的手道,"我将是你最好的盔甲。"

男人如此温柔,像是能温暖她的一生。

生日宴开始前,江风雅补了个妆。化妆师多次叮嘱她尽量别化妆,但她想以最惊艳的样子出现在众人面前,便顾不得那么多了。

大家半个小时前就到了,眼看六点半过去了,主角居然还没登场。宾客虽然有些躁动,却不敢催促傅家的人,只能私下议论是不是出意外了。

"妈,老三怎么还不来?这小子不喜欢这种场合,不会逃了吧?"傅妧看了眼时间,这都快七点了,一直让宾客等着也不好。

"急什么!"老太太喝了口热茶,道。

此时,等在酒店外的记者有些不耐烦了。主角都没来,他们拍什么?

就在众人以为今晚拍不到大新闻的时候,一辆黑色轿车缓缓地停在酒店门口。保安围起了人墙,记者只能架着机器在几米远的地方拍摄。

率先下车的是十方和千江,之后是傅沉。

"三爷可算来了。"一个记者松了一口气。

傅沉下车后没有直接步入会场,而是站在车边,弯下腰,似乎和里面的人说了什么,接着把手伸了进去。

一只手落到了傅沉的手上,所有人的心脏都要跳出来了。他们早就得到了小道消息，说三爷可能会公开另一半，难不成是真的？所有人屏住呼吸，等着那人出现。

当宋风晚的小脸出现在镜头中时，记者蒙了，心想：怎么是她？

有些记者甚至因为错愕而没来得及按快门。还有的记者心想：这两人的关系可真好，宋风晚此时声名狼藉，傅沉还亲自接她过来。

"今晚来了很多记者。"宋风晚看到那么多镜头，有些庆幸刚刚没听傅沉的话，还是回去把衣服换了。

"嗯。"傅沉低声回答。

"幸好我换了衣服。"

"你穿什么都好看。"

宋风晚知道这不过是情话罢了，但心里还是甜甜的。

"就这么大张旗鼓地进去？我有点儿紧张。"她深吸一口气，冰凉的手心里冒着汗。

"怕什么？反正天塌了还有……"

"你顶着？"

傅沉道："还有我爸妈。"

宋风晚嫣然一笑，紧张的情绪得到了缓解。

记者本以为傅沉就是绅士地扶宋风晚下车，不料之后他们的手就扣在了一起！这是怎么回事？这是一个叔叔会对晚辈做的事吗？

门外的记者蒙了，看着两人进入会场。前面接待的人也一脸蒙地领着两人往宴客厅走去。

"三爷到了。"

傅沉的车刚停在门口，消息已经传到了室内。

最忐忑的莫过于江风雅，因为她知道傅沉素来不喜欢自己，甚至厌恶自己。

江风雅问傅聿修："聿修，你说我送的礼物，三爷会喜欢吗？"

"会吧。"傅聿修不确定地道。

"我们去门口接一下吧。"江风雅有点儿心急。

又有消息传来。

"宋风晚也来了!"

江风雅心头一跳,心想:她居然来得这么快!

不过,江风雅转念一想,事情发展到这一步,宋风晚是无力回天了。今日是她江风雅的大日子。思及此,她下意识地挺直了腰杆,伸手挽住了傅聿修的胳膊,努力让自己保持最灿烂的笑容。

宴客厅的门打开了,首先映入众人眼帘的是傅沉,之后跟在他身后的宋风晚才现身。宋风晚身着红裙,看上去娇小可人。

此时两人并未手拉着手,宋风晚的手心里都是汗,她有些紧张。她之前听段林白说过今日邀请了多少人,有多么热闹,此时见到了才知道,京城有头有脸的人几乎都聚在这里了。

今日是傅沉的主场,他穿着最简单的黑白相间的西服,就连纽扣都一丝不苟地扣到领口。宴客厅的灯光落在他的身上,为他增添了几分潇洒的气质。

傅聿修带着江风雅走到傅沉面前,叫道:"三叔。"

他每次面对傅沉都很紧张,而且今天的傅沉,眼神更加犀利、冰冷。

"三爷。"江风雅不敢直视傅沉,惧怕这个男人。

"哎哟……大戏终于要登场了。"段林白趴在二楼的栏杆上看戏,"今天小嫂子怎么回事?也没化个妆,做个造型。"

他身旁的那人看向楼下,没说话。

"宋……妹妹,你来了。"傅聿修硬着头皮和宋风晚打了个招呼。

江风雅打量着宋风晚,在心里骂道:这女人没毛病吧?今日是傅沉的生日,傅家就老太太一个人穿了红色的衣服,她居然穿着一身红裙?

宋风晚生了一双漂亮的凤眼,既纯情又妩媚,和这身红裙非常相配。她浑身都散发着朝气与活力,即便不施粉黛也俏丽可人。

"妹妹,你今天穿得真好看。"江风雅笑道。

宋风晚淡淡地点了点头。

"我还以为你今晚不来了。"

"是吗？"宋风晚随意地将头发别在耳后，"那让你失望了。"

"最近出了不少事，我很担心你。"江风雅摸了一下肚子，"我本想开导一下你，但是身体不舒服，一直没来得及和你说话，我们待会儿好好聊聊。"她故作温柔，不知道的人还以为她们的关系有多亲密。

这种场合本来没人会提宋风晚的那些传言，要给傅家面子，江风雅却笑里藏刀地直接给宋风晚来了一刀。

"你觉得网上的消息是真的？"宋风晚笑着问她。

"这个……年轻人做错事很正常，你知错能改就行。"江风雅道。

"聊得很开心？"傅沉原以为宋风晚会紧跟着自己，没想到一回头，她居然和江风雅聊开了。他只好回去接宋风晚。

"聊得还行。"宋风晚耸了耸肩。

"三叔。"傅聿修心头一跳，"我们和宋妹妹就随便聊聊。"

傅沉看了眼宋风晚，对傅聿修道："叫三婶。"

其实众人的注意力一直集中在宋风晚的身上，傅沉的一声"三婶"使得周围都是倒吸一口凉气的声音。有人的杯子落了地，一个服务员不小心把酒倒在了桌子上。

江风雅一手挽着傅聿修的胳膊，一手拿着包，吓得脸都白了，以为自己听错了。

傅聿修更是瞠目结舌，视线在两人的身上来回移动："三……三叔……"

"江风雅。"傅沉忽然看向江风雅道。

江风雅的身子抖了一下。

傅沉笑了笑，继续道："我不喜欢你，不过你的眼光不错，晚晚的衣服确实很漂亮，因为这是我送的。"

这是江风雅第一次看到傅沉笑。

接着，在众目睽睽之下，傅沉伸手握住了宋风晚的手。

在场的大多数人被吓得不轻，却不敢表现得太明显，默默地看戏。

"不可能，不会的……"江风雅脸色惨白地道。

不少人用看好戏的眼神盯着江风雅，那些目光像一把把小刀子，一点儿一点儿地割着她的皮肤。

"我是那种会开玩笑的人?"傅沉挑眉问。

"三叔……"傅聿修如遭雷劈,"你们两个怎么会……?"

"我们在一起有问题吗?"傅沉道,"难道我谈恋爱还得和你说一声?"

"我不是这个意思!"傅聿修急忙道。

"还喊妹妹?"

傅聿修简直想哭。

"叫三婶。"

傅聿修怎么叫得出口?

宋风晚伸手戳了一下傅沉的胳膊,道:"他肯定还不适应,称呼什么的不着急。"

"聿修,你不想叫,是对我不满还是对我的女朋友不满?"傅沉自有办法逼他。

傅聿修看了一眼不远处的父母,希望有人来救他。此刻,让他立刻叫宋风晚"三婶"对他简直是一种折磨。

可是傅仲礼与孙琼华也是一副没回过神的样子,怎么可能去救他?

"三叔,你和她又没结婚,叫三婶……是不是早了?"

后面的话他说得很小声。

傅聿修此时恨不得一头撞死。他这辈子最怕的人是傅沉,最对不起的人是宋风晚。他最不愿意面对的两个人居然谈恋爱了,还有比他更惨的人吗?

"你是在诅咒我们分手?"傅沉挑眉问。

"我没有。"

傅沉:"叫三婶。"

所有人的目光集中在傅聿修的身上,他骑虎难下,只能硬着头皮喊道:"三……三婶。"

宋风晚也很别扭,脸立刻红了。

江风雅还以为紧接着遭殃的就是自己,不料傅沉直接忽视了她。

傅沉是变相地和所有人说，江风雅不配进傅家的门。

相比震惊的宾客，傅家二老显得十分淡定。他们本身就知情。

傅妩惊讶得把杯子里的水都洒出来了。

她的丈夫用纸巾帮她擦了一下裙子，道："慌什么！"

"不是，我震惊啊！"

"这小子第一次见我时还喊你'妈'，什么胆大妄为的事都做得出来。况且，人家就是正常恋爱啊！"沈侗文并不觉得他俩在一起有多特别。

就算宋风晚与傅聿修订过婚，那也没什么，退婚后，男婚女嫁，各不相干。

接着，众人看向傅仲礼与孙琼华。他们虽然震惊、错愕，心里掀起了惊涛骇浪，但表面上还是波澜不惊，不想让人看笑话。

段林白趴在栏杆上，看着底下众人的反应，笑得前仰后合："哎，笑死了，你看这群人的样子。"

乔西延坐在角落里，有人悄无声息地靠了过来，问："乔少爷，是真的吗？您知情吗？"

"你说呢？"乔西延看向对方。

那人悻悻地走了。

大家之前说宋风晚作风不正，但是当她的正牌男朋友现身，而且对方还是个完美得无可挑剔的人时，这些传闻不攻自破。

前几天，众人还觉得江风雅比宋风晚命好，此刻却重新成了众人讥讽的对象。

"江风雅可惜了，就算嫁入傅家，以后的日子也不会好过。"

"宋小姐是个厉害角色，看他俩说话时那么亲昵，估计交往有一段时间了，居然一直没被人发现。我要是找了傅三爷这样的男朋友，一定会昭告天下。"

"江风雅的脸都被气白了，活该！"

第十六章

遇你,修为全废

江风雅还没回过神,就看到傅沉牵着宋风晚到了台上。

傅沉整了整衣领,咳了两声,随后道:"不好意思,诸位,我刚才遇到点儿事,让大家久等了,很感谢大家能出席今天的晚宴。对前些天出现的流言蜚语,我已经让律师搜集证据,造谣者很快就会收到律师函。我知道大家对我和晚晚在一起的事感到很诧异,我在此要向大家声明,我们是以结婚为前提在交往,已经获得了双方长辈的认可。我们之间没有那么多世俗的考量,只是我爱她,她也爱我。"

傅沉的这段话简单而真诚。

宋风晚的眼眶倏地红了,她紧紧地抓住了傅沉的手。

段林白拍了不少照片,其中一张图被两人的粉丝奉为珍宝。

江风雅浑身发抖,看着台上的人。她这次彻彻底底地输了。

傅聿修没想到傅沉会当众表白,惊讶得说不出话了。

此时,大家听说他俩的关系已经得到了双方长辈的认可,齐刷刷地看向傅家二老。

"爸?"傅仲礼十分诧异。

"看什么看?眼睛瞪这么大,是想吃了我不成?"傅老道,心想:

傅沉这个臭小子，这个时候还把我推出来。

"爸，我不是那个意思。"

"把头转过去！"傅老冷哼。

"爸，您不厚道。"傅妧无奈地摇头，"您也太偏爱老三了。"

"我抽他的时候，你们都没看到！"傅老道，"你以为我当时没被吓到？我拿着戒尺抽得他在床上养了几个月。"

"您真的打了老三？"傅妧压根不信。傅沉从小到大就没被戒尺打过。

"不信你扒开他的衣服看啊！我当时也很惊讶，但能怎么办呢？我本想找个合适的机会将这件事告诉你们，但最近发生了太多事，我那小儿媳的消息一时不好公开啊！"

小儿媳？

众人面面相觑，那两人已经发展到这一步了？

孙琼华站在一侧，总觉得许多事早就有了端倪，只是她一直不敢往那方面想。此时，她知道真相，受到的冲击很大。原本的儿媳变成了弟妹，她需要时间来接受。

"我知道你们有些人心里有想法，但晚晚又不是和你们过日子。虽说这件事老三做得不厚道，但我教训过他了。他俩以后不论是结婚还是分手，都是他们的自由，我不想有别的因素影响他们的感情。要是谁再做出对不起那孩子的事，我绝对不会手软。"傅老这话是特意说给老二一家听的。

傅沉与宋风晚的关系公开后，宴客厅内的众人震惊却又不能表现得太明显，基本都把情绪压在心里。

来客中有很多人带了适龄未婚的女眷，希望能让傅沉看上。他们在家多番教导自己带过去的女孩儿，要寻找机会博得傅沉的好感。现在倒好，人家高调地带来了恋爱对象，搞得那些人十分尴尬。

"三爷，"十方来到傅沉身边，在他的耳边说，"学校的事查出来了，那个女生已经出来自首了。"

故意伤人可能需要负刑事责任，学校、警方大张旗鼓地调查此事，在学校内部引起广泛关注。那个女生心里慌张，主动自首了。

傅沉问："人呢？"

"警察已经开车过来了，那个女生称她是受人指使的……"十方道。

"我们还要等多久？"

"十分钟左右。"

"三哥？"宋风晚扯了扯傅沉的袖子。一直站在台上，她实在有些不好意思。

"站得不舒服了？那你去我妈那里歇一会儿。"傅沉看了看她的露肩红裙，脱了外套披在她的身上。

"还好。"宋风晚还是决定站在台上陪傅沉。

傅沉点了点头。

众人本以为接下来可以安心地吃饭了，没想到一切才刚刚开始……

傅沉站在台上环顾一圈后，视线落在了江风雅的身上。

他叫道："江小姐。"

江风雅忽然被他点名，心头一跳。

傅沉继续道："麻烦你上来一下。"

大家看着江风雅，议论纷纷：

"天哪，难不成三爷真的准备在生日宴上帮她正名？"

"不清楚，看样子应该是吧。但是，她就算得到了傅家的认可又怎么样？以后的日子照样不好过！"

江风雅看着那高高的舞台，心生憧憬，仿佛只要自己站上去，就能获得台下所有人的认可。她心想：只要自己能进傅家，剩下的事情可以慢慢来。她腹中有傅家的曾孙，而宋风晚只不过在和傅沉谈恋爱，她还有翻盘的机会。思及此，她逐渐冷静下来。

江风雅一步步上了台，乖巧地站在傅沉身边，道："三爷。"

傅沉缓缓道："如果我刚刚没听错，你是不是和晚晚说，年轻人做错事很正常？"

江风雅嘴角的笑容僵住:"我刚才……"

"你还说,知错能改就行,是吗?"傅沉笑着,却让人觉得脊背冰凉,"我想请问江小姐,晚晚需要改什么?你还想开导晚晚,和她谈心?你以什么身份、有什么资格这么和她说话?"

段林白趴在二楼的栏杆上,道:"哎哟,傅三终于发作了,我就说这厮这么记仇,方才江风雅给了小嫂子一刀,他绝对不会轻易地放过江风雅!"

江风雅一直知道傅沉说话刻薄,可是此时在这么多人面前被教训,还是无法承受。她只能装无辜,道:"我当时不知道内情。"

傅沉并不是好糊弄的人:"一句不知内情就能给别人泼脏水吗?你不是三岁小孩儿了,不会分辨事情的真假,只会人云亦云吗?不知情你就应该管好自己的嘴。还有,你和晚晚同父异母,但从没做过一天姐妹,请你不要以姐姐自居,你还不够格。就算你以后真的进了傅家,晚晚也是你的长辈,你不配开导她!我现在作为长辈教你做人,你是不是也该有所表示?"

众人面面相觑。

傅三爷特意把江风雅叫到台上,就是为了当众羞辱她?他直接打了她的脸,竟然还让江风雅向他道谢?傅三爷果真是魔鬼!

江风雅还想进傅家,只能硬着头皮说道:"谢谢三爷。"

"晚晚呢?"傅沉面无表情地追问道。

江风雅咬牙说道:"对不起。"

台下议论声不断。

"她也是活该,其实三爷和宋小姐同时出现的时候,她就该有所警惕了,还敢上去捅刀子。"

"现在傅三爷将她拉到台上公开羞辱她,还有比这个更狠的?"

江风雅垂着头,脸涨得通红,不甘心却又没办法。就在众人议论纷纷的时候,酒店的安保人员冲了进来:"三爷,警察来了。"

那人的嗓门很大,在场的人都听见了,吓了一跳。

紧接着,五六个身着警服的警察和一个女孩儿一起进了会场。

傅家人面面相觑。他们知道傅沉今天要整江风雅，但没想到还会惊动警方。

"三爷，不好意思，打扰了。"冲在最前面的翟队长道，"我们有点儿事需要处理。"

"没关系。您有何贵干？"傅沉问。

"我们这次来是想找……"因为江风雅就站在台上，翟队长一眼就看到了她，转头询问身后的女生："是她吗？"

"对。"那个女生面对众人的打量，紧张得身子发抖。

翟队长走向江风雅，出示了自己的警官证，问："江风雅是吧？我们是派出所的，想请你跟我们回去协助调查一起案件。"

江风雅在看到那个女生的时候，整个人头皮发麻。她努力让自己冷静下来，随后故作不知地问："警察同志，你们是不是搞错了？我不知道发生了什么事情。"

"就是她！"女生见江风雅不承认，眼眶都红了，颤抖着手，指着江风雅。

"同学，我们认识吗？"江风雅问那个女生。

"你别装，我们怎么不认识？"女生气急败坏，都急哭了，转头对翟队长道："警察叔叔，真的都是她指使我干的，你们要相信我！"

宋风晚已经猜到他们在说什么了，仔细地打量着这个女生。

"认识她？"傅沉转头询问宋风晚。

"不认识。"

她们可能同校，甚至住同一栋宿舍楼。这个女孩儿看着面熟，宋风晚却不认识，连她是哪个学院的都不知道。

"同学，你在说什么？"江风雅假装无辜地道。

"就是你，让我陷害宋风晚使用违章电器，让她被处分，之后又指使我把她关起来，不让她来参加晚宴。你为什么不敢承认？"女生急得眼泪簌簌往下掉。

众人把目光集中在宋风晚的身上，这到底出过什么事？

方才还淡定地坐在一侧的乔西延直接站了起来，道："小姑娘，你把话说清楚，到底是怎么回事？关起来？被处分？"

乔西延身材高大，神情严肃，凌厉的眼神宛若尖锐的刻刀。

"我……"女同学一个劲地哭，完全说不出所以然来。

"其实事情是这样的……"翟队长将情况简单地说明了一下，"女生宿舍只有大门内外装了监控，走廊与室内都没有，就在我们准备搜集在案发时间待在宿舍的所有女生的指纹信息时，她主动自首了。"

"那也和我没关系。我这两天都不在宿舍，根本不知道发生了什么。"江风雅此时敢这么说，就是认定了这个女生没有证据。

"你怎么能这样？！"女同学哭得十分凄惨，"就是你叫我干的，是你！"

"你有证据吗？到底是谁让你来陷害我的？"江风雅也委屈地道，"为什么总有人见不得我好？！"

江风雅此话一出，大家又看向了宋风晚。

宋风晚深吸一口气，心想：这脏水怎么又泼过来了？

这个女生没什么社会经验，之前没录音。江风雅否认后，她一点儿办法都没有。

"我……是你告诉我，宋风晚勾引了段哥哥！你还说如果我帮你，等你进了傅家，就能给我介绍……"她憋红了脸，没再说下去。但大家心里清楚，这个姑娘无非想借江风雅的人脉认识有钱人。而且，她喜欢段林白！

江风雅道："警察同志，你们不能光凭她的一面之词就认定我是共犯啊！凡事要讲证据！"

那个女生没了法子，泣不成声："网上的那些宋风晚的照片也是你拍的，是你泄露给媒体的。"这个女生不是傻子，江风雅现在摆明了是要让她当替罪羊，她自然不会善罢甘休，"最初被网友围攻的人是你，你担心这会影响你嫁入豪门，就策划了宋风晚的事情，把她拖出来背锅。要不然现在被骂的人还是你！"

江风雅愤怒地道："你这是诬蔑，我可以告你！"

"我怎么诬蔑你了？今天你就是担心宋风晚来捣乱，怕她会抢走傅聿修,就让我把她关起来。前几天傅家二夫人约她见面,你害怕了!"这个女生显然知道不少事。

大家看向孙琼华,孙琼华淡定地点头,道:"我确实找过宋风晚,跟她聊了几句而已。"这件事傅家人清楚,孙琼华没瞒着其他人,甚至征求了傅家二老的意见。

"你就是怕宋风晚与傅聿修旧情复燃,还整天跟我说宋风晚的私生活很乱,说她的身上有吻痕。这些话不止我一个人听到了,大家都可以去打听!"

傅沉挑了挑眉,道:"吻痕?那可能是我不小心留下的,我下回轻点儿。"

那个女生继续道:"不过人家有男朋友,根本看不上傅聿修!"

傅聿修一脸蒙。

"江风雅,这些话你敢保证你没说过?我要是说一句假话,就不得好死!"她崩溃地道。

江风雅攥紧拳头,在心里骂道:这个蠢货,警察还没查出来,她就自己跳出来了!

"江小姐,不解释一下?"傅沉紧盯着江风雅,问。

"我怎么解释?她无凭无据,就说我指使她伤人,我……"江风雅一脸委屈,"我都不认识她!你们看她歇斯底里的模样,完全就是乱咬人的疯狗。疯狗冲过来咬我一口,我还能咬回去吗?我没什么好说的,如果警方能证明我有罪,那我认了,但是如果无凭无据,我不想接受任何调查。"

警方现在确实没证据。

女生急了,看着众人异样的目光,手指颤抖地指向江风雅,说不出话来。

就在这时,一个中年妇人突然从旁边冲到台上,一把揪住了江风雅的头发,道:"你这个臭丫头,我们江家抚养你长大、供你上大学,你却刚攀上高枝就把我们一脚踹开,给了我们几万块钱,就想打发我们?你想得美!"

中年妇女的力气很大，江风雅无力反抗，只能任她打自己。

警察过去劝架，那个妇女却说："我教训孩子，不用你们管！这是我们的家事！"妇女十分张狂，显然没什么法律常识。

傅家人就在不远处，看到这种情形都愣住了。

宋风晚拉了拉傅沉的衣服，问："这些人……你是从哪里找来的？"

"什么我找来的？只怪她最近太高调，被这些人盯上了。我不过稍微推了那些人一把。"傅沉低声道。

等警察将中年妇女拉开时，江风雅的礼服都被扯破了，脸上、胳膊上都有伤痕。

警察喝道："都冷静，就算是家事也不能动手！"

那个妇女立刻哭喊道："江风雅跟她的妈妈一样恶毒。她的妈妈当年就是怀着别人的孩子嫁到我们家来的，让我们给别人养了十几年女儿。现在好了，她飞黄腾达了，就一脚把我们踹开。这次要不是在电视上看到新闻，我们都不知道她到京城了。我们就是想来祝贺她，她居然报警把我们都抓了。你们评评理，她是不是没良心？"

江风雅气结："祝贺我？你们分明就是来讹钱的！"

"讹钱？我们江家养你这么多年，要些钱很过分吗？你现在穿好的、吃好的，还差那点儿钱？"那妇人说得理直气壮，"而且，你太歹毒了，竟然报警抓我们。"

江风雅心虚地道："你少胡说八道，我给了你们钱，什么时候报警抓你们了？！"

"警察都说了，有人说我们敲诈勒索，就把我们关进去了。这个人不是你还能是谁？"

"大姑，真的不是我！"江风雅浑身发抖。方才，她的腹部被狠狠地踹了一下，此时隐隐作痛。她伸手捂住肚子，面露惊恐之色。

"你少给我装！"妇人说完环顾一圈，将目光落在神情呆滞的傅聿修身上，道："就是你！"

"我？"傅聿修面露疑惑之色。

妇人继续道："你恐怕还不太了解这丫头。我好心提醒你，你得尽快去调查调查她,别替人家当了爹都不知道!"

傅聿修更蒙了。他记得那天和江风雅发生关系后,床上还有红色的血迹,难道那个是假的?

"江志娟,你胡说八道!"江风雅怒了,想冲过去打她,却被后面的警察拦住了。

"我胡说?你让他们去村里打听打听,你是什么样的人,村里谁不知道?"

江风雅站在原地,脸上的光彩消失殆尽,取而代之的是怨恨与愤怒,是穷途末路之人特有的颓丧。

她道:"江志娟,你太过分了。这些年我给你们的钱够多了,可你们就是吸血鬼,一直不知足!现在你还想毁了我的名声,毁了我的幸福!你怎么不去死?!"她那张狰狞的脸吓得一屋子的人心惊肉跳。

那妇人也被吓到了,但还是梗着脖子说:"那……那你也不能报警抓我啊!"

就在现场陷入一片死寂的时候,傅沉淡淡地说:"报警的人是我,将她保释出来的人也是我!"

江风雅震惊地看向傅沉,顿时身子虚软,跌坐在地。她忽然闭上眼睛大喊了一声,尖锐的声音让人听了极不舒服。

江风雅看了看妇人,又看了看傅沉,道:"我就是想过得好一点儿,你们为什么要这么对我?!"

见事情发展到了如此地步,一直没怎么说话的傅家老太太站了起来,道:"我早就跟你说过,你很有野心,这是好事。但你得靠自己的努力去争取那些你想要的东西,而不是踩着别人往上爬。人要是没那个命,就不要妄想得到那些不属于你的东西。"

这话老太太和她说过,但是江风雅显然没听进去,反而一条路走到黑。

"我当时不是为了羞辱你才把话说得那么重的,是想提醒你走正确的路。现在,你已经没法回头了。"

江风雅冷笑道:"反正我输了,你们说什么都行。"

老太太见她现在还没有悔意，无奈地叹了口气。

最终，江风雅被警察带走了。因为没有证据，加上江风雅怀孕了，警察只是带她回警局做了笔录。

生日宴结束后，宋风晚随傅沉回了云锦首府。

宋风晚有些累，先去睡了。傅沉去书房处理公司的事情，十方守着他。

凌晨四点多，十方困得不行，问："三爷，您还不去休息？"

"你困了？"

"没有。"十方拍了拍脸，"听说江风雅肚子不舒服，被送去医院了，差点儿流产。"

傅沉叹了口气，道："希望她今后能改过自新，不要一错再错。"

宋风晚迷迷糊糊地醒来，听到浴室里有水声。

她打着哈欠来到浴室边，敲了敲门，问："三哥？"

浴室门打开，白色的雾气飘了出来，傅沉穿着浴袍出现在宋风晚面前。他刚刮完胡子，正拿毛巾擦拭下巴，转头看了她一眼。小姑娘穿着他的衬衫，腿露在外面，皮肤白嫩。

宋风晚歪着头问他："你昨晚回来了吗？"

傅沉没回答她，直接将人拉过来，压在床旁边的桌子上，低头吻住她那柔软的唇。宋风晚被他亲得浑身发软，微喘着往边上躲。

傅沉笑了笑，吻着她的耳垂，低声问："躲什么？"

"没……"

"一大早穿成这样，是想做什么？"傅沉双手箍住她的腰，略微用力，把她抱到桌子上，紧紧地贴着她的身体。

"你的房间里没有我的衣服。"宋风晚立刻道。

傅沉笑了笑，继续吻她。

等他们恋恋不舍地分开时，宋风晚浑身无力，只能趴在他的身上。

"困了就再睡一会儿，我要出去办事。"傅沉搂着她，低头吻了一下她的发顶。

宋风晚以为他是去公司工作,点了点头。

"中午我回来接你,我们去老宅吃饭。"

"去老宅?"宋风晚还不知道怎么面对傅家人,有些紧张。

"有我在,你怕什么!"傅沉咬着她的耳朵道。

傅沉与宋风晚的事情热度很高,整个京城大学都沸腾了。

宋风晚趴在床上玩手机,不少人发信息过来问她和傅沉的事,她懒得一一回复,只是将很久之前拍的傅沉的侧脸照发到了朋友圈,配上文字:"我的……男朋友。"发完之后,她还盯着照片傻笑了很久。

几秒钟后,傅沉居然也在朋友圈里发了一张宋风晚的照片,附上的文字是:"我的……女朋友。"

这次,两人没屏蔽任何人,他们的好友一大早就被喂了"狗粮"。

段林白干脆将两人发的朋友圈截图并发到了微博上,配上文字:"一大早秀恩爱的看过没?我早饭都没吃,就被'狗粮'喂饱了!"

与此同时,严氏珠宝的股票也在开盘后差点儿涨停。

严望川上班的时候遇到公司的人,大家都向他道喜。

"严总,找了个有本事的女婿,恭喜啊!"

"傅三爷真是我们公司的福星,股票已经涨到这半年来的最高值了。"

"能找到傅三爷这么优秀的男朋友,小姐也是有福啊。"

严望川面无表情地看向那些人,问:"他能找到晚晚,不是他的福气?"那些人都在夸傅沉,完全无视了晚晚有多优秀,严望川有些不高兴。

众人尴尬地笑了,纷纷道:"对,他们都有福气!"

宋风晚原本在院子里遛狗,听到外面传来汽车的引擎声,以为傅沉回来了,便带着傅心汉迎了上去,却瞧见傅妧从一辆白色的小轿车中出来。

傅妧看见宋风晚,道:"老三还有事,我正好在附近,顺路接你去老宅。"

"阿……"宋风晚想喊阿姨，又觉得不合适，立刻闭上了嘴。

傅妧继续道："收拾一下，上车吧！大哥回来了，大家都在等你。"

傅家老大都回来了？宋风晚简直想撞墙，她该怎么面对傅家人啊？

去傅家的路上，傅妧在开车之余一直乐呵呵地用余光瞟宋风晚。傅妧以前只把她当友人家的晚辈看，现在把她当弟妹看，越看越觉得顺眼。

宋风晚被她看得面红耳赤，一直害羞地低着头，和平常乖巧大方的模样完全不同。

傅妧问："晚晚，你和我们家老三是谁追的谁啊？"

"三哥先开始的。"

"我就知道是这小子。"傅妧忍不住笑道。

"他平时对你好不好？有没有欺负过你？"

"挺好的。"

"他小时候，大院里有不少女孩子想和他玩，他却不理人家，有时候说话都能把人气哭。"傅妧回忆道，"我当时还以为他是爱面子，想以欺负人的方式引起别人的注意呢！你上学的时候应该也遇到过这种人吧，扯扯你的辫子，说是欺负你，其实就是想和你多说几句话。"

"是有这种人。"宋风晚攥着手机，离傅家越近就越紧张，手心都是汗。

"我问老三是不是喜欢人家小姑娘，他直接问我是不是有病，为什么会有如此不正常的想法。"傅妧现在提起这个还哭笑不得，"你说这小子是不是欠揍？"

傅妧健谈，逐渐缓解了宋风晚紧张不安的情绪。

到了老宅，宋风晚一进屋就傻眼了——沙发上坐满了人，他们全部看着她。

宋风晚张了张嘴，有些蒙，不知该怎么称呼面前的这群人。她犹豫片刻，还是怯生生地按以前的叫法叫了一遍。

"老三那家伙若是听到你这么叫，肯定要说我们故意占他的便宜。"傅仕南轻笑道。他是傅沉的大哥，从政，在外地任职。

宋风晚的脸微微泛红，她站着不敢说话，被众人看得头皮发麻。

"来这边坐，别搭理他们！"老太太招呼宋风晚坐到自己身边，"你现在换不换称呼都不打紧，等他们给了红包再改口！"

听老太太提到红包，傅仕南几人无奈地笑了。

傅仕南问宋风晚："你和老三交往多久了？"

宋风晚努力让自己保持镇定，道："一年左右。"

"保密工作做得不错，若是放在以前，你们都是搞地下工作的好苗子。"傅仕南不说话的时候透着股威严感，问话时更让人感到害怕。

宋风晚觉得自己像是在被人审讯。

"你和老三以后有什么打算？"

"打算？"

"什么时候订婚？什么时候结婚？什么时候要孩子？"

"这个……"宋风晚还在上大学，没想这么远，一下被问蒙了。

"你是学美术的吧，以后想做什么？留在京城还是回南江？"

傅仕南问得正起劲，老太太抬手，佯装要拿手中的橙子砸他。

傅老咳嗽了两声："仕南，你的话有点儿多，吓着孩子了。"

"我只是太好奇她看上老三什么了。我是怕小姑娘年纪轻，被他骗了，老三那小子太会装了。"傅仕南咳嗽了两声，道。

傅沉很快就过来了，众人一起去吃饭。

席间，他们不是问她的学习，就是问她和傅沉交往的情况。虽然大家都很熟，以前也经常碰面，但还是第一次正式地聚在一起吃饭，宋风晚尽量让自己保持冷静，饶是如此，也经常面红耳赤，俨然是个娇羞的小媳妇儿。

好不容易吃完饭，宋风晚找了个借口溜了。傅沉开车送她。

路上，宋风晚扯了扯衣领，道："我真是被吓死了，你都不知道我有多紧张，浑身都是汗。"

"看得出来。"傅沉笑着看向她。

"你大哥太吓人了。"

"你的脸红得很厉害。"

"现在还很红吗?"宋风晚自己都能感觉到脸上有热气。

到了路口,傅沉停车等红灯,转头看着她道:"转过来,我看看。"

宋风晚刚转过头,傅沉就倾身过去,在她的唇上啄了一口:"你害羞的样子让人有点儿受不了。"

宋风晚的脸色更红了,心脏狂跳。

"我刚才是不是太紧张了,有点儿丢人?我就是很担心他们对我的看法……"宋风晚咬了咬唇,道。

傅沉伸手摸了摸她的脑袋:"紧张是正常的,说明你很在乎我。晚晚,你是不是特别喜欢我?"

宋风晚转头看向窗外,隔了许久才低头嗯了一声。她的耳边传来男人愉悦的笑声,笑声撞击着她的心口,让她的心跳得更快了。

傅沉和宋风晚离开后,傅家一家人坐在一起,商量着该如何处理江风雅的事情。

她腹中的孩子一直是问题的关键。

傅家需要确认这个孩子是不是傅丰修的,但江风雅怎么都不肯做亲子鉴定,一口咬定孩子是傅丰修的,并且说傅家侮辱人。

这种事需要征得孕妇的同意,医院不可能采取强制措施,所以事情一拖再拖。

傅妩提议道:"我和二嫂带丰修去医院看看她,顺便给她分析一下情况。"

老太太点点头,道:"也好,你说话注意点儿,别刺激她。据说胎儿不稳定,怎么说都是一条小生命。"

傅妩点头。

当他们带着水果进入病房时,江风雅正躺在病床上发呆。

见到他们三人，江风雅立刻坐了起来，紧张地问："你们来干吗？"

"还是不愿意做鉴定？"傅妧将果篮放在床头，"如果你肚子里的孩子真的是聿修的，那你就不用如此紧张。而且，等这孩子生下来后，我们也会给他做鉴定的，这是逃不掉的事情。"

江风雅本就害怕傅妧，听她这么说，后背凉透了："你们难道想绑着我去做鉴定？"

孙琼华拿胳膊碰了碰自己的儿子，道："聿修，这件事你自己说。"

傅聿修看向床上的人，经过这一系列的事情，江风雅的真面目已经被逐渐揭开。现在，傅聿修只觉得这个女人心狠手辣、冷漠无情。

"江风雅……"

"聿修，我做这么多都是为了你，真的，我就是想和你在一起。"她红着眼，还想争取一下面前的男人。她了解傅聿修，他的心太软。

"这不是你伤害别人的借口。这个孩子，你想生，没人能阻拦，如果确定是我的，我会抚养。但是……我们之间这辈子都不可能了，我不会娶你。"

"傅聿修，你不能这么对我！"江风雅气急败坏，伸手将傅妧放在床头的果篮打翻在地。

"小姐，你冷静点儿！"护士听到动静，立刻过来劝阻，让傅家人先行离开。

江风雅没想到傅家当天晚上就对外发布了声明。声明很长，总结起来就是傅妧曾经提过的四个字：只要孩子。

虽然网上有人说傅家很残忍，但是更多的人觉得江风雅活该。

"傅家也没说不让她见孩子，就是说孩子要交给他们抚养而已，人家也有这个能力。孩子若是跟着那个女人，一辈子都要毁了。"

"她肯定会用孩子要挟傅家一辈子，孩子如果知道自己是母亲用来交易的筹码，肯定很难过。"

"我觉得傅家做得没错，是她自己不知好歹。"

江风雅出院后居然彻底销声匿迹了。京城这地方不算大，但是她若有意躲起来，别人也难找。而她再度出现时，又惹出了不小的风波。

宋风晚和傅沉公开恋情后,老太太经常以改善伙食为由让宋风晚去老宅吃饭。

那天,宋风晚三点多下课,先带傅心汉做了个美容,之后一人一狗去了老宅,到的时候已经傍晚了。

傅心汉一到大院就撒开了腿四处跑,同附近的猫、狗打招呼,十分兴奋。宋风晚直接进了屋,没管傅心汉。

二十分钟后,保卫处打来电话,说傅心汉在门口把人咬伤了,而被它咬的人正是江风雅。

电话那头传来傅心汉的狂吠。宋风晚慌乱地撂下电话,朝大院门口跑去。

老太太看她这么惊慌,对孙琼华道:"琼华,你快跟去看看!"

"好。"孙琼华当时正在厨房择菜,擦了手,急忙追出去。孙琼华年纪大了,追不上宋风晚,好在千江跟上去了。

宋风晚到了门口,看见江风雅倒在地上,下身鲜血淋漓,裤子都被咬破了,部分皮肤暴露在外面。

宋风晚看得心惊肉跳,那股血腥味伴着风吹到她的鼻端,让她头皮发麻。而傅心汉正弓着身子愤怒地低吼。

保安手中拿着电棍,却不敢靠近。

宋风晚立刻大叫一声:"傅心汉!"

傅心汉看了宋风晚一眼,犹豫了片刻,忽然走到另一侧,低头用鼻子拱了拱地上奄奄一息的小猫。小猫是傅沉的大侄子傅斯年养的。傅斯年的妻子怀孕后,暂时将小猫寄养在老宅这边。

这边的动静吸引了不少路人围观。他们拍了不少照片、视频,将其发布在微博上。很快,"恶犬伤人,致使孕妇流产"的话题登上了热搜。网友一边倒地支持孕妇,谴责狗和狗的主人。

"带狗出来应该有牵引绳啊!"

"流了这么多血,孩子肯定没了,简直造孽。"

"不会是傅家故意放狗咬人吧？"

孙琼华出来的时候看到这一幕，也吓得心惊肉跳。

救护车很快就到了，带走了江风雅。但是，紧接着警察就来了，还带了捕犬工具，不由分说地把傅心汉抓走了。

警察随后问："狗的主人是谁？跟我们回去做一下调查。"

这狗是傅沉养的，算是傅家的。

孙琼华道："我……"然而，她的话还没说完，就被宋风晚打断了。宋风晚抢先一步道："是我的。"

"你……"孙琼华有些着急。

宋风晚解释道："这边我去处理。您的阅历比我丰富，接下来的事情就拜托您了。"

孙琼华道："你放心，不会有事的，我马上通知老三！"

孙琼华眼睁睁地看着宋风晚被带上警车。

小猫已经被人送去了宠物医院，大院门口只有几个看热闹的人和两个警察，警察在找保安调取监控录像。

孙琼华将事情告知傅沉和傅家二老，又让人盯着医院的情况，接着自己跟警察去了保卫处，调取了事发时的监控录像。

保安当时就在门口，目睹了一切，道："其实不能怪狗。这狗本来很乖，但这个女人隔很远就对它做出了攻击性的姿势，还拿东西打它，打得它嗷嗷直叫。那时候狗也没扑过去咬人，直到那个女人攻击了小猫……"

事情发生时，傅沉正在办公室看文件。十方推门进去，将平板电脑递过去，上面是恶犬伤人的新闻。网友发现狗是傅沉的，在评论中声讨傅沉，说他没管好狗。

"我听说这条狗以前把一个男学生的腿咬断了，太凶残了。"

"这样的狗早就该被杀掉了！"

"这件事傅沉也有责任！"

紧接着，傅沉接到了孙琼华的电话。孙琼华告诉他，宋风晚和狗都在派出所。"

傅沉听后十分着急,孙琼华立刻劝道:"老三,你先别急,千江跟去派出所了,暂时不会有问题。"

"嗯。"

傅沉虽然这么回答,可是手猝然用力,钢笔的笔尖瞬间划破了纸。

紧接着,江家那群亲戚接受了采访,说傅家纵狗行凶,江风雅的孩子已经没了。他们痛哭流涕,让傅家给个说法,还称江风雅现在生死未卜,要替她讨回公道!

正当网友大肆抨击之际,段林白在微博上发了一段监控录像。

视频中,保安正在喂狗吃东西,江风雅从一旁走来。江风雅跟保安说了几句话,当时傅心汉离她也有近两米远。傅心汉看了她一眼,她却忽然将包扔向它。保安挥舞着手臂,让傅心汉快离开。傅心汉急忙转身,准备离开。

傅心汉走后大家才注意到,附近还有一只猫。江风雅踢了那只猫一脚,小猫没动。接着,她用力地将猫踹飞了。这时傅心汉才扑了过来,咬住了她的腿。

段林白在视频下评论道:"这狗是畜生,但有些人连畜生都不如。"

这段视频瞬间激起千层浪。

与此同时,江风雅被医生从急诊室里推了出来。有记者第一时间采访到了主治医师:"孕妇的情况怎么样?孩子保住了吗?"

医生看了眼记者,道:"她前些天就流产了。现在,她的腿被咬了两口,其中一处伤口很深,情况不太乐观。"

"她之前就流产了?那刚才……?"

"她术后没休息好,下面一直在出血。"

"您是说,她的孩子早就没了?"

"应该是一周前流产的。不好意思,我还有工作。"医生说完就要离开。

"孩子怎么可能早就流产了?你该不会和傅家串通好了吧?!"江家人就在外面,一听这话,瞬间急了。

医生停下脚步,看了他们一眼,道:"你们若是不信,可以找其他医生来看,她几天前就做了流产手术。请你们不要胡说,否则我可以告你们诽谤。"医生顿了一下,继续道,"你们都是什么人?既然她是你们的家人,她有没有流产你们不清楚吗?她的身体很虚弱,术后恢复得很差,创口感染严重。我看她还酗酒,你们让孕妇喝酒是疯了吗?"

接着,医生怒斥江家人的这段视频也被传到了网上。

网友恍然大悟,原来江风雅早就流产了。那她还装成孕妇在傅家门口溜达干什么?

傅沉根本不需要出动公关团队,只要让人将各种视频证据发出来,自然有人帮他主持公道。江风雅前段时间本就被骂得狗血淋头,此时在网友的眼中已经是恶毒、愚蠢的代名词了。

很快,一则江风雅发给傅聿修的短信被公布出来。

"孩子我可以不要,但是你要给我一千万。只要你给钱,我就把孩子打掉,保证一辈子不骚扰你。"

这是江风雅今天发给傅聿修的,而医生说江风雅早就流产了。

江风雅的腿受伤了,要做恢复治疗,需要在医院住好几个月。但是,江家人拿走了她的钱,她连医药费都交不起。最终,傅沉垫付了一部分医药费,毕竟是他的狗咬了人。

后来,警方出面干预,让江家人照顾她,江家人又听说她藏了不少私房钱,勉强将她接回了家。无法动弹的她在江家遭了不少罪。

至于她腹中的孩子是谁的,她是如何流产的,无人知晓。江风雅慢慢地在京城销声匿迹,从此与傅家、宋风晚没有任何瓜葛了。

"恶犬伤人"事件结束后,傅沉去派出所把宋风晚接回了家。一般而言，咬伤人的狗会被处理掉，不过傅心汉的情况比较特殊，所以它的小命还是保住了。

经过一道道程序，傅沉终于在三天后看到了傅心汉。当时，傅心汉无精打采地趴在笼子里，面前放着水和吃的，愣是一口没吃。见傅沉来了，浑身脏兮兮的傅心汉才站了起来，眼泪汪汪地冲傅沉摇尾巴。

负责人打开笼子，对傅沉道："它过来之后挺乖的，也不叫，就是不吃不喝，可能以为你不要它了。我看过视频，那个女人实在过分，兔子被逼急了还咬人，况且是狗。"

傅沉没回话，蹲下摸了摸傅心汉的头，伸手揉了揉它的爪子，道："出来吧，我接你回家。"

傅心汉呜咽着蹭着他的手背，慢慢从笼子里走了出来。

傅沉带傅心汉去了宠物医院。

他刚给傅心汉洗完澡，傅心汉就跑了。傅沉找了好久才在一个猫笼前找到傅心汉，笼子里关的正是那只小猫，它被送来养伤了。傅沉这才知道傅心汉是去看朋友了！

傅沉看着这一猫一狗，微微笑了。

宋风晚和傅沉公开恋情后，有人艳羡，自然也有人忌妒。

时间久了，网上就流行起这样一种言论——傅三爷现在是觉得宋风晚年轻、漂亮，才会跟她在一起。但是，过些年他可能就厌倦了，还是会找个成熟稳重的人结婚。甚至有人说宋风晚进入傅家就是为了报复傅聿修，要分裂傅家。

这些人不知道，他俩真的过得十分幸福……

众人还在讨论两人何时会分手，傅家却对外宣布他们即将订婚。

两人在宋风晚大二的时候订了婚。

宋风晚刚到法定结婚年龄，傅沉就等不及了，带宋风晚去领证了。

许多人领证前会看日子，傅沉和宋风晚则不然，是临时去的。那天恰好不是什么好日子,所以民政局里人很少。工作人员看到两人时还愣了一下,以为自己眼花了。

"二位是来做什么的?"工作人员问完才觉得自己有点儿傻——来这里的人还能干吗?

"结婚!"傅沉此时心情好,并没有在意工作人员的问题。

"户口本给我一下。"工作人员看向宋风晚道。

宋风晚今天虽然特意化了妆,但看着仍显得稚嫩。

工作人员又瞄了一眼傅沉,默默地翻开了两人的户口本,问:"二位确定要领证?"

两人点头。

民政局透着庄严肃穆的气息,宋风晚紧张得后背冒冷汗,攥住傅沉的手,发现他的手心也是湿的。

"三哥?"宋风晚这才知道,原来他也紧张。

十方和千江在一边等着,看着两人填表、签字、按手印、进行资料审查……在经过了很多道程序后,办公人员将两个小红本递过去,道:"恭喜,新婚快乐。"

傅沉双手接过小红本,道:"谢谢。"

他来之前买了喜糖,此时将糖送给他们,并说道:"麻烦暂时帮我们保密。"

"好的。"

原本两人打算等宋风晚毕业后再要孩子,可计划赶不上变化,她意外怀孕了!他们决定,赶紧举行婚礼!

婚礼日期定在农历新年前。

农历腊月二十二日,严家人、乔家人先后抵达京城,准备参加婚礼。

前几日京城下了雪,现在正是融雪时,空气湿冷。老一辈人总说下雪是吉兆,加上此时到处喜气洋洋的,大家也就没在意天气的寒冷了。

相比忙碌的傅沉，宋风晚这段时间过得非常清闲。她随乔艾芸住进了酒店，每天除了喝汤、保养、锻炼，就是看电视剧、新闻，气色比以前好了许多。

婚礼前，两家人还得坐在一起商量一些细节。段林白闲来无事，跟着傅沉去酒店。他们刚到酒店楼下就碰见了一个黑面煞神——乔望北。

乔望北冷着脸，神情严肃。段林白当即后背一凉，问："乔先生这是在干吗？"

乔艾芸从旁边走过来，招呼几人一起上楼，去房间里聊。随后，她看了眼乔望北，解释道："他是坐飞机过来的，因为恐高，感觉不舒服，现在还没调整过来。"

他恐高？段林白咋舌。

乔望北长着一张带杀气的脸，不控制表情时就好像在发脾气，现在看上去更吓人了。

几人敲定好婚礼的细节后，傅沉看了眼四周。

乔艾芸笑道："找晚晚？"

"嗯，她人呢？"

"我们这边有小孩子，晚上太吵了，就给她在隔壁开了个房间。昨晚她的几个同学过来了，几个女生聊到后半夜才睡，她现在估计还没醒。"

"我去看看她。"

傅沉说完，坐在一旁的严望川冷着脸道："婚礼前不能见面。"

"看一眼也没事。"乔艾芸完全向着傅沉，立刻解围道。

乔艾芸都这么说了，严望川就是有意见也只能憋着。

傅沉敲响了隔壁的门，来开门的人是胡心悦。

胡心悦："三爷，晚晚还没起来。"

"没事，方便进去吗？"

宋风晚的伴娘就是她的两个室友，而傅沉找的伴郎是自己出国留学时结识的好友。

"方便啊,快进来。"胡心悦急忙让傅沉进来。

宋风晚似乎感应到了什么,突然醒了,刚睁开眼就看到傅沉正坐在床边盯着她。

她还以为自己出现了幻觉,眨了眨眼。直到傅沉在她的额头上亲了一下,她才清醒过来,问:"你怎么来了?"

"你昨晚几点睡的?"

宋风晚听了这话,忍不住缩了下脖子,道:"就稍微晚了一点点。"

"你怀孕了,要顾着孩子。"

"你什么时候这么在乎这个孩子了?"

"你这话是什么意思?"

"我觉得你一直不喜欢他。"

傅沉心想:我表现得这么明显吗?

婚礼当天,傅家的人一大早就开始忙碌,老太太更是激动得一夜没睡。

傅沉娶亲这件事放在前些年,她是做梦都不敢想的。她在床上翻来覆去,天没亮就把傅老叫起来,说不能耽误了吉时。

傅老十分无奈,心想:这才五点半,能耽误什么吉时啊?

不过,傅老还是跟着她起来了。

傅沉起得也早,将自己收拾利索后,就准备去迎亲。

傅家人都在,就属傅聿修最可怜。他昨天夜里坐飞机到京城,刚脱了衣服躺下,就被他妈从被子里拉出来了,说家里就要来客人了,让他洗漱好准备接待客人。

傅沉结婚,怎么被折腾的是他们这些小辈啊?

"林白他们呢?今天不过来?"老太太今天穿了一身喜庆的红褂子,前两天还特意拉着两个媳妇儿去做了头发,看上去精神得很。

傅斯年回答道:"去小婶那里了。"

"他去晚晚那里做什么？"老太太蹙眉，"这时候，他们不是应该帮着老三吗？"

傅老整理好自己的褂子，笑道："好不容易有机会为难老三，你觉得他们会站在边上干看着？说是因为严家、乔家男的少，所以去帮帮忙，其实他们就是想去看傅沉的笑话。"

"这几个人啊！"老太太无奈，最后又帮傅沉整理了一下衣服，叮嘱了一番后，才让他出发去酒店。

宋风晚刚换上一身以红金色为主的秀禾服，衣服颜色庄重、明艳，她化着漂亮的新娘妆，已不见往日的青涩、稚嫩，有种摄人心魄的明艳之美。今天她有三套衣服——迎亲时穿的是秀禾服，进行婚礼仪式时会换上婚纱，敬酒时则穿一套西式礼服。

宋风晚毕竟是孕妇，大家担心累着她，打扮上尽量从简。她的头上只简单地戴了几个金色的发饰，两根钗斜插着，垂下的流苏在灯光下发出金灿灿的光，在她的脸上落下漂亮的阴影。

胡心悦拍了照，还把照片传到了校园论坛里，这自然是得到了宋风晚的首肯的。宋风晚最近收到了太多祝福，但现实情况不允许她将所有的同学都请来，所以胡心悦提出把照片发到论坛上时，她没反对。

京大校园论坛的账号只要用手机注册就行，校外的人不知从哪里得知论坛上有宋风晚的婚礼照片，一时间都跑去注册了。

"太好看了吧，是仙女啊！"

"这套秀禾服我在网上看到过，有个服装老师发过，是纯手工缝制的，网上的图就很精美了。"

"她脖子上的项链是真的吗？"

大家不知怎么全关注起了宋风晚的首饰。秀禾服总是要搭配金饰的，宋风晚戴的一条镶金边的绿宝石项链，分外引人注目。网上有人发现，这是严家老太太很多年前在某个慈善拍卖会上得到的，当时价格就过千万，估计是送给宋风晚的出嫁礼物。

其实宋风晚看到这条项链的时候，还真没敢想那是真宝石，因为这颗宝石太大了,而且看上去有年代感,边缘部分有些磨损。小严先生看到项链的时候把它当玩具玩,差点儿给摔了,所以第一次被严家老太太训斥了。老太太倒不是心疼宝石,只是觉得大喜的日子,摔坏东西不吉利。

宋风晚化好妆后坐在一侧,完全成了旅游景点,谁都要过来跟她合影,直至外面有人吼了一句:"新郎来啦!"

众人急忙将门反锁了,甚至打算拿椅子堵在门后,一时间藏鞋的藏鞋,搬凳子的搬凳子,从窗户探头看热闹的人也不在少数。

傅沉搭乘电梯抵达宋风晚所在楼层时,首先映入眼帘的就是一个大红喜字。走廊不算宽,一群人浩浩荡荡地到达房间门口,隔着一段距离,就瞧见了门口坐在板凳上严阵以待的一群人。

他们均穿着一身黑色的西装,五十岁左右,看上去干练、精明,颇具威势,后面还站着不少年纪较轻的徒子徒孙。他们都是兢兢业业的手艺人,身上没有市侩之气,反而有世外高人的风范。

这可不是塞红包就能敷衍过去的普通亲友团。

段林白嚼着西瓜子,碰了碰身旁的人:"我还是第一次见拦门的不是大妈,而是清一色的大老爷儿们,还都是大爷级别的。乔家也是挺厉害的,让乔老的弟子带着自己的弟子,一堆人在那儿堵着。你说这要是一人一刀下去……咱家傅三,结个婚真是不容易。"

傅沉此时已经走到门口,依次向众人问好。

"可算来了,等你很久了。"乔望北冲他笑了笑,惹得傅沉身后的两个伴郎心里开始发毛。

宋风晚此时刚吃了点儿东西,坐在床上等着。方才外面还热热闹闹的,现在突然安静下来。

门外,傅沉面前是各式各样的刻刀。

乔望北看了他一眼:"选一把吧!"

场面瞬间有些尴尬。

酒店走廊里,大红色印花地毯、墙壁上都是喜庆的红色喜字,方才还喧闹的人群瞬间安静下来,被挤在后侧的摄影师举着设备往前一探，镜头里整整齐齐的刻刀在灯光下泛着阴冷的光。

摄影师心跳如擂鼓，心想：大喜的日子，这家人是怎么搞的？他们工作室接到任务，要为傅三爷拍摄结婚的全过程，无一不是兴奋了好几天。他们想过傅三爷可能会被为难，可没想到傅三爷连新房的门都没进去就要选刀。

"傅沉……这是什么啊？"伴郎蒙了，压根不知道这刀子是干吗用的，"选这个干吗？"

傅沉瞄了身后的伴郎一眼，道："你们是做伴郎的……"这意思就是，到你们冲锋陷阵的时候了。

严望川重重地咳了一声："是你娶媳妇儿，还是伴郎娶媳妇儿？"

边上的段林白忍不住笑出了声，心想：乔家专门为你准备的"私刑"，你还想推给伴郎？

傅沉瞟了眼段林白，仿佛在说：难不成你以后不娶妻了？你现在幸灾乐祸什么？

"选吧，抓紧时间，别耽误了吉时。"汤望津坐在一侧，像个大老爷，得意地催促道。

"傅沉，你这个……"傅沉身旁的伴郎看着刀子，心里发怵。

此时，乔西延从门内探出脑袋。他原本在室内哄孩子，宋风晚让他出来看看情况。大喜的日子，这些叔伯也不至于让傅沉见血，乔西延也不知道那丫头在急什么。

傅沉眯着眼，打量着一排刻刀，刃口厚薄、形状皆不相同，估计每个都有特殊用途。他和乔家人打过很多次交道，也知道他们平时爱用的是哪种，便选了其中一把。

接下来有趣的事情发生了——刀阵被撤下，石头阵上场了。

"选一个吧！"

傅沉此时知道他们的目的了——让他刻石头。

他眯着眼，思考哪个容易刻一些。

"这小子懂这个？"有个左手仅有四指的男人询问乔望北。这些石头中，有些就是他们这些老师傅雕琢起来都费劲。傅沉这样的门外汉要想刻出图样，今天非得磨出一手的血泡不可。

"他懂个鬼！"乔望北冷哼一声，道。

"他刚才选的刀子可是最好的。"

"误打误撞，运气好罢了。"乔望北话音未落，傅沉拿起了一块石头——这石头正是里面最好刻的一个。

"望北，这也是运气？那他的运气可真是太好了。"

傅沉选中这块石头，还真不是碰运气。他以前为了讨好乔望北，做足了功课，对玉石领域有所了解，几番权衡后，选到了最好刻的石头。

乔望北道："把你想对晚晚说的话刻在石头上，记得要刻得漂亮一些。要是刻得歪七扭八的，这道门你可过不去。"

玉雕石刻是门技术活，想刻出好看的字，是很费心力的。

"姐夫！"小严先生从屋内跑出来。他今天穿了一身漂亮的红金色小袄，戴着红色的小帽子，脸上胖嘟嘟的，胳膊、小腿也是圆圆的，像个漂亮的年画娃娃。

"你别过去。"严望川从后面一把搂住儿子。

傅沉手中拿着刀，又不是行家，一不小心可能伤着自己，严望川担心傅沉会误伤了儿子。

傅沉此时已经开始在石头上刻字了。他平时练书法时写的是瘦金体，自然想刻类似的字，不过想是一回事，真正实践起来又是另外一回事了。

小严先生奶声奶气地道："姐夫，你等着，我去给你搬个凳子。"

小家伙迅速挤到屋里，很快又跑出来说："不好意思，让一下，让一下……"

几年过去，小家伙早就不是那个躺在摇篮里的娃娃了。

段林白轻笑："哈哈，傅沉的这个小舅子对他可真是不错，还知道心疼他。"可是段林白的话音未落，小家伙刚从门内挤出来，所有人就大笑起来——他给傅沉拿了个儿童专用的凳子，凳子只有成人半截膝盖高，上面还有卡通图案。

小家伙搬着凳子,累得直喘气,将凳子放到傅沉的脚后面,招呼他坐下:"姐夫,坐!"

饶是淡定如傅沉,此时也有点儿不知所措。

"姐夫,你别站着,坐吧,快点儿!"小严先生拉着他的衣服道。

盛情难却,傅沉只能蹲下身子。

傅沉今日可是穿着一身帅气的西装,让他蹲在儿童凳上,这也太尴尬了。可是小严先生也是一片好心,傅沉不能辜负啊。所幸很快傅沉就把石头刻好了。

石头上只有简单的一句话:

遇见你之后,余光是你,余生皆是你。

"我看一下这个字……"乔望北端详着石头,又瞟了一眼傅沉。说实在的,就初学者来说,这字刻得是不错的。

"我看看。"严望川刚伸手接过石头,就听到里面传来妻子的声音。

乔艾芸有些急了:"你们在外面干吗呢?已经耽误很久了,再这么搞下去,吉时都被耽误了,你们快点儿!"

乔艾芸平时是被所有人宠爱的小师妹,几人咳嗽几声后,赶紧让开了路。

后面这一关就比较简单了。在伴郎通过门缝塞了许多个红包后,门终于打开了。

傅沉第一次看到宋风晚穿秀禾服的模样,站在门口怔了两秒。

"是不是新娘太好看,所以看傻了?"边上的七大姑八大姨笑着打趣道。

傅沉大方地点了点头,道:"确实很好看。我的妻子……自然胜过世上千千万万的人。"

宋风晚听了十分害羞,都没敢抬头看傅沉。

因为怀了孕,她化了很淡的妆,就是稍微描了下眉,抹了点儿口红,此时双颊染上了一抹绯色,整个人好似四月海棠花,娇艳无比。

此时不少人算是知道,为什么傅三爷能娶到这样年轻漂亮的媳妇儿了——他太懂得如何撩拨人心了,情话信手拈来啊!房间里的未婚女孩儿听了傅沉的话,在心里惊呼:这人长得这么好看,还这么会撩拨人心,谁受得了啊?!

此时,胡心悦和苗雅亭走到了傅沉的身前。她们是伴娘,若是平时是断然不敢为难傅沉的。不过,今天情况特殊,她们也只能硬着头皮上了。

胡心悦道:"新郎,想娶新娘子,可不是这么简单的……"

好在傅沉的两个伴郎很不错,那边让他们跳舞、用嘴传递扑克牌,他们都毫不犹豫地答应了。

在用嘴传递扑克牌的环节,人不够,傅沉立刻拉段林白加入。

段林白当时还在嗑瓜子看好戏,没想到火烧到了自己的身上。段林白本能地拒绝道:"你结婚,整我干吗?我又不是你的伴郎!"

可是,现场的气氛太好,大家又争相起哄,让他上台,段林白只能答应了。换作平时,段林白真的做不出和男人嘴对嘴传扑克这种事,不过今天没办法,只能硬着头皮上了。

后面是找鞋环节,鞋子是乔西延藏的,其中一只找起来很方便,另一只被锁在了保险柜里。他们要想拿出鞋子,必然要破解保险柜的密码。

伴郎先试了几次,比如婚礼日期、宋凤晚的生日、两人的交往时间等,结果都不对。

"你藏的?"傅沉看向斜倚在门边的乔西延。

乔西延点头。

傅沉上前试了两次,很快把保险柜打开了。

众人蒙了:他这应该不是猜的吧?

"这是你把晚晚送到我这里的日子。"傅沉说完,众人笑出了声。

傅沉拿着鞋,单膝跪在床边,宋凤晚怯生生地将双脚伸出来。傅沉一手拿着绣鞋,一手握着她的脚,道:"真小,很好看。"

宋凤晚恨不得踹他一脚,这家伙穿鞋就穿鞋,说什么浑话呢!

绣鞋上绣着漂亮的凤凰图案，据说这是严老太太亲手缝制的，平时也能穿，料子极其舒服。

傅沉帮宋风晚穿好鞋子，随后伸手拨开她面前左右摇晃的珠帘，在她唇边亲了一下。

宋风晚害羞不已。他的吻带来的灼人的热度一路从嘴角往下蔓延，烫得宋风晚心尖直颤，浑身都是暖的。

傅沉小声道："你今天好漂亮，我实在没忍住——"

"哟——"周围爆发出一阵嬉闹声，"新郎，干吗呢？还没到这个环节，你怎么就亲上了？"

"就是啊，放开那个新娘。"

等周围安静下来后，傅沉给她读了一遍誓词，那是胡心悦从网上找的东西，话有点儿老套，周围人却听得津津有味。

最后，傅沉上前搂着她亲了两口，接着把人抱了出去，再也不管其他人了。

"我觉得新郎这架势，像是想马上入洞房。"

"他从进门开始，就迫不及待了。"

"看他那样子，估计今天谁要是拦着他，他就得和谁急眼了。"

众人笑着，跟着傅沉和宋风晚进了客厅。

他们要给父母敬茶。原本严望川不想掺和这件事，毕竟他的身份有些尴尬，可是乔艾芸拉着他坐到了自己身边。

"晚晚说了，让你坐这里！"

严望川听了这话，只能端正地坐着。

当新人跪下后，伴娘端了茶过来，先是宋风晚敬茶。

宋风晚先给乔艾芸敬了一杯，之后轮到了严望川。

她端着茶，看向面前端坐着的面无表情的男人，喉咙有点儿干涩，迟疑了片刻，说道："爸，您喝茶。"

严望川心里一动。周围人只是笑着闹着，压根不知道此时严望川的心里有多激动。

"愣着干吗？女儿给你敬茶呢！"乔艾芸提醒身边的人。

严望川伸手接过茶,只说了一个字:"好。"

傅沉深吸了一口气。看样子,他也得改口了。只是,轮到他敬茶的时候,这个"爸"字还没说出口,他就感觉到了严望川凌厉的目光。

严望川似乎已经把自己摆到了父亲那个位置上,开始用眼神恐吓傅沉了。

二人敬完茶后,乔西延背着宋风晚出去,严望川在后面看着。

"爸,我们出去看看啊!"小严先生拉着他的手要往外走。

"嗯。"

"爸爸,你是哭了吗?你是不是舍不得姐姐?"

众人看着严望川,他淡定地说:"刚才的茶太烫……"

但是,茶烫的话不是应该伤了舌头吗,他怎么红了眼呢?

宋风晚上了车,直奔傅家!他们给傅家二老敬完茶,稍微休息一下后,就要出发去酒店。她还要换衣服,时间非常紧……

她在傅家休息时,不少傅家的亲友前来看新娘,大多是带着小孩子的妇人。

小孩子一个个嘴上像抹了蜜似的,吃着喜糖,围着宋风晚叽叽喳喳地说个不停。宋风晚笑着给这些小孩儿发了红包。

"谢谢姑奶奶!"

"表姑婆,你长得真好看。"

"谢谢姨奶奶,祝您新婚快乐。"

傅沉的辈分太高,他大哥傅仕南都做爷爷了,宋风晚因此成了奶奶级别的人物。

宋风晚听着一群人喊她奶奶,心头直跳。她的宝宝还没出生,自己都还没当妈,就做奶奶了?

傅沉、宋风晚一行人抵达酒店。

宋风晚直接去了后台,开始换衣服、补妆,傅沉则到前厅接待宾客。

婚礼现场的许多场景由宋风晚设计,由傅沉布置,自然与普通的婚礼会场不一样。

宾客尽数落座,现场热闹非凡。

很快,仪式开始了,全场的灯光都暗了下去。

伴随着婚礼进行曲,宋风晚缓缓地从二楼走下来。

她身材苗条,有着漂亮的锁骨,纤瘦的腰肢被一条缎带束着,裙摆随着她的步伐轻轻地晃动。纱裙上面点缀着无数的碎钻,就像夏日银河,星光熠熠,璀璨夺目。她的脖子上只戴了一串钻石项链,中间的钻石被很多小钻石包裹着,好似集万千宠爱于一身的她。轻盈的头纱上面是用手工绣的凤凰花,头纱的边缘略微遮住了她的眉眼。比起一些繁复的装扮,宋风晚的打扮简约大气。

严望川看着她徐徐走来,心里有种说不出的感觉,然后牵着她的手往前走。

傅沉就站在不远处,边上有小花童在撒花瓣,小严先生也混入其中。

到了台上,严望川将她的手郑重地交托给傅沉,还拍了两下傅沉的肩膀。傅沉感觉这两下拍得极重,却只能努力保持着微笑。

接着,两人许下誓言,交换了戒指,傅沉还低头吻了吻她的手背。

"新郎现在可以吻新娘了。"主持人笑道。

傅沉伸手撩起宋风晚的头纱。

她其实没化什么妆,只是为了看上去气色更好,嘴上涂了正红色的口红。就这么一点儿艳色,也能将她衬托得娇艳无比。

他低下头,捧着她的脸,缓缓地吻了下去。

"哎——"下面有人起哄了,"三爷,不带这样的,你把手拿开!"

"怎么还遮挡啊?你这样不算啊。"

"就是,都没看到啊!"

傅沉故意拿手挡了一下,所以他吻她的那一幕,大家都没拍到。

"你这是做什么？"宋风晚红着脸，仰头看向面前的男人。

"就不想让他们看而已。"傅沉低头在她的唇上啄了一口又一口，"现在全世界都知道，你是我的了。"

"嗯……"

"我还是想把你藏起来，不想让人看。

"晚晚……

"我爱你。"

宋风晚忽然伸手拉着傅沉的领口，踮着脚亲了上去。

底下众人的起哄声更大了。

新娘子好像比新郎更热情啊！

婚礼后是农历新年，几家人聚在一起，自是热热闹闹的。

严家人大年初五就回了南江，他们也有亲戚要拜访，不可能一直留在京城，很快大家都开始忙起各自的事。

傅沉大年初七正式去公司上班了。宋风晚也开始了孕期课程。

这世上几乎没人喜欢上课，宋风晚也是如此。当她听说傅沉给她报了辅导班时，整个人都蒙了。

课程刚开始的时候有些枯燥无聊，许多知识点宋风晚在书上看过，所以第一节课下课后，她就收拾了东西，偷偷地溜走了……

因为是第一堂课，课程内容极其重要，而且一节课折算下来也不便宜，所以，老师特别负责地给傅沉打了电话。

傅沉当时正在公司开年后的第一次例会，看到陌生人的来电，犹豫了片刻，还是走出会议室接通了电话。

"喂，您好。"

老师自报家门，接着问："请问您是宋风晚的家人吧？"

"对，我是她的老公。"傅沉眯着眼，盘着手中的佛珠，还以为宋风晚出什么意外了，"她是不是出什么事了？"

"没有，她今天逃课了，如果可以，我想明天和你们聊聊。"怀孕可是大事，弄不好真的会出大事。

傅沉有些意外，立刻给千江打电话，结果却被告知她正在商场吃东西。傅沉赶过去的时候，她一边吃一边玩手机，怡然自得。

傅沉走到她身边，问："玩得开心？"

"嗯？"宋风晚抬头看到脸色阴沉的傅沉，咳嗽了两声，"你怎么来了？"

"老师给我打电话了，说你第一天就逃课。"

宋风晚垂头不语，满脸通红。

"不说话了？"

"是孩子饿了，我出来吃点儿东西，不是故意逃课的。"宋风晚嘟囔，"这家的酸菜面真的不错，你要不要尝尝？"

傅沉只能无奈地笑了。

翌日，傅沉陪她去了辅导机构。

老师耐心地跟宋风晚说了其中的利弊，随后道："你年纪还小，一定要多注意。而且，既然你交了钱、报了班，我就得对你负责，对你腹中的孩子负责。"

宋风晚以前是个乖乖听话的好学生，上学时都没被老师训过，如今自然红着脸连连点头。

"你听到没？以后乖乖来上课。"傅沉坐在一旁颇为无奈，此情此景让他有种养女儿的错觉。

"对了，你这个做老公的也别跟风说她，你也有错。"老师话锋一转，说起了傅沉，"你平时工作很忙？"

"还行。"傅沉不知道这火力怎么就突然集中到自己的身上了。

"如果不忙，就多陪陪妻子。这种课程，你也有必要了解，不能说怀孕后就是女人一个人的事，你这个做丈夫的也要尽职负责。"老师显然要开始说教了，"女人在孕期情绪很容易有波动，弄不好还会抑郁，不能不重视。你如果没事，就跟她一起来听听课。"

傅沉原本是打算陪宋风晚一起来的，只是恰好碰上公司开例会，他必须参加。傅沉没想到会因此被老师批评。站在门外的十方低头憋着笑，心想：这老师真是厉害，竟然敢逮着三爷说教。

在往后的日子里，傅沉都尽量抽时间陪宋风晚来上课。

宋风晚的肚子很快就大了起来，她的食量也比以前大了许多，所以上课的时候，包里经常装着吃的。傅沉这辈子都想不到，陪她上课不仅需要写笔记，还要帮偷吃的她打掩护。

宋风晚也不是有意的。老师上课完全是随心的，有时候一个小时就结束了，有时候可以持续一下午。她哪里受得了？只能偷偷地吃东西。

其实这两人的举动，老师早就看到了，也知道她是真的饿了，加上傅沉上课一直很认真，老师便睁一只眼闭一只眼，由着他们了。

十方却觉得傅沉真是越来越像个凡人了。

有时，傅沉实在有事没法陪宋风晚，就会让千江实时汇报宋风晚的情况。傅沉收到的信息经常是：

千江："小夫人在偷吃东西。"

千江："她在发呆，被老师提起来回答问题了。"

千江："小夫人在玩手机。"

傅沉看到信息，真是又好笑又无奈。

宋风晚怀孕后，因为傅家二老一直让她多吃点儿，孩子需要营养，她便吃得越发肆无忌惮了。她一天吃好几顿，还总对傅沉撒娇说自己太饿了。傅沉自然会尽量满足她。

后来，宋风晚去做产检的时候，医生直接道："你们的孩子，似乎有点儿大啊。"

两人对视一眼，十分清楚到底是怎么回事。

胎儿太大对生产有很大的影响，宋风晚有些紧张，道："那医生，我以后……"

"少吃点儿吧。"医生道。

傅沉问："营养不会不够吗？"

"你家的宝宝非常健康,而且每日摄入的养分应该都是充足的,你别再像以前那样吃了,要节制点儿。"

"那还需不需要补什么?"宋风晚蹙眉问。

医生笑道:"都长这么快了,还补呀!你的孩子吸收得太好,以后你吃饭时要注意克制,不然孩子偏大,你生孩子的时候会有风险,这可不是开玩笑的!"

两人都上过课,自然清楚风险是什么。之后,傅沉开始严格地管控宋风晚的进食量,这让她很抓狂。

宋风晚怀孕这段时间,也没落下学校的课程。她大三了,一周只上三次课,她风雨无阻。初春,大家开始减少身上的衣物,她的肚子越来越明显了。

她到学校后,大家都很自觉地给她留位置,就连老师都对她格外照顾。

不过,她在孕期也没那么娇气,与之前没什么两样。

五月底,学校的课基本停了,大家除了准备期末考试,还在寻找实习单位。

胡心悦决定考公务员,买了书,准备暑假留在学校奋战;苗雅亭则靠父母的人脉找了个设计公司实习。宋风晚安稳地待在家里养胎,偶尔出去锻炼、遛遛狗。

预产期临近,她直接住到了医院。

傅沉将各种证件备好,还带了一些薄薄的衣物、被子等,忙碌到傍晚才到医院。

一天清晨,宋风晚的羊水破了,她很快就被推进了产房。

傅家众人闻讯赶到医院时,傅沉正站在产房外,神情严肃。

傅沉觉得自己方才很不称职,完全乱了阵脚。宋风晚被推进去的时候,宫缩已经非常厉害,整个人疼得连说话的力气都没了,一群医护人员陪着她,而他站在原地什么忙都帮不上。

"现在是什么情况?"老太太问。

"进去了。"傅沉盯着产房,脑子里一团乱。

女人生孩子,相当于在鬼门关走一圈,还是很危险的。

下午两点多,产房里忽然传来孩子的啼哭声,众人喜上眉梢。

"生了生了!"老太太激动地站起来道。傅老一直握紧的手也松开了。

傅沉原本斜靠在墙边,听到哭声,眼眶微微发热。可能从知道宋风晚怀孕,到孩子出生的这段时间,傅沉都未曾这般激动过。他深吸一口气,将激动的情绪强压了下去。

很快,医生出来通知道:"恭喜,母子平安!你们稍等一下,他们马上就出来了。"

傅沉点点头,道:"谢谢。"

孩子是先被抱出来的,傅沉这个做父亲的压根没机会碰,孩子就被送到了老太太的怀里。等几个长辈都抱完了,才轮到他抱孩子。

傅沉的手心很热,冒着细汗。他不着痕迹地擦了汗,伸手接过孩子。

傅沉看到自己儿子的第一眼,脑子里就两个字:好丑!

刚出生的孩子皮肤皱皱巴巴的不说,五官也全部挤在一起了。

宋风晚因为是顺产,恢复体力之后,很快就可以下床走动。医生说了,如果没什么意外,几天后她就能出院。

宋风晚决定回家坐月子,傅家专门请了月嫂。月嫂除了帮忙照顾孩子,还为宋风晚准备月子餐。

坐月子的日子很枯燥,宋风晚除了睡觉、哄孩子,就是靠在沙发上,搭着画架给儿子画画。然后傅沉就发现了,在宋风晚的画册中,原本他是出镜率最高的人,现在他却被某个小家伙给比下去了。

小孩子一天一个样儿,过了些日子,傅宝宝已经不像刚生下来时那样皱巴巴的了,只是还不会说话,每天做得最多的事情就是睡、吃、哭……

宋风晚觉得他的每个成长瞬间都是有意义的,恨不得将它们都捕捉下来。她甚至将宝宝扯着嗓子哭的样子画了下来。这些画也是傅宝宝长大后最想销毁的东西之一。对此,傅沉却说:"这些都是你妈对你的爱!"

白天,孩子有月嫂和乔艾芸照顾,可是到了晚上,很多事就落在了傅沉的身上。

孩子不会说话,有时候傅沉给他换尿布,他都能扯着嗓子哭很久。傅沉是真的不明白,自己也没碰着他,更没打他,他为什么要哭得这么厉害呢?

一开始傅沉还好声好气地哄着,时间长了,孩子整夜这么折腾,很有耐心的傅沉也感到疲惫。

傅沉怕他吵到宋风晚,便先带着孩子去隔壁睡觉。可是孩子似乎发觉了这点,离开宋风晚之后哭得更厉害了。这让傅沉有些暴躁。

自打宋风晚有了孩子之后,她的睡眠质量就不如以前那么好了。她夜里经常醒,下意识地就要去找孩子,看一下他的情况。傅宝宝一直睡在她和傅沉中间。

有一天夜里,宋风晚忽然醒了,想查看宝宝的状态,却发现傅沉没睡。他斜靠在床边,紧紧地盯着睡得很甜的小家伙。小夜灯的光落在傅沉的眼睛里,像是泛着幽光。

那个瞬间,宋风晚觉得他似乎想吃人。

"三哥……"

"要起来?"傅沉听见她说话,回过神来,"我扶你?"

"不用。你刚刚在想什么?"

傅沉笑道:"只是工作上的事,有点儿烦心罢了。"

他哪里会直接告诉宋风晚,照顾孩子真的会让人崩溃。他每天都在心里默念无数遍"冷静",并且告诉自己:那是你的儿子,亲儿子,你跪着也要宠下去!

似乎只有这样,他才能说服自己,不对这个小家伙动手。

傅家二老几乎天天过来。

那天,傅沉、段林白刚送走一个客人,回去就发现傅老到了。

老爷子最近的精神状态非常好,除了因为多了个小孙子,还因为老大一家也要回京了。隔着很远大家就能听到他那爽朗的笑声。

傅老爷子看见傅沉,道:"想看看小孙子!他睡着了吗?"

傅沉上前接傅老进门,问:"爸,您过来怎么没提前打电话?"

"出去开个会,路过就想来看看。"

"您坐。"傅沉扶他坐在自己的位置上。

"你这是……"老爷子看见宣纸,上面罗列着诸多人名,"满月宴的宾客名单是吧?"

"嗯,还没写好,准备明天送去老宅给您过目。"

他们结婚不久,宾客名单都是现成的,变动不大。

"孩子的名字想好了吗?"老爷子眯着眼问。

起名这件事一直困扰着傅沉。各家都提了许多名字,乔家就送来了十几个名字备选。但是,傅沉和宋风晚挑花眼了,至今也没把名字定下来。

十方、千江以及外界大多数人就叫孩子"小三爷",自家人现在喊他"宝宝"。

傅沉回道:"还没,我让晚晚去选了,她一直没给我确定的答案。"

"严家人也没给出统一的意见?"傅老问。

"爸妈也都听晚晚的。"

宋风晚是真的有选择困难症,纠结了好多天都没把孩子的名字确定下来。

傅老道:"我前段时间见了普度大师,和他聊了一会儿。他说这孩子以后有大成就,起名方面,可以往大的方向走,比如天、地。"

段林白坐在一侧,安静地听着,心想:天、地?难道孩子要叫傅擎天、傅宇宙、傅银河?

傅沉点着头,并没作声,然后就看到老爷子拿起一侧的毛笔,在宣纸上写了两个字:钦原。

段林白凑过去瞧了眼,问:"这两个字有什么寓意?"

老爷子轻笑:"《山海经》记载:昆云之丘,有鸟焉,其状如蜂,大如鸳鸯,名曰钦原,蠚鸟兽则死,蠚木则枯。"

段林白看了眼傅沉,忽然听到古文,一时没反应过来:"什么意思?"

"这是古代神兽的名字,据说蜇到什么,什么死。蜇兽兽死,蜇草草枯。"

段林白蹙眉:"这么霸道?"

"我的孙子,霸道些怎么了?"傅老写完搁下笔,大笑道。

段林白用手肘碰了一下傅沉,压低声音说道:"老爷子是真喜欢你儿子啊,你看其他同辈孩子的名字——斯年、聿修、浸夜,都是低调、内敛的风格,到了你儿子这里就这么张狂了。这孩子以后要是个黑心的玩意儿,我看整个京城都容不下他,这名字也太张扬了。"

"你们两个嘀咕什么?有意见就直接说。"老爷子看向一侧的两人,"这名字能不能用?"

"我没什么意见,只是要和晚晚说一下。"傅沉直接把宋风晚推了出来。

老爷子冷哼一声,心想:这小子倒是挺会推托的。

宋风晚此时盘腿坐在床上,面前放了几十个名字,她的产后抑郁可能是从起名字开始的。她已经想得头发都要掉光了。

对傅宝宝的名字,傅沉还是想要低调而有内涵的,不过老爷子当天过来,留下吃了晚饭,在餐桌上就说到了自己给傅宝宝起的名字。

"傅钦原。你们觉得这名字怎么样?"老爷子乐呵呵地说着,显然自己非常满意。

严望川和乔艾芸对视一眼,表示自己对这个名字还是挺满意的。起名字一事,他们完全交给了宋风晚,自然没意见。一时间,宋风晚成了所有人关注的焦点。

宋风晚对名字本就非常纠结,傅老的提议算是解了她的燃眉之急。

"喀——"傅沉咳嗽起来,给她递了个眼色。诚如段林白所说,这个名字太霸道了。

宋风晚却转头看向一侧正被月嫂抱着的傅宝宝,问:"给你起名叫钦原,你觉得好听吗?"

小孩子哪里听得懂这些,看到妈妈冲自己笑,就啊啊啊地回应了她。

"喀喀!"傅沉又重重地咳了几声。

"你怎么了?嗓子不好?"傅老轻哼道,心想:在我的眼皮底下打暗号,你是把我当死人不成?

宋风晚就像没接收到傅沉的信号一样,扭头冲傅老一笑:"我觉得挺好的,很好听。"

"那就这么定了,哈哈——"老爷子吃完饭,便愉快地出门散步去了。

傅沉回屋的时候,宋风晚正在给傅宝宝换尿布,傅沉站在边上问:"你知道这名字有什么寓意吗?"

"知道啊。"宋风晚的专业是国画,钦原是上古神兽的名字,她自然知道。

"起这么霸道的名字怕是不合适,太张狂。"

宋风晚嫣然一笑:"难不成一个名字还能决定他的一生?"

"而且我表哥的名字是舅妈的老家的地名,对他的人生又有什么影响呢?你单名一个沉,可你也不是内敛的人。"

傅沉可没想到,这火就烧到了自己的头上:"我还不内敛?"整个京城谁不说他低调?

"你是平时内敛,若是想做些什么,那也是很张狂的。"

"所以你就同意父亲的提议?"

"主要是觉得蛮好听的。"

名字既然定下来了,隔天傅沉就去给孩子上了户口,当他看到户口本上多出来的一个人时,心里莫名地生出了一股柔情。

傅宝宝的满月酒预计在八月举行,前几日来了台风,傅沉和宋风晚还一度担心,恶劣的天气若持续下去,酒宴怕是办不成了。没想到满月酒前两天,风停雨止,骄阳一出,万物生机勃勃。老爷子说这小家伙就是个福星!

办满月酒当天,送走了所有的客人后,傅沉才清净下来。

"晚晚人呢?"傅沉发现宋风晚不在客厅,问年叔道。

"在小书房。"年叔笑道。

傅沉悄悄地进了书房。

留声机里面播放着戏曲,宋风晚靠在一张椅子上,已经睡着了。

他拾起已经从她胸前滑落的毯子,重新帮她盖好,正想抬手将那台老旧的留声机关掉,里面却唱着昆曲《桃花扇》的选段:

"洞房昨夜春初透,尽是那风流家世也自含羞……但愿天长地久,恩爱夫妻得到白头……比翼温情真自由。"

傅沉淡淡地笑了笑,转头的时候瞧见他抄录佛经的书桌上放着一张烫金宣纸,宣纸上用瘦金体写了他们一家人的名字。他与宋风晚的名字并排,下面写着"傅钦原"三个小字。

宋风晚这些年一直在模仿他的字,时间久了,写出来的字和傅沉的字已经有七八分像了。一开始她模仿的字有形无神,如今似乎也有些他的字的神韵了。

他还记得第一次教她写毛笔字的场景。她的手白嫩而柔软,就是有点儿小,他刚触碰上去,浑身都是僵硬的。

"放松点儿,晚晚。"他当时是这么说的,现在想来,时间真是过去很久了……

宋风晚不知何时醒了,用手撑着身子,转头看向他,唤了声:"三哥。"

傅沉冲她笑了笑。

宋风晚第一次这么喊他的时候是被迫的,当时他的心里就有预感:这辈子怕是折在这姑娘的手里了。

任他心有万千神佛,遇见她,怕也只会修为全废。